Segelmann

AF210565

Zum Inhalt:
2024 - dieses Buch ist gerade geschrieben - drängen Interessen, Verträge und Angst die Nationen unaufhörlich in den 3. Weltkrieg. Viele halten ihn für unvermeidbar und seine Handlanger und Handlangerinnen stocken die Waffen, die konventionellen und die nuklearen, in ihren Arsenalen auf. Sie ebnen dem Weltkrieg den Weg.

Er, ein Protagonist ohne Namen, entschließt sich 2027 das Armageddon in seiner Hütte am Stausee zu erwarten und eine finale Rückschau auf sein Leben zu halten, als er Zeuge und Beteiligter eines weltumfassenden Umsturzes wird, der Hoffnung für die ganze Menschheit verspricht. Doch einem Teil der Erdbevölkerung soll die Glück verheißende Zukunft verwehrt werden. Männer haben in den Augen einiger Revolutionärinnen der ersten Stunde verspielt. Und seine Odyssee beginnt.

Wolfram Hörmeyer

Männerdämmerung

von Frieden und Fraun

Roman

1. Auflage 2024
© 2024 Wolfram Hörmeyer
Alle Rechte vorbehalten
Umschlag- und Einbandgestaltung Wolfram Hörmeyer
unter Verwendung des Bildes von Autor:
„Der Segelmann zieht einen Flunsch".
Printed in Germany
Verlag: BoD • Books on Demand GmbH, In de Tarpen 42, 22848
Norderstedt
Druck: Libri Plureos GmbH, Friedensallee 273, 22763 Hamburg
ISBN : 978-3-7597-2170-9

„Die Frauen verfallen immer mehr ins Extrem:
sie sind entweder besser oder schlechter,als
die Männer."

Jean de La Bruyère (1645 – 1696),
bedeutender Vertreter der französischen
Moralisten und Aphoristiker.

Kapitel 1

1

2027, zweites Kriegsjahr, die Nordhalbkugel brennt.

Während einer Feuerpause war er in den Herbstlaubwald der Berge geflohen und stand nach sechsstündigem Fußmarsch erschöpft vor dem hoch aufragenden Trümmerdom des zerbombten Staudamms. In der Nähe besaß er eine Hütte.

Er trug speckige, schweinslederne Schnürstiefel, von den Jahren gebleichte Jeans, einen kurzen, braunen, am Kragen blank gewetzten Wildledermantel und einen großen, grauen Leinenrucksack. Ein rüstiger Tourenwanderer in antiquierter Kleidung. Er lehnte synthetische Textilien ab. Aber auch Wolle war ihm zuwider.

Kopfschüttelnd betrachtete er die unsinnige Zerstörung.

„Völlig verblödet", knurrte er, zog sich die Docker Cap vom Kopf und drehte sich suchend um. Graues, halblanges Haar fiel ihm ins gegerbte, stoppelbärtige Altmännergesicht. Er wählte einen glatten Brocken Beton, der in fünf Metern Entfernung aus dem Schutt ragte, stolperte zu ihm hinüber, setzte sich und nahm die verstaubte, randlose Brille ab. Seine blassblauen Augen starrten ziellos in den Dunst der Schlucht. Umständlich nestelte er eine Ecke des dünnen, feingewebten Leinenschals, den er in einer Schlinge um den Hals trug, hinter dem Mantelkragen hervor und rieb mit ihr, ohne hinzusehen, vorsichtig ein Brillenglas zwischen Daumen und Zeigefinger. Irgendwo dort, wo die Geschosse krepierten, sorgten wirre Befehle angriffslustiger Generäle in ihren ABC-Waffen sicheren Bunkern für die Fortführung der Schlacht. Die nutzlose Routine der Friedenszeit war endlich vorbei, und sie legten sich ins Zeug wie eine Meute Jakutischer Laikas, die im Laufgeschirr hechelnd am Schlitten zerrten. Forsches Feldherrengehabe überspielte ihre lächerliche Inkompetenz. Befehl und Gehorsam waren die Strippen, an denen das klappernde Skelett der

Vernichtung seinen Totentanz vollzog. Schnell hatten sich jegliches Verständnis und aller Verstand pulverisiert; Tote zählten nicht und wurden auch nicht mehr gezählt. Hauptsache ihr Nachschub kam.

Seinen verbitterten Protest gegen die menschenverachtenden Kriegstreiber, die auch dieses Mal die Schuld an dem bestialischen Horror tragen würden, hatte er in sieben Thesen fixiert und die Notizen eingesteckt, um sie in einem längeren Aufsatz zu kommentieren:

1. *Jeder Krieg war und ist Ausdruck simpler Machtinteressen, für die Menschenleben eingesetzt werden.*
2. *Die Geschichte zeigt, dass Männer und Frauen in höchster Machtposition alles daransetzen, diese auf Lebenszeit zu okkupieren. Kriege stellen eine erprobte Strategie zur Legitimierung ihrer Herrschaft dar. Mit Ideologie, Lügen, Religion, Strafen oder Nationalgeschwafel werden die Völker zur Teilnahme am Kampf erpresst.*
3. *Armeen dienen einzig Angriff und Verteidigung! Sie führen seit alters her nie in den Frieden, sondern immer in den nächsten Krieg. Diese Einsicht unterdrücken weltweit Politik, Propaganda und Presse durch Schüren von Empörung und Angst vor einem imaginären, feindlichen Volk.*
4. *Destabilisieren und Militarisieren anderer Ländern ist die erfolgreiche Strategie imperialer Nationalregierungen, um mithilfe ihrer Geheimdienste außenpolitischen Einfluss zu erlangen und militärische Bündnisse zu schmieden. Damit dienen diese Maßnahmen der Vorbereitung kriegerischer Auseinandersetzungen.*
5. *Militär verschlingt jährlich weltweit Steuern im Wert von 2,44 Billionen Dollar und verwandelt das Geld in totes Kapital. Die seit 2013 stark zunehmende Aufrüstung der Erde durch Waffenschmiede und -händler, die ihre Kunden in den Nationalregierungen und unter den militanten Kriminellen und Warlords haben, provozieren Kriege und deren Ausbreitung. Sie sind Markt und Gewinn der Rüstungsindustrie.*

6. Die neue Welle kriegerischer Kolonisierung geht einher mit dem Kampf von Big Pharma und den Lebensmittelkonzernen um die weltweit verbliebenen, fruchtbaren Agrarflächen. Ihre Strategie: internen und externen Gegnern dieser Ländern Waffen liefern lassen, Zerstörungen provozieren, den Wiederaufbau finanzieren und dann wirtschaftliche Abhängigkeiten installieren - ein simples Investitionsgeschäft über Leichen hinweg.

7. Die allmächtigen Energiemultis auf ihren trojanischen Goldeseln sind die Drahtzieher im anhaltenden Kampf um fossile Ressourcen und Märkte für ihre Ware. Öl und Gas sind immer noch das Blut und die Atemluft der durch Arbeit gemästeten Bestie Wachstum. Kriege, Umweltkatastrophen, Krankheit und früher Tod sind ihre kalkulierten Begleiterscheinungen. Die Menschheit tanzt am Rande des Abgrunds nach der Pfeife dieser Rattenfänger, deren Dienste nie hätten ausreichend bezahlt werden können.

So sah er das. Doch fragte er sich nun, ob es nicht völlig sinnlos sei, seine Gedanken in Erwartung des nuklearen Overkills, den er wie viele für unausweichlich hielt, noch genauer auszuführen. Für wen? Die meisten würden bald Leichen sein oder den Verstand verloren haben.

„Total verblödet", flüsterte er mit Nachdruck und schob sich nach kurzer Inspektion der Gläser die Brille wieder ins Gesicht.

An einem Lederband um den Hals trug er eine silberne Alarmtrillerpfeife, die ihm lange die einzige Verteidigung auf seinen Abenteuerreisen gewesen war.

Der goldene Oktober war ausgeblieben. Schwarzbraune Fäulnis zersetzte das früh gefallene Laub. Feucht glänzten Kiesel auf dem Grund der tief zwischen steilen Berghängen ausgewaschenen Schlucht.

Der Bericht von der Sprengung des Trinkwasserreservoirs mit Satellitenaufnahmen von tosenden Wassermassen, die mehrere bewohnte Seitentäler leer gerissen und viele wirbelnde Tote in ihrem geschredderten Hausrat in die Ebene gespült hatten, war für ihn der Anlass gewesen, heraufzusteigen und nachzuschauen, ob die Hütte noch stand. Da sie nicht weit vom Steilufer oberhalb des Stausees lag, befürchtete er, dass sie durch das Bombardement ebenfalls zerstört worden war. Sollte er sie jedoch unbeschädigt vorfinden, war sein Plan, dort zu überleben, solange es noch ging.

Nach kurzer Zeit regloser Erholung, räkelte er im Sitzen den Rucksack von seinen Schultern und hob ihn mit einiger Anstrengung neben sich ins lose Geröll. Er öffnete die beiden Steckverschlüsse, holte eine braune Plastikfeldflasche hervor und wog sie in der Hand, bevor er sie aufschraubte und einen langen, tiefen Schluck nahm. Dann stellte er sie auf dem rechten Knie ab, streckte sich und schaute in die Runde. Holz zerschlagener Bäume lag verstreut im Schutt der Schlucht. An ihrem östlichen Rand folgte ein Gebirgsbach dem weiten Bogen, mit dem sie im Gebirge verschwand.

Nach dem Dammbruch war niemand mehr herauf gestiegen, zumindest hatte er keine Spuren menschlicher Anwesenheit auf seinem Weg entdecken können. Still atmete er den Frieden der nach Blüte und Vermehrung ermatteten Natur. Er nahm einen weiteren Schluck aus der Feldflasche. Hinter ihm verschwand das aus riesigen Betonplatten aufgetürmte Gewölbe des Ruinenmassivs in feuchter Dunkelheit. Er verschloss die Feldflasche und drehte sich um.

‚Zurückgebombt in die Steinzeit. Der Cromagnon am Ende des Anthropozäns', fiel ihm ein. ‚Alles geht zum Teufel.'

Es drohte ganz real die nukleare Apokalypse, das Armageddon und Ende der Menschheit, trotz Hiroshima und Nagasaki. Die Hoffnung, dass ihm dieses Schicksal im Alter erspart bleiben würde, war geplatzt. Auch wenn er den Freitod einem Siechtum im Alter vorgezogen hätte, war doch ein Bett, Vertraute, letzte Worte und schließlich friedliches Entschlafen die optimistische Vorstellung von seinem Lebensende gewesen. Aber dieser idiotische Krieg hatte ihm einen dicken Strich durch die Schlussrechnung gemacht. Jetzt saß er allein im flackernden Licht seines einstigen Lebensmuts unter Trümmern in den Bergen, vorzeitig am Ende seiner noch ungeschriebenen Geschichte angekommen, von der er gedacht hatte, dass sie auch andere interessieren könnte. Aber diese Anderen würde es bald nicht mehr geben. Da war er sich sicher. Trotzdem hatte er sein Diktiergerät eingesteckt, auch wenn er anfangs im Zweifel war, ob er es benutzen würde.

,Die obligate Autobiographie des Hobbyautors in Rente. Wofür? Für wen noch? Für etwaige Überlebende? Ist das deine vage Hoffnung oder nur die abgeschmackte Eitelkeit, zu glauben, dass jemand in diesen zerstörten Zeiten dein Fazit noch beachten würde?'

Schließlich stand sein Entschluss fest. ,Egal, warum. Es wird mir gut tun'.

Auf dem Weg herauf hatte er dann sorgsam den ersten Satz seines Diktats formuliert. Er lautete:

,In der Rückschau kann ich mit Sicherheit behaupten, dass die Bahn meines Lebens stets auf dem Gleis kölscher Zuversicht rollte, nach der noch allet emmer joot jejange hätt'. Der blinde Optimismus der linksrheinischen Karnevalsvasallen schien ihm als sarkastisches Einsprengsel für den Anfang sehr passend, hatte er ihn doch ein Leben lang begleitet.

Nun kam ihm der Satz wieder in den Sinn. Er schlug sich leicht auf die Brust, knöpfte den Ledermantel auf, holte aus der linken Innentasche das Diktiergerät hervor und schaltete es an. Dann wiederholte den Satz langsam mit leiser, klarer Stimme.

„In der Rückschau kann ich heute mit Sicherheit behaupten, dass die Bahn meines Lebens stets auf dem Gleis kölscher Zuversicht rollte, nach der noch allet emmer joot jejange hätt. Ich hatte stets Glück im Unglück." Er bemühte sich um eine entspannte Satzmelodie, von der er annahm, dass sie ihm das treffende Formulieren erleichtern würde. Stefan Troller, der Hundertjährige, auch Peter Scholl-Latour, deren Reportagen er immer sehr gemocht hatte, klangen durch. Nach einem kurzen Innehalten, fuhr er langsam, aber flüssig fort.

„Um mir allerdings die Trübsal von der Seele zu wälzen, die mich in der aktuell bitteren Lage beengt, bedürfte es schon einiges an Glück, dass mich aber sicher nicht mehr erreichen wird. Es hat sich ein Unglück angesammelt, dem zu entgehen mir die Zukunft fehlt." Er unterbrach sich mit der Stopptaste und dachte nach.

‚Gleich dies Gejammer ... aber es wird nichts gelöscht. Gesagt ist gesagt.'

Er nahm weiter auf, bedächtig, mit längeren Pausen, konzentriert auf die Suche nach sprachlicher Präzision.

„Doch wäre meine gedrückte Gemütslage nicht auch ohne diesen Krieg so, wie sie jetzt ist? ... Resultiert sie nicht aus dem im Allgemeinen als gesichert geltenden Umstand, dass man für alles im Leben zu bezahlen hat ... und bleibt deshalb das erlösende Durchatmen aus, mit dem ein Mensch, der alles hinter sich lassen wird, die Nase in den Wind ... aus dem Jenseits stellt? Es gibt keine Rechtfertigung für den so genannten, gesunden Egoismus, auch wenn er aus der unverschuldeten Tatsache entstanden sein mag, dass mir von frühester Kindheit an nichts oder nur wenig geschenkt wurde und ich immer in der Angst gefangen war, das wenige Erworbene, ... vor allem Zuneigung, zu verlieren ... Doch wie schnell wird aus Liebesfreud Liebesleid, wenn man klammert und sie einzufordern beginnt! ... Gesunder Egoismus ist nur eine plumpe Rechtfertigung und wahrscheinlich, wie auch in meinem Fall, durch und durch ungesund. Du musst dich selbst lieben, um andere lieben zu können, wird oft wie eine Gesetzmäßigkeit behauptet, ist aber meiner Meinung nach sehr wohl zu diskutieren, ...

spricht sie doch den mit ihren sozialen und genetischen Voraussetzungen zu recht Unzufriedenen die Liebe ab ... welch grausame Arroganz der gut ausgestatteten Exemplare unter den Menschen."

Er bemerkte erstaunt, wie schnell er in dieses zu Genüge abgearbeitete und doch noch tief in ihm wühlende Thema Liebe hineingerutscht war und unterbrach die Aufnahme. Erinnerungen tauchten auf. Schließlich drückte er den Recordknopf und ließ sich mit fester Stimme auf seine alten Abenteuer ein.

„Während eines Gestaltart-Seminars 1979 in Bhagvans Ashram in Poona, den ich auf meiner ersten Weltreise aus purer Neugier aufgesucht hatte, überfiel mich durch die kathartische Eruption eines gut aussehenden Amerikaners schlagartig ein Gefühlswirrwarr aus Entsetzen und Trauer. ,I wanna be loved, I wanna be loved', brach unter erbärmlichem Schluchzen inmitten unseres Sitzkissenkreises sein Grundproblem aus ihm hervor, ausgelöst durch die Gestaltung seines von ihm soeben mit geschlossenen Augen aus einem Klumpen Ton modellierten Ichs. Es war die letzte Aufgabe, die uns gestellt worden war und in der das ganze mehrtägige Seminar kulminieren sollte. Wer wollte, durfte in die Mitte und sich den in die Katharsis führenden Fragen der Kursleitung stellen. Tief betroffen, wurde mir sein Leiden, sein verzweifelter Hilferuf sofort unerträglich. Die Sensibilisierung, die auch mich durch den Therapieverlauf ergriffen hatte, tat ihre Wirkung. Ich stand auf und wollte die Gruppe leise verlassen. Jedoch die strenge, englische Psychotherapeutin Ma Soundso, beorderte mich mit Schärfe in den Sitzkreis zurück und hätte mich am liebsten gleich in die Mitte gestellt, obwohl der Ami doch noch gar nicht ,durch war', was ich aber vehement ablehnte – aus Feigheit, Selbsterhaltung oder Scham, ich weiß es nicht. Ich setzte mich also wieder auf mein Kissen, meine eigene, banale Tonplastik vor mir am Boden, die aus zwei verbundenen Schalen mit einerseits einladend weichwelligem und andererseits abweisend stacheligem Rand bestand, ein enttäuschendes, niveauloses „Zwei Seelen wohnen, ach, in meiner Brust" - Machwerk. Die Abscheu vor dem eigenen Mittelmaß brach in mir auf und hätte sicher einer kathartischen Aufarbeitung bedurft, wie natürlich auch die Suche nach Liebe. Meine Reaktion auf den hübschen amerikanischen Kursteilnehmer sprach ja Bände. Aber ich besuchte Poona mehr als interessierter Tourist, denn als Heil suchender Prosannyasin, auch wenn ich dem Ziel, durch den Ausstieg aus meinem alten Leben ein anderer, gesünderer, mit sich selbst im Einklang befindlicher Mensch zu werden, hier womöglich näher gekommen wäre. Tatsächlich hatte ich gleich zum Auftakt der Reise, die schließlich zwei Jahre dauern sollte, in dem Tagebuch, das mir meine Freundin zum Abschied geschenkt hatte, aufgelistet, was ich gerne an mir ändern würde. Mittlerweile glaubte ich aber an eine Selbstheilung. Ich war gut drauf, ein ungebundener Weltreisender ohne zwingenden Rückkehrtermin, der durch sein bereits vier Monate andauerndes Eintauchen in die Freiheit größtmöglicher Selbstbestimmung über Aufenthaltsort und Sozialkontakt die Gesundung seiner Seele durch Auflösung aller Zwänge erhoffte. Tatsächlich hatte mich gut drei Monaten nach Reisebeginn ein sich verstärkendes Hochgefühl innerer Freiheit ergriffen, so lange braucht es wohl, die stärksten Fesseln der Vergangenheit zu lockern und zu lösen und ich war überzeugt, auf die mit Bhagvans Heilslehre verquickte Psychotherapie im Ashram gut verzichten zu können. Dass ich mich dennoch für ‚Enlightment Intensive', ‚Gestaltart' sowie drei ‚Rebirthing Sessions' anmeldete, geschah aus Neugier. Wo ich schon mal da war, wollte ich auch teilnehmen. Eine der harten Sextherapien zu belegen, lehnte ich jedoch ab, als sie mir bei einem Vorgespräch mit Ma Arup, Bhagvans deutscher, strenger, rechter Hand, verordnet wurde. In der Rückschau hätte ich mich vielleicht nicht so zieren und einfach meiner durch katholische Moralzensur angeschlagenen Sexualität freien Lauf lassen sollen. Denn die Liebe, gerade in Begleitung ihrer wilden Schwester, der Lust, ist ein seltsames Spiel. Aber auch ohne sie macht sie, was sie will."

Er drückte den Pausenknopf, unschlüssig, das Thema noch weiter zu vertiefen. Die Frage, ob Liebe außerhalb der Blutsverwandtschaft vielleicht nur die geistige oder wahlweise emotionale Überhöhung von Sexualität ist, hatte er für sich eigentlich längst beantwortet. Er sah es genau so. Erst der Schmerz, den verlorene Liebe auslöse, wenn Sexual- und Bindungshormone ins Leere laufen, gäbe ihr die Gewichtung und erzeuge dieses poetische Bild von ihr. Sie würde zur Himmelsmacht, weil sie auch eine Höllenmacht sein kann. Es sei der Ausschluss aus sozialer Bindung, auf die der Mensch immer mit Angst und mitleiderregendem Verhalten reagiere, ein kleinkindlicher Reflex, der sich bis ins hohe Alter nicht verlieren würde. Der Schmerz, den Mobbing verursacht, hätte denselben Grund.

Trotz dieser Erkenntnisse überkam ihn dumpfer Unmut und das Unglück verpasster Liebe bauschte sich erneut zu den dunklen Wolken auf, die immer wieder einen kalten Schatten auf sein Leben geworfen hatten. Natürlich wusste er, dass es anderen viel schlechter ergangen war, als ihm. Er war nie lange allein geblieben. Doch ließ er jetzt den Gedanken nicht mehr zu. Mit Selbstmitleid stieg er hinab in die Gruft von Schuld und Sühne, ein ihm vertrautes Versteck und Nest. Dann nahm er weiter auf. Die bitteren und doch seichten Gedanken, oft und ausgiebig gewälzt, formulierten sich ganz ohne Mühe.

„ ‚Die Liebe ist ein seltsames Spiel‘, sang Conny Francis mit weinerlichem Timbre und amerikanischem Akzent schlicht und treffend 1960. ‚Sie gibt uns alles, doch sie nimmt auch viel zu viel,‘ und ich ahnte schon mit zehn, worum es ging, denn ich hatte drei Jahre zuvor unter Tränen meine Kindergartenliebe, die dunkelhaarig gelockte Monika durch Umzug von einer Stadt in die andere verloren. Verzweifelt kniete ich damals in den vier Ecken des winzigen Zimmers, das sich meine stets mürrische, kampfchristliche Oma mit mir teilte und bat den ‚Lieben Gott' um ein Wiedersehen mit Monika. Das Unglück war unerträglich und flankierte das schmerzliche Ende der Unbeschwertheit meiner frühen Kindheit durch den um Monate verspäteten Eintritt in die erste Klasse der Grundschule, der mich natürlich sofort zum schlechtesten Schüler machte. Diesen Rückstand aufzuholen, blieb ich in dieser Kammer unter Strafandrohungen meines Stiefvaters, ein Lehrer für Deutsch und Musik, täglich nach der Schule stundenlang für Monate eingesperrt. Ich konnte bis dahin nur spielen und kannte weder Buchstabe noch Zahl. Mit sieben unglücklich am Boden zerstört. Ich vermute, die Narben auf der Seele, die solch ein Trauma hinterlässt, selbst wenn es ein kindliches ist, wirkt ein ganzes Leben nach. Frühes Liebesleid und gefühltes Schulversagen sind Hypotheken, die sich kaum restlos abzahlen lassen. Die Zweifel bleiben.

Dennoch muss in meiner Kindheit auch etwas gut gelaufen sein, das in Verbindung mit einer passablen Genetik mich ausreichend mit Glückshormonen versorgt hatte, um meinen unverbesserlichen Optimismus immer neu zu beleben. Glück im Unglück. Ich konnte mich darauf verlassen. Immerhin."

Er unterbrach sich kurz, um aus der Vergangenheit zurückzufinden.

„Und heute? Selbst, wenn ich diesen Krieg außer Acht ließe, wäre die Situation, in die ich mich selbst hineinmanövriert habe und die mich auch jetzt noch im Unglück gefangen hält, eine unlösbar verfahrene. Glücklich ist, wer vergisst, was nicht mehr ist, um zu neuen Ufern aufzubrechen. Aber hätte ich mich wirklich noch einmal auf die Suche machen sollen, wo ich doch vor etlichen Jahren geglaubt hatte, die Freude meines Alters gefunden zu haben?" Wieder fiel ihm ein deutscher Schlager ein, auch wenn es absolut nicht seine Musik war, dessen Refrain aber eine hoffnungsvolle Wahrheit verkündete, die sicher zu seinem durchschlagenden Erfolg beigetragen hatte. Leise intonierte er die Melodie:

„ ‚Eine neue Liebe ist wie ein neues Leheben, schananah nana nahhh', schlagerte Jürgen Markus in den frühen 1970ern mit schöner Stimme und hatte natürlich absolut recht. Zuerst kommt das Unglück nach dem Glück, aber dann wieder das Glück im Unglück, meinem Spezialgebiet. Der Engländer nennt es ‚Blessing in disguise', Segen in Verkleidung, eine Redewendung, bei der mir das Unglück zu kurz kommt. Es wird gar nicht erwähnt. Doch die Liebe betreffend hat sich die Hoffnung auf Glück bei mir ausgeschlichen. Ich bin mir sicher, dass ich in Anlehnung an mein chinesisches Tigerhoroskop meine sieben Katzenliebesleben aufgebraucht habe. Was mir bleibt sind die Ruhelosigkeit des einsamen Jägers, des Tigers wahrer Charakter, meine Erinnerungen und – die Faszination der Kunst!"

Hinter den Bergen nahm das Donnern der Geschütze deutlich zu. Er schaute kurz auf, doch trennte es ihn nicht von seinem leisen Monolog, denn die Kunst war lange eines seiner Lieblingsthemen gewesen, wenn nicht sogar das liebste. Die Frage, was Kunst zu Kunst macht, hatte ihn immer beschäftigt, und bis auf den Aspekt, dass sie selbst immer Fragen stellt, war er der Beantwortung nicht näher gekommen. Er hielt sich nicht für einen Kunstkenner. Dazu hätte er sich bei der Vielzahl der Künste spezialisieren müssen, in der E-Musik vielleicht auf Opern oder einen Komponisten oder in der U-Musik auf englischen Rock, brasilianischen Tropicália oder französischen Jazz, was aber sein ausuferndes Interesse an allen anderen Künsten und Wissensbereichen nicht zuließ. Er wollte so viel, wie möglich über alles wissen, wie die letzten Universalgelehrten des 19. Jahrhunderts oder die heutigen Generalisten, kapitulierte aber an der schieren Informationsmenge und seinen durchschnittlichen Kapazitäten, Wissen zu speichern und prompt zu erinnern. Bei Ratesendungen enttäuschte er sich regelmäßig, auch wenn ihm Bekannte rieten, da doch einmal teilzunehmen. Er wisse doch so viel. Aber er wusste genau, dass er nichts weiß.

Kunst bemerkte und bewertete er schließlich auf der Basis seines persönlichen Gefallens, eine zweifelhafte Herangehensweise, aber die einzige, mit der er umgehen konnte.

„Als Jugendlicher gefragt, was ich denn werden wolle, war meine Standartantwort ‚berühmt!‘ gewesen. Ich hatte mir damit unmerklich eine Hypothek aufgeladen, die den Karrierewünschen meiner Eltern entsprach. Beide waren der Oper verfallen, Mutter als Sopran, Vater als Bariton und beide verbrachten unabhängig voneinander, da seit dem achten Ehejahr getrennt, ihr Leben damit, den richtigen Stimmsitz zu finden. Die mir unvergesslich oft genannten Orte der Suche waren Lunge und Zwerchfell für Atmung und Stütze, die Maske um den Mund für die Artikulation, Brustkorb und Kopf ganz nach Belieben für die Resonanzen und natürlich der Kehlkopf mit der Stimmritze, die das eigentliche Geheimnis barg. Denn nicht zu beeinflussen ist die Schönheit einer Stimme. Aus einem Frosch machst du keine Nachtigall. Entweder man hat's oder nicht. Mein Stiefvater versteckte seinen verquäkten Näseltenor für kurze Zeit in einem Opernchor. Dort lernte er meine Mutter kennen, die schon Solistin war. Ich mochte weder ihn, er prügelte gelegentlich, noch seine Gesangsstimme, wie später mir auch mein Bariton nicht gefiel. Postpupertär aus einem wohlklingenden, klaren, sauber intonierenden Knabensopran entstanden, der eine Anmeldung bei den Regensburger Domspatzen oder sonst wo gerechtfertigt hätte, so hieß es zumindest, war das Organ, das mein Stimmbruch hinterließ, eine Enttäuschung. Wahrscheinlich hatte ich mir mit Paul McCartneys super hoch gesungenem „She's a Woman" die Stimmbänder verletzt und mir in Sprech- wie Gesangsstimme ein hochtönendes Schnarren zugezogen, das allenfalls durch die dadurch entstandene Unverwechselbarkeit meines Organs eine Karriere als Synchronsprecher eröffnet hätte. Für Ray

Liotta zum Beispiel. Man würde mich aus jeder Menschenansammlung heraushören, hieß es und einige Leute erkannten mich nach Jahrzehnten nur an meiner Stimme wieder.

Egal. Verpasst.

Allen Künsten gleichermaßen zugetan, versuchte ich mich in der Musik als Sänger, Instrumentalist, Folk-, Punk-, Rockkomponist und Homerecorder, im Schauspiel als Darsteller und Regisseur, als bildender Künstler vornehmlich in Öl und Kreide, eher gegenständlich, als abstrakt und als Dichter und Autor in zahllosen Songtexten, sowie zwei Romanen, immer mit einigem Zuspruch, aber weit davon entfernt, berühmt zu werden. Ein Universaltalent ohne Genie. ‚Jack of many trades but master of none'. Das Motto meiner Bemühungen. Die deutsche Entsprechung, ‚Hans Dampf in allen Gassen', ist allerdings weniger vernichtend. Sie hat sogar etwas Fröhliches.

Beruflich verbrachte ich mein Leben mit vielerlei, war Lehramtsstudent mit Doppelexamen, Straßenmusikant, Arbeiter bei Westinghouse-Powertransformers, VHS-Jazztanzlehrer, Besitzer eines Fitnessclubs, examinierter Physiotherapeut und Gymnasiallehrer für Sport, Biologie und Darstellendes Spiel – in dieser Reihenfolge. Viel Geld und Zeit verbrachte ich auf zahllosen Reisen in aller Herren Länder und umrundete die Erde viermal in den vergangenen Dekaden. Mein Tigerhoroskop sah diese Weltreisen im Jahr der Ziege vor. ‚Once again go round the world, or you will die', lautete der Ratschlag und ich folgte ihm alle zwölf Jahre. Die Fünfte wäre dann ohne diesen verdammten Krieg im Alter von 76 oder 77 dran gewesen. Ich hatte mir die Reise als eine Folge von Schiffspassagen vorgestellt, an deren Ende ich sowie zwei Matrosen und der Schiffshund Bob, einem Kaventsmann im Bermudadreieck wundersam entkommen konnten", mit kleiner Freude glitt er in die Satire, „nur um mit knapp 90 Jahren die Weltumrundungen Nummer sechs bis fünfzig während eines gewonnenen ISS-Aufenthalts zu absolvieren, vorausgesetzt, die Raumstation hätte dann noch im Orbit gekreist." Er schmunzelte schief, nahm einen kleinen Stein und warf ihn in die Schlucht.

„Beziehungen, die länger als ein, zwei Monate dauerten, hatte ich tatsächlich sieben, die dunkelgelockte, schmerzliche erste Kinderliebe Monika nicht mitgezählt. Alle waren kinderlos geblieben. Begegnungen gab's zahlreiche in der Voraidszeit, auch alle ohne Vaterschaftsklage. Schließlich zweifelte ich schon an meiner Zeugungsfähigkeit. Aber ‚Wer zweimal mit der Gleichen pennt, gehört schon zum Establishment', hieß es in den Jahren von Sexfront und freier Liebe der Beat- und Flower-Powergeneration. Fast alle Frauen in meinem studentischen Umkreis verhüteten und machten mit. Heute würde es statt „der Gleichen - den Gleichen" heißen müssen, denn männlicher Chauvinismus ist in weiten Teilen dieser Welt out. In den anderen dagegen scheint er sich umso brutaler zu erhalten. Grauenhaft. Während meiner Studentenzeit und auch später habe ich mir des Sexes wegen einiges zu Schulden kommen lassen, Gemeinheiten, deren schlechtes Karma mich aber bereits in diesem Leben hatte bezahlen lassen.

Auf dem Felde der Liebe ausgespielt.

Schon deshalb hätte ich kluger Weise an der Beziehung, in der sich Respekt, Zuneigung und Vertrauen etabliert hatten, festhalten und nichts mehr fordern oder erträumen sollen, schon gar nicht ewig junge Liebe. Zum Ende zu dünnt sich alles aus, Gefühle wie Haare, schwinden Können, Kontakte und Kraft. Also, was … ?"

Er schaltete das Gerät aus, schob es in die rechte Manteltasche während er aufstand und stieg stolpernd einige Meter in die Schlucht hinein. Es roch nach Regen. Im Moment, als er den Kopf in den Nacken legte und prüfend in den grauen Wolkenhimmel schaute, schossen hinter ihm aus dem Nichts zwei F-35 Tarnkapenbomber mit lautem Getöse in geringer Höhe über ihn hinweg, dem Krieg hinter den Bergen entgegen. Er duckte sich und knurrte verärgert: „Verdammte Idioten". Der Schreck hatte ihn zurück in die Gegenwart katapultiert und ihm die Frage, die ihn wirklich noch interessierte, in Erinnerung gebracht. Nun schrie er sie den Bombern aus Leibeskräften hinterher: „Wofür?"

Er stand eine Weile breitbeinig mit in die Hüften gestützten Fäusten in der Schlucht. Dann holte er das Diktiergerät aus der Manteltasche und setzte die Aufnahme im Stehen fort.

„Bei aller Trauer über die mir in meinem Leben abhanden gekommene Liebe, die auszudrücken mir immer noch auf der Seele liegt, quält mich doch nun mehr und mehr die unbegreifliche Dummheit der Völker, sich nach all den Kriegen mit zig Millionen Toten und unermesslicher Wertezerstörung auf neue Kriege vorbereiten zu lassen und sie dann auch noch auszuführen. Es hätte doch jedem endlich klar sein müssen, dass durch Militär nicht Zukunft, sondern nur Zerstörung und Tod garantiert wird. Wie frech, aber auch verblödet, die gewählten oder ungewählten Regierenden waren, immer wieder Kriege zu befehlen, anstatt mit den Billionenbeträgen, die jährlich für die Armeen über Dekaden hinweg einfach rausgeschmissen wurden, diese Welt zu bewässern, zu ernähren, klimaneutral zu elektrifizieren und sozial abzufedern. Viele, wenn nicht alle Kriegsgründe würden entfallen." Er sah das überlegene Grinsen der Kriegsprofiteure über seine abgeschmackte, zu oft, zu unnütz, zu erfolglos geäußerte Aufzählung und wusste, dass nichts mehr diesen frechen Hochmut brechen würde.

„Das Böse siegt immer wieder, sagen Pessimisten und halten das für ganz natürlich. Und tatsächlich scheint es so zu sein. Ich dagegen hatte immer gehofft, dass der Menschheit nun die Rückkehr ins biblische Paradies auf Erden möglich sein würde, ja ... ihr offen steht, ... bei all den Erfindungen und dem Fortschritt der letzten Jahrhunderte. Jetzt wären wir soweit, die Metamorphose aus dem menschlichen Tier zum menschlichen Mensch mit tierischer Herkunft zu vollenden, hatte ich geglaubt. Das müsste doch gelingen, wenn alle Anstrengungen gebündelt und auf das Ziel fokussiert werden, Hunger, Angst und Neid zu verdrängen. Auch der Mensch ist eine Spezies, die sich evolutiv weiterentwickeln muss, um nicht auszusterben, dachte ich. ... Wie naiv. Das Gegenteil wird betrieben. Nur so bleibt alles beim Alten, zerfällt die Menschheit immer noch in arm und reich und superreich, der Zustand, den einige nicht missen möchten und für den sie alles tun, um ihn zu erhalten. 2022 gab es weltweit 2800 Milliardäre mit einem Gesamtvermögen von zehntausend Milliarden Dollar. Sie würden in der Gelben Wand der BVB-Fans im Dortmunder Westfalenstadion zwölf Prozent der Stehplätze belegen, ein Häufchen dort und ein Nichts unter mehr als acht Milliarden Erdenmenschen." Er stieß einen einzelnen verbitterten Lacher aus. Die 20 Millionen Millionäre weltweit ließ er unerwähnt. Viele von ihnen waren nur Vermögensmillionäre, wie der schuftende Großbauer im Nachbardorf oder der glückliche Lottogewinner, wodurch ihre kritische Erwähnung eine umfangreiche Differenzierung nach sich gezogen hätte. Wichtig war ihm, die Milliardäre in den Fokus seiner Betrachtung zu stellen. Denn nur das ganz große Geld regiert die Welt.

„Natürlich", räumte er ein, „gab es einige unter ihnen, die ihren immensen Reichtum nutzten, um Gutes zu tun, ganz abgesehen davon, wie sie ihn erlangt hatten. Sowas kann in der Regel nicht mit rechten Dingen zugehen. Aber ganz sicher befinden sich unter den Milliardären jene, die mit ihrem Vasallenheer in den Banken und Konzernen auf diesem kleinen Erdball, diesem blauen Raumschiff im unendlichen Nichts des Universums, genügend Einfluss an den Regiepulten der Macht haben, die Knöpfe ganz nach ihrem Belieben drücken zu lassen. Sie definieren Freund oder Feind ihrer Interessen, stabilisieren oder destabilisieren, entscheiden zwischen Krieg und Frieden und hetzen die Arbeiter und Angestellten in den Betrieben oder die Soldaten auf den Schlachtfeldern im Konkurrenzkampf um Ressourcen und Märkte aufeinander. So ist es doch auch dieses Mal wieder gelaufen. Nach den ganzen Stellvertreterkriegen nach 1945 ist es nun wieder Zeit für eine globale Maßnahme, haben sich einige von ihnen gedacht und für die Ausführung gesorgt." Er unterbrach sich kurz und gab mit schneidender Stimme den Kriegstreibern das Wort.

„Meine Herrn! Alle guten Weltkriege sind drei ... Denn es ist nun mal so: Das Wachstum, der heilige Gral und Motor unseres vom Aktienhandel abhängigen Weltwirtschaftssystems, verlangt zyklisch, dass wir den Privatbesitz des kleinen Mannes zerstören ... um ihn dann alles wieder aufbauen lassen ... Die Reset-Taste muss hin und wieder gedrückt werden, sonst funktioniert das mit dem Wachstum nicht ... und ein großer Krieg ist da das optimale Mittel, vorbereitet durch kleinere, die schnell ausgelöst sind, wie wir wissen. Da warten doch genügend nutzbare Narzissten mit brennendem Streichholz vor der Zündschnur ihres persönlichen Feuerwerks, mit dem sie vorher, am besten durch unsere Rüstungskonzerne, teuer ausgestattet wurden … und wenn sie dann tatsächlich die Lunte anzünden, heißt das für uns, einzugreifen und die Lage zu … eskalieren." Er räusperte sich kurz, um das militärische Kratzen von den Stimmbändern zu schlucken und fiel zurück in den sachlich dokumentierenden Tonfall. „Saddam Hussein war so einer. Nie hätte er geglaubt, dass ausgerechnet diejenigen ihn stoppen und töten würden, bei denen er seine Waffen zum Großteil gekauft hatte, um wie vom Westen gewünscht gegen den Iran zu ziehen, allerdings vergeblich, wie sich dann zeigte. Sein anschließender Griff nach Kuweits Öl brach ihm dann das Genick. Aber zu einem Weltkrieg reichte so etwas natürlich nicht. Es brauchte die Polarisierung durch die Annahme einer russisch-asiatische Bedrohung des Westens, sowie einen explosiven Brandbeschleuniger, den der Nord-Südkonflikt, arm gegen reich mit fundamental-islamischer Beteiligung darstellte. Damit hat es jetzt geklappt. Gut, das nukleare Endspiel müsse nicht sein, beteuern sie. Da hätten sie dann auch nichts davon und würden genug mit der Herstellung und dem Verkauf von Militaria verdienen. Aber die Luxusüberlebensbunker sind gebaut und könnten bezogen werden. Ob es dann am Ende zum nuklearen Overkill kommt oder nicht, wird sich irgendwann der Kontrolle entziehen. Und sicher nehmen einige selbst den in Kauf, davon überzeugt, dass es sowieso zu viele Menschen auf der Erde gibt.

Schon der Zweite Weltkrieg hätte global wie Hiroshima und Nagasaki enden können. Wäre Deutschland und nicht die USA mit der Bombe schneller gewesen, hätte Hitler die Welt ‚total' in Schutt und Asche gelegt und nicht wie Truman nur zwei japanische Städte mit 250tausend toten, nicht über die Wirkung von ‚Little Boy' und ‚Fat Man' informierten Zivilisten und koreanischen Zwangsarbeitern. Nur fehlten den deutschen Entwicklern die ausreichende Menge an angereichertem Uran, schwerem Wasser, die Zeit und vielleicht auch der Wille, wie heute angenommen wird. Ursprünglich sollten die US-Bomben ja auf Deutschland fallen, nur kam die Kapitulation zu früh. Sie waren nicht rechtzeitig fertig geworden. Also traf es Japan genau drei Monate später, auch wenn es längst am Boden lag und erste Friedensverhandlungen über Stalin angelaufen waren. Aber Truman, gerade Präsident geworden, wollte die Bomben unbedingt platzen lassen. 100tausend auf einen Streich, weitere 150tausend an den Folgen bis Ende 1945 und unzählige Krebstote in den Folgejahrzehnten! Eine verdammte Greultat, die aber von der Mordmaschinerie in den KZs der Nazis noch getoppt wurde. Scheißkerle."

Er war doch ein wenig lauter geworden. Jetzt atmete er tief durch und fuhr nach kurzer Pause mit leisem, aber festem Tonfall fort:

„Das Feuer mit Feuer löschen, wie man dem Brand am besten durch eine Explosion die Luft nimmt, soll Trumans Motto gewesen sein, wie es 1944 auch Stauffenberg mit dem Attentat auf Hitler versucht hatte. Daran ist man erinnert. Nur in den Morgenstunden des 6. und 9. August 1945 wurden zwei zivile Städte ‚zur Hölle geschickt', statt vier von 24 um Hitler versammelte Militärs. Ein kleiner Unterschied.

Töten und getötet werden, ein Irrsinn, den doch Menschen mit klarem Verstand ablehnen müssten. Deshalb fiel es mir, einem überzeugten Pazifisten, der ich lange war, zunächst schwer, selbst den Anschlag auf den Massenmörders Hitler zu rechtfertigen, auch wenn durch ihn tausende Zivilisten und Soldaten den Krieg hätten überleben können. Verlacht der Militarist deshalb den schwächlichen Pazifisten zu recht?

Genau genommen hatte der friedliebende Mahatma, die Ikone des Pazifismus, in Indien letztlich nur die Salzpreise gesenkt und die später mit Kindern betriebene Textilindustrie gestärkt, ansonsten war bis ins 21. Jahrhundert alles beim Alten geblieben: das Kastensystem, die schrecklichen Existenzen auf den Müllhalden in den Städten des Nordens, die von Ärzten verkrüppelten Bettelkinder, der Dreck der Slums und die vielen Superreichen in ihren Palästen. Wurde er deshalb immer so hoch gelobt, weil er mit seinem Aufruf zur Gewaltfreiheit im Resümee erfolglos war? Die Engländer mussten nach dem Zweiten Weltkrieg Indien sowieso räumen. Die Zeit des imperialen Kolonialismus' war 1947 vorbei. Zudem bekamen sie den Bürgerkrieg zwischen Hindus und Muslimen nicht mehr in den Griff. Gandhi hatte mit der Befreiung Indiens eigentlich gar nichts zu tun. Obendrein soll er mit seinen Ansichten über Schwarzafrikaner und Frauen auch noch Rassist und Sexist gewesen sein. Also bitte …

Gewaltfreiheit klingt so gut, so richtig, doch wenn sich die entscheidenden Leute nicht auf sie einlassen, bleibt sie warme Luft, die sich ohne nachwirkenden Effekt in der Kälte der Gewalt verflüchtigt. Eine Bitte lässt sich überhören, ein Schuss nicht." Er bückte sich, fand einen griffigen Kiesel und schleuderte ihn mit links so weit er konnte in die Schlucht.

„Als Student gehörte ich für zwei Jahre der Kommunistischen Hochschulgruppe des Kommunistischen Bunds Westdeutschlands an und hatte mich von der Notwendigkeit des revolutionären Umsturzes mit der Macht aus den Gewährläufen überzeugen lassen. Mein Pazifismus war perdu, junge Menschen neigen zu Extremen und begehen aus Überzeugung sogar Kamikaze, etwas, was die alten Säcke nie machen würden, weder im Nahen, Mittleren noch Fernen Osten. Ich hatte allerdings die friedlichere Kampfbegleitung mit der Gitarre vorgezogen und gehörte der Agitprop Gruppe an, die mit ihren Gesängen Volksnähe suchte – vergeblich, wie ich schnell feststellen musste. Ich verließ die KHG schließlich enttäuscht, ja, angeekelt und erlöst von einem Haufen Politkarriere geiler Studenten und Studentinnen, deren Leitungszugehörigkeit hauptsächlich zur Selbstwert- und Partnerfindung in einem lächerlich hierarchischen Zirkel diente. Ich tat den Kommunismus schließlich, wie viele andere auch, als Irrlehre ab. Einparteiensysteme funktionieren nicht. Später war China dann allerdings angetreten, in dieser Frage die Welt Mores zu lehren. Lenins Staatsmonopolkapitalismus at its best, auch wenn er ihn anders zugeordnet hatte. Mir, dem hierarchische Systeme immer zuwider waren, kam damals die Befreiung des Individuums in der KHG jedenfalls absolut zu kurz. Mit meinem Austritt fiel mir eine unglaubliche Last von den Schultern. Ich tanzte erleichtert tagelang, wie Gene Kelly im Regen am Bordsteinrand.

Jahrzehnte später dann erschien mir eine ‚robuste‘ Gegenwehr – ein verharmlosender Ausdruck, der heute gern von Schießwütigen benutzt wird - wieder gerechtfertigt zu sein, nicht, um die Menschen in ein neues System zu ballern, sondern um die Ankerkette zu sprengen und das Schiff der Menschheit aus dem stinkenden Hafen der Konsumidiotie und -vergiftung, weg aus dem ewig dräuenden Kriegsbeschuss in bessere, lebensfreundliche Gefilde segeln zu sehen. Und es war klar, auf wen zu zielen gewesen wäre. Doch die Macht der Konzerne ..."

Gefolgt vom aufschreckendem Düsenlärm eines Bombers, riss ihn eine gewaltige Explosion, viel näher als das ferne Gerumpel, aus seinen Überlegungen. Bis ins Mark erschreckt, drehte er sich nach kurzer Starre um, hastete unter den Trümmerdom und ging hinter einem großen Betonbrocken in Deckung. Aber es blieb still. Schließlich richtete er sich auf und stolperte zurück zu seinem Rucksack. Das Gerät war weitergelaufen. Er drückte Stopp- und Starttaste, spulte bis zum Zwitschern der Sprachaufnahme und hörte sich dann sagen:, ... in bessere, lebensfreundliche Gefilde segeln zu sehen. Und es war klar, auf wen die Waffe zu richten gewesen wäre. Doch die Macht der Konzerne ...' Die Explosion krachte übersteuert in die Aufnahme. Er wartete den Nachhall der Detonation ab und wechselte zur Rekordfunktion:

„Während dieses Diktats befinde ich mich in der Schlucht am zerstörten Staudamm unterhalb meiner Hütte. Heraufgestiegen, um dem Krieg für eine kleine, letzte Weile zu entgehen, ist er mir unüberhörbar nah in die Wälder gefolgt. Eine dicke Bombe. Aber ich lebe noch. Hurra." Er unterbrach sich mit einem bitteren, verstaubten Lacher. „Dabei bin ich hier hoch gestiefelt, um das unvermeidliche, nukleare Aus mit einem letzten, ruhigen Blick auf mein Leben zu erwarten. Aber daraus scheint auch hier nichts zu werden, obwohl es das ist, was mir noch bleibt. Gedanken über die Rettung der Welt wären verschwendet. Wieder einmal haben sich Nationalismus, Despotismus, selbst Liberalismus und Demokratie so vollkommen ideologisiert, dass sie alle mit frechen Behauptungen und dummen Parolen den Unsinn des Krieges erneut rechtfertigen. Dagegen hat auch ein streitbarer Pazifismus keine Chance. Wenn der Verstand an der Garderobe abgegeben wird, herrscht verlogenes Chaos im Saal." Er unterbrach sich kurz, ohne abzuschalten. „Ich hasse die Lüge, diese Täuschung anderer als Strategie zur Lösung persönlicher Probleme. Sie schafft so viel Unheil und scheint doch zum Menschen zu gehören … Ein Kind entdeckt die Lüge ab vier Jahren und wird mit ihr erwachsen.

Als Sünde war sie einst durch alle Religionen der Welt gebrandmarkt und bestraft. Dem Volk war sie verboten. Die Anführer jedoch durften sich ihrer ungehindert bedienen. Getarnt als Politik, Diplomatie, Verhandlungsgeschick oder Kriegslist war sie das Handwerkszeug der Mächtigen. Heute ist sie ohne moralische Bedenken allgemein gesellschaftlich akzeptiert, im Großen wie im Kleinen, von der Politik über die Werbung und den geschäftlichen Verträgen, bis zu den Schwüren und Verabredungen im privaten Bereich. Sie wird nicht mehr geahndet, vielleicht noch als Meineid vor Gericht oder Schwalbe auf dem Fußballfeld. Das hat mich immer schon geärgert, vielleicht auch, weil ich zu oft zu leichtgläubig den Menschen vertraute, wenn sie nur nett zu mir waren. Die Falle der Liebenswürdigkeit. Ich brauchte immer ewig, bis ich merkte, dass ich belogen worden war und sah mich dann mit Selbstmitleid als kleinen Heiligen, der selbst der Lüge abgeschworen hatte. Oder war ich, wenn ich ehrlich bin, einfach nur zu faul, ein Leben voll Misstrauen und Vorsicht meiner Umwelt gegenüber zu führen und mir obendrein mit eignen Lügen das Leben zu erschweren? Ein Lügengeflecht intakt zu halten, kostet Mühe und benötigt immer wieder Reparaturen. Eine lästige Angelegenheit. Zudem sollen Lügen ja kurze Beine haben, was aber auch zu bezweifeln ist. Manche Lügen halten sich Jahrhunderte, wie ‚Die Konstantinische Schenkung‘, ‚Die Protokolle der Weisen von Zion‘ oder Hindenburgs ‚Dolchstoßlüge‘ und faulen noch heute in manchen Hirnen, auch wenn sie längst als solche entlarvt wurden." Er hob den Kopf, atmete hörbar tief durch die Nase ein und prustend durch die gespitzten Lippen aus. „Nun, lieber, interessierter Hörer oder wem sonst dies in die Hände fällt: soweit über mich und meine Sicht auf die Welt und mögen die einen oder anderen meinen, es besser zu wissen, so sollen sie. Mich aber deprimiert all das … ohn' Unter-lass." Er schloss seinen Monolog mit dem überspitzten, gereimten Pathos dessen, der im Sarkasmus Zuflucht sucht. „Auf zur Hütte. Bin gespannt, ob sie noch steht oder nicht doch einer Bombe oder gemeinen Marodeuren zum Opfer gefallen ist." Er schaltete ab und verstaute das Gerät wieder in der linken Brusttasche des Mantels. Dann stieß er unwillig mit der Stiefelspitze leicht gegen den schon lange schwer gewordenen Rucksack, griff sich einen Schulterriemen und warf sich die Last rechtsseitig auf den Rücken.

2

Er holte sich beim Überqueren des Bachs nasse Füße, als er von einem großen Gesteinsbrocken bis zu den Waden ins kalte Bergwasser abgerutscht. Den Fehltritt ignorierend, folgte er dem sich mäandernd den Steilhang hochwindenden Pfad in den triefnassen Socken, merkte aber nach einiger Zeit, dass das ein Fehler war. Das quatschende Wasser in den rutschigen Bergschuhen störte die Balance und erschwerte den Aufstieg erheblich. Hundert Höhenmeter steil über der Schlucht, wo der Wald wieder dichter wurde, mit Blick auf die geborstene Talsperre und den geleerten Stausee, suchte er gerade nach einem Sitzplatz, um die Socken auszuwringen, als er unter sich Geräusche wahrnahm. Gegen den dicken Stamm einer alten Fichte gestützt, sah er zu seinem Erstaunen, dass sich die noch vor kurzem menschenleere Schlucht rasch mit Soldaten füllte. Um die fünfzig olivbraune Krabbler mit ihren stumpfen Gewehren, stauten sich vor dem gesprengten Damm. Dann hörte er ein Flugzeug. Die Truppe wandte sich einem einzelnen Soldaten in ihrer Mitte zu, der ‚Deckung' brüllte und

zum Himmel aufschaute, alarmiert vom Düsenlärm der sich
nähernden Gefahr. Im selben Moment zischte der Bomber mit
Getöse in geringer Höhe über die Mannschaft hinweg, gefolgt von
einer schweren Explosion, die die Schlucht schlagartig in eine
graue Wolke hüllte. Hitze schlug ihm mit der Druckwelle aus der
Tiefe entgegen. Er schrak hinter den Stamm der Fichte zurück,
deren Erzittern durch seinen Körper vibrierte und hielt den Atem
an. Trockenes Astwerk prasselte um ihn herunter ins Gebüsch.
Dann war es wieder still.

,Himmel', dachte er, ,war gerade noch da unten.' Vorsichtig
schaute er hinter dem Stamm hervor in die Tiefe. Eine Staubwolke
wölbte sich über der Schlucht auf. Erkennen konnte er noch
nichts. ,Alle tot oder schwer verwundet. In so einem Kessel zerfetzt
es letztlich die Lungen. Solche Bomben krepieren ein paar Meter
über Grund. Da gehen alle drauf. So oder so. Hatte Glück.' Er
lehnte sich mit dem Rucksack an den Stamm. ,Nicht runtergehen.
Ist sinnlos.' Aber er wollte zumindest sehen, was die Bombe ange--
richtet hatte. Fünf Meter entfernt entdeckte er durch den aufflie-
genden Staub hindurch einen Felsbrocken, stieg nach längerem
Zögern zu ihm hinüber, öffnete seinen Mantel und setzte sich. Die
Schleifen der nassen Schnürsenkel ließen sich nur schwer öffnen. Er
zog die Schuhe und Strümpfe mit einiger Anstrengung von seinen
Füßen, krempelte die nassen Hosenbeine hoch und machte sich
daran, die Socken auszuwringen.

Als er die Schuhe zum Auslaufen umgedreht auf den Fels
gestellt und die Socken auf dem Buschwerk ausgebreitet hatte, um
eine gewisse Trocknung zu erzielen, war der dichte Staub der
Explosion verflogen und hatte den Blick in die Schlucht wieder
freigegeben. Zwischen den Toten schienen sich doch noch einige
Überlebende zu befinden, zumindest meinte er, hier und dort eine
Bewegung zu sehen, aber keiner kroch oder stand gar zwischen
den Leichen. Sicher waren sie schwerstverletzt und würden bald

sterben. Ihnen zu helfen, da war er sich sicher, hatte er nicht die Mittel. Da brauchte er mit seinem bisschen Verbandszeug gar nicht erst anzukommen. Er hatte noch nicht einmal eine Tube Brandsalbe oder Schmerzmittel, außer Aspirin. Er konnte guten Gewissens bleiben wo er war und verharrte kurz in dumpfer Betrachtung, reglos, wie die Leichen in der Schlucht. Dann zog er das Diktiergerät aus der Brusttasche des Mantels, schaltete auf Aufnahme und hielt es sich vor den Mund.

„Wurde soeben Zeuge eines Angriffs von einem Bomber auf circa fünfzig Soldaten in der Schlucht vor dem zerstörten Staudamm. Da ich mich bereits auf dem Weg zur Hütte in ausreichender Distanz zu der schweren Explosion befand, blieb ich unverletzt. Nehme an, dass die meisten Soldaten tot sind. Vielleicht gibt es einige schwer Verwundete. Ich meine, Bewegungen zu sehen. Vielleicht bilde ich sie mir auch nur ein. ..." Er schaltete auf Stopp und starrte eine Weile in die Tiefe. Dann nahm er weiter auf. „Bin erstaunt, dass dem Tod dort unten aus der Ferne betrachtet das Grauen fehlt ... dass mich die tiefe Ruhe, die diese vollkommen bewegungslosen Leichen verströmen, statt zu erschüttern, in gewisser Weise fesselt. Ich frage mich, ob es einen urmenschlichen Trieb zur Totenwache gibt, ähnlich dem zwanghaften Verharren von Elefanten in der Nähe toter Familienmitglieder, eine Art Verglimmen genetisch verankertem Sozialverhaltens. Naja, vielleicht ist das doch ein wenig weit hergeholt, aber ich fühle ... Moment", unterbrach er sich mit erstauntem Tonfall, „ich glaube ... da ist ... in dem Moment sehe ich einen Soldaten, der unter den Trümmern des Staudamms hervorkriecht. Es gibt also zumindest einen Überlebenden, scheinbar wenig betroffen oder sogar unverletzt, wie es aussieht. Er schaut sich um ... geht ein paar Schritte in die Schlucht, scheint etwas zu suchen, bleibt stehen und dreht sich ... hat ein Gewehr in der Hand. Schmeiß es weg, Junge, du brauchst es nicht. Erschossen wirst du aus dem Hinterhalt und wirst den Schuss, der dich tötet, nicht hören … jetzt scheint er etwas entdeckt zu haben, stolpert darauf zu … einer der Soldaten. Er beugt sich zu ihm runter und geht in die Knie, untersucht ihn genauer. Ist er tot? Vielleicht ein Freund. Wenn er in meine Richtung blicken würde, hätte er freie Sicht auf mich … schaut sich um, guckt jetzt hier hoch … ja, hat mich entdeckt. Mist. Er steht auf, weist auf sich und mich. Der will hier rauf. Ich muss … ich unterbreche hier." Er schaltete das Gerät ab und steckte es zurück in die Innentasche des Mantels. ‚Verdammt, ich wollte hier allein sein, für mich mit mir und jetzt das. Aber ich kann mich nicht einfach umdrehen und gehen, zumal er halb zu mir aufgestiegen ist, bevor ich die Strümpfe und Schuhe wieder anhabe.' Er entschloss sich zu reagieren, stand auf und hob den rechten Arm. ‚Soll er hochkommen. Ist jetzt egal. Er bewegt sich gut, scheint nichts abbekommen zu haben. Wenigstens wäre er keine Last, sollte sich dieses Treffen in die Länge ziehen. Nicht sehr groß. Eher klein, vielleicht knapp eins siebzig. Flott. Beeilt sich. Was soll ich mit ihm anfangen? Zurückschicken kann ich ihn nicht. Muss er selbst entscheiden. Mit zur Hütte nehmen? Das gefällt mir nicht, ganz und gar nicht. Hat außerdem das Scheißgewehr mitgenommen. Wer weiß, was das für ein Typ ist? Pech für mich. Jetzt am Bach. Kommt besser rüber, als ich, trockenen Fußes, na, bravo.' Dann hatte der Soldat den Einstieg in den Hang erreicht. ‚In fünf Minuten ist der hier oben. Besser rein in die nassen Schuhe. Kann dem ja nicht barfuß entgegentreten. Also …' Er setzte sich, stellte die Schuhe vor sich auf den Boden, putzte sich Sand und Fichtennadeln von den Füßen und stellte die Fersen auf den Lederkappen ab. Dann zog er die feuchten, unangenehm kalten Socken an. Mit viel Mühe und unter vollständigem Aufdröseln der Schnürbänder schaffte er es schließlich, in die nassen Schuhe hineinzukommen, ohne seine Zehen in den feuchten Socken zu stauchen und ihnen jegliche Bewegungsfreiheit zu nehmen. Jeder Schritt würde sonst bald zur Qual. Schließlich beendete er mit der zweiten Schleife den Kraftakt, stand auf und trat mehrmals von einem Bein aufs andere. Es ging. Der Soldat war mittlerweile soweit aufgestiegen, dass er das Gesicht unter dem Stahlhelm erkennen konnte. Es war eine Frau.

,Ach, ', dachte er überrascht, ,auch das noch.' Frauen, die sich für den Militärdienst entschieden hatten, waren ihm lange ein Gräuel gewesen, auch wenn er später zugeben musste, dass er sich bei seinem ersten Israeltrip schnell an die allgegenwärtige Präsens von Soldatinnen gewöhnt hatte. Wie ihre männlichen Kombattanten waren sie zwar schwer bewaffnet, aber sehr locker aufgetreten. Schließlich hatte er bei der angespannten Sicherheitslage im Lande ihre Anwesenheit sogar geschätzt. Wenn es um das eigene Wohl geht, verändern sich Sichtweisen manchmal erstaunlich schnell. Er setzte sich wieder und schaute bewegungslos ihrer Ankunft entgegen.

Dann stand sie vor ihm.

„Hallo." Sie nahm den Stahlhelm ab. Tiefschwarze, verklebte Locken fielen ihr ins Gesicht. Dunkler Teint. Um die dreißig, schätzte er. Sie war hübsch.

„Hallo", erwiderte er misstrauisch.

„Glück gehabt", sie wies mit der Hand ins Tal, „War unter der Staumauer hinter einem großen Brocken. Viele Tote."

„Oh", sagte er einsilbig, ganz offensichtlich an einem weiteren Gespräch nicht interessiert und schwieg. ,Ja, hast Glück gehabt, Mädel. Irgendwie der Druckwelle entkommen. Darauf eingehen?' Er wischte den Gedanken weg. ,Nichts mehr sagen.'

Sie schaute ihn an und nickte. „Gut, ich muss weiter". Sie wies den Weg hinauf und setzte sich den Stahlhelm wieder auf.

„Gut. Na dann … ." Seine Ablehnung war deutlich.

Wortlos drehte sie sich weg und hob dabei die freie Hand. Die andere fasste hinter den Gurt des Gewehrs. Langsam setzte sie den Aufstieg fort.

Erleichtert schaute er ihr hinterher. ‚Gut so. Kein Rumgequatsche, auch wenn sie gerade dem Tod von der Schippe gesprungen war. Musste ihr ja klar gewesen sein, worauf sie sich eingelassen hatte. Wo sie wohl hinwill?' Er kannte die Gegend gut. Der Pfad, in den zwanzig Meter weiter ein Waldweg zur Stadt mündete, führte unterhalb seiner Hütte Kilometer weit ins Gebirge hinein und endete auf einem Parkplatz am Ende eines Zubringers für Wanderer. Nach zehn Metern drehte sie sich noch einmal zu ihm um. Ihre Blicke trafen sich. Er wandte sich ab und setzte sich wieder auf den Felsbrocken.

‚Was für eine Begegnung. Passt nicht in deinen Plan, aber du hättest zumindest … nee, besser so'.

Als er ihr nach kurzer Zeit noch einmal hinterherschaute, war sie verschwunden. Vielleicht hatte sie den Weg in die Stadt eingeschlagen. Für eine kurze Weile schaute er in die Schlucht, stand schließlich auf, schulterte den Rucksack und folgte dem Pfad, der nun unter ständigem Auf und Ab unweit des Stausees weiter in den Wald hineinführte.

Nach zehn Minuten erreichte er die knapp einen halben Hektar große, leicht ansteigende Lichtung, auf der unversehrt die Hütte stand. Erleichtert blieb er stehen und stemmte die Hände in die Hüften. Es war eine stattliche Blockbohlenkonstruktion mit breiter Veranda und flachem Giebeldach, auf dem Solarpaneelen montiert waren. Sie bot einer großen Wohnküche, vier Schlafräumen und zwei kleinen Bädern Platz und war mehr Bungalow als Hütte. Hinter ihr stand ein Holzschuppen. Dann entdeckte er, dass die Fensterläden neben der Eingangstür aufgeschlagen waren und näherte sich vorsichtig. Zehn Meter von der Verandatreppe entfernt, erreichte er die alte, freistehende Buche und stellte sich hinter sie.

„Hallo", rief er laut mit fester, fordernder Stimme. „Ist da jemand? Das hier ist privat."

Keine Antwort. Er griff sich an den Kragen, fand die Trillerpfeife und blies hinein.

„Hallo, ist da jemand?"

Kurz darauf wurde die Tür von innen aufgezogen und ein Gewehrlauf schob sich heraus.

„Wer sind Sie?"

Er erkannte ihre Stimme.

„Der Besitzer. Hören Sie, ich glaube, wir sind uns gerade begegnet."

Sie erschien in der Tür und senkte das Gewehr. Vorsichtig trat er hinter der Buche hervor. Sie hatte die Kampfjacke ausgezogen. Nach kurzem Zögern winkte sie ihn mit dem Lauf heran und verschwand in der Hütte.

Langsam ging er die letzten Meter zur Treppe, stieg sie vorsichtig hoch und blieb auf der Veranda stehen. Die Tür war nicht aufgebrochen.

„Wie sind Sie reingekommen?", rief er.

„Ich kannte das Schlüsselversteck", kam es ruhig von drinnen.

„Wer hat Ihnen das Versteck verraten?"

„Sie können reinkommen."

„Ich würde es vorziehen, wenn Sie herauskämen und die Waffe an die Seite stellten."

Sie erschien wieder in der Tür, musterte in kurz und lehnte das Gewehr an den Türrahmen

„Also, wer … ?"

„Meine Mutter", unterbrach sie ihn kühl und trat zurück in die Hütte. Verwirrt schaute er ihr hinterher und näherte sich vorsichtig. In der Tür griff er sich das Gewehr und betrat die Hütte. „Ihre Mutter? Wer, bitte, ist Ihre Mutter?" Sie saß zurückgelehnt auf einem Stuhl neben dem Küchentisch und schaute ihm ruhig entgegen.

„Bärbel, Bärbel Schäfer."

„Bärbel Schäfer? Ich kannte eine Bärbel Schäfer, aber das ist vierzig Jahre her." Verwundert lehnte er das Gewehr neben der Tür an die Wand und legte beiläufig die beiden Schalter für die Stromversorgung um, die sich dort befanden. Vier grüne Leuchtpunkte bestätigten die volle Funktion der Solarpaneelen.

‚Hättest das Schlüsselversteck mal ändern können', ging ihm kurz durch den Kopf, aber es hatte eigentlich keinen Grund gegeben. Die Tür ließ er geöffnet. Sie zu schließen, wäre einer Einladung gleichgekommen, sagte sein Gefühl und er wollte ja, dass sie am besten gleich wieder ginge.

„Und Sie waren mit ihr hier oben gewesen", sagte sie bestimmt.

„Ja, einmal, im Frühjahr '84, glaube ich."

„Und danach sind Sie zusammen nach Griechenland gefahren."

„Genau. Hat sie das Ihnen erzählt?! Im Sommer. Naxos."

„Ja, hat sie."

„Aber nach einer Woche haben wir uns verloren. Sie war plötzlich weg, als ich vom Schwimmen kam."

„Und das war es dann für Sie?" Das Gespräch hatte etwas von einem Verhör, aber erstaunt, wie er war, ließ er sich darauf ein, schob sich den Rucksack von den Schultern und stellte ihn auf dem rustikalen Dielenboden der Küche ab.

„Nein, absolut nicht. Ich konnte es kaum glauben. Aber sie wollte weg, hatte mir sogar einen Zettel im Appartement hinterlassen."

„Und was stand auf dem Zettel?"

Er knöpfte sich den Mantel auf, zog ihn aus und hängte ihn, während er weitersprach, an einer der Kleiderhaken neben der Tür.

„Nur ein paar Worte. ‚Suche mich nicht. Ich bin weg. Barbara.' Warum Barbara, weiß ich nicht. Das war eigenartig. So hieß sie nicht und keiner nannte sie so." Unschlüssig blieb er weiter vor ihr stehen. Sie nickte.

„Stimmt."

‚Was stimmt', fragte er sich, ‚was auf dem Zettel stand, oder dass sie keiner Barbara nannte?' Laut sagte er: „Danach blieb sie verschwunden."

„Sie war gekidnappt worden."

Verblüfft starrte er sie an. „Was? Gekidnappt? Wie …von wem?", fragte er verwirrt.

„Marokkanern."

„Marokkanern?" wiederholte er lauter und zunehmend entsetzt.

„Ja, sie haben sie gezwungen, die Notiz zu schreiben, eine Verbrecherbande, die für Zuhälter Frauen entführte."

„Oh nein … entführt, von Zuhältern? … Aber … Himmel, daran habe ich damals überhaupt nicht gedacht … und dann auch nichts unternommen. Ich glaubte, sie …" Unter sein Entsetzen mischte sich tiefes Bedauern. „Es tut mir so leid. Gezwungen, diesen Zettel zu schreiben, sagen Sie, … diese verfluchten Dreckskerle … und sie hat ihn mit Barbara unterschrieben, was ich nie verstanden habe. Jetzt … vielleicht wollte sie mir so mitteilen, dass etwas nicht in Ordnung war. Das wäre doch möglich."

„Stimmt auch. Das hatte sie gehofft."

„Und ich hab's nicht kapiert, einfach nicht kapiert … war überzeugt, dass es einen anderen Grund gab … aber …", er schüttelte den Kopf. „Wohin wurde sie denn entführt?"

„Erst nach Izmir. Da hat sie dann bald ein sehr vermögender Händler aus Marrakesch gekauft und in seiner Yacht weiter nach Marokko verschleppt. Sie wurde eine seiner Frauen. Ich bin seine Tochter."

„Was?" Wieder starrte er sie fassungslos an. „Das, das … tut mir leid", stotterte er.

„Das muss ihnen nicht leid tun, ich hatte es nicht so schlecht."

„Dann … trotzdem … ", er schüttelte den Kopf, „aber gekauft, sagten Sie, als Frau, und das bedeutete wohl … Himmel, das Ganze trifft mich jetzt völlig …" Er nahm den Rucksack, ging an ihr vorbei zur Küchenzeile, stellte ihn dort ab und setzte sich ihr gegenüber an den Tisch. Sie wandte sich ihm zu.

„Heißt das dann, sie musste wenigstens nicht … also …?" fragte er zögernd.

„Nein, bis auf die paar Wochen in Izmir, musste sie sich nicht prostituieren. Das meinten Sie doch. Aber natürlich war da mein Vater, der sie eingesperrt hielt, ein ekelhafter Despot, den sie verachtete."

Bärbel. Er hatte sich damals schwer in sie verliebt und war sich in der kurzen Zeit ihres Zusammenseins, kaum drei Monate, immer sicherer geworden, dass sie die Traumfrau für ihn war und sie ein perfektes Paar abgeben würden, sicher für lange Zeit, wenn nicht für ein ganzes Leben. Großes Einverständnis, alles passte, auch wenn sie 14 Jahre jünger war. Ihren ersten kleinen Streit hatten sie dann in Griechenland gehabt. Einen Tag bevor sie verschwand. Eigentlich eine Bagatelle.

Er wollte sie mit einer Nacht am Strand überraschen, ein Biwak unter freiem Sternenhimmel, im lauen Nachtwind und mit dem Rauschen des Meeres. Er hatte das schon mal mit großem Vergnügen gemacht und bereits Vorbereitungen getroffen, eine Diwanluftmatratze, Decken, Wein besorgt. Aber seine Idee kam bei ihr nicht an. Sie gab zu bedenken, dass irgendwelches Getier, Spinnen, Ameisen, Mücken, vielleicht sogar kleine Krebse, die man auch bei Tage über den Strand huschen sah, sie anfallen könnten oder Voyeure sie beobachten würden. Außerdem stellte sie sich das sehr unbequem vor. So kam es zu diesem kleinen Disput, den er aber bald beilegte, indem er auf das Biwak verzichtete. Und alles war wieder gut. Einen Tag später war sie weg und er brachte deshalb diese Auseinandersetzung mit ihrem Verschwinden in Verbindung, auch wenn ihm das Ganze völlig überzogen, ja unbegreiflich erschien. Streit war für sie wohl so unerträglich, dass sie ihn verließ, bevor es zu weiterem kam. Und er konnte es ihr sogar nachfühlen. Auch ihm war Streit zuwider. Er hatte während seiner ganzen

Kindheit und Jugend ständig die lauten, manchmal gewalttätigen Auseinandersetzungen seiner Eltern in erster, wie zweiter Ehe miterleben müssen und begann schon mit sechzehn zwischen seinem Stiefvater und seiner Mutter als Streitschlichter zu vermitteln. Dann wurde die allgegenwärtige, zänkische Grundstimmung für ihn immer unerträglicher und als er nach dem Abi das Haus verließ, war das nicht nur eine Erlösung von der Schule, sondern auch und besonders von der Qual dieses häuslichen Unfriedens. Vielleicht war Bärbel noch sensibler gewesen, als er selbst und hatte deshalb gleich einen Schlussstrich gezogen. Das war zumindest eine mögliche Erklärung gewesen. An eine Entführung hatte er nie gedacht. Schließlich gab er sich selbst die Schuld und haderte noch lange mit sich, sein Glück mit Füßen getreten zu haben.

„Ein Despot, Ihr Vater, schrecklich … aber Bärbel, wo ist sie jetzt? Lebt sie immer noch in Marokko, oder hat sie es da rausgeschafft?"

„Nein, sie ist in Marrakesch geblieben. Nach dem Tod meines Vaters kaufte einer meiner Brüder einen alten Stadtpalast und stieg damit ins Tourismusgeschäft ein. Sie führte zwölf Jahre dieses Hotel, speziell für deutsche Urlauber. Sie war sehr gut darin."

„Immerhin, ich meine … also, dann hat es wohl noch eine einigermaßen akzeptable Wendung gegeben, oder?"

„Kann man so sehen."

„Aber trotzdem … würde sie natürlich gern treffen, gerade jetzt, wo ich weiß, was damals passiert war. Aber das ist ja nun nicht mehr möglich."

„Wahrscheinlich. Man kann nicht mehr einfach hinfliegen, vielleicht nie mehr."

„Dieser verdammte Krieg. Und Sie machen da mit. Wie kamen Sie überhaupt in die Armee? Sind Sie nicht Marokkanerin?" Vorsichtig versuchte er das Gespräch von Bärbel weg auf die gegenwärtige Situation zu lenken. Was er gerade über sie erfahren hatte, würde ihn ohnehin noch eine Weile beschäftigen. Aber dafür musste er allein sein.

„Nein. Ich habe damals gleich nach dem Tod meines Vaters die deutsche Staatsbürgerschaft angenommen und bin später Berufssoldatin geworden. Mich interessierte die militärische Ausbildung. So, jetzt sind Sie informiert." Mit energischem Tonfall beendete sie das Thema. „Ihre Erklärung war nicht unwichtig für mich. Sie setzt das Ganze und besonders Sie in ein anderes Licht." Sie stand auf und schob den Stuhl an den Tisch. Leicht irritiert lehnte er sich zurück und schaute zu ihr hoch.

„Ja, okay ... ich danke Ihnen. Sie haben mir die Antwort auf ein ungelöstes Rätsel in meinem Leben gegeben, das mich lange gequält hat."

„Keine Ursache. Aber nun zu der Frage, die Sie mir sicher vorhin schon stellen wollten." Distanziert schien sie ihr Verhör fortsetzen zu wollen.

„Vorhin? Was meinen Sie?"

„Bevor wir über meine Mutter gesprochen hatten."

„Was ... ach, so." Er verstand. „Klar. Ich sollte Sie fragen, was Sie hier eigentlich machen, warum Sie hier heraufgekommen sind. Das meinen Sie doch?!"

„Genau."

„Und?" Ihn erstaunte, wie strikt sie während des Gesprächs die Zügel in der Hand behielt und dass er das mit sich machen ließ.

„Das Kommando war ein Spähtrupp. Die Heeresleitung vermutete, dass der Feind hier einen Brückenkopf planen könnte. Der geleerte Stausee bietet sich als Landeplatz für Hubschrauber an. Es gab beim Anmarsch bereits weiter unten einen Angriff von einem Bomber mit Toten und Verletzten, bevor wir vor der Staumauer endgültig getroffen wurden. Wir hätten gar nicht weiter aufsteigen dürfen. Aber der Befehl zur Aufklärung war erteilt und wurde ausgeführt. So läuft das."

„Ja, schrecklich dieser Kadavergehorsam. Blödsinniger Militarismus. Aber Sie haben wirklich Glück gehabt ... Und nachdem Sie das Inferno da unten überlebt hatten, fiel Ihnen die Hütte ein?"

„Wenn Sie so wollen."

„Wie meinen Sie das? Versteh ich jetzt nicht." ‚Sie lässt sich alles einzeln aus der Nase ziehen', dachte er.

„Ich möchte dazu nichts mehr sagen."

„Aber hören Sie", bemerkte er erstaunt, „es wäre schon interessant für mich zu wissen, was Sie hier …"

„Als ich in der Garnison von dem Kommando erfuhr", fiel sie ihm über sein hartnäckiges Nachhaken verärgert ins Wort, „meldete ich mich im Rahmen einer Marschübung an. Ja, ich wusste von der Hütte und hoffte, mich auf dem Weg absetzen zu können …"

„ … um dem Krieg zu entkommen", vervollständigte er den Satz. „Kann ich gut verstehen. Ich mag Deserteure. Sie sind herzlich eingeladen. Es gibt genug Platz und einiges an Vorräten."

„Danke, aber genau das wird nicht gehen. Ich benötige die Hütte ohne Sie. Das ist sehr wichtig."

Er schaute mit einem Anflug von Belustigung zu ihr hoch. „Aha, Sie wissen doch, dass das hier mein Eigentum ist und ich schon die Wahl haben sollte, wer … "

„Diese Hütte ist ein wichtiger Treffpunkt!" Wieder unterbrach sie ihn mit Nachdruck.

„Wie, ein Treffpunkt? Für wen?"

„Kein Kommentar."

„Also, bitte. Sie erwarten doch nicht von mir, dass ich aufgrund so einer vagen Auskunft einfach gehe. Kommen Sie, wer trifft sich hier in meiner Hütte?" Sein Unwillen über die Entwicklung des Gesprächs wurde hörbar.

„Kein Kommentar", wiederholte sie scharf.

„Also, bevor wir uns hier streiten – sagen Sie mir bitte, wen Sie hier erwarten." Auch er wurde bestimmter.

„Hören Sie … ich habe schon jetzt zu viel gesagt, denn dieses Treffen unterliegt größter Geheimhaltung. Sie sind hier also absolut fehl am Platze. Haben Sie das verstanden?" Ihr belehrender Tonfall brachte ihn nun vollends auf.

„Das ist ja alles sehr interessant, aber nun hören Sie mir mal zu." Er klang deutlich verärgert. „Sie sind doch da unten beinahe draufgegangen, nicht wahr? Sie hatten einfach nur unglaubliches Glück, unter den Trümmern der direkten Druckwelle entkommen zu sein. Also wäre ich diesen Leuten sowieso begegnet. Außerdem ist dies meine Hütte und ich bin nun mal da. Nennen sie es wie sie wollen, Schicksal, Vorsehung, aber ich denke, das hier ist kein Zufall und ich würde gerne sehen, was daraus wird."

„Nein, unmöglich. Sie müssen wieder gehen. Es kann gefährlich für Sie werden, wenn Sie bleiben."

„Also, liebe Frau … ich kenne nicht mal Ihren Namen …"

„Malika."

„Also, Malika, unser aller Ende ist nah. Sie wissen das auch." Er beruhigte sich wieder. „Der ganze Ball wird bald atomar gesprengt, zumindest sitzen genug Betonköpfe, alte, kranke Männer, eh an ihr Lebensende gelangt, in den Befehlsständen mit den Startcodes in Händen, die uns alle ohne Bedenken mit in den Orkus reißen werden. Also, warum sollte ich auf dieses letzte Abenteuer verzichten, auch wenn es nur ein kurzes wird?"

Sie drehte sich um, ging zur offenen Tür und griff nach dem Gewehr.

„Hauen Sie ab", fuhr sie ihn zornig an.

„Schießen Sie!" Lächelnd stand er auf.

„Sie müssen verschwinden, verstehen Sie, in Ihrem eigenen Interesse." Energisch wies sie mit dem Gewehrlauf in den Wald.

„Ich denke nicht. Außerdem habe ich einen sehr langen Fußmarsch hinter mir. Wie stellen Sie sich das vor?" Entschlossen schaute er sie an. Sie senkte das Gewehr und erwiderte stumm seinen Blick. Bedauernd hob er die Hände und schwieg ebenfalls. Schließlich lenkte er ein.

„Kommen Sie, wie wäre es mit einem Tee?"

„Machen Sie Ihren Tee, aber dann müssen Sie gehen." Sie stellte das Gewehr wieder an die Wand und ging auf die Veranda. Er konnte sie durch die geöffnete Tür sehen. Sie stand am Geländer und schaute über die Wiese in den Wald.

‚Ein wenig härtere Gesichtszüge als ihre Mutter, hat aber Bärbels Mund und Augen. Außerdem ähneln sich die Stimmen, zumindest erinnere ich mich so.' Er wandte sich der Küchenzeile zu, ging in die Knie und öffnete Wasser- und Gaszufuhr unter der Spüle. Im Aufrichten drehte er den Wasserhahn auf und ließ das Wasser laufen. Es kam von einer großen Zisterne hinter der Hütte, die aus einer Quelle am oberen Waldrand der Lichtung ständig mit Frischwasser versorgt wurde.

‚Unglaubliche Geschichte.' Er hätte sehr gern das Diktiergerät aus dem Mantel geholt. ‚Da taucht aus dem Nichts eine sehr präsente junge Frau mit traurigen Erinnerungen aus ferner Vergangenheit und präzisen Forderungen für die nahe Zukunft auf. Abhauen soll ich. Hatte nicht mit mir hier oben gerechnet. Einem ominösen, für mich gefährlichen Treffen, das sie hier offensichtlich arrangiert hat, aus dem Wege gehen? Auf keinen Fall räume ich brav das Feld. Sicher nicht.' Er schaute zur Tür. Malika stand immer noch an der gleichen Stelle auf der Veranda.

Das Wasser lief mittlerweile klar in die Spüle. Routiniert nahm er den Kessel vom Regal, spülte ihn aus, füllte ihn halb und stellte ihn auf den Gasherd. Dann fand er den Gasanzünder in der Schublade, knipste den Brenner neben dem Kessel an und setzte ihn auf die Flamme. Aus dem Oberschrank griff er sich Teedose und Kanne, nahm den Teestrumpf vom Haken über der Spüle, reinigte ihn sorgfältig unter fließendem Wasser und hängte ihn in die Kanne. Währenddessen dachte er darüber nach, was er machen konnte, um die Situation zu entschärfen. Er öffnete die Teedose und streute mit den Fingern mehrere Priesen Tee in den Strumpf. Dann ging er zu ihr auf die Veranda und stellte sich neben sie.

„Wann kommen denn die Gäste? Heute schon?"

„Nein, aber bald."

„Prima. Also hat die Lösung unseres Problems noch Zeit. Der Tee ist bald fertig. Ich rufe Sie dann, Malika. Kandis, Milch?"

Sie schüttelte leicht den Kopf, erschöpft von seiner Hartnäckigkeit, sagte dann aber ein wenig einlenkend: „Beides."

„Okay." Erleichtert über den kleinen Stimmungswechsel, ging er zurück in die Küche, hob den Rucksack auf den Tisch, öffnete ihn, holte die Lebensmittel heraus und verstaute sie in den Hängeschränken. Kondensmilch und Kandis ließ er auf dem Tisch. Dann schaltete er den Kühlschrank ein und spülte die Tassen. Um den Kamin, mit dem die ganze Hütte geheizt wurde, wollte er sich später kümmern.

3

Am ersten Abend waren sie nach einer kurzen, schleppenden Unterhaltung früh zu Bett gegangen. Sie hatte noch von ihrem und Bärbels Leben in Marrakesch, er von sich und dem Bau der Hütte erzählt. Das Treffen sprachen beide nicht mehr. Am Morgen tranken sie gemeinsam einen Kaffee, worauf sie sich aber gleich von ihm verabschiedete, um einen Blick in die Schlucht zu werfen, wie sie sagte. Er verbrachte den Tag mit der Inspektion der Versorgungseinheiten und einigen Reparaturen an der Hütte. Das Diktiergerät benutzte er nur kurz. In Stichworten fasste er zusammen, was er über Bärbels Schicksal erfahren und wie sich das Zusammentreffen mit ihrer Tochter bislang gestaltet hatte. Darüber hinaus hätte er keine Lust, sich in vagen Vermutungen zu verplappern, merkte er an. Es gäbe zu viele unbeantwortete Fragen über Malikas Auftauchen in der Hütte. Später sah er sie auf der Veranda sitzen, als er aus dem Wald zurückkam, wo er sich nach totem Feuerholz umgesehen hatte. Sie las ein Buch. Er sprach sie sachlich darauf an, ob Truppen in die Schlucht geschickt worden seien. Sie schüttelte den Kopf. Nein, dort sei nichts passiert. Es gäbe wohl noch schwer verletzte Überlebende, aber kein Rettungskommando. Ein schreckliches Versagen der Verantwortlichen. Er pflichtete ihr ruhig bei und ging in die Hütte.

Am Abend betranken sie sich mit zwei Flaschen 2018er Chateau Pierrail zum Chili con Carne aus der Dose. Sie kamen schnell wieder auf den Krieg zu sprechen und er legte ihr seine Meinung über die Hintergründe für das erneute und dieses Mal wohl endgültige Desaster offen. Sie ließ ihn reden.

„Es regiert, wie seit Jahrtausenden, unkontrollierte Machtbesessenheit, Gier und Habgier, angezettelt von Drahtziehern ohne Tötungshemmung, die der Mensch doch normalerweise seiner eigenen Spezies gegenüber hat. Wenn solche Individuen durch ihre Brutalität und Skrupellosigkeit Macht erlangen und mit den entsprechenden Waffen ausgestattet werden, nutzen sie sie geradezu gesetzmäßig irgendwann, um ihre Interessen mit Befehl und Standgericht durchzusetzen. Hitler ist doch ein gutes Beispiel für einen unmoralischen, äußerst brutalen Machtparvenu gewesen, der, als es ihm politisch opportun erschien, die SA zu schwächen, mit dem erfundenen Röhm-Putsch bereits 15 Monate nach der Machtergreifung seinen frühen Mordgesellen und SA Chef Röhm sowie weitere 90 Personen töten ließ.“ Er war sich nicht sicher, ob er ihr noch mit Hitler kommen sollte, aber er konnte sich nicht mehr stoppen. „Denunzieren und liquidieren, das alte Spiel der Inquisition. Aber selbst Hitler war anfänglich nur ein Handlanger antikommunistischer Politik gewesen, der sich aber wider Erwarten sehr schnell verselbständigt hatte.“

Bei seinen anschließend vehement vorgetragenen Spekulationen über die verpasste Gelegenheit, die Kriegstreiberei zu beenden, selbst durch gezielte Attentate, musterte sie ihn interessiert, äußerte sich aber nicht dazu.

„Alles tun, was Kriege verhindert, ist meines Erachtens völlig legitim und Aufgabe eines aufgeklärten Menschen. Uns Sie? Sie machen das Gegenteil und unterstützen freiwillig irgendwelche staatlichen Streitkräften durch Ihre Teilnahme."

Sie hätte sich das schon reiflich überlegt, erwiderte sie und sich schließlich bewusst dafür entschieden. Die Motive für ihre Berufswahl würden hauptsächlich aus ihren eigenen und ihrer Mutter Erfahrungen mit der Stellung der Frau im orthodoxen Islam, der sich jeglicher modernen Exegese verschließt, resultieren. In dieser präpotenten Männerwelt, meinte sie, sollte es wehrhafte Frauen geben, die der männlichen Dominanz etwas schlagkräftig entgegenzusetzen hätten. Der Wehrdienst schien ihr deshalb der sinnvollste Weg zu diesem Ziel gewesen zu sein. Eine militärische Ausbildung wäre gesellschaftlich akzeptiert, gründlich, kostenlos und sichere ein ausreichendes Einkommen. Sie war qualifizierte Scharfschützin und es sei ihr leicht gefallen, sehr schnell sehr treffsicher zu werden. Allerdings arbeite sie schon länger in der Verwaltung und hätte mit der kämpfenden Truppe nur indirekt zu tun. Der Marsch zur Staumauer sei als Übung zum Erhalt der Wehrtauglichkeit ausgewiesen worden und hatte perfekt gepasst, um die Hütte nahezu offiziell in ihrem sich direkt anschließenden Urlaub zu erreichen. Doch dann dieser Angriff! Eine gute Freundin von ihr sei bei der Bombardierung getötet worden. Sie hätte sie noch zwischen den Leichen gefunden und ihn dann über der Schlucht entdeckt.

Im Laufe des Abends kamen sie überein, dass sie sich nach dem verkorksten Start doch eigentlich ganz gut verstünden. Er bot ihr das Du an, was sie Schulter zuckend annahm.

So ging der Abend dahin. Über das Treffen wurde nach wie vor geschwiegen. Als sie sich die Zähne putzte, setzte er sich mit dem letzten Schluck Rotwein auf die Terrasse. Kurze Zeit später kam sie an die Tür.

„Also, gute Nacht", sagte sie freundlich. „Ach, und übrigens, morgen kommen die Gäste."

„Oh", erwiderte er leicht aufgeschreckt über die Schulter.

„Ja. Wir reden morgen. Schlaf gut."

„Okay. Du auch. Gute Nacht."

‚Peng', dachte er, ‚aber sie hat es bis zum Schluss gelassen, mich zu unterrichten. Immerhin. Wollte vielleicht nicht die gute Laune verderben. Ist ja auch ein netter Abend geworden. Klar, der Bordeaux hat geholfen. Morgen will sie reden. Bin gespannt.'

Er lauschte noch für einige Minuten in die Stille der Nacht, durch die hin und wieder das ferne Bollern des Krieges drang. Dann ging er leise ins Bad.

Um 7:12 Uhr auf dem Wecker trieb ihn der Harndrang aus dem Bett. Der Traum, aus dem er gerade erwacht war, stand ihm dabei noch deutlich vor Augen. Im Aufrichten griff er sich das Diktiergerät vom Nachttisch. Er hatte sich die Aufnahmen vor dem Einschlafen noch einmal anhören wollen, es aber doch verschoben. Nun konnte er den frühen Morgen dazu nutzen. Um sie mit der Spülung nicht zu wecken, warf er sich den Mantel um und schlich sich aus der Hütte auf die Lichtung. Dann setzte er sich in der Dämmerung des kühlen Oktobermorgens auf die Veranda. Der Krieg hatte eine Schweigeminute eingelegt. Einige Vögel zwitscherten in der mächtigen Buche.

Nach kurzem Überlegen hob er den Rekorder vor den Mund und startete die Aufnahme mit tiefer, leiser Stimme.

„Sieben Uhr am Morgen des Tages, an dem die Gäste kommen sollen. Nach einem überraschend harmonischen Abend informierte

mich Malika darüber, als sie zu Bett ging. Es wird spannend …
Erwachte soeben aus einem dieser lebendigen Träume, die in den
frühen Morgenstunden das Hirn durchfunken, wenn man, statt
aufzustehen, noch einmal einschläft. Meist erinnert man sich sehr
gut an sie und sie verflüchtigen sich nicht so plötzlich, wie die
meisten Träume. Obwohl er so real wirkte, fragte ich mich, ob ich
träume, um doch festzustellen, dass es kein Traum war, da die
schreckliche Erkenntnis, verlassen zu sein, keinen Zweifel zuließ.
Zuvor war ich beim Betreten meiner Wohnung auf eine Gruppe
von fünf bis sechs Personen gestoßen, unter ihnen drei große,
junge Männer und meine letzte, langjährige Partnerin Ulla. Mir war
schlagartig klar geworden, dass einer der drei Burschen, der größte
und hübscheste, ihr neuer Freund war, um einiges jünger als sie
selbst und viel jünger als ich. Ein wenig beschämt, aber mit dem
Glück der Verliebtheit im Blick hatte sie meinen Verdacht bestätigt
und sich zu ihm gestellt, seinen Oberarm umfasst und sich an ihn
gelehnt. Ein bitterer, lähmender Moment. Ich bat die Treulose enttäuscht und verletzt zu gehen und verließ meine Bude alsbald
selbst, um der Tröstung von jemand Unbekanntem, der noch in der
Wohnung war, zu entgehen. Auf der Straße war ich kurz davon
überzeugt, mich in einem Klartraum zu befinden, hatte dann
jedoch die Szene wieder so deutlich vor Augen, dass ich den
Gedanken verwarf und im Schmerz, verlassen zu sein, versank.
Kurz darauf erwachte ich.

Das Gefühl der Kränkung verflüchtigte sich schnell, hat aber einem kleinen Ärger Platz gemacht, den ich auch jetzt noch
empfinde. Mir gefällt es überhaupt nicht, dass mich mein alter
Zweifel am Fortbestand von Beziehungen so demütigend eingeholt
hat. Auch in dieser, wenngleich nur geträumten Episode haben
Lust oder Unlust, die zwei Seiten der Medaille, meiner Liebe ein
Schnäppchen geschlagen. Die alte, abgeschmackte Geschichte, in
der sich das Verlangen am Partner verliert und sich jemand

anderem zuwendet. Manche vermuten eine genetisch programmierte Uhr dahinter, die die Appetenz bei Mann oder Frau nach drei Jahren, jedoch spätestens nach der Aufzuchtperiode der Nachkommen erlöschen lässt, selbst wenn sie keine Kinder haben. Reiner Biologismus, werden soziologisch Geprägte mit denen vor Augen erwidern, auf die dies ihrer Meinung nach nicht zutrifft. Aber Standpunkte klammern sich oft an einzelne Momentaufnahmen, anstatt sich das ganze Fotoalbum anzuschauen, was natürlich auch sehr anstrengend, zeitaufwendig und sogar verwirrend sein kann. Die Macht einfacher Antworten erwächst nicht nur aus Dummheit, sondern auch aus Faulheit und Lethargie. Vielleicht spielt auch die Angst vor unliebsamer Erkenntnis mit.

Eine alte Bauernregel warnt jedenfalls, wenn sie sagt: Trennt sich das Bett, so trennen sich die Herzen. Ob es eine Aufforderung zum Beischlaf zur Beziehungspflege oder nur eine Feststellung zu Ursache und Wirkung ist, bleibt unklar. Aber es ist wohl meistens so und bedeutet dann Unglück nach dem Glück in fast jeder Beziehung, zumindest für Eine oder Einen von Zweien. Oft überfallen dann den Verlassenen oder die Verlassene Verlustängste mit Seelen-schmerzen ungeahnten Ausmaßes, aus denen Hass entstehen kann. Dann werden sogar Morde begangen, auch ohne den Familienehrewahn atavistischer Wertesysteme, die vielleicht nur eine Ausrede sind.

Natürlich frage ich mich, was dieser Traum gerade jetzt bedeutete. Ist es die verspätete Verarbeitung der Trennung von Bärbel, die mir durch die Begegnung mit ihrer Tochter noch einmal in Erinnerung gebracht worden war? Möglich. Oder ist es eine Warnung meines Unterbewusstseins vor erneutem Liebesverlust? Habe ich mich, der alte, immer noch Liebe Suchende, gestern Abend in Malika verguckt? Hatte ich sie nicht einmal sogar Bärbel genannt?"

Er drückte die Pausentaste. ‚Es reicht', dachte er und hätte am liebsten das soeben Gesagte gelöscht. Das Thema Liebe hing ihm langsam selbst zum Hals raus. Er hatte es zu oft besprochen. Aber er verbot sich die Manipulation seiner spontanen Ergüsse. Es wird nicht radiert. Dann nahm er weiter auf.

„Alles ganz normal. Malika ist eine faszinierende Frau. Sie nicht zu begehren, wäre Selbstverleugnung. Man muss es ja nicht zeigen. Zudem verschwindet das Ganze hinter dem, was auf mich zukommt. Wer werden diese Gäste sein? Wie viele überhaupt? Welchen Grund hat die Versammlung und werde ich damit klarkommen?" Er atmete durch und schaltete das Gerät aus.

„Jetzt erstmal einen Kaffee!", sagte er leise, ging in die Hütte und setzte das Wasser auf.

Kurz, nachdem er sich mit seinem Becher an den Tisch gesetzt hatte, kam Malika aus ihrem Zimmer.

„Morgen", sagte sie und berührte ihn leicht an der Schulter, als sie sich hinter ihm aus dem Hängeschrank eine Tasse nahm.

„Moin", antwortete er, angetan von der Berührung. „Gut geschlafen?"

Sie sich setzte sich und er schenkte ihr ein.

„Tief und fest, war auch wirklich hin, gestern Abend. Hatten wohl ein bisschen viel Wein, oder?", erwiderte sie schmunzelnd und rührte sich Milch in den Kaffee. „Und Du?"

„Wirr geträumt. Sonst alles bestens."

„Okay."

„Malika."

„Ja?"

„Wie machen wir das heute?"

„Ja, wie machen wir das heute?", sagte sie und lehnte sich mit der Tasse in der Hand zurück. „Ich weiß es auch nicht genau, aber vielleicht gibt es eine Lösung, wenn du unbedingt bleiben willst. Nur solltest du nicht hier sein, wenn die anderen eintreffen. Es wird sich wohl über Stunden hinziehen. Ich könnte dann, wenn alle da sind, der ganzen Gruppe die Situation mit dir schildern. Das halte ich für besser. Es ist komplizierter, als du denkst. Wenn du dann später kommst, so gegen Abend, wirst du das verstehen. Du müsstest nur einen längeren Ausflug machen. Was hältst du davon?" Sie nahm einen Schluck und schaute ihn über die Tasse hinweg an.

„Ja, vielleicht. Vielleicht hast du recht." Die Unterarme aufgelegt, saß er vorgebeugt am Tisch und erwiderte ihren Blick. „Ich wollte sowieso noch das ganze Areal erkunden, sehen, was vom Stausee übriggeblieben ist. Vielleicht laufe ich noch die paar Kilometer zum Parkplatz am Ende des Weges …"

„Ach", überrascht richtete sie sich auf.

„Ja." Ihre Reaktion erstaunte ihn. „Ich treffe da vielleicht auf Menschen, die neue Informationen haben. Der wurde schon früher immer mal wieder von Pilzsuchern angesteuert. Es ist jetzt die Zeit."

„Das Problem ist nur, dass alle, die ich erwarte, über diesen Parkplatz hierher kommen werden. Er gehört zu meiner Wegbeschreibung." Emotionslos schaute sie ihn an.

„Ach, und du möchtest nicht, dass ich ihnen schon vorher begegne. Ist es das?" Enttäuscht bemerkte er, wie die schlechte Laune in ihm hochkam.

„Genau."

„Meine Liebe, du machst es wirklich kompliziert."

„Aber das ist es auch. Vielleicht kannst du den Parkplatz umgehen. Alle Informationen, die du dort bekommen würdest und noch Viele mehr, werden dir später hier frei Haus geliefert. Das ist doch klar."

„Okay." Er stand seitlich vom Stuhl auf. „Dann pack ich mal den Rucksack." Sein Unwille war deutlich. Skeptisch schaute sie ihm nach, als er in sein Zimmer ging, unsicher, ob er ihren Wünschen entsprechen würde. Sie hatte sich alle Mühe gegeben, wie sie fand und war sehr viel freundlicher auf ihn eingegangen, als es eigentlich ihrem Wesen entsprach.

Der schlammige Grund des leer gelaufenen Sees war übersät mit Bruchholz und Unrat. Der alte Bach mäanderte über ihn hinweg und verschwand in den Trümmern der Staumauer. Er saß auf einem Stein und hatte einen Stock in der Hand, den Rucksack neben sich im Gras. Hoch in der Steilwand des Bergmassivs auf der anderen Seite der Schlucht, sah er das schwarze Loch des Tunnels, in dem eine Straße auf den Staudamm geendet hatte. Über sie war es möglich gewesen, mit einem sehr weiten Umweg von der Stadt in die Nähe seiner Hütte zu fahren, um sie mit Vorräten, Gas-flaschen und Baumaterial zu beliefern. Das war nun vorbei. Er warf den Stock ins Gras, holte das Diktiergerät aus der Innentasche des Mantels und begann die Aufnahme.

„Bin zum Stausee gegangen. Die Schlucht ist bis auf ein paar Tümpel leergelaufen. Das alte Bachbett ist wieder sichtbar. Der Trümmerberg des Damms verdeckt die Sicht auf die Toten. Der Krieg ist immer noch zu hören, was nicht so schlecht ist, mag man meinen, denn solange konventionelle Waffen zum Einsatz kom-men, bleiben die Nukleargeschosse in den Silos. Aber aufgeschoben ist nicht aufgehoben … Die Situation in der Hütte hat sich deutlich entschärft, auch wenn heute beim gemeinsamen Morgenkaffee, nach wenigen Minuten des harmonischen Anknüpfens an den gestrigen, erstaunlich gelungenen Abend das Problem mit der bevorstehenden Versammlung wieder auf den Küchentisch kam. Sie will, dass ich mich solange raushalte, bis sie den Zeitpunkt für gekommen hält, mich vorzuzeigen. Am Abend vielleicht, sagt sie, wenn alle informiert sind. Über die Organisation des Ganzen macht sie sich überhaupt keine Gedanken, selbst wenn es nicht viele Besucher sind. Für mehr als zehn Personen fehlt der Platz, selbst in dieser großen Hütte. Das sollte ihr klar sein. Die müssen ja irgendwie untergebracht werden. Sie sagt ja nicht einmal, wie viele kommen werden. Habe sie aber auch nicht gefragt … Ich könnte in die Stadt zurückgehen. Meine resümierende Rückschau in der Abgeschiedenheit der Berge ist Schnee von gestern. Sie verkommt jetzt zu einem Tagebuch. Das Ganze ist lästig und entbehrt nicht einer gewissen Unverschämtheit. Aber gerade die lässt mich trotzig bleiben. Zudem will ich schon wissen, worum es eigentlich geht, ob diese Geheimniskrämerei einen ernsten Hintergrund hat und was für Leute da kommen … Alle werden den Parkplatz im Wald ansteuern, sagt sie. Eigentlich wollte ich hingehen, vielleicht Leute treffen, was erfahren. Es gibt ja keinen Empfang mehr. Satellitenschweigen für Zivilpersonen nennen sie das. Kriegsbedingt. Alles Quatsch, Für-dumm-verkaufen, nenne ich das. Sie bat mich, den Parkplatz zu meiden. Vielleicht meint sie, dass meine bloße Anwesenheit in der Nähe der Hütte ein Problem sein könnte. Für wen? Für die? Für mich? Alles bleibt unerklärt. Es nervt ungemein … Gehe um den Stausee auf die andere Seite und dann hoch zum Bergkamm. Da gibt's einen Aussichtspunkt ins Nachbartal. War immer unbewohnt. Aber vielleicht jetzt nicht mehr, wer weiß." Er schaute auf die Uhr. „Sechs Stunden totschlagen. Du bist verrückt." Er schaltete ab und verstaute den Recorder wieder in der Innentasche des Mantels.

Nach einer Stunde gemächlichen Wanderns erreichte er den Bergkamm. Auf dem Anstieg hatte er die Schlucht einsehen können. Alles schien unverändert. Um die Sterbenden und Toten hatte sich niemand gekümmert. Beim Blick ins Nachbartal entdeckte er die verstreuten Wrackteile eines abgestürzten Jets. Die lange, spitze Schnauze erinnerte ihn an eine Gulfstream G650. In der hatte er schon mal beim Islandhopping in der Karibik gesessen. Den Gedanken, hinunter zu steigen, verwarf er schnell.

‚Wer weiß, wie lange das Wrack da schon liegt', fragte er sich.

Dennoch beobachtete er das Tal eine Weile, ohne aber irgendwelche Hinweise auf Überlebende entdecken zu können. Schließlich holte er das Diktiergerät hervor, drückte den Aufnahmeknopf und schilderte seine Entdeckung ohne wirklich daran zu glauben, dass sie noch irgendjemand von Nutzen sein würde.

4

Im schwindenden Licht der Abenddämmerung erreichte er die Hütte. Laute Stimmen verrieten ein lebhaftes Gespräch. In der Hoffnung, bemerkt zu werden, betrat er stampfend die Veranda und begann die Schuhe auf der im Boden eingelassenen Drahtmatte am Treppenabsatz geräuschvoll zu reinigen. Es dauerte nicht lange, bis die Unterhaltung leiser wurde und verstummte.

,Sie haben dich gehört', dachte er, als Malika auf die Veranda trat und hinter sich die Tür schloss.

„Also, wir gehen da jetzt rein", sagte sie leise. „Vielleicht wird dir alles etwas extrem vorkommen, aber glaube mir, ich denke, alles wird gut laufen. Am besten, du entspannst dich möglichst schnell. Okay?"

„Die Höhle des Löwen, was?!"

„Eher die, der Löwin."

„Was?"

„Wirst schon sehen."

Als er vor Malika die Hütte betrat, wurde er, geblendet vom aufblitzenden Licht einer starken Taschenlampe, seitlich an beiden Unterarmen gepackt und jemand hielt ihm eine Pistole an die Stirn.

„Setz dich", befahl laut eine Frauenstimme. Er spürte, wie ihm ein Stuhl in die Kniekehlen gestoßen wurde und ließ sich fallen. Im gleichen Moment fesselten Handschellen seine Handgelenke hinter der Lehne und die Taschenlampe erlosch. Das Ganze hatte nur wenige Augenblicke gedauert. Völlig überrumpelt schaute er die Frau an; ebenmäßige Gesichtszüge, kräftige Nase, Pferdeschwanz, blond, um die fünfzig, gekleidet in braungrünem, militärisch anmutendem Outfit, Hose und Hemd. Sie senkte langsam die Pistole und gab sie mit der Taschenlampe an eine der sechs ähnlich gekleideten Frauen weiter, die, ihn ablehnend musternd, hinter ihr zusammenrückten.

,Höhle der Löwin. Besser Löwinnen. Alles Frauen. Was für ein Empfang!', schoss es ihm durch den Kopf. ,Entspann dich, hatte Malika gesagt. Toll. Wie denn?'

„Hast du eine Waffe?" Die Blonde knöpfte seinen Mantel auf. Sie hatte einen slawischen Akzent.

„Nein."

„Ich schau trotzdem nach." Sie tastete ihn ab und stieß auf den Rekorder.

„Was ist das?" Sie holte ihn aus der Mantelinnentasche hervor.

„Ein Diktiergerät."

„Was ist da drauf?"

„Privates. Gedanken über dies und das."

„Gut, wir werden uns das anhören."

„Aber, das ist privat ..." Er dachte an die letzten Aufnahmen und was er über den Traum und Malika gesagt hatte.

„Kein Aber. Wenn du Glück hast, gefällt es uns." Sie wandte sich den anderen zu und hielt das Gerät hoch. „His recordings. Maybe, we should hear this. What d'you thing?" Alle nickten zustimmend. „Sue, get your headphones, please. Gut", sie drehte sich zu ihm zurück, „dann wollen wir mal hören, was du zu sagen hast ...", und legte den Recorder auf den Tisch.

Er zuckte mit den Schultern und schwieg. ,Egal, schnell Hörerinnen für meine Aufzeichnungen gefunden ... aber in Fesseln. Was soll das?' Laut sagte er: „Müssen die Handschellen wirklich sein?"

„Die bleiben erstmal, wo sie sind. Aber es gibt Musik", erwiderte sie scharf mit stärker werdendem Akzent, worauf ihm eine der Frauen einen geschlossenen Kopfhörer aufsetzte. Malika nahm ihr Handy und manipulierte das Display, bis über die Bluetoothverbindung laute, klassische Musik bei ihm ankam. ‚Brahms', dachte er, war sich aber nicht sicher. Mozart oder Wagner zum Beispiel erkannte er schon nach wenigen Sekunden, Brahms nicht. Aber er hatte ihn immer gemocht, besonders das Allegro der Dritten Symphonie.

Die Blonde nickte, als sie die Musik aus den Kopfhörern hörte und wandte sich wieder den anderen zu. Dann versammelten sie sich am Tisch, den alle in der Hütte vorhandenen Stühle umstanden und setzten sich. Er sah, wie Malika etwas sagte, während sie das Diktiergerät nahm und es einschaltete. Immer wieder unterbrach sie die Aufnahme und wandte sich an einige der Frauen. So ging es einige Male. Er vermutete, dass sie übersetzen musste. Oder waren es schon Kommentare?

Der Chor hatte sanft ‚Selig sind, die da Leid tragen' intoniert. Es war tatsächlich Brahms, das Deutsche Requiem. ‚Eine Totenmesse? Für mich?', fragte er sich. ‚Jetzt müsste bald mein Traktat über Krieg und Frieden kommen. Wenn sie deine drastische Meinung nicht teilen, bleiben die Handschellen, wo sie sind, wenn doch, hast du vielleicht wieder Glück im Unglück.'

Er war über sich selbst erstaunt, wie ruhig er blieb. ‚Die mit Tränen säen, werden mit Freuden ernten', sang der Chor. Die Musik war extrem entspannend. Lag's an Brahms oder wurde ihm nur klar, wie egal es mittlerweile war, was mit ihm geschehen würde? Da draußen krepierte gerade die Welt und hier drinnen konzentrierten sich acht Frauen unterschiedlichen Alters und Aussehens interessiert auf seine Worte.

‚Immerhin', sagte er sich, auch wenn es so aussah, als stünde er vor einem Tribunal, das sich gerade anhören würde, was er zu seiner Verteidigung oder Verurteilung zu sagen hätte. Malika hatte ihn gewarnt, dass es für ihn gefährlich werden könnte. Ging es hier um die Wurst? ‚Vielleicht ist dieser Stuhl meine letzte Sitzgelegenheit', dachte er, ‚wie der elektrische in Florida oder Tennessee. You never know.'

Aber er spürte keine Angst, und es war nicht die Gleichgültigkeit eines Todeskandidaten, der das Ende einfach hinnimmt, ermattet vom verlorenen Kampf ums Überleben, wenn das Datum für den Stromschlag feststand. Nein. Er konnte sich einen tödlichen Ausgang dieses Abenteuers nicht vorstellen, auch wenn man ihm gerade eine Pistole an den Kopf gehalten hatte. Er war Optimist, ein Meister im Verdrängen und hatte sich schon oft gefragt, ob es ihm emotional an Tiefgang fehlte. War er zu oberflächlich?

Gut, die Dummheit der Menschen und ihre Unfähigkeit zu leben, ohne anderen Schaden zuzufügen, brachte ihn wirklich auf. Sich durch Lügen, Raub und dreckige Verträge Vorteile zu verschaffen und dafür Mitmenschen in Schwierigkeiten und Unfreiheit zu stürzen, empfand er als ungeheuerliche Unverschämtheit. Da konnte er sich hineinsteigern, freiheitsliebend, wie er war. Aber darüber hinaus entsprach es schon lange nicht mehr seinem Wesen, sich für etwas Soziales rückhaltlos zu begeistern. Nie hatte er die Hysterie von Fußballfans nachempfinden können. Ein von ihm besuchtes Revierderby zwischen Schalke und dem BVB blieb ihm als abstoßendes, primitives Banausentum in Erinnerung. „Scheiße 04", brüllten die Dortmunder und bekamen eine entsprechende Antwort, die ihm entfallen war. Wenn diese Menschen die Sicherheit des sozialen Zusammenhalts in der Gemeinschaft nur durch ritualisierte Bekleidungs-, Gesangs- und Beleidigungsvorschriften fanden, dann sollten sie es seinetwegen tun. Ihm war diese ganze Vereinsmeierei zuwider. Auch Karnevalsfeiern und Schützenfesten konnte er absolut nichts abgewinnen. Dumpfer, ritualisierter Herdentrieb war sein Urteil.

Er kannte keine Idole und hatte nie verklärt für Stars geschwärmt. Naja, mit 15 für John Lennon und für Whitney Houstons 22 Jahre ältere Cousine Dionne Warwick, deren „Walk on by" für ihn lange der beste und bestgesungene Song aller Zeiten gewesen war. Musik fand er gut, weniger gut oder schlecht, da ließ er sich von keinem etwas sagen, auch wenn er später schon mal seine Meinung änderte. Er bewertete sie unabhängig vom Interpreten. Wenn es Mist war, was der brachte, war es Mist, was aber viele aus Hingabe für ihren Star überhörten. In seinen Augen ließ sich die Zustimmung der meisten Menschen manipulieren. Sie folgten begeistert dem, was gerade angesagt war und hatten diese Hilfe nötig, um sich zu orientieren. Denn nichts erschien ihnen so erbärmlich, wie in ihrem Umfeld mit einer Beurteilung daneben zu liegen. So funktioniere der Musik-, Mode- und Ideologiemarkt. Da war er sich sicher. Klar brauchte auch er soziale Bezüge, brauchte Gespräche, Freundschaft, Anerkennung. Doch lief er schon als Jugendlicher am liebsten frei flottierend neben der Herde einher und entzog sich dem direkten, sozialen Sog.

In der Stille zwischen dem ersten und zweiten Satz des Requiems hatte er gehört, dass die lebhafte Konversation am Tisch auf Englisch stattfand. Und sie ließen sich Zeit, wandten sich oft an Malika, die viel redete und schauten hin und wieder zu ihm herüber. Was hatte er gesagt, wie schätzten sie das ein und was würde mit ihm passieren?

Der Chor sang ‚Seid nun geduldig, liebe Brüder', als die Musik abrupt stoppte. Malika kam um den Tisch herum und nahm ihm die Kopfhörer und die Handschellen ab. Er rieb sich die Handgelenke.

„Also, wir haben noch nichts beschlossen. Es ist eine komplizierte, extrem wichtige Sache, in die du hineingeraten bist und die zu diesem Zeitpunkt die Einweihung anderer ausschließt. Du wärest besser gegangen. Aber das geht jetzt nicht mehr. Ich beurteile deine

Lage optimistischer, als die meisten meiner Kameradinnen, was vielleicht daran liegt, dass ich dich bereits durch unsere Gespräche kennengelernt habe und an eine Aufgabe für dich denke. Wir werden sehen." Malika unterbrach sich und schaute ihn nachdenklich an, bevor sie sachlich weitersprach.

„Du hast nun in deinen Aufzeichnungen einiges gesagt, wozu es Fragen gibt. Denen sollst du dich jetzt stellen. Bist du dazu bereit?"

Er nickte. „Ja, klar." Ihr offizieller Ton machte ihn hellhörig. Offensichtlich kam es darauf an, was er in den folgenden Minuten sagen würde. Schließlich lag die Pistole noch auf dem Tisch. Er musste sich zusammenreißen.

Die Frau, deren bewaffneter Empfang ihm noch vor Augen stand, trat auf ihn zu und fragte harsch: „How's your English?"

„Well", er zuckte mit den Schultern, „okay, I think."

„Then we do this in English,'cause some of us don't speak German. You remember, what you recorded?"

Er nickte.

„You talk about war, its function, who operates it and some drastic measures to end it, especially for those in charge. Now, do you want to change your explanations regarding some respects?"

Ihr Verhörton verärgerte ihn und er war drauf und dran, aus der Rolle zu fallen. ‚Was soll das hier? Lasst mich in Frieden, ihr aufgeblasenen Zicken. Worum geht's euch überhaupt?', schnauzte seine innere Stimme und ermahnte ihn gleich darauf zur Mäßigung. ‚Vorsicht, du hast was zu verlieren, vielleicht dein Leben, also, piano!'

„Well, I don't think so. But maybe you can ask a more specific question", sagte er ruhig und hoffte, mit der Frage Zeit zu gewinnen und herauszufinden, ob und wie er sich strategisch clever verhalten konnte.

„There are definitely terrorist acts that you propose, like the assassination of responsible persons. Do you really think, that should be done?"

‚Kommt sofort zur Sache, ohne den eigenen Standpunkt durchblicken zu lassen. Eine harte Nuss. Wie geh ich das an? Direkt, wie sie auftritt, wäre Taktieren Quatsch. Also, sei direkter. Das kann noch ziehen.'

„Yes", sagte er bestimmt und schwieg.

„And you would participate in actions like that?"

‚Mich da noch rauszuquatschen ist nicht möglich. Habe mich doch eindeutig geäußert. Ein Rückzieher macht dich nur lächerlich. Also sag es.'

„Yes, if it kills the killers and saves lives."

„You sound brave or crazy."

„There's nothing to lose." ‚… bis auf dein Leben noch vor dem Last Big Bang', vervollständigte er den Satz. ‚Wenn sie Terroristenjägerinnen sind, dann machen sie dich vielleicht um. Blödes Ende in einer verblödeten Welt. Wo hatte Malika Hoffnung für dich gesehen?' Die Antwort auf seine Frage kam prompt.

„Okay, actually that sounds good to us. We can get along very well with what you think, because we are on a similar mission. Malikas report on the conversation you had and your recordings fit sufficiently. But you have to prove the seriousness of your attitude. You agree to this?"

„Sure."

„We identified a traitor among us some time ago without telling her. So she came unsuspecting to this place today. She is in the other room. We decided to execute her and want you to do that. Bring her in."

‚Stopp, eine Verräterin und ich soll sie umlegen? So beweisen, dass ich töten werde und kann? Ich, der Henker? Verdammt, wo habe ich mich da hineingeritten und komme ich da noch heraus? Denk nach, denk nach. Oh, nein … '

Vier der Frauen trugen die an Armen und Beinen gefesselte, sich matt wehrende Delinquentin in die Küche und setzten sie auf einen Stuhl. Mit Knebel und Augenbinde hatte man sie offensichtlich für die Exekution bereits hergerichtet. Er bemerkte, wie ihm übel wurde. Die Sprecherin nahm die Pistole vom Tisch und hielt ihm den Knauf hin.

„It's your turn."

Angespannt schaute er auf die Waffe und dann ins Gesicht der ihm auffordernd zunickenden Frau. Und plötzlich wusste er, was er sagen würde.

„No", er schüttelte den Kopf und hob die Hände, „I won't do that. Killing a person, who is a threat to the lives of others is legimate to me. But she isn't, not anymore. She's kind of a convicted prisoner. Killing her would just be revenge, what I reject. Her death brings no benefit to the cause. Don't you think?"

Seit ihm Malika die Kopfhörer abgenommen hatte, waren keine drei Minuten vergangen und jetzt hatte man ihn zum Scharfrichter gemacht, um seine Loyalität zu beweisen. ‚Im Leben nicht', sagte er sich. ‚Keine Todesstrafe ohne Bedrohung, das ist doch das einzig richtige Argument.'

Emotionslos schaute ihm die Sprecherin in die Augen und schwieg. ‚Sie lässt sich Zeit. Was soll das?' fragte er sich. ‚Hat sie mich nicht verstanden, oder reicht ihr meine Antwort nicht?' Schließlich machte sie einen Schritt auf ihn zu, drehte die Pistole in der Hand, zielte auf ihn für einige lange Sekunden und drückte den Abzug. Er hörte das Klicken und schaute ihr verblüfft ins Gesicht.

„Okay", sagte sie und er meinte, ein feines, spöttisches Lächeln zu erkennen, „well done. We're coming closer. Still we don't know, what to do with you." Sie nahm der falschen Todeskandidatin die Augenbinde ab, während eine der anderen Frauen die Fesseln löste.

„Malika, it's up to you now to inaugurate him – in his bedroom, please … " Mit einem Kopfschlenker schickte sie sie raus. Ungläubig stand er auf und schaute auf Malika, die ihm bedeutete, ihr zu folgen.

5

Er lag angezogen auf seinem Bett mit hinter dem Kopf verschränkten Armen. Malika hatte ihn in einen Plan eingeweiht, den er anfänglich für völlig verrückt und undurchführbar hielt. Aber er musste in den zwei Tagen, die seitdem vergangen waren, feststellen, dass diese Frauen es vollkommen ernst meinten und vielleicht auf gutem Wege waren, ihn umzusetzen: den weltweiten Putsch gegen kriegsrelevante Faktoren durch eine Generalsabotage, koordiniert und ausgeführt in den Vorzimmern der Chefs. Ziele waren Rüstungsbetriebe, Energieproduzenten, Waffendepots, Kasernen, Luftwaffen, Marinen und Kriegsministerien sowie deren Kommunikationseinrichtungen. Abgeschnitten von jeder Versorgung, Koordinierung und Kontrolle der Betriebsabläufe, die zu gewährleisten und zu regulieren in den Arbeitsbereich dieser Frauen fielen, käme es zum Zusammenbruch aller Strukturen, die Voraussetzungen für den Krieg und seine Ausführung waren. Ohne Kriegsmaschinerie kein Krieg – ohne Krieg ist Frieden.

‚Sehr richtig, aber auch sehr phantastisch', hatte er zunächst gedacht. ‚Ein Aufstand der Sekretärinnen? Wer nimmt das ernst?' Dann hatte er von Malika mehr und mehr über diese Organisation erfahren, die sich als anonymer Teil der internationalen Frauenfriedensbewegung verstand. Ihre wechselhafte Geschichte hätte im 19. Jahrhundert mit dem Krimkrieg 1853 bis 1856 zwischen Russland und dem zerfallenden Osmanischen Reich und seinen Verbündeten England und Frankreich begonnen. Dieser 9. russisch-türkische Krieg, der rund ums Schwarze Meer sowie auf dem Balkan und der Ostsee stattfand, wäre der erste moderne, industriell bewaffnete Krieg der Geschichte gewesen, dessen brutale Materialschlachten durch die Erfindung der Telegrafie und Fotografie von einer stets aktuellen Kriegsberichterstattung begleitet worden waren. Sie hätte die Weltöffentlichkeit von der Gräuel dieses Krieges auf den Schlachtfeldern und in den Lazaretten informiert und schockiert.

„So entstand bereits Mitte des 19. Jahrhunderts die erste, weltweit von Tausenden geteilte Bewegung gegen Krieg und Rüstung in der Moderne", hatte sie erklärt, „die in den folgenden Jahrzehnten zur Bildung vieler europäischer Friedensorganisationen führte. In Frankreich gründete 1867 der spätere Friedensnobelpreisträger Frédéric Passy ‚Die Internationale Friedensliga'. Einige Jahre später konstituierte sich die ‚Gesellschaft für Friedensfreunde' in Deutschland, sowie 1892 in Berlin die älteste, heute noch aktive ‚Deutsche Friedensgesellschaft'. Die meisten dieser Organisationen hatten nur wenige weibliche Mitglieder, aber es gab auch einige, die ausschließlich aus Frauen bestanden, da sie aus der Frauenwahlrechtsbewegung des 19. Jahrhunderts hervorgegangen waren. In Deutschland gab es um die Jahrhundertwende zwei Zentren pazifistischer Frauenvereinigungen, in Berlin mit sozialistisch-proletarischem und in München mit radikalfeministischem, beziehungsweise bürgerlich gemäßigtem Hintergrund, vertreten durch Rosa Luxemburg und Clara Zetkin im Norden, im Süden durch Anita Augspurg und Lida Heymann. Auf sie lässt sich unsere Organisation zurückführen."

„Aha", hatte er sehr beiläufig eingeworfen und an ihrer leicht aufgebrachten Reaktion gleich gemerkt, dass sein Ausruf falsch angekommen war.

„Zuviel Geschichte? Ich finde es schon wichtig, dass auch du …"

„Nein-nein", war er ihr ins Wort gefallen. „Ich will schon genau

Bescheid wissen, worum es hier geht und natürlich auch, wie es entstanden ist. Interessiert mich wirklich."

„Okay, ... jedenfalls kam es dann für alle überraschend zum ersten Weltkrieg mit einer in Deutschlands Bevölkerung zunächst vorherrschenden Kriegszustimmung, wodurch sich bei einem Teil der Kriegsgegnerinnen in München und Berlin ein Wandel in der Beurteilung ihrer bisherigen Arbeit für den Frieden vollzog. Sie formierten sich neu und gingen in den Untergrund. Es war die Geburtsstunde der Organisation, der die Frauen, die sich in deiner Hütte versammelt haben, angehören und die nun mehr als einhundert Jahre lang besteht. Unser Ziel, ein internationales Netzwerk aufzubauen und die Strukturen zu infiltrieren, die die Kriege direkt ermöglichen und betreiben, hatte die Zeit, über Generationen zu wachsen, wenngleich der Zweite Weltkrieg und die nach 1945 immer wieder aufflammenden Stellvertreter-, Marktanteil- und Rohstoffkriege unsere Arbeit extrem erschwerten. Machtverhältnisse, Allianzen, Gesellschaftsvorstände und Regierungen wechselten sehr häufig. Aber der kontinuierliche, subversive Aufbau der Organisation blieb über diesen langen Zeitraum hinweg dennoch möglich, da die Verwaltungen in den Betrieben, Vorständen und Ministerien in der Regel von den neuen Führungskräften immer übernommen wurden. Sie hätten auch gar keine andere Wahl gehabt. So wuchs durch gezielte Auswahl der Frauen in vielen Jahrzehnten ein Beziehungsgeflecht von Gleichgesinnten, dem Außenstehende vielleicht mafiaähnlich hierarchische Strukturen nachsagen würden, dessen Ziele aber konträrer nicht hätten sein können. Heute ist auf allen Kontinenten und ihren Ländern ein Netzwerk von unauffälligen, verwaltenden Frauen, scheinbar loyalen Mitarbeiterinnen zwischen Chef, Computer und Kaffeemaschine bereit, mit gezieltem Zugriff auf die neuralgischen Punkte dieser globalen Kriegsmaschinerie, die Aktionen auszulösen, die alle Kriegsbemühungen im Chaos enden lassen werden.

Tragischerweise hat es nun dieses Kriegs bedurft, um erfolgreich loszuschlagen, da die auf Hochtouren laufende Kriegsmaschinerie der koordinierten, globalen Sabotage auf allen Ebenen am wenigsten entgegenzusetzen hat." Mit eindringlichem Blick und kleiner Unterbrechung hatte sie für den Nachklang der Worte gesorgt. Aber ihr klarer Vortrag war für ihn ohnehin sehr beeindruckend gewesen.

„Verstehst du? Das alles hier ist extrem geheim und nichts davon darf nach draußen dringen. Es gibt keine Kommunikation über Netze, Kabel oder Funk, sondern nur Treffen, wie dieses hier und es wundert mich, ehrlich gesagt, dass du noch lebend vor mir sitzt. Andererseits, wie kannst du uns noch schaden? Alles läuft bald an und vielleicht gibt es sogar eine Verwendung für dich, als ein Mann unter Frauen und in militärischen, männerdominierten Zusammenhängen gut vorstellbar. Die Idee fand jedenfalls Zustimmung und hat dir wahrscheinlich das Leben gerettet."

„Ist dir das eingefallen?"

„Sagen wir mal so, ich war nicht unbeteiligt."

„Danke."

„Schon gut. Das geht in Ordnung. Weißt du, wenn es mit dir und meiner Mutter etwas geworden wäre, und es sah ja danach aus, wärst du möglicherweise heute mein Vater. Vielleicht hat mich der Gedanke beeinflusst."

‚Mein Glück im Unglück', hatte er gedacht, ‚gut, dass ihr das noch eingefallen ist.' „Ja, wer weiß. Danke. Ohne dich, läge ich sicher schon sechs Fuß tiefer im Wald."

„So viel Mühe hätte sich keiner gemacht. Drei Fuß hätten auch gereicht."

„Schon klar." Sie hatten beide gelächelt. „Aber was ist jetzt mit dir und den anderen Frauen? Was macht ihr in diesem … ja … Netzwerk. Und warum seid ihr ausgerechnet hier?"

„Wir alle arbeiten auf höchster militärischer Ebene in Zentraleuropa in der Verwaltung streng under cover. Die Hütte hatte ich für dieses Treffen ausgesucht, da sie mir für den Zweck gut geeignet schien. Abgelegen und doch gut zu erreichen, groß genug, relativ autark ausgestattet und ... gut in Schuss."

„Woher wusstest du ... warst du schon mal hier gewesen?"

„Ja. Ungefähr vor einem Jahr, als der Staudamm noch stand. Nur mit dir hatte ich nicht gerechnet."

„Tja."

„Ist nun mal passiert. Jedenfalls geht es hier um abschließende Koordinierung, für die dieses physische Treffen unverzichtbar ist. Mehr kann ich dir jetzt nicht sagen. Von unseren Besprechungen bist du natürlich ausgeschlossen. Bleib bitte in der Hütte. Wir werden uns außerdem dieses Zimmer teilen müssen. Ich bin für dich verantwortlich, bürge praktisch für dich."

„Aha."

„Kochst du gerne?"

„Naja, geht."

„Alle haben Lebensmittel mitgebracht, Dosen, Reis, Nudeln, Brotmischungen, Tütenzeug. Wäre schön, wenn du dich da nützlich machen könntest."

„Das wäre dann meine Verwendung, an die ihr gedacht habt? Ich bin der Koch?"

„Nein", sie hatte gelacht, „zumindest nicht ausschließlich. Es wäre nur sehr hilfreich, wenn du dich hier nützlich machen könntest. Du hättest eine Aufgabe. Was mit dir noch passiert, werden wir sehen."

„Okay. Mein Diktiergerät hätte ich gern zurück."

„Kriegst du."

Bei ihrer Rückkehr in die verlassene Küche hatte ein Berg von Lebensmitteln auf dem Küchentisch gelegen, garniert mit dem Recorder auf einer Dose Feuertopf. Den gab es immer noch.

‚Was für ein fader Hinweis auf die von dir erwartete Funktion', hatte er gedacht und die leichte Schäbigkeit des Fingerzeigs verdrängt. ‚Du bist der Hausherr und sie sind Gäste. Nimm es so, dann geht das in Ordnung.' Immerhin hatte ihm Malika dann geholfen, das Zeug zu verstauen.

„In Poona", hatte Bhagwan gesagt, „women become men and men become women." Er lag auf seinem Bett, erinnerte sich an Ma Arup und schaute an die Decke. Lange war das her und hatte ihn nun ganz unerwartet in seiner Hütte wieder eingeholt. Frauen sind vielleicht die besseren Männer. You never know. „You came to Poona to die-sss …", und er hörte das langgezogene, weiche ‚Sss …', womit dem Guru am Satzende stets der letzte Atem entwich. ‚What a mess-sss …', fiel ihm dazu ein. ‚Ich liege … in der Falle', und ihm war die Doppelbedeutung des Gedankens bewusst. Ächzend stand er auf und stellte sich ans Fenster. Feiner Regen hatte eingesetzt. Er mochte das Nieseln, dies' Streicheln der Wolken. Dann ging er in die Küche, um drei Brote zu backen.

6

Am vierten Tag dieser erzwungenen Wohngemeinschaft, verließen alle Frauen, bis auf Malika, die Hütte. In dieser Zeit hatte er weder seine Gäste näher kennengelernt, noch war er näher in die Pläne eingeweiht worden. Zwar hatte er ein längeres Gespräch mit Basia, so hieß die Polin, die ihn anfänglich verhört hatte, doch darin ging es hauptsächlich wieder um ihn und seine momentanen Gedanken und Empfindungen, eine unangenehme Unterhaltung, in der er ihr nur selten in die Augen schaute. Es war im Grunde ein weiteres Verhör gewesen, in dem sie wohl nachtesten wollte, wie verlässlich sein Schweigen über das Treffen war. Er mochte sie nicht und befürchtete, dass sein mangelnder Augenkontakt ihn verdächtig erscheinen lassen würde. Schnell wird landläufig dahinter eine gewisse Verschlagenheit vermutet, ein grobes Urteil, das dem Misstrauen der Menschen selbst entspringt. Jedenfalls bezweifelte er, dass die strenge Basia seine Blickscheu richtig einzuschätzen wusste, denn die Gründe für solch ein Verhalten sind vielfältig und reichen von Unsicherheit, Desinteresse, Lügen und Ungeduld bis zur verstärkten Konzentration auf die eigenen Worte im Gespräch. Für ihn kam noch ein wesentlicher Punkt dazu. Ihm war aufgefallen, dass er Augenkontakt zu Menschen, die er nicht mochte oder von denen er sich betrogen fühlte, vermied. Liebenden ist es ohne Hemmung möglich, sich gegenseitig lange und intensiv in die Augen zu schauen. Kleinkinder suchen geradezu den Augenkontakt. Jedoch wird kulturübergreifend ein längeres In-die-Augen-Starren als aggressiv empfunden und kann heftige Reaktionen hervorrufen, wenn es als Kampfansage verstanden oder missverstanden wird. Es ist eine sensible Angelegenheit, auf die viele Gesellschaften unterschiedlich reagieren. In einigen, wie in Japan, ist es sogar verboten. Auch geistig Verwirrte starren oft ihrem Gegenüber in die Augen und wurden früher schon deshalb in dunkle Löcher weggesperrt oder sogar verbrannt, da man sie des bösen Blicks beschuldigte. Vielleicht reicht dieses Verhalten zurück in die Anfänge der Menschwerdung, als Sprache die Gestik noch nicht dominierte und, wie bei Hunden, die knurren und die Zähne fletschen, wenn man sie zulange fixiert, anhaltender Augenkontakt als Aufforderung zum Kampf verstanden wurde.

Ihm fiel die Begegnung mit einem Schweizer Tischlergesellen namens Albert ein, auf den er 1980 im „On The Rocks Bungalows" in Nai Harn im Süden Phukets stieß und der ihm schon bei seiner Ankunft entgegen starrte, als würden sie sich kennen. Albert war mit einem Freund aus einem kleinen Schweizer Bergdorf aufgebrochen, um in Australien Arbeit zu finden. Der Kulturschock in Verbindung mit exzessivem, permanentem Alkohol- und THC-Konsum hatte Albert in eine Drogenpsychose gestürzt, die sich durch lautes Lamentieren und eben in die Augen starren äußerte. Er gewann jeden in seinem Wahn erzwungenen „Augenkampf", da sich kein friedliebender Traveller dieser Unannehmlichkeit länger aussetzen wollte, und entwickelte dabei das Allmachtgefühl, alle und alles im Griff zu haben. Unbewusst unterdrückte er so seine Ängste vor der Fremde und wurde vielleicht vor größerem Wahnsinn bewahrt, da ihn die gerade erworbene Ichstärke extrem euphorisierte. Er rannte am Strand entlang und erzählte jedem in Schwyzerdütsch mit irrem Blick aus geröteten Augen, dass er nun „die Pow'r" hätte und genau wisse, worum es ging. Erst, als er allen klar zu machen versuchte, dass er sogar in der Lage sei, das Meer zu teilen, um hineinzugehen, er war Nichtschwimmer, brachte ihn sein verzweifelter Freund auf Anraten von uns Hüttenbewohnern nach Patong ins Krankenhaus, wo ihn die mit solchen Patienten erfahrenen Pfleger geduldig entgifteten. Nach zwei Wochen kehrte ein geläuterter und wieder mit dem ruhig freundlichen, schweizer Naturell ausgestatteter Albert zum „On The Rocks" zurück. Er hatte Glück gehabt. Verrückt und frech, wäre er andernorts von den Einheimischen vielleicht erschlagen worden. Man hatte von so etwas schon gehört.

Wie die dominante Basia seinen Unwillen zum Augenkontakt während ihres letzten Verhörs interpretierte, blieb ihm verborgen. Er nahm an, dass sie ihm schließlich eine gewisse Ichschwäche attestierte und sich damit zufrieden gab. Jedenfalls ließ sie ihn dann in Ruhe. Dass er vornehmlich eine starke Antipathie unterdrückte, war ihr nicht in den Sinn gekommen. Wie auch? Sie strotzte vor Selbstsicherheit.

Tatsächlich hatte er dann jeden Tag gekocht und an den gemeinsamen Mahlzeiten, bei denen nur Belanglosigkeiten ausgetauscht wurden, teilgenommen. Darüber hinaus war man ihm mehr oder weniger aus dem Weg gegangen. Er kannte noch nicht einmal alle Namen. In dieser Zeit seines halboffenen Vollzugs, wie er sie für sich bezeichnete, las er „Die Säulen der Erde". Er fand den 1150-Seiten-Wälzer im Bücherregal des Zimmers, das er mit Malika bewohnte, eine jahrzehntealte Hinterlassenschaft eines Besuchers, dessen Namen er aber lange vergessen hatte. Schnell ging ihm der einfache, schulbuchartige Schreibstil dieses Welterfolgsautors und seiner umfangreichen Autorencrew gegen den Strich. Er, der sich in seiner Jugend mit Stephan Zweig, Leonhard Frank, Camus, Zola und Alberto Moravia in die Literatur hineingelesen hatte, konnte kaum glauben, mit welch einfacher Sprache sich die Leser zufrieden gaben und diesem Autor mit Massenkonsum huldigten, der doch aus dem Lande Shakespeares kam. Und dennoch fesselte auch ihn diese Fiktion über die Entstehung der Gotik in England, das Hin und Her und Auf und Ab der Handlung, die geschickte Folge spannender Momente und Wendungen so sehr, dass er die Groschenromansprache schließlich ignorierte und die 800 Gramm Lesestoff nach vier Tagen durch und ins Regal zurückgestellt hatte.

Malika blieb seine einzige Ansprechpartnerin, ließ ihn aber auch über die Hintergründe des Treffens und seinen möglichen Einsatz im Unklaren. Immerhin erfuhr er, dass sie in dem Militärstützpunkt der Stadt, in der er wohnte, arbeitete, was ihr Auftauchen in der Schlucht erklärte. Ihre nächtliche Nähe fand mit allem nötigen Anstand statt. Sie schauten beide weg, wenn es um die Privatsphäre des anderen ging und fanden trotz der Enge ihres Quartiers rasch in einen unverbindlichen Umgang miteinander, der das Teilen des Zimmers problemlos ermöglichte. Abends im Bett lasen beide oder sprachen über den Krieg, bevor sie sich eine Gute Nacht wünschten.

Als die Frauen verschwunden und sie in der Hütte wieder allein waren, zog Malika sofort für die drei verbleibenden Tage in eines der freigewordenen Zimmer um. Wortlos beobachtete er sie, als sie sich im engen Flur mit ihrem Bettzeug an ihm vorbeidrängelte.

Dann setzten sie sich an den Küchentisch und Malika klärte ihn nun detailliert über den Plan auf, der die Welt verändern sollte.

Hier und an anderen Standorten war der Ablauf eines weltweit koordinierten Putschs mit einer eigenen Zeitrechnung endgültig vorbereitet worden. Er würde am nächsten Vollmond 00:00 Uhr MEZ an der erdfesten Datumsgrenze am 180. Längengrad mit dem 01.01. und 00:00 Uhr für alle Beteiligten beginnen, wo im Großteil der Kontinente und ihren Metropolen Nacht oder Morgen- und Abenddämmerung herrschte. Das gebräuchliche Duodezimalsystem für Jahr, Tag und Stunde wurde fortgeführt, nur alle Monate hatten nun 30 Tage. Die Zeit wurde aus der Sicht eines Astronauten im Weltraum gemessen, ohne die Rotation mit Tageszeiten und Datumssprung zu beachten. So konnten jegliche Zeitzonen entfallen und die Zeitangaben blieben für Uninformierte verwirrend und unbrauchbar. Umfassend und koordiniert würden die Kommunikation der Heeresleitungen mit den Soldaten gekappt, Computerverknüpfungen ausgeschaltet und die Munitions – und Nahrungsversorgung unterbunden werden. Hohe Funktionsträger in den kriegsrelevanten Positionen, deren Terminkalender, von den Sekretärinnen verwaltet, einen genauen Überblick über ihre Aufenthaltsorte ermöglichten, würden festgesetzt, eingesperrt oder isoliert werden. Die vorherrschende Nachtzeit würde die Aktionen unterstützen, da viele der meist männlichen Zielpersonen in ihren häuslichen Betten schlafend oder sich in lange vorbereiteten Verhältnissen zu Frauen in Sicherheit wiegend nichtsahnend dem Fanal ihrer Entmachtung und Kasernierung erliegen würden. Sie bekämen alle zur gleichen Zeit eine Narkosespritze oder ähnliches verpasst. Alles, was zum Zusammenbruch der Kriegsmaschinerie führen würde, hatte Vorrang und konnte spontan ausgeführt werden. Gleichzeitig sollten die Befehls- und Vorstandspositionen von den involvierten und bestens informierten Frauen besetzt, übernommen und mit ihren neuen Befehlen und Anordnungen das Ziel der Weltbefriedung erreicht werden. Am Anfang stünde ein multinationaler Waffenstillstand mit gleichzeitigen Friedensverhandlungen und Ausrufung des Weltfriedens zwischen den großen kriegsführenden Atommächten, die sich alle auf der nördlichen Hemisphäre befanden und in denen die Putschvorbereitungen am weitesten fortgeschritten waren. Eine spektakuläre Walpurgisnacht sollte das Schicksal der Menschheit wenden.

Auch wenn ihm dieses ganze Vorhaben immer noch sehr phantastisch erschien und er starke Zweifel hatte, ob der epochale Erfolg die Arbeit krönen würde, machte das alles schon Sinn und fand vor allem auch seine Zustimmung.

„Und was ist jetzt mit mir? Du sagtest etwas von einer Verwendung für mich. Also …?", fragte er

„Es gibt da ein Problem und ich brauche dich, um es zu lösen."

„Aha, gut."

„Die ‚Generalaktion' wird, wenn alle an ihrer Arbeitsstelle in Position sind, koordiniert gestartet. Dabei hat jede Beteiligte ihre bestimmte Aufgabe. Es gibt zwar noch eine genau geplant und getaktete Vorlaufzeit, aber Murphy's Law ist immer real. Du bist ja genau so ein unvorhergesehener Zwischenfall."

„Zwischenfall is' gut." Er winkte ab und verkniff sich eine weitere Erwiderung.

„Moment," Malika ging in ihr Zimmer, kam zurück und warf einen Stadtplan auf den Tisch.

„Also, das Problem bin ich. Die zwei Bombenangriffe auf das Kommando, mit dem ich hier heraufgestiegen bin, stellen ein gewisses Risiko für den Gesamtablauf dar, das unter keinen Umständen eingegangen werden darf. Das ist oberste Maxime. Der Punkt ist, dass das Bergungskommando mittlerweile auch den Staudamm erreicht haben wird und die Toten und, wenn es sie denn gibt, Verletzten mit der Truppenliste abgleichen konnte. Ich werde fehlen. Ohne die Bombardierung hätte es das Problem nicht gegeben. Ich hatte den Urlaub in den Bergen beantragt und er war mir gewährt worden. Im Falle eines Angriffs allerdings hätte ich als unverletzter Soldat die Truppe unter keinen Umständen verlassen dürfen. Strikter Befehl. Und vielleicht hat mich ein Überlebender gesehen, als ich zu dir aufgestiegen bin. Bei meiner Rückkehr könnte es also unangenehme, vielleicht längere Verhöre geben, die mich von der Organisation abzögen. Die Militärsicherheitsbürokraten warten auf so etwas geradezu. Das wäre katastrophal. Und hier kommst du ins Spiel. Du wirst mein verlängerter Arm sein, meine Tarnung und vor allem Kommunikation, die, wie du weißt, nun schon seit Wochen nur noch direkt stattfinden darf. Was sagst du dazu?"

„Na ja", sagte er verblüfft und schaute ihr in die Augen, „das ist schon was. Mit soviel Verantwortung hätte ich im Leben nicht gerechnet. Aber … klar, ich muss das machen … natürlich." Nachdenklich beugte er sich über den Stadtplan.

„Du musst mit jemand für mich in Kontakt treten. Kennst du dieses Café?" Sie tippte mit dem Finger auf eine Straße. Er nickte. „Da gehst du zuerst hin, um die Person zu identifizieren. Alles andere später."

„Okay."

„Tee?" Sie stand auf und füllte den Kessel.

„Gern."

„Ich brauche was anderes zum Anziehen."

„Müssen wir zusammen nachsehen."

„Gut."

7

Der BYD Yuan, der wie geplant auf dem Parkplatz stand, brachte sie in der Abenddämmerung in die unzerstörte Stadt, die der nahe Krieg nicht erreicht hatte. Sie hielten es für ratsam, dass er den schnittigen E-Chinesen fuhr. Eine Fahrerin hätten die Soldaten an den Kontrollposten sicher angehalten, um mit ihrer Militärautorität ein wenig aufzuschneiden und der Langeweile des Dienstes zu entkommen. Malika hatte sich ein wenig gestylt. Sie trug ein buntes, langes T-shirt und eine Wolljacke von ihm, ihren Uniformgürtel, eine olivbraune Leggings und die Armeestiefel, die sie auf Hochglanz poliert hatte. Mit ihrer Sonnenbrille sah sie aus wie eine junge Frau, die ihr modisches Outfit dem Kriegszustand anpassen wollte. Es war eine zweifelhafte Verkleidung, aber Malika hatte gehofft, damit bei möglichen Fahrzeugkontrollen als Zivilistin durchzukommen. Und es klappte. Am Stadtrand passierten sie eine Militärsperre und wurden durchgewinkt. Alles lief glatt. Durch den regen Straßenverkehr in der Alarmpause des späten Nachmittags erreichten sie die bis auf wenige Fahrzeuge verlassene Tiefgarage des Wohnblocks, in dem er wohnte.

Sie mieden den Fahrstuhl, um Begegnungen zu umgehen und gelangten unbemerkt über Treppe und Laubengang zu seiner Wohnung im fünften Stock. Ihm fiel die ungewohnte Stille im Gebäude auf. In den Wohnungen seiner Nachbarn brannte kein Licht. Sicher waren sie, wie so viele, vor dem heranrückenden Krieg geflohen. Bislang hatte es aber noch keine Einschläge in der Stadt gegeben. Eine hochtechnisierte, kaum überwindbare Flugabwehr schützte die Militärzentrale, die, wie ihm Malika schon in der Hütte erklärt hatte, von weitaus größerer Wichtigkeit war, als allgemein angenommen wurde. Mit diesem Wissen, wäre er sicher in der Stadt geblieben, zumal die meisten Geschäfte noch geöffnet waren und das Leben, bis auf das häufige Sirenengeheul, relativ normal verlief. Aber so hatte alles einen Sinn bekommen. Er sollte eine wichtige, vielleicht letzte Aufgabe erfüllen.

Um Lebensmittel und einige Kleidungsstücke für Malika zu besorgen, verließ er die Wohnung gleich wieder mit einer Einkaufsliste. Sie hielt es für ratsam, sich nicht in der Stadt blicken zu lassen. Bei seiner Rückkehr gab es von ihr aufgepeppte Dosenravioli, dazu das frische gekaufte Baguette und einen Bordeaux aus dem Abstellraum.

Die Berichterstattung der Presse war undurchsichtig und widersprüchlich. Es gab keine klaren Fronten mehr, nur ein Hickhack von Gebietseroberung und -verlust. Die Gefahr der nuklearen Eskalation stieg bedrohlich. Sie besprachen noch einmal den morgigen Tag und gingen früh zu Bett.

Er hatte ihr das Schlafzimmer überlassen und sich die Liege im Arbeitszimmer zurechtgemacht. Er brauchte einige Zeit, um einzuschlafen.

Gegen halb zwölf mittags holte er sein Fahrrad aus dem Keller und fuhr in die Stadt. Er setzte sich in dem Café, das seine weibliche Zielperson zur Mittagspause aufsuchen sollte, an einen Tisch nahe der Eingangstür. Da er nur eine Beschreibung von ihr hatte, musste er auf einige kleine Details achten, die ihre Identität belegten. Er würde sie mit seiner Minikamera unauffällig filmen, um sie später mit Malika eindeutig zu identifizieren. Mehr war für den Tag nicht vorgesehen. Ihr Name war Vera.

Um kurz nach zwölf betrat sie in Begleitung einer weiteren jungen Frau und zwei männlichen Mittdreißigern in Uniform das Café, blondgelockt, einssiebzig, ebenmäßiges Gesicht, Seidenschal und Ringe auf dem linken Daumen und rechten Mittelfinger. Er filmte gleich drauflos, ohne die Kamera vom Tisch zu nehmen. Die Aufnahme würde was werden, da war er sich sicher. Er hatte es vorher ausprobiert. Nach fünf Minuten zahlte er und verließ das Café.

Am Abend sollte es Tafelspitz, Prinzessbohnen und Salzkartoffeln geben. Er bekam alle Zutaten im Supermarkt um die Ecke und radelte zurück.

Malika hatte sich eine Badewanne eingelassen. Er nahm den Recorder und setzte sich auf den Balkon. Das Stadtzentrum mit Kirchturm und einigen höheren Gebäuden war gut einen Kilometer entfernt. Das große Kasernengelände lag dahinter. Er drückte den Aufnahmeknopf.

„Die Versorgung der Stadt klappt bis auf die Wasserknappheit immer noch tadellos. Die Standortverwaltung sorgt dafür. Am Ende der Kriege stoßen Generäle und Politiker von jeher gern putzmunter und gesund mit Champagner auf die Friedensvereinbarungen an, wofür sie kerngesund und gut genährt sein sollten. Wie sähe das sonst aus? Dass es aber auch dieses Mal so sein würde, hatte ich bis vor kurzem stark bezweifelt. Dieser Krieg endet ohne Verhandlungen in totaler Zerstörung, globaler Vergiftung und Tod, da war ich mir seit Beginn der Kampfhandlungen sicher. Doch nun hat mich ein Flämmchen Hoffnung in meiner Hütte erreicht und das Schicksal mir sogar die vielleicht einzige, männliche Rolle in dem weltumspannenden Putsch der Sekretärinnen zugeteilt. Ich könnte dazu beitragen, die Menschheitsgeschichte umzukrempeln und vom ewigen Krieg in den ewigen Frieden zu führen, in dem sich das Paradies auf Erden wie von selbst entwickeln wird. Die Mittel und das Handwerkszeug liegen ja schon lange bereit. Sie wurden nur von Menschen in Politik, Wirtschaft und Militär missbraucht, die so abnorm veranlagt sind, ihrem Erfolg und ihrer Ideologie das Leid aller anderen unterzuordnen.

Militärjuntas standen für mich immer an der Spitze der verabscheuungswürdigen Regierungsformen, da sie ihre Diktatur mit ihrem erlernten Beruf, dem Liquidieren von Gegnern, brutal, ohne jegliche moralische Bedenken umsetzten, eine gefährliche und tödliche Kombination für ein Volk, das sie in der Regel nicht gewählt hat. Sie putschen sich in der Regel mit den ihnen zur Verfügung stehenden Waffen an die Macht.

Aber auch die hochgelobte Demokratie verhindert keinen Machtmissbrauch. Ziel jeder Partei ist es, Wahlen um jeden Preis zu gewinnen, Regierungsgewalt zu erlangen und zu behalten. Es ist ihre wichtigste Funktion, der alles untergeordnet wird. Was zählt, ist der Proporz. Dafür wird versprochen, gelogen und Angst gemacht. Das Wohl der Wähler steht nur in den Partei - und Wahlprogrammen, wird aber selten oder nie umgesetzt. Lobbyismus und die schlichte Unfähigkeit der Berufspolitiker, aufgrund fehlender Kenntnisse ihr Ministeramt kompetent zu verwalten, verhindern das. Rhetorisch geschult umgehen sie konkrete Aussagen, weil das am unverfänglichsten ist. Sie führen eine Show auf, mehr nicht. Die konkrete Arbeit erledigen Staatssekretäre, inklusive das Schreiben ihrer Reden. Was für eine Farce." Er unterbrach sich mit einem sarkastischen Lacher.

„Faschistische Regierungen stehen auf Position 2 meiner Liste, schon weil sie einer Militärjunta so ähnlich sind. Zwar hatte sich der brutalste und tödlichste aller An- und Verführer dieser Menschheitsplage nach missglücktem Putschversuch und kurzer Festungshaft auf den Gang durch die Institutionen verlegt, jedoch sofort nach seinem Wahlsieg einen Staatsapparat installiert, der in seiner tödlichen Willkür dem einer Militärjunta aufs Haar glich. Einmal von Hindenburg und dessen rechtsnationalen Gesinnungsgenossen zur Machtergreifung auf den Kanzlerthron gehoben, trieb er die Völker in den zweiten Weltkrieg und die Juden in die grotesk menschenverachtende, gesetzlose Mordmaschinerie der KZs. 50 bis 70 Millionen Soldaten und Zivilisten krepierten direkt oder indirekt durch Hitler und seine Schergen, ein Haufen entfesselter, ideologisierter Wahnsinniger, deren zwölfjährige Herrschaft mit Selbstmord oder am Galgen endete. Das alles ist hinlänglich bekannt und trotzdem sterben die Faschisten nicht aus, im Gegenteil. Es gibt sie überall. Was für ein dümmlicher Wahnsinn. Es ist unfassbar. Übrigens", fuhr er mit ironischer Belustigung im Tonfall fort, „meiner persönlichen Meinung nach, wurden die Nazistrukturen und ihre Art der politischen Führung ausgerechnet in der DDR konserviert - weniger radikal, sicher und doch sehr bald ganz offensichtlich. Das Einparteiensystem und der den neuen Staatsdienern noch anhaftende Drang zur ideologischen Uniformierung, waren der Nährboden für diesen Fehlversuch, eine sozialistische Gesellschaftsform zu installieren. Es lief ganz glatt. Einige Umbenennungen - fertig.

Aus den Nationalsozialisten wurden Sozialisten, aus den Pimpfen Pioniere, aus der HJ die FDJ, aus der Wehrmacht die NVA, aus der Gestapo die Stasi und die alten Kraft-durch-Freude Ferienheime wurden vom Freien Deutschen Gewerkschaftsbund betrieben. Nur bei der Reichsbahn verzichtete man auf die Umbenennung. Sie blieb die Reichsbahn.

Erziehung zum Staatsbürger fand unter anderen Vorzeichen durch dieselben Leute, in denselben Gebäuden und Lagern mit denselben Methoden statt. Die Tatsache, dass es in der DDR für 180 Menschen einen Stasimitarbeiter gab, spricht Bände. Es ist ein Bespitzelungsrekord, an den kein anderer Geheimdienst auch nur im Entferntesten je herangereicht hatte. Die Stasiaktenordner sind nebeneinandergestellt zig Kilometer lang und belegen die Entzivilisierung der Gesellschaft in der DDR. Dieses extrem eng geknüpfte Spionagenetz, das sich durch Betriebe, Vereine, Freundschaften und selbst Familien spannte, hinterließ nach seiner Offenlegung den Eindruck, dass jeder jeden ausspioniert hatte, eine Unmoral, die die neuen Bundesländer Jahrzehnte nach der Wiedervereinigung belastet haben musste. Das hatte nach Stalin selbst die Sowjetunion nicht zu bieten gehabt, was mir lange Zeit gar nicht klar gewesen war. Ich hatte geglaubt, dass die DDR dem großen Bruder in allem nachgeeifert hätte und es dort genauso zugegangen wäre, wenn nicht schlimmer. Aber den traditionell unpolitischen Russen ging es gut. Das Land war riesig und an Bodenschätzen unendlich reich, die Mentalität an Lebensfreude orientiert und

Moskau weit. Man ließ den anderen leben und feierte lieber, statt zu feuern. Glückliches Mütterchen Russland, und es wäre noch glücklicher gewesen, wenn die Illusion der Werbung über das Schlaraffenlandleben im Kapitalismus des Westens, wo der Wert des Menschen direkt an seiner Produktivität gemessen wird, sich nicht so lange gehalten hätte. Der Sehnsuchtsort entpuppte sich jedoch später für viele Migranten auch nur als Arbeitslager in der Fremde. Für Wohlstand muss der gemeine Mann krücken. Nur so geht's. … Aber ich vergesse mich. Es gibt Wichtigeres." Er stoppte die Aufnahme und ging in die Küche. Von Malika war nichts zu hören, nicht mal ein leises Plätschern.

Am nächsten Tag erwartete er Vera nach Dienstschluss vor dem Fahrstuhl zu ihrer Wohnung und fuhr mit ihr schweigend in den vierten Stock. Sie beachtete ihn nicht. Es gab keine Kamera. Das hatte er vorher untersucht. Als sie ausstieg, drückte er ihr mit den Worten: „Vera, bitte lesen Sie das!" den Zettel in die Hand und drückte den Knopf für das Erdgeschoss. Ihr verblüfftes Gesicht verschwand hinter der sich schließenden Fahrstuhltür. Als er das Haus verließ, hatte sie die Nachricht gelesen.

„Heute Abend, 22 h, Liebigstr. 23, Apartment 5/1. Tim mit T."

Sie zerriss das Papier und spülte es die Toilette runter. Dann schaute sie auf die Armbanduhr. Tim mit T war nur zwei Leuten bekannt gewesen. Malika und ihr.

Als er seine Wohnung betrat, erwartete Malika ihn im Flur.

„Und?"

Er zuckte die Schulter. „Alles in Ordnung, denke ich. Bin niemandem begegnet." Dann gab er ihr Veras Hausschlüssel, zog seinen Dufflecoat aus und hängte ihn auf einem Bügel an die Garderobe. Diese Studentenmäntel waren wieder in Mode gekommen und er hatte sich gleich einen gekauft.

Am Abend kam dann Vera früher, als erwartet, gegen halb neun. Er öffnete ihr die Tür. Flüchtige Umarmung der Frauen, Austausch des Befindens und Erleichterung über das geglückte Treffen. Ihre Unterhaltung fand im Flur statt. Offensichtlich sollte der Kontakt möglichst kurz ausfallen. Also blieb auch er gleich an der Tür stehen. Vera berichtete, dass Malika bei der Standortverwaltung als vermisst galt. Weitere Vermutungen oder Erklärungen zu ihrem Verschwinden gab es nicht. Während der wenigen Worte, die sie wechselten, bekam Vera die Daten und den Code für den operativen Start auf einem Zettel und verabschiedete sich auch gleich wieder mit einem Handwinken. Als sie sich ihm zuwandte und er nach der Türklinke griff, sah er, dass sie eine Pistole aus ihrer Manteltasche zog. Geistesgegenwärtig stieß er ihren Kopf mit dem Ellenbogen gegen die Tür, als sie sich zu Malika umdrehte. Sie brach zusammen. Für ihn selber völlig überraschend, hatte er sie ausgeknockt.

„Bist du wahnsinnig?", zischte Malika ihn an. „Was soll das?"

„Sie hat eine Waffe gezogen", er bückte sich und drehte die Bewusstlose auf den Rücken. Die Pistole lag auf dem Boden. Er griff nach ihr und richtete sich auf. „Ich denke, sie wollte dich erschießen."

„Unmöglich."

„Aber, warum zog sie dann die …?"

„Vielleicht wollte sie sie mir geben", unterbrach sie ihn wütend und laut.

„Und dann wartet sie bis zum letzten Augenblick? Das ist doch …"

„Vielleicht hatte sie nicht dran gedacht. Verdammt, sie war eine langjährige Freundin und Vertraute."

„Kann es nicht trotzdem …"

„Alles kann", sie beruhigte sich ein wenig, „aber wenn es so wäre, säße ich jetzt sowieso in der Falle."

Sie ging zum Fenster und schaute durch die halbgekippte Lamellenjalousie auf die Straße.

„Komm mal", sie winkte ihn heran. „Kennst du das Auto? Gehört es einem Nachbarn?"

Er stellte sich neben sie. Den Wagen kannte er nicht. „Weiß ich nicht. Einen grünen Tesla habe ich hier noch nicht gesehen. Die Häuser haben alle 'ne Tiefgarage. Aber …"

„Vielleicht Militär, die Scheiben sind runter und es sitzt einer am Steuer, oder?"

„Ja, du hast recht. Kann sein, dass die die Autos wieder grün lackieren."

„Wir fesseln sie. Hast du was? Schnell." Sie griff hinter die Jalousie und stellte das Fenster auf Kipp. „Die wollen vielleicht was hören", flüsterte sie.

Er fand eine Rolle Schnur unter der Spüle. Im Flur hatte Malika Vera von der Tür weggezogen und auf den Bauch gerollt. Sie nahm die Rolle und fesselte für ihn überraschend schnell und geschickt ihre Freundin, die vielleicht keine mehr war. Gemeinsam lehnten sie sie gegen die Wand.

„Knebeln?", fragte er.

„Ja, ist besser." Er gab ihr ein Halstuch und einen Schal von der Garderobe. Nach zehn Sekunden war Vera stumm und wieder wach. Ihr Blick war entsetzt, warum, blieb unklar. Hatte er gerade überreagiert? Aber was hätte er tun sollen? Sie womöglich schießen lassen? Selber noch draufgehen?

„Wo ist die Pistole?" Malika lief ins Wohnzimmer.

„Auf dem Tisch", rief er ihr hinterher, dann folgten drei Schüsse.

„Mach das Licht aus", sagte sie, als er in der Tür stand. Er drückte auf den Schalter und kam zu ihr ans Fenster. Gemeinsam sahen sie, wie zwei Männer aus dem Wagen stiegen und zu ihnen heraufschauten.

„Weg", zischte sie ihn an, „sie haben's gehört", und zog die Jalousie hoch. Aus dem Dunkel der Wohnstube gab sie den beiden das Zeichen, hochzukommen. Dann ließ sie die Jalousie wieder fallen und sah die Männer auf das Haus zueilen.

„Sie kommen hoch", sagte sie konzentriert und kühl.

„Was machen wir jetzt?" Ihn erstaunte ihre plötzliche Ruhe.

„Wir erledigen sie hier oben."

„Bist du dir sicher? Sollte man Vera nicht wenigstens fragen …"

„Nein, keine Zeit. Alles sieht danach aus, dass sie umgefallen ist. Wir haben ein Riesenproblem. Hast du eine Waffe?"

„Nein. Woher sollte ich …"

„Dann nimm diese", unterbrach sie ihn, „ich hole meine." Sie rannte ins Schlafzimmer und kam sofort mit einer Pistole zurück, auf die sie einen Schalldämpfer schraubte. Er wog die Waffe in der Hand. ‚Ganz schön schwer', dachte er.

„Leg sie auf den Bauch, schnell, die sind gleich hier. Komm her. Sobald du sie im Spion siehst, flüsterst du bis drei. Reiß bei drei die Tür so weit wie möglich auf und stell dich sofort hinter sie an die Wand. Zieh sie dicht an dich ran, ich brauche das ganze Schussfeld. Verstanden?"

„Ja."

„Okay." Sie stellte Vera einen Schuh ins Genick und zielte auf die Tür. Dann warteten sie schweigend, während er durch den Spion schaute. Er hörte das Klicken der Tür, die auf den Laubengang führte. Dann schaltete der Bewegungsmelder das Licht an. Nach wenigen Sekunden sollten die Männer vor seiner Wohnung auftauchen. Aber es erschien nur ein Gesicht.

„Ich seh' nur einen", flüsterte er so leise er konnte.

„Egal, zähl."

„Eins-zwei-drei." Er riss die Tür auf und sie schoss sofort. Er sah noch, wie sie an ihm vorbei flach über den Boden raus auf den Laubengang hechtete und hörte zwei weitere Schüsse.

„Komm schnell", rief sie gedämpft. Er schaute hinter der Tür hervor. Sie lag auf dem Rücken und hielt die Pistole hoch. Hinter ihr an der Außenmauer des Laubengangs lag einer der beiden auf der Seite.

„Die sind hin. Wir bringen sie rein." Dann sprang sie auf die Füße. Zwei Minuten später hatten sie Männer sie ins Badezimmer gezogen und einen in der Wanne verstaut.

Sie setzten Vera im Wohnzimmer auf die Couch und Malika nahm ihr den Knebel aus dem Mund.

„Bist du verkabelt?" Malika war ruhig und gefasst.

Vera schüttelte den Kopf.

„Okay. Was ist hier passiert? Und welche Folgen hat das?"

„Ich weiß es nicht genau, es ging alles so schnell."

„Komm, ein bisschen zügiger, erzähl, was du weißt."

„Sie kamen erst vorhin gegen acht in meine Wohnung und zeigten mir ein Foto von dir und ihm im Auto. Am Kontrollpunkt gab es eine Kamera. Sie wussten von unserer näheren Bekanntschaft und erhofften sich wohl einige Informationen. Über ihn gäbe es eine Akte, sagten sie. Er sei für seine staatskritische Gesinnung bekannt, was dich als Armeeangehörige nun in ein zweifelhaftes Licht setzen würde. Möglicherweise hieltest du dich zurzeit in seiner Wohnung auf. Die Adresse hatten sie schon. Ich sagte, dass ich ihn nicht kenne und keine Ahnung hätte, was mit dir sei. Desertieren oder Geheimnisverrat könne ich mir bei dir nicht vorstellen. Damit gaben sie sich aber nicht zufrieden und erteilten mir offiziell den militärischen Befehl, die Lage auszukundschaften und dich und ihn, auch mit Waffengewalt, festzunehmen, falls ich euch beide hier antreffen würde. Dann haben sie mich gleich hierher gebracht."

„In dem grünen Tesla!"

„Ja, bin um die Ecke ausgestiegen."

„Und sie haben dich nicht verkabelt oder ein Mikro in die

Tasche gesteckt, richtig?"

„Ja, für so wichtig hielten sie die Aktion wohl nicht, blieben ja selber im Auto. Aber gaben mir eine Pistole, für alle Fälle. Feige Säcke, denke ich."

„Trotzdem, Glück gehabt. Und was sollte deine Aktion zum Schluss mit der Waffe?"

„Malika, du warst durch das Foto plötzlich im ‚Focus' und du weißt, was das heißt. Ich musste so handeln."

Er mischte sich ein. „Ja, und was heißt das?"

„Du bist raus, wenn es einen Zweifel an deiner Tarnung gibt", Malika beantwortet seine Frage gefasst.

„Das ist der ‚Focus'? Zum Abschuss frei gegeben, einfach so?" Verwirrt wechselte er den Blick zwischen den beiden Frauen.

„Ja, genau so." Ein wenig genervt wischte Vera seine Nachfrage vom Tisch. „Nachdem ich die Startinfo bekommen hatte, musste ich sauber machen." Trotzig schaut sie zu Malika auf.

„Saubermachen ist gut." Er schüttelte den Kopf.

„Es deckte sich mit dem Auftrag der Sicherheitsleute, euch beide, wenn nötig mit Waffengewalt, festzunehmen. Ich konnte schießen."

„Sehr praktisch", warf er zynisch ein.

„Okay, lass es", beruhigte Malika ihn. „Vera, ich kann dir keinen Vorwurf machen. Was wissen sie über den Putsch? Gibt es irgendeinen Verdacht?"

„Ich bin mir natürlich nicht hundertprozentig sicher, aber es ist unwahrscheinlich. Sonst wäre die Aktion heute doch nicht so nebensächlich angegangen worden. Ich denke, du hast dich verdächtig gemacht und sie hätten dich gern in die Mangel genommen. Dann allerdings wäre es gefährlich geworden, du kennst die Verhördrogen. Ich hatte wirklich keine Wahl."

„Klar. Was denkst du, wie weit ist diese Feldjägeraktion offiziell bekannt?"

„Keine Ahnung. Sie wirkten nicht sehr konzentriert, machten im Auto Witze darüber, dass ich euch vielleicht beim Flaschendrehen stören würde. Blöde Kerle. Ich hatte nicht den Eindruck, dass sie von oben richtig kontrolliert wurden und sich irgendwer überhaupt bewusst war, woran sie da gerade kratzten. Aber, wie gesagt …"

„Okay, das hört sich nicht so schlecht an. Vielleicht haben wir Glück. Der Tesla muss weg." Malika stand auf und sagte zu ihm über die Schulter: „Mach sie los." Kurz darauf kam sie mit den Ausweisen der Toten und dem Autoschlüssel zurück.

„Der wohnt in der Waldsiedlung und der am Kanal. Also, am besten stellen wir ihn in der Südstadt ab. Da fällt er am wenigsten auf. Du fährst." Sie warf ihm den Schüssel zu und er griff ihn aus der Luft. „Zieh dir Handschuhe an. Keine Fingerabdrücke."

„Und was ist mit den beiden im Badezimmer?"

„Die müssen hier portionsweise raus. Im Stück ist das unmöglich, zu gefährlich."

„Was?"

Sie machte zwei Schritte auf ihn zu, drehte ihn um und gab ihm einen kleinen Schubs. „Geh' jetzt. Lass dir Zeit."

„Moment, Handschuhe." Er griff sie sich von der Hutablage.

Irritiert von der Vorstellung, dass in seinem Bad die Schlachtung zweier Menschen stattfinden sollte, setzte er sich zögernd in Bewegung. Mit der Türklinke in der Hand drehte er sich noch einmal um. Die Frauen standen sich gegenüber, ohne ihn noch weiter zu beachten und schauten sich an.

‚Verrückt, das Ganze, absolut verrückt! Eben hätten sie sich noch erschossen. Kompromisslos fixiert auf ihr Ziel … brutal, ohne Emotion, wie's scheint. Und du? Machst einfach mit? … Was sonst.' Beeindruckt von der Härte und dem Fokus dieser Frauen verließ er seine Wohnung und zog die Tür hinter sich zu.

8

Er fuhr den Tesla in eine Parkbucht am Seven-twenty-four-Mart und ging zu Fuß aus der Südstadt zurück. Es würde eine Zeit dauern, bis der Wagen dort auffallen würde. Was gerade in seiner Wohnung vorging, versuchte er zu verdrängen. Vor neun oder zehn Tagen hatte sich sein Leben schlagartig verändert. Nun würde er versuchen, ein wenig Abstand zu bekommen, vielleicht für eine Stunde.

Die Stadt war gut beleuchtet und noch belebt. Er ließ sich für den Rückweg Zeit, schlenderte ins Zentrum und setzte sich schließlich gegen zehn in ein Café, das er schätzte. Im „Einspänner" war Wiener Charme das Konzept und ging einigermaßen auf. Die Einrichtung imitierte ganz passabel ein Wiener Kaffeehaus. Dunkel vertäfelte Wände, gerahmte Postkartenvergrößerungen von Wien des 19. Jahrhunderts, retro Deckenleuchten und runde Tischchen mit Bugholzstühlen. Es war mäßig besucht und er fand in seiner bevorzugten Ecke Platz. Am historischen Tresen unterhielten sich vier Männer angeregt und hatten wohl schon einiges intus. Die Art, wie sie sich zuprosteten, ließ dies vermuten. Die Bedienung, eine freundliche Frau um die fünfzig, erkannte ihn. Ihr Lächeln empfing ihn vertraut.

„Hallo, der Herr, auch mal wieder zu Gast. Das ist schön. Was darf's sein?"

„Ja, hallo, nehme einen Kapuziner und einen Cognac, bitte."

„Kommt sofort. Wollen Sie die Örtliche?"

„Ja, gerne."

„Momentchen." Sie ging zum Zeitungsständer am Eingang und kam mit dem Lokalblatt zurück.

„Bitte, der Herr."

„Danke, die Dame." Sie lächelten sich an. Er mochte diesen servilen, übertrieben freundlichen Dienst am Kunden, diese ameri-

kanisch anmutende Einschmeichelei, wo die Bedienung noch ausschließlich vom Trinkgeld lebt. Mürrische Kellner waren ihm zuwider und bewirkten sofort, dass er das Lokal in Zukunft mied. Er
bestand darauf, zuvorkommend behandelt zu werden, ja, erwartete
sogar, dass eine mitgebrachte Übellaunigkeit durch die Freundlichkeit der Bedienung verflog. Und diese Frau konnte das, ganz im
Gegensatz zu ihren Wiener Kollegen, denen eine gewisse Schnod-
drigkeit nachgesagt wurde. Er hatte das selbst erlebt und sich
gefragt, ob die Kellner in Wien vielleicht nur für die Touristen den
griesgrämigen Hans Moser imitierten, um mit gespieltem Schmäh
das Lokalkolorit und ihr Trinkgeld aufzubessern.

Die Zeitung durchblätterte er flüchtig und bemerkte, dass er
sich auf keinen Artikel konzentrieren konnte. Er traute der Presse
schon lange nicht mehr und in diesen Kriegszeiten umso weniger.
Seine Bestellung kam und wurde ihm mit einem leisen ,Bitte' auf
einem Tablett hinter die Zeitung auf den Tisch geschoben. Nur
nicht stören. „Oh, danke", sagte er und senkte die Zeitung. Sie
nickte und lächelte ihm zu.

Er schaute noch durch die Kontaktanzeigen. Je älter die Inse-
renten, desto unsinniger kam ihm ihre Suche vor. ,Wissen sie
nicht', fragte er sich, senkte das Blatt und griff nach der Kaffeetasse,
,dass ihre Zeit, wo noch Hoffnung auf Glück bestand, schon lange
verflogen ist?' Er nahm vorsichtig einen Schluck. ,Im Alter noch
einen liebenswerten Partner zu finden, gleicht dem unerwarteten
Entdecken einer Oase in der Wüste. Und selbst dort kann man
nicht darauf hoffen, dass die Quelle noch lange sprudeln würde.'
Nach einem weiteren Schluck, stellte er die Tasse ab und nahm sich
den Cognac. ,Altern geht mit Vereinsamung einher, schon weil man
sich langsam selbst abkapselt, und vielen Alten ist das dann egal.
Wenn sich das Leben aus dem Körper schleicht, verschwinden oft
die Wünsche nach Sozialkontakt. Prost.' Er nippte am Glas. ,Wenn
man dann allerdings doch jemand zum Reden findet, dann wird

drauflos geschwafelt, was das Zeug des Gegenübers hält, davon getrieben, loszuwerden, was man noch zu sagen hat. Neues jedoch geht nicht mehr rein, von Unterhaltung keine Spur. Das Hirn macht zu. Und wenn dann noch das Gehör versagt ...' Er nahm noch ein Schlückchen und stellte den Cognac zurück auf den Tisch. Er wollte einen leichten Schwips und wusste, dass das Gläschen nicht sein letztes sein würde

Mit einem schnellen, uninteressierten Blick auf den Flohmarkt faltete er die Zeitung zusammen.

„Aha", sagte eine tiefe, drohende Stimme vor ihm, „hab' ich Sie endlich ..."

Erschrocken schaute er auf. „Robert, Mensch, erschreck' mich nicht, mein Herz." Er griff sich an die Brust.

Robert, ein älteres Semester mit stets jovialem Auftritt, hatte eine rasierte Glatze, war gut gekleidet - Anzug, Schlips, Stiefeletten - und sah immer aus, als sei er noch auf Brautschau, ein Lebenskünstler im letzten Akt. Er griff sich den Stuhl und nahm Platz. Seine Stimme klang nun viel wenig tief. „Wo warst du? Hab dich 'ne Ewigkeit nicht gesehen."

„Bin zur Hütte. Hab's da aber nicht sehr lange ausgehalten. Der Damm ist hin, der See ist leer. Geblieben ist eine grauschlammige Senke", deklamierte er und hob den Cognac, Jambus und Daktylus in lässiger Folge.

„Schön gesagt, du alter Poet."

„Ins Metrum verliebt, du weißt."

„Ich weiß. Letztens Gerald getroffen. Wusstest du, dass er sich endlich ..."

Die Kellnerin brachte nach kurzer Zeit Roberts angetrunkenes Bier. Er hatte wohl irgendwo allein in einer Ecke gesessen.

Als er gegen halb zwölf seine Wohnung betrat, waren die Frauen weg. Die Toten lagerten tranchiert und in sechs schwarzen

Müllsäcken verpackt in der Wanne. Obenauf lag ein Zettel. „Hau ab. Du hast max. Zeit bis 1h, dann ist Schichtwechsel." Er zerknüllte die Nachricht und spülte sie in der Toilette hinunter. Sie hatten sauber gearbeitet. Alle Blutspuren waren beseitigt. Sein extrem scharfes Gyuto Chefmesser aus Damaszenerstahl stand im Messerblock. Es war noch ein wenig feucht. Mit chirurgischen Kenntnissen ist ein Mensch damit im Handumdrehen zerlegt. Unschlüssig stand er im Bad. Nach kurzer Überlegung holte er den Teslaschlüssel aus seiner Hosentasche, wiegte ihn in der Hand und verließ die Wohnung. Eine gute Stunde Zeit. Das würde reichen.

Nach rasanten zehn Minuten auf seinem Rad durch die Fußgängerzone der Stadtmitte, fuhr er auf dem Parkplatz vom „7/24" am Tesla vorbei, schloss es im Fahrradständer ab. Ein Pärchen mit zwei Einkaufstüten verließ den Markt, beachtete ihn aber nicht. Langsam ging er zum Eingang und stellte sich davor, auf seine Armbanduhr schauend. Kurz darauf fuhr das Pärchen vom Parkplatz. Er ging er rasch zum grünen Tesla, während er sich die Handschuhe anzog und drückte auf den Türöffnerknopf am Schlüssel. Im Auto wartete einen Augenblick, startete den Wagen und rollte langsam auf die Bellhauser Chaussee. Niemand folgte ihm. Er beschleunigte erleichtert. Sie hatten den Wagen noch nicht entdeckt.

Sieben Minuten später fuhr er in der Tiefgarage seines Wohnhauses vor der Fahrstuhltür in eine Parkbucht. Er hatte Glück. Man bekam dort selten einen Platz. Er ging in den angrenzenden Kellertrakt, holte sich aus seinem Abstellraum zwei Koffer und eine große Tasche und betrat wenig später seine Wohnung. Keine Malika, keine Vera. Sie hätten ihm helfen können. Aber es ging auch so. Nach zwei Fahrstuhlfahrten voller Angst und Ekel, stellte er Koffer und Tasche ausgeleert in seinen Keller zurück und stieg in den Tesla. Er hatte die Rückbank umlegen müssen, um die Müllsäcke verstauen zu können. Der Wagen ging jetzt hinten ein wenig in die Knie. Während der Aktion war ihm niemand begegnet. Seine Nachbarn schienen ausgeflogen zu sein und da es weder im Untergeschoss noch in den Fahrstühlen Kameras gab, blieb er unbemerkt, zumindest hoffte er das. Vor der Ausfahrt aus der Tiefgarage, stellte er den Tesla ab und schlich die Rampe zur Straße hoch. Sicher war sicher. Aber die Luft schien rein zu sein. Schnell sprang er zum Wagen hinunter und verließ zügig die Tiefgarage.

Kaum war er auf der Straße, kam ihm ein grüner Tesla entgegen und fuhr vorbei. Im Rückspiegel sah er die Bremslichter aufleuchten, drückte aufs Gaspedal und bog an der nächsten Querstraße rechts ab. Im Beifahrerfenster sah er noch, wie der Wagen wendete und beschleunigte nun voll. Der Tesla sprang nach vorn. ‚Oh, nein, die haben die Karre erkannt. Wohin, wohin?' Im Rückspiegel war der Tesla noch nicht aufgetaucht. ‚Um den Block.' Er quietschte rechts um die nächste Ecke und raste weiter. ‚Ich schaff' das, hab' 'nen Vorsprung, noch einmal rechts.' Dann entdeckte er jedoch keine zehn Meter entfernt einen Parkplatz vor einer Einfahrt, zog rechts rein auf den Bürgersteig, setzte nah an den auf der Straße stehenden Wagen zurück, drehte den Zündschlüssel und wälzte sich auf den Beifahrersitz. ‚Raus.' Vorsichtig öffnete er die Tür und kroch auf den Bürgersteig. ‚Hau ab, die Kiste ist verbrannt. Wenn sie dich jetzt damit erwischen ist es aus.' Gebückt lief er an einigen der am Bürgersteig parkenden Autos vorbei, bevor er sich hinter einem versteckte und zurückschaute. Der Tesla seiner Verfolger rollte langsam über die Kreuzung, an der er abgebogen war und fuhr dann leicht beschleunigend geradeaus weiter.

‚Glück gehabt, gut eingeparkt. Vielleicht haben sie keinen Verdacht geschöpft und wollten nur einen Plausch mit ihren Kollegen halten. Wer weiß, wie weit der Einsatz kommuniziert ist. Aber wenn sie bescheid wissen, dann kommen sie zurück, vielleicht schon bald, finden den Wagen mit den Leichen und reimen sich natürlich einiges zusammen. Auch für Vera wird es dann kritisch. Die Frauen müssten unbedingt benachrichtigt werden. Davon kann alles abhängen, alles. Nur wie? Kenne keine Nummer, keine Adresse, gar nichts. War es überhaupt richtig, die Säcke zu entsorgen, oder hat meine Aktion erst eine verstärkte Aufmerksamkeit erzeugt? Aber wenn die in meine Bude gekommen wären und hätten die Leichen entdeckt … ? Also, dann war das schon gut so. Zurück in die Wohnung geht nicht. Zu gefährlich. Immerhin habe ich meine Kreditkarte … und ein Fahrrad in der Südstadt. Also, sofort Geld ziehen, du brauchst jetzt ganz viel Bares, und dann 'n Taxi zum 7/24.' Er ging zügig zwei Querstraßen weiter und dann links runter zum Westring. An der Ecke war ein Geldautomat und gegenüber ein Droschkenplatz. Der grüne Tesla war nicht in Sicht.

Die Fahrerin des Taxis, kurze Haare, im Nacken rasiert, um die fünfzig, verrichtete phlegmatisch ihren Nachtdienst. Ihre Lenk- und Schaltbewegungen waren langsam und weich. Es beruhigte ihn ein wenig. Er ließ sich vor dem Eingang zum „7/24" an der Bellhauser absetzen, kaufte sich in der Elektroabteilung ein Wegwerfhandy mit SIM-Karte und ging auf den Parkplatz zu seinem Rad. Bevor er losfuhr, rief er sich auf dem Festnetz an. Es klingelte, bis sein AB ansprang.

„Ey, Alter", sagte er mit verstellter Stimme, „deine Literaturvorschläge waren auch schon besser. Habe jetzt der ‚Heiße Sommer' von Uwe Timm mit T gelesen. Ist doch heute nur unnütze Nostalgie. Kannste vergessen. Finger weg. Trotzdem Danke," und legte auf. Ob es das bringen würde, bezweifelte er stark, hatte es aber immerhin versucht. Er zertrat das Handy und warf den Schrott im Vorbeifahren in den grünen Altglascontainer.

Von der Pension Burg in der Fallentin, kannte er den Besitzer.

„Wasserschaden", erklärte er ihm, als der verwundert, wenngleich erfreut über Kundschaft, nachfragte. Dann ging er auf sein

Zimmer und duschte, sich völlig im Unklaren darüber, wie es weitergehen würde.

Ärgerlich war, dass er den Recorder in seiner Wohnung vergessen hatte. Er hätte doch noch einiges anzumerken gehabt. Aber er lag wohl noch auf dem Regal im Wohnzimmer über der Couch. Vielleicht auch woanders. Er war ihm nicht mehr aufgefallen.

9

Nach drei Nächten in der Burg, völlig im Dunkeln tappend, was Malika und Vera betraf, mietete er ein Miniapartment am Neumarkt und bezahlte problemlos ohne Rechnung und Vertrag für zwei Monate im Voraus. Alles war sehr lax geworden. Krieg löst zivile Strukturen auf. Man hatte am Vortag den Tesla mit den Leichen entdeckt, wie er im Lokalteil las. Vermutet wurde ein Zusammenhang mit organisierter Bandenkriminalität. Grund genug für ihn, umzuziehen und anonym zu werden. Er ließ den Bart stehen und färbte sich die Haare.

‚Zehn Jahre jünger', sagte sein Spiegelbild, ‚und bald nicht mehr wiederzuerkennen.'

Darauf bedacht, eine Alltagsroutine zu umgehen, kaufte er morgens oder spät abends seine Lebensmittel in unterschiedlichen Läden, ging nie Essen oder in Kneipen und fuhr Taxi, um Begegnungen mit Bekannten zu verhindern. Telefonisch nicht mehr erreichbar, waren seine sozialen Bezüge unterbrochen. Er achtete darauf, dass sein Bares nicht zu schnell verschwand, denn die Banken und ihre Automaten hatten Kameras. Da war man schnell entdeckt, wenn man gesucht wurde.

Nach zwei Wochen tat sich was. Es war Vollmond. Zunehmend gefesselt, verfolgte er die Kriegsberichte und langsam wurde ein Reim daraus.

Es begann mit Meldungen über festgefahrene Fronten, mangelndem Nachschub in allen Bereichen und Problemen in den Rüstungsbetrieben. Dann wurde über die bedrohliche Zunahme des Krankenstandes in den Heeresleitungen berichtet, die mit einigen Todesfällen einherging. Als schließlich erste Kommentatoren den Zusammenbruch der digitalen Vernetzung strategisch wichtiger Zentren durch extrem zerstörerische Computerviren erwähnten, die auch den Feind betreffen sollten, lehnte er sich lächelnd zurück. Es hatte begonnen. Die Internationale der Frauen war am Werk. Malika und Vera hatten es also geschafft, ihren Part zu erfüllen. Er stellte sich vor, dass alles durch die Installation eines auf den festgelegten Zeitpunkt koordinierten Eingriffs der Computersysteme initiiert worden war, ein Masterprogramm, das Retro- und Stealthviren sowie verschlüsselte und polymorphe Viren verband. Einmal im System, ließ es sich weder finden noch bekämpfen, da jeder Eingriff von außen wie ein Virus isoliert und beseitigt werden konnte. Ein Neustart bedeutete dann vielleicht die Selbstzerstörung des Arbeitsspeichers mit den zugehörigen Programmen. Er hatte so etwas schon mal gehört.

‚Im WorldWideWeb sitzt nur noch eine Spinne, die die Fäden zieht', sagte er sich, wenn auch im Zweifel, ob seine laienhafte Vorstellung die Komplexität des Geschehens umfassend beschrieb. Aber das war auch nicht wichtig. Anscheinend passierte wirklich, was von den Frauen seit Langem aufs Genaueste vorbereitet worden war. Der Zusammenbruch der Kriegsmaschinerie durch die Zersetzung aller ihrer Komponenten hatte begonnen. Doch wie gefährlich könnte es noch werden, wenn die in die Enge getriebene Bestie mit ihren verbliebenen Kräften um sich schlagen würde? War wirklich die Kontrolle aller militärischen Zusammenhänge möglich? Was ist mit den Marinen und den Luftwaffen, den Flugzeugträgern und U-Booten, die mit ihren Nukleargeschossen irgendwo in der Welt autark herum manövrierten? Kam das Ende der Welt nur einfach schneller, statt endgültig verhindert zu werden? ‚Die Möglichkeit besteht', sagte er sich und war dennoch froh, seinen Bedenken auch Hoffnung entgegensetzen zu können. Sie stirbt bekanntlich zuletzt.

Als er nach zwei Tagen mit dem Wochenendeinkauf sein „Wohnklo mit Kochnische" betrat, wurde er verhaftet. Das anschließende Verhör überstand er mit gut gespielter Ahnungslosigkeit. Er gab zögernd zu, Malika auf dem Rückweg von seiner Hütte am Stausee auf der Straße getroffen zu haben. Sie hätte neben ihm mit dem Auto gehalten und sich nach dem Weg in die Stadt erkundigt, eine eigentlich überflüssige Frage, wie er bemerkte, weil es nur die eine Straße gab, und ihn dann mitgenommen. Er wäre schließlich gefahren, weil sie ihn der Einfachheit halber darum gebeten habe. Alles sei sehr entspannt gewesen. Er habe sie dann in seine Wohnung eingeladen, was sie zu seinem Erstaunen auch gleich angenommen hätte und in der sie für zwei Übernachtungen geblieben wäre. Als er dann am nächsten Tag vom Einkauf zurückgekommen sei, hätte er nur eine Notiz mit der Bitte vorgefunden, über sie und ihre Ankunft in der Stadt, auch in seinem eigenen Interesse, völliges Stillschweigen zu bewahren und den Zettel gleich zu vernichten. Sollte sich Militär an ihn wenden, könne es unangenehm für ihn werden. Es seien ja schließlich Kriegszeiten und der Vorwurf der Kollaboration mit Fahnenflüchtigen wiege schwer. Am besten wäre dann konsequentes Schweigen. Das habe ihn so erschreckt, dass er sich in seiner Wohnung nicht mehr sicher gefühlt hätte und möglichst unbemerkt an den Neumarkt gezogen sei. Nun schienen sich ja die Befürchtungen seines Besuchs zu bewahrheiten, schloss er das Geständnis ab. Aber sonst wisse er von nichts. Trotz der zweitägigen Nähe, hätte er eigentlich gar nichts über sie erfahren. Er fragte noch, ob sie denn wirklich eine Deserteurin sei, schließlich hätte sie mit ihrem Aufzug auf ihn wenig militärisch gewirkt, bekam darauf aber keine Antwort.

Mit dem Hinweis, dass er bis zur vollständigen Klärung in Gewahrsam genommen würde, schloss man ihn nach dem Verhör mit einer Flasche Wasser und zwei belegten Broten in einer Zelle ein. Glaubten sie ihm? Er hatte sich die Geschichte erst während des Verhörs zurechtlegen können und versucht, sie logisch klingen zu lassen. Vielleicht hatte seine mit Demut vorgetragene Blauäugigkeit den Ermittlungsbeamten schließlich zweifeln lassen, dass er irgendwie in irgendetwas verwickelt war. Er hatte sich seiner Meinung nach doch ganz gut geschlagen.

Am nächsten Tag wurde er in seiner Zelle von einem Beamten zu Lage und Größe seiner Hütte befragt und gleich darauf in die Kleiderkammer des Standorts gebracht. Man machte ihn trotz seines Hinweises auf sein Alter zum Reservesoldaten mit sofortiger Verfügung. Mit neun weiteren, auch schon älteren Soldaten, leichter Bewaffnung und viel Proviant wurde er in einen Hubschrauber verfrachtet und nach zwanzig Flugminuten auf der Lichtung neben seiner Hütte abgesetzt. Er hatte vor der Landung den geborstenen Staudamm sehen können. Die Toten waren überkalkt worden, wahrscheinlich vom Heli aus. Die Schlucht leuchtete, als sei frischer Schnee gefallen.

Da war er wieder, aus heiterem Himmel in seine Hütte verbracht, wie beim „Mensch ärgere dich nicht" rausgeworfen und zurück auf Start gesetzt. Aber in diesem Fall war er ganz zufrieden damit. Sein Auftrag lautete, als Ortskundiger den Beobachtungsposten „Staudamm" in seiner Hütte zu installieren. Der Befehl war ihm erst auf dem Flug übergeben worden. Fassungslos hatte er den Schriftbogen mehrere Male gelesen und ihn dann dem Truppführer mit einem ungläubigen Lächeln wiedergegeben. Welch' völlige Wendung seiner Lage. Doch was das Kommando eigentlich bezweckte, blieb im Dunkeln. Wo nichts mehr klappt, da wird vielleicht befohlen, was noch klappen könnte und sei es nur die

Überwachung eines mit Toten übersäten Kriegsschauplatzes, der von keinerlei strategischer Bedeutung mehr war. Oder hatten sich diese neun Altgedienten in verdächtig einfacher Mannschaftsuniform mit diesem Marschbefehl einfach abgesetzt, weil sie ihre Felle davonschwimmen sahen? War seine Hütte zum Ausflugsziel von Leuten geworden, die ihre Ruhe haben wollten? Wie auch immer, ihm war das alles mehr als recht. Glück im Unglück. Er konnte sich immer noch darauf verlassen. Aber die Haken, die sein Leben dabei schlug, waren kaum zu glauben.

Der Schlüssel zur Hütte hatte immer noch kein neues Versteck bekommen und als er die Küche betrat, entdeckte er sofort überrascht und hocherfreut seinen Recorder. Er klemmte über den Schaltern für die Solarpaneelen hinter einem alten Stück Pappe und fiel nur dem ins Auge, der wusste, dass da nichts hingehörte. Hinter ihm rödelte sich die neue Hüttenbesatzung lautstark ins Haus und er verstaute den Recorder mit klopfendem Herzen unbemerkt in seiner Hosentasche. Malika, sie hatte es geschafft und war noch einmal hier gewesen.

10

Nach zwei Tagen erinnerte ihn die Hüttenbelegung an die Florentiner Gesellschaft in Boccaccios „Decamerone", ebenfalls zehn Personen, nur dass alle Männer waren, statt sieben davon Frauen. Dem Krieg wie der Pest entkommen, umsaßen die Männer abends den Küchentisch bei bester Laune, schwelgten ungehindert in den Geschichten ihrer tollsten, sexuellen Ausschweifungen und hatten sich im Nu durch seine Weinvorräte gesoffen. Um die, wie ihm schien, vorgeschobenen Überwachung eines Kriegsschauplatzes zu erfüllen, gingen zwei von ihnen jeden Tag zur Staumauer. Nach einer Woche begannen sie mit „Mäxchen" diejenigen auszuwürfeln, die laufen mussten. Leere Konservendosen wurden aufgehoben und dienten auf der Wiese als Ziel für Abwurfspiele. In kurzer Zeit wurde so viel Baumbruch gesammelt, dass hinter der Hütte ein drei Meter hoher Holzhaufen aufragte, der an ein städtisches Osterfeuer erinnerte. Einigen juckte es in den Fingern, ihn anzuzünden, wodurch sie die Hütte gleich mit abgefackelt hätten, gelang es dann aber doch, ihren Zündeltrieb zu kontrollieren.

Nach drei Wochen waren die Lebensmittel soweit dezimiert, dass beschlossen wurde, auf die Jagd zu gehen. Holzsammler hatten Spuren von Schwarz-, Reh- und anderem Niederwild entdeckt. Wenig später hingen aufgebrochene Tierkadaver am Schuppen. Zwei gelernte Fleischer erinnerten sich und gingen ans Werk. Sein alter Schwenkgrill wurde aufgebaut und bald geröstet, was das Zeug hielt. Um die Rauchentwicklung machte sich keiner Sorgen. Der Krieg schwieg seit einigen Tagen und die Verbindung zum Hauptquartier in der Stadt war gekappt. Völlig isoliert ergaben sich die Männer umso intensiver dieser Robinsonade und beglückwünschten einander zum Urlaub vom Kampf, an dem sie aber bislang noch gar nicht richtig teilgenommen hatten. Er hielt sich weitestgehend aus diesem verspielten Altpfadfinderfähnlein heraus und keinen störte das. Er hatte einen gewissen Hausmeisterstatus und gab immer erfolgreich vor, dass da noch was zu reparieren sei. Bald war er so außen vor, dass sich keiner mehr um ihn scherte, zumal die militärische Ordnung in der Hütte sich langsam zu verflüchtigen schien. Die Frage nach der Beendigung des Hüttenzaubers und einem Rückmarsch in den Standort wurde nicht mehr gestellt. Die Möglichkeit, doch noch in den Krieg zu geraten, hielt jeden davon ab. Es wurde kälter und der Winter kündigte sich an. Die Kontrollgänge zur Staumauer wurden seltener und schließlich aufgegeben.

Es war Ende November, als er sich den Recorder nahm und zum

Stausee ging. Er hatte ja noch einiges zu sagen.

„Seit sechs Wochen mit neunköpfiger, soldatischer Begleitung zurück in der Hütte. Sind hier völlig isoliert. Wurden per Helikopter abgesetzt. Teile mir das Zimmer mit einem Hauptfeldwebel, der als junger Mann 1990 aus Omsk nach Berlin-Marzahn gekommen war, ein verträglicher, ein wenig wortkarger Mensch. Zu meiner großen Überraschung und Freude fand ich meinen Recorder über der Solarbedienung. Malika hatte ihn aus meiner Wohnung vorsichtshalber mitgenommen, wie sie mir in einer Aufnahme erklärte, um keine Informationen zu hinterlassen, falls die Wohnung durchsucht werden sollte. Nachdem sie im Badezimmer den Sack zugemacht hätten, so drückte sie sich aus, wären sie sich nicht mehr sicher gewesen, ob ich überhaupt zurückkommen würde. Zwei Tage nach dem Start der Operation hätten sich einige Frauen wieder auf der Hütte getroffen, um aus sicherer Entfernung die Entwicklung zu verfolgen. Alles liefe nun nach Plan. Der Automatismus der Aktionskaskade sei auch nicht mehr zu verhindern. Die umfassende Satellitenkontrolle wäre der Schlüssel gewesen. Auf eine gute Zukunft und bis irgendwann, waren ihre letzten Worte.

Natürlich sehen wir uns wieder, es wird passieren. Ich hatte schon immer das Gefühl, dass mein Leben auf fest verlegten Gleisen verläuft. Einige Schlüsselereignisse lassen sich nicht verhindern, so wie Malikas Auftauchen. Sie bestätigen mich in meiner Überzeugung, dass es eine Vorbestimmung gibt. Es hat in meinem Leben einfach zu viel zusammengepasst. ‚Der Mensch denkt, Gott lenkt' ist Glaube und ist leicht dahergesagt, aber eine wirkliche Fügung zu erfahren, bringt Gewissheit über die Zwangsläufigkeit von Ereignissen, auch ohne Gott. Ich will das ein wenig ausführen. Es ist mir wichtig." Er machte eine kleine Pause, um seine Gedanken zu ordnen.

„Ich denke, wie auch viele Soziologen und Biologen, dass jeder Mensch mit den gesetzten Rahmenbedingungen für seine Existenz -

seiner Genetik, dem Vorbild und sozialen Stand seiner Eltern, dem Wachstum in Kulturraum und Bildung - von Beginn an auf einen vorbestimmten Lebenslauf fixiert wird, ähnlich einem Schienenfahrzeug auf festen Gleisen. Es gibt zwar Nebenstrecken, die aber immer wieder auf die Hauptstrecke zurückgeführt werden. Diese Erfahrung habe ich zu oft in meinem Leben gemacht, um sie zu ignorieren. In der Rückschau lief alles auf meine heutige Lebenslage hin, auf die Fahrt auf der für mich vorbestimmten Strecke. Wann diese Reise endet, ob nicht viel zu früh auf einem Abstellgleis, mag in der Vorstellung vieler mit Glück oder mit gutem Karma zu tun haben. Aber vielleicht ist Glück auch nur das Ausbleiben von Pech und beweist die Unabsichtlichkeit des Lebens an sich, was dem Belohnungskonzept des Karmas widerspräche. Auch damit könnte ich leben, nehme jedoch für mich, als ein am Sonntag Geborener und von einem Doktor Sonntag Entbundener, heraus, Glück, zumindest im Unglück, zu haben, auch wenn ich weiß, dass bei den Germanen die am Donnerstag und bei den Juden die am Samstag Geborenen als Geisterseher und Glückskinder gelten. Tatsächlich bin ich fünfmal haarscharf dem Tod entronnen: während einer Übung bei der Bundeswehr, wo eine Signalpatrone aus unmittelbarer Nähe meine Körpermitte knapp verfehlte, beim Trampen in einem Massenauffahrunfall auf der A7, im Sturz auf einem Steilhang bei einer Skiabfahrt in Agentiere Mont Joist, der zwischen hochaufragenden Felsen endete, auf dem Dach eines Busses von Kathmandu nach Kalkutta, als ich knapp einer über die Straße gespannten Stromleitung entkam und hart an der Kante einer Steilküste Gozos stehend, wo mich ein Falke von hinten attackierte und beinahe zu Fall brachte, Momente, wo meine Lok vom Gleis fast in den Abgrund gekippt wäre, sie aber eine gnädige Weiche in letzter Sekunde zurück auf festen Boden riss. Fünfmal hätte mein Leben enden können, gleich dem jähen, ungebremsten Aufprall auf den Rammbock einer stillgelegten Strecke. Aber es ist nicht passiert. Ich lebte weiter und alles folgte, was dann eben geschah." Er unterbrach seinen Redefluss und dachte kurz und flüchtig daran, dass er noch gar nichts über die blutigen Ereignisse während seines letzten Stadtaufenthalts berichtet hatte, machte dann aber sofort mit der Vorsehung weiter. Das Thema lag ihm am Herzen.

„Natürlich kann der Glaube an eine Vorbestimmung zu Inaktivität führen. ‚Lass fahren dahin!' und ‚Es ist so, wie es ist, sonst wäre es ja anders', sind Einwürfe, die mit Fatalismus beruhigen. ‚Es lohnt nicht, sich über den Gang der Dinge noch Gedanken zu machen.' Und doch hofft der Mensch und verlängert die Suche nach dem Glück, egal wie wenig erfolgversprechend sie im Laufe der Zeit wird. Es ist nicht einfach, sich ganz seinem Schicksal zu ergeben. ‚Der Weg ist das Ziel', wirft dann derjenige philosophisch ein, der die Nutzlosigkeit seines Tuns bald ahnt, aber nicht zugeben will. Schließlich erkennen die meisten die Wahrheit im banalsten oder weisesten aller Sprüche, den der Geheimrat aus Weimar seinen Heinrich Faust sagen lässt: ‚Es irrt der Mensch, solang' er strebt.'

Und doch frage ich mich, ob es nicht einige wenige gibt, die bis an ihr Ende behaupten, alles richtig gemacht zu haben. Muss man dazu ein lebenslang erfolgreicher Künstler, Wissenschaftler oder Geschäftsmann sein, ins Kloster gehen, leben wie ein Einsiedler oder Clochard à la Jean Gabin oder so vergesslich oder verlogen sein, dass jegliche Erinnerung an die Vergangenheit erlischt? Das alles war mir jedenfalls nicht vergönnt und so lebe ich in meiner imperfekten Welt das ab, was mir einst in die Wiege gelegt und von Feen, den guten und der bösen, geweissagt worden war.

Ich glaube allerdings nicht, dass ein Leben wie die Kopie eines bereits vom Schicksal abgedrehten Films verläuft, in dem jede Sekunde und jedes Ereignis streng wiederholt wird. Es gibt ja die Nebengleise, für die man sich entscheiden kann und die zunächst auch Veränderungen mit sich bringen. Allerdings machen sich doch viele in der Rückschau Vorwürfe, falsch abgebogen zu sein. ‚Mit dieser Person hätte ich das Glück gefunden', ‚Wäre ich zur rechten Zeit am rechten Ort gewesen', oder ‚Hätte ich mich doch beherzt gleich für das andere entschieden' sind die üblichen Selbstbeschuldigungen, die Chance auf Erfüllung verpasst zu haben. Und wenn dann noch einer kommt und behauptet, dass jeder seines Glückes Schmied sei, nehmen sich die Verzweifeltsten das Leben. Ich denke, dass die Auswirkungen der Wahl an einem sogenannten Scheideweg weit überschätzt werden. Sie zeigen sich zwar in anderen Lebensumständen mit bestimmten Orten, Personen, Betätigungen und Erfahrungen, doch ist völlig spekulativ, ob sich das Lebensgefühl in dieser Version des Lebenslaufs wirklich von dem in anderen Umständen unterscheidet. Es gibt keinen Vergleich, unmöglich.

Erfolgreiche Menschen wählen bewusst oder unbewusst Aufgaben, in denen sie erfolgreich sein können, erfolglose die, in denen sie versagen. Erst ihre Wahl erzeugt die Qual. So gesehen scheint tatsächlich jeder sein eigener Glücks- oder Unglücksschmied zu sein. Aber hat man wirklich eine entscheidende Wahl, oder ist die Wahl unwichtig? Wenn man sich in einem geschlossenen Gleissystem befindet, ist nur ausschlaggebend, wie und nicht wo ich lebe. Letztlich fühlt sich Glück und Unglück in New York genauso an, wie in Neugnadenfeld. Orte sind dann relativ belanglos und können auch immer gewechselt werden, für kurze oder längere Zeit. Die Basis für ein gutes Leben ist einzig der gute Alltag, denke ich. Er sollte sich an der Schwelle zum Glück bewegen, so dass man es erahnen und hin und wieder fühlen kann. Liebe macht den Unterschied, glauben viele, von Jesus bis zu John and Paul. Mit ‚All you need is love' erhofften sie sich einen Automatismus in das soziale Glück. Leider findet der nicht statt und bleibt Illusion, denn ein guter Alltag will von allen an ihm Beteiligten erst erarbeitet sein, um vielleicht zu anhaltender Liebe zu führen. ‚Love the one you're with' fällt mir dazu noch ein. Dass das geht, ist nur ein frommer Wunsch von Stephen Stills gewesen, womöglich der nach Promiskuität.

Ich schweife wieder ab. Diese leidige Ideenflucht ist unkontrollierter Mitteilungsdrang. Ich weiß das und kriege ihn trotzdem nicht in den Griff. Denke immer, dass dieses oder jenes noch gesagt sein muss. Aber ich wollte in dem Zusammenhang unbedingt noch auf etwas anderes hinaus." Er unterbrach sich kurz, um zurück zu finden.

„Ich glaube also an eine Vorbestimmung, zum einen, weil meine Weichen immer so gestellt waren, dass sie mich zurück aufs Hauptgleis meines Lebens führten, worüber ich mich ja gerade ausgelassen habe, und zum anderen aufgrund verblüffender Ereignisse - Ereignisse, die einen geradezu unglaublichen Zusammenhang zwischen meiner Vergangenheit und der Gegenwart hergestellt hatten. Diese Fusion passiert meiner Vorstellung nach immer dann, wenn das gerade befahrene Nebengleis in unmittelbare Nähe zu der zuvor verlassenen Hauptstrecke gerät, ja sie kurzzeitig parallel berührt. Es kommt zu Begegnungen und Situationen, die die sich dort ereignende Realität mit der Realität des Nebengleises verschmelzen lassen. Der Zustand ähnelt einer molekularen Verbindung, in der sich zwei Atome kurzzeitig einige Elektronen teilen. Und auch die Erkenntnis der Quantenphysik, dass verschränkte Photonen trotz kilometerweitem Abstand voneinander bei der Änderung der Polarisationsrichtung des einen Photons sich diese Veränderung auch bei dem anderen Photon zeigt, ist ein Phänomen, das fassungslos macht und bisher keine Erklärung gefunden hat. Aber vielleicht deutet es auf die „Verschränkungen" in meinem Lebenslauf hin, auf die ich mich beziehen möchte. In diesen Momenten hatte ich Erlebnisse, die sich nicht angedeutet hatten und die Bezüge herstellten, die völlig unerwartet waren und doch ganz offensichtlich zur meiner Biographie gehörten. Ich will ein Beispiel geben, ein wirklich beeindruckendes.

Ich hatte in Sydney eine junge Frau kennengelernt, ein scheinbar zufälliges Treffen in einem Musikclub, in den mich ein Mann vom Busking zur Gitarre in einem Fußgängertunnel beim Circular Key mitgenommen hatte. Er wollte mich für einen Auftritt in einer Arbeitspause bei Westinghouse engagieren. Leon Berger, ein Russe, sang am Klavier. Sie saß mit einer Freundin am Nebentisch, wodurch sich ein Gespräch, eine Einladung in ihr Hexenhäuschen und eine feste Beziehung ergaben. Nach vier Monaten erzählte sie mir, dass sie vor einigen Jahren schon einmal mit einem Deutschen geschlafen hätte und ich ihr zweiter sei. Sie erinnerte sich an seinen Namen, seinen Beruf und seinen Wohnort. Ich fiel aus allen Wolken. Es war der Ex meiner letzten Freundin in Hannover, die ich für die Weltreise verlassen hatte, der Mann, der vor mir war, selbst hier in Australien. Mit dieser verstörenden Entdeckung hatte sich etwas Magisches in unsere Beziehung geschlichen, dem wir so fassungslos gegenüberstanden, dass wir nur wenig drüber sprachen. Die Bedrohung durch die mögliche Existenz eines Schicksals, an das wir beide nicht glauben wollten, war zu groß. Das Auslaufen meines Visums trennte dann einvernehmlich unsere Lebenswege, die sich an einem Punkt derart beeindruckend doppelt verschränkt hatten, dass der Gedanke an eine simple Duplizität der Ereignisse nicht zutreffen konnte. Auch die Erkenntnis, wie klein die Welt doch sei, erklärt den Sachverhalt nicht annähernd befriedigend, da es zu dem Zeitpunkt dreieinhalb Milliarden Menschen auf Erden gab und die Teilnehmer der Ereignisse den global gesehen größtmöglichen Abstand voneinander hatten, da sie Antipoden waren. Zwei sich unbekannte Frauen, durch 20 000 Kilometern getrennt, teilten gleiche Erfahrungen mit zwei Männern, die sich persönlich auch nicht begegnet waren. Der Gedanke an Fügung ergibt sich von selbst. Vielleicht war es tatsächlich so etwas wie ein biographisches Wurmloch zu einer Parallelwelt, da gibt es ja Theorien oder schiere Quantenphysik.

Und ich hatte mehrere solcher Erlebnisse, die sich wie aus dem Nichts ereigneten. Mit siebzehn verbrachte ich mehrere Wochen in London im Haus der sehr liberalen Familie eines Mädchens, der Vater war Anwalt, das ich in Deutschland kennengelernt hatte. Die Beziehung zu Janet verlor sich relativ schnell. Zweiundzwanzig Jahre später war ich wieder in London und entschloss mich spontan, die Adresse aufzusuchen. Es war der 31. Dezember. London war feucht, kalt, teuer und wenig einladend, ja langweilig. Eigentlich war ich nur neugierig, ob ich das Haus wiederfinden würde. Der Bus brachte mich zu einer Haltestelle, die unweit der Straße lag, wo sich das Haus befinden musste. Nach einer kurzen Wegstrecke stieß ich auf die Auckland Road, fragte eine junge Passantin nach einer Familie Cramer, die in der Nähe wohnen könnte. Erstaunt sagte sie, dass sie gerade auf dem Weg dorthin sei und nahm mich mit. Der große, hübsche African British, der uns öffnete, war ihr Freund und Joey, den ich als von den Cramers adoptiertes Baby bei meinem damaligen Besuch oft auf dem Arm getragen hatte. Gradlinig rutschte ich in das Ereignis hinein und sah so Janet wieder, nun Frau und Mutter, die nach einem bewegten Lebenslauf mit längerem Aufenthalt in Nahost in London gerade umzog und mit Mann und Tochter aufgrund von Renovierungsarbeiten in der neuen Wohnung in ihrem Elternhaus kampierte. Im Flur standen die Möbel. Ungläubig umarmten wir uns. Welch' Zufall. Ich wurde herzlich zum Essen eingeladen, auch die Eltern erinnerten sich noch an mich, verbrachte den Silvesterabend mit der Familie bei Trivial Pursuit und reichlich Alkohol, übernachtete dort und verabschiedete mich am nächsten Morgen. Das war's. Unsere Lebensläufe hatten sich kurzzeitig auf den Punkt genau mit dieser Begegnung berührt. Wir sahen uns nie wieder. Aber vielleicht war dieser Silvesterabend für mein Leben eingeplant gewesen."

Er beendete die Aufnahme und hörte sie sich nochmal an, während er auf die Schlammkruste des einstigen Stausees schaute. Er hatte viel gesagt und war unsicher, ob er sich verständlich ausgedrückt hatte. Aber irgendetwas fehlte noch. In der Nähe fielen plötzlich Schüsse. Er nahm an, dass wieder gejagt wurde, wie fast jeden Tag. Der Fleischkonsum war dadurch derart angestiegen, dass drei von zehn einen Gichtanfall mit entzündetem Grundgelenk eines Großzehs erlitten hatten. Geschockt von den urplötzlich aufgetretenen Schmerzen, waren sie dann seiner Empfehlung gefolgt, sich vier Tage vegetarisch zu ernähren. Mittlerweile akzeptierten sie seine medizinischen Kenntnisse aus seiner Physiotherapieausbildung, auch wenn sie ihn immer noch scheel von der Seite anschauten. Er war einfach keiner von ihnen und schien das sogar selber zu schätzen.

Dann fiel ihm ein, was er noch anfügen wollte und nahm weiter auf.

„Man sagt, man trifft sich im Leben immer zweimal. Also machen offensichtlich viele diese Erfahrung. Sonst wäre es kein Sprichwort. Selbst Hitler und Stalin lebten 1913 als Habenichtse in benachbarten Bezirken von Wien, bevor sie sich 26 Jahre später erst Polen teilten und dann Todfeinde wurden. Allerdings sind sie sich damals in Wien wohl nie bewusst begegnet und saßen vielleicht doch in unmittelbarer Nähe zu einander in einem Park, auf einer Bank oder eines Abends im Weinhaus Huth an der Alter Potsdamer Straße.

Doch warum beweisen solche Begegnungen für mich, dass es eine Vorbestimmung gibt? In meiner Vorstellung verläuft ein Leben, wie nun schon öfter betont, nicht auf einem Gleis, sondern auf einer bestimmten Anzahl parallel verlaufender Gleise, auf denen es hin und her springt. Sie gehen alle von einem gemeinsamen Anfang aus und führen zu einem gemeinsamen Ende. In sie hineingewoben sind wiederum Gleisbündel anderer Lebensläufe, zwischen denen es zu Berührungen kommt. Dass dies bei Familienmitgliedern so ist, verwundert nicht. Aber einige Lebensläufe zunächst wildfremder Menschen liegen in ihrem Ursprung und Verlauf so nah, so parallel zum eigenen Beziehungsgeflecht, dass es früher oder später und manchmal des Öfteren unweigerlich zu den Berührungen oder sogar Verschmelzungen der Gleisabschnitte kommt. Die Menschen, die man trifft, machen das Spektrum der Möglichkeiten aus, in denen sich ein Leben vollzieht. Sie bestimmen seinen Verlauf. Trifft man sie nur gelegentlich, erinnert das Leben an die Möglichkeiten, die umgangen worden sind.

Für mich ist nun die überraschende Begegnung mit Malika in meiner Hütte genauso eine vorherbestimmte, unausweichliche Berührung unserer Lebensläufe, die durch die Weichenstellung in der Vergangenheit getrennt worden waren und nun wieder ein Stück parallel verlaufen sollten. Sie hätte gut meine Tochter werden können und gehört deshalb auch zu meinem Leben, wobei unwichtig ist, dass ich nicht ihr leiblicher Vater bin. Sie wäre genetisch sowieso nur zur Hälfte von mir. Man muss kein verbohrter Anhänger vererbter Anlagen sein, um das zu akzeptieren. Familiäre Nähe setzt eigentlich nur das Einverständnis ihrer Mitglieder voraus. Man ist ja auch mit dem Partner in der Regel nicht blutsverwandt.

Schaue ich in die mütterliche, wie väterliche Familiengeschichte zurück, so gab es in beiden immer Halbgeschwister. Stiefkinder haben bei uns Tradition, über Generationen hinweg. Ich hatte allerdings mit meinem Stiefvater kein Glück. Für ihn zählte nur der Stammhalter. Liebe oder Zuneigung oder wenigstens Interesse konnte sich zwischen uns nicht entwickeln. Es war das Gegenteil, dass mir durch gelegentliche Schläge eingebläut wurde. Er war mir zuwider, zumal er dann auch noch rechtzeitig vor der Ratifizierung des neuen Scheidungsrechts meine Mutter mittellos verließ und mir eine über Jahre hinweg jammernde, alternde Frau, die ihr Lebensglück völlig verloren hatte, aufbürdete. Gottlob rettete sie sich dann in die Religion und wurde eine ganz begabte Predigerin, die ihre Mission, umgeben von einer atheistischen Familie, unbeirrt in die Welt trug und sei es telefonisch. „Schaltet euch ein, Urbi et Orbi."

Mein eigener Versuch als Stiefvater war dann engagiert, möchte ich behaupten. Ich gab mir mit dem Söhnchen meiner Wahl von seinem fünften bis siebzehnten Lebensjahr alle Mühe, erlebte allerdings die naturgegebene Ablehnung eines Pubertierenden sehr schmerzlich. Mich zurückzunehmen fiel mir ungeheuer schwer. Ich hatte mich bereits zwei Jahre vor seiner Geburt in seine Mutter verliebt. Damals berührten sich unsere Gleise eine Woche lang, bevor sie sich wieder verloren. Die Weiche, die sie dann doch schicksalshaft zusammenführte, tauchte erst sieben Jahre später auf. Ähnlich, wie heute bei Malika, war ich der Ansicht, dass der Junge genauso gut mein leiblicher Sohn hätte sein können und empfand daher die Stellvertreterrolle als die mir vorbestimmte, die zudem eine gewisse Schuld dem Leben allgemein gegenüber beglich. Aber zunächst hatte ich nur das gemeinsame Glück mit der Mutter im Sinn und sah in dem Kind die logische Komplementierung unserer Beziehung. Als nach Jahren der Liebe und Leidenschaft jene Routine auftrat, die wohl die meisten, wenn nicht alle Paarbindungen irgendwann ereilt, verliefen unsere Gleise noch eine ganze Weile parallel, verschweißt durch meine Vaterrolle, die ich gut machen wollte, zumal mir mein Ziehsohn sehr ans Herz gewachsen war. Und die Jahre schwanden dahin. Am Ende ist der Mensch allein, zumindest sah auch für mich alles danach aus, im Kleinen wie im Großen und Ganzen.

Umso begeisterter war und bin ich noch von der Begegnung mit Malika und dass sie mir im Zeitgeschehen eine Rolle zugewiesen hatte, die vielleicht nicht ganz unwichtig gewesen ist, auch wenn ich nicht mit Gewissheit behaupten kann, unentbehrlich gewesen zu sein. Ausgerechnet in meiner Hütte, zielsicher und doch absichtslos von mir angesteuert, hatte mein Gleis Malikas berührt und mein Zug wieder Fahrt aufgenommen, mein Leben neuen Schwung bekommen. Es gibt eine Vorbestimmung, da bin ich mir ganz sicher.

Was da draußen in der Welt nun wirklich passiert, bleibt mir hier in den Wäldern jedoch verborgen. Hat der Aufstand der Sekretärinnen die erhofften Veränderungen einleiten können? Findet tatsächlich bereits ein Umbau der politischen, sozialen und wirtschaftlichen Verhältnisse in den Nationen statt, deren Ziele nicht mehr Krieg, sondern Frieden auf Erden sind? Gibt es noch die Gefahr einer nuklearen Eskalation durch kriegslüsterne Befehlshaber über das Militär und seine Waffen, oder sind sie weggesperrt? Der Bombenlärm ist seit einiger Zeit verstummt. Aber Kriegsvorbereitungen machen wenig Geräusch.

Schrecklich, diese Kontaktlosigkeit zur Außenwelt inmitten dieses Haufens zunehmend verwildernder Männer. So kommen sie mir zumindest vor. Ich denke daran, mich zu verdrücken. Aber vielleicht ist es noch zu früh, den Schutz dieser Enklave zu verlassen. Ein paar Informationen wären nicht schlecht. Doch wann, wenn überhaupt, können sie mich hier erreichen?" Er beendete die Aufnahme und machte sich auf den Rückweg zur Hütte, auf dem ihm zwei seiner Soldatengäste mit Plastikeimern begegneten.

Schon früh hatten sie mit militärischem Pioniergehabe begonnen, sich nach pflanzlichen Nahrungsmitteln aus dem Wald umzusehen. Überleben in der Wildnis, wie damals in der Ausbildung. Es kam ihm ein wenig aufgesetzt vor, auch wenn es durchaus sinnvoll war. Bucheckern, Tannenzapfen, Holunderbeeren, Brennnesseln und Pilze wurden reichlich gefunden. Sein altes Bestimmungsbuch „Pilze und Waldfrüchte selbst gesammelt und zubereitet" von Frieder Gröger, das er zwischen Kochbüchern wiederfand, verhinderte Vergiftungen, hatte aber auch zur Entdeckung von spitzkegeligen Kahlköpfen auf der Lichtung geführt, Psylos, die bald den fehlenden Alkohol ersetzten. Für ihn war das zunächst auch akzeptabel, denn seiner Meinung nach versuchte der Mensch schon immer, im Rausch den Verstand zu verlieren, um der Last des Denkens zeitweilig zu entkommen. Unerklärlich, wie Herkunft und Sinn des Lebens immer bleiben werden, hatte die Gattung Homo schon früh den Drogenkonsum ritualisiert und sich auf Festen kollektiv ins göttliche Vergessen gestürzt. Doch im Laufe der letzten Jahrhunderte und spätestens durch die Aufklärung im 18. verlor sich die religiöse Verbindung von Rausch und Ritual. Heute schrecken viele Menschen vor dem Gebrauch harter Drogen selbst im Alltag nicht mehr zurück, wie sich dann zunehmend störend auch unter den Altsoldaten zeigen sollte. Engelstrompete, die am Stauseeufer wuchs und bei deren Konsum große Vorsicht geboten ist, war von einem Wagemutigen auf ihre Wirkung getestet worden. Sein Horrortrip dauerte zwei Tage an und veränderte ihn auffällig. Er war stiller, als vor seinem Selbstversuch und brummelte hin und wieder Unverständliches, was aber einige nicht davon abhielt, mit kleineren Dosen weiter zu experimentieren. Der durch den Dauerkonsum hervorgerufene, psychotrope Wahnsinn schlich sich langsam in die Hütte. Zudem breitete sich die Rücksichtslosigkeit eines wachsenden Infantilismus aus. Die Isolierung in der kleinen Gruppe trug wohl zu dieser Regression bei. Missverständnisse und Streit waren die Folge. Die Eskalation lag in der Luft, zumal genügend Waffen zur Verfügung standen.

Als dann wirklich ein Vermisster erschossen aufgefunden wurde, sammelte der Ranghöchste mit dem Rest seiner geschrumpften Autorität alle Schusswaffen ein und verschloss die Kisten, um die Ausgabe für die Jagd künftig zu kontrollieren. Alle waren damit einverstanden. Das Misstrauen hockte längst in den Ecken der Hütte und wuchs.

,Da war'n es nur noch neun', fiel ihm dazu ein und er begann sich auf den Rückweg in die Stadt vorzubereiten.

Er verließ die Hütte um vier Uhr morgens im fahlen, kalten Licht des klaren Sternenhimmels. Der vom Nachtfrost weißglitzernd erstarrte Wiesentau knisterte leise, als er sich vorsichtig über die Lichtung bis zum Waldrand davonschlich. Auf dem Weg angekommen wandte er sich nach links Richtung Staudamm. Die Stadt über den Parkplatz und die Straße zu erreichen, schien ihm zu gefährlich, da es immer noch keine Informationen über die Ereignisse der letzten Monate gab. Auf der Wanderung durch den Wald würde er sicher Begegnungen vermeiden können und in der folgenden Nacht unbemerkt bis zu seiner Wohnung gelangen. Als er den geborstenen Staudamm passierte, leuchtete das gekalkte Tal in der Tiefe gespenstisch durch die Nacht und verströmte immer noch den Verwesungsgestank der vergessenen Leichen. Wie konnte es sein, dass sich keiner um die Toten gekümmert hatte? Was ging da draußen vor? War die globale Sabotage aus den Chefetagen erfolgreich gewesen, oder beseitigte man jetzt die entstandenen Schäden, um weiter Krieg zu führen und er lief gerade wieder in ihn hinein?

Je näher er der Stadt kam, desto größer wurden seine Zweifel, eine veränderte Welt vorzufinden. Während einer Rast gegen Mittag, hörte er Stimmen vor sich auf dem Weg. Den ersten, freudigen Impuls, nun jemand ansprechen zu können, um die ersehnten Informationen über den Stand der Dinge zu bekommen, unterdrückte er jedoch sofort wieder, kroch lautlos ins Unterholz hinter einen mächtigen Eichenstamm und ließ eine Gruppe von uniformierten Männern passieren. Zwanzig, zählte er. Vielleicht waren sie auf dem Weg zum Staudamm oder sogar zu seiner Hütte. ‚Besser so', sagte er sich und bemerkte, dass er immer noch ein angebissenes Brot in der Hand hielt. Wer wusste schon, wie sie auf ihn reagiert hätten. Gewehre trugen sie nicht, aber vielleicht ja Pistolen unter den Mänteln. Sicherer war es in jedem Fall, allein herauszufinden, wie sich die aktuelle Situation darstellte. Bald hatten sich die Stimmen im Wald verloren. Er verdrückte die Stulle, nahm einen guten Schluck Tee aus seiner Feldflasche und machte sich weiter auf den Weg. Die Begegnung hatte ihn trotzdem ein wenig beruhigt. Auch wenn die Männer militärisch gekleidet waren, fehlte ihnen der martialische Habitus der kämpfenden Truppe. Sie wirkten auf ihn eher wie sorglose Ausflügler auf einer Wanderung, was aber nicht eindeutig klärte, ob der Krieg vorbei war. Erst die Stadt würde diese Frage beantworten.

Er erreichte den südlichsten Vorort gegen 22 Uhr. Die Häuser waren hell erleuchtet. Es gab keine Zerstörung. Autos fuhren, eini-- ge Geschäfte waren noch geöffnet und Menschen liefen auf der Straße vorbei, ohne ihn zu beachten. An einer Tankstelle entdeckte er einen Geldautomaten. Wider Erwarten funktionierte seine Bank- karte, die ihm mit seiner Geldbörse nach der Haft zurückgegeben worden war, reibungslos und er nahm sich ein Taxi. Vom Fahrer bekam er seine ersten Informationen. Der Krieg war abrupt beendet worden. Es gab eine neue Organisation in den Strukturen der UN, die betonte, das 1945 gefasste Ziel, „die Menschheit von der Geißel des Krieges zu befreien", konsequent und mit allen Mitteln zu ver- folgen. Von ihr ausgehend, war auf die Ministerien der meisten Regierungen durch Neubesetzungen Einfluss genommen worden und der Weltputsch durch Befehle auf der Basis der Menschenrech- te legitim umgesetzt worden, hatte es geheißen. Dabei sei kaum ein Schuss gefallen. Viele Minister seien gar nicht an ihrem Arbeits- platz gewesen und wären gleich in Arrest genommen worden. Es soll eine relativ reibungslose Angelegenheit gewesen sein, meinte der Taxifahrer. Dahinter stecke eine hundert Jahre alte Geheim- organisation von Frauen. Aber er wisse nicht, was er davon halten solle. Es hätte eine Menge Festgenommener gegeben, Politiker, Militärs, Waffenproduzenten, Waffenhändler, alles kriegsrelevante Personen, um die Unterstützung weiterer kriegerischer Vorgänge zu unterbinden. Friedensrecht statt Kriegsrecht, war die Parole. Viele in den Kasernen Internierte seien aber mittlerweile wieder frei. Die offen unbelehrbaren Hardliner aber befänden sich nun auf Südgeorgien, einer kalten, felsigen, fast unbewohnten Inselgruppe im Südatlantik. Als er den Taxifahrer fragte, wann dieser, in gewisser Weise revolutionäre Umbau der Verhältnisse denn angefangen hätte, lachte der und warf eine Hand in die Luft.

„Vor drei Monaten vielleicht. Der Wahnsinn", meinte er. „Es fühlt sich genauso unwirklich an, wie damals die Zeit in der DDR zwischen November '89 und Oktober '90 - zwischen Mauerfall und Wiedervereinigung. Vielleicht wird jetzt wirklich alles anders."

Er konnte sich erinnern, denn er war damals in der Noch-DDR gewesen. Sprachlos und überfordert hatten die Menschen herumgestanden inmitten einer neuen Realität, die aber völlig irreal erschien. Da war eine neue Freiheit, die aber nur die auftauchenden Wessis so richtig zu nutzen wussten. Die Staatsmacht, die sie so lange unter Strafandrohung bevormundet hatte, war verstummt. Und so ähnlich fühlte es sich wohl jetzt für Zeitzeugen, wie den Taxifahrer an. Eben noch vom eskalierenden Krieg mit Todesangst bedroht, erlebte die Welt eine Zeitenwende, die den Krieg für immer beseitigen wollte.

„Schön wär's, sehr schön. Mal sehen, ob es diese Frauen hinbekommen und nicht bald wieder alles beim Alten ist", sagte der Taxifahrer und hielt vor seinem Wohnblock.

Den Zehner nahm der Fahrer anstandslos. Also hatte das Geld seinen Wert nicht verloren und das Ersparte des kleinen Mannes war nicht gefressen worden. Die Reichen und die Banken hatten sich diesmal nicht am Krieg durch eine Totalinflation und die Vernichtung von Sparguthaben und Aktiendepots final bereichern können. Sein Ende war für sie zu abrupt und unvorhersehbar gewesen. Er fühlte eine beglückende Entspanntheit, die ihn lächeln ließ. Es war passiert und vielleicht der Weg zum Paradies auf Erden eingeschlagen. Heiter nahm er den Fahrstuhl.

Auf dem Laubengang kam ihm Frau Stein, seine Nachbarin, entgegen, an die fünfzig, jung geblieben. Sie nahm ihn lachend bei den Schultern, was noch vor wenigen Monaten völlig undenkbar gewesen wäre und deutete eine französische Begrüßung an.

„Sie sind zurück, wie schön."

„Sie haben es auch geschafft."

„Ja, locker überlebt. Kommen Sie, wir müssen darauf anstoßen."

„Jetzt gleich?" Er war müde.

„Klar, jetzt gleich. Kommen Sie." Sie ging zu ihrer Wohnung zurück, schloss auf und winkte ihn in den Flur.

Er stampfte mit seinen staubigen Schuhen mehrmals auf die Fußmatte, folgte ihr in die Wohnung und blieb im Flur stehen. Kurz darauf erschien sie rechts in der Küchentür mit zwei Pintchen und einer eiskalt beschlagenen Flasche Wodka.

„Wollen Sie nicht reinkommen?" Sie wies mit dem Kopf Richtung Wohnstube.

„Ach, sehr freundlich von Ihnen, später gerne aber jetzt bin ich ein wenig kaputt, komme gerade von meiner Hütte, wissen Sie …" Er zeigte auf seine Schuhe.

„Gut, dann gibt's das erste Schlückchen gleich hier." Sie gab ihm die Gläser, drehte den Schraubverschluss ab und schenkte ein. Er gab ihr ein Glas.

„Prösterchen", flötete sie.

„Ja, wohl bekomm's." Sie stießen an, kippten den Wodka synchron, schauten sich im Nachatmen an, hoben noch einmal das Glas und lächelten.

„Kommen Sie doch morgen zum Abendbrot rein. Mein Mann ist noch verhindert."

„Ach."

„Ja, Sie wissen doch, er war am Standort beschäftigt. Zurzeit ist er dort einkaserniert, wie fast alle. Ständige Verfügung zur Abwicklung der Einrichtung, heißt es. Völlig in Ordnung, wenn Sie mich fragen. Also morgen Abend, so gegen sieben?"

„Gern."

„Prima. Moment … die muss wieder ins Eisfach." Sie hielt die Wodkaflasche hoch, nahm ihm das Glas ab und ging in die Küche. Er hörte die Kühlschranktür. Gleich darauf erschien sie wieder im Flur. „Ich freue mich. Wir haben uns ja eigentlich noch gar nicht richtig kennengelernt."

„Ja, genau", pflichtete er ihr ein wenig übertrieben bejahend bei, „müssen wir nachholen. Mögen Sie Wein, vielleicht roten?"

„Habe ich da, es sei denn, Sie bestehen auf einen bestimmten. Bringen Sie nur einfach sich mit und ein bisschen gute Laune. Für alles andere ist gesorgt."

„Vielen Dank, sehr lieb, Frau Stein. Ein schöner Empfang." Er gab ihr die Hand, die sie umfasste und an ihren Oberkörper zog.

„Ich freue mich", wiederholte sie leiser und schaute ihm in die Augen.

„Ich auch. Schön, wieder hier zu sein", erwiderte er, einen Hauch verlegen.

Sie ließ ihn los und nahm sich einen Mantel von er Garderobe. Höflich half er ihr hinein.

„Sie machen noch einen Spaziergang?"

„Ich gehe noch ins ‚Bistro'", kommentierte sie lächelnd seinen fragenden Blick.

„Aha." Sie verließen die Wohnung und sie zog die Tür hinter sich zu.

„Ja, dann viel Spaß", sagte er.

„Mal sehen", antwortete sie mit kokettem Lächeln, machte ein paar Schritte rückwärts und winkte ihm dabei zu, bevor sie sich umdrehte und den Laubengang hinunter zum Treppenhaus ging.

Er holte seinen Schlüssel aus der Manteltasche, während er ihr hinterherschaute. „Flott", dachte er, „die Stein. Schau an." Dann schloss er auf und betrat seine Wohnung. Jemand hatte sie durchwühlt.

Kapitel 2

1

Die erste Friedenszeit war wie im Fluge vergangen. Er führte ein beschauliches Dasein mit gemächlicher Rentnerroutine und Fahrten zu Museen, die die Kriegszerstörung überstanden hatten. Auch seine körperliche Verfassung war, bis auf dieses oder jenes Zwicken, befriedigend. Zweimal hatte er den Winter in einer Strandhütte in Patnem, einem Örtchen im Süden Goas, mit baden, lesen, laufen und ein wenig abnehmen verkürzt.

In dieser Zeit hatte er den Recorder nur selten hervorgeholt. Seine Begeisterung für den Wandel ließ ihn das Interesse an der persönlichen Rückschau vergessen, denn die Welt hatte sich grundlegend und ganz nach seinen Vorstellungen verändert.

Nach wie vor gab es nationale Regierungen, die sich aber ausnahmslos in der United World Organisation, der obersten Regierungsbehörde aller Nationen zusammengeschlossen hatten. In den meisten Ländern vollzog sich dieser Wandel recht schnell und traf auf uneingeschränkte Zustimmung. Dazu trug sicher auch bei, dass die Welt kurz vor dem atomaren Kollaps gestanden hatte. Der Putsch der Sekretärinnen führte zur Übernahme der Positionen ihrer ehemaligen Chefs und deren Befehlsgewalt. Ihre umfassenden Kenntnisse aller Vorgänge in den Ressorts der Regierungen und deren Koordination ermöglichten einen im Allgemeinen reibungslosen Übergang in eine neue politische Verwaltung, in der nun Frauen das Sagen hatten. Zur Entmachtung totalitärer und religiös dominierter Regime war es jedoch erst durch blutige Aufstände der Bevölkerungen gekommen, die schließlich die Unterstützung von Militär und Polizei gewannen und die Absetzung vieler Despoten erzwangen. Kein Volk wollte den Anschluss an eine friedliche Zukunft versäumen, die ein Ende von Krieg, Unterdrückung, religiöser Bevormundung und Armut durch gegenseitige Unterstützung versprach, selbst das chinesische nicht.

Durch alle Bereiche gesellschaftlicher Organisation wehte ein scharfer Wind der Erneuerung. Das erwachte Matriarchat etablierte sich in atemberaubender Geschwindigkeit in allen gesellschaftlichen Bereichen. Mit der Übernahme der leitenden Positionen in den Medien und der damit verbundenen Informationshoheit, fand eine weltweite, massive Mobilisierung und Einflussnahme aller Frauen statt, die schnell entdeckt hatten, dass diese Welt nur mit ihrer Zustimmung funktionieren kann. Ohne die bestehenden Verhältnisse in Produktion und Konsum, Ausbildung, Kultur, Sport, sozialer und medizinischer Versorgung sowie ziviler und polizeilicher Kontrolle zu verändern, entwickelte sich eine neue Organisation von Gesellschaft, in der es bald den meisten Menschen besser ging. Der rasch von allen Nationen gesetzlich beschlossene Rückbau ihrer Armeen, die Überführung der Militärs in zivil nutzbare Arbeitsbereiche, sowie die Verstaatlichung aller Rüstungsbetriebe und deren fast vollständige Produktionsumstellung auf landwirtschaftlich und industriell nutzbare Maschinen, befreite die Menschheit vom toten Kapital der Rüstung, ihres Bedienungspersonals und der damit verbundenen, unsinnigen Steuervergeudung. Waffen wurden nun nur noch für staatliche Kontrollorgane hergestellt. Ein Großteil der dadurch zur Verfügung stehenden Mittel flossen als Akt internationaler Solidarität und der Reparation für die Jahrhunderte während Ausbeutung durch den weltweiten Kolonialismus und Imperialismus Europas und seines Ablegers, der USA, in die Kultivierung von Dürregebieten. Hierzu wurden hauptsächlich die ehemaligen Militärs der Nationen eingesetzt. Tausende von Meerwasserentsalzungsanlagen säumten bald die Küsten, von denen Pipelines in die neuen Rekultivierungs- und Anbaugebiete führten. Der Wasserkreislauf wurde wieder auf die Kontinente zurückgeholt und beruhigte das Weltklima rasch. Extremwetterlagen kamen immer seltener vor. Der Kampf gegen den Hunger, der vor dem Krieg zwei Milliarden

Menschen bedroht hatte, wurde Schritt für Schritt durch modernste Anbaumethoden geführt und es war abzusehen, dass er auch gewonnen werden würde. Flüchtlinge kehrten in ihre angestammten Heimatländer zurück, um an deren Aufbau engagiert mitzuwirken. Die Atmosphäre sozialer Entspannung verbreitete sich in den einst überbevölkerten Metropolen, da es nun die Hoffnung auf ein besseres und gesünderes Leben auf dem Lande gab und viele Menschen die Städte verließen. „Paradising The World" war der Slogan, der um die Welt ging und dem viele folgten.

Banken wurden staatlich scharf kontrolliert und die meisten Aktiendepots auf ihre Ankaufswerte zurück bewertet, wenn möglich ausgezahlt und verboten. Einige Anleger bekamen nun sogar verlorenes Geld zurück, was die Akzeptanz der Maßnahme in der Bevölkerung erhöhte. Zudem hatte die Mehrheit der Menschen nie direkt etwas mit Aktien zu tun gehabt. Geldvermehrung als Spekulationsgeschäft ohne Leistung war somit nicht mehr möglich. Reichen ließ man ihr Vermögen, das allerdings neu und hoch zu versteuern war. Sie mussten von ihrem Besitz ihre Ausgaben bestreiten oder einer Arbeit nachgehen. Die meisten fügten sich in diese Regelung. Es würde ja ohnehin für Generationen reichen.

Der sich global verbreitende Glaube an eine neue Welt, mobilisierte den Kampf gegen reaktionärer und krimineller Kräfte. Von einer wachen Bevölkerung beobachtet und schnell enttarnt, wurden sie verfolgt und nach Südgeorgien, dieser trostlosen Inselgruppe im Südatlantik deportiert oder landeten in zu Strafanstalten umfunktionierte Kasernen. Wer sich dem Glück der Menschheit entgegenstellte, musste mit harter Bestrafung rechnen. Aber auch die sich rasch verbreitende Losung „Poison or Peace" brachte viele Männer aus Angst, langsam zu verenden oder am nächsten Bissen zu ersticken, zum Umdenken, nachdem sie verstanden hatten, was gemeint war und dass es um sie selbst ging. Gift war traditionell die Waffe der Frauen und sie konnten am Herd über Wohl und

Wehe ihres Gatten entscheiden. So stieg mit anhaltender Gesundheit auch die Harmonie in den Beziehungen. Liebe ging wieder durch den Magen, wenn die Männer sich benahmen.

Nach fast zwei Jahren war die globale, politische Umgestaltung weit fortgeschritten. Die wenigen Enklaven, in denen sich der Machismo noch hielt, waren bekannt und würden sich bald ergeben. Zu isoliert und zunehmend verarmend, wurde ihrer Macht die Grundlage entzogen. Man sah, dass ihre Herrschaft vertrocknen würde, wie eine abgebundene Warze.

Malika hatte kurz nach seiner Rückkehr angerufen. Danach gab es keinen weiteren Kontakt zwischen ihnen. Er sah sie hin und wieder im Fernsehen. Sie gehörte der UWO an und arbeitete im nationalen Ministerium für „Demilitarisierung und polizeiliche Kontrolle", das später in das internationale „Department for the Evaluation of Male Influence" integriert wurde. Das „DEMI" war mit der Auflösung paramilitärischer Gruppen und der Beseitigung des organisierten Verbrechens befasst. Er war erstaunt, wie kompromisslos vorgegangen wurde. Gesetze, die bekannte Kriminelle schützten, gab es scheinbar nicht mehr. Wer der Aufforderung, sich bei den örtlichen Verwaltungen zu stellen, nicht nachkam, wurde verfolgt und bei bewaffnetem Widerstand auch liquidiert. Geheimen, gut ausgerüsteten Kommandos gelang die Zerschlagung etlicher Clans und Mafiaorganisationen und die Konfiszierung ihres Besitzes. Südgeorgien hatte zeitweise eine stattliche Bevölkerung von viertausend Gefangenen. Sie hausten in überfüllten Containern und wurden von Kriegsschiffen bewacht und versorgt. Darüber hinaus überließ man sie einem Schicksal, in dem sie sich organisierten und gnadenlos bekämpften. Satellitenaufnahmen von den erbärmlichen Zuständen auf der Insel verbreiteten einen Schrecken unter den Schwerverbrechern aller Länder, der ihnen das Rückgrat brach. Die Anzahl derer, die sich stellten und auf Milde hofften, wuchs rapide, während auf Südgeorgien gewaltsame Auseinandersetzungen zwischen den Deportierten zunahmen. Bald überstieg die Anzahl der dort Getöteten die der Neuankömmlinge auf der Insel. Es war abzusehen, dass die Morde zu einer raschen Dezimierung der Containerbewohner führen würden. Mitleidige Stimmen forderten bereits die Auflösung der Strafkolonie, diesem Containerterminal des Entsetzens, wurden aber von offizieller Seite nicht gehört. Die breite Weltbevölkerung unterstützte außerdem ihren Fortbestand. Zu viele hatten unter dem Regime dieser Verbrecher gelitten, deren einziges Gesetz das der Stärke und Brutalität gewesen war. Gut, wenn es sich nun gegen sie selbst wendete. Kriminelle Frauen hatten dagegen ein leichteres Los in nationalen Gefängnissen. Sie nach Südgeorgien zu deportieren, wurde gar nicht in Erwägung gezogen. Das erbärmliche Schicksal, das Frauen in der brutalen und sexualisierten Männergesellschaft der Strafkolonie erwartet hätte, wäre nicht zu verantworten gewesen. Im dritten Jahr entwickelte sich dann dort eine brüchige Selbstverwaltung, die in das mörderische Chaos eingriff und versuchte, es zu kanalisieren.

Er beobachtete die Veränderung der Welt mit großer Freude, sah er doch schnell Ziele erreicht, die seiner Auffassung von einer neuen, besseren Welt entsprachen. ‚Genauso muss es laufen', sagte er sich immer wieder, ‚genauso', und war stolz auf Malika und auch ein wenig auf sich selbst, hatte er doch bei dieser weiblichen Revolution eine winzige Rolle spielen können.

Überall war spürbar, dass Frauen jetzt selbstbewusster auftraten. Seine Nachbarin, die Stein, war ihm in der Zeit, wo ihr Mann noch im Standort verbleiben musste, sehr dominant auf die Pelle gerückt. Nur mit Mühe hatte er sich ihren Avancen erwehren können, was sie natürlich nur noch mehr beflügelte. Sie gefiel ihm gar nicht, weder ihr Körper, noch ihr Geist. Und doch hätte sie ihn fast beim zweiten Date nach dem Rindergulasch beim Fernet Branca auf der Couch rumgekriegt. In letzter Minute entzog er sich der eindeutigen Situation, indem er ihr mit verschämtem Lächeln gestand, dass er da etwas habe und zu seinem Bedauern nicht in der Lage sei, mit ihr zu verkehren. Enttäuscht, aber um ihre eigene Gesundheit besorgt, ließ sie von ihm ab, ohne sich zurückgewiesen zu fühlen, was ihn sehr beruhigte. In ihrer Weiblichkeit verletzte Frauen können sehr unangenehm werden und die Stein womöglich zum Feind zu haben, wollte er unbedingt verhindern. Er stellte sich vor, dass sie auch gefährlich werden konnte. Öffentliche Denunzierung von Männern traf sicherlich auf offene Ohren.

Als ihr Mann zurückkam, behandelte sie ihn mit einer auffälligen Geringschätzigkeit, wie er bei einer gemeinsamen Fahrstuhlfahrt feststellen musste. „Nun drück schon den Knopf", hatte sie ihn ungeduldig angefahren und als er mit stillem Protest gegen ihren Tonfall zögerte, ihn beiseite geschoben, um selbst die Fünf zu drücken. Er arbeitete jetzt in der städtischen Straßenreinigung, wo er von vier bis acht in der Früh ein Kehrmobil durch einen Stadtteil kutschierte. Man konnte zusehen, wie sein Ego schrumpfte und sich schließlich in stummer Resignation auflöste. Und so wie ihm, schien es vielen Männern zu ergehen. Das Patriarchat hatte ausgespielt. Die Umkehr der Geschlechterrollen vollzog sich rasant. Bald gab ihm das zu denken. Er erinnerte sich an die erste Begegnung mit den Frauen in seiner Hütte am See. Worauf würde diese schöne, neue Welt hinauslaufen? Doch gelang es ihm noch eine ganze Weile, Zweifel zu verdrängen. Dass der männliche Teil der Weltbevölkerung sich auf Veränderungen einzustellen hatte, war vorauszusehen gewesen. Der Zweck heiligte für ihn die Mittel, denn das Ziel der Einigung der Menschheit war zu groß, um in Frage gestellt zu werden.

Dann bekam er einen Brief, der ihm persönlich von einer jungen Frau an der Wohnungstür zugestellt wurde. Auf dem Couvert war mit Kugelschreiber ohne Anschrift nur sein Name und das Datum vermerkt.

Department for the Evaluation of Male Influence,
Deutschland/süd

Sehr geehrter Adressat,

bitte vereinbaren Sie innerhalb von zwei Wochen nach Erhalt
dieser Benachrichtigung telefonisch einen Termin zu einer Routinebefragung in Ihrem Einwohnermeldeamt, Schellerdamm 1.

Dieses Schreibens ist nicht personifiziert. Sie sind jedoch vor Ort
listenmäßig erfasst. Es wird darauf hingewiesen, dass ein Nicht-
befolgen dieser Aufforderung rechtliche Konsequenzen nach
sich ziehen kann.
Die Zustellung wurde rechtskräftig dokumentiert.

Mit freundlichen Grüßen
W. Dinkel
Verwaltungsangestellte.

2

„Fand heute einen Brief im Postkasten. Man zitiert mich zu einer
Routinebefragung ins Einwohnermeldeamt." Er stand auf dem Balkon, das Anschreiben in der Hand und sprach in den Recorder.
„Unklar, was die von mir wollen. Eigenartig." Er unterbrach sich
mit der Pausentaste und schaute auf die Stadt.
    Der Spätsommer hüllte sie in satte Gelassenheit. Alles schien für
die Meisten bestens zu laufen. Es gab Arbeit, ein gutes Einkommen
und reichhaltigen Konsum. Ausbildung und höhere Qualifikation
funktionierten. Die Kriminalität hatte stark abgenommen, was

sicher auf die drakonischen Strafen zurückzuführen war, die kompromisslos verhängt wurden. Die bessere Zukunft für alle war zum Greifen nah. Doch nun meldete sich die Obrigkeit bei ihm, was ihn ein wenig alarmierte. Er ging zurück ins Wohnzimmer. Unschlüssig schaute er sich um, ließ sich dann ins Sofa fallen und warf den Brief auf den Tisch. Gleichzeitig drückte er auf record.

„Vorladungen sind widerwärtig. Sie stellen von Anfang an eine Dominanz des Befragenden über den Befragten her und legen Thema, Zeitpunkt und Dauer des Verhörs fest. Die Macht über die Choreographie des Gesprächs unterbindet jegliche Gesprächsfreiheit und symmetrische Verständigung und führt meist in eine abartige Variante menschlicher Kommunikation. Nun ist die sowieso ein weites Feld und kennt viele Klippen, die umschifft werden müssen, damit sie glückt. Und manche Menschen, so scheint es mir, haben gar kein Interesse an einem produktiven Austausch von Gedanken, sondern machen jede Unterhaltung zu einem Theater zwischen Lehrmeister und Belehrtem. Diese triebhafte Besserwisserei, die festlegt, worum es geht, verhindert jegliche Verständigung. Schrecklich! Ich habe Menschen kennengelernt, die Aussagen Anderer zu beliebigen Themen mit einem reflektorischen „Nein, das sehe ich anders" kommentierten, wenn es nur möglich war. Besonders in den Siebzigern und Achtzigern des vorigen Jahrhunderts breitete sich rasant eine intellektuelle Skepsis gepaart mit steter Diskussionsbereitschaft nicht nur in Studentenkreisen aus und wer etwas auf sich hielt, der machte da mit. Viele waren Wichtigtuer, aber auch Wichtigtuerinnen, die entweder die 23 Seiten des Kommunistischen Manifests, zwei oder drei Essays aus Adornos und Horkheimers „Dialektik der Aufklärung" oder „Sexfront" von Günter Amendt gelesen hatten. Dort fanden sie zu jedem Thema eine Anmerkung, mit der sie den auf ihrem Spezialgebiet Unkundigen in die intellektuellen Schranken weisen konnten. Und heute? Auch heute befinden sich die meisten Mitmenschen noch auf irgendwelchen ökologischen, gesundheitsbewussten, astrologischen, religiösen oder moralischen Kreuzzügen, um ihre soziale Umwelt zu missionieren. Anderen Menschen Mängel in ihrer Denkweise und Lebensführung nachzuweisen, betreiben sie, wie Pilze suchen und wenn sie keine großen finden, werden auch die kleinen genommen, Hauptsache ihr Körbchen wird voll. Manche entwickeln sich bei ihrer Suche nach Fehlern anderer mit übersteigerter Rechtschaffenheit zum großen Inquisitor. Anklage und Verurteilung stehen dann von Anfang an fest.

In meiner Zeit als Lehrer wurde ich einmal von der Rektorin des Gymnasiums, in dem ich unterrichtete, für eine Befragung zu einem von ihr nicht näher benannten Vorfall während des Sportunterricht ins Besprechungszimmer zitiert. Ich konnte nur vermuten, worum es bei dieser Vorladung ging. Im Gegensatz zu allen anderen Unterrichtsfächern, in denen zwischen Lehrer und Schülern eine räumliche Distanz im Klassenraum durch Tische und Stühle gewahrt werden kann, wird sie in der Sporthalle aufgehoben und manchmal Nähe sogar vorausgesetzt, da es eine Pflicht zur Hilfestellung besonders im curricular geforderten Turnunterricht gibt. Da kann viel passieren. Die meisten Eltern und auch Kollegen machen sich das gar nicht klar, sondern haben selbst noch die häufig anzutreffende Ablehnung des Sportunterrichts durch den stets fordernden Fachlehrers aus eigener, oft Angst besetzter Erfahrung im Hinterkopf. Sport ist Mord. Da, so vermutete ich, musste etwas schief gelaufen sein.

Als ich den Raum betrat, erwarteten mich mit ernster, nahezu feindlicher Miene drei Frauen: die Rektorin, eine Mutter und eine Elternratsangehörige. Ich hätte einen Schüler gestoßen und beinahe zu Fall gebracht, lautete die Anklage und ob ich mich daran erinnere. Das tat ich und wollte nun zu einer Erklärung anheben, die den Hergang und Kontext des Vorfalls betraf: Zwei Schüler hatten trotz mehrmaliger Aufforderung nicht aufgehört, sich provokant den fragilen, ihnen zur Verfügung gestellten Federball, ein stets defizitäres Sportgerät, zuzukicken, pubertäre Jungs, die lieber Fußball, als Badminton spielen wollten. Verständlich. Als dann aber einer der beiden direkt neben mir in völliger Missachtung meiner Person zum Schuss ausholte, brachte ich ihn mit einem leichten Stoß an die Schulter aus dem Gleichgewicht, ein Reflex meinerseits, um die Missetat zu verhindern. Seine aus dem Profifußball abgeschaute, übertriebene Reaktion, in der er vorgab, sich nur mit Mühe abfangen zu können, um ein Foul des Gegners dem Schiedsrichter anzuzeigen, war gekonnte Schauspielerei, vielleicht sogar gezielte Provokation. Nie hätte ich mit einer derartigen Dramatisierung der Situation den Eltern gegenüber gerechnet. Aber Schüler rächen sich auch gern an den Vertretern eines Schulsystems, das sie, mit ständiger Unfreiheit, Willkür, gelegentlicher Unfähigkeit des Lehrpersonals und einem überfordernden Curriculum quält, das in jedem Fach von Bildungsbürokraten an den Schulen und Universitäten mit maßloser Informationsfülle als propädeutische Maßnahme sich profilierend an den Interessen der Schüler vorbei zusammengebastelt wird. So entstand das Schlagwort Bulemiepädagogik. Viel Wissen fressen und wieder auskotzen. Lebenslang verfügbare Bildung bleibt dabei auf der Strecke ... völlig daneben.

Ich selber hatte Schule immer gehasst und hätte nie Lehrer werden dürfen. Nun war ich Teil der ganzen Mischpoke und hatte mich mit dieser Rolle auseinanderzusetzen. Natürlich wollte ich mit der Schilderung des Vorfalls meine Entlastung erreichen und hoffte, auf Verständnis bei den Frauen zu stoßen. Barsch wurde ich jedoch sofort unterbrochen. Erläuterungen zu der Tätlichkeit seien nicht mehr relevant und daher nicht erwünscht. Meine Schuld sei erwiesen und von mir selber zugegeben. Eine Wiederholung eines ähnlichen Vorfalls würde für mich dienstrechtliche Folgen haben. Ob ich das verstanden hätte? Ein letztes ‚Aber ...' wurde mir mit einer auffahrenden Handbewegung und einem zornigen ‚Nein, danke. Sie können gehen' zurück in den Hals gestopft. Als ich auf dem Flur stand, überkam mich eine Mischung aus Empörung und Mattheit, hervorgerufen durch die lähmende Ohnmacht, die diese inquisitorische Behandlung in mir erzeugt hatte. Dieses weibliche Gremium hatte mich abgekanzelt und hinausgeschickt wie einen dummen Jungen und nicht wie einen Lehrer, der ihren Kindern das beibringen muss, was im Lehrplan steht. Badminton, zum Beispiel.

Selbst schuld, wärst du doch der Archäologe geworden, der du später immer sein wolltest. Aber ich hatte den Lehramtsstudiengang gewählt, um drei Monate früher die Bundeswehr verlassen zu können. Ich hielt diese Kasernierung zwischen Willkür von oben und der primitiven Kameradschaft der Parias in Uniform ganz unten einfach nicht mehr aus. Machtlos, mich diesem hierarchischen System von Befehl und Gehorsam zu erwehren, waren mir diese drei Monate Freiheit wichtiger, als alles, was danach kommen sollte. Aber Ungeduld war immer schon meine größte Schwäche.

Egal, vorbei.

Nun muss ich zu einer Routinebefragung ins Einwohnermeldeamt und erinnere mich ausgerechnet an diesen idiotischen Vorfall im Badmintonunterricht und sein Nachspiel. Ein Frauentribunal damals und wahrscheinlich auch heute. Aber ich habe mir nichts vorzuwerfen … Oder doch? Gibt es eine Schuld, etwas, das mit diesen veränderten Zeiten und einem weiblichen Blick auf Vergangenes mehr Gewicht bekommen haben könnte? Die Bagatellisierung männlicher Kavaliersdelikte Frauen gegenüber wurde seit einiger Zeit sehr ernst unter die Lupe genommen. Altlasten kamen zutage. Sicher, ich war manchmal egoistisch und oberflächlich meinen weiblichen Bekanntschaften gegenüber gewesen und hatte mich einige Male recht brutal getrennt. Aber das ist alles ewig her und sollte längst vergeben und vergessen sein. Oder nicht? Geht das überhaupt? Ist das Leben nicht zu kurz, um die Narbenschmerzen besonders tiefer Verletzungen zu verwinden? Himmel, je länger ich darüber nachdenke, desto schuldiger fühle ich mich." Er unterbrach die Aufnahme und griff sich den Brief vom Tisch. Aber so kurz und knapp, wie er verfasst war, ließ sich auch nichts zwischen den Zeilen lesen. Er ließ ihn neben sich auf die Couch fallen und nahm, sich selbst beruhigend, weiter auf.

„Naja. Vielleicht geht es ja um etwas ganz anderes, völlig Unwichtiges und ich mache mir unnötig Gedanken. Könnte sonst was sein, Routine eben, Fragen an einen älteren, alleinstehenden Mann zu Gesundheit, Vermögen, sozialer Einbindung, Freizeit oder Verfügbarkeit für irgendwelche Lehrtätigkeiten wie Nachhilfe oder Betreuung von Hausaufgaben. Würde ich natürlich ablehnen. Keine Verpflichtungen mehr. Muss da jedenfalls bald für einen Termin anrufen. Ansonsten ... drohen Konsequenzen. Unglaublich." Er beendete die Aufnahme und warf das Gerät lustlos neben sich auf das Sofa. Mit einem Seufzer drückte er sich aus dem Polster, ging in die Küche und setzte Teewasser auf. Die schöne, neue Welt warf Schatten, auch wenn er hoffte, dass er sie sich nur einbildete.

Drei Tage später betrat er das Zimmer 214 im Amt. Man bat ihn Platz zu nehmen und er sah sich tatsächlich drei Frauen in Hosenanzügen gegenüber, alle in den Vierzigern oder Fünfzigern, schätzte er, die ernst durch ihre Akten blätterten. Die links bat ihn um seinen Ausweis und schrieb seine Daten auf, während die in der Mitte ihn ansprach.

„Schön, dass Sie so zeitnah erscheinen. Das kommt uns sehr entgegen. Es geht um Folgendes: Wie Sie sicher wissen, besteht seit einiger Zeit in der breiten Öffentlichkeit die Meinung, dass es eine Ausgrenzung von Männern in den Verwaltungen gibt. Die Kritik ist durchaus angebracht, kann aber nicht ohne den Kontext der Zustände in der Vergangenheit gesehen werden. Wie Sie wissen, mussten die meisten, männlich besetzten Positionen neu vergeben werden, um die Veränderung der Organisation humanen Zusammenarbeitens und Zusammenlebens zu ermöglichen und zu festigen. Dass Frauen diese Lücken füllten, lag nah. Es geht immer noch um die große gesellschaftliche Erneuerung, gerade auch im Verhältnis zwischen den Geschlechtern. Aber das alles ist Ihnen hinlänglich bekannt und muss hier nicht näher besprochen werden. Warum haben wir Sie also eingeladen?" Sie strich mit beiden Handflächen über den Tisch und schaute ihm in die Augen. Konzentriert erwiderte er ihren Blick, brach aber den Augenkontakt ab, bevor er unangenehm wurde, Er hatte keine Lust auf Spielchen, die er leicht gewinnen konnte, auf die aber einzugehen in der Regel keine lohnende Rendite brachte. Scheinbar demütig fügte er sich der Observierung. „Um gleich auf den Punkt zu kommen", fuhr sie konziliant fort, „auf unserer Suche nach Männern, die in diese neue Zeit passen und die verlässlich genug erscheinen, um den neuen Weg zu gehen, sind Sie uns empfohlen worden. Was sagen Sie dazu?"

„Oh", seine Verwunderung war hörbar, was ihm gleich bewusst wurde und er versuchte erst gar nicht, sie zu verstecken. „Ich bin ein wenig überrascht. Ihr Brief hatte einen sehr förmlichen Ton und, wenn ich ehrlich bin, auch etwas Bedrohliches, gerade weil völlig unklar blieb, worum es eigentlich geht … "

„Wenn ich das kurz erklären darf", unterbrach sie ihn. „Die bürokratische Form des Anschreibens wurde bewusst so gewählt. Sie ist schon Teil unserer Prüfung und Ihre rasche Reaktion lässt Rückschlüsse zu, wenn auch keine verlässlichen. Das ist ja klar. Aber bitte, reden Sie weiter."

Es war wieder ein Verhör, eine unliebsame Befragung, auch wenn die Situation positiv besetzt sein sollte. Schließlich erwartete man von ihm, wie er gerade erfahren hatte, dass er sich als kooperativer Mann erweist. Aber schon in der Art, wie sie das Wort „Männer" bisher ausgesprochen hatte, klang eine gewisse Geringschätzung mit, zumindest meinte er, sie herausgehört zu haben. Mühsam unterdrückte er die in ihm aufkeimende Missstimmung. ‚Gegenfragen sind immer gut‘, erinnerte er sich. ‚Sie verbessern die Symmetrie in Gesprächen.‘

„Dürfte ich erfahren, von wem die Empfehlung kam?"

Natürlich dachte er sofort, dass nur Malika dahinterstecken konnte. Das offiziell bestätigt zu bekommen und sich im weiteren Gespräch auf sie konkret beziehen zu können, würde seinen weiteren Aussagen mehr Gewicht geben und diese ganze Befragung vielleicht beschleunigen. Das hoffte er zumindest und begann sich wohler zu fühlen.

„Das kann ich Ihnen gar nicht sagen." Suchendes Blättern durch die Akte. „Sie wurden vom Department for the Evaluation of Male Influence auf eine offizielle Liste gesetzt, die vertrauenswürdige Personen erstellt haben. Unsere Aufgabe hier ist es nun, im Auftrag der DEMI aktuelle Beurteilungen zu verfassen. Für uns ist es wichtig, Ihre momentane Einstellung zu den Veränderungen in der Gesellschaft zu erfahren. Wir sollten uns darauf konzentrieren."

„Gerne. Kurz und knapp?", er schaute sie fragend an und sie nickte. „Gut. Ich bin sehr froh, dass es eine globale Kooperation aller Länder und Nationen gibt, die alten und neuen Probleme der Menschheit auf diesem Planeten zu lösen, für Frauen, Männer oder wo man sich auch immer in der Genderfrage einordnen will. Es ist die einzige Option, die wir haben. Dass dies mit einer Neudefinition von Demokratie einhergeht, ist ebenfalls verständlich. Sie bekommt einen anderen Sinn."

„Könnten Sie das näher erklären?" Er bemerkte ein leichtes Erstaunen in ihrem Tonfall.

„Meiner Meinung nach hatte Demokratie in den sogenannten freien Wahlen, die mit einem teuren Medienrummel und der entsprechenden Propaganda den Stimmenfang im Volk voraussetzten, real nur dem Proporz von Politikern und der Macht ihrer Parteien

gedient. Eigentlich seit alters her. Der Missbrauch war damit einge-
baut. Bis in die Gegenwart war sie ein Herrschaftsgerangel wie zu
Adels Zeiten und Wahlversprechen wurden in der Regel auch nicht
gehalten. Demokratie im ursprünglichen Sinne herrscht, wenn die
Völker herrschen und nicht gewählte Vertreter, die ihr Mandat
offensichtlich als Beruf und nicht als Berufung verstanden hatten.
Nicht mehr gewählt, würden sie arbeitslos, was natürlich jeder
verhindern will, um jeden Preis. So verstanden und organisiert
wurde Demokratie zur Farce, zum Machtkampf der Parteien, deren
Vertreter in der Regel für die negativen Folgen ihrer Politik nicht
zur Rechenschaft gezogen wurden, weder mit ihrem Vermögen
noch mit ihrer Freiheit. Heute, wo ein gemeinsames Interesse an
der Verbesserung der Lebensumstände der gesamten Menschheit
besteht, treten Interessenkonflikte, derer sich die Parteien bedient
haben, um gewählt zu werden, in den Hintergrund. Heute dienen
Parteien dazu, möglichst geeignete Menschen, die die Verwaltung
auf allen Ebenen zum Wohle der Gemeinschaft erledigen, zu för-
dern und zur Wahl vorzuschlagen. Es ist ein Wettstreit, die besten
Kandidaten, die sich durch Lebenswandel, Bildung, Klugheit und
Ehrlichkeit bereits ausgezeichnet haben, zu finden und in Position
zu heben. Das bedeutet für mich heute, wo konkurrierende Ideo-
logien ihren Sinn verloren haben, Demokratie."

„Moment." Sie hob eine Hand und machte sich Notizen. Er
lehnte sich zurück und schwieg. Die anderen beiden Frauen sahen
ihn sichtbar emotionslos an, als sei er ihnen egal. Er fragte sich, ob
dieser Gesichtsausdruck einstudiert war oder ob er für sie nur in
die Rubrik unwichtiger Männer fiel, mit denen sie sich routine-
mäßig zu beschäftigen hatten. War es das? Oder dachten sie
vielleicht nur an etwas ganz anderes, an ihren Dienstschluss, an
ihre Kinder, ihre Beziehung oder hatten Hunger. Ihn begann sein
eigenes Misstrauen zu stören. ‚Ja, ein Verhör, aber bleib locker.
Vielleicht ergibt sich ja für dich was Gutes aus diesem Termin',

dachte er und setze sich ein wenig auf. Die Schreibende machte deutlich einen Punkt, legte den Kuli an die Seite und schaute ihn an.

„Interessant, was Sie über Demokratie sagen. Zurück zu den Veränderungen. Was fällt ihnen noch zu dem Thema ein?"

„Die Maßnahmen zur Kriegsverhinderung sowie zur Ökologisierung von Produktion und Konsum unterstütze ich in vollem Umfang. Sie sind so wichtig für die Zukunft, denn ..."

„Entschuldigung, wenn ich Sie nochmals unterbreche. Ich möchte dieses Gespräch ein wenig straffen. Was uns noch interessiert ist, wie Sie heute das Verhältnis zwischen den Geschlechtern empfinden. Wir sollten damit weitermachen."

Er überlegte kurz. „Die Umsetzung wirklicher Gleichberechtigung, und nicht, wie früher, nur auf dem Papier, die das Verhältnis heute zwischen den Geschlechter bestimmt, ist natürlich extrem wichtig. Da lag und liegt noch in Teilen der Erde gerade im familiären Kreis manches im Argen, was immer Unglück und Ungerechtigkeiten erzeugte und noch erzeugt. Diese tradierte, männliche Dominanz über Frauen ist für mich eine atavistische Verhaltensweise, die auf der größeren Körperstärke des Mannes beruht, meist unterstützt durch religiöse und weltliche Gesetze. Die Frau sei dem Manne untertan, heißt es in der Bibel. Solches Gedankengut prägt bei einigen Männern immer noch das Verhalten. Und natürlich ging und geht es um die eindeutige Zuordnung der eigenen Nachkommen und Erben von Besitz, die die Sexualkontrolle der Frauen voraussetzt, um Kuckuckskinder zu verhindern. In religiös erzkonservativen Gemeinschaften wurde und wird deshalb die exklusive Verfügbarkeit des weiblichen Unterleibs mit Familienehre gleichgesetzt und tödlich verteidigt."

„Entschuldigung, ich unterbreche Sie ungern und Ihr historisches Wissen in allen Ehren", fuhr sie ihm ein wenig zu heftig in die Parade, wie er fand, „aber können Sie sich zu dem aktuellen

Vorwurf äußern, dass Männer heute unterprivilegiert sind. Ich knüpfe an den Anfang unseres Gesprächs an." Ihn erstaunte ihre Vehemenz. Was hatte er schon gesagt?

‚Vermutlich stört sie der grobe, technisch wirkende Ausdruck, die Verfügbarkeit des weiblichen Unterleibs' , ging ihm durch den Kopf.

„Gern", sagt er laut, froh darüber, dem Verhörton mit flüssiger Konversation etwas entgegensetzen zu können. „Ich denke, es gab und gibt schon immer auch die weibliche Dominanz. Das fängt sicher mit der Mutter und der älteren Schwester an und endet mit der klügeren Ehefrau, die zum Wohle der Familie besser die Fäden in den Händen hält. Es gab auch immer wieder Herrscherinnen, nicht nur Kleopatra, Victoria, mehrmals Katharina oder Elisabeth und manche behaupten ja nach wie vor, dass das Matriarchat die erste Sozialorganisation menschlicher Gemeinschaften war."

Ihr Gesichtsausdruck und ihre geöffneten Hände deuteten ihm an, zur Sache zu kommen.

„Also, ich meine, Dominanz auf der einen Seite und Subordination auf der anderen sind nicht zwingend an ein Geschlecht gebunden, sondern haben etwas mit Stärke und der daraus abgeleiteten Macht zu tun. Also kommt es nur darauf an, wie mit Macht allgemein umgegangen wird. Aber dass man nun behaupten kann, in einem neuen Matriarchat würden alte Machtstrukturen mit anderen Vorzeichen wieder installiert, halte ich für falsch. Ich denke, dass sich Gesellschaft, so wie es jetzt läuft, positiv weiterentwickeln wird, positiver, als sie je war. Endlich sind doch dafür alle Voraussetzungen gegeben. Zweifel bringen uns nicht weiter. Sie führen nur zurück. Wer sich heute unterdrückt fühlt, hatte damit sicher auch schon früher seine Probleme. Mit sich und ihrem Schicksal Unzufriedene wird es immer geben. Glück für alle ist vielleicht eine Utopie. Dennoch sollte man nach ihr streben."

‚Soweit hast du das hingekriegt', sagte er sich und schwieg.

„Gut." Sie atmete durch, ob erschöpft, am Ende ihrer Geduld, ihm weiter zuzuhören oder beeindruckt von seinem Redefluss, blieb im Verborgenen. „Für einen ersten Eindruck, mag das reichen." Sie machte sich noch eine Notiz und wandte sich dann an ihre Beisitzerinnen. „Habt ihr noch Fragen?"

„Ja, ich." Die rechte fixierte ihn ernst. „Wenn Sie auf Ihre Vergangenheit zurückschauen, könnten Sie behaupten, sich Frauen gegenüber immer korrekt verhalten zu haben?"

‚Einstudiert', schoss es ihm durch den Kopf, ‚am Ende der Test, die persönliche Schuldfrage. Lächerlich.'

„Nein", er schüttelte den Kopf und schürzte die Lippen, „schon gar nicht ‚immer'. Ich habe mich sicher einige Male schuldig gemacht und dabei verletzt und enttäuscht. Da ist mir vieles erst in der Rückschau klar geworden. Jemanden sich verlieben zu lassen, nur um sein eigenes Ego zu stärken und die damit verbundene körperliche Nähe herbeizuführen, ist eine verantwortungslose Gemeinheit und wirklich kein Kavaliersdelikt. Und ich habe diese Abhängigkeit einige Male bewusst provoziert." Schuldig schaute er auf seine Hände, die auf seinen Knien lagen und schwieg einen kurzen Moment. Dann hob er den Kopf und wandte sich an alle drei Frauen. „Erwarten Sie aber bitte nicht, dass ich diese Sünden hier jetzt aufzähle und quasi beichte. Vergeben könnten mir nur die Betroffenen und wenn ich sie träfe, würde mir eine Last von der Seele fallen, wenn sie es täten, glauben Sie mir." Jetzt suchte er die Augen der Fragestellerin. In diesem Punkt war er aufrichtig. Da war nichts zu verbergen. Doch ihr Gesichtsausdruck zeigte weiterhin Skepsis.

‚Sie glaubt dir nicht. Wer weiß, was sie selbst erlebt hat. Männer sind für sie vielleicht per se das Letzte. Die wird nie einen Schlussstrich ziehen.' Er schaute ihr weiter in die Augen und wartete.

Schließlich senkte sie ihren Blick, machte sich eine Notiz und sagte dabei: „Danke, ich habe nichts mehr."

Die Frau in der Mitte räusperte sich.

„Gut. Dann möchte ich zum Schluss auf den Anlass dieses Interviews zurückkommen und Sie fragen: Sie sind Rentner und hätten doch somit Zeit. Wären Sie an einer im weitesten Sinn konstruktiven Nebentätigkeit interessiert?"

„Kommt natürlich darauf an, was das wäre. Aber prinzipiell stehe ich zur Verfügung", log er.

„Gut, Sie hören von uns. Danke für ihre Kooperation. Ach, Ihr Ausweis." Sie hielt ihn hoch und wies mit ihm auf die Tür.

‚Schäbige Geste', dachte er, nahm ihn ihr im Aufstehen aus der Hand, verabschiedete sich und verließ den Raum, erleichtert und entschlossen, bei allem, was man ihm im Falle des Falles als Mitarbeit vorschlagen würde, sehr wählerisch zu sein. Ihm war klar, aber auch egal, dass er die Frauen nicht richtig überzeugt hatte, ein „Guter" zu sein, wenn das denn überhaupt möglich gewesen wäre. Dazu hatte er zu viel, zu dominant gesagt.

Wieder auf der Straße, entschloss er sich, zum „Einspänner" zu schlendern. Der frühe, warme Nachmittag machte ihn gelassen, fast schon ein wenig fröhlich. Wenig später betrat er leicht beschwingt das Café und nahm an seinem bevorzugten Tischchen Platz. Die freundliche Bedienung fragte ihn, ob es wieder Kapuziner, Cognac und die Zeitung sein sollten, was er bejahte und bald bekam. Er las gerade im Feuilleton, als er bemerkte, dass eine Frau im beigen Kostüm den „Einspänner" betrat. Mitte vierzig, schätzte er, als er sie über den Zeitungsrand hinweg entdeckte, gepflegt, interessant. Unschlüssig blieb sie stehen, wurde aber gleich von der freundlichen Bedienung entdeckt und auf ihren offensichtlichen Wunsch hin, den sie mit einem leichten Fingerzeig andeutete, an das Tischchen neben seinem Stammplatz geführt. Sie bestellte, bekam ebenfalls die Zeitung und begann zu lesen. Beim Umblättern schaute er zu der Frau hin und ihre Blicke trafen sich. Er nickte ihr freundlich zu, was sie aber ignorierte, um sich gleich wieder in ihrer Zeitung zu vertiefen. Ein wenig befremdet über die beiläufige Zurückweisung wandte er sich ab, hörte aber gleich ein recht lautes Rascheln vom Nebentisch. Als er hinschaute, saß die Frau mit auf dem Schoß abgelegter Zeitung und starrte ihn aus dunklen Augen an.

„Kennen wir uns?", las er von ihren rot geschminkten Lippen ab. Ein suchender Ausdruck auf ihrem hübschen, mit dezentem Makeup betonten Gesicht, unterstützte ihre stumme Frage. Er zuckte mit den Schultern, hob die Augenbrauen, versuchte ein erneutes Lächeln und zeigte gleichzeitig mit dem Zeigefinger auf sich und ihren Tisch. Sie nickte und zog den freien Stuhl neben ihr leicht vom Tisch ab. Er stand auf, machte die wenigen Schritte auf sie zu und gab ihr die Hand. Sie schaute ihn mit freundlicher Erwartung an.

„Nehmen Sie doch Platz." Sie hatte eine für ihn unerwartet jugendliche Stimme.

„Danke, gern", sagte er ein wenig verlegen lächelnd und setzte sich.

„Kennen wir uns?" Sie fielen sich gleichzeitig mit derselben Frage ins Wort und mussten lachen.

Die aufmerksame Kellnerin, die ihren Tischbereich im Café meist genau im Blick hatte, wartete nur kurz, dann brachte sie ihm den Cognac nach. Den Kaffee hatte er schon getrunken. Sie hörte die helle, sichere Stimme der Frau, zu der sich der Stammgast gerade gesetzt hatte und spürte, wie wenig sie selbst diesem neuen, emanzipierten Frauentyp entsprach, den die Waffen der Frau jedem Mann nun weit überlegen machten. Sie verließ das Café durch die Küche zum Hinterhof und steckte sich eine Zigarette an. Die wenigen Gäste waren für ihre kurze Pause versorgt. Ihr freundliches Gastraumgesicht war zu einer versteinerten Miene erstarrt. An die Wand gelehnt, rauchte sie hastig mit tiefen Lungenzügen und untergeschlagenen Armen. Warum sie sich noch so viel Mühe machte, fragte sie sich, und vermisste ein wenig die alten Zeiten, als es noch reichlich Trinkgeld gab, meistens von Männern in Begleitung von Frauen. Oft war es Aufschneiderei gewesen, das war klar, aber die hatte sich für sie immer ausgezahlt.

Sie drückte die Kippe am Rand des Ascheneimers aus, ließ sie fallen und ging zurück in den „Einspänner", in dem sie nun seit zwanzig Jahren arbeitete. Ihrem Kollegen, der in der Küche hantierte, schlug sie im Vorbeigehen auf die Schulter. Sie waren damals fast gleichzeitig angestellt worden und stabilisierten und ertrugen seitdem ihr Kellnerdasein mit wortkargem, gegenseitigem Einverständnis. Beide wussten nur wenig voneinander. Es hatte nie einen privaten Austausch zwischen ihnen gegeben. Ihre Themen blieben Kunden, Kasse, Trinkgeld und die beiden Chefs, Brüder, die sich in den Jahren alle drei Monate die Klinke in die Hand gegeben hatten, um zu verreisen oder hinter dem Tresen zu stehen, an dem die Stammkunden die Abwechslung und die damit verbundenen immer neuen Reiseberichte schätzten. Über andere Kollegen verloren sie nie ein Wort. Sie waren für einander zum in die Jahre gekommenen Inventar des Cafés geworden, das man, wenn es hoch kam, sich erlaubte, hin und wieder mit einem leichten Klaps abzustauben. Und das war gerade passiert. Er schaute ihr flüchtig hinterher und packte dann weiter Papierservietten aus, eine Tätigkeit, die er freiwillig machte. Sie gab ihm das gute Gefühl, eine kleine Spezialaufgabe zu haben. Als er damit fertig war, ging auch er auf den Hof, um frische Luft zu schnappen. Er rauchte nicht mehr, schon seit Jahren.

3

Über die raue See flog der salzige Dunst der Aerosole. Sie standen Hand in Hand an der bewegten Wasserkante und atmeten tief durch. Ihre Haare wehten im schweren Herbstwind. Sie küssten sich flüchtig und gingen ein wenig durchgefroren über den Strand die Düne hoch zu ihrer Pension. Wenig später lagen sie aneinandergeschmiegt im breiten Doppelbett unter der Decke und wärmten sich gegenseitig. Zwanglose Zärtlichkeit. Wunderbar.

Am Abend gingen sie wieder ins Fischrestaurant am Anleger. Es gab dort einen Elsässer Silvaner, das Beste zu Fisch, wie er fand und Grund genug, dorthin zu gehen. Sie bestellten eine Portion Riesengarnelen und eine Dorade, thailändische Art. Als sie mit dem Wein anstießen und sich in die Augen schauten, fühlten beide die Freude, die erst vor wenigen Wochen im „Einspänner" in ihr Leben getreten war. Sie hatten sich von Anfang an perfekt verstanden. Ohne Zweifel passten sie gut zusammen und es hatte keinen Grund gegeben, diese Begegnung nicht weiter zu vertiefen. Nach einer Woche waren sie ein Paar geworden und hatten nach weiteren zwei dann das Apartment am Meer gebucht. Nun stießen sie glücklich an und drückten sich dabei die freie Hand. Bald kam das Essen.

Nach der Champagnercreme und der Mangomousse zum Nachtisch, die sie sich wie die Hauptspeisen geteilt hatten, beide liebten die Variation, warum nicht von allem kosten?, gingen sie zurück in die Pension und ließen sich ins Sofa fallen. Sie nahm die Fernbedienung und zappte durch die Kanäle. Ein Bericht über die militante Frauenbewegung in Indien, die immer noch radikal gegen die in der Gesellschaft tief verwurzelte Missachtung der Frau vorging und etliche Männer vor Gericht gestellt hatte, zog beider Aufmerksamkeit auf sich und sie blieben auf dem Kanal. Nach kurzer Zeit bekamen sie verblüffend gleichzeitig einen Anruf auf ihr Handy. Sie schauten sich an als sie telefonierten und er erfuhr zu seinem Erstaunen, dass er sich möglichst schnell in der Stadt im Amt für Bildung und Integration Zimmer 313 melden solle. Nach der Beendigung seines Telefonats wartete er, bis auch sie aufgelegt hatte.

„Ich soll mich melden, umgehend", brach es aus ihm heraus.

„Ich weiß, ich auch. Liebster, ich muss dir jetzt etwas gestehen, was dich vielleicht verletzen könnte." Sie schaltete den Fernseher aus. „Es tut mir so leid. Aber bitte, lass es mich erklären."

Was sie dann sehr direkt und sachlich sagte, machte ihn sprachlos. Sein Termin im Einwohnermeldeamt vor einem Monat war nur der erste Teil der Überprüfung seiner Persönlichkeit gewesen. Möglichst zeitnah sollte dann der zweite erfolgen und die Frage klären, wie er sich tatsächlich Frauen gegenüber, im wahren Leben sozusagen, benahm. Sie war ihm gleich vom Amt aus gefolgt. Sein Cafébesuch im „Einspänner" hatte ihr dann unerwartet schnell die perfekte und beste Gelegenheit geboten, ihn kennen zu lernen. Dass sich jedoch bald zwischen ihnen mehr entwickelte, war nicht geplant oder vorauszusehen gewesen. Aber sie konnte und wollte diese Intensivierung ihrer Beziehung schließlich nicht mehr verhindern, auch wenn ihr natürlich der anfängliche Betrug über die Zufälligkeit der Begegnung immer bewusst geblieben war. Es täte ihr leid, und ob er sie nun verachte, fragte sie mit offensichtlichem Bedauern. Stumm schüttelte er den Kopf, unfähig sich dazu zu äußern und von einem Gefühlschaos überschwemmt, das ihn geradezu lähmte. Nun hätte sie in dem gerade geführten Telefonat einen neuen Auftrag bekommen, der keinen Aufschub erlaube. Es sei schrecklich, aber die damit verbundene und auch für sie unerwartet plötzliche Trennung, ließe sich nicht verhindern, erklärte sie weiter. Ob er ihr verzeihen könne?

Er schaute sie versteinert an, abgestürzt aus der Seligkeit des Verliebtseins. Er hatte sie an einen neuen Auftrag verloren, vielleicht an einen Delinquenten wie ihn. Fassungslos schüttelte er den Kopf und sagte schließlich leise: „Ja, dann war's das wohl", stand auf und packte seine Reisetasche. Stumm schaute sie zu, bis er damit fertig war und zur Garderobe ging, um seinen Mantel vom Bügel zu nehmen.

„Ich such mir was anderes", sagte er und wandte sich ihr zu, den Mantel in der einen, die Tasche in der anderen Hand.

„Bitte, glaube mir, ich würde dich gern wiedersehen", sagte sie, stand auf und kam auf ihn zu. Er schaute ihr in die Augen und sie nahm seinen Kopf und küsste ihn auf den Mund. Mit einem letzten Blick über ihr Gesicht verließ er wortlos das Apartment, zahlte an der Rezeption die Rechnung und nahm das Taxi vor der Pension zum Bahnhofshotel. Sie waren mit ihrem Auto gekommen.

Er fühlte sich wie ein zu Unrecht geprügelter Hund, tief beleidigt und wütend auf diese gemeine Inspektion, bei der so geringschätzig mit seinen Gefühlen gespielt worden war, wie auf einem alten, verstimmten Klavier, das kaum lohne, angeschlagen zu werden.

Das kleine, schmucklose Zimmer der Pension verstärkte in ihm das Gefühl schmerzhafter Einsamkeit und er hatte nun Zweifel, ob sein harscher, wortloser Aufbruch die richtige Reaktion auf ihr ehrliches, sich selbst beschuldigendes Geständnis, gewesen war. Sein tief gekränktes Ego hatte ihn wie ein verstocktes Kind seine Sachen packen lassen und ihn dann aus dem Apartment getrieben. Hätte für ein paar klärende Worte nicht doch noch Zeit sein müssen? Er lag lange wach, bevor er für zwei, drei Stunden einschlief, um dann den ersten Zug seiner Rückreise zu besteigen. Mit dem dritten erreichte er am Nachmittag die Stadt.

Als er vor dem Bahnhof stand, kam ihm plötzlich der Comic „Der letzte Karamaschov" von Hannes Neubauer in den Sinn, bei dem es um diesen Wodka und einen betrogenen Ehemann ging, der zum Ende des Strips schicksalshaft gerächt wird. Nun hatte er in einem Tabak- und Spirituosenladen vor einiger Zeit einen russischen Wodka entdeckt, der tasächlich „Karamasov Kingsgold" hieß. Es kam ihm selber albern und kindisch vor, aber er entschloss sich, diesen Wodka zu kaufen und sich bis zum Heulen zu betrinken. Er war am Boden zerstört und wollte dort erst einmal liegen bleiben. Nie hätte er erwartet, dass ihm das Leben noch einmal so übel mitspielen würde.

Als er den „Karamasov", Bitterlemon, Eiswürfel und Glas auf seinen Couchtisch gestellt hatte, suchte er in der Mediathek das Album „I can stand a little rain" von Joe Cocker, mixte sich ein Glas und startete die Musik, gleich mit der Repeatfunktion. Für ihn war es eines der besten Alben aller Zeiten und er konnte es immer wieder und wieder hören. Schon einmal hatte er sich mit Joes Stimme, diesen zehn grandiosen Songs und Whisky-Cola zugedröhnt, nur war er damals noch Student, das Beziehungsende allerdings genauso überraschend gewesen, wie dieses Mal. Beim zehnten Track, „Guilty" von Randy Newman, nahm ihm Cockers dekadente und doch so seelenreine Stimme die Luft und er begann tatsächlich zu heulen, erst still und bald Rotz und Wasser.

Als die Flasche leer und er voll war, schleppte er sich auf den Balkon und es hätte nicht viel gefehlt und er hätte sich vornüberfallen lassen. Dann erbrach er sich jedoch in die Tiefe und entschloss sich danach, leben zu bleiben. Er wankte zurück in seine Bude und ließ sich rücklinks aufs Sofa fallen. Narkotisiert vom Alkohol und völlig übermüdet von der kurzen Nacht, begann er nach wenigen Augenblicken röchelnd, seinen Rausch auszuschlafen. Joe sang gerade Jimmy Webbs „The moon is a harsh mistress" und würde es bis zum Morgen noch einige Male wiederholt haben. Kurz darauf fiel das Licht des abnehmenden Monds durch das Balkonfenster auf sein gegerbtes Altmännergesicht, ganz attraktiv von halblangem, silbrig schimmerndem Haar gerahmt. Er konnte sich immer noch sehen lassen.

4

Bevor er das Amt für Bildung und Integration aufsuchte,

wartete er eine Woche, in der er sich in Aufzeichnungen aus seiner ersten Weltreise vertiefte. Begonnen als Tagebuch, hatte es sich bald zu einem Sammelsurium von Einfällen und Einsichten gewandelt, mit denen er zur allgemeinen und persönlichen Lage Stellung nahm. Er entdeckte seine Gedanken neu, von denen ihn einige überraschten. Sie zeigten, dass ihm schon damals alles klar gewesen war, über sich und die Welt. Und immer ging es auch um die Zukunft der Menschheit, wie in einer Geschichte, die er zu der Zeit in das Tagebuch schrieb, als der Warschauer Pakt und die Nato die Welt in Ost und West gespalten hielten und die UdSSR ihren zehnjährigen Krieg in Afghanistan gerade begonnen hatte:

Im März, 1980.

Die Opponenten der Weltpolitik, die Söhne des Kapitalismus' wie des Kommunismus', saßen sich eines Tages gegenüber und schauten sich über den Groll hinweg in die Augen.

Da sagte der eine Sohn zum anderen – und es hätte auch andersherum sein können - : ‚Jeder weiß, dass keiner von uns mit Fug und Recht behaupten kann, das Richtige zu wollen, denn erstens kam es anders ...' - , ... und zweitens, als gedacht!' unterbrach ihn der andere Sohn gedankenschwer und dann, nach einer Weile des Schweigens, fassten sie sich vorsichtig bei den Händen, zogen sich in den Stand und begannen langsam zu tanzen – auf den Ballen und langsam im Kreis.

Da fassten sich alle Männer auf der ganzen Welt bei den Händen und begannen zu tanzen. Und wenn's auch einigen leichter fiel, als anderen, schließlich tanzten doch alle, alle Männer. Und die Frauen und die Kinder saßen im Kreis drum herum, auf den Straßen, in den Parks, in den Häusern und Wohnungen.

Männer tanzten nun sehr oft und wo es ging. Und auch einige Frauen gesellten sich dazu. Es gab Musik all überall in Stadt und Land, nicht unbedingt laut, aber immer laut genug für zehn Personen nah ihrer Quelle, von morgens acht bis abends zehn, an mancher Stelle vierund-

zwanzig Stunden lang. Die Männer verloren ihre alten Männerhobbies. Der Sportkampf wich einer Tanzwelle mit unzähligen Tanzflächen, wo immer Menschen waren. In Zügen gab es Tanzwaggons, aus Kirchen wurde für's Tanzen das Gestühl geräumt, Reifenfirmen warben für langzeitformstabile Tanzschuhe und gemeinnützige Tanzschulkonsortien machten Milliarden.

Frauen übernahmen all überall die Bürokratensessel und ließen die Männer tanzen. Die große Zeit der Reformation begann. Es wurde sehr schnell auf die völlige Aufgabe der Rüstungsindustrie hingearbeitet. Und die Männer tanzten und tanzten beglückt, bis der Frieden nicht mehr zu besiegen war.“

Ein Märchen, das er vor mehr als vierzig Jahren geschrieben hatte. Die Prophetie des letzten Absatzes erstaunte ihn. Dass es so kommen könnte, hatte er also damals schon gehofft und geahnt.

Der Schlusssatz gefiel ihm gut, wie von Pina Bausch geschrieben. Der Tanz heilt die Welt. Wenn es nur so einfach wäre.

Nach einer Woche des Zögerns, folgte er der telefonischen Aufforderung, sich im Amt für Bildung und Integration einzufinden, um zu erfahren, worum es eigentlich ging.

Hinter dem Schreibtisch in Zimmer 313 saß eine berückend gut aussehende, junge Frau. Ende zwanzig, schätzte er. Sie hatte langes, glattes, goldschimmerndes Haar, dunkelrot geschminkte Lippen und ein dezentes, doch wirkungsvolles Augenmakeup. Sie hieß Silvia Kander, wie er auf einem Tischaufsteller las, und gab ihm freundlich lächelnd über ihre Akten hinweg die Hand, wobei sie leicht aufstand. Sie trug einen engen schwarzen Rock und eine zartblaue, langärmelige Bluse mit spiegelnden Manschettenknöpfen. Reflexartig lächelte er zurück.

„Bitte.“ Sie zeigte mit ihrer gepflegten, aber schmucklosen Hand auf den Besucherstuhl. Aufgetakeltes Handstyling mit langen, gelackten Fingernägeln lehnte er ab, was sie ihm zwar etwas sympathischer machte, aber seinen inneren Widerstand gegen diesen befohlenen Termin natürlich nicht beseitigte. Er setzte sich mit steifem Rücken langsam auf den Stuhl, ohne sich anzulehnen. Sein Lächeln, das er bewusst förmlich hielt, sollte zeigen, dass ihn ihr Äußeres, dessen sie sich sehr wohl bewusst sein musste, nicht sonderlich interessierte. Aber diese Reaktion kannte sie. ‚Arme Männer‘, dachte sie dann selbstbewusst, ‚so zwanghaft unbeeindruckt, nur um euch nichts zu vergeben.‘ Dass da bei ihm noch etwas anderes dazukam, konnte sie natürlich nicht wissen.

„Wir würden Sie gern auf eine Reise schicken“, sagte sie nun sachlich. „Könnten Sie sich mit dem Gedanken anfreunden? Wie ich hier lese, sind Sie immer ein Weltenbummler gewesen.“ Sie legte die flache Hand auf die vor ihr liegenden Akte, eine gütige, sorgende, wirkungsvolle Geste, wie er fand.

„Ja, kann man so sagen. Reisen war immer ein Hobby von mir.“

„Und wie steht es jetzt damit?“

„Es kommt natürlich immer auf das Ziel an.“

„Natürlich.“ Ping Pong mit Worten.

„Worum geht's denn konkret?“, fragte er.

„Schützenhilfe.“

„Schützenhilfe?“

„Schützenhilfe trifft es eigentlich ganz gut.“

„Und wie soll die aussehen?“

„Wir möchten Sie als Kontaktperson in gewisse Männerkreise einschleusen, die Probleme machen …“

„Als Schnüffler?“, unterbrach er sie laut und ein wenig ungehalten, was ihn gleich selber störte. „Also, ich glaube, das ist nichts für mich.“ Er zwang sich zur Ruhe. „Außerdem stelle ich mir meine Zukunft weniger aufwendig und vor allem weniger aufregend vor.“ Er schnaubte leicht sarkastisch. „Ich glaube nicht, dass ich Ihnen da weiter…“

„Entschuldigen Sie, wenn ich Sie unterbreche. Sie sind uns nachdrücklich empfohlen worden, und wie ich sehe", sie schlug die Akte auf und schaute hinein, „von höherer Stelle, wenn ich das so sagen kann. Aber vielleicht liegt da auch ein Missverständnis vor." Sie hob beide Hände, so dass er die Handflächen sah und schaute ihn fragend an. „Sagt Ihnen der Name Malika Schäfer etwas?"

„Malika Schäfer, sagen Sie?" Sein gespieltes Erstaunen wirkte echt. „Jaja, ich kenne jemand mit dem Namen. Ich meine, Schäfer ist ja relativ häufig, aber ich denke schon, dass ich die Person kenne. Was … ?"

„Prima, dann sind Sie zumindest der Gesuchte. Über eine Verbindung mit Frau Schäfer und Ihnen liegt uns darüber hinaus nämlich nichts vor. Vielleicht sollte ich Ihnen einfach erklären, worum es gehen würde. Es wäre auch keine große Sache."

Er lehnte sich zurück und nickte. „Na gut, kann vielleicht nicht schaden."

„Aber Ihnen ist schon klar, dass unser Gespräch wie auch Ihr potentieller Einsatz einer gewissen Vertraulichkeit unterliegt. Sie müssten sich schon zur Verschwiegenheit verpflichten." Sie reichte ihm ein Blatt Papier und einen Kuli. „Bitte unterschreiben Sie das."

Ein wenig überrumpelt nahm er nach kurzem Zögern Formular und Stift, kritzelte auf der Schreibtischkante sein Siegel auf das Papier und legte beides dort ab. Sein feines Lächeln lobte das geschickte Vorgehen der Goldgelockten, was ihr auch nicht entging. Sie nahm mit gespitzten Lippen die Vereinbarung und legte sie zu den Akten. „Schön. Es geht da zunächst nur um einen Männergesangsverein in …"

Kapitel 3

1

Über der langgestreckten, kargen Strafinsel im Südatlantik von der Größe Long Islands tobte einer der häufigen Stürme. James Cook hatte sie zu Ehren King George III South Georgia genannt. Selbst im Sommermonat Januar konnte es hier schneien. Ein Entkommen war unmöglich. Permanente Satellitenüberwachung und patrouillierende Kriegsschiffe verhinderten jede Flucht über das Meer, das sich nie über 6° erwärmte.

Er saß allein im noch unbesuchten Restaurant der Roll-on-Roll-off Fähre in einer hinteren Nische und sprach mit gedämpfter Stimme in den Recorder.

„Heute ist Nikolaustag. Keinen Stiefel rausgestellt. Befinde mich auf einem Schiff vor Südgeorgien, der berüchtigten Strafkolonie für die Schlimmsten der Schlimmen. Seit langer Zeit benutze ich dieses Ding mal wieder. Es war fast vergessen. Das aktuelle Leben hatte mich in den letzten Jahren so gefangen genommen, dass ich keine Lust auf Erinnerungen hatte. Morgen werde ich mich nun in Lebensumstände begeben, die kritisch werden, wenn nicht tödlich enden können. Das ist wahrscheinlich keine Übertreibung und lässt mich heute noch einige Worte aufnehmen, denn wer weiß, wann ich das nächste Mal dazu kommen werde." Er unterbrach sich für einen Moment, ohne abzuschalten. Dann sprach er weiter.

„Es hatte für mich alles ganz unverfänglich mit einer Schulung und einem Männergesangverein in der Provinz begonnen. Dass man mit mir einen Plan verfolgte, bei dem Malika wahrscheinlich gar keine Rolle spielte, blieb mir eine ganze Weile verborgen. Man hatte nur ihren Namen benutzt, um mich zu ködern, nehme ich an. Die Idee kam sicher von den drei Frauen aus meiner ersten Befragung und sie sorgten auch für ihre Umsetzung. Ich musste schon einen sehr unsympathischen Eindruck hinterlassen haben, denn sie wussten, worauf mein Einsatz hinauslaufen sollte. Das

Programm war: Männer überprüfen Männer auf integrative Kompatibilität, kurz MüMaiK genannt. Nach dem unwichtigen Chor, in dem ich Maßnahmen zur Kommunikation in reinen Männerzirkeln übte und den ich bald wieder verlassen konnte, arbeitete ich ein halbes Jahr als Lehrer in einem Gefängnis mit überwiegend jugendlichen Schwerkriminellen, Mördern, Schlägern und Frauenschändern. Danach durfte ich reisen und begleitete eine Fraueneinheit im Maghreb, die sich den ewig gestrigen Machos widmete, beides mühselige, konspirative aber interessante und wie ich hoffte, lohnende Betätigungen. Was wirklich aus manchen Zielpersonen wurde, blieb mir allerdings verborgen. Uneinsichtige lohnen nicht die Mühe, war der Tenor. So lernte ich den Norden Afrikas genauer kennen.

Über das, was mich allerdings nun erwartet, ließ man mich bis vor zwei Wochen im Unklaren, auch wenn es vielleicht von Anfang an geplant war. Es hat mich auf die Südhalbkugel verschlagen, wo die Sonne mit einem fremden, härteren Licht im Norden steht und unter der ich mich Anfang der 1980er Jahre schon einmal auf ein Abenteuer eingelassen hatte, an das ich mich nun erinnere. Es scheint mir an dieser Stelle einer autobiographische Erwähnung wert zu sein, sollten diese Aufnahmen doch anfänglich der Rückschau auf mein Leben dienen.

Damals war die Jugend der westlichen Welt auf der Suche nach dem Glück in nonkonformen, freiheitsliebenden, von sozialem Internationalismus geprägten Lebensumständen gewesen. Australien und Neuseeland lagen auf der Skala solche Sehnsuchtsorte ganz weit oben und eines Tages landete ich dort, wo der Wunschtraum vieler Auswanderwilligen Wirklichkeit werden sollte oder zumindest konnte. Auch für mich schien die Vorstellung, ‚down under' ein neues, ganz anderes und vor allen glückliches Leben zu finden, durchaus reizvoll. Das Sonntagskind in mir mit dem ungebrochenen Glauben an sein Glück hatte keine Bedenken gehabt, sich danach umzuschauen. Ich möchte von dieser Suche berichten, auf der meine Erwartung in Enttäuschung endete. Aber Desillusion erhellt den Verstand und ich lernte, wie es ist, wenn man nicht im (Heimat-)Lande bleibt und sich redlich ernährt.

Damals trampte ich mit meinem besten Jugendfreund über die Südinsel, als wir auf der Suche nach einer Übernachtungsmöglichkeit in der Nähe von Nelson mit einem Autolift von einem Kiwimädchen auf einer Farm voller junger Menschen landeten. Man überließ uns einen alten Wohnwagen zum Schlafen. Es gab dort einen Garten, in dem man sich ums Gemüse kümmern konnte, falls man wollte, ein zentrales Haus, wo für alle gekocht wurde und auch da konnte man helfen. Aber eigentlich war alles frei, das Wohnen, das Essen, die Liebe und auch die soziale Mitwirkung. Ein kleines Paradies ohne Regeln und Pflichten. Free land, life, love and living. Dankbar, wie wir beide für die freundliche Aufnahme waren, machten wir mit, wo wir konnten, im Garten, in der Küche und am Abend, beim Lagerfeuer mit Songs zur Gitarre. Nach einer Woche wurden wir gefragt, ob wir am Bau eines Schafstalls in den Bergen mitarbeiten wollten. Why not? Unmerklich hatten wir uns mit unserem sozialen Eifer für die nächste Station auf dem Weg in eine Kooperative qualifiziert und wurden aus dem Auffanglager bei Nelson weitergeleitet. Aufgeregt fuhren wir in die Berge. Dies Abenteuer nahm Konturen an.

Die hölzerne Schafstallkonstruktion in einem Tal, umgeben von hohen Bergen, war riesig und erinnerte an eine Kirche. Ich kletterte sorglos auf den Gerüst herum, auch wenn ich mir bei einem Sturz den Hals hätte brechen können und war Handlanger für die Zimmerleute. Schlafsackbiwak und Waschen im Bach waren gewöhnungsbedürftig. Auch die Verpflegung ließ Wünsche offen. Mein Freund bekam eine Erkältung. Nach einer weiteren Woche landeten wir schließlich in der eigentlichen Kooperative, von denen es damals in Neuseeland einige gab und die das ersehnte Ziel vieler

Europäer auf der Suche nach besagten, alternativen Lebensformen waren. Die große Farm mit einem zentralen Haupthaus und mehreren auf einem weiten Areal verstreuten Nebengebäuden und Hütten, wurde von ungefähr dreißig Personen, Frauen, Kindern und Männern bewohnt und bewirtschaftet. Auch dort bekamen wir einen Campingwagen gestellt, größer und gepflegter, als der im Auffanglager und trafen gleich auf zwei deutsche Frauen, Anfang zwanzig, die auf dem Feld arbeiteten. Sie begrüßten uns euphorisch als weitere Auserwählte, waren aber, wie sich schnell herausstellte, mit zwei Kiwis aus der Kommune zusammen, vielleicht sogar verheiratet, um bleiben zu können. Obwohl uns sehr zugetan, lief nichts mit ihnen, was im Nachhinein auch besser gewesen war. Vermutlich. Wer weiß, zu welchen Problemen eine emotionale Bindung geführt hätte. Wie bereits erprobt, machten wir uns nützlich, so gut wir konnten.

Die Stimmung im Haupthaus war sehr gedämpft. Im weitläufigen Gemeinschaftsraum mit Küchenzeile und etlichen Stühlen, Sesseln und drei Sofas, fehlte ein zentraler Tisch, wo ein Großteil der Gruppe hätte Platz nehmen können. Die Männer standen zusammen und unterhielten sich über die Landwirtschaft und planten die Arbeit, die Frauen kochten und kümmerten sich um die Kinder, die oft weinten. Die Distanz zwischen Frauen und Männern, die mir schon in Australien in den Pubs aufgefallen war, wo sich Boys and Girls getrennt voneinander in Gruppen betranken, war auch auf dieser Farm offensichtlich üblich. Es wurde nicht zusammen gegessen, sondern jeder löffelte, verteilt auf die Sitzgelegenheiten mit dem Teller auf den Knien, wortkarg das Gekochte. Es gab meistens Kohlsuppe und wir fragten uns schließlich, ob die Kinder wegen ihrer Bauchschmerzen und Blähungen so oft weinten. Der Kontakt zu den Männern, jüngere, einheimische Farmer aus der Umgebung, die sich und ihr Land zusammengetan hatten, blieb freundlich distanziert. Vielleicht lag es daran, dass Deutsche damals in Australien und Neuseeland als reich, intelligent und oft pervers gehandelt wurden. Vielleicht spürten sie aber auch, dass wir nicht mit dem Vorsatz, unbedingt zu bleiben, gekommen waren.

Als wir uns nach zwei Wochen von dort verabschiedeten und den deutschen Frauen mit Bedauern unsere Zweifel darüber mitteilten, dass das Leben in dieser Kooperative dem Traum entspräche, den viele Auswanderer hätten, gaben sie uns zögernd recht. Es würde schon stimmen, so richtig glücklich seien sie nicht. Vielleicht läge es auch daran, dass sie zugezogen seien und ich stimmte ihnen zu, hatte ich doch selbst schon vorher in Sydney darauf verzichtet, zu bleiben. Schon da war mit klar geworden, dass der anhaltende Gaststatus in einem fremden Land die eigene Persönlichkeit beschneidet. Man wird in der nativen Gesellschaft reduziert. In dem halben Jahr, das ich vorher in Australien verbracht hatte, musste ich schließlich mit leichtem Unbehagen erfahren, was es heißt, Ausländer zu sein. Hier in der Kommune beeinträchtigten außerdem die Routine der Landwirtschaft und die relativ bescheidenen Lebensumstände in einer ermüdeten Gemeinschaft, die wenig Zeit für Spaß und Spiel zu haben schien, das Wohlbefinden. ‚Aber vielleicht gäbe es ja auch bessere Zeiten im Jahr, zum Beispiel nach der Ernte.' Mit dieser vorsichtig Mut machenden Prognose verließen wir die Farm und machten uns auf den Weg zurück nach Auckland mit einem damals sehr ruhige Stadtleben am Ende der westlichen Welt. Mein Freund flog nach Deutschland zurück und ich weiter nach Hawaii.

Der Zug meines Lebens hatte mich einen Blick auf ein Nachbargleis werfen lassen, auf das ich über diese oder jene Weiche geraten wäre, hätte ich einen der Hebel umgelegt. Später sah ich im Fernsehen einen Bericht über diese Kooperative. Sie hatte sich noch bis in die frühen 2000er gehalten. Dann wurde verteilt, verkauft und aufgegeben. Aus der Traum von einem alternativen Leben.

Nun bin ich vor zwei Tagen mit dem Hubschrauber für meinen vierten und gefährlichsten Einsatz wieder hier unten weit im Südatlantik auf einem Schiff in einem Meeresarm vor der Nordküste Südgeorgiens gelandete, das ich nicht mehr so einfach verlassen kann, wie einst die neuseeländische Farm. Es wartet hier eine schwere Aufgabe auf mich, für die ich als Sanitäter für ein halbes Jahr in das Lager eingeschleust werden soll. Eigentlich müsste und könnte ich diesen Einsatz ablehnen. Bei den Lebensumständen, die mich dort sechs Monate lang erwarten, kommt er einer Bestrafung ohne Urteil gleich. Aber ich bin neugierig genug, mich ihm zu stellen, trotz aller inneren Widerstände, die ich durch die Art meiner Rekrutierung empfinde, denn was ich tun soll, hat Sinn. Ich werde mich hier nach Männern umschauen, die noch zu retten oder womöglich unschuldig auf die Insel geraten sind. Aber es wird gefährlich werden und hoffentlich nicht so, dass ich den Notknopf drücken muss. Morgen geht's los."

Er stoppte die Aufnahme, stand auf und zog seinen Anorak an, in den er sich sorgsam verpackte. Der Notknopf war ein kleines Implantat zwischen Elle und Speiche nahe dem Handgelenk, den er mit einem sehr harten Schlag auslösen konnte, eine Aktion, von der angenommen wurde, dass sie in vielen Bedrohungslagen anzuwenden war. Das gesendete Notsignal sollte dann zu seiner Rettung über GPS per Hubschrauber von der Insel führen. Er hoffte stark, dass es dazu nicht kommen würde, war aber trotzdem beruhigt, den „Knopf" zu tragen und hätte ohne ihn den Auftrag auch sicher abgelehnt.

Die turmhohe Fähre lag, vom wilden Wellengang bewegt vor der Bucht von Grytviken, dem Hauptort der früher bis auf wenige Monate im Jahr unbewohnten Insel. Der Sturm pfiff um das Schiff, als er die Messe verließ. Auf ihm war die Verwaltung der Strafkolonie stationiert. Sie regelte die Versorgung, Bewachung, Neueinweisungen und Kontrolle der Infrastruktur sowie die Besetzung der

Funktionsstellen, zu denen auch sein Sanitätsjob gehörte. Von der Reling aus hatte er einen guten Blick auf die Insel. Er klammerte sich nach Balance suchend an das Geländer und betrachtete angespannt den öden, windgepeitschten Ort, in dem sich wenig Leben regte. Man konnte aus der Ferne einige größere Gebäude und die weiße Holzkirche von 1913 erkennen, die etliche, graue Wohncontainer verstreut umstanden. Grytviken.

‚Wie können dort ein paar Tausend kriminelle oder kriminalisierte Menschen überhaupt leben?‘, fragte er sich und sah mit starkem Zweifeln seiner zukünftigen Aufgabe entgegen. Die Informationen über die Sozialstrukturen, die dort herrschen sollten, waren erschreckend. Es hatte sich eine brutale Hierarchie ausgebildet, in der drei der stärksten, schlausten und gewissenlosesten Individuen die Spitze besetzten, immer ein Schwarzer, ein Weißer und ein Asiat. Dieses brüchige Triumvirat, dessen Mitglieder sich permanent behaupten mussten oder ersetzt wurden, war sich seiner stabilisierenden Funktion in der Inselbevölkerung dennoch bewusst und betrieb, auf seine Schlägergarden gestützt, diese hierarchische Selbstverwaltung mit einem gewissen Stolz. Sie sorgte tatsächlich für eine grundlegende Ordnung, ohne die das Leben auf dieser trostlosen Insel katastrophale Zustände angenommen hätte. Organisiert wurden die Verteilung von Nahrung, Kleidung und Hygieneartikel, die sich an jährlichen Zählungen orientierten, sowie der Erhalt der Infrastruktur und die Verhinderung kriegsähnlicher Vorfälle, die es anfänglich gegeben hatte. Hinter ihren Vertretern versammelte sich die Inselbevölkerung in drei Gruppen mit offensichtlicher Zuordnung. Dort, wo die Äußerlichkeiten nicht eindeutig waren, stand es den Männern frei, die Gruppe zu wählen, wenn sie denn aufgenommen wurden. So gab es zwar immer eine Fluktuation zwischen den Lagern, die aber nicht ins Gewicht fiel. Auf dieser Insel war sowieso jeder jedermanns Feind und Schlägereien und Morde waren an der Tagesordnung. Es kam letztlich nicht darauf an, wohin man gehörte, sondern woher die Bedrohung kam. Und die lauerte hinter jeder Ecke und konnte auch ein Bekannter sein, mit dem man gestern beim Suppelöffeln noch geredet hatte. Die anfangs heterogene Zusammenstellung der Inselbevölkerung aus reichen, armen, korrupten und kriminellen Feinden der Menschheit aller Gesellschaftsschichten, war innerhalb von drei Jahren zu einer nahezu homogen Masse böswilliger Männer mutiert, in der alles Schwache und Unnütze willkürlich ausgemerzt wurde. Südgeorgien war eine eisige Hölle und er wartete darauf, an ihrer Nordküste mit 36 neuen Häftlingen anzulanden. Für die nächsten Tage sollte sich der Sturm aber legen und mit Sonnenschein und 11° Celsius bestes Wetter für eine Insel auf der Höhe von Kap Horn und der Antarktis in eisiger Nachbarschaft herrschen. Denn es war Sommer auf der Südhalbkugel, wo die Sonne hoch im Norden steht.

Eine große, weiße Dominikanermöwe mit einer schwarzen, beeindruckenden Flügelspannweite von über einem Meter und olivgrünen Beinen, landete geschickt gegen den Wind segelnd neben ihm auf der Reling, faltete sich zusammen und schaute ihn dreist aus grünen Augen an. Sie hatte einen gelben Schnabel mit einem auffällig roten Fleck auf der Unterseite. ‚Wie Blut', dachte er und stieß sich nach kurzem, interessierten Zögern von der Reling ab. Die Nähe der schwankenden, ihn permanent frech herausfordernd beäugenden Besucherin wurde unangenehm. Die Vorstellung, dass sie ihn plötzlich attackieren könnte, trieb ihn zurück in das immer noch menschenleere Restaurant. Er öffnete seinen Anorak, holte sich von der wortkargen Ordonanz an der Bar einen Weinbrand und setzte sich in eines der halbrunden, roten Kunstledersofas am Fenster. Morgen sollten die neuen Gefangenen auf zwei Hubschraubern kommen. Er würde mit ihnen als Häftling auf dem Versorgungsschiff zur Insel übersetzen, um in der Krankenstation zu arbeiten. Alles Weitere stand in den Sternen, die man hier unten nur selten sah. Dann zog er den Recorder aus der Innentasche des Anoraks, schaltete auf Aufnahme und sagte: „Ich werde mich für ein halbes Jahr nicht melden können. Der Recorder bleibt zurück. Wenn ich die Strafkolonie betreten habe, wird aller Kontakt abrei-ßen. Sollte ich es nicht in die Zivilisation zurückschaffen und verschollen bleiben, wäre Malika Schäfer, vermutlich heute Funktionärin, Adresse unbekannt, eine Ansprechpartnerin, die Interesse an diesem Recorder haben könnte." Dann schaltete er auf den Anfang des Geräts und wiederholte sinngemäß den letzten Satz.

2

Auf dem Schiff, das ihn zur Insel brachte, wurde er eingekleidet und mit der Ausstattung aller Häftlinge versorgt. Sie umfasste ein weiteres Set Moleskinbekleidung, bestehend aus Hemd, Jacke und Hose, zweimal Baumwollunterwäsche, ein Regencape, zweimal Bettzeug, vier Handtücher, einen Kulturbeutel mit Rasierzeug, Nagelklipp, Seife und einen Henkelmann mit Besteck, zusammengeschnürt in einer grauen Wolldecke.

Sein Bündel geschultert und in einen grobgesteppten, knielangen Wintermantel mit Kapuze gesteckt, wurde er mit den 36 Neuzugängen von Bord in den Sturm auf die fünfzig Meter lange Mole gescheucht, in deren Mitte ein schweres, eisernes Tor den Zutritt zur Insel kontrollierte. Es öffnete sich erst per Funk von Bord, nachdem das Versorgungsschiff wieder abgelegt hatte. Als er vom Anleger auf die Insel trat, säumten einige Häftlinge, heruntergekommene, trostlose Gestalten, den schmalen Weg, der zur Siedlung hoch führte und glotzten ihn wortlos an. Mit kaltem Schaudern wurde ihm erneut deutlich klar, in was er da ziemlich schutzlos hineingeraten war. Selbst die Alarmtrillerpfeife, sein Talisman, war zurückgeblieben. Ihn würde nichts von einem Häftling unterscheiden, der hier seine Strafe antrat, denn nun war er ein Verurteilter, wie jeder andere.

Vom historischen Grytviken stand, ein wenig von der Bucht entfernt, nur noch die Holzkirche. Die alten, heruntergekommenen Gebäude, Vorratssilos und Viehställe am Anleger waren abgerissen und ein steiniger Strand freigelegt worden, wodurch der Ort etwas weniger trostlos wirkte. Ihm gegenüber erhob sich aus der Bucht bedrohlich ein kahles, schwarzes Bergmassiv. Auf der teils hügeligen, teils flachen Umgebung wuchs hauptsächlich langbüscheliges, braunes Tussockgras, das wellig im stetigen Wind wehte. Für Bäume und Sträucher war das Klima auf der Insel schon immer zu kalt und rau gewesen. Sie hatten die Inseln nie besiedelt. Weiter entfernt erhoben sich hohe und steile, unüberwindliche Gebirge, auf denen sich nicht einmal der Schnee halten konnte. Von Menschen eingeschleppte Ratten- und Rentierpopulationen konnten dank hartnäckiger Naturschützer bis 2020 erfolgreich beseitigt werden. Danach entwickelte sich auf Südgeorgien wieder das ursprüngliche Seevogel-, Pinguin- und Robbenparadies aus der Zeit vor seiner Entdeckung. Nur die Bucht von Grytviken mieden die Meeresbewohner. Dort an Land zu gehen, konnte für sie tödlich enden, was hin und wieder auch geschah. Denn seit wenigen Jahren hatten die übelsten Verbrecher auf Erden die Naturschützer auf Südgeorgien abgelöst. Und für diese Sträflinge war die Insel alles andere, als ein Paradies.

Acht „Restaurants", wie großen Hallen mit neun Essensausgaben ohne Sitzplätze in allen Sprachen verständlich genannt wurden, waren über das hügelige Areal in unterschiedlicher Distanz zum Strand errichtet worden. Zwischen ihnen und um die Kirche herum standen über eingetretene Sandwege verbundene Container und nummerierte Wohnblocks. Fünf kleine Windräder auf einem Hügel lieferten Strom. Erdwärme beheizte die Unterkünfte auf maximal 20°.

In der Kirche befand sich das Lazarett. Die Sitzbänke waren bis auf zwei Reihen im hinteren Langhaus entfernt, die Kanzel und der Hauptaltar mit einem einfachen Holzkreuz ohne den Gefolterten jedoch erhalten. In der Mitte des Chorraums stand ein weiterer Altar, der als Behandlungstisch diente. Die Ambulanz leisteten drei Sanitäter, ein Weißer, ein Schwarzer und ein Asiat, besetzt, wie das Triumvirat, was unter den Sträflingen Eindruck machte. Sie waren nach letzter Zählung für die gesamten 2412 Gefangenen zuständig. Um ihn einzuschleusen, hatte die Planung nicht lange warten müssen. Sein Vorgänger war eines Tages verschwunden, wieso und wohin wurde nicht gefragt oder geklärt. Schließlich hatte sich die „Selbstverwaltung" gerührt und einen weißen Sanitäter angefordert. Da sollte alles seine Ordnung haben, war die Begründung gewesen.

Als er die Kirche betrat und sich bei seinen beiden zukünftigen „Kollegen" vorstellte, griff der Asiat, ein Koreaner, wie er später erfuhr, in seine Hosentasche und warf ihm wortlos einen Schlüssel zu. Er fing ihn aus der Luft und hielt ihn fragend hoch.

„The container in front", antwortete der Schwarze und zeigte auf die Eingangspforte, während er einen Kopf verband. So begann sein Dienst.

Sein mit muffigen Faserpaneelen schlecht isolierter Wohncontainer hatte Meerblick und stand vor der Kirche: ein Doppelstockbett, ein Tisch unter dem Fenster, vor dem die schmutzige Kordel eines Rollos hing, zwei Stühle, ein Wandregal, ein Schrank und eine abgetrennte Nasszelle, alles völlig verdreckt. Zwei Tage bemühte er sich, ihn einigermaßen zu säubern und sich einzurichten. Nur ein einsamer Pschyrembel, sein medizinisches Nachschlagewerk und einziger persönlicher Gegenstand, den er in sein Bündel hatte schnüren dürfen, lag auf dem Regal. Er bewohnte den Container allein, ein Privileg, und hoffte, dass es so bleiben würde. Seine „Kollegen" teilten sich einen hinter der Kirche. Dass sie nicht in seinen mit der besseren Aussicht umgezogen waren, erklärte er sich mit dem verkommenen Zustand, in dem er ihn vorgefunden hatte. Sie wollten sich wahrscheinlich die nötige, massive Reinigungsaktion ersparen und pfiffen auf den Meerblick. Neben diesen Containern, die aus den Anfängen der Strafkolonie stammten, gab es hauptsächlich dreistöckige Wohnblocks mit Außentreppen und Laubengängen für dreißig Zwei- bis Vierpersoneneinheiten. Die Blockcontainer waren besser isoliert, moderner eingerichtet und deshalb gefragter.

Gesprochen wurde Englisch. Wer es nicht konnte, war dumm dran und lernte besser schnell dazu, denn laute Unterhaltungen in anderen Sprachen führten schnell zu unnötigem Misstrauen und Streitereien.

Nach drei Wochen begann er sich langsam mit seiner Lage zu arrangieren, auch wenn es unmöglich war, sich an sie zu gewöhnen. Wortkarg hatten ihn seine „Kollegen" eingewiesen und ihn schließlich akzeptiert. Sie wurden nicht freundlich und blieben ihm gegenüber distanziert, waren aber nicht mehr feindlich, wie zu Beginn.

Alle auf Südgeorgien Lebenden waren Verurteilte. Offiziell warf man ihm organisierten Medikamenten- und Drogenhandel mit Todesfolge vor. Hier spritzte er mit wenigen Ausnahmen in der Regel Kochsalzlösung. Es gab kaum etwas anderes. Die Südgeorgier mussten zur Selbstheilung fähig sein. Alles was man ihnen gönnte, war ein guter Placeboeffekt. Wem das nicht reichte, hatte Pech gehabt. Immerhin gab es wirksames Verbandsmaterial und Salben, womit er die stumpfen und spitzen Verletzungen Verprügelter behandeln konnte, die täglich in die Kirche kamen. Stationäre Patienten waren die seltene Ausnahme. Es gab acht Betten in der Sakristei. Aber wer dort landete, war in kritischem Zustand. Schwerkranke wurden dann in der Regel am Pier abgelegt und vom Versorgungsschiff nach gründlicher Visite mitgenommen. Es hatte Fluchtversuche gegeben.

Mit Ausnahme seiner beiden „Kollegen", interessierte sich eigentlich keiner für ihn, sondern nur dafür, wie die Behandlung wirkte. Dennoch musste er außerhalb der Kirche ständig auf der Hut sein, nicht an einen unzufriedenen Patienten zu geraten, der ihm eine böswillig schlechte Behandlung vorwerfen wollte. So vergingen die Wochen gleichförmig, wenn auch unter fortwährender Anspannung, mit täglich einigen Verletzten, deren gelegentlich aggressives Auftreten er mit schmerzender Desinfektion und spitzen Metallklammern begegnete. Es beruhigte sie in der Regel, da sie sich nun gut versorgt fühlten, je schmerzhafter, desto besser. Er redete nicht viel und wartete ab, ob sich eine zu errettende Seele ins Gotteshaus verirren und sich zu erkennen geben würde. Das war ja eigentlich sein Job. Aber da passierte nichts.

Dann schaute das Triumvirat vorbei. Nach kurzer Unterredung mit seinen „Kollegen" verschwanden sie wieder. Ihn hatten sie mehr oder weniger ignoriert. Danach fehlte das wenige an Desinfektionsmittel, was noch vorhanden gewesen war. Aber er wusste, worum es ging.

Im Gegensatz zur Kennzeichnung war der Alkohol nicht vergällt. Ein „Bots" genanntes Wasser-Alkoholgemisch mit 25% vol in 0,2 Liter Plastikflaschen, in denen Kochsalzlösung geliefert wurde, hatte auf Südgeorgien die Funktion einer Währung. Dieses „Geld" wurde von offizieller Seite toleriert. Ziel war der zweifelhafte Versuch, die Strukturierung und Stabilisierung der Sozialbeziehungen zu verbessern, da der Tausch mit Tätigkeiten und Verpflichtungen einherging. Letztlich führte es jedoch zu weiteren Problemen, die sich immer mit Besitz und der Akkumulation von Werten sowie Alkohol ergaben.

Verwaltet wurde diese Währung ausschließlich durch das Triumvirat, das nach der Herstellung die Einheiten verteilte, zunächst an die Kalfaktoren als Bezahlung für ihre Loyalität, aber auch als Bonus an die in der Infrastruktur der Kolonie arbeitenden Gefangenen. Besonders die für Fäkalien, Abwasser und Müll Beauftragten bekamen eine „Bezahlung", da sich diese Dienste nur so langfristig besetzen und einigermaßen erledigen ließen. Geleerte Fläschchen wurden lange recycelt. Gehandelt wurden Nahrung und Dienstleistungen jeglicher Art. Schnell war von der Lagerverwaltung entschieden worden, den Alkohol unvergällt zu lassen, denn die flüssige Währung hatte sich rasch verbreitet und giftig, wie sie zunächst war, zu Erkrankungen und neuen Konflikten geführt.

Am nächsten Tag holte er dann auf Anweisung seiner „Kollegen", denen gegenüber er zunächst den Ahnungslosen spielte, unter offensichtlicher Bewachung und Mithilfe durch Schergen des Triumvirats an der Mole fünf Kartons mit einhundert 0,2 Liter Plastikfläschchen Kochsalzlösung sowie vier Kanister Alkohol ab, die 100 Liter Monatsration. Sie war die gefährliche Berührungsstelle zwischen seinem Job in der Kirche und der tödlichen Kriminalität auf der Insel. An den Alkohol wollten alle ran. Wahrscheinlich hatte sich sein Vorgänger da falsch verhalten oder war dazu gezwungen worden, was aber in beiden Fällen auf das Gleiche hinausgelaufen war. Das durfte ihm nicht passieren, wenn er überleben wollte.

Die Verpflegung kam jeden Tag von der Kommandofähre, auf der vier Großküchen installiert waren, mit einem Versorgungsschiff in Wärmebehältern auf die Insel und wurde dann auf die „Restaurants" verteilt, wo sich die Häftlinge die Mahlzeiten in ihren Henkelmännern abholten. Bevor jeder seine Portion bekam, wurde er mit einem fluoreszierenden Stift auf dem rechten Handrücken markiert, morgens gelb, mittags grün und abends rot. Der Effekt verschwand dann mit der Zersetzung der Eiweiße in der Haut während einiger Stunden. Es war praktisch unmöglich, sich einen

Nachschlag zu holen. Gegessen wurde in den Containern. Morgens gab es vier Scheiben Brot mit je vier Scheiben Fleischwurst und Prozesskäse, mittags eine Fruchtsuppe mit vier Scheiben Zwieback und einem Apfel und abends einen Eintopf oder eine Suppe, abwechselnd auf Kartoffel-, Reis- oder Nudelbasis. Die Jobs an den Essensausgaben waren sehr begehrt, weil immer etwas übrig blieb, bargen aber auch jede Menge Konfliktstoff und waren deshalb gefährlich. Zwar wurden sie einen Monat im Voraus von der Lagerverwaltung neu und namentlich vergeben, ließen sich aber handeln, worüber es oft zu Streit zwischen Häftlingen kam, der in der Regel dann blutig endete.

Es gab kein Radio, Fernsehen oder Kino. Spielesammlungen, Sportbälle und Bücher lagerten in Kammern in den „Restaurants", wo sie ausgeliehen werden konnten. Zwei steinige, lange verschneite Spielfelder ohne Tore oder Körbe standen zur Verfügung, wurden aber selten genutzt. Krafttraining war beliebt, das mit einfachsten Mitteln wie Steinen und Wasserbehältern stattfand. Einige machten Ausflüge ins Inselinnere, kamen aber abends meist zurück. Andere gingen mit selbstgebastelten, steinzeitlichen Jagdwaffen auf offiziell verbotene Robbenjagd, was gar nicht so selten vorkam. Einige Metzger brachten es fertig, aus dem schwarzen Fleisch, Kräutern der Insel und Meersalz luftgetrocknete Würste herzustellen, die einigermaßen essbar waren. Bestraft wurden solche Vergehen selten, auch wenn nichts verborgen blieb, da Satelliten, Kameras und gelegentlich Drohnen alles und jeden beobachteten. Wenige Wagemutige hatten versucht zu fliehen und ihre nutzlose Neugier und Hoffnung zwei oder drei Tage überlebt, bevor sie es in die Siedlung zurückschafften. Andere blieben verschollen. Nur extreme Verstöße gegen die Ordnung wurden kollektiv mit Nahrungsentzug bestraft, wozu es aber bisher selten gekommen war. Die meisten Sträflinge waren längst in die dumpfe Antriebslosigkeit von Ausgestoßenen gefallen. Sie vegetierten nur von Mahlzeit zu Mahlzeit dahin und versuchten, Konflikten aus dem Wege zu gehen. Von etlichen Toten nahm man an, dass sie Selbstmord begangen hatten. Das Gräberfeld befand sich unweit der Küste der Bucht neben dem alten Friedhof von Grytviken fünfhundert Meter entfernt in einer großen Senke. Dort wurden die Leichen in Hanfsäcken verscharrt. Die Zustände waren zutiefst menschenunwürdig und widersprachen jedem humanen Strafvollzug. Aber es ging hier auch gar nicht mehr um Resozialisierung. Wer hier war, hatte ein tödliches Lebenslänglich. Schon bald bemerkte er, wie auch ihn der allgegenwärtige Hass auf die da draußen auf den Schiffen berührte, auch wenn das Inseldasein ihn nicht so hart traf wie die anderen und er natürlich wusste, dass er nach einiger Zeit abgelöst werden sollte.

Nach drei Monaten seines Aufenthalts, den er relativ unbehelligt, bis auf einige Attacken mit Worten und Ellenbogen im „Restaurant", überlebt hatte, war er in der Einöde dieser kalten Abgeschiedenheit drauf und dran zu vergessen, dass diese Sträflinge die Feinde einer neuen Weltordnung waren, die sich noch immer gegen den Widerstand reaktionärer und krimineller Individuen global zu etablieren bemühte. Er versank im menschlichen Elend, das ihn umgab und war schließlich empört über die Ausweglosigkeit aus diesem zur Hölle gewordenen Dasein. Es erinnerte ihn an die Berichte aus den deutschen KZs der Nazizeit, nur dass es hier keine Aufseher gab, sondern nur Lagerkalfaktoren, die die Hierarchie der Gewalt beherrschten und brutal ausnutzten. Der einzig fassbare Feind der Sträflinge war ihresgleichen.

Mittlerweile kannte man ihn. Obwohl er an der Quelle der Alkoholwährung arbeitete, ließ man ihn in Ruhe. Er gab sich sehr zugeknöpft und verhinderte damit, angesprochen und in irgendwelche Händel hineingezogen zu werden. Außerdem konnte er mit einem gewissen Schutz durch die obersten Bosse rechnen, die den verlässlichen Sanitäter, als der er sich erwiesen hatte, akzeptierten.

So hatte er in dieser auf Brutalität basierenden Sozialstruktur einen Platz zugewiesen bekommen, der ein wenig außerhalb der Gewalt stand. Zumindest in dem Punkt hatte der Plan seiner verdeckten Infiltrierung geklappt und er konnte relativ sicher Ausschau nach zu Unrecht Inhaftierten halten, auch wenn er daran zweifelte, je fündig zu werden.

Kälte und Wind hatten zugenommen. Das braune Tussockgras war im Schnee verschwunden. Nur selten stiegen die Temperaturen über Null. Unter grauen, tief fliehenden Wolken lag Grytviken eingefroren am aufgebrachten, schmutzigen Meer, dessen braune Gischt unablässig auf den Strand schlug. Einige blieben jetzt abends in den „Restaurants" und leerten dort im Stehen ihre Henkelmänner, solange das Essen noch warm war. Laute, grobe Unterhaltung lag über der Menge, die sich im üblen Geruch von Großküchenfraß und kaltem Schweiß zusammendrängte. Die ihren Eintopf gegen „Bots" verkaufen wollten, drückten sich vor dem geöffneten Schiebetor am Eingang herum, oft abgemagerte, kranke Alkoholiker, mit einer Plastikflasche in der einen Hand und dem Henkelmann zum Tausch, voll gegen leer, in der anderen. Die Bosse waren nie anwesend. Sie ließen sich ihre Mahlzeiten bringen. Er löffelte manchmal, den Auftrag im Kopf, sein Essen zwischen den Männern im „Restaurant", wurde aber meist ignoriert. Wenn ihn einer aggressiv anging, was immer passieren konnte, ein zu langer Blick reichte aus, mischte sich gleich ein Sträfling ein. Es gab da eine gewisse Solidarität ihm und auch dem Schläger gegenüber, da ein Konflikt mit diesem älteren, geduldigen Sanitäter, dessen relativ gelassenes, aber unauffälliges Benehmen wohl auf einige provozierend wirkte, unangebracht schwere Folgen haben konnte. Es war diese Entdeckung, die ihm ein wenig Mut machte. Dieser Anflug von Verstand zeigte doch, dass nicht alle Hirne sozial völlig verödet waren und sich ein Rest von Menschlichkeit erhalten hatte oder sich sogar wieder zu entwickeln schien. Aber was er damit anfangen konnte, war ihm völlig unklar. In dieser feindlichen Umwelt eine Brücke zu einer Person zu schlagen, die zumindest ein wenig von Vertrauen getragen sein müsste, erschien ihm völlig unmöglich. Immer klarer wurde, dass ihm diese Aufgabe in totaler Unkenntnis der Zustände in der Strafkolonie gestellt worden war. Sechs Monate sollte er bleiben und hatte in drei davon noch nichts erreicht.

3

Seit dem frühen Morgen herrschte ein starker Schneesturm, der die Bewohner von Grytviken in ihre Behausungen gejagt hatte.

Er war allein in der vom Wind umheulten Kirche und sortierte Material im Chorraum, als sich der Sträfling langsam durch die nur wenig geöffnete Portalpforte in das Langhaus schob. Die langsame, vorsichtige Art, wie sich der Mann auf ihn zubewegte, zeigte, dass er nur unter Schmerzen laufen konnte. Seine Sträflingskleidung war alt und zerlumpt und verriet, dass er in der Hackordnung seines Umfelds ganz unten stand.

Er unterdrückte den Impuls, dem Verletzten entgegen zu gehen, um ihm zu helfen. Allein, ohne seine „Kollegen", war er einem Angriff nicht gewachsen, falls sich hier ein Überfall anbahnen sollte. Er hatte von blutigen Diebstählen gehört, die auf diese Weise ausgeführt worden waren. Immerhin gab es auf der Krankenstation einen lohnenden Alkoholvorrat. Falls der Dieb dabei allerdings erwischt und erkannt würde, konnten die Folgen schwerwiegend bis tödlich sein. Das Triumvirat und seine Schergen waren die Alkoholbank und wer sich da einmischte, hatte in der Regel auf Südgeorgien ausgespielt. Also wartete er ab, bis sich der Verletzte unter Stöhnen allein zu ihm herangeschleppt hatte, sich schließlich auf dem freistehenden Altar, den eine Matte zum Untersuchungstisch umfunktionierte, abstützte und ihn aus fiebrigen Augen anstarrte. Er war noch jung, um die Dreißig, schätzte er und hatte unter Schmutz und einigen Verletzungen ein ebenmäßiges, fast weibliches Gesicht. Er musste einmal ein hübscher Mann gewesen sein. Und irgendwie kam er ihm bekannt vor.

„Help me", flüsterte er mit jugendlicher Stimme und legte seinen Oberkörper auf dem Altar ab. Den Kopf ließ er angehoben und schaute dabei geradeaus.

„Let me see your hands." Die Behandlung begann mit der Untersuchung auf Waffen. In letzter Zeit waren vermehrt selbstgefertigte Messer aus Stein oder Metallteilen von den Containern aufgetaucht. Langsam schob der Liegende seine Arme unter dem Oberkörper vor auf den Altar und drehte dabei die schmalen Hände auf.

Er klopfte den Anorak mit den Ärmeln beginnend ab und überprüfte dann die Hosenbeine, fand aber nichts. Dann erinnerte er sich, wo er ihn schon einmal gesehen hatte. Er gehörte zu den neuen Häftlingen, mit denen er auf die Insel gekommen war.

„So, what's the problem?" Seine Stirn war heiß. Er hatte Fieber.

„My crotch hurts."

Unterleibsbeschwerden waren nicht selten. Meistens hatten sich die Sträflinge Blasen- oder Niereninfektionen aufgrund mangelnder Hygiene oder durch Unterkühlung zugezogen oder die Schmerzen kamen vom Darm. Da konnten extreme Verdauungsstörungen aber auch Analverkehr oder Vergewaltigungen Gründe für die Probleme sein. Hier, bei diesem jungen, zarten Mann und der Art und Weise, wie er die Kirche betreten und sich bewegt hatte, vermutete er gleich letzteres.

„The guts?"

„Yes."

„Problems with digestion?"

„No."

„Sexual intercourse?"

„Yes, raped."

„Oh. Okay, let me have a look."

Der junge Mann zog unter Stöhnen den Anorak aus, öffnete die Bänder, die Gürtel und Gummi ersetzten und ließ Hose und Unterhose fallen. Dann legte er seinen Oberkörper auf dem Altar ab. Der Anblick, verschlug ihm den Atem. Der Analbereich war blutig verwüstet. Da hatten sich wohl einige Männer über einen längeren Zeitraum hinweg brutal ausgelassen. Was ihn aber weit mehr erschreckte war die Tatsache, dass es sich hier gar nicht um einen Mann im üblichen Sinne handelte, sondern um einen Transsexuellen, dessen operative Umgestaltung bereits den Scheidenverschluss durch eine Kolpektomie sowie den Aufbau eines Klitorispenoids aufwies. Wie, um alles in der Welt, hatten sie diesen Mann, denn das war er nun, auf diese Insel schicken und ihn damit unweigerlich den Vergewaltigungen der permanent sexuell ausgehungerten Meute ausliefern können? War es aus Unwissenheit, Fahrlässigkeit oder sogar Absicht passiert?

„Okay, I clean that. Could even hurt a little more. But it's necessary."

Während er ihn wortlos säuberte und mit Salbe und einer Wundkompresse versorgte, fasste er den Entschluss, den so bestialisch Zugerichteten nicht mehr in diese für ihn doppelte Hölle zurückzuschicken, in der er sicher durch den anhaltenden Missbrauch bald an einer Sepsis elendig krepieren würde. Die Sakristei erschien ihm allerdings nicht sicher, zumal es keine Nachtwache gab. Einmal entdeckt, würden sich die Vergewaltiger nicht abhalten lassen, ihn auch dort zu missbrauchen. Seine „Kollegen" waren jetzt unten am Anleger und nahmen die neuen Lieferungen an. Das würde sie bei dem Sturm noch eine Weile beschäftigen. So konnte er ihn zunächst unbemerkt in seinem Container unterbringen und dem Zugriff der Bastarde entziehen. Wie es dann weitergehen würde, bliebe abzuwarten.

„I'll keep you here, at least for some days."

„Thank you", presste der so übel Zugerichtete leise hervor, hörbar dem Weinen nah. „Thank you so much."

Er half ihm beim Anziehen, packte dann einiges an Verbandsmaterial zusammen mit einem Klistier in einen Beutel, griff sich Bettzeug und eine Decke aus dem Wäscheschrank und verließ mit dem Verletzten so schnell es ging die Kirche. Auf dem kurzen Weg zu seinem Container blieben sie im dichten Schneegestöber unbeobachtet, zumindest hatte er den Eindruck, als er ihn aufschloss und sich umblickte. Er konnte niemand in ihrer Nähe entdecken. Alle befanden sich bei dem heftigen Sturm wohl in ihren Containern. Er zog das Rollo vor dem Fenster herunter, packte sein Bettzeug auf das obere Bett und zeigte auf das untere.

„You stay here. Try to sleep. Later we arrange this properly. Where are you from?"

„Germany."

„Gut, ich auch. Du bist hier erst mal sicher, denke ich. Wie heißt du?"

„Aaron."

„Okay, Aaron, leg dich hin und versuch zu schlafen".

„Danke." Mühsam wälzte sich dieses Häuflein menschlichen Elends auf das Bett.

‚Mein Privatpatient', dachte er mit leichter Ironie und warf ihm die Decke über. Berührt von der Menschlichkeit, die sich in seiner Behausung ausbreitete, legte er ihm, mit einem Gefühl, von dem er dachte, dass es ihm bereits abhandengekommen war, die Hand tröstend auf die Stirn.

Er verschloss den Container und ging zurück in die Kirche. Kurz darauf kam die neue Lieferung. Er half beim Auspacken und dachte dabei über den Kranken in seinem Container nach. Seine „Kollegen" einzuweihen, war unmöglich, da er annahm, dass es ihnen ein gewisses Vergnügen bereiten würde, ihm Schwierigkeiten zu machen. Um einschätzen zu können, wie gefährlich seine Einmischung in diesen fürchterlichen Missbrauch war, musste er mehr über ihn erfahren, in welche Sektion er gehörte, wer sein Mitbewohner war und wer hinter den Vergewaltigungen stand. Natürlich gab es Zuhälterei in der Kolonie, aber diese menschenverachtende Behandlung war extrem und hatte sicher etwas damit zu tun, dass es sich hier um einen Transsexuellen handelte, der teuer und rund um die Uhr zu verkaufen war. Da mischte er sich vielleicht in etwas ein, womit die Bosse zu tun hatten. Denen ein Geschäft zu vermasseln, endete wenigstens mit gebrochenen Knochen, auch für ihn. Langsam wurde ihm klar, welche Folgen seine spontane Aktion haben konnte. Und wie lange würde er ihn überhaupt unentdeckt versorgen und ernähren können? Selbst wenn ihm dies bis zur Abheilung der Verletzungen gelänge, wäre es damit für sie beide nicht ausgestanden. Ganz im Gegenteil. Die Bosse unter den Gefangenen dieser Insel wurden zu Tieren, wenn sie sich von anderen Häftlingen hintergangen fühlten. Eigenständigkeit kratzte an der Hierarchie und das war in den meisten Fällen tödlich, auch für einen Sanitäter. Genau das hatte vielleicht sein Vorgänger erfahren müssen.

Am Mittag brachte er seinem neuen Mitbewohner die Sagosuppe und den Apfel und aß selber nur einen Zwieback. Das Fieber war leicht gesunken. Er schien sich schnell zu erholen. Vielleicht reichte seine Verpflegung sogar für beide, hatte er sich überlegt, denn er war schon älter und der andere ein kleiner Mensch. Ihr gemeinsamer Kalorienbedarf entsprach wahrscheinlich nahezu dem eines klotzigen Muskelbergs, von denen es etliche in den Containern gab und die auch mit den Portionen auskommen mussten, die ihnen an der Essensausgabe in die Henkelmänner geschlagen wurden. Zudem hatte er hin und wieder von den Bossen ein „Bot" zugesteckt bekommen und bereits einen kleinen Vorrat angespart, um Essbares bei den Alkis zu kaufen. Notfalls konnte er sich selbst ein Fläschchen mixen, auch wenn es gefährlich war. Dass seine „Kollegen" das taten, war klar, auch wenn sie versuchten, es zu verheimlichen. Sie trauten ihm nicht. Vielleicht fehlte es ihm einfach an krimineller Ausstrahlung. Aber es war ihm recht. Je weniger er mit ihnen zu tun hatte, desto besser. Gerade in der neuen Situation war das von Vorteil.

Trotz aller Bedenken, die ihm mehr und mehr kamen, war er überzeugt, das Richtige zu tun. Endlich gab es einen Grund für seinen Aufenthalt in Grytviken, dem traurigsten Ende der Welt. Er würde diesem jungen Mann helfen, der Hölle zu entkommen.

Am Abend hatte sich der Sturm ein wenig beruhigt. Da er noch nie bei den Alkis eine Extraportion gekauft hatte, unterließ er es auch jetzt. Sollte sich jemand bereits auf die Suche nach dem Vermissten gemacht haben und in den „Restaurants" nachfragen, könnte das schnell zu ihm führen. Ein Sanitäter, der ihn vielleicht, verletzt wie er war, behandelt hat, holt sich erstmalig einen Nachschlag. Sehr verdächtig. Also teilten sie sich den Klumpen „Nudelauflauf" und er bekam die wichtigsten Informationen über seinen neuen Mitbewohner, während sie aßen.

Aaron begann seinen Bericht stockend. Man merkte ihm an, dass er, verstummt durch diese brutale Sklaverei, schon lange nichts Zusammenhängendes mehr gesagt hatte. Er war Arzt und auf plastische Chirurgie und Kryonik spezialisiert, letzteres ein seit langem schwelendes, aber erfolgloses Forschungsfeld, mit dem Ziel, Menschen durch Einfrieren in bessere Zeiten für die Heilung unheilbarer Krankheiten zu versetzen. Es waren die lebenserhaltenden und -verlängernden Maßnahmen, denen sein ganzes medizinisches Interesse stets gegolten hatte. Bis zu seiner Anklage war er in einer bekannten, auf Geschlechtsangleichung spezialisierten Privatklinik angestellt gewesen. Seine eigene „Metamorphose" hatte er bereits während seines Studiums begonnen und sie dann durch einen Arbeitskollegen weiterführen lassen. Vor einem Jahr wurde die Klinik beschuldigt, voreilig und rein finanziell motiviert an vornehmlich jungen Frauen Geschlechtsangleichungen vorgenommen zu haben, in deren Folge es zu Selbsttötungen gekommen sei. In seinem Fall waren die Anschuldigungen besonders extrem, da man ihm auch noch ein persönliches Interesse unterstellte, aus Frauen Männer zu machen, womit er sich gegen die Zeitenwende gestellt hätte. Vorbilder, wie seines, würden junge Mädchen in ihrer pubertären Ablehnung der weiblichen Reifung ihres Körpers zu Maßnahmen greifen lassen, die sie später bereuten und in den Selbstmord trieben. Diese Vorwürfe hatte er nach Meinung des Gerichts nicht ausreichend entkräften können. Über das neue Matriarchat und die Veränderungen, die um die Welt gingen, hatte er sich nie kritisch geäußert, sondern war von Anfang an ein Befürworter der neuen Zeit und ihrer strikt antimilitaristischen Politik gewesen. Ihm ideologische Motive vorzuwerfen, war völlig aus der Luft gegriffen. Dennoch wurde er verurteilt und auf diese Schwerverbrecherinsel verbannt. Man steckte ihn in den Container eines brutalen Kinderhändlers, der auf Malta, begünstigt durch lasche Gesetze, Jahrzehnte lang seine Geschäfte geführt hatte. Schon bald fing der Dreckskerl an, ihn zu missbrauchen und an andere Häftlinge zu vermieten. Sein Einfluss in der Sektion 4 war so groß, dass er ihn permanent überwachen lassen konnte. Zweimal hatte Aaron versucht, zu fliehen, war aber schnell aufgegriffen und gegen Belohnung bei dem Malteser abgeliefert worden. Heute hatte er während des Sturms, als sein Peiniger in der Nasszelle war, unbemerkt den Containerblock verlassen können, um in der Ambulanz Hilfe zu finden. Die Konsequenzen seien ihm egal, die Chancen, der brutalen Bestrafung zu entgehen, gering. Er hätte zurück sein müssen, bevor der Malteser mit seinem oft langandauernden Geschäft fertig gewesen wäre. Seine Erleichterung jedoch, der Qual, wenn auch nur für eine kurze Zeit zu entkommen, sei unbeschreiblich und sein Dank ihm gegenüber unendlich groß, zumal er ja nun auch in Schwierigkeiten geraten könne.

„Natürlich, da hast du recht. Es kann gefährlich werden. Deshalb müssen wir vorsichtig sein", sagte er und legte seine Gabel auf den Tisch. Der Henkelmann war leer. „Aber vielleicht gibt es einen Ausweg." Schweigend schaute er in die fragenden, traurigen Augen seines Gastes. Dann fasste er dessen schmale Hände, stand auf, zog ihn vorsichtig in den Stand und umarmte ihn, zuerst nur leicht, doch dann ein wenig fester, als der die Umarmung kaum spürbar erwiderte, dankbar für diese Art menschlicher Nähe, die es auf Südgeorgien nicht gab.

„Wir werden sehen, wir werden sehen", flüsterte er, löste die Umarmung, ging in die Nasszelle und kam mit einer Zahnbürste in der gehobenen Hand wieder heraus.

„Für Gäste", sagte er und versuchte ein Lächeln.

4

Die Nachricht über den vermissten Häftling aus Sektion 4 machte schnell die Runde. Kurz darauf verschwand auch der Malteser. Seines „Warenangebots" verlustig geworden, hatten sich die Bosse nun einerseits für sein Geschäftsvermögen interessiert und andererseits dafür, ob er mit seinem „Reichtum" eventuell auch den Wunsch nach Macht entwickelt hatte. Der Drang einiger Männer, die Alpha-Positionen in der Kolonie zu erobern, war nicht zu unterdrücken und brach zyklisch aus. Auch wenn sich keine Beweise fanden, dass Aarons Peiniger an Umsturzplänen beteiligt war, endete seine Karriere in der Strafkolonie auf Anweisung von „Oben" mit der Konfiszierung seiner Ersparnisse, 628 Bots, tödlich um Mitternacht in seinem Bett.

Die Ermordung des Maltesers bedeutete, dass dessen Suche sie nicht mehr gefährden würde. Sollten sie aber andere fortsetzen, konnte Aarons Entdeckung für ihn immer noch massive, sogar tödliche Folgen haben. Ob der Notfallalarm in seinem linken Unterarm dann noch helfen würde, war sehr zweifelhaft. Er hatte ihm nie eine wirkliche Sicherheit gegeben, da ihm schnell klar geworden war, dass auf Südgeorgien Beseitigungen unverzüglich und ohne Vorankündigung erfolgten. Für eine Rettungsmaßnahme in einer Gefahrensituation würde die Zeit fehlen. Die Möglichkeit, eine andere Verbindung zur Lagerverwaltung herzustellen hatte er nicht. Und dass man ihn vor Ablauf seines geplanten Inselaufenthalts kontaktieren würde, war nicht vorgesehen. Auch konnte er sich nicht an die Besatzung des Versorgungsschiffes wenden, da sie über ihn aus Gründen der Geheimhaltung keine Informationen hatte. Für sie war er ein Gefangener, wie jeder andere, egal, ob er in der Krankenstation arbeitete, oder nicht. So war die einfachste und wahrscheinlich einzige Option, das Ende seines Einsatzes auf der Insel abzuwarten und mit seiner Ausschiffung Aaron von der Insel mitzunehmen. Das bedeutete, zwei weitere Monate das riskante Versteckspiel durchzuhalten. Es wurde immer klarer, dass er Aaron bald einweihen musste, um ihm mit dieser Perspektive die Hoffnung und Kraft zu geben, die Wartezeit zu überstehen. Es würde sich lohnen, Angst zu haben.

Dann überschlugen sich die Ereignisse. Begonnen hatte es vor einigen Monaten mit einem Kanuri-Nigerianer, einem Tschetschenen und einem Hui-Chinesen, dominante Typen, die einander aufgefallen waren und sich als potentielle Verbündete für eine Machtübernahme anboten. Der Tradition folgend, dass diese nur durch ein die drei ethnischen Gruppen repräsentierendes Dreiergespann möglich war, hatten sie sich vorsichtig einander angenähert und verständigt. In kürzester Zeit rekrutierten sie unentdeckt eine Schlägertruppe für den Umsturz. Ob ihr Pakt dadurch zustande kam, dass alle Drei auf Grund ihrer Herkunft einen muslimischen Hintergrund hatten, lässt sich nur vermuten. Religion spielte auf Südgeorgien eigentlich keine Rolle mehr, hatte sich aber vielleicht zum Aufbau der Unterstützergruppen wieder instrumentalisieren lassen, rasant wie der Putsch verlief. Glaube radikalisiert seit Jahrhunderten perfekt und gibt sinnlosen Existenzen immer wieder einen Sinn. Gemein war den drei Anführern jedoch mit Sicherheit, dass sie in ihrer Vorstellung eine militante Elite vertraten, für die sie Respekt von den anderen verlangten. Tschetschenen waren bekannt für die Brutalität ihrer Mafia und der Soldaten gewesen, die Kanuri für die bestialische Boko Haram, die sich aus ihren Reihen rekrutiert hatte und die Hui-Chinesen für die Ma Clique, drei Familien, die nach der chinesischen Revolution und Beseitigung des letzten Kaisers den Norden regiert und mit der Kuomintang paktiert hatten. Auf sie berief sich der Chinese und konnte damit auf eine erfolgreich militante Geschichte verweisen. Die drei Gruppierungen umfassten knapp einhundert Männer, dunkel- und weißhäutige und Asiaten in ähnlicher Anzahl. Da die Gefahr bestand, durch einen der Rekruten entdeckt zu werden, früher oder später gab es immer Lecks in der Geheimhaltung, entschlossen sich die Anführer, rasch zuzuschlagen.

Der Coup gelang erstaunlich mühelos. Trotz eines sich gerade verbreitenden Gerüchts über einen bevorstehenden Putsch, konnten die drei obersten Bosse inmitten ihrer kleinen Entourage überrumpelt und getötet werden. Sie hatten nicht damit gerechnet, dass sich der Komplott schon so weit entwickelt hatte. Bei den Hilfsbossen war es noch einfacher. Zum Ende der blutigen Nacht gab es an die fünfzig Tote und etliche Überläufer, denen es völlig egal war, wer ihnen ihre Sonderkonditionen einräumte. Nach wenigen Tagen legte sich die Aufregung über den Führungswechsel und schnell nahm für die meisten Kolonisten das müde, erbärmliche und nutzlose Vegetieren zwischen drei Mahlzeiten und

Tag und Nacht wieder seinen Lauf. Das neue Triumvirat zeigte sich schnell in der Öffentlichkeit und erschien dann auch in der Kirche. Er klammerte gerade eine Schnittwunde an einem Oberschenkel. Seine „Kollegen" hatten sich verdrückt.

Gefolgt von zwanzig Wächtern, standen die neuen Herrscher der Insel im Langhaus und schauten sich um. Ihn ignorierend inspizierten sie Chorraum und Sakristei und bestiegen schließlich die enge Kanzel, auf der sie kaum Platz fanden. Es wirkte ein wenig lächerlich, wie sich der Tschetschene und der Nigerianer hinter dem Chinesen auf die enge Empore drängelten. Er hatte sie während ihres provokanten Rundgangs aus den Augenwinkeln beobachtet.

„Okay, sagte der Chinese laut und wandte sich ihm von oben herab zu. „We need the church. The ambulance including the three of you, will move to one of the blocks."

„Oh", verblüfft unterbrach er die Wundversorgung des Oberschenkels und schaute auf. „That means we have to leave the containers too?"

„Exactly."

„Well, surprise, surprise", er versuchte locker zu reagieren, „and when should that happen? I mean …"

„Soon, you'll get a message", fiel ihm der Chinese harsch ins Wort und stieg von der Kanzel. „When is the next delivery of booze to come?" fragte er auf der Treppe, gefolgt vom Tschetschenen und dem Nigerianer.

„Monday next week", sagte er, bekam danach aber keine Beachtung mehr. Sie interessierte nur der Alkohol.

Unten angekommen, schauten sich die drei Bosse noch einmal um und wandten sich dann ab, um zu gehen

„Okay, and what will happen here?", fragte er ein wenig lauter nach, nur noch mühsam seine Verärgerung über diesen kurzen, unkommentierten Befehl der neuen Inselbosse verbergend, deren Ton eindeutig schärfer war, als der ihrer Vorgänger.

„It's not your business, man", knurrte ihn der Nigerianer aggressiv belehrend über die Schulter an und verließ mit den beiden anderen Triumvirn die Kirche, gefolgt von der Schlägertruppe, die sich geräuschvoll anschloss. Kopfschüttelnd sicherte er den Verband am Oberschenkel mit zwei Klebestreifen und schlug dann dem Versorgten auf die Schulter. Der stieg umständlich in seine Hose und humpelte kurz darauf wortlos aus der Kirche.

Wieder allein überdachte er die Folgen dieser Anordnung, mit der die neuen Bosse wahrscheinlich einen weithin sichtbaren, repräsentativen Ort der Herrschaft über die Kolonie besetzen wollten, eine Art Regierungsgebäude mit Turm, ein Versammlungsraum mit Tradition für die neuen Könige, um ihre Herrschaft zu festigen. Aaron und er mussten mit einer sich verstärkenden Gefahr, entdeckt zu werden, rechnen, nicht nur während des Umzugs, sondern auch in den hellhörigen Wohnblocks selbst. Und das Ganze sollte bald passieren. Ihre Lage wurde kritisch.

‚Wie darauf reagieren', fragte er sich, ‚einfach abwarten oder vorher aktiv werden, und wenn, wie? Vielleicht ist es jetzt doch an der Zeit, den Notausstieg zu wählen?' Er umfasste sein linkes Handgelenk. Dann drückten sich seine beiden „Kollegen" mit vorsichtigem Rundumblick ins Langhaus, sichtlich zufrieden, den Bossen nicht begegnet zu sein. Er klärte sie über die neue Anordnung auf. Aber sie nickten nur und waren nicht weiter erstaunt.

‚Die wussten Bescheid ohne mir was zu sagen. Wollten mich feige vorschieben. Und es hat geklappt. Hab' auch noch das Maul aufgemacht. Egal …', dachte er und verließ wortlos die Kirche. Er musste die Situation mit Aaron besprechen. Es wurde Zeit aufzuklären, wer er eigentlich war und was er auf der Insel machte. Das hatte er immer wieder verschoben. Und vor ihnen lagen noch sechs Wochen, bis sich das Tor zur Freiheit öffnen sollte, wenn nichts mehr dazwischenkam.

Aaron saß auf der Bettkante und schaute ihn ungläubig an. Er hatte dem Bericht schweigend mit steigendem Herzschlag zugehört und fand im Wirrwarr von Verblüffung, Hoffnung, Freude und Furcht keine Worte. Das Schicksal hatte ihn auf dieser Horrorinsel in die Arme eines Mannes geworfen, der ihm zur Flucht verhelfen konnte und wollte. Es gab eine reale Aussicht auf Rettung, wenngleich mit dem Umzug der Ambulanz ein gefährliches Hindernis den Weg in die Freiheit verstellte, das nur mit größter Vorsicht, wenn überhaupt, zu überwinden war. Alles kam darauf an, wieviel Zeit ihnen noch blieb, bevor man sie aus dem Container verjagen, ihn entdecken und sie schwer bestrafen oder sogar töten würde. Sicher ließen sich die neuen Bosse diese Gelegenheit, brutale Stärke zu demonstrieren, nicht entgehen. Angst war das Mittel zum Machterhalt in dieser Männergesellschaft, in der hemmungslose Gewalt die Sozialbeziehungen regelte. Sie erinnerte ihn an die blindwütigen, hormongesteuerten Machtkämpfe der Paschas im Tierreich. Nur hier fehlten die Weibchen, um die es in der Wildnis Löwen, Hirschen, Giraffen oder Affen auf Gedeih und Verderb zur Weitergabe ihrer Gene während der Paarungszeit geht. Der verrohte Mensch, aller Moral verlustig zum Raubtier geschrumpft, ist immer kriegslüstern und jederzeit bereit, seinesgleichen zu seinem Vorteil zu beseitigen, wenn sich ihm die Mittel bieten. Krieg kannte auf Südgeorgien keine Saison und Frieden gab es nicht.

Sie hatten zwei Optionen. Entweder Aaron und er warteten den Räumungstermin ab und schafften es dann, unauffällig in das neue Quartier umzuziehen und das Ende des Einsatzes abzuwarten, oder er würde das Notsignal aktivieren, das sie dann beide wie geplant per Hubschrauber retten sollte. Eine erfolgreiche Luftevakuierung hätte außerdem den großen Vorteil, dass sich das bislang ungelöste Problem, Aaron mit auf das Schiff zu bringen, nicht stellen würde. Deshalb favorisierte er eigentlich die zweite Möglichkeit, die Insel zu verlassen. Aber auch da konnte es zu erheblichen Komplikationen kommen. Ein anfliegender Hubschrauber würde nicht unentdeckt bleiben und schnell die Bosse alarmieren. Gelandet werden konnte in Grytviken nur am Strand. Dort würde es sicherlich zu einem Auflauf von Häftlingen kommen, unter denen es vielleicht einige gab, die Aaron im letzten Moment erkennen und zu ihrem Vorteil ergreifen würden. Außerdem bestand die Gefahr, dass der Hubschrauber gestürmt würde, da nicht auszuschließen war, dass die Gefangenen in ihm eine Fluchtmöglichkeit sahen. Also wären sie nur sicher, wenn sie den Hubschrauber außerhalb des Orts in einiger Entfernung besteigen könnten. Neben dem abseits gelegenen, alten Friedhof von Grytviken, der von den Häftlingen gemieden wurde, gab es diese Landemöglichkeit, um dem spontanen Zugriff des Mobs zu entgehen. Natürlich bestand die Möglichkeit, dass das Notsignal nicht gesendet, über GPS nicht eindeutig erfasst oder überhört und Aaron auf ihrer Flucht entdeckt werden würde. Die Risiken blieben. Unentschlossen legten sie sich schließlich in ihre Betten, um die Entscheidung eine Nacht zu überschlafen.

Aaron lag lange wach. Zwar konnte er an Rettung denken, mit der aber auch zu viele Zweifel verknüpft waren, um ihn zu beruhigen. Nur eines war ihm klar geworden: Jetzt, wo die reale Hoffnung bestand, der Hölle Südgeorgiens zu entkommen, wollte er auch überleben. Seine Heilung hatte gute Fortschritte gemacht. Die Schmerzen hielten sich in Grenzen. Bald würde er vollständig genesen sein. Der neue Lebensmut, der ihn ergriff, war begleitet von einem Schimmer Glück, das er empfand, wenn er an den Mann dachte, den er über sich bald ruhig atmen hörte. Nach den entsetzlichen Vergewaltigungen der letzten Monate, schien ihm jeglicher Gedanke an Zuneigung einem Mann gegenüber für immer erloschen zu sein. Doch mit der Zeit, der Dankbarkeit und

Nähe zu seinem Retter hatten sich seine Gefühle verändert. Er begann ihn mehr und mehr zu mögen, so wie er als Frau Männer vor seiner Transformation gemocht hatte. Gern wäre er ihm jetzt nah gewesen. Mit diesem Anflug einer leisen Sehnsucht schlief auch er ein. Dann weckte sie ein lautes Hämmern an der Containerwand.

„You move today. Come to the church", rief draußen jemand laut mit grober Stimme und rüttelte am Türknauf. „You hear me?"

„What the hell ... yes," antwortete er heiser und richtete sich im oberen Doppelstockbett auf. „One moment." Ächzend kletterte er im Dunkeln rückwärts in den Stand. Es musste noch recht früh sein. Er machte Licht. Im Schein der trüben Deckenlampe schauten sie sich an und nickten. Die Aktion war geprobt und die einzige Möglichkeit, jemanden zu verstecken, sollte jemand „zu Besuch" kommen: Bettdecke auf den Boden, ihn einrollen, unter das Bett schieben, Schmutzwäsche und Handtücher über Kopf und Füße drapieren und hoffen, dass keiner genau hinschaute. Dann zog er sich hastig an und öffnete vorsichtig die Tür. Es wehte ein steifer Wind. Der lauthalse Wecker stand einige Meter entfernt und hatte ihm den Rücken zugewandt. Erleichtert schlüpfte er schnell aus dem Container, zog vorsichtig die Tür zu, schloss ab und näherte sich dem Wartenden leise von hinten. Im Vorbeigehen sagte er laut ein „Okay" und ging schnell auf die Kirche zu. Nur weg vom Container.

„Bastard", rief der Mann hinter ihm. Er hatte sich wohl erschreckt.

Die Kirche war leer. Seine „Kollegen" ließen sich offensichtlich Zeit. Er ging zum Altar und lehnte sich gegen ihn. Sein farbiger Begleiter setzte sich ins Gestühl am Eingang. Beide schwiegen. Nach kurzer Zeit drückten sich dann die zwei anderen Geweckten mit Begleitung verschlafen durch die Eingangspforte ins Kirchenschiff.

„Follow me", knurrte der unwillige Frühdienst, stand auf und

verließ die Kirche. Er stieß sich vom Altar ab und holte die vier
zehn Meter von der Kirche entfernt wieder ein. Sie steuerten auf
einen Containerblock zu, der vor ihrem „Restaurant" stand.

„Two at the bottom, one for treatment, one for storage, two first
floor for you." Er zeigte auf vier Container an der rechten Ecke des
Blocks. „After breakfast you move. You got it?"

Sie maulten ihr „Yeah".

„The keys." Der Scherge drückte ihm vier Schlüssel in die Hand
und verschwand im Zwielicht des Tagesanbruchs zwischen den
Behausungen des Lagers, in denen langsam die Lichter angingen.
Es war kurz vor sieben. Bald würde das Schiff das Frühstück bringen und der Tag, wie jeder Tag, mit schlurfenden Schlagen muffig
stinkender, extrem schlechtgelaunter oder aggressiver Gefangener
vor den Essensausgaben beginnen.

Er ging auf die unteren Container zu, gefolgt von seinen „Kollegen" und probierte die Schlüssel aus, bis er aufschließen konnte.
Sie waren beide leer.

„The right one for the storage, what you think?", fragt er nach.

„Sure", brummte der Dunklere von beiden, ein Bantu, der auf
seinen Namen, er hieß Naledi, sehr stolz war. Er bedeutete ‚Aufleuchtender Stern' .

„And we need some furniture", fügte der Koreaner an. Seinen
Namen hatte er nicht erwähnt.

„And upstairs?", fragte er sie. „What you want? Right or left?"

„Left", antworteten sie unisono. Der Container war ohne lange
Außenwand wärmer, als der rechte. Jeder wusste das.

„Okay, fine with me", sagte er und stieg vor den anderen Beiden
die Außentreppe zum Laubengang hoch. Er fand den Schlüssel für
seinen Container auf Anhieb und drückte den anderen Naledi in
die Hand, der hinter ihm stand. „I keep the keys for downstairs?"
Der Koreaner schaute ihn ein wenig aufgebracht an. Ihm gefiel
nicht, dass sein Roommate den Schlüssel bekommen hatte. Er war

offensichtlich der Dominante. „But we need another set. I ask for that. Okay?" Er nickte. „Good, so see you at nine in the church."

Er betrat den Container mit der Nummer 311, die über der Eingangstür grau verblasste. Ein Gemisch aus Uringestank, Schweiß und stockiger Fäulnis schlug ihm entgegen.

„Pooh, that needs airing", rief er laut, so dass seine Nachbarn, die geräuschvoll in ihrer neuen Zelle herumrumorten, es hören konnten und informiert waren. In jedem Fall war es besser, dass sie wussten, dass es auch bei ihm stank. Er sperrte die Tür weit auf, blockierte sie mit einem der beiden Stühle, öffnete und sicherte das Fenster daneben und auch das in der Nasszelle mit einem Haken, spülte die Siphons von Klo und Waschbecken und stellte die Matratzen vor das Etagenbett in den kräftigen Durchzug. Nachdenklich betrachtete er die neue, völlig verdreckte Behausung mit einem Rundumblick. Wahrscheinlich gehörten ihre ehemaligen Bewohner zur Truppe des alten Triumvirats und lagen jetzt angefroren auf dem Schindacker. Jedenfalls gab es ein wenig mehr Platz in der Kolonie, was die neuen Bosse vielleicht erst auf die Idee mit dem Umzug gebracht hatte, auch wenn die Anzahl der Toten insgesamt nicht so sehr ins Gewicht fiel, weder bei den Unterkünften, es hatte schon einige Zeit keine Neuen gegeben, noch bei den Essensrationen. Tote wurden nur einmal im Jahr registriert und in die Berechnungen einbezogen, auch wenn die Kolonieverwaltung über den aktuellen Putsch und die Dezimierung der Häftlinge durch Kameras und Satellitenaufnahmen informiert war. Es war die abgesegnete Politik, Südgeorgien im eigenen Saft schmoren zu lassen, bis der Topf anbrannte oder überlief oder explodierte. Das machen Männer miteinander, wenn man sie sich selbst überlässt, war das allgemein akzeptierte Urteil über die Zustände auf der Insel, die man so extrem nicht erwartet hatte, aber gegen die vorzugehen es auch kein Konzept mehr gab.

Die Zelle dem Durchzug überlassend, der an dem verdreckten

Duschvorhang zerrte, stellte er sich für das Frühstück an. Als er das „Restaurant" nach zehn Minuten verließ, hatte der Wind stark zugenommen. Ein heftiger Sturm würde kommen, hieß es und er beeilte sich, die Lüftung der neuen Behausung, die um die Ecke lag, wieder zu beenden. Er schaffte es noch gerade, mit dem einsetzenden Schneeregen alles wieder zu verschließen und erreichte seinen alten Container, als der Sturm über Grytviken mit Orkanböen und lautem Graupelprasseln auf den Blechdächern losbrach. Es war die Gelegenheit für Aaron, möglichst unbemerkt umzuziehen. In eine Regenplane eingehüllt, machte er sich auf den kurzen Weg zu No. 311, auf dem er nur einem Häftling begegnete, der mit seinem Henkelmann unterwegs war. Unbehelligt erreichte er den gesuchten Containerblock, stieg die Eisentreppe hoch und ließ sich in die neue Unterkunft ein, in der ihm gleich der üble Geruch menschlicher Verwahrlosung entgegenschlug. Er hatte sich trotz der Lüftung zäh gehalten. Wie abgesprochen, versteckte er sich hinter dem stockig vergammelten Duschvorhang in der Nass-zelle, die einzige Möglichkeit, von einem Besucher nicht gleich ent-deckt zu werden. Aber es war sehr unwahrscheinlich, dass über-haupt jemand vor der Zelle auftauchen würde. Unerwartet pro-blemlos war ihnen der erste und gefährlichste Teil des Umzugs geglückt.

5

Das verabredete Ende seines Inselaufenthaltes war gekommen. Aaron und er hatten die letzten Wochen unentdeckt überstanden. Seine „Kollegen" waren auf Distanz geblieben und bis auf zwei nächtliche Einsätze nach Schlägereien, zu denen er gerufen wurde, blieben sie unbehelligt.

Der Aufruhr durch den „Regierungswechsel", von dem sie

anfänglich ein wenig profitierten, da er die Aufmerksamkeit der Kolonisten band, hatte sich bald gelegt. Die neuen Bosse residierten nun tagsüber in der Kirche. Zudem hatten sie alle Container, die zwischen ihrem neuen Amtssitz und dem Anleger lagen, konfisziert und mit ihren Garden bezogen, wodurch sie die Lieferungen von den Schiffen auf die Insel besser kontrollieren und alle Sträflinge, die nicht mit der Versorgung der Kolonie befasst waren, fern halten konnten. Wahrscheinlich erhofften sie sich zudem, mit der Besetzung und Bewachung dieses einhundertfünfzig Meter langen und dreißig Meter breiten Korridors, in dem sie sich mit Hämmern und Klopfen weithin hörbar eingerichtet hatten, ihren Machterhalt besser abzusichern. Ihm waren diese Neuerungen völlig egal, denn er rechnete nun täglich mit einer Eskorte, die ihn befreien würde oder zumindest mit einer Benachrichtigung, die seinen Abtransport zum Inhalt hätte. Aber nichts passierte. Nach einer Woche hatte er die Idee, über die Kameras eine Nachricht zu senden. Er klebte mit Verbandspflaster die Botschaft auf die Innenseite seines Regencapes: My time is up! und schlug es in unbeobachteten Momenten, wie ein Exhibitionist im Park, vor mehreren Kameras auf. Keine Reaktion. Er wagte es auch nicht, deutlicher zu werden, um im Falle der Entdeckung zur Belustigung der Bosse die Nachricht als Selbstmorddrohung zu verkaufen.

,Sie haben dich vergessen. Wer immer für deine Rettung verantwortlich ist, versäumte den Termin oder ist gar nicht mehr vor Ort und hat verpasst, die Order weiterzuleiten. Sie lassen dich hier zurück, in diesem verdammten Dreck.' Ratlos entschied er sich, noch ein paar Tage abzuwarten. Dann wollte er den Notknopf drücken, oben auf dem tief verschneiten Friedhof, in einer eisigen, möglichst klaren Polarnacht, mit Aaron im Gepäck und der Hoffnung, dass man sie holen würde. Es lief darauf hinaus und sie begannen sich vorzubereiten.

Nach einer weiteren Woche vergeblichen Wartens, er hatte bei jeder sich bietenden Gelegenheit sein Cape mit dem Hilferuf vor den Beobachtungskameras aufgeschlagen, wollten sie es bei der nächsten günstigen Wetterlage angehen.

Am Neumondabend des 4. Juli war der Himmel sternenklar und der Wind wehte weniger stark. Sie entschlossen sich, das günstige Wetter zu nutzen und während der Essensausgabe Grytviken zu verlassen. Zudem würde ihnen die Dunkelheit der immer noch langen Nacht eine unbemerkte Flucht aus der Siedlung erleichtern. In den „Restaurants" ging seit einiger Zeit das Gerücht von einem bevorstehenden großen Ausbruchsversuch um. Keiner wusste konkret, wer dahinter steckte und wann und wie er stattfinden sollte. Doch blieb er Gesprächsthema und hielt die Gefangenen in den „Restaurants". Auch an diesem Abend war wenig Betrieb zwischen den Wohnblocks und Containern. So warteten sie, dick vermummt in allen Bekleidungsstücken, die sie hatten anziehen können, um eine längere Wartezeit in der Kälte durchzuhalten, auf den günstigen Moment.

Er verließ ihre Zelle als erster. Die Nachbarn waren gerade geräuschvoll die Eisentreppe herab gepoltert, um ihr Essen zu fassen. Er sah sie um die Ecke verschwinden und klopfte an die Tür. Dann stieg auch er laut die Treppe hinab. Aaron folgte ihm nach zehn Sekunden.

Sie hatten den Weg zum Friedhof genau festgelegt. Er führte im Abstand um zwei „Restaurants" zum südlichen Rand von Grytviken, wo sie hinter einem kurzen Abhang aus dem Sichtfeld der Siedlung verschwinden konnten. Dort wollte er das Notsignal auslösen, um möglichst früh ihre Bergung anlaufen zu lassen. Mit dem GPS sollte man ihren weiteren Weg querfeldein bis auf das Gräberfeld neben dem alten Friedhof verfolgen können, wo es dem vor der Insel stationierten Hubschrauber dann möglich wäre, zu landen. Das war der Plan. Und er gelang, zumindest was das Erreichen des Friedhofs betraf. Ob der Notruf gesendet wurde, konnten sie nur hoffen. Überprüfen ließ es sich nicht. Zur druckvollen Auslösung hatte er zwei größere Kieselsteine vom Strand mitgenommen, mit denen Aaron dreimal seiner Aufforderung folgend zunehmend stärker und schmerzhafter von oben und unten gleichzeitig auf den Unterarm schlug. Der Anleitung nach, hätte die Intensität auf jeden Fall ausreichen müssen, zumindest wies die sich rasch zeigende Schwellung darauf hin, dass eine größere Krafteinwirkung ohne eine ernsthafte Verletzung nicht möglich gewesen wäre. Sie kauerten sich kompakt, mit angezogenen, umklammerten Knien aneinander gelehnt in den Schnee und atmeten langsam in ihre Vermummung. Die Temperatur lag bei -10° Celsius. Der Wind verstärkte den Frost jedoch fühlbar, da er durch die Kleidung drang.

Nach zwei Stunden Regungslosigkeit, in der ihre Hoffnung auf Rettung immer kleiner wurde, hatte sich die Kälte durch alle Stofflagen gebissen. Sie standen auf und bewegten sich eine Weile, um die Starre aus den Gliedern zu vertreiben und ihren Kreislauf ein wenig anzuregen. In fünf Stunden würde das Lager wieder erwachen. Bis dahin wollten sie noch warten. Vielleicht gab es ja doch noch eine letzte Chance und das Notsignal wurde gerade entdeckt. Nach einer weiteren Stunde, in der sie sich gegenseitig versuchten wachzuhalten, schreckten sie plötzlich starke Windböen auf, die von Süden über den Friedhof jagten, gefolgt von der dunklen Wolkenfront eines Sturms, der sie bald erreicht haben würde. Ihre letzte Hoffnung auf Rettung war dahin. Wortlos wühlten sie sich aus dem Schnee und ließen sich von dem zunehmenden Wind zurück nach Grytviken treiben. Bald erreichten sie den Abhang, von dem aus sie die Siedlung und die Bucht überblicken konnten. Erstaunt beobachteten sie, wie das Versorgungsschiff viel früher, als üblich, sich dem Anleger näherte. Vielleicht war die Sturmwarnung der Grund für die frühe Belieferung der Insel. Gleichzeitig konnten sie erkennen, dass sich eine größere Gruppe von

Häftlingen, vielleicht dreißig bis vierzig Mann, hinter einem Fracht-container nahe der Stelle sammelten, wo der Anleger auf dem Strand endete. Wahrscheinlich blieben sie vom Schiff aus unbemerkt, da die Beleuchtung des Hafens die Besatzung blendete und alle Bewegungen, die hinter den Strahlern stattfanden, unsichtbar machte. Aber Aaron und er, kaum zweihundert Meter von dem anlegenden Schiff entfernt, hatten eine gute Sicht und trauten ihren Augen kaum, als sie bemerkten, dass der Container, nachdem die meisten Sträflinge in ihm verschwunden waren, plötzlich angehoben wurde und sich in Richtung Anleger ausrichtete.

‚Der Ausbruch', schoss es ihm durch den Kopf. ‚Klar, haben den Boden vom Container entfernt, da gibt's Querstreben, können ihn anheben, mit dem schweren Eisenpanzer das Gitter durchbrechen und das Schiff entern, schusssicher. Genialer Plan und unsere Chance auf Flucht.'

„Komm, Aaron", er sprang auf, „die wollen aufs Schiff." Hastig stiegen sie den Hang hinunter und liefen durch die vom Wind umheulten Wohnblöcke, in denen sich die Sträflinge fester in ihre verfilzten Decken wickelten, zum Hafen hinunter, um sich bald seitlich von Süden in das „Regierungsviertel" und in die Nähe der Ausbrecher zu schleichen. In zwanzig Metern Entfernung fanden sie Deckung hinter einem Container und hockten sich atemlos in den Schnee, als das Licht am Hafen erlosch. Gleichzeitig drang ein dumpfes Zählen zu ihnen herüber, das sich langsam beschleunigte. One two three, intonierten fern raue Männerstimmen und die „Panzerbesatzung" begann im beschwingten Dreivierteltakt, mit dem sich besser die Richtung halten ließ, ihren Ansturm auf das Absperrgitter und die Mole, zu allem bereit, der Hölle Südgeorgiens zu entkommen. Aaron und er sprangen auf und liefen am Strand entlang, um hinter den zum „Rammbock" umgebauten Containers zu gelangen, bald umgeben von etlichen, weiteren Häftlingen, die sich, wie sie, dem Fluchtversuch anschließen wollten.

Einige schwangen Keulen aus Knochen und Kieselsteinen, bereit, jeden niederzuknüppeln, der sich ihnen in den Weg auf das Schiff stellen würde. Die meisten von ihnen gehörten wohl zu den Triumviratsgarden. Am Strand hatten sie den rennenden Container bis auf einige Meter eingeholt, als er gerade krachend das Gitter durchbrach und gleich erstaunlich zielsicher weiter auf das Schiff zuwankte, um nach zwanzig Metern am Ende des Anlegers auf die Gangway des Versorgungsschiffs zu stoßen. Es hatte gerade festgemacht, um der Kolonie das Frühstück zu bringen. Völlig erschreckt und überrumpelt von dieser unerwarteten Gewalt des Angriffs, den sie erst spät, viel zu spät erkannten, wichen die zehn unbewaffneten Matrosen vor der aufschlagenden Containertür zurück und wurden widerstandslos von den Enternden prügelnd überrumpelt, gefolgt von den wilden Nachzüglern, die in blanker Wut auf die schon niedergestreckte Schiffsbesatzung einschlugen und sich ihren Weg aufs Schiff bahnten. Mitgerissen vom Ansturm der grölenden Sträflingen stolperten er und Aaron über Tote und Verletzte hinweg an Bord, drängten aber nach rechts, während der Hauptangriff sich links der Brücke zuwandten und erreichten nach wenigen Metern eine Tür, durch die hindurch sie in einen Flur gelangten, an dem drei Kabinen lagen. Die mittlere Tür ließ sich öffnen und sie schoben sich durch sie hindurch. Vor ihnen stand eine Frau, die mit weit aufgerissenen Augen und erhobenen Händen an die Wand zurückwich. Sie trug dicke Hüttenschuhe, Jeans, einen Norwegerpullover und war vielleicht Mitte dreißig. Er bedeutete ihr zu schweigen und fragte nach dem Schlüssel. Sie zeigte auf das Nachttischchen. Er nahm ihn, schloss ab und löschte das Licht.

Nach kurzer Gegenwehr der überrumpelten Crew, es fielen einige Schüsse, war die Brücke erobert und das Schiff legte ab. Alles war so schnell und gewalttätig abgelaufen, dass dem zweiten

Offizier noch in dem Moment, als er einen Notruf absetzen wollte, der Schädel eingeschlagen werden konnte. Der Ausbruch war perfekt gelungen und die Kapitänin festgesetzt. Sie lenkte nun von einer Pistole bedroht das Schiff aus der Bucht auf den Meeresarm hinaus, den die Kommandofähre bereits in südliche Richtung in den Windschatten der Küste verlassen hatte. Der Weg war frei, Ortung und Funk waren gekappt und sie konnten hoffen, noch eine ganze Weile unentdeckt zu bleiben, zumal der sich verstärkende Sturm sie unsichtbar nach Norden auf das Kap zutrieb, hinter dem sie mit der Strömung des tiefen Meteorgraben entkommen wollten. Die eineinhalb Tage entfernten Falklandinseln waren zwar das naheste Ziel einer Flucht und vielleicht sogar noch zu erreichen, bevor der Ausbruch bei anhaltendem Sturm entdeckt sein würde. Kapstadt im Osten jedoch stellte ein lohnenderes Ziel dar, da sie dort auf einem ganzen Kontinent, statt auf einer Insel untertauchen konnten, auch wenn die Überfahrt fünf Tage dauern würde. Also brach sich das Schiff bald seinen Kurs Richtung Nordosten durch die schwere See, auf der sich Hoffnung und Angst im wilden Wellengang kaum die Waage halten konnten. Die häufig auftretenden Kaventsmänner in diesem Teil des Südatlantiks waren berüchtigt und hatten schon etliche Schiffe in die Tiefe gerissen. Glücklich, wer davon nichts wusste. Aber der Höllenritt hielt an. Getrieben und beschleunigt von einem heulenden Sturm, der riesige Wellen von achtern unter das Schiff schob, surfte es immer wieder für lange, bange Momente steil über den Bug gekippt nach Norden, ein Spielball der Wellengewalt, um, endlich freigelassen, mit dem Biss seiner Schrauben dem Ruder wieder zu gehorchen. So ging es die ganze Nacht bis in den Mittag hinein, als sich der Sturm, der sie weit nach Norden getragen hatte, ein wenig legte. Kapstadt lag nun direkt in östlicher Richtung und sie befanden sich in dem Teil des Südatlantiks, wo sich zwischen Südamerika und Afrika viele Schifffahrtsrouten kreuzten. Es hatte den Anschein, dass die Flucht gelingen könnte. Vielleicht wurde nach dem fehlenden Versorgungsschiff noch in der Bucht von Grytviken gesucht und sie konnten im regen Schiffsverkehr zwischen den Kontinenten untertauchen. Eine andere Hoffnung gab es nicht.

Von den fünfundzwanzig Seeleuten der Schiffsbesatzung war die Hälfte tot und die andere Hälfte, vier Männer und neun Frauen im Speisesaal gefangen. Als sich der Sturm gelegt hatte, meldete sich der Hui-Chinese über Lautsprecher von der Brücke. Er versprach den Überlebenden der Crew Schonung, wenn sie sich kooperativ zeigen und ihren Plan, Kapstadt in drei Tagen zu erreichen, unterstützen würden. Bis dahin bliebe der Speisesaal ihre bewachte, mit dem Nötigsten aus der angrenzenden Küche versorgte Unterkunft. Sie im Falle von Entdeckung und der damit verbundenen Konfrontation als Geiseln zu benutzen und eventuell zu töten, sollte in ihrem eigenen Interesse vermieden werden. Dass es aber schon während des Sturms zu einigen Vergewaltigungen kam, konnte die Ansprache nicht verhindern. Sie fielen im Verständnis der verrohten Strafgefangenen von Südgeorgien nicht unter die versprochene Schonung. Ein Matrose, der versucht hatte, die Frauen vor den Sträflingen zu beschützen, wurde lebend über Bord geworfen. Als dann Streit um die Frauen unter den Vergewaltigern ausbrach, verbot der Hui-Chinese die sexuellen Übergriffe. Einen Uneinsichtigen erschoss er sofort, als dieser meinte, sich seinem Befehl lautstark widersetzen zu können.

Die junge Frau in der Kabine kam aus dem Elsass, war OP-Schwester, hieß Berte Boulin, sprach gut deutsch und hatte erst vor kurzem ihren Dienst auf dem Schiff im Zuge eines freiwilligen Sozialeinsatzes angetreten. Nur langsam verwand sie den Schock, den die gewaltsame Übernahme des Schiffs bei ihr ausgelöst hatte, fasste aber schnell zu ihren neuen Mitbewohnern genug Vertrauen, um sich zu beruhigen.

Am zweiten Tag der Flucht, als sich der Sturm ein wenig gelegt hatte, wagte er es, die Kabine zu verlassen. Einige der Sträflinge erkannten den alten Sanitäter und erklärten sich seine Anwesenheit auf dem Schiff mit Beziehungen zu den Bossen. Zudem hatten der gemeinsam überstandene Sturm und die Hoffnung auf baldige Freiheit unter den Schiffsbesetzern eine Befriedung erzeugt, die in der Kolonie unmöglich gewesen war und von der auch er profitierte. Bald konnte er sich, vorsichtig Kontakte mit den Sträflingen vermeidend, ungehindert auf dem Schiff bewegen. An der kleinen, innen liegenden Kabine, die sie nun zu dritt bewohnten, bestand bei den Ausbrechern kein Interesse. Es waren größere mit Fenster freigeworden. Dennoch achtete er akribisch darauf, dass niemand in der Nähe war, wenn er die Kabine verließ oder betrat, um ein wenig Verpflegung zu besorgen. Aber keiner der euphorisierten Ausbrecher zeigte wirkliches Interesse an ihm und seinem Aufenthaltsort an Bord. So blieben Aaron und Berte bis zum Erreichen der afrikanischen Küstengewässer unentdeckt.

Nach drei Tagen auf dem Ostkurs näherten sie sich Kapstadt und drosselten ihre Fahrt, um sich in der Dunkelheit hinter Robben Island in Position zu bringen. Der Wind hatte sich gelegt und glatt und schwarz lag das Meer vor der von Lichtern gesäumten Küste, die die Freiheit versprach. Der Crew im Speisesaal war über die Lautsprecheranlage gedroht worden, dass der Versuch, den Salon zu verlassen, eine Sprengladung aktivieren würde. Um vier Uhr in der mondlosen Nacht setzte sich das Schiff ohne jegliche Beleuchtung in Bewegung und näherte sich langsam der knapp drei Kilometern entfernten Bloubergbucht, vor der eine gut zweihundert Meter lange Felseninsel ihnen einen letzten Sichtschutz bot. Von dort wollten sie mit zwei motorgetriebenen Rettungsbooten den sechshundert Meter entfernten Strand vor dem „Sand and Sea" an der Popham Street erreichen. Zu diesem Ressort gehörte auch ein riesiger Parkplatz, auf dem sie genügend Autos in Gang zu setzen hofften, um sich rasch von dort absetzen zu können. Die Idee kam von einem Buren aus Durbanville, einer Stadt in der Nähe, der dort als Parkwächter angestellt gewesen war, bis er seine Frau umgebracht, zerstückelt und verstreut vergraben hatte. Doch wurden viele der Leichenteile von Wildhunden wieder ausgegraben und entdeckt, woraufhin er erst des Verbrechens und dann nach Südgeorgien überführt worden war.

Bald ankerten sie hinter der kleinen Felseninsel vor dem Strand an der Popham Street, sperrten den Rest der Crew in den Speisesaal, bestiegen die Rettungsboote und ließen sie zu Wasser.

Mittlerweile kannte Berte sein und Aarons Schicksal. Ungläubig hatte sie sich alles angehört und dann beide Männer dankbar die Hände gedrückt. Nun warteten sie in der Kabine darauf, unbemerkt in der Dunkelheit der Nacht zurückgelassen zu werden. Er bezweifelte stark, dass das Versorgungsschiff unentdeckt geblieben war. Vielleicht hatte man einen Angriff auf offener See nur vermieden, um das Leben der Crew nicht zusätzlich zu gefährden und wartete nun ab, bis die Sträflinge das Schiff verlassen hätten. Sein Plan war, die Crew zu befreien, den Hafen in ihrem Versteck zu erreichen und sich dort mit Aaron unauffällig abzusetzen. Alles andere erschien ihm zu riskant. Schließlich war Aaron ein verurteilter Verbrecher. Sich Fragen und Verhören auszusetzen, hätten beide nicht ertragen. Ihre Flucht sollte in unkontrollierter Freiheit enden und nicht in den Büros von Verwaltungsbeamtinnen, die vom Hochsitz ihrer gestapelten Vorschriften aus ihnen das Leben gleich wieder schwer machen konnten und würden.

Gespannt ließen sie zehn Minuten vergehen, bevor er sich aus der Kabine wagte und langsam zur Reling schlich. Die Boote waren verschwunden. Einerseits verstand er diese Männer, die der Hölle Südgeorgiens entkommen wollten und merkte, dass er ihnen eine erfolgreiche Flucht, die lange ganz unmöglich schien, sogar ein wenig gönnte, andererseits gehörten gerade sie nach wie vor zum Abschaum der Menschheit, wie ihr Vorgehen auf dem Schiff deutlich gezeigt hatte. Dann hörte er Schüsse von Land herüber hallen. Er schlug mit der flachen Hand auf die Reling und drehte sich um. Hinter ihm standen Berte und Aaron im Dunkeln und kamen gleich auf ihn zu. Sie umarmten sich, bis es nach einigen Explosionen still wurde. Dann gingen sie leise zum Speisesaal, untersuchten die Eingangstür und konnten keine Sprengladung oder einen Auslöser finden, waren sich aber nicht sicher.

„Moment", flüsterte er, bedeutete ihnen, zu warten und verschwand in der Dunkelheit. Kurz darauf erschien er mit einer der langen Hakenstangen, die an den Tauwinden klemmten. Sie verstanden gleich, was er wollte.

Nun erst klärte Berte die eingesperrte Crew auf und bat sie, von der Tür zurückzutreten und Schutz zu suchen. Sie hörten den Tumult im Speisesaal und warteten, bis er sich gelegt hatte.

„Okay?", rief Berte.

„Okay", rief die Kapitänin zurück.

Dann angelte er, seitlich an die Wand gepresst, nach der Klinke, drückte sie nach unten, zog die Tür auf und lief mit Aaron zurück zu ihrer Kabine, um später im Hafen unbemerkt von Bord und jeglicher Registrierung zu entkommen.

6

Nachdem das Schiff im Hafen angelegt hatte, gelang es Aaron und ihm, das Gelände im Trubel der Schaulustigen und der Presse vorbei an Polizei und Militär ungehindert zu verlassen. Vor den Kameras schützten sie ihre Gesichter mit erhobenen Armen und gesenktem Kopf. Berte ließ sich als Überlebende registrieren und verschwand dann ebenfalls gleich vom Hafengelände.

Sie trafen sich, wie verabredet, im Upperbloem Guesthouse, bezogen zu dritt ein Apartment und genossen eine Woche lang unbehelligt ihre Freiheit und den glücklichen Ausgang der Flucht mit Ausflügen in die Umgebung und indischem und italienischem Essen am Abend. Aaron schminkte sich und trug Frauenkleider. Damit verschwand er völlig von der Bildfläche.

Berte kündigte ihren Einsatz zwei Tage später mit einem Anruf in Deutschland und verzichtete auf einen Beratungstermin vor Ort, wo ihr Hilfe angeboten werden sollte. Eine Adresse hinterließ sie nicht.

Die Nachrichten brachten einen längeren Bericht mit anschaulichen Animationen. Auf allen Kanälen lief „Escaping South Georgia" mit tödlichem Ende in der Bloubergbucht, wo das Militär kurzen Prozess gemacht und die Rettungsboote in die Luft gesprengt hatte, als von dort nach Warnschüssen zurückgeschossen worden war. Es hatte keine Überlebenden gegeben.

Dann nahm er Kontakt zur Verwaltung Südgeorgiens auf, beschrieb der Kommandantin in einem längeren Telefonat die Flucht und teilte ihr seine Meinung über die ungeheuerliche Tatsache mit, nach diesem extremen Einsatz auf der Insel offensichtlich vergessen worden zu sein. Sie hörte sich seine Vorwürfe kommentarlos an. Ihr sei es nicht möglich, dazu telefonisch Stellung zu nehmen, erwiderte sie schließlich. Er bat um die Zustellung seines Seesacks an seine Adresse in Deutschland. Falls er nicht anzutreffen wäre, könne ihn sicher seine Nachbarin, Frau Stein entgegennehmen. ‚Sie würde sich darum kümmern', sagte die Beamtin, forderte ihn noch mit Nachdruck auf, sich nach seiner Rückkehr im Einwohnermeldeamt seines Wohnort zu melden und legte auf. Kein Wort des Bedauerns, keine Entschuldigung, nichts. Ihre Kälte machte ihn sprachlos. Wieder fühlte er diese Ohnmacht, die emotionslose Apparatschiks hinter ihren eisernen Gittern aus Vorschriften und Unzuständigkeiten in ihm immer erzeugt hatten. Aaron erwähnte er nicht. Womöglich wäre sein Rücktransport auf die Insel angeordnet worden. Das Urteil bestand ja weiterhin und konnte noch ein großes Problem werden. Um es zu lösen, mussten sie zurück nach Deutschland. Doch vor nichts verspürte er momentan größere Abscheu, als sich staatlicher Willkür auszuliefern.

In einer Filiale seiner Bank, die in Kapstadt vertreten war, meldete er seine Kreditkarte gestohlen und bekam nach drei Tagen eine neue. Er kaufte sich gleich einen Recorder. Neue Ausweise für sich und Aaron zu besorgen, stellte auch kein unlösbares Problem dar. Eine Bardame in einem Kabarett am Hafen, die er angesprochen hatte, half ihm gegen Bares weiter. Nach zwei weiteren Kontakten und drei Tagen konnten sie sich ausweisen. Aaron hieß nun Jasmin Zeidler, er Kai Zöllner. Der Vorname war weiblich wie männlich, was ihm gefiel, gab er ihm doch die Möglichkeit, sich wie Aaron zu verkleiden, wenn es nötig sein sollte.

Die drei beschlossen, Kapstadt zusammen zu verlassen. Sie mochten sich und hatten nichts anderes und schon gar nichts Besseres vor. Sie buchten einen Flug nach Sal, um von dort aus eine Rundreise über die Kapverden zu starten. Berte und Aaron hatten das Reiseziel vorgeschlagen.

„Warum nicht?", war sein schaumgebremster Kommentar gewesen. „Die Hälfte der Inseln kenne ich schon."

Er hatte vor etlichen Jahren auf Porto Santo, damals eine karge, aber beschauliche Insel neben Madeira, einen älteren Mann getroffen, dem die Kapverden offensichtlich ans Herz gewachsen waren. ‚Zusammen mit den Azoren und den Kanaren, bilden diese vier atlantischen Archipele Makaronesien und er wäre auf allen Inseln gewesen. Aber die Kapverden dürfe man nicht auslassen. Sie hätten einen besonderen Reiz‘, hatte er gemeint. Dem Rat zwölf Jahre später folgend hatte er sich entschlossen, Cabo Verde zu besuchen, den Standard der Kanaren vor Augen. Ein Trugschluss, wie sich sofort herausstellte. Denn diese Inseln - bis 1460 unbewohnt, dann von den Portugiesen in Besitz genommen, unfruchtbar, Hauptumschlagplatz für den Sklavenhandel mit Amerika und bis zu ihrer Unabhängigkeit 1970 von den portugiesischen Zuwendungen abhängig - machte auf ihn gleich einen erbärmlichen Eindruck. Das bisschen Fischverarbeitung und Tourismus hatte den Verfall der alten, portugiesischen Kolonialherrlichkeit nicht verhindern können. Es bröckelte überall.

Entweder waren die Kapverden in dieser Zeit so weit heruntergekommen oder der Mann von Porto Santo hatte einfach die falschen Erwartungen geweckt. Deshalb ist es besser, man hat keine, was aber viel leichter gesagt ist, als getan. Nichts zu erwarten, kommt der Gelassenheit eines Weisen gleich oder ist der Dauerzustand völlig phantasieloser Geister, den jegliche Vorstellungskraft fehlt. Seine Sache war es jedenfalls nicht, zu lebhaft rumorten die Gedanken in seinem Hirn, immer auf der Suche nach Neuem, Erklärungen und Erkenntnis, wie er überhaupt den einzigen Sinn des Lebens darin sah, möglichst viel von dem zu erfahren, was es ausmacht und die Zusammenhänge zu erkunden. Deshalb war es übrigens auch einfach, ihm einen Bären aufzubinden. Seine Phantasie fand selbst im größten Unsinn noch einen Sinn und konnte aus jedem Schmarrn etwas Glaubhaftes konstruieren.

Damals hatte die Schilderung des Kapverdenliebhabers ein Wunschbild erzeugt. Nun aber war er vorgewarnt.

In Santa Maria, im Süden von Sal, der staubigen Wüsteninsel, auf der die drei gelandet waren, bezogen sie zwei Doppelzimmer im „Buddha Beach Hotel", einer familiären Anlage mit Pool, Meerblick und gutem Frühstück. Der Ort machte immer noch den gleichen, leicht heruntergekommenen und ärmlichen Eindruck, den er aus seinem früheren Besuch kannte. Das Geld der Touristen war schon damals in fünfzehn völlig überdimensionierten Hotelressorts gelandet, die den gesamten Südwesten der Insel mit seinen endlosen Stränden eingenommen hatten und deren Gäste auf ihre All-In-Versorgung nur gelegentlich verzichteten, um in Santa Maria ein wenig Schwarzafrika zu schnuppern, meist mit gerümpfter

Nase. Die Souvenirläden und Restaurants wurden von ihnen mehr oder weniger übersehen. Sie hatten ja alles in ihrem perfekten Legoland, sauber und zu festen Preisen mit dem Privatstrand vor der Sonnencremenase.

Den Ort selbst bewässerte aber nur ein dünnes Zwei-bis-drei-Sterne-Low-Budget-Rinnsal, das kaum Wachstum zuließ. Santa Marias reduzierter Charme hatte sich erst abends auf dem kleinen Marktplatz gezeigt, wo lachende, spielende Kinder zwischen den gelassen auf Bänken und Stufen sitzenden und sich unterhaltenden Erwachsenen herumtollten und zur Überwindung der anfänglichen Enttäuschung des Besuchers beitrugen. Denn ein langer, teurer Flug bis auf 1600 Kilometer an den Äquator heran, bringt einen nicht automatisch in das Paradies, es sei denn, man sucht und findet es in den Bettenburgen mit Großküchenbuffet, Strandnähe und Animation, diesen zeitgemäßen „Pflegeheimen" des internationalen Tourismus'.

Immerhin hatte sich Sals Hauptort mit Apartmenthäusern, kleinen Hotels, wie das „Buddha Beach" und privaten Ferienwohnungen ein wenig nach Osten, wo das Meer auf eine schroffe Felsenküste traf, ausgedehnt. Doch viele Gebäude standen leer oder wurden zum Verkauf angeboten. Santa Maria wartete immer noch auf die Erweckung aus der touristischen Siesta.

Seine Skepsis dem erneuten Besuch der Kapverden gegenüber, lag sicher auch daran, wie sein erster Besuchs geendet hatte: Anlass zur umgehenden Abreise war die Nachricht vom Tod seiner Mutter gewesen, die ihn im Krater der Vulkaninsel Fogo erreichte. Er hatte gerade zu Abend gegessen und blickte entspannt und überwältigt in den funkelnden Sternenhimmel der Nacht, als seine Schwester anrief. Nach zwei in letzter Minute gebuchten Flügen über Santiago nach Sal, es war Wochenende und die Büros schlossen gerade, wartete er zwei Tage am Strand, in dessen Nähe heute das „Buddha Beach" liegt, auf seinen Rückflug nach Deutschland. Wieder, wie schon beim Tod seines Vaters, überwältigte ihn die Trauer, die den Menschen wie von selbst ergreift, wenn Eltern, Geschwister oder Lebenspartner sterben. Unter Tränen schrieb er in der Strandbude die Grabrede seiner Mutter, die er selbst zu halten sich vorgenommen hatte. Als er dies später dem katholischen Geistlichen, der die Beerdigung begleiten sollte, mitteilte, schreckte dieser zweifelnd vor dem langhaarigen, sonnengebräunten T-Shirt-Typen zurück, als plane ein atheistischer Bombenleger ein Attentat auf sein Refugium. Aber er fügte sich, was ihm schließlich auch nicht schwerfiel, denn schwarzer Anzug, Trauer und gute Rede des Sohnes sowie die von ihm bestellte Sopranistin mit dem von der Orgel begleitet Ave Maria von Schubert, das seine Mutter oft selbst zu Beerdigungen gesungen hatte, konnten ihn beruhigen. Natürlich ahnte er, was der Mann da am Grab von Geistlichen hielt, diesen hartnäckigen Betreibern einer Institution, die sich in Auflösung befand und mit Gläubigen und Steuerzahlern kontinuierlich auch den Alleinvertretungsanspruch auf Gott und seinen Segen verlor. Mehr und mehr Menschen erkannten, dass Glauben ohne die kirchliche Anleitung „wahrhaftiger" ist, gerade vor dem Hintergrund des Wissens um Kreuzzüge, Inquisition, Opus Dei und Pädophilie. Seine 86-jährige Mutter jedoch, die dort zu Grabe getragen wurde, blieb bis zum Schluss mit Gott und Papst fest verbunden. Für ihn, den atheistischen Sohn, ging diese katholische Beerdigung natürlich völlig in Ordnung. Chacun à sa façon. Schließlich hatte sie der christliche Glaube nach der desaströsen Scheidung von seinem Stiefvaterprotestanten aus schwerster Depression gerettet und als leidenschaftliche Missionarin geradewegs ins Paradies geführt.

Nun saß er wieder an diesem Strand in derselben Bar, schaute auf das Meer und die Badenden und bemerkte, dass ihm Sal schon besser gefiel, als vor Jahren, wo der Vorfreude die herbe Enttäuschung gefolgt war. Aaron und Berte hatten sich zu einem kilometerlangen Strandspaziergang an der Westküste aufgemacht.

Sie verband mittlerweile eine vertraute Freundschaft, bei der er meinte, ein wenig ins Abseits zu geraten. Er war sich nicht sicher, ob er sich das nur einbildete und wenn es so wäre, ob es ihm sogar gefiel. Jedenfalls hatte er um eine Auszeit gebeten und sich der Wanderung nicht angeschlossen. Allein zu sein und über alles nachzudenken, erschien ihm plötzlich unerlässlich. Er streckte sich auf seinem Stuhl mit hinter dem Kopf verschränkten Armen aus und atmete tief durch. So verharrte er eine ganze Weile und beobachtete dabei einen Frachter, der sich in der Ferne langsam an Sal vorbeischob. Es ging ein leichter Wind, der angenehm durch die Strandbar zog. Dann sprang er auf, zog sein T-Shirt aus und lief über den Strand ins Meer. Sein Entschluss stand fest.

Zwei Stunden später legte er einen Brief und zwei open Tickets für fünf Flüge zwischen den Inseln aufs Bett, griff sich seinen Rolli, bezahlte die Rechnung inklusive zwei weiterer Übernachtungen und setzte sich in das wartende Taxi nach Espargos zum Flughafen. In zehn Stunden würde er in Athen und zwei Stunden später in Heraklion landen.

Aaron entdeckte und las den Brief, als er aus der Dusche kam.

„Liebe Berte, lieber Aaron,

mein spontaner Entschluss abzureisen, fiel vor zwei Stunden am Strand. Ich hatte plötzlich das unbezähmbare Verlangen, mich von allen Verflechtungen der vergangenen acht Monate zu befreien. Die Erlebnisse auf Südgeorgien sind doch viel tiefer in mich eingedrungen, als ich mir bis heute eingestehen konnte. Ängste zu verdrängen, ist in Zeiten der Bedrohung die Strategie der Psyche, an ihnen nicht zu zerbrechen. Jetzt aber kommen sie hoch und ich merke, dass ich allein sein muss, um mich ihnen zu stellen und mich von ihnen zu befreien. Ich hoffe, Ihr verzeiht mir den unpersönlichen Abschied. Ich wäre unter anderen Umständen sehr gerne mit Euch weitergereist. Wenn es

stimmt, dass man sich im Leben immer zweimal begegnet, freue ich
mich auf ein Wiedersehen. Jetzt aber muss ich erst einmal allein sein.
Meine alte Adresse steht im Netz.

Ich unarme Euch fest.

Dann klopfte er bei Berte an und gab ihr den Brief.

7

In Sivas, einem kleinen, gemütlichen Dorf in den Hügeln am
Rande der Messara-Ebene Kretas, lebten seit Jahren gute, alte
Freunde von ihm. Sie hatten sich dort ein Häuschen gekauft und
liebevoll restauriert, um im Süden der Insel gutes Wetter, gute
Laune und gutes Olivenöl - drei wichtige Zutaten für ein gesundes
und vielleicht langes Leben - zu genießen. Die Gegend war immer
noch touristisch weit weniger entwickelt, als der schrecklich überlaufene Norden, wo die kretischen Machowirte abends einigen
Gästen zur Belustigung der anderen den Raki mit dem dünnen
Strahl des Portionierers direkt ins aufgerissene Maul kippten. Die
Kultur der Griechen, der wir die Demokratie, das Theater, die bil-
dende Kunst, die Philosophie, die Mathematik und die Grundlagen
der Naturwissenschaften verdanken, war einer peinlichen Primitiv-
heit gewichen. Aber schon die Römer hatten sich 150 v. Chr. Hellas
endgültig einverleibt und die Provinz Mazedonien dem Kultur-
verfall überlassen, die erst im Byzantinischen Reich zu neuer Blüte
gelangen sollte. Mit dem Osmanischen Reich war der Hellenismus
dann endgültig vergessen, auch wenn auf ihm die islamischen
Hochkultur basierte.
Nun saß er auf der Terrasse seines Apartments und schaute
hinunter auf Sivas und seine knapp 500 Bewohner, den neuen

Recorder in der Hand, bereit für die erste lange hinausgezögerte Aufnahme. Er räusperte sich und startete das Gerät.

„Zurück. Südgeorgien war schrecklich und lebensgefährlich, ein Albtraum, dem ich nur mit unglaublichem Glück entkommen konnte. Ich erspare mir jetzt die Details. Später werde ich einen Bericht über die dortigen Zustände verfassen, schon um die Öffentlichkeit von der Hölle Grytvikens zu informieren, in der man mich vergessen hatte. In ihr wäre ich auf kurz oder lang verloren gewesen, hätte ich mich nicht dem brutalen Ausbruch von Häftlingen anschließen können, der mich nach Kapstadt und über die Kapverden nun nach Kreta geführt hat. Hier bin ich seit einigen Wochen und finde erleichtert zurück in ein Leben ohne Bedrohung, Misstrauen und Todesangst. Die Befreiung von dieser Last macht mich mit einem Glücksgefühl, das ich nicht mehr für möglich gehalten hatte, nahezu schwerelos. Wer tief fällt, kann hoch aufsteigen, es sei denn, es hat ihn zerschmettert. Aber ich habe es in einem Stück zurückgeschafft. … Mit Erleichterung lese und sehe ich, dass der Umbau der Welt weiter fortgeschritten ist. Doch es gibt immer noch Waffen und Munition auf Schwarzmärkten für Banditen und Warlords. Es wurden einfach Unmengen von Rüstungsmaterial in den Jahrzehnten vor der Revolution von den Konzernen produziert und auf der Erde verstreut. Und auch männliche Dominanz, in einigen Hirnen als gott- oder naturgegeben fest verankert, wird noch immer verdeckt oder offen praktiziert.

Ein wenig bedenklich ist, dass das Pendel der Emanzipation, wie man hört und wie auch ich erfahren musste, bei einigen Frauen in Amt und Funktion sehr weit zur Gegenseite ausschlägt und sie den Anschein erwecken, dass der Unterdrückung der Frau nun die des Mannes folgen würde. Diese erneute Polarisierung wäre natürlich fatal und könnte den Weg in die bessere Zukunft sehr holperig machen, wenn nicht gar zerstören. Denn das grundlegende Problem ist, meiner Meinung nach, nicht, dass der Mann die Frau oder die Frau den Mann dominieren will, sondern der Mensch den Menschen und besonders dann, wenn Ideologie das Handeln bestimmt. Aaron, ein zu Unrecht Verurteilter, mit dem mir die Flucht gelang, ist ein Beispiel dafür, wie ein Feindbild auch Frauen erblinden lassen kann. Sie sind eben nicht per se die besseren Menschen, nur weil sie Leben geben und Mutter sein können. Auch Frauen töten, wenngleich weniger, als Männer. Auf eine Mörderin kämen neun Mörder, sagte die Statistik. Männer töten allerdings in der Regel aus Rache oder weil sie verlassen wurden, Frauen dagegen, um sich einer Person zu entledigen, traditionell mit Gift. ‚Poison or peace!' ist die immer noch aktuelle, laute Warnung der Frauen, die jeder Mann hören kann. Was hatten sich die Machos gedacht? Frauen können nicht fanatisch werden und nicht über Leichen gehen? Absolut falsch. Ein bekanntes, extremes Beispiel war Magda Goebbels, Vorzeigemutter der Nazis und von Joseph angewiderte, fremdgehende Ehefrau, deren Fanatismus sie zum Mord an ihren Kindern zwang. Wie sie ihrem ältesten Sohn Harald Quandt aus erster Ehe vor ihrem Selbstmord schrieb, wollte sie die sechs Kinder von Joseph töten, um ihnen ein Leben nach dem Nationalsozialismus zu ersparen. Ungeklärt bleibt, ob sie selbst die Blausäurekapseln zwischen den Zähnchen ihrer betäubten fünf Mädchen und des Jungen zerdrückt hatte – sie waren zwischen zwölf und vier Jahre alt - oder doch der anwesende Anästhesist, der sich kurz darauf selbst vergiftete. Aber sie war dabei gewesen. Das ist bezeugt. Danach hatte sie eine Patience gelegt bis Joseph kam und den ganzen Nazispuk für sie und sich beendete. Die Brutalität ideologischer Verblendung kennt eben keine Grenzen, weder bei Frau noch Mann. Es wird ohne Bedenken und Moral gequält oder getötet. Die Fotos von lächelnden KZ-Aufseherinnen oder der belustigten Wärterin von Guantanamo sprechen Bände. Frauen sind in erster Linie Menschen und zu allem fähig, wodurch sich Homo Sapiens auszeichnet. Gemeinsam jagen, hetzen und töten liegt ihm im Blut. So ist er der Beherrscher der Welt geworden und die Weibchen waren, wie bei allen Rudeln mit Jagdtrieb, von Anfang an dabei.

Es ist meiner Meinung nach unerlässlich, dass Frauen und Männer im Einklang und gemeinsam diesen Wandel in eine menschliche Gesellschaft vollziehen, auch wenn es die Frauenbewegung war, die nach einhundertfünfzig Jahren konspirativer Vorbereitung den für illusorisch gehaltenen Wiedereinzug von Adam und Eva in das Paradies auf Erden nun möglich macht. Er geht zwar über - meist männliche - Leichen, aber die hatten zu Lebzeiten die Wahl gehabt, das Richtige zu tun. ..." Er holte tief Luft.

„Grundsätzlich sehe ich optimistisch in die Zukunft. Aber es gelingt mir nicht, mich stabil in einer besser werdenden Welt einzurichten, an deren Entstehung ich durch Vorsehung oder Zufall sogar mitgewirkt habe. Denn ich bin mit einem halb erzwungenen Engagement für die Sache durch einige Frauen, die meinen, in der ersten Reihe des Fortschritts zu stehen, in extreme und gefährliche Situationen einer Odyssee geraten, bei der ich vielleicht hätte draufgehen können oder sogar sollen. Ich traf auf weibliche, geltungssüchtige Bosse, die sich im Besitz der Wahrheit wähnen und die getrieben sind, mit belehrender Unterordnung ihre Umwelt zu gestalten. Diese Gier, in sozialer Hierarchie aufzusteigen, wo nur die Unfreiheit des einen zur Freiheit des anderen wird, wo einige wieder die Frechheit aber auch Dummheit besitzen, die Menschheit in Schafe und Wölfe aufzuteilen, bis sie selbst gefressen werden, lässt mich zweifeln, ja, ekelt mich an. Darin liegt das größte Hindernis der Menschen, miteinander friedlich umzugehen ... "

Er unterbrach die Aufnahme und holte sich ein Glas Weißwein aus dem Apartment auf die Terrasse. Nach einigen nachdenklichen Schlückchen, setzte er sich wieder und nahm weiter auf.

„Dem Homo sapiens ist vermutlich schon seit 50 000 Jahren klar, was mit ihm los ist. Das Tier im Menschen will gezähmt sein. Er muss sich sozial strukturieren, wo angeborenes Verhalten nicht mehr ausreicht. Deshalb wurden Religionen und ihre Gesetze zum Wohle der Gemeinschaft gefunden und fixiert, erst mündlich, dann schriftlich. Aber, und das ist die Crux, schnell hatten einige erkannt, dass derjenige, der die Einhaltung dieser mit der Unfehlbarkeit des Göttlichen oder später der Ideologie behafteten Regeln verwaltet, ein Herrschaftsinstrument in Händen hält, das ihn zum Medizinmann, Häuptling, Pharao, Konsul, Kaiser, Papst und Präsidenten machen konnte. ‚Von Gottes Gnaden' oder später ‚Im Namen des Volkes', oft mit ‚so wahr mir Gott helfe' komplementiert, lautete die Formel, mit der sich jeder Widerspruch beseitigen und jeder Wunsch erfüllen ließ. Die Autokratie hatte sich früh fest installiert und selbst in ihrem Gegenentwurf, der schon ein halbes Jahrtausend vor Christus entstandenen und vergessenen Demokratie, etablierte sich schließlich durch die Wahl von Berufspolitikern eine Elite, die dem eistigen Herrschaftadel und ihrem Gefolge glich. Die Macht des Volkes über das Volk verliert sich schnell, wenn sie durch Wahlen delegiert wird. Hitler", ‚immer wieder Hitler', dachte er, „der gescheiterte Putschist, ist ein Beispiel dafür, wie leicht sich auf demokratischem Weg mit den richtigen Steigbügelhaltern eine Diktatur installieren lässt. Die Reichstagsbrandverordnung und das sofort folgende Ermächtigungsgesetz hatten nur zwei Monate nach Hitlers Ernennung zum Reichskanzler mit der brutaler Gewalt der SA aus der Demokratie eine Diktatur der Nazis gemacht.

Deutsche und ausländische Industrielle unterstützten die NSDAP schon in der Weimarer Republik, da sie einen Linksputsch der KPD befürchteten, darunter auch Günther Quandt, Waffenproduzent und erster, geschiedener Ehemann von Magda Friedländer, Stieftochter eines jüdischen Kaufmanns aus Brüssel, die in zweiter Ehe Joseph Goebbels heiratete. Die Biographie dieser First Lady des Dritten Reichs ist unglaublich. Sie spielt genauso verrückt, wie die

Jahrzehnte nach dem Ersten Weltkrieg, in dem schon 17 Millionen ihr Leben lassen mussten und viele einen Arm oder ein Bein. Dieser Günther Quandt, ab 1941 Wehrwirtschaftsführer, dessen Nachfahren Autos und weiterhin Waffen produzierten und mit knapp 50 Milliarden Euro bis weit ins 21. Jahrhundert den Spitzenplatz der reichsten deutschen Familien inne hatten, kooperierte mit den Nazis, wie auch bald Alfried Krupp, da sie Rüstungsaufträge immensen Profit und später Zwangsarbeiter aus den KZs versprachen. Nach sechs Jahren hatte der Krieg, von den Achsenmächten ausgelöst, Europa und Teile Asiens in Schutt und Asche gelegt und geschätzte 60 bis 80 Millionen Menschen getötet. Die genaue Zahl ist unbekannt. Günther Quandt wurde übrigens auf wundersame Weise in der amerikanischen Besatzungszone entnazifiziert und konnte einer Anklage und Verurteilung in den Nürnberger Prozessen entkommen. Dann begannen der Wiederaufbau und die Wiederaufrüstung, bis schließlich alle vor Waffen starrend in sogenannten Stellvertreterkriegen erneut aufeinander losschlugen. Und schließlich hatte es sogar für den Beginn des Dritten Weltkriegs gereicht. Unbegreiflich, wie sich die Menschen immer wieder für die Befriedigung der Gier und Habgier einiger Weniger einspannen ließen. Einfach unbegreiflich." Er nahm sich das Weinglas und nippte daran. Dann stand er auf und stellte sich mit Glas und Recorder an das Geländer der Terrasse, unter der feuerrot leuchtend eine große Bougainvillae blühte. Er beruhigte sich.

„Aber das sollte nun überwunden sein. Die Voraussetzungen für diese Massenkriege durch die private Waffenindustrie wurden beseitigt. Das ist für mich die eine entscheidende Veränderung dieser Zeit. Die andere betrifft das Verhältnis zwischen Mann und Frau, die die völlige Gleichberechtigung zwischen den Geschlechtern zum Ziel haben sollte. Nur diese ‚Mannsweiber' - ich will diesen Ausdruck nicht entschuldigen, auch wenn er schrecklich klingt und an eine griechische Chimäre erinnert - machen mir halt

Sorgen, ich meine die charakterlichen, auf die er wirklich zutrifft und die ‚typisch männliche' Verhaltensmuster zeigen. Sie sind es, die sich übereifrig dem Fortschritt der Menschheit in den Weg stellen. Es darf doch nicht wieder auf den alten, dumpfen Kampf der Geschlechter hinauslaufen, der die Menschen weiter trennen wird. Es fehlt immer noch die Verbreitung grundlegender Einsichten über das Verhältnis zwischen Mann und Frau, über diesen Trieb beladenen Geschlechtsdimorphismus, der verbindet oder trennt und der kopf- und herzlos machen kann. Sexualität muss in ihrer konstruktiven als auch destruktiven Wirkung verstanden und beurteilt werden, um das Gefühlschaos zu beherrschen, in das uns der Reproduktionstrieb bewusst oder unbewusst hineinzieht, und zwar permanent. Denn im Gegensatz zu den meisten, höheren Wirbeltieren, hat der Mensch bekanntlich saisonale Paarungszeiten aufgegeben." Der Biologe in ihm sprang an. „Er ist, domestizierten Haustieren ähnlich, ganzjährig fortpflanzungsfähig und dies zum Leidwesen der Frauen, die dreißig, vierzig oder noch mehr Jahre ihres Lebens alle drei Wochen menstruieren müssen. Überhaupt erscheint mir dieser Unterschied zwischen den Geschlechtern immer noch zu wenig Beachtung zu finden. Denn oft führt er zu einem unausgeglichenen, sexuellen Appetenzverhalten der Sexualpartner. Durch die Paarungsabwehr der oft, verständlicher Weise, übellaunigen Frau, können Missverständnisse und Eifersucht zu einem daraus resultierenden Streit führen, der sich schließlich verselbstständigt. Dadurch gehen sicher viele Beziehungen in die Brüche. Einige patriarchalisch organisierte Kulturkreise haben in der Mehrehe eine für die Männer vielleicht angenehme Lösung für das Problem gefunden, nur für die Frauen war sie es vermutlich nicht. In unserer stark sexualisierten Gesellschaft besteht eigentlich nicht die Möglichkeit, das Geschlecht der Mitmenschen im Jahresverlauf zumindest zeitweilig zu übersehen, selbst und gerade dort, wo Burka, Niqab und Abaya Sexualität verstecken soll. Sex ist der Dauerbegleiter einer denkenden Spezies geworden, bei der Trieb und Verstand in permanenter Konkurrenz stehen. Bei den gehörnten Säugern schlagen sich die Männchen nur saisonal die Köpfe ein, beim Menschen ist das, mehr oder weniger offensichtlich, permanent der Fall. Und während der Mann mit körperlicher oder materieller Überlegenheit aufzutrumpfen versucht, hat sich die Frau den Körperschmuck als auszeichnendes Attribut zugelegt, der im Tierreich eigentlich auch den Männchen vorbehalten ist. Paradiesvögel machen dies in ganz außerordentlicher Weise deutlich, aber natürlich auch Hirschkäfer, Stier und Pfau. Beim Menschen versuchen beide Geschlechter sexuell attraktiv auszutreten, was auch ein entscheidendes Alleinstellungsmerkmal unserer Spezies unter den Säugern ist. Sex wohin man schaut, nackt oder verschleiert, auch im übertragenen Sinn." Er unterbrach sich kurz für einen Schluck aus dem Glas.

„Adam und Eva haben sich beide am Baum der Erkenntnis bedient. Ich finde übrigens diese biblische Allegorie des Übergangs vom Tier zum Menschen ganz treffend. Sie entdeckten ihre Blöße mit Schamgefühl, was religiös mit der bewussten, schuldbeladenen Wahrnehmung von Sexualität gleichgesetzt wird und wurden aus dem Paradies in ein mühseliges Leben vertrieben, weil sie ihren erworbenen Verstand noch nicht konstruktiv zu nutzen wussten, schon gar nicht zum Wohle aller. Er war mehr hinderlich. Gut und Böse entstanden. Aber schon immer hat der Mensch auch versucht, den Fluch der Erkenntnis in Segen zu verwandeln und immer wieder hat sich der Fluch durchgesetzt.

Heute aber, auf einer durch Kommunikations- und Transportmöglichkeiten geschrumpften Erde, die Bill Anders an Heilig Abend 1968 aus einer Luke der „Apollo 8" vom Mond aus erstmalig mit Erstaunen und Bewunderung fotografierte, liegt dieser Segen für alle greifbar nah. Man muss ihn nur noch organisieren, statt ihn zu verhindern." Ein wenig erschöpft von seiner Rede, leerte er das Weinglas in einem Zug und stellte es auf dem Tisch ab. „So. Ich schnapp mir jetzt den Roller – übrigens des Fahrtwinds und Parkens wegen besser, als jeder Mietwagen - und flitze zum Baden runter an den Kommos … wo vor fast fünftausend Jahren die Schiffe der Minoer dümpelten … dieser ersten europäischen Hochkultur, in der die Frauen genauso viel zu sagen gehabt haben sollen, wie die Männer." Dann zog er zwei Handtücher und den Sarong von der Leine. Die Badehose ließ er hängen.

Der lange FKK-Strand von Kommos erstreckt sich an der weiten Bucht von Messara am Lybischen Meer unterhalb einer gleichnamigen Ausgrabungsstätte, in der man den Hafen von Phaistos, einer zehn Kilometer landeinwärts gelegen minoischen Stadt, vermutet. Der deutsche Hobbyarchäologe Friedhelm Will entdeckte sie um 1970 und wanderte dafür ins Gefängnis. Ausgrabungen waren generell verboten gewesen. Sechzig Jahre nach seiner Straftat brütete das wenig beachtete Areal ein wenig lustlos nur zum Teil freigelegt und für Besichtigungen weitgehend gesperrt, in rostender Umzäunung unter der Kretischen Sonne. In der Mitte der Bucht erheben sich in zehn Kilometern Entfernung die Paximadia-Inseln, die von seiner Position aus wie eine riesige Schildkröte aussahen, die über ihren Panzer hinweg seitlich zum Strand schaute. An ihnen soll der Großteil der Flotte des Menelaos auf seiner Rückfahrt von Troja zerschellt sein, zumindest musste sich das Unglück nach Homer ganz in der Nähe ereignet haben.

Freikörperkultur schien bei Jüngeren nicht mehr in Mode. Die Pflege des einhundert Jahre alten Nudismus' war den älteren Semestern überlassen. Die meisten Körper der Nackten, die ihn stehend oder liegend umgaben, befanden sich an der Schwelle zum Verwelken oder waren bereits jenseits von ihr. Einige Nacktbader tasteten sich vorsichtig über rutschige Felsplatten, die in der Brandung den Gang ins Meer erschwerten, bis sie sich fallen lassen konnten und losschwammen. Die Stimmung war friedlich, eine Gemeinschaft im Ausnahmezustand der Nacktheit.

Als er sich vorsichtig aus der Rückenlage auf den Bauch wälzte, bemüht, den Sand von Handtuch und Sarong fernzuhalten, fiel sein Blick auf einen kräftigen Mann mittleren Alters, der wenige Meter entfernt mit vor der Brust verschränkten Armen und hängender Männlichkeit in Pose stand. Ihm war schon früher aufgefallen, dass einige Geschlechtsgenossen den Strand als Laufsteg oder Bühne zu nutzten schienen, um ihr großes Gemächt zu zeigen. Zumindest sah es so aus. Bei ihm hatte er den gleichen Eindruck. Ein Sieg beim Schwanzvergleich galt halt was unter Männern. Bei den alten Griechen dagegen entsprach der Fleischpenis nicht dem Schönheitsideal, wie an ihren Heldenstatuen unschwer zu erkennen ist. Er wurde mit Dummheit und Hässlichkeit in Verbindung gebracht und kennzeichnete nur Darstellungen von Satyrn oder Priapus, letzterer von Hera mit einer abnormen Dauererektion verflucht. Im antiken Griechenland war offensichtlich der sich auf eine feine Gestalt reduzierende Blutpenis die adäquatere Form der Darstellung von Männlichkeit, da sie auf Ratio und intellektuelle Durchdringung statt auf triebhafte Lustbefriedigung hinwies. Dahinter verbarg sich bekanntlich keine Lustfeindlichkeit, sondern wahrscheinlich nur die Ästhetik des Anblicks, schließlich betrieben die Olympioniken ihre Wettläufe nackt und empfanden einen dabei unkontrollierbar hin und her schlagenden Geschlechtsapparat sicher wenig ansehnlich. Vielleicht war es auch das Wissen darum, dass sich Fleisch- und Blutpenisse im erigierten Zustand gar nicht so sehr in Größe und Wirksamkeit unterscheiden, das den Schwanzvergleich für die Griechen uninteressant machte. Aber es gibt natürlich Ausreißer, wie die Gaußsche Verteilungskurve und die Pornoindustrie belegen und trotz der Tatsache, dass unsere Kultur auf der Griechischen basiert, steigt und fällt in der westlichen Welt mit der Genitalgröße auch das sexuelle Selbstvertrauen der Männer. Zunehmende Impotenz schon unter Zwanzig- bis Dreißigjährigen wurde damit in Verbindung gebracht. Der Beitrag der Pornoindustrie an dieser Entwicklung ist offensichtlich. Wo es Oswald Kolle und Beate Uhse anfänglich, freilich neben dem Geschäftserfolg, auch um Aufklärung und sexueller Befreiung von bürgerlichen Moralvorstellungen gegangen sein mag, ganz im Sinne des Zeitgeists, hatte sich jedoch bald die Märchenwelt endloser, männlicher Potenz in Verbindung mit Riesenphalli und steter, weiblicher Geilheit in die Hirne gebrannt und hinterließ ein Heer von pornosüchtigen Voyeuren, die sich, die Frauen und die Welt falsch oder völlig verwirrt überhaupt nicht mehr verstanden. Die Leistungsgesellschaft hatte wieder zugeschlagen, der Perfektionismus die gute Laune verdorben.

,Penis, Pimmel, Piller, Puller, Piephahn, Pint, Pinsel, Prügel, Pentil, Prick, alles mit prustendem P', war ihm früher schon einmal aufgefallen und kam ihm nun wieder in den Sinn. Dann setzte sich der Mann in Bewegung und schlenderte, schwanzschleudernd an ihm vorbei zum Meer hinunter.

Er spürte die Sonne auf seinem Rücken und dachte an den Vitamin-D-Speicher und der damit verbundenen Gesundheit seiner Knochen. Südgeorgien war gut für den Kaiserpinguin, denn er aß genug Fisch, aber nicht für den Menschen, dem es dort nicht nur an Sonne, sondern an allem mangelte. Wie hatte er sich nur darauf einlassen können? Unwillig wischte er den Gedanken an die Frauen weg, die ihm das Ganze eingebrockt hatten. Aber er wusste, dass er ihn nicht vergessen würde. Das war schon klar.

Am Abend saß er auf der kleinen Platia von Pitsidia bei Moussaka und dem lokalen Weißen. Griechische Musik zimpelte im Hintergrund. Die Luft war lau und er fühlte sich großartig. Er hatte bereits eine Karaffe geleert, ein halbes Kilo, wie der Hellene sagt, bevor der Auberginenauflauf gekommen war. Er kann sehr unterschiedlich ausfallen. Dieser war gut. Die Kartoffel-, Hackfleisch-,

Auberginen- und Bêchamelschichtung war gelungen. Meistens fehlte es an dem einen oder anderen.

Dann sah er sie, Malika, drei Tische entfernt, halb abgewandt im Gespräch mit einer gut aussehenden Frau. Sie setzten sich gerade. Ihre Begleitung war Griechin, wie er an dem vollen, schwarzen, lockigen Haar zu erkennen glaubte und um das er dieses Volk immer beneidet hatte. Auch die Männer trugen diesen vitalen Schopf, der sich im Alter in eine weiße Woge verwandelte, ohne schütter zu werden. Er lehnte sich in dem steilen, unbequemen Stuhl zurück, der in Griechenland zu jeder Gastronomie gehört. Wenn die aus Schnüren geflochtene Sitzfläche durchgesessen war, wurden er für ihn zum Folterinstrument.

‚Zu früh, meine Liebe', dachte er, ‚zu früh. Wollte mich noch ein wenig erholen, Abstand gewinnen.' Er wandte sich wieder der Moussaka zu, ohne Malika aus den Augen zu lassen. Als sie sich nach dem Kellner umsah, entdeckte sie ihn und erstarrte. Nach einem kurzen Augenblick sagte sie etwas zu ihrer Begleitung, stand auf und kam lächelnd auf ihn zu.

‚Sie weiß von nichts, oder?', dachte er und erhob sich ebenfalls. Sie gab ihm die Hand. Dann umarmten sie sich.

„Schön, dich zu sehen", flüsterte sie ihm dabei ins Ohr. „Moment, ich bin mit einer Freundin hier." Sie wandte sich zu ihr um und signalisierte ihr, dass sie mit ihm sprechen wolle. Dann setzten sie sich. „Erzähl. Es ist jetzt zwei oder drei Jahre her. Was hast du in der Zeit getrieben? Siehst ganz schön fertig aus", fragte sie freundlich und schien tatsächlich von nichts eine Ahnung zu haben.

„Es ist sehr viel passiert. Lässt sich gar nicht so schnell erzählen."

„Aha."

„Ja, komme gerade aus Südgeorgien. Der Ausbruch. Vielleicht hast du davon gehört."

„Na klar. Und … wie, du warst dabei?"

„Ja."

„Aber wieso ... ? Warte." Sie stand auf, ging zu ihrer Freundin und sprach mit ihr, worauf diese ebenfalls aufstand und nach einer kurzen Umarmung ihm zunickte und die Platia verließ. Malika kam zu ihm zurück und setzte sich wieder.

„Okay. Was ist passiert?"

Malika zeigte sich nach dem ausführlichen Bericht über die Ereignisse, die seine letzten Jahre so extrem beeinflusst und in die Hölle Südgeorgiens geführt hatten, tief betroffen. Aaron erwähnte er nicht, um sein Inkognito zu wahren. Auch Berte ließ er außen vor. Außerdem war ihm zu diesem Zeitpunkt Malikas Stellung im Kader nicht klar und er hielt es für klug, noch abzuwarten. Später würde er dann auch diese Erfahrung mitteilen müssen, da sie ja seine eigentliche Mission betraf und zeigte, dass bei den Verurteilungen auch Fehler gemacht werden konnten, sogar, wie Aarons Fall zeigte, ganz unverzeihliche.

Seine Meinung über die ‚Mannsweiber' verstand sie und schien sich nicht an dem Ausdruck zu stören. Auch ihr seien diese Frauen begegnet, die sich mit strenger Rechtschaffenheit einer Männerwelt entgegenstellten, die sie vielleicht in verletzender Weise behandelt hätte. Ihr missfiele der Rachegedanke, der sich hinter dem Kampf für soziale Umgestaltung zu verbergen schien und dem er offensichtlich zum Opfer gefallen sei. Dass diese Frauen ihrer beider Bekanntschaft benutzt hätten, um ihn auf diesen vielleicht sogar von Anfang an geplanten Weg ins Gefangenenlager auf Südgeorgien zu schicken, bedauere sie sehr. Ob er absichtlich in Grytviken vergessen worden sei, könne man vielleicht sogar noch herausfinden, meinte sie, es sei denn, alle Unterlagen zu seinem Einsatz seien verschwunden.

„So ein Verhalten schadet der Sache, du hast Recht. Ich werde mich dahinterklemmen", hatte sie nach ihrem langen Gespräch aufatmend gesagt. „Aber prima, dass du jetzt wieder einigermaßen okay bist. Wie lange bleibst du auf Kreta? Weißt du das schon?"

„Habe keine konkreten Pläne, aber es gefällt mir hier."

„Ja, dann werden wir uns sicher wiedersehen. Ich muss jetzt los, aber vielleicht hast du ja Lust mitzukommen. Ich wohne mit meiner Freundin um die Ecke."

„Malika, lieb von dir, aber du musst jetzt nicht ..."

„Nein nein, das geht absolut in Ordnung. Es gibt allerdings noch was zu essen. Vielleicht hast du ja noch ein bisschen Hunger."

Ihre Freundlichkeit überraschte ihn ein wenig. So hatte er sie eigentlich nicht in Erinnerung. Vielleicht meinte sie, etwas wiedergutmachen zu müssen oder es war die Harmonie, die über dem Süden der Insel lag. „Okay, warum nicht. Gut. Ich muss noch bezahlen."

Malika wohnte tatsächlich um die Ecke, ein geräumiges Zimmer mit Kochnische, Bad und Balkon. Die Frau von der Platia hieß Noya, und war ihre Freundin und Partnerin, wie schnell deutlich wurde. Sie hatte griechisch gekocht, Giouvetsi, Lamm mit Reisnudeln aus der Röhre. Und der Wein floss. Viel zu betrunken, um es mit seiner Vespa noch nach Sivas zu schaffen, blieb er über Nacht auf der Liege vor dem Balkon. Beim Frühstück machten sie Pläne mit ihm für den Tag und wiesen seinen Einwand, nicht stören zu wollen, vehement zurück.

Nach zwei Wochen, in denen er die Frauen einige Male getroffen hatten, zogen die Beiden in ein Haus in Kamilari und fragten ihn, ob er Lust hätte, mitzumieten. Freudig überrascht willigte er ein, zumal seine Freunde in Sivas für einige Monate nach Deutschland geflogen waren, um Geschäfte zu erledigen.

Wundersam hatte sich sein Leben verändert und er beschloss, es erst einmal zu genießen und die Vergangenheit beiseite zu legen. So fiel auch Aarons Geschichte unter den Tisch und er hatte einfach keine Lust, sich nach ihr zu bücken, um sie aufzuschlagen.

Noya war israelische Jüdin und keine Griechin, wie er angenommen hatte. Natürlich zeichnet das volle Haar die gesamte Levante aus. Er wusste das eigentlich. Aber wie leicht täuscht der Anschein. Sie war um einiges älter, als sie aussah, hatte eine attraktive, weibliche Figur, die sie gern in Anzügen betonte, ein schönes Gesicht und eine dunkle Stimme. Dass sie bisexuell war, bekam er bald mit, da auch sie sich näher kamen. Sie schreckte vor seinem Alter nicht zurück, auch wenn sie 22 Jahre trennten. ‚You will desire me like crazy‘, erklärte sie ihm schmunzelnd. Und Malika schien es nichts auszumachen. Er ließ sich fallen, wie ein Fallschirmspringer aus großer Höhe, der zu fliegen glaubt, auch wenn er mit 200 km/h auf die Erde zurast. Was aber Besseres hätte ihm nach Südgeorgien passieren können, als in warme, weibliche Fürsorge gebettet zu sein und darüber verdrängen zu können, dass irgendwann die Reißleine gezogen werden würde?

Das Haus lag am Ende einer kurzen, schmalen Sackgasse. Es hatte im Erdgeschoss eine kleine Küche, eine Toilette und ein großes Wohnzimmer mit einem Kamin. Die ein wenig tiefer liegende Terrasse im Obergeschoss betrat man über zwei kurze Treppen von zwei Schlafzimmern aus, zwischen denen das Bad lag. Er schlief in dem einen, Malika in dem anderen. Noya wechselte die Zimmer nach Lust und Laune. Sie bekam dadurch einen gewissen Prinzessinnenstatus, der ihr aber von Herzen gegönnt war, da sie sich auch in der Aschenputtelrolle wiederfand. Sie kaufte ein, putzte, machte die Wäsche, kochte hin und wieder und machte das so selbstverständlich und nebenher, dass es kaum auffiel. Als bekennende Frühaufsteherin nutzte sie den Morgen dafür, während Malika und er noch in den Betten lagen und sich durch ihr leises Rumoren eine Etage tiefer eher beruhigt als gestört fühlten. Sie war Freundin wie Geliebte. In dieser Balance hielt sich eine Harmonie, die alle drei begrüßten. Im Ort waren sie bald bekannt und konnten sich vor Einladungen nicht retten. Jeder wollte mit diesen drei unterhaltsamen Menschen seine Party schmücken, da ihre ungewöhnliche homo-, hetero- und bisexuelle Dreierbeziehung einen Einblick in die Zukunft menschlicher Soziabilität zu bieten schien. Der Sexualität einen neuen Platz zuweisen und raus aus der Zweierkiste, die Erweiterung der Ansichten und der Objektivität durch eine dritte Meinung, das waren doch Gedanken oder Wünsche, auf die es in Zweierbeziehungen meistens hinauslief.

Sah so das Konzept für zukünftige Beziehungen aus? Gab es deshalb die unterschiedlichen, sexuellen Orientierungen, um diese Konstellation zu ermöglichen? Lief alles auf eine stabile Dreierheirat im übertragenen Sinne hinaus, auch wenn man natürlich auf den bürgerlichen Vertrag pfiff? Lag in der Bagatellisierung des Geschlechtlichen, die einige Anthropologen im steinzeitlichen Matriarchat bereits verwirklicht sahen, das Geheimnis friedvollen, sozialen Beisammenseins? War das der Ausweg aus den toxischen Beziehungen, auf die es in den meisten Fällen hinauslief, den der Mensch noch zum wahren Menschsein finden musste? Diese Fragen lagen in der Luft und mischten Kamilari und seine vornehmlich deutschen und italienischen Bewohner auf.

Die Griechinnen im Dorf schüttelten den Kopf, denn ihre Männer saßen immer noch mit selbstverständlichem Machismo vor dem Kafenion an der Platia und spielten seelenruhig eine Partie Tavli. Der Grieche ist seiner Frau zwar von alters her untreu, würde sie aber nie verlassen und in unversorgte Armut stürzen. Das war bekannt und so sah man diesen Männern ihre sture Rückwärtsgewandtheit nach, die sich seit 4000 Jahren bewährt und zu relativem Frieden zwischen den Ehepartnern geführt hatte. Aber sie passte natürlich nicht zu der neuen Welt, in die die Menschheit nun hineinwachsen musste und es war abzusehen, dass dieses alte Denken bald seinen sozialen Tod finden würde. Der Zopf war zu alt und verfilzt und gehörte abgeschnitten.

Nach ungefähr zwei Monaten meinte er zu bemerken, dass sich Malika und Noya mehr zu sagen hätten, als sie vor ihm zeigten. Es waren nur Kleinigkeiten wie ein unterbrochenes Flüstern, wenn er dazukam, ein kurzer Seitenblick, eine fehlende Information oder Absprache, die in ihm den Eindruck erweckten, ein wenig außen vor gelassen zu werden. Doch wusste er auch, dass er auf nonverbale Kommunikation sehr, wenn nicht zu sensibel reagierte. Sein Ablehnungsseismograph war vielleicht wirklich nicht richtig kalibriert, sondern durch seine tiefsitzende Harmoniesucht, mit der er sich auf neue Bekanntschaften immer offen, ja, fast blauäugig einließ, zu stark beeinflusst. Er erklärte sich das damit, dass er in seiner Kindheit viermal umgezogen war und immer wieder die Wahl gehabt hatte, zwischen anderen Kindern, die bekanntlich grausam sein können, zu verstummen oder sich als frechfreundlicher Klassenclown anzubiedern. Letzteres gelang ihm ganz gut und so hatte sich dieses Verhalten mit den Jahren in ihm festgesetzt, auch wenn er diese triebhafte Lustigkeit, diese ständige Suche nach dem Scherz, bald selbst als Makel empfand, den er gerne losgeworden wäre. Nur war ihm das nie gelungen. Aber jetzt gab es eigentlich keinen Grund für seine Zweifel und er schob sie beiseite. Ihre Dreierkiste war von Anfang an perfekt gewesen, da es keine Ansprüche gab, die sie hätten enttäuschen können. Da war er sich ziemlich sicher.

Es war ein Samstag. Die Frauen waren früh zum Markt nach Mires gefahren und er wollte mit dem Roller nach Matala, Touris treffen. Im Café mit Fremden ins Gespräch zu kommen, gefiel ihm. Manchmal begegnet man interessanten Menschen, oft auch nicht. Gegen Mittag setzte er sich auf die Vespa, die er in Mires vor einiger Zeit gebraucht gekauft hatte und tuckerte los. Am Ortsrand, 200 Meter vor der Ladestelle, blieb der Motor stehen und ging nicht mehr an. Er rollte bis zu der kleinen Werkstatt, die zur Station gehörte und erfuhr, dass der Akku hin sei. Ein passender müsse erst aus Mires besorgt werden. Morgen könne er die Vespa abholen, wenn er sie daließe.

„Okay, proi", sagte er und „ta leme avrio." Der Grieche nickte nur. Er ging zurück ins Dorf und gleich weiter zu ihrem Häuschen auf die Terrasse. Die Markise vor dem Geländer machte sie für die Nachbarschaft uneinsehbar. Er legte sich nackt auf die Liege und dämmerte bald ein. Das Geräusch einer zufallenden Autotür weckte ihn auf.

„He's still in Matala. No Vespa", hörte er Malika sagen.

„Okay. We have to talk about him anyway. Decisions are to be made. How's about having a Gin Tonic on the terrace?"

„Good idea."

„I serve you upstairs, my dear. Go ahaed." Noyas tiefe Stimme klang warm und freundlich, wie immer.

„Okay."

Seinen ersten Impuls aufzuspringen und sich bemerkbar zu machen, unterdrückte er verblüfft.

‚Entscheidungen? Welche Entscheidungen mich betreffend? Wie, was läuft da?', fragte er sich, nahm seine Sachen und das Handtuch von der Liege, stieg leise die kurze Treppe hoch in sein Zimmer und legte sich aufs Bett. Falls sie ihn entdecken sollten, konnte er sich schlafend stellen und vorgeben, nichts mitbekommen zu haben. Aber wahrscheinlich, so hoffte er, würde Malika durch ihr Zimmer, das der Treppe ins Obergeschoß näher lag, direkt auf die Terrasse gehen und er bekäme dann mit, was sie zu besprechen hätten. Sollte es ganz harmlos sein, vielleicht sogar eine nette Überraschung für ihn, konnte er sich dann immer noch schnell bemerkbar machen. Ein wenig beschämt über sein Misstrauen aber auch zufrieden mit seinem spontanen Einfall, rollte er sich auf die Seite. Sein Blick fiel auf die angelehnte Terrassentür, vor der ein grobmaschiger Store hing, hinter dem er nicht zu sehen war. Er hörte, wie Malika nebenan im Badezimmer auf die Toilette ging. Wenn sie gleich vom Flur aus durch seine geöffnete Zimmertür schauen würde, hätte sie ihn entdeckt. Doch die Spülung ging und kurz darauf klapperten ihre Flip-Flops auf der Treppe, die von ihrem Zimmer auf die Terrasse führte. Ein Feuerzeug schnipste und Malika ließ sich geräuschvoll in einen der knisternden Rattansessel fallen. Dann wurde es still. Kamilari war in der Hitze des Mittags verstummt. Seine Spannung stieg. Kurz darauf hörte er Noya auf der Terrasse. Im Haus war sie immer barfuß und tauchte meist völlig überraschend auf.

„Here you go."

„Cheeers, honey."

„Thank you, my dear. Cheers." Dumpf stießen die großen Highball-Gläser aneinander. Dann knisterte auch der andere Sessel und ein Feuerzeug schnippste dreimal. Es war wohl schon fast leer.

„By the way, I finished the essay for our journal. You wonna have a look?" Er konnte Noya sehen. Sie wedelte mit einigen Seiten Papier.

„Yes, sure, or maybe you read it to me?"

„Okay, why not." Sie räusperte sich. „The Plan for Man."

Dann hörte er eine kurze Abhandlung über Nutzen und Schicksal des Mannes in der Zukunft. Zuerst dachte er, etwas falsch zu verstehen, oder das es um Satire ginge. Aber schnell wurde klar, dass alles genauso gemeint war, wie sie es sagte. Unfassbar.

„So what do you think." Noya war zum Schluss gekommen.

„Good. clear and straight. I like it." Malika war zufrieden.

„Okay, and our old friend? You made up your mind yet? Think about the riot he could provoke. You know we have to prevent that", sagte Noya mit gewichtiger Betonung.

„Sure."

„Therefore …"

Was er dann hörte lähmte ihn vor Entsetzen. Nie im Leben hätte

er das erwartet.
‚Weg, du musst hier weg', rief es alarmiert in ihm. ‚Weg.'

8

Sein Apartment lag an der südlichen Badebucht von Tinos-Stadt. Er saß auf der Veranda beim Morgenkaffee und beobachtete durch Tamarisken hindurch vornehmlich ältere Frauen, die bis zum Nabel im Meer die flache Bucht von links nach rechts und zurück mehrmals durchschritten. Geschwommen wurde kaum. Hier hatte sich eine Form des Frühsports durchgesetzt, die ihm bislang an keinem Strand aufgefallen war und die er auch ausprobiert hatte. Sie fühlte sich gut an, war durch beschleunigtes oder verlangsamtes Gehen variabel in der Belastung und ermöglichte so ein gewisses Intervalltraining, auf das der Körper besonders gut anspricht und sich die fußläufige Fortbewegung rasch verbessert. Homo hatte den Zweibeingang perfektioniert. Sein ganzer Körper war an ihn angepasst. Es gab kein Säugetier, das sich so perfekt ausbalanciert und Energie sparend auf den Hinterläufen halten konnte, wie der Mensch, der schon vor hunderttausend Jahren bei seinen Hetzjagden die Beutetiere auf langen Distanzen abwechselnd laufend und gehend in den Überhitzungs- und Erschöpfungstod getrieben hatte. Hier zog er jedoch das Schwimmen vor, da es den ganzen Körper kräftigte und für ihn die adäquate Form der Fortbewegung im Wasser war. Zudem kraulte er gut.

Seine Flucht hatte mit Fähren von Kreta über Naxos und Mykonos nach Tinos geführt, das das Gegenteil der benachbarten Partyinsel war und ist. Auf ihr gibt es unzählige Kirchen. Die Verehrung einer wundertätigen Marienikone führt jedes Jahr an „Mariä Himmelfahrt" zum Ansturm von Pilgern, von denen viele auf Knien einen 300 Meter langen Büßerweg hoch zur Wallfahrtsbasilika kriechen und um Vergebung und Heilung bitten. Wer schon am Hafen die Selbstkasteiung beginnt, hat 500 schmerzende Meter vor sich und lief Gefahr, einen subpatellaren Knorpelschaden zu provozieren.

Die Anzahl der Kneipen wird von der orthodoxen Kirche, der ein Großteil der Insel gehört, eingeschränkt und die schiere Menge an Läden und Ständen in den Straßen und Gassen, die mit Devotionalien und vor allem Kerzen handeln, versetzt den Ort in einen anhaltenden Zustand von geschäftiger Anbetung und Reue, der ideal für denjenigen ist, der sie öffentlich zelebrieren will. Andacht und Einkehr der Pilger durchströmen bedächtig den Ort. Lediglich ein zahmer Pelikan, der dritte Nachfolger seiner Art, der sich zwischen den Restaurants am Hafen herumtreibt, versetzt die Touristen in ein wenig Aufregung, die sich aber mit der gemütlichen Art der Fortbewegung des mit dem nackten Kehlsack schwabbelnden Vogels schnell wieder legt. Nach dem Entsetzen, das ihn auf seinem Bett liegend im beschaulichen Kamilari ergriffen hatte, war Tinos für ihn genau der richtige Zufluchtsort gewesen. Es gab einiges zu überdenken.

Er nahm einen Schluck aus seinem Kaffeebecher und griff dann nach dem Recorder, der vor ihm auf dem Tischchen lag. Er wog ihn einige Male in der Hand und nahm dann auf.

„Kreta vor fünf Tagen Hals über Kopf verlassen, … Habe in den zwei Monaten, die seit der letzten Aufnahme vergangen sind, mit zwei Frauen in Kamilari zusammen ein Haus bewohnt. Unsere WG bekam bald neben der sozialen auch eine körperliche Note. Die eine Mitbewohnerin war Malika, ja, tatsächlich Bärbels Tochter, die andere hieß Noya, war Israelin und bisexuell. Dass Malika lesbisch war, bekam ich erst auf Kreta mit, auch wenn ich es mir zurückschauend hätte denken können. Ich traf sie auf der Platia von Pitsidia. Unser Dreierverhältnis entwickelte sich entlang der sexuellen Neigungen zu einem harmonischen Beisammensein. So zumindest hatte es sich für mich dargestellt. Was sich wirklich hinter allem verbarg, erfuhr ich zu meinem Entsetzen erst vor ein paar Tagen, als ich ein Gespräch zwischen den Beiden belauschte. Unbemerkt konnte ich mich noch davonschleichen. Ich hatte genug gehört. Am nächsten Tag war ich weg. Ich fasse mich kurz. Darüber zu sprechen fällt mir nicht leicht, blauäugig, wie ich einmal mehr gewesen war.

Als mich Malika und Noya in Pitsidia auflasen, ging es ihnen darum, Zeit und Kontrolle zu gewinnen. Meine Ablösung von Südgeorgien war wahrscheinlich vom DEMI nicht mehr vorgesehen gewesen. Denn kritische Äußerungen eines Augenzeugen über die dortigen Zustände sollten verhindert werden. Abschreckung war erwünscht, Mitleid aber nicht. Die Empörung, die ein Bericht von mir hätte auslösen können, machte mich in den Augen dieser Frauen zum Gegner der Bewegung und zur Gefahr für das öffentliche Ansehen des DEMI, das ein extrem radikales Vorgehen gegen Männer vertritt. Aus diesem Grund fingen mich die beiden ein und beschäftigten mich mit dem Anschein von Zuneigung und sozialer Geborgenheit. Wie perfide. Hatte ich bislang ein grundsätzliches Einverständnis mit der weiblichen Revolution gehabt, bin ich nun im Zweifel, denn die Ziele, um die es zumindest einigen Frauen zu gehen scheint, verfolgen das Gegenteil von Frieden und Gleichberechtigung. Ein Essay, den Noya vorlas und den ich aus meinem Versteck mitbekam, öffnete mir die Augen. Die Frauen, die anscheinend den Ton angeben, sind mit uns Männern noch lange nicht fertig. So unglaublich es klingt, ich denke, wir sollen verschwinden. Sie sind überzeugt, dass Männer für den Fortbestand der Menschheit nicht mehr notwendig sind und sie besser ohne sie auskommen kann. Männer trügen immer die Gefahr in sich, mit Krieg und Machtstreben das Glück der Menschheit zu bedrohen. Deshalb müsse das Y-Chromosom verschwinden, von dem sie glauben, dass alles Übel an ihm klebt. ‚Drohnenschlacht' nennen sie es und nehmen sich offensichtlich ein Beispiel daran, wie eine staatenbildende Spezies sich eines überflüssig gewordenen Geschlechts entledigt. Da Drohnen der Honigbiene weder Putzen, Bauen oder Sammeln können, gefüttert werden müssen und bis auf die Begattung überflüssig sind, werden sie im Spätsommer nach der Schwarmzeit, in der die Königinnen während ihres Hochzeitsflugs kopulieren, nicht mehr in den Stock gelassen und verhungern am Ende ihres kurzen Lebens. Es gibt im Tierreich viele Beispiele für die sinnvolle, weil energiesparende Reduzierung der Sexualität auf das Wesentliche, bei der oft die Männchen den Kürzeren ziehen - beim Tiefseeanglerfisch sogar den viel Kürzeren." Wieder ging der Biologe mit ihm durch. Der Geschlechtsdimorphismus war nun mal ein extrem interessantes Thema, mit dem er sich gern beschäftigt hatte.

„Die männliche Larve dieser Spezies aus dem lichtlosen Abyssal verbeißt sich früh an der Bauchflosse einer weiblichen und wird an deren Blutkreislauf angeschlossen. Sie verkümmert bis auf die Hoden, die das ausgewachsene Fischweibchen zur Befruchtung hormonell selbst aktivieren kann. Bei den Schwarzen Witwen und Skorpionen werden die Männchen nach dem Akt gefressen. Hirschböcke verenden oft nach der Brunft an Entkräftung durch Kampf und häufiges Bespringen. Sex kills. Einzig die Bonobos, Zwergschimpansen, bei denen die Weibchen, obwohl kleiner als die Männchen, sozial dominant sind, machen da im Tierreich eine bemerkenswerte und einzigartige Ausnahme. Ähnlich, wie bei den Menschen, ist Sexualität bei ihnen nicht zwingend an Fortpflanzung gebunden, sondern dient neben der Zeugung auch zur Konfliktlösung in der Gruppe und findet deshalb auch hetero- wie homosexuell statt. Mit gegenseitiger Stimulation der Genitalien bewahren sie scheinbar jederzeit und überall Frieden im Sozialgefüge. Feste Paarbeziehungen gibt es nicht und Vaterschaft spielt bei den Bonobos keine Rolle. Die Weibchen sind mit 13 Jahren geschlechtsreif und bekommen alle fünf Jahre ein Junges. Die Männchen bleiben im Gegensatz zu allen anderen Primaten mit ihren dominanten Müttern lebenslang eng verbunden. Es scheint so, als hätten die Bonobos die soziale Funktion der Sexualität zur Blüte gebracht, die zwar auch den Menschen auszeichnet, mit der er aber nicht umzugehen versteht. Vielleicht war ihm das im promiskuitiven Matriarchat der Steinzeit schon einmal gelungen. Die Erkenntnisse und Meinungen darüber, die sich an nordamerikanischen Indigenen orientieren, werden aber konträr diskutiert." Er unterbrach sich für einen Schluck aus dem Kaffeebecher. Unter ihm spielten zwischen abgestellten Autos von Strandbesuchern Kinder im Sand, drei Mädchen und ein kleiner Junge.

„Vielleicht sind Männer wirklich ein überflüssiges Auslaufmodell und bald dem Aussterben preisgegeben. Die künstliche Befruchtung einer menschlichen Eizelle ist schon lange kein Problem mehr und bedarf lediglich eines halben Zellkerns, der aus einer anderen Eizelle entnommen werden kann. Zwei Frauen sind also mit einem unkomplizierten Eingriff in der Lage, Eltern eines Mädchens zu werden und bei zwei Kindern sich sogar beim Austragen abzuwechseln. Es ist ja nicht unerheblich, aus wessen Eizelle die Tochter entsteht. Mit der mitochondrialen DNA und den Organellen der Eizelle wird doch einiges mitvererbt und eine Eizelle entwickelt sich zudem besser im dazugehörenden Uterus. Auch die Selbstklonung wäre möglich. Die Existenz von Männern würde sich also mit der Zeit von selbst erledigen, wenn ihnen die Paarung versagt bliebe. Das Y-Chromosom gäbe es dann bald nicht mehr. Doch so weit sind die meisten Frauen noch nicht und da wollen wohl einige radikal nachhelfen." Er nahm den letzten Schluck und stellte energisch den leeren Kaffeebecher auf dem Tisch ab.

„Immer wieder wird auf die Gefahr der Restauration männlicher Dominanz hingewiesen, gegen die, wie bei den Revolutionsgarden im Iran, den Kriegerfürsten in Afrika und Asien, den Clan-

und Bandenchefs, den Kriegskapitalisten und den uneinsichtigen Autokraten dieser Welt, permanent vorgegangen werden muss. Damit war ich ja auch einverstanden gewesen. Auf Südgeorgien hatte ich genügend Überlebende dieser abscheulichen Menschheitsfeinde kennengelernt. Aber nun ist auch der kleine Mann ins Fadenkreuz geraten, wie es scheint. Allen soll es auf kurz oder lang an den Kragen gehen, wenn ich das richtig verstanden habe und eine Kleinigkeit reicht vielleicht schon aus, um gleich herausgepickt zu werden ... es wird bald ratsam sein, sich als Frau zu verkleiden, wenn man überleben will ... gut für mich, dass die Maskerade einem älteren Mann leichter fällt, als einem jungen." Er schaute in seinen leeren Kaffeebecher.

„Die Vermännlichung in der Postmenopause durch den sinkenden Östrogenspiegel ist für viele Frauen sicher eine weitere, bittere Ungerechtigkeit, die die menschliche Sexualität überschattet und die sich in Verbindung mit dem sich verstärkenden Testosteroneinfluss auch auf das Verhalten auswirken könnte. Machtstreben und Kriegslüsternheit würden vielleicht gar nicht verschwinden und bei einigen Frauen verstärkt auftreten. Aber die Geschichte kennt ja ohnehin viele, auch jüngere Flintenweiber - ursprünglich eine gewisse Respektsbezeichnung für russische Scharfschützinnen im zweiten Weltkrieg - wie die Göttin Athena, die Amazonen, die Pharaonin Hatschepsut, Budicca, Elisabeth I., Katharina die Große, ja selbst Jeanne d'Arc und die Liste ließe sich lange fortführen, was natürlich die Frage aufwirft, ob es überhaupt am Testosteron und nicht über die Geschlechter hinweg am jeweiligen Individuum liegt, auf seine Umwelt aggressiv einwirken zu wollen. Die Männer zu opfern wäre dann völlig sinnlos ...", er ließ eine lange Pause, „ ... oder eben nicht. Vielleicht ist das der Gang der Evolution ... und Medizin und Gentechnologie führen die Menschheit in das Paradies der sich selbst befruchtenden und sozial befriedigenden Eingeschlechtlichkeit nach Wunsch und Bedarf. In jedem Fall fiele die ganze Genderei weg, wie bei Regenwurm und Schnecke. Zwitter, wie sie, haben keine Probleme. Sie geben es sich einfach gleichzeitig und gegenseitig, ohne viel Tamtam ... ist doch toll."

Er schaltete ab und ging in den Ort. Es war der 15. August und man feierte „Die Entschlafung der Gottesmutter", wie „Mariä Himmelfahrt" hier auch genannt wurde. Die Ikone wurde in der über der Stadt thronenden Basilika für das Defilee des Pilgerzugs ausgestellt. Er wollte sich das Spektakel der kriechenden, betenden und büßenden Wallfahrer ansehen, um sich abzulenken. Die größten Kerzen, die es für das Brandopfer in der Kirche an jeder Ecke gab, waren zwei Meter lang. Er kaufte einen Stumpen. Für das heidnische Ritual, das er als abtrünniger, aber gelernter Katholik beim Betreten einer Kirche immer gerne vollzog, reichte er aus. Außerdem mochte er die Ruhe und Architektur von Sakralbauten und unterstützte sie regelmäßig mit seinem Kerzenobolus, die kleinen griechischen Kapellen, aber auch Monstrositäten, wie den Petersdom, dessen Finanzierung bekanntlich durch Luthers Rechtschaffenheit das kirchliche Schisma in Katholiken und Protestanten provoziert hatte. Dabei musste auch Martin klar gewesen sein, dass alle Großbauten der Geschichte, wie die unzähligen Burgen, Schlösser und Kirchen Europas, durch die sich heute bewundernde Besucherscharen schieben, nur durch Ausbeutung der Bevölkerung und Konzentration von Reichtum entstehen konnten. Ob dazu eine Hierarchie notwendig gewesen wäre, sei dahingestellt. Es ließe sich bezweifeln. Göbekli Tepe, eine vor zehntausend Jahren mit erstaunlicher Kunstfertigkeit in der Steinbearbeitung hergestellte, megalithische Kultstätte in Anatolien mit 20 Steinkreisen aus 200 bis zu sechs Meter hohen Stelen, entstand in der Übergangszeit vom Jäger und Sammler zum sesshaften Bauern, in der es wahrscheinlich noch keine Könige oder Herrscher über ausgedehnte Territorien gab. Sie diente wohl als jährlicher Treffpunkt von Menschengruppen aus der Region, errichtet, um dort einen Handel- oder Heiratsmarkt abzuhalten oder um einfach nur zu feiern. Es wurden Becken gefunden, die zum Bierbrauen benutzt worden waren.

Die Menschen haben immer schon das „Große und Schöne" verehrt. Die Sprengung der Dimensionen folgt ihrer Neugier, herauszufinden, was möglich ist.

Auch ihn hatte immer erstaunt, wozu die Baumeister fähig gewesen waren, einst und jetzt. Im Wind auf dem Flachdach des Wordtradecenters stehend, zwei Jahre vor seinem Einsturz, war er von der Höhe der Türme überwältigt gewesen. Unglaublich, dass sie unter ihm bis auf Straßen- und Meereshöhenniveau hinabreichten. Sie waren echte 415 Meter hoch, da ihnen die Größe schindenden Spitzen anderer Wolkenkratzer fehlten. ‚Babylon und sein Turm', hatte er unwillkürlich gedacht, als er life im Fernsehen zusah, wie der zweite Tower kollabierte. Aber die heutigen Wolkendurchstoßer, wie man sie wohl nennen muss, ragen doppelt und bald sicher dreimal so weit in den Himmel.

Als er die Basilika nach dem Vorbeidrängeln mit kurzem Verharren vor der Ikone fluchtartig verließ, hatte er den Stumpen immer noch in der Hand. Da war nichts mit Ruhe und Andacht. Unten am Hafen stand eine weniger überlaufene Kirche, die sein Brandopfer erhellen sollte. Auf dem Weg zu ihr trank er in einem Straßencafé ein Bier, das richtige Getränk an diesem heißen Tag in dieser kleinen, von gläubigen Touristen eroberte Stadt, zwischen denen er eigentlich nichts zu suchen hatte. Und dennoch fühlte er sich, umgeben von geballter, friedliebender Buße der Sünder, ganz wohl. ‚Prost, Tinos', dachte er und bestellte sich ein zweites Mythos, die Kerze vor sich auf dem Tisch.

Zu Abend aß er Fisch am Hafen. Der Pelikan kam auch noch vorbei. Er trank ein halbes und ein viertel Kilo Wein und schaffte es, die Gedanken an Kamilari auszuknipsen. Sein Apartment erreichte er gegen elf Uhr. Über der Bucht glimmte zart eine zerbrechliche Mondsichel. Er zog sich die Badehose an und ging ins laue Meer. Bald dümpelte er in Rückenlage in der Bucht, fasziniert vom glitzernden Sternenhimmel hoch über ihm. Die Milchstraße lag hell im All. Dann überkam ihn doch noch betrunkene Trauer und er hätte heulen können, wenn nicht alles um ihn herum so schön gewesen wäre. Laut sagte er: „Quo vadis, Menschheit, du dumme Sau?" In dem Moment bemerkte er ein wenig erschreckt eine Frau, die laut prustend auf ihn zu schwamm.

„Isn't it beautiful?", sagte sie.

Eine halbe Stunde später hatten sie beide im Badetuch zwei Gläser Weißwein auf seiner Terrasse geleert, es waren ja nur ein paar Schritte zu ihm gewesen und sich zusammen in sein Bett fallen lassen. Frauen griffen wieder schneller zu, wenn ihnen einer gefiel. Wie in den sechziger und siebziger Jahre des letzten Jahrhunderts. Kennenlernen und Flirten war allerdings nun auf ein Mindestmaß reduziert, konnte sich doch ein „Kavalier" schnell in die Nesseln setzen, wenn sein Werben als Belästigung empfunden wurde. Man überließ deshalb besser „frau" das Ruder. Es war ratsamer. Sie hieß Selma, war zweiundfünfzig und gut in Form. Ihren Mann hätte sie verloren, sagte sie, mehr nicht.

Am Morgen, als er aufwachte, war sie weg. Er reckte sich zufrieden und zog seine noch ein wenig feuchte Badehose an, die auf den Boden gefallen war. In der flachen Bucht schritten mehrere Damen ihre Bahnen ab. Er kraulte durch sie hindurch Richtung offene See, drehte aber bald um und schwamm zurück. Es reichte ihm.

Nach einem frugalen Frühstück, wie immer auf Reisen bedacht, ein paar Pfunde zu verlieren, ging er ins Touristcenter am Hafen für ein Fährticket nach Mykonos, um vielleicht von dort zu fliegen. Tinos hatte keinen Airport, was den Massentourismus von der Insel fernhielt. Aus dem Grund war er auch immer wieder auf La Gomera gewesen, weil dort eben nicht die halbnackten, betrunkenen, deutsch-englischen Urlauberhorden durch die Gassen zogen, wie in Los Christianos auf Teneriffa, auch wenn ihm bald das überlegene Getue der in ihrer alternativen Enklave vom „Valle" wohnenden Althippies auf den Wecker ging. El Grand Rey war ein trotziger König der vornehmlich deutschen Auswanderer geworden, zu dessen Füßen sich immer noch bei jedem Sonnenuntergang ein paar trommelnde und Feuer speiende Neuinsulaner versammelten, um von den Spenden der auf dem Mäuerchen vor Maria am Playa mit den Beinen baumelnden, dämmerungsverliebten Touris ihr karges Leben zu fristen.

Drei Tage später, nach einer lauten, schlaflosen Nacht auf Mykonos in einer Ferienanlage für überwiegend junge Leute, wo gerade ein dreitägiges Rockfestival stattfand, nahm er das Schiff nach Athen. Er hatte sich schließlich doch für den See- und Landweg nach Deutschland entschlossen. Durch die Kontrollen an den Airports und das registrierte Flugticket wäre es ein Leichtes gewesen, ihn aufzuspüren. Er konnte sich nicht vorstellen, dass Malika und Noya ihn so einfach in Frieden lassen und vergessen würden.

Als das Taxi nach Sonnenuntergang vor seinem Wohnblock hielt, war es kurz nach zehn. In seiner Wohnung brannte Licht. Alarmiert hielt er es für ratsam, bei Frau Stein, seiner leidenschaftlichen Nachbarin zu klingeln. Sie öffnete erst auf sein Klopfen hin und starrte ihn an.

„Ach, Sie, wir dachten, Sie seien fortgezogen. Entschuldigung, aber ..."

„Nein nein, schon gut, Frau Stein, es hätte auch den Anschein haben können. Wer wohnt denn jetzt in meiner Wohnung?"

„Ach, Sie wissen das gar nicht. Es gibt keine festen Mieter. Sie wird von Frauen bewohnt, die von Zeit zu Zeit kurz einziehen und wieder verschwinden. Ich finde das komisch. Haben Sie die Wohnung denn nicht verkauft?"

„Eigentlich nicht, aber das geht in Ordnung. Ich nehme mir ein

Hotel. Es wäre mir lieb, wenn Sie diese kleine Begegnung erst einmal für sich behalten würden. Ich muss da was klären."

„Gut, mach ich. Übrigens ist vor einiger Zeit ein Seesack für Sie bei mir abgegeben worden. Wussten Sie davon?"

„Selbstverständlich, ich hatte darum gebeten, falls man mich nicht antreffen sollte. Ich nehm' ihn gleich mit."

„Moment, er ist im Abstellraum."

„Soll ich was helfen?"

„Nein-nein, geht schon."

Sie drehte sich weg ohne ihn hereinzubitten, was er erleichtert begrüßte. Kurz darauf zog sie den Sack vor eine Füße. Er nahm ihn und stellte ihn neben sich auf den Laubengang.

„Vielen Dank, Frau Stein, das war nett von Ihnen. Gut, ich werd' dann mal …" Er hielt ihr die Hand hin.

„Moment, es lag kürzlich Post an Sie unten auf den Briefkästen, ihr Namensschild ist ja weg. Deswegen dachte ich schon, Sie hätten verkauft. Ein Brief."

„Ach."

„Ja. Ich hab' ihn mit hochgenommen, für den Fall, dass Sie wegen dem Seesack auftauchen. Und sehen Sie, wie gut … ich hol' ihn eben." Kurz darauf erschien sie wieder mit dem Brief und reicht ihn heraus.

„Danke, Frau Stein, prima. Also, vielleicht bis später mal."

„Ja, schauen Sie wieder rein." Diesmal nahm sie seine Hand.

„Mach' ich, tschüss."

„Ciao", sagte sie und schloss die Tür. ‚Ein bisschen kurz angebunden', fand er. ‚Aber gut so.' Noch klang dieses abgeschmackte ‚Ciao' in ihm nach, das er nie gemocht und schon früh als peinliche, „kulturelle Aneignung" empfunden hatte, als er wieder auf der Straße stand.

Im Brief steckte eine Postkarte. Sie zeigte die Alte Nazarethkirche mit der Neuen im Hintergrund.

„Antonstr. 4, U6, Leopoldplatz. Liebe Grüße A&B." war die knappe Nachricht. Aaron und Berte wohnten in Berlin.

Kapitel 4

1

Die Hauptstadt hatte sich verwandelt. Straßen und Plätze waren erneuert und gepflegt, Obdachlose und Kriminelle verschwunden und die Berliner Luft konnte wieder besungen werden, sogar im Winter, wie es hieß. Eine Wohnung zu finden war immer noch schwer und so zog er mit Seesack und Koffer bei Aaron und Berte ein. Beide arbeiteten in der nahe gelegenen Charité. Die Personaldecke war so dünn, dass Aarons gefälschte Papiere einer gründlichen Inspektion entgingen. Er war Jasmin Zeidler geblieben und mit einer Promotion in Plastischer Chirurgie eingestellt worden. Seine schnell entdeckte Kompetenz zerstreute alle Zweifel an seiner Qualifikation. Zwischen Berte und ihm hatte sich eine tiefe Freundschaft entwickelt, an der sie festhalten wollten, bis sich eine neue Liebe einmischen würde. Da das aber nicht passierte, wohnten sie weiterhin zusammen. Ihr neuer Mitbewohner schlief auf der Couch im Wohnzimmer. Erst nach einem Monat konnte er ausziehen.

Die Veränderung der Gesellschaft durch die zunehmende Dominanz von Frauen war in Berlin deutlich sicht- und spürbar. Auf den Straßen und Plätzen, in den öffentlichen Verkehrsmitteln, Geschäften, Lokalen, Behörden und Betrieben, überall hatte sich der Anteil und Einfluss der weiblichen Bevölkerung extrem erhöht. Im Dienstleistungsbereich dagegen sammelten sich die Männer, die zunehmend kleinlauter auftraten und schnell zu spüren bekamen, dass männlich dominantes Auftreten für sie sehr nachteilig werden konnte, wenn es sich gegen Frauen richtete. Immer öfter wurde von Randaliererinnen berichtet, die in Gruppen einen „frechen" Mann verprügelt hatten. Was anfänglich ein seltenes, bagatellisiertes, fast belustigendes Ereignis gewesen war, begann sich zu häufen. Langsam schlich sich dieses strenge Verhalten „sperrigen" Männern gegenüber in den Alltag der Menschen ein und wurde kaum thematisiert oder gar kritisiert. Im Gegenteil. Die allgemeine, sehr deutsche Anfälligkeit, Überzeugungen zu Ideologisieren, wischte aggressiv alle Zweifel vom Tisch. Es erinnerte ihn an die hysterische Befürwortung einer Impfkampagne anfangs der zweitausendzwanziger Jahre durch die Mehrheit der deutschen Bevölkerung, die das allgemeine Wohl durch Ungeimpfte so gefährdet sah, dass sie deren soziale Ausgrenzung bis hin zur Kasernierung forderte und auch vor Handgreiflichkeiten nicht zurückschreckte. Es hatte sich damals ein Mix aus Rechthaberei und Todesangst unter den Menschen breitgemacht, dem sie sich ohne Bedenken hingaben, gewogen in der Sicherheit, die die Masse verspricht und selten hält. Drei Jahre nach dem Pandemieausbruch kamen alle wieder zur Besinnung und schauten sich über die eigenen Entgleisungen verwundert an, so wie im 16. Jahrhundert die Frauen von Münster, die nach der Eroberung der Stadt durch die fürstbischöflichen Truppen - die Männer waren meist erschlagen oder geflohen - aus der dreijährigen, zügellos promiskuitiven Apokalypse des Täuferreichs erwachten und erst wieder zu Verstand kamen, als am 22. Januar 1536 die drei Wiedertäuferkäfige am Turm der Lambertikirche hochgezogen wurden und die an den Haaren aufgehängten, durch die Folter zerfetzten Leichen begannen zu verrotten.

Doch was nun mit den Männern passierte, schien so logisch und folgerichtig zu sein, dass ein selbstkritischer Blick der Frauen auf diese Entwicklung fraglich wurde. Denn diese soziale Revolution setzte patriarchalen Strukturen ein Ende, die Jahrtausende lang für Unterdrückung, Krieg und Zerstörung in einer hierarchisch ungerechten Welt verantwortlich gewesen waren. Dem konnte unmöglich ernsthaft widersprochen werden. Und wer das tat, … muss verrückt oder gefährlich sein, rief der gesunde Menschenverstand und zog die einfachen, schnellen Schlüsse. Was mit dem Schlagwort Gendergerechtigkeit die Emanzipationsbewegung befeuert hatte, schien sich nun wieder von ihr zu entfernen und in ihr Gegenteil zu verkehren. Und dass es nicht nur den Anschein hatte, sondern ernsthaft und tödlich betrieben wurde, war ihm schmerzlich an einem warmen kretischen Nachmittag von zwei Frauen klar gemacht worden, denen er bis dahin sehr zugetan gewesen war.

Bislang hatte er dieses Erlebnis mit niemandem außer seinem Recorder geteilt, auch mit Aaron und Berte nicht, denn ihm fehlte ein wichtiges Detail für die Einschätzung der Lage. Er wusste nicht, wie weitreichend und mit welchen Möglichkeiten der Umsetzung die Meinung vertreten wurde, den Männern dieser Welt den Garaus zu machen. Vielleicht zählten Noya und Malika nur zu einer kleinen radikalen Gruppe innerhalb des DEMI, die mit ihrer ideologischen Entgleisung kaum Einfluss hatte. Ihm allerdings, da war er sich sicher, hatte es an den Kragen gehen sollen.

Dass er beim Amt für Bildung und Integration nicht mehr vorstellig werden würde, verstand sich von selbst. Gerne hätte er seine Wohnung verkauft, schließlich war sie sein Eigentum, doch erschien es ihm ratsam, weiter untergetaucht zu bleiben und keine Behörde auf sich aufmerksam zu machen. Seine Rente bekam er immer noch anstandslos auf sein Konto und hoffte, nicht im direkten Fokus einer höheren Stelle zu stehen und von Malika und Noya doch laufen gelassen zu sein. Aber sicher war er sich nicht. Er versuchte, möglichst alles mit Bargeld zu bezahlen, das es immer noch gab, und das er sich an möglichst unterschiedlichen Orten und Automaten zog. Er verband die Bargeldbeschaffung gern mit Städtetrips in Deutschland und Ausflügen nach Österreich, Italien und die Slowakei.

Nach einem Monat bekam er durch einen glücklichen Umstand eine Wohnung in einem der beiden Hinterhäuser der Antonstraße, erst einmal für ein halbes Jahr zur Untermiete. Er hatte den Besitzer, ebenfalls Rentner, auf dem großen, parkähnlichen Hinterhofgelände kennengelernt, das von der Antonstraße sowie drei weiteren Straßen eingefasst wurde. Er hieß Hans. Sie waren unter einer Rotbuche ins Gespräch gekommen, an der gerade viele Bucheckern reiften. Bei ihrer zweiten Begegnung machten sie die Sache klar. Hans hatte sich am Vortag entschlossen, für ein halbes Jahr nach Thailand zu ziehen und vermietete ihm seine Wohnung. Sie war übersichtlich möbliert, sonnig und Aaron und Berte wohnten nur ein paar Meter entfernt. Alles passte perfekt. Er brachte Hans zum Flughafen und zog dann um. Offiziell bezahlte Berte die Miete an Hans. Auch da wollte er keine Spuren legen.

Berlins kontinentaler Frühherbst lag sonnig und trocken in dem baumbestandenen Park, den er nun bewohnte, umgeben von den hohen Mauern der Wohnhäuser, die ihn beschützten. Es ging ihm gut.

Einige Wochen später saß er in der U6 auf seinem Rückweg von der Museumsinsel, auf der er sich oft herumtrieb und wippte zufrieden mit der schwarzen Stiefelette des übergeschlagenen Beins. Zum schmalkrempigen Stetson Beaver trug er einen kurzen Crombiecoat, beide ebenfalls in schwarz. Nur ein dunkelroter Seidenschal gab seiner kultivierten Erscheinung ein wenig Farbe. Mit seiner Dauerkarte für alle Sammlungen und Ausstellungen hatte er sich der Hast und Ermüdung entzogen, die jeden Besucher, der möglichst viele Exponate auf einmal betrachten will oder muss, früher oder später ereilt. Er war, wie immer, bis zum Bahnhof Friedrichstraße für die Direttissima zum Leo geschlendert, hatte sich von der Menschenmenge vom Bahnsteig in die U6 spülen lassen und am Oranienburger Tor einen Sitzplatz bekommen. An der Halte Schwarzkopfstraße drängelte sich in letzter Sekunde eine Gruppe von lauten, halbstarken Mädchen in die Bahn und hatten ihn sofort auf dem Kieker. Sie tuschelten drei Meter von ihm entfernt miteinander und schauten dabei zu ihm herüber. Als er es bemerkte, schüttelte er ein wenig entrüstet den Kopf und wandte sich von der Gruppe ab, indem er den Beinüberschlag wechselte.

„Hey Opa, machste hier einen auf Graf oder wat?", pöbelte ihn ein blonder Teen laut an, kam auf ihn zu und wischte ihm den Hut vom Kopf.

„Sag mal ...", rief er entrüstet und bückte sich nach dem Stetson, der neben ihm auf dem Boden gelandet war. Als er sich aufrichtete, standen fünf Mädchen direkt vor ihm und grinsten ihn an.

„Bock auf Stress, Alter", spöttelte die Blonde und griff nach seinem Schal. „Gib her, Opa, oder willste was auf die Fresse?"

Als er ihre Hand versuchte wegzuschieben, schlug sie ihm rechts und links ins Gesicht. Gleichzeig begannen die anderen Mädchen seine Beine mit Fußtritten zu bearbeiten. Er wuchtete sich in den Stand wurde aber gleich von der Bande wieder auf die Sitzbank gestoßen und spürte erneut harte Schläge am Kopf.

„Hey, was soll denn das?", hörte er laut ein Frau rufen. „Lasst den alten Mann in Frieden, oder hat er euch was getan?"

„Okay", sagte die blonde Anführerin, „der hat genug, scheiß auf den Schal, Alter. Glück gehabt. Wir mögen keine drecks Mascus, wie dich" und schlug ihm noch einmal, wie einem dummen Jungen, mit flacher Hand ins Gesicht, während die Bahn in die Reinickendorfer einlief und sich die Türen öffneten. „Fertig, Girls, raus hier", sagte die blonde Göre. Die Bande ließ mit einigem Nachtreten lachend von ihm ab und der ausgelassene Haufen drängelte sich an den auf dem Bahnsteig Wartenden vorbei ins Freie. Geschockt von der Frechheit und Brutalität des Angriffs der Jugendlichen, hob er stumm und verwirrt seinen zerstampften Hut auf und versuchte ihn auszubeulen und zu reinigen. Er schmeckte Blut im Mund und schaute sich um. Keiner der Fahrgäste beachtete ihn und seine Retterin war ausgestiegen. Für den Rest der kurzen Strecke bis zum Leo widmete er sich weiter seinem Stetson und verließ dann immer noch ein wenig benommen die U6. Es war das erste Mal, dass ihm so etwas passiert war und er zog ernsthaft in Betracht, sich künftig für die Straße zu verkleiden. Er wusste natürlich, dass es solche aggressiven Girl-Gangs in Großstädten schon immer gegeben hatte und sie nicht unbedingt ein Anzeichen dafür waren, dass es mit den Männer bergab ging. Und doch passte es genau zum Zeitgeist, auch wenn ihm eine Frau in seiner prekären Lage beigesprungen war.

Noch mehr gab ihm diese krude Bezeichnung „Mascu" zu denken, die nicht mehr differenzierte. „Mascus" war die amerikanisierte, verächtliche Bezeichnung für Männer generell und hatte sich schnell verbreitet. Hieß es früher noch Machos und Softies und vieles dazwischen, schien dieses Wort alles, was männlich war, unter einen Einheitsbrei aus Verachtung und Hass zu rühren. Pauschalisierung, Denunzierung und Verurteilung anderer stehen immer am Anfang totalitären Denkens. Die Griechen nannten fremde Völker Barbaren, die Inquisition alle Verdächtige Hexen und Hexer, die Nazis entmenschlichten den „Jud", der Ku-Klux-Klan den „Nigger" und MacCarthy machte Jagd auf Kommunisten und die Kommunisten auf Konterrevolutionäre. Die Liste ist lang. One lable fits all. Gleichmacherei erleichtert die Suche nach Orientierung und das Auffinden Schuldiger am eigenen Versagen. „Schubladisieren" nennt es der Österreicher und er fand das Wort immer sehr anschaulich. Aufziehen, reinschmeißen und zumachen, fertig. Nun gab es das Lable „Mascu", abgeleitet von masculin, ein Adjektiv, das auch mal einen guten Klang gehabt hatte, als es noch wertfrei das Gegenteil von feminin bezeichnen durfte.

Als er seine Wohnung betrat, schaute er in den Spiegel und sah sein leicht gerötetes Gesicht. Die Göre hatte wirklich zugeschlagen.

„Hey, Mascu. Maybe it's time to become feminin, just for being left alone."

Eine Woche später probierte er es aus und es klappte. Niemand hatte Zweifel an der Weiblichkeit dieser großen, rüstigen, älteren Dame, die da am Gendarmenmarkt in einem Café saß, bei Kuchen und Tee.

2

Nach einem halben Jahr rief Hans an. Er käme von Ko Samui nicht weg, sicher noch für einige Monate. Wenn er wolle, könne er in der Antonstraße wohnen bleiben. Er fühle sich am Strand von Mae Nam in seinem Bungalow, wie die Einraumhütten mit Bad und Veranda genannt werden, sehr wohl, würde von einer freundlichen Zugehfrau mit allem versorgt und hätte mittlerweile einige Bekannte, zumeist Europäer, manche zwielichtig, aber alle gut drauf. Mit einem Australier, der auch John hieß, unternähme er mehr, als mit den anderen. Sie hätten die Namen getauscht. Aus John wäre Hans und aus Hans John geworden. Seine Stimmung wäre jedenfalls hervorragend. Dort ließe es sich noch leben. Das Land des Lächelns hätte schon lange seinen Standort von Japan nach Thailand verlegt, meinte er, und das sei Grund genug, noch einige Zeit zu bleiben.

„Ich weiß, Hans, du bist im Glück und ich würde es gern mit dir teilen", gab er zu.

„Na, dann pack' deine Sachen und komm."

„Mal seh'n. Mae Nam, sagst du. Kenn' ich. War dreimal dort. Bisschen polluted, aber sonst, bester Beach von Ko Sam."

„Stimmt, die Abwässer haben sie immer noch nicht im Griff, aber eben sonst …alles da und nicht so touristisch."

Nach dem Gespräch war er wirklich ein wenig neidisch. Thailand hatte ihm immer gut gefallen. Aus Hans' Schilderungen schloss er, dass Siam sozial stabil geblieben war und vom kühlen Wind der weiblichen Revolution nur wenig beeinflusst war, weil dort sowieso schon immer ein anderer geweht hatte. Frauen kümmerten sich von jeher mehr oder weniger allein um das Geldverdienen und die Kinder. Männer zeugten und verließen die Familie ohne Skrupel. Thaifrauen sind oft alleinerziehend. In einer Art basalen Matriarchat ohne Treueschwüre hatten die Männer tatsächlich eine Art Drohnenstatus, stellten aber keine Ansprüche auf Versorgung oder Monogamie. Sie ließen die Frauen machen und ordneten sich damit sozial als das schwächere Geschlecht hinter den schmalen Schultern der Frauen ein. Damit blieb die genetische Bevorzugung starker, durchsetzungsfähiger Männer aus und vielleicht ist es auch ein Grund mehr, warum in diesem Scheinmatriarchat Thailands so häufig „Ladyboys" auftraten, die körperlich zwischen den Geschlechtern oszillieren können und keine Travestiekünstler sind. Sie werden traditionell Katoy genannt und sind gesellschaftlich voll akzeptiert. Aber dieses dritte Geschlecht gibt es in vielen Kulturen. Die Hijras in Indien, die Muxes in Mexico, die Calalai und Calabai in Indonesien, die Fa'afafine und Fa'afatoma auf Samoa oder die Two-spirits in Nordamerika ziehen einen geschlechtlichen Rollentausch vor. Es gehört sicher zur kulturellen Entwicklung des Menschen, diese sexuelle „Grenzüberschreitung" nicht zu stigmatisieren, sondern ihr eine oft ehrenvolle Funktion in der Gemeinschaft zuzusprechen.

Deshalb war für den Erhalt der sozialen Strukturen Thailands von zentraler Wichtigkeit, dass sie durch den Kolonialismus, der in Asien alles auf den Kopf stellte, wenig beeinflusst wurden. Klug hatten die Könige früh begonnen, ihr Land über ausländische Diplomaten vertreten zu lassen und Handelsbeziehungen aufzubauen. Dadurch entging Siam dem kolonialen Schicksal aller anderen Länder Indochinas, blieb selbständig und konnte sich bruchlos in das Industriezeitalter hinein weiterentwickeln, ohne seine kulturellen Wurzeln zu verlieren. Die Frauen behielten ihren traditionell hohen Status, was auch die Tatsache belegt, dass sie 1932 das in Thailand eingeführte Wahlrecht gemeinsam mit den Männern bekamen. Schweizer Frauen mussten darauf noch vierzig Jahre warten. Vielleicht erklärt sich auch so das gleichberechtigte, ungezwungene Sexualverhalten beider Geschlechter, zumal der Einfluss puritanischer Missionare ausblieb, die den Kolonisten immer gefolgt waren, um ihre Moralvorstellungen den „eroberten Wilden" einzubläuen. Denn das Liebesleben vieler unterjochter Völker dieser Erde wurde solange über den stählernen Läusekamm der patriarchalen Monotheisten geschert, bis es der Strenge christlich-moslemischer Kodizes erlag. Glücklich die Kulturen, denen das nicht passiert war. Unweigerlich ist man in Thailand an den freizügigen Empfang der Meuterer von der Bounty auf Tahiti erinnert, auch wenn das Ganze kein wirklich gutes Ende nahm.

Einige Leute, denen er seine Beobachtungen über den Umgang der Thai mit Sexualität mitteilte, warfen ihm vor, eine konstruierte Rechtfertigung für die überall wie selbstverständlich anzutreffende Prostitution zu liefern. In ihren Augen war sowieso jeder Thailandurlauber ein potenzieller Sextourist, egal, ob sie es in den Illustrierten gelesen oder nach ihren Pflichtbesuchen in Bangkok, Chiang Mai und drei Tagen am verdreckten Strand von Pattaya selbst erfahren hatten. Doch war es der Meinung nach unmöglich, sich in diesen kurzen Urlaubswochen ein genaueres Bild über das Land zu machen. Er war meistens einen Monat geblieben und hatte dadurch natürlich bessere Möglichkeiten gehabt, in die Thaikultur einzutauchen. Wie weit allerdings, verschwieg er lange aus gutem Grund.

Als häufiger Weltreisender war er überall mit Prostitution konfrontiert gewesen, hatte sich aber nie darauf eingelassen. Dem ganzen Metier stand er mit einem Unbehagen gegenüber, das sicher zum Teil seiner katholischen Erziehung entsprang. Auch gehörte für ihn zum Sex eine Form der Zuneigung, die ihn persönlich betraf, ein Einverständnis, es miteinander zumindest so zu versuchen, als ginge es um gegenseitig erweckte Leidenschaft, im Idealfall mit einem Hauch von Liebe. Prostitution schließt das alles durch ihren Kaufcharakter aus. Sie ist eine bezahlte Dienstleistung, die Gefühle ausgrenzt, auf die er nicht verzichten konnte. So war es nicht nur die Furcht vor Geschlechtskrankheiten oder übergriffigen Zuhältern, die ihn davon immer abgehalten hatte, für Sex zu bezahlen, sondern auch der Zweifel daran, in einem gekauften, kurzen Zeitfenster überhaupt aktiv sein zu können. Obwohl seit 1996 eigentlich verboten, wartete Thailands Prostitution allerdings mit einer Besonderheit auf. Neben den Thaimassagen, die fröhlich und sorglos mit einem „Happy End" angeboten wurden, waren Sex-geschäfte oft langfristiger angelegt. Die Prostituierten bekamen einen Begleiterinnenstatus, wohnten also für Tage oder den gesamten Aufenthalt bei dem Urlauber und traten gewissermaßen als seine Freundin auf. Man sah sie zusammen beim Frühstück, auf dem Moped und abends in der Bar oder Disco. Es war nicht die schnelle Nummer auf Sankt Pauli, für die sich der Kunde ins Eroscenter schleicht, sondern eine Beziehung auf Zeit, die zwar auch pro Tag abgerechnet wurde, aber ein gewisses Kennenlernen und die damit verbundene Vertrautheit zumindest ermöglichte. Diese Art Freundschaft wurde nicht verheimlicht und schien sogar von den nicht unbeteiligten Thai akzeptiert zu sein. Da war er sich allerdings nie sicher gewesen.

Als er vor Jahren zu einem gemeinsamen Thailandurlaub mit seiner Freundin eine Woche früher nach Bangkok geflogen war, hatte er sich entschlossen, einen Abstecher nach Pattaya zu machen, um dieses Mekka des Sextourismus selbst in Augenschein zu nehmen. Mal sehen, was da los ist. Teilnehmen würde er nicht. Das war schon klar. Er mietete ein Zimmer gegenüber der Post für drei Nächte. Schon am ersten Abend wurde er freundlich von einer Frau auf der Straße, in der er wohnte, angelächelt und gegrüßt. Sie bezog sich ganz offensichtlich intensiver auf ihn, als es ein zufälliges Treffen normalerweise mit sich bringt. Sie verhielt sich so, als würde sie ihn kennen. Noch mehr verwunderte ihn, dass das am nächsten Tag wieder passierte, er aber von anderen Frauen auf der Straße mehr oder weniger ignoriert wurde Es hatte den Anschein, als gäbe es eine Absprache, als wäre er dieser Frau zugeteilt worden. Schließlich hielt er es tatsächlich für möglich, dass so etwas in Pattaya passierte. Ausländer waren mit ihrem Aufenthalt in dieser Stadt eindeutig auf das Eine aus. Wahrscheinlich war es eine Art Service, bestimmten Männern bestimmte Frauen zuzuführen. Tatsächlich war ihm schnell aufgefallen, dass diese Partner auf Zeit, denen er auf der Straße Hand in Hand begegnete, gut zusammenpassten. Schicke Männer hatten schicke Frauen, dicke Bürger auf Abwegen die runden Bauernmädels aus dem Norden. Auch zu ihm hätte die Ausgewählte gepasst, wie er fand. Sie war hübsch, schlank, in den Zwanzigern oder Dreißigern und wirkte kultiviert. Wahrscheinlich konnte sie Englisch. Aber sie sind sich nie näher als drei Meter gekommen. Zudem war er verliebt und wartete auf seine Freundin aus Deutschland.

Jahrzehnte später, bei seinem dritten Urlaub auf Ko Samui und dem fünften in Thailand, nun allein reisender Single, lernte er Nok im „Pool-Pool" kennen. Die Bar in einem zweistöckigen Holzhaus mit einem blauen Vordach, lag an der engen Hauptstraße und einer Brücke über ein Flüsschen, das sich nach 300 Metern trübe im Meer verlor. Dort am Strand stand auch sein Bungalow. Der dichte Verkehr der Nachmittagsrushhour war laut und die Abgase atemberaubend. Zwei nicht endende Kolonnen unterschiedlichster Automobile schoben sich knatternd, hupend und qualmend nah aneinander vorbei, umkurvt von unzähligen Mopeds, von denen er auch eins gemietet hatte.

In der zur Straße und zum Fluss hin offenen Bar spielte ein Tourist, der einzige Gast, mit zwei Thailänderinnen Poolbillard. Drei oder vier weitere Frauen saßen an einem Tisch unter dem blauen Blechdach und unterhielten sich. Alles machte einen sehr entspannten Eindruck und veranlasste ihn, spontan einzuschwenken, seinen Bock zu den anderen vor der Bar abzustellen und sie zu betreten. Schließlich war es die erste Kneipe in der Nachbarschaft zu seiner Hütte und er wollte sie sich mal anschauen. Der Gastraum bot Platz für zwei Billardtische und einige, enge Sitzecken, die sich an die Rückwand und die Balustrade zur Flussseite drückten. Rechts nahm der Tresen die volle Länge der Bar ein. Die dunkle Holzvertäfelung schluckte viel Licht und machte auch bei Tag die Beleuchtung der Billardtische notwendig. Bryan Ferry sang gerade ‚Sensation', das erste Stück auf ‚Boys and Girls', eines seiner Lieblingsalben und vielleicht fühlte er sich deshalb in diesem Laden gleich ganz wohl. Die attraktive Dekadenz in Bryans Stimme und der Musik machte jede Bar zu einer Bühne, die zum Zuschauen einlud. Er schlenderte zum Tresen und bestellte sich beim Barmann ein Chang. Es ist günstiger und ein wenig stärker, als das von unerfahrenen Touristen, zu denen er sich als erfahrener Thailandreisender nicht mehr zählen wollte, bevorzugte Singha-Bier, drei Argumente, die seine Wahl bestimmten. Er setzte sich auf einen Barhocker und beobachtete die Spielenden. Die Frauen, beide um die dreißig, stämmig, mit hochgesteckten Haaren und in bunten, weichfallenden Viskosekleidchen lachten viel und neckten den Touri mit ihren dünnen, ein wenig meckernd klingenden Stimmchen, wenn er die Tasche nicht traf. Sie selber spielten routiniert. Er sah, dass sie es konnten und ihren Kavalier schließlich gewinnen ließen, nur um eine Revanche zu fordern. Gutmütig holte der Gelobte zwei Drinks für seine Mitspielerinnen. Er war ein wenig beleibt und um die fünfzig. Vielleicht Engländer, schätzte er. Während eine von den beiden Frauen die Kugeln schnell und geschickt für ein neues Spiel im Dreieck sortierte, stand eine gertenschlanke, junge Frau in einem engen, roten Minirock und einer weißen Rüschenbluse von einem der Tische auf und kam zu ihm an den Tresen.

„You want play?", fragte sie ihn mit obertöniger Stimme und wies auf den anderen Billardtisch, auf dem die Kugeln bereits auf den Anstoß warteten.

„Why not, but I am a beginner." Er war sich nicht sicher, ob sie ihn verstanden hatte, doch seine Zustimmung war angekommen, denn sie ging zu dem Tisch hinüber.

„Drink for the lady?", fragte ihn der Barmann und stellte ihm auf sein Nicken hin gleich ein undefinierbares Mixgetränk auf den Tresen, das wohl schon eingeschenkt gewesen war. Er nahm das Glas und folgte seiner neuen Bekanntschaft. Später erfuhr er, dass der Drink ein eindeutiger Hinweis auf die Absicht war, mit der Dame bei Gelegenheit zu verschwinden. Natürlich lag hier Prostitution in der Luft, was sonst, in einer Touristenbar in Thailand? Nur war ihm nicht bewusst gewesen, welches eindeutige Signal er selbst gegeben hatte. Der Barmann und Besitzer war kein Zuhälter im üblichen Sinne, hatte aber auf alles ein Auge. Er bekam von den Frauen durch die völlig überteuerten Getränke eine Art Provision dafür, dass er seinen Laden als Treffpunkt zur Verfügung stellte, aber auch bei schwierigen Kunden gelegentlich vorstellig wurde, falls es bei der Bezahlung für den Liebesdienst Schwierigkeiten gab. Einige Männer, die die Herzlichkeit der Frauen missverstanden hatten, glaubten ernsthaft, so unwiderstehlich zu sein, alles umsonst bekommen zu können. Das erfuhr er aber erst später. Jetzt sollte er das Spiel anstoßen, was ihm auch einigermaßen gelang. Er war absolut ungeübt, schaute sich aber gerne die Snookermeister im Sportkanal an.

Dann kamen ihm erste Zweifel und während der zweiten Partie, die erste hatte er verloren, war er sich schließlich sicher geworden. Er spielte mit einem Ladyboy, der ihn bereits mit zärtlichen, eindeutig anmachenden Küssen auf Hals und Wange über den Verlust der ersten Partie auf angenehme Art hinweggetröstet hatte. Das ein wenig zu scharf geschnittene Gesicht, die starken Hände und der kleine, harte Po, den er während der Kussattacke kurz gestreichelt hatte, ließen eindeutig das gewisse Quäntchen Weiblichkeit vermissen. Dennoch empfand er die Situation keineswegs abstoßend, sondern war erstaunt darüber, dass er es sich durchaus für einen kurzen Moment hatte vorstellen können, auf dieses Abenteuer weiter einzugehen.

„You ladyboy?", fragte er im Simple-English, mit dem man unter Auslassung aller überflüssigen Wörter in Asien viel weiter kommt, als mit der Well-spoken-Form.

„Yes."

„Beautiful lady, you, but sorry, I don't want."

„Okay, no problem, I have friend. One moment." Er zeigte auf den Tisch, wo die Frauen sich unterhielten. Dann rief er ihren Namen.

So lernte er Nok kennen.

Sie trug ein weites, weißes T-Shirt, das sie über der linken Hüfte geknotet hatte, eine enge Pepitahose und schwarze Espandrillos. Ihr langes, glattes, schweres, schwarzes Haar wurde tief von einer Spange auf dem Rücken zusammengehalten. Was er im Gegenlicht von der Straße sehen konnte, als sie zu ihnen herüberkam, gefiel ihm durchaus. Sie übernahm das Queue von dem Ladyboy wie einen Staffelstab und gab ihm die Hand. Auch sie hatte ihn zunächst für schwul gehalten, wie er gleich erfuhr und zeigte sich fröhlich amüsiert über seinen Fehlgriff. So kamen sie ins Gespräch, ließen das Billardspielen und setzten sich mit ihrem Mix, den der Barmann auf den Tresen gestellt hatte und seinem dritten Chang an ein Tischchen mit Blick auf den braunen, trägen Fluss. Er schätzte sie um die vierzig. Thaifrauen sehen oft viel jünger aus, als sie sind. Zumindest schien sie die Älteste unter ihren Kolleginnen zu sein, die sich ihrer mütterlichen Autorität und offensichtlicher Bildung, wie er später bemerkte, ganz selbstverständlich unterordneten. Sie sprach gutes Englisch, war zierlich, schlank und gehörte mehr dem indischen als dem chinesischen Typ der Thaibevölkerung an. Von der weiblichen Besatzung des ‚Pool-Pool' wäre sie neben dem ein wenig schriller auftretenden, sehnig schlanken Preecha, wie der Ladyboy hieß, die einzige mögliche Wahl für ihn gewesen. Die anderen Damen hatten die flachen Gesichter des an China grenzenden Nordens, die stämmigen Fesseln und Knie der Menschen aus den Bergen und die rudimentären Englischkenntnisse der Landbevölkerung, die kaum über ein ‚Where you from', ‚What you name' und ‚What you want' hinausging. Auch spiegelte sich in Noks Gesicht immer noch die jugendliche Schönheit wieder, die sie sicher gewesen war. Unaufgeregt rutschte er über ihr lockeres Kennenlernen in diese Beziehung auf Zeit, die er eigentlich gar nicht angestrebt hatte und die ihm dennoch zu gefallen begann. Eigentlich war es so, als hätte er einfach eine Bekanntschaft, wie so oft in seinem Leben, gemacht. Sie lebte in Bangkok, wo sie ein Apartment besaß und ihre beiden Töchter noch studierten, wie sie stolz berichtete. Nach Ko Samui war sie nur für die Saison gekommen. Sie brauchte das Geld. Ihr Mann hatte sie früh verlassen. Manchmal käme er noch vorbei, sagte sie, um nach den Mädchen zu schauen.

Als sie nach der Besichtigung des nahe gelegenen Wasserfalls, zu dem er eigentlich gewollt hatte, bevor er spontan ins Pool-Pool eingekehrt war, zu seinem Bungalow fuhren, war die Sache abgemacht. Sie versicherte ihm, dass sie keinen Zuhälter habe und zog bei ihm ein. Trotz der angenehmen Nähe, blieb er gelassen, denn eigentlich war sie nicht sein Typ und selbst ihre glatte, braune Haut überzeugte ihn nicht. Und dann gab es ja noch das Arrangement, das er in den vier Tagen, die sie bei ihm blieb, jeden Morgen beglich, wenn er das Frühstück bezahlte. Das Portmonnaie gerade bei der Hand, konnte er das en passant erledigen. Von ihr erfuhr er das Wesentliche über das Verhältnis zwischen Mann und Frau in Thailand, den König und die Touristen, unter denen es manchmal recht unverschämte Burschen gab, egal welcher Nation. Mit ihm aber sei es gut, hatte sie gesagt. „You are a good man." Sie begleitete ihn auf Ausflügen, zum Amt für die Verlängerung seines Visums, ins Restaurant und nachts ins Meer, das sie einmal mit der Biolumineszenz von Noctiluca scintillas, einem Einzeller, überraschte, der myriadenfach als Leuchten des Meeres ihre Bewegungen im Wasser

sphärisch aufblinkend umspielte. Sie schenkte ihm eine neue Thai-
hose und lud ihn einmal zu einem authentischen Essen ein, das er
allerdings nicht so dolle fand. Gern schlief sie tagsüber auf seinem
Bett und nutzte jede Gelegenheit dazu. Er gönnte es ihr, zumal ihm
selbst das Gefühl von stiller Vertrautheit gut gefiel, während er auf
der schmalen Veranda seines Bungalows saß und an einem Buch
schrieb, das nicht fertig werden wollte. Dann setzte er nach Ko
Phangan über und sie blieb zurück. Dort und auch auf Ko Tao hielt
er sich von den gewissen Bars fern und kam sehr produktiv mit
seinem Buch voran. Als er nach zwei Wochen gebräunter und zwei
Kilo leichter auf Ko Samui seinen alten Bungalow bezog, tauchte
Nok wieder auf und machte ihm Komplimente. Schnell schien sie
aber zu bemerken, dass er an der Fortsetzung ihrer Beziehung nicht
sonderlich interessiert war - schon seine Wiedersehensumarmung
war flüchtig und kraftlos gewesen - und reagierte darauf zu seinem
Erstaunen mit Tränen. Also ließ er alles beim Alten und als sie ihn
nach einer weiteren Woche zum Flughafen begleitete, empfand er
eine Verbundenheit durch die gemeinsam harmonisch verbrachte
Zeit, die sie letztlich in die Reihe der Begegnungen stellen sollte,
die er nicht vergessen würde. Nach einigen Mailkontakten, „when
do you come back", war dann aber endgültig vorbei, was er nie so
richtig hatte einschätzen können. Ob ihre Erzählungen und Gefühle
wirklich wahr gewesen waren oder nur der Akquise eines Kun-
denstamms von Wiederkehrern gedient hatten, blieb letztlich im
Nebel der Vermutungen verborgen, dessen gnädige Weichzeich-
nung den Jammer der Prostitution für den Kunden entschärft. Er
hatte sich auf ein Geschäft eingelassen, das nicht als Ausdruck
herzlicher Gastfreundschaft dem Fremden gegenüber sondern aus
offensichtlicher Not zustande gekommen war. Aber wirklich schä-
men tat er sich nicht, redete er sich doch ein, als Freier „anständig"
gewesen zu sein. Welch' Paradox.

Wie Hans das Thema händelte, hätte ihn schon interessiert. Dass er aber darüber in ihrem Gespräch außer dem zweideutigen Hinweis auf die Vollversorgung durch seine Haushälterin nichts gesagt hatte, war verständlich. Die Überprüfung von Telefonaten bei bestimmten Stichworten und Personen kam vor und konnte zu Konsequenzen führen. Das war bekannt. Denn Prostitution war verboten. Und männliche Anrufer aus Thailand waren da sicher von Interesse und baten geradezu darum, abgehört zu werden. Doch war dieses drittälteste Gewerbe der Welt, er setzte den Fleisch- und Fruchterwerb des Jägers und Sammlers zeitlich früher an, auch aus der neuen Welt nicht völlig verbannt. Es gab zwar keine brutalen Zuhälter mehr, die für sich arbeiten ließen, da genügte der kleinste Beweis, um weggesperrt zu werden, aber Geschenkerwartungen erleichterten ein Kennenlernen und wurden auch gern erfüllt, von Männern, wie Frauen. Da gab es eindeutige Signale, wovon der erschreckte Ausruf: „Oh, ich hab mein Portmonnaie vergessen!" das plumpeste war.

Unterwegs in Berlin, beruhigte es ihn sehr, sich mit Kai Zöllner ausweisen zu können, denn er befürchtete, vielleicht doch noch ins Fadenkreuz der Behörden zu geraten, wenn irgendjemand seine Akte in die Hand bekäme und sich entschlösse, sie aufzuschlagen. Südgeorgien steckte ihm doch tiefer in den Knochen, als er sich anfänglich eingestanden hatte. Er war sich nicht sicher, ob er sich bei behördlichen Nachfragen im Griff haben würde. Besser, er konnte jeden Kontakt vermeiden.

Als er dann miterlebte, wie ein älterer Mann, so wie er in der Bahn, am helllichten Tage auf dem Leopoldplatz zusammengeschlagen wurde, machte er mit der Verkleidung ernst. Gerade seine Altersklasse war zunehmend in den Fokus öffentlicher Aggression geraten. Es wurde gefährlich, ein alter, weißer Mann zu sein. Besser, man wurde eine alte Frau, was er übrigens nicht als Last empfand, da es ihm sogar Spaß machte. Vielleicht versteckte sich doch mehr Weiblichkeit in ihm, als sein Geschlecht verriet. Er war oft für schwul gehalten worden, gerade von Schwulen, nicht nur in Thailand, sondern überall auf der Welt. Vielleicht lag es an seiner Stimme oder seinen Bewegungen, denen er gern eine theatralische Note gab. Seine Mutter hatte sich, wie sie einmal erwähnte, ein weiteres Mädchen gewünscht, als sie mit ihm schwanger war, ein Einfluss, der sich auf die Geschlechtsidentität auswirken soll. Es gibt da Untersuchungen. So ließ sein D2:D4 Fingerlängenverhältnis durchaus den Schluss zu, dass sein fetaler Testosteronspiegel ein wenig niedrig ausgefallen war. Zum Fasching wurde er in die abgelegten Sachen seiner älteren Schwester gesteckt. Auf Fotos war er ein niedliches Mädchen, mit blonden Löckchen, für das er auch ohne Verkleidung oft gehalten wurde. Er soll sich gegen diese Vermutungen von Erwachsenen schon früh mit der vehementen Erwiderung gewehrt haben, dass er ein Junge sei. Er wuchs dann doch zu einem eindeutigen Lausbuben heran, ein für sein Alter großes Kind, das sich auch schon mal prügelte und seine körperliche Überlegenheit im Konfliktfall auszunutzen verstand. Was streiten hieß, hatte er von seiner älteren Schwester gelernt, die ihm zweieinhalb Jahre voraus und für ihr Alter ebenfalls groß geraten war. „Komm her, was willst!?", war ihr Ausruf, mit dem sie ihn am Kopf packte und zu Boden rang. Blieb der Warnruf aus, wurde es ernst. Sie konnte sehr wütend werden. Aber sie mochten sich schon, und als er dann später noch Gitarre spielen lernte und sie sich beim Talentschuppen bewarben und eingeladen wurden, fand sie ihn sogar ganz klasse und er durfte dabei sein, wenn sie mit ihren Schulkameradinnen eine Mädchenparty feierte. Überhaupt hatte er auch später beruflich und privat immer mehr mit Frauen zu tun, als mit Männern. Denn die sahen in ihm meist den Konkurrenten, der mit lockeren Späßen sehr einfach zu bekommen schien, wofür sie sich oft erfolglos ins Zeug legen mussten. Dass das eigentlich nicht so war und er auch vergebliches Buhlen kannte, wussten sie natürlich nicht. Für ihn war es schließlich einfacher, sich nehmen zu lassen, was dann auch passierte. Er erweckte den Anschein des Frauenhelden, war es aber eigentlich nicht. Vielleicht wusste er durch seine Schwester, wie man sich den Mädels gegenüber am besten verhält und wenn es läuft, dann läuft es. Nur nicht gierig sein. Kommen lassen ist das Geheimnis, denn am Ende trifft das Weibchen die Wahl. Alle Hampelei läuft meist ins Leere.

Als Kind hatte er nie eine homosexuelle Phase gehabt. Zumindest konnte er sich an nichts erinnern, was sie belegen könnte. Er stand schon immer auf Mädchen und war davon überzeugt, als Frau lesbisch geworden zu sein, wenn seiner Mutter Mädchenwunsch in Erfüllung gegangen wäre. Mit dieser leichten Vorbestimmung trat er ohne Probleme als Frau Zöllner mit dem schönen Einsilbervornamen Kai auf. Friedel war der andere Unisexname gewesen, der ihm noch eingefallen war, aber seiner Meinung nach mit Kai nicht mitkam.

Es ging ihm in dieser Camouflage eine Weile ganz gut. Dass Männer überall benachteiligt wurden, war für ihn Fakt. Sollte früher der Nachwuchs noch ein Junge sein, Stammhalter genannt, so war es heute der Mädchenwunsch, der weltweit überwog. Die Chancen für Erfolg und gesellschaftlichen Aufstieg waren für das einst ,schwache Geschlecht', das nun zum starken geworden war, viel größer. Sogar in Indien. Die weibliche Revolution hatte die Menschheit vom Kopf auf die Füße gestellt, war der Tenor, und Frauen wie Männer glaubten daran, da es gute Gründe dafür gab. Die Freisetzung von riesigen Ressourcen durch die Beseitigung von Militär und Kriegsrüstung, die weltweite und sinnvolle Arbeitsteilung durch übernationale Produktion von Nahrungsmitteln und Konsumgütern, der rasche Ausbau von Bewässerung, moderner Elektrifizierung und Transport, kostenlose Bildung und Ausbildung, schonende Arbeitsbelastung und rekreative, geförderte Freizeitangebote, all das führte zu einer höheren Lebensqualität, die für die meisten Menschen auf der Erde die Befreiung aus Armut und Hoffnungslosigkeit bedeutete. Männer hatten die Welt mit unendlicher Dummheit oder Habgier an den Rand der Selbstvernichtung gebracht. Jeder und Jede wusste das und begrüßte schon deshalb die Übernahme durch die Frauen, die die Menschheit in letzter Minute gerettet hatten und sie ganz offensichtlich besser zu regieren verstanden. Alles hat seine Zeit und die der Männer war nun abgelaufen. Doch wie radikal das einige Frauen verstanden und umzusetzen versuchten, blieb weiter im Verborgenen. Für sie war der Mann ein Auslaufmodel der Evolution, kontraproduktiv, überflüssig und selbst als Luxus absolut entbehrlich.

Aaron hatte seine Stelle in der Charité gekündigte und arbeitete in einem privaten Unternehmen mit dem Namen „Society for Cryonics" mit Sitz in Saint Lucia, eine Stiftung, die vor Jahrzehnten von einigen Milliardären gegründet worden war und seit einiger Zeit auch eine Zweigstelle in Berlin unterhielt. Den Anstoß zu seinem Arbeitsplatzwechsel hatte eine Unterhaltung mit einem gutaussehenden Mann um die vierzig in einer der letzten LGBTQ-Kneipen an der Bar gegeben. Sie hatten den gleichen Cocktail bestellt und waren darüber ins Gespräch gekommen. Aus einem anfänglichen Flirt, bei dem sich Aaron schließlich gezwungen sah, auf seine Jasminverkleidung einzugehen, entstand eine unerwartete Freundschaft, da sich im weiteren Verlauf des Abends herausstellte, dass sie beide eine Gemeinsamkeiten verband. Auch Gereon, wie Aarons neue, leider nicht schwule Bekanntschaft hieß, war als Mediziner mit Kryonik in Kontakt gekommen. Er erwähnte aber zunächst nicht, dass er zum Wissenschaftsstab der „Society for Cryonics" gehörte. Nach ihrer ersten durchzechten Nacht, trafen sie sich noch einige Male, in denen schließlich Aarons Aufenthalt auf Südgeorgien und seine kritische Haltung dem neuen Matriarchat gegenüber zur Sprache kamen. Mit Zustimmung seiner Kollegen bei der „SforC", hatte Gereon dann vorsichtig mehr und mehr von der Stiftung preisgegeben, bis er schließlich sicher war, Aaron die Mitarbeit anbieten zu können. Er schien ein geeigneter Kandidat für die Aufnahme in die Society zu sein. Nicht nur, dass er vom Fach war, sondern seine Einstellung zum Zeitgeschehen entsprach der Überzeugung der „SforC"-Mitglieder, für die Ereignisse sowie Gerüchte über Äußerungen aus extremistischen Frauenzirkeln ein eindeutiges Signal aussandten. Die Überflüssigkeit der männlichen Existenz als überkommene Reproduktionsvoaussetzung würde ernsthaft diskutiert, hieß es. Nach anfänglicher Überraschung und kurzer Bedenkzeit trat Aaron offiziell seinen Job bei der „Society for Cryonics" an.

Hinter der „SforC" oder auch Iceforce genannt, versteckte sich eine Gesellschaft, die es sich zur Aufgabe gemacht hatte, der schleichenden Beseitigung der Männer entgegenzutreten. Sie erklärte die Notwendigkeit des Erhalts des männlichen Genoms mit der Überzeugung, dass die Eliminierung der geschlechtlichen Dualität zumindest zu einer Verarmung menschlicher Potenzen, die sich aus dem historischen Anteil männlicher Schöpfung in Wissenschaft und Kultur ableiten ließe, wenn nicht gar zur Auslöschung der ganzen Spezies führen könnte. Eine weibliche Infertilität aufgrund fehlender Einflüsse männlicher Pheromone wäre denkbar. So richtig belegen ließe sich das natürlich nicht, auch wenn es in der Natur Beispiele gäbe. Mithilfe der Kryonik, die einen längeren Ausstieg aus der Gesellschaft, ein quasi Verschwinden von der Oberfläche ermöglichte, könne im Falle der Zuspitzung der Lage Zeit gewonnen und ein Überleben des männlichen Geschlechts gesichert werden. Darin sah die Iceforce ihre geschichtliche Aufgabe, die weit über den egoistischen Überlebenstrieb einzelner Wohlhabender hinausging, der einst den Anstoß für die Stiftung gegeben hatte.

Und es gab berechtigte Hoffnungen, dieses Ziel zu erreichen, denn die Wissenschaftler der Iceforce hatten in den vergangenen fünfzig Jahren eine neue, komplexe „Methode des Überlebens durch Temperatureinwirkung" erarbeitet, die frühere Bedenken gegen die Kryonik ausräumte. Schon deshalb ließ man sie gewähren, auch wenn das Gesundheitsministerium ein waches Auge auf sie hatte.

Ausgangspunkt war die Erforschung der unterschiedlichen Formen des Überdauerungsschlafs gewesen, mit dem einige Tierarten schwierige Lebensphasen meistern. Neue Erkenntnisse über den Winterschlaf von Säugetieren und die Kältestarre einiger Fische und Amphibien, über Insektenmetamorphose und den Generationswechsel einiger Parasiten, aber auch in der Telomerase- und Krebsforschung und der damit verbundenen Regeneration von Geweben, hatten dazu beigetragen, eine Lebensverlängerung relativ erfolgversprechend zu ermöglichen. Im Zentrum der Anwendung standen eine extreme Verlangsamung aller Stoffwechselvorgänge, die gezielte Versorgung aller Organe, sowie eine genau berechnete Folge von Phasen schwacher Reanimierung, mit denen nekrotische Vorgänge in allen Geweben verhindert wurden. Mittlerweile war die Methode soweit ausgereift, dass es gelungen war, einen Deutschen Pinscher, auch Kutscherhund genannt, über zehn Jahre in diesem zyklischen Winterschlaf zu halten und ihn wieder gesund auf die zähen, überaus agilen Beine zu stellen, die die Rasse auszeichnet. Ziel war es nun, die Kryoeinheit mit einem komplexen Computerprogramm und der unerschöpflichen Energieversorgung aus einem Verfahren, das im angehenden 21. Jahrhundert von Xiaomeng Liu in den USA entdeckt worden war und sich den generischen Air-gen-Effekt zunutze machte, auszustatten, so dass sie über einen langen Zeitraum ohne Wartung autonom arbeiten konnte. Mit diesem sich selbst überwachenden und stets erneuernden System, sollten die perfekten Bedingungen geschaffen werden, die Zeit solange wie nötig und möglich zu überdauern. Nicht weniger hatte sich diese finanzstarke, konspirative und unabhängige Organisation mit einem großen Y auf die Fahne geschrieben, auch wenn es unter ihnen nun zumindest einen gab, die dieses Chromosom selbst gar nicht hatten.

Und er, der wie Aaron nun „draußen" Frauenkleidung trug und dessen Befürchtungen sich mit denen der Iceforce deckten, würde bedenkenlos alle seine Werte für ein Eisfach zusammenraffen, schon um zu sehen, was in fünfzig Jahren aus dieser Welt geworden wäre. Aber noch hatte Aaron ihn nicht eingeweiht.

3

Malika und Noya war nach kurzer Zeit klar geworden, dass er sich aus dem Staub gemacht hatte. Über den Grund konnten sie aber nur Vermutungen anstellen. Hatte er ihr Gespräch auf der Terrasse am Tag vor seinem Verschwinden womöglich belauscht? War ihm die Gefährlichkeit seiner Lage durch Noyas Essay bewusst geworden? Sein plötzliches, von ihnen unbemerktes Auftauchen im Haus, hatte er mit der defekten Vespa erklärt. Doch nach seinem Ausflug am nächsten Tag nach Matala blieb er verschwunden. Da es keine Berichte über Verkehrsunfälle, Leichenfunde oder Ertrunkene auf Kreta gab, mit denen er in Verbindung gebracht werden konnte und ihre Nachforschungen über die Flughäfen erfolglos geblieben waren, musste er, um Kreta zu verlassen eine der kostenlosen Fähren genommen haben, die keine Passagierlisten mehr führten. Wenn er noch lebte, egal wo, hätten die beiden Frauen ein großes Problem. Ihre Nachlässigkeit würde für sie unangenehme Folgen haben, wenn sie zugeben müssten, dass ein vielleicht sensibel informierter Mann abgängig war. Sie entschlossen sich ohne explizite Meldung an das DEMI, ihn auf eigene Faust zu suchen.

Erst nach längerer Recherche hörten sie von dem Seesack, den er vor Südgeorgien zurückgelassen hatte. Als sie schließlich seine Wohnungsnachbarin Stein kontaktierten, hatten sie die Gewissheit, dass er ihnen mit dem Seesack entwischt war. Den Brief erwähnte Frau Stein nicht. Alarmiert durch die offizielle Anfrage einer staatlichen Behörde, wollte sie sich nicht zusätzlich in etwas hineinziehen lassen, bei dem sie vielleicht einen Fehler gemacht hatte. Offensichtlich wurde er gesucht.

Nun war die Befürchtung, dass er sie in Kamilari belauscht haben könnte, mehr als wahrscheinlich geworden und er stellte eine reale Gefahr für das Departement dar, dessen radikale Ansichten über die zukünftige Teilnahme der Männer in der Gesellschaft für die Öffentlichkeit besser verborgen bleiben sollten. Das DEMI war der Meinung, dass die Zeit für sie noch nicht reif wäre. Der weltweit verbreitete Altruismus der Frauen stellte ein Problem dar. Er musste gefunden werden.

Malika und Noya nahmen an, dass er sich weiterhin in Deutschland aufhielt, vermutlich in einer Großstadt mit ihren besseren Möglichkeiten unterzutauchen und begannen ihre Suche in Frankfurt, wo er sich zuletzt Geld aus einem Automaten gezogen hatte. Aber in der Durchsicht der Kontoauszüge des letzten Quartals wurde schnell deutlich, dass er sich mehr im Norden aufhalten musste, vielleicht sogar in Berlin.

Kurz, nach Hans' letztem Anruf aus Thailand, mieteten sich Malika und Noya eine Wohnung am Heckerdamm, gegenüber der Jungfernheide, keine vier Kilometer von der Antonstraße entfernt - für Berlin um die Ecke.

Er entdeckte Noya auf dem Bahnsteig der U2 an der Bismarckstraße, mit der er zum Olympiastadion wollte. Sie wartete auf der anderen Seite Richtung Stadtmitte. Im Vorbeifahren konnte er sie deutlich erkennen. Augenblicklich schwand sein Interesse an den

Deutschen Leichtathletikmeisterschaften, für die er sich ein Ticket besorgt hatte. Er wäre sicher ausgestiegen, um ihr nachzugehen, wenn er noch gekonnt hätte. So musste er hoffen, dass er sie dort noch einmal antreffen würde. Beunruhigt betrat er wenig später gegen 11 Uhr bei strahlendem Sonnenschein das geschichtsträchtige Stadion im oberen Bereich durch das Einlassportal zu seinem Sitzblock. „Ich verkünde die Spiele von Berlin zur Feier der XI. Olympiade neuer Zeitrechnung als eröffnet!" Der Nachhall des Österreichers markiger Stimme würde für ihn auf ewig durch das Rund der Tribünen geistern. Er war verblüfft, wie wenige der 75 tausend Plätze besetzt waren. Im weiten Oval der Arena herrschte gähnende Leere. Es hatte ihn schon verwundert, dass er nur durch einen kleinen Bericht im Feuilleton der BZ von der Meisterschaft erfahren hatte. Sie war praktisch gar nicht beworben worden. ‚Totschweigen ist das Konzept', dachte er. ‚Wie einfach und offensichtlich effektiv.' Allerdings war ihm auch aufgefallen, dass die konkurrenzorientierte Sportbegeisterung, mit der früher jedes Wochenende allein in die Arenen der 1. Fußballbundesliga 900 000 Zuschauer gepilgert waren, generell abgenommen hatte. Kritische Berichte über Exzesse und Verlogenheit im Leistungssport, kommerzielle Einschränkungen, starke Besteuerung der Profivereine, Verbot des Sportlertransfers für Millionenbeträge, Gehälterangleichung an gesellschaftliche Normen, Gleichstellung der Frauen in allen Bereichen sportlichen Betätigung und Berichterstattung sowie starke Förderung breitensportlicher Aktivitäten für alle Altersgruppen, hatten schnell in der Bevölkerung zu einer kritischen Einstellung dem Leistungssport gegenüber geführt, in der es bald als primitiv oder lächerlich galt, seine Emotionen als Vereinsfan unreflektiert auszuleben. Gesunderhaltung und gesellschaftliche Emanzipation durch lebenslangen Sport waren nun die Ziele, die sich mehr und mehr in den Vordergrund schoben und die übergewichtigen Zuschauer der Gladiatorenkämpfe aus den Arenen verdrängten. Mit all dem war er sehr einverstanden, spiegelte es doch das Sportverständnis seiner Studienzeit wider, das ihm die Schulbürokratie im Referendariat, dem schrecklichsten seiner Lebensabschnitte, dieser Kombination aus Bundeswehr und erstem Staatsexamen, dann wieder ausgetrieben hatte.

Dass er dennoch die Meisterschaften im Stadion verfolgen wollte, hatte zwei Gründe. Einerseits war er selbst Leichtathlet gewesen und hatte sich immer gern die Wettkämpfe in diesen Individualsportarten angeschaut, bei denen es nicht um Identifikation und Vereinsfahnen ging. Andererseits interessierte ihn, wie die neue Zeit auf eine leistungsorientierten Sportveranstaltung wie Leichtathletik reagieren würde, in der der körperliche Unterschied zwischen Mann und Frau deutlich und die männliche Überlegenheit messbar sein würde. Das konnte seiner Meinung nach nicht in das Konzept des neuen Matriarchats passen, dem er mittlerweile mit großer Überzeugung unterstellte, dem Mann nicht eine gleichwertige sondern eine untergeordnete Rolle in der Gesellschaft zuweisen zu wollen. Wie würde dieser Widerspruch von den Organisatorinnen gelöst werden?

Er blieb eine Stunde und schaute sich die wenig kommentierten Wettkämpfe von seinem Platz weit oben in den Rängen mit zunehmendem Missmut an. Unter weitgehender Abwesenheit der Öffentlichkeit in einem völlig überdimensionierten Rahmen, war es eine traurige Veranstaltung, die genauso gut auf dem Sportplatz eines Schulzentrums hätte stattfinden können. Mit guten Argumenten würde man sie das nächste Mal auch dorthin verlegen können.

Gegen zwölf Uhr mittags stieg die Temperatur und ihm wurde unter seiner Perücke langsam warm. Nach einer weiteren halben Stunde verließ er gelangweilt das Stadion. Der Kampf um Perfektion und Sieg packte ihn nicht mehr. Er erschien ihm in dieser trostlosen Veranstaltung ein unsinniger Aufwand von Kraft und Lebenszeit zu sein, der am Ende bei vielen Leistungssportlern zu früher Arthrose in den Vierzigern führte. Sport als Selbstmord in Raten.

Als er mit der U2 am Bismarckplatz einfuhr, stand er an der Tür, um gleich auf den Bahnsteig springen zu können, falls Noya noch einmal auftauchen würde. Vielleicht wohnte sie in der Nähe oder an der U7, die hier kreuzte. Seine vage Hoffnung auf einen zweiten Zufall wurde aber enttäuscht und er setzte sich wieder, als die U2 die Haltestelle verließ. Am Zoologischen Garten stieg er in die U9 zum Leo und schaute sich auch hier suchend um. Man konnte nie wissen … Morgen würde er sich ein Buch mitnehmen und für eine längere Observation zur Bismarckstraße fahren.

Aaron war von Noyas Auftauchen geschockt. „Was sollen wir machen? Abhauen?", fragte er ängstlich.

„Nein. Erst mal beobachten. Ich klemme mich dahinter", antwortete er schließlich. „Morgen."

Aaron war bewusst, dass die Iceforce seinem Retter aus der Hölle Südgeorgiens ein wenig Mut hätte machen können, denn sie teilte seine Befürchtungen. Aber er hielt mit der Organisation noch immer hinterm Berg. Schließlich hatte er sich dazu verpflichtet, auch wenn ihm Noyas Auftauchen in Berlin nun zu denken gab. Er nahm sich vor, nachzufragen, ob es möglich wäre, seinen Freund einweihen zu können. Er hatte seine Mutlosigkeit bemerkt.

4

Die ältere, sorgfältig geschminkte Dame in weißer, voluminöser Bluse, grauer Stoffhose und bequemen, weißen Sportschuhen mit dem Unisexnamen Kai saß gegen 16 Uhr bereits seit einer Stunde am Bahnsteig der U2 stadtauswärts auf einer Bank. Sie hatte etliche Male die Ankündigung der Bahn nach Ruhleben gehört, bevor die gelben Wagen mit leisem Zischen in die Station eingefahren waren und sich die Locken ihrer Perücke im plötzlichen Windstoß des U-Bahndunstes, dieser warmen Mischung aus Schmiere und Gummi, die alle Metros der Welt durchweht, gekräuselt hatten. Aber Noya ließ sich nicht blicken. Sollte sie auch heute, wie vielleicht gestern Vormittag, von ihrer Unterkunft - ein Hotel oder eine Wohnung? - in die Stadt gefahren sein, gab es eine gewisse Wahrscheinlichkeit, dass sie ihm auf dem Rückweg in die Arme laufen könnte. Das war zumindest seine, aber bislang enttäuschte Hoffnung. Auch wenn ihm das Warten schwerfiel, fasste er sich in Geduld und blätterte auf der Suche nach besonders lesenswerten Passagen im „Buntspecht" von Tom Robbins. Es war eines seiner Lieblingsbücher, in dem viele Ansichten des Out-laws Bernard ihm aus der Seele sprachen. Auf Seite 116 der deutschen Auflage von 2020 blieb er hängen und überflog sie mit Auslassungen:

„Es gibt eine besonders abstoßende und entmutigend weitverbreitete Krankheit, die sogenannte Tunnelvision, bei der die Wahrnehmung durch Unwissenheit eingeschränkt und durch Eigeninteresse verzerrt wird (…), ausgelöst durch einen optischen Spaltpilz, der sich vermehrt, sobald das Gehirn weniger kräftig ist als das Ego. (…) Wird eine gute Idee durch die Filter und Kompression der gewöhnlichen Tunnelvision geleitet, dann kommt sie nicht nur an Masse und Wert geschmälert hervor, sondern erzeugt in ihrer neuen dogmatischen Form auch Wirkungen, die das gerade Gegenteil dessen bedeuten, wofür sie ursprünglich beabsichtigt war. (…) So erklärt sich auch, warum praktisch jede Revolution in der Geschichte gescheitert ist: Die Unterdrückten, sobald sie die Macht ergreifen, verwandeln sich in Unterdrücker, die sich totalitärer Praktiken bedienen, um die ‚Revolution zu schützen'."

Der Anarchist und Bombenleger Bernard lag seiner Meinung nach damit völlig richtig. Die Tunnelvision und ihre Auswirkungen hatte er hinlänglich voller Abscheu und Verachtung selbst kennengelernt. Allerdings musste er Robbins' Aussage anfügen, dass sich der aktuell in der Öffentlichkeit vollziehenden Revolution offensichtlich eine zweite, verborgene aufgesattelt hatte, die eine Reversibilität der Verhältnisse ausschloss. Ähnlich dem Kahlschlag rund ums Mittelmeer für den Bau der Kriegs- und Handelsschiffen in der Antike, der baumlose Küsten und Inseln für alle Ewigkeiten hinterließ, würde die Beseitigung des Y-Chromosoms nicht rückgängig zu machen sein. Die Revolution fräße nicht nur ihre Kinder sondern auch ein Elternteil. Im aktuell stattfindenden Massenaussterben nach den „Big Five" der Erdgeschichte, verschwände mit tausenden von Tierarten nun auch der Mann. Schluss, aus und vorbei. Zwar wäre zunächst nicht die ganze Spezies extinkt, sondern nur ihre „schlechtere" Hälfte, wenn es denn je eine „bessere" gegeben hatte, doch worauf würde das schließlich hinauslaufen? Entstand dann etwas Neues, ein neuer Homo, eine „Homa nova"? Und wer weiß, ob die Natur diesen Eingriff hinnehmen und auf den fehlenden Reiz der Zweigeschlechtlichkeit nicht mit zunehmender Unfruchtbarkeit antworten würde, wodurch die oft heraufbeschworene Selbstauslöschung des Menschen durch das Scheitern aller Versuche der technischen Reproduktion in ihrem schleichenden Verlauf vielleicht nicht mehr aufzuhalten wäre.

Mit dem beginnenden Büroschluss nahm die Anzahl der U-Bahnbenutzer zu. Es wurde langsam unübersichtlich und er entschloss sich, noch drei Züge abzuwarten und dann seinen Beobachtungsposten aufzugeben. Beim zweiten stiegen Malika und Noya aus und kamen auf ihn zu. Er holte sich das Schnupftuch aus der Hosentasche und putzte sich die Nase, um jeglichem Erkennen vorzubeugen. Man konnte nie wissen, wie aufmerksam diese Frauen ihre Umwelt beobachteten, denn vielleicht waren sie ihm ja schon auf der Spur. Aber sie beachteten ihn nicht, und als sie an ihm vorbei waren, eilte er ihnen mit Abstand nach, beflügelt durch den

Erfolg seiner Observierung. Sie wechselten zur U7 stadtauswärts, die gleich einlief und in die er ihnen folgte. Dass Malika mit aufgetaucht war, erstaunte ihn nicht. Es war zu erwarteten gewesen. Am Halemweg stiegen sie aus, gingen bis zum Heckerdamm, bogen links ab und verschwanden in Nr. 265. Es war ein klotziger Block mit etlichen Wohnungen. Auf dem Klingelbord fehlten einige Namen, auch Malikas und Noyas. Immerhin wusste er nun, dass sie beide in Berlin waren und wo sie wohnten, wenn sie nicht jemand besuchten.

Da er schon mal in der Nähe war, entschloss er sich zum Sommergarten am Wasserturm in der Jungfernheide zu schlendern. Nach einem kurzen, erholsamen Spaziergang durch den schattigen Wald des weiten Areals, erreichte er die Gastronomie am Turm und ließ sich gleich in eine Sonnenliege fallen, die gerade freigeworden war. Eine freundliche, junge Frau, Studentin, nahm er an, bediente ihn prompt und er bestellte sich eine grüne Berliner Weiße. In der Nähe lärmten Kinder im Waldhochseilgarten. Einige riefen nach ihrem Vater. „Papi, hier bin ich, hier oben."

‚Ein wenig heile Welt im Jungferngarten', ging ihm durch den Kopf, ‚anachronistisch, wie der Name."

Die Weiße kam nach wenigen Minuten und er sog sie mit großen Schlucken durch den halbierten Strohhalm aus der Schale, bis sich die Neige geräuschvoll bemerkbar machte. Er hatte nur einmal abgesetzt, durstig, wie er gewesen war. Die aufmerksame Studentin schaute herüber, verstand seinen Fingerzeig auf das gehobene Glas und brachte eine weitere Weiße. Er leerte die Schale noch zur Hälfte, dann war sein Durst gelöscht. Er schloss die Augen und ließ nur die Stimmen um ihn herum in sein Hirn, in dem der Alkohol langsam begann, sein Wiegenlied zu singen. Himmel, wie schön konnte das Leben sein und wie schön war seines auch immer wieder gewesen. Er dachte an die 16 glücklichen Jahre mit Lily, in denen sie sich das Streiten verkniffen und, wenn es doch dazu gekommen war, nie den Tag ohne Versöhnung hatten enden lassen. Die Freude, sie zu sehen, ob unverhofft in der Stadt, im Vorbeischieben auf einer Fete oder auch einfach, wenn er nach Hause kam, war stets präsent gewesen. Sie hatte immer das Gute in ihm geweckt und er war ihr unendlich dankbar dafür, eine anhaltend glückliche Beziehung mit ihm hingekriegt zu haben. Dann ging er fremd und zerstörte alles. Der Vertrauensbruch war zu groß gewesen. Vielleicht hatte sich aber auch die Natur eingemischt und ihre auf die Beziehung gerichtete Sexualität nach außen gedreht. Auch Lily begann damals über den Tellerrand der Monogamie zu schauen. Und er hatte sich dann nicht zurückgehalten. Traurig nickte er ein.

Er befand sich auf dem Rückweg zur Antonstraße und wartete am Zoologischen Garten auf die U9, als Malika und Noya plötzlich vor der Bank, auf der er saß, standen, sich rechts und links von ihm setzten und ihn in die Zange nahmen. „Du bist tot, Mann", flüsterten sie nah, zogen lange Dolche aus ihren Jacken hervor und stießen sie ihm in die Brust. Er zuckte zusammen und wachte auf. Ein Windstoß blähte die Sonnensegel, die den Wasserturm umstanden. Er stemmte sich in der Liege ein wenig hoch und griff sich die Weiße vom Tischchen neben ihm. ‚Jetzt bekommst du schon Alpträume', dachte er. ‚Grauenhaft. Es wird Zeit herauszufinden, was hier wirklich läuft.' Er nahm noch einen Schluck und schaute sich dann nach der Studentin um, konnte sie aber nicht entdecken. Es hatte offensichtlich einen Schichtwechsel gegeben. Nun bediente eine ältere Frau. Auch sie war sehr freundlich, als er bei ihr bezahlte. Wie sie sich einem Mann gegenüber verhalten hätte, war ungewiss. Auch bei der Studentin hatte er sich das gefragt. Er gab ein gutes Trinkgeld und ging zurück zur U-Bahn am Halemweg, froh den kleinen Abstecher in den Volkspark mit seiner familiären Atmosphäre gemacht zu haben. Malika und Noya blieben außer Sicht. Von nun an würde er diese Gegend und die U2 und U7 meiden. Aber in der U6 würde er aufpassen müssen, das war klar. Er wollte den beiden nicht zufällig begegnen.

5

Das DEMI hatte das ehemalige Hotel „Schierker Waldperle" im Harz, fünf Kilometer vom Brocken entfernt, komplett belegt. Das schmucke, alte, dreistöckige Gebäude mit Hochparterre und traditioneller Schieferfassade war den Besitzern auf Bestreben eben dieses international koordinierten und operierenden Departments hin mit einem Angebot abgekauft worden, das sie nicht hatten ausschlagen können und diente nun der Regierung als Gästehaus und Tagungsort. Es wurde während des alljährlichen Treffens vom Referat immer ohne Personal bewohnt und bewirtschaftet, da sämtliche Vorgänge und Gespräche einer strengen Geheimhaltung unterlagen. Das besondere Interesse einiger Mitglieder des DEMI am Erwerb der „Waldperle" bestand darin, dass es einerseits recht idyllisch zentral in Europa und andererseits in Schierke lag. In diesem Ort, bekannt für die Warpurgisnacht mit Mittelaltermarkt, Hexentanz und Bahnfahrten auf den Brocken, war die Verehrung der historischen Walburga, Tochter eines christlichen Königs aus Wessex und später hoch angesehene und heiliggesprochene Äbtissin, begraben worden. Selbst der Geheimrat mit seinem „Faust 1" trug eine Mitschuld daran. In der nächtliche Orgie des 30. April auf den 1. Mai, der im Mittelalter ihr Gedenktag war, aber seit Urzeiten auch den Jahresanfang dargestellt hatte und erst in der Neuzeit zum Tag der Arbeit avancierte, war sie in die Hexe Walpurgis verwandelt worden. Um sie zu rehabilitieren und über sie aufzuklären, erschien deshalb Schierke ein angemessener Ausgangspunkt zu sein, und bald wurde die Werbung der Stadt für das Fest und den Mittelaltermarkt mit der Bezeichnung „Walpurgisnacht" als irreführend untersagt.

Das DEMI arbeitete weitgehend unabhängig. Es hatte sich mit handverlesener Nachfolge exklusiv aus den Anfängen der revolutionären Frauenbewegung entwickelt. Das E für Evaluation stand schon immer für Extiction, doch blieb diese radikale Ausrichtung verborgen, da es berechtigte Zweifel an einer uneingeschränkten und alle regierenden Frauen umfassenden Zustimmung zum Ziel der totalen Auslöschung der Männer gab. Der Weg würde noch eine Weile ein subversiver sein, auf dem sich nur mit den richtigen Maßnahmen zur rechten Zeit am rechten Ort dem Ziel genähert werden konnte. Mit gut platzierten Nadeln in die Woodoopuppe, sollten die Männer in zwei, spätestens aber drei Generationen verschwunden sein. Denn längst lag die selektive Geburtenkontrolle, die einst die kleinen und großen Patriarchen der Erben und Soldaten wegen an sich gerissen hatten, wieder in den Händen der Frauen und viele Mitglieder des DEMI arbeiteten als Gynäkologin in den Praxen und Geburtskliniken weltweit, wodurch die von Natur aus höhere Sterblichkeit männlicher Föten und Säuglinge erheblich zugenommen hatte. Ein Zusammenhang wurde aber nicht gesehen. Für die meisten war er zu ungeheuerlich, um entdeckt zu werden. Deutlich war jedoch, dass das Referat mit seinem jährlichen, kritischen Bericht international für eine zunehmende Einschränkung männlichen Wirkens im öffentlichen Bereich sorgte. Dadurch hatte es wichtige Schlüsselstellen besetzen können und war sich der Umsetzung seines großen, heilbringenden Ziels sicher. Bald würden es alle verstehen und begrüßen.

Im Frühstücks- und Konferenzraum der „Schierker Waldperle", in dem sich gerade fünfundzwanzig DEMI-Delegierte versammelten, hätte er einige der Anwesenden wiedererkannt. Sie waren vor wenigen Jahren sechs Tage lang zu Gast in seiner Hütte gewesen. Auch Malika und Noya waren angereist, denn es galt ein Problem zu besprechen, bei dem sie im Fokus standen, das aber noch nicht publik war. Nun setzten sie sich mit den anderen an einen der im Raum verteilten Tische. Drei nebeneinander stehen geblieben Frauen warteten darauf, dass es still wurde. Die Strenge der Konferenzleitung, die in ihrer radikalen Ideologisierung mit der Moral auch jeglichen Humor verloren hatte, lag mit Ruhe und Kälte im Raum. Dann wendete sich die in der Mitte Stehende an die Versammlung:

„I welcome you to our annual meeting also in behalf of Saskia und Lynn", sie wies mit offenen Händen gleichzeitig nach rechts und links auf ihre Begleiterinnen. „I hope you had a good journey to Schierke. We start with the annual report of Saskia. Afterwards ...", sagte sie mit Nachdruck und ließ eine kleine Pause, während sie die Augenbrauen hob, „we have time for additions from the plenary und discussion. I ask you to take this into account and refrain from interruptions." Alle drei setzten sich und Saskia legte den Bericht vor sich auf den Tisch und begann laut zu lesen.

„Our most important successes were in the Middle East, Africa und the Amaricas by eliminating the following persons ..." Ohne Umschweife verlas sie drei Listen von Männern, die sich als unbelehrbare Feinde der neuen Zeit erwiesen hatten. Die erste umfasste die Toten, die zweite die auf Südgeorgien oder in anderen Gefängnissen inhaftierten Delinquenten, zumeist Männer aus Politik, Religion, Wertehandel oder der verbotenen Herstellung von Waffen und ihrem Vertrieb. Danach gab sie eine aktuelle Zusammenfassung über Regionen, in denen der männliche Einfluss noch nicht zufriedenstellend gebrochen war. Einige neue Despoten wurden namentlich aufgeführt und auf die dritte, schwarze Liste gesetzt, die in letzter Zeit wieder länger geworden war, denn der Zusammenschluss von den wenigen versteckt lebenden Oligarchen und Superreichen zu einer Interessengemeinschaft zur Rettung ihrer Pfründe, hatte eine Renaissance der alten, männerdominierten Verhältnisse angestoßen, die es verstärkt zu bekämpfen galt. Zurzeit würde eine Offensive durch verdeckte Exekutionen des DEMI mit regionalen Gruppen geplant, die das Problem lösen könnte. Da es leider immer noch zu viel rückständige Sentimentalität unter Frauen gäbe, ist die strikte Geheimhaltung ihrer Aktionen und besonders des großen Ziels der Y-Extinktion von immenser Wichtigkeit. In dem Zusammenhang scheine nun vor einigen Monaten ein Leck aufgetreten zu sein, dass eine Gefahr darstellen könnte. Es wäre noch nicht bestätigt, aber allein die Möglichkeit dränge zu Aufklärung und gegebenenfalls zu Reaktionen. Dann wandte sich Saskia an Malika und Noya und bat um ihren Bericht. Malika stand auf und schaute sich im Raum um.

„Well, it's about a man, some of you already know personally. He was the owner of the hut, where we had met on the eve of our revolution and later built the seminar house." Ein leises Raunen ging durch die Versammlung, dem sie eine kleine Pause einräumte. Dann berichtete sie in zügiger Chronologie, welche Verbindungen es zwischen ihm und der Organisation gegeben hatte, angefangen mit Malikas Mutter, seinen unterstützenden Tätigkeiten in den letzten Jahren, der Flucht von Südgeorgien bis hin zu dem unerwarteten Treffen auf Kreta und seinem abrupten Verschwinden, das nun Anlass zur Sorge gäbe. „ … and that is why we believe, he still is in Germany, probably in Berlin."

„Thank you, Malika, for the report. Maybe you and Noya made a serious mistake, on which we have to adjudicate later. Now we have to take mesasures to find and question the man and silence him, if necessary. Noya herself has come up with a plan on how to proceed to solve the problem."

Noya stand auf und drückte auf eine Fernbedienung.

„Well, that's him." Sein Bild erschien auf einem Monitor an der Wand Er saß auf der Terrasse in Kamilari und lächelte freundlich in die Kamera.

Ihr Plan teilte die Anwesenden in fünf Gruppen, die an fünf Standorten, Erkundigungen einziehen sollten. Die Überprüfung von Videomaterial und besonderen Vorkommnissen im Strafgefangenenlager, auf dem Fluchtschiff und in Kapstadt, auf Kreta, an seinem Wohnort sowie in Berlin, Hannover, Bremen und Hamburg standen bei der Recherche im Mittelpunkt. Neuere Aufzeichnungen von Webcams, die es an unzähligen Standpunkten gab, waren von besonderem Interesse. Ihn so zu entdecken und auf diese Weise Informationen zusammenzutragen, die auf seinen jetzigen Aufenthaltsort hinweisen könnten, war die erfolgversprechende Strategie. Erste Ergebnisse könnte es auf diese Weise schon in Wochen geben.

Als sich nach drei Tagen die Versammlung auflöste, war das Informationsnetz der Schwarzen Witwen geknüpft, um den flüchtigen Schädling zu fangen. Dass dieser allerdings im Bienenkostüm auftrat, wussten sie noch nicht. Doch auch diese Idee sollte bald einer der Suchenden kommen, als sie Videos von Faschingsumzügen inspizierte. Ihr Einfall verbreitet sich innerhalb weniger Stunden und vergrößerte das Netz, in dem er kleben bleiben sollte, genauso schnell. Dann fiel bei der Überprüfung der Crewmitglieder des Fluchtschiffs auf, dass nach der Befreiung eine Überlebende den freiwilligen Dienst quittiert hatte, ohne die ihr nach dem Schrecken auf dem Fluchtschiff angebotenen Hilfen psychologischer und finanzieller Art in Anspruch zu nehmen. Warum hatte sie auf das Geld verzichtet, zumal der Betrag nicht unerheblich war? Nach solchen besonderen Vorkommnissen hatte man gesucht und auch, wenn die Wahrscheinlichkeit gering schien, dass diese Meldung weiterhelfen würde, fragte sich die Entdeckerin des Puzzleteils, was aus der Frau geworden war und begann ihre Nachforschung in Frankreich, ihrem Heimatland.

Vier Tage später stand Malika gegen 11 Uhr vor der Parterrewohnung in der Antonstraße und klingelte. Berte, seit einem Tag im Jahresurlaub, öffnete ein wenig überrascht die Tür. Normalerweise wäre sie gar nicht zuhause gewesen. Auch hatte sie niemand erwartet.

Malika stellte sich als Angestellte des Versorgungsamts Berlin vor und suche sie wegen einer Entschädigungsleistung auf, die ihr zustehen würde. Diese bezöge sich auf ihre Anwesenheit auf einem Versorgungsschiff vor Südgeorgien, dass von Sträflingen unter für die Besatzung traumatischen Umständen gekapert worden sei. Dazu müsse noch ein Fragebogen ausgefüllt werden und ob sie das eben erledigen könnten. Malika wies dabei in die Wohnung und erwartete offensichtlich, hereingebeten zu werden.

„Selbstverständlich", sagte Berte und machte den Weg in den Flur frei.

Malika trat ein und reichte die Hand. „Schäfer. Wo können wir …?"

„Am besten am Küchentisch. Geradeaus."

Bertes Antworten auf Malikas Fragen hielten sich möglichst nah an die realen Ereignissen, ohne ihre Retter zu erwähnen. Sie gab an, dass sie in der kleinen Kabine unentdeckt bleiben und sich mit einem Wasservorrat und Keksen die meiste Zeit unter dem Bett verstecken konnte. Sie hätte sich erst aus der Kabine gewagt, nachdem es auf dem Schiff für einige Zeit völlig ruhig geblieben war. Nach der Schießerei und den Explosionen von Land hätte sie die Crew befreit. Sie hätte sehr viel Glück gehabt, dort ganz unbehelligt herausgekommen zu sein und wäre deshalb auch nicht zu den Anlaufstellen für die Crewmitglieder gegangen, die die Hilfe sicher nötiger gehabt hätten, als sie. Dass sie eine Geldentschädigung hätte bekommen können, sei ihr nicht bewusst gewesen. Aber sie könnte sie schon gebrauchen.

Malika gab sich ein wenig knurrig mit Bertes Schilderung zufrieden und zeigte ihr sein Foto. ‚Ob ihr dieser Mann aufgefallen sei', fragte sie. ‚Er sei auch auf dem Schiff gewesen.'

Berte nahm das Foto und schaute es misstrauisch an. Dann zog sie die Mundwinkel nach unten, schüttelte den Kopf und gab es zurück.

„Vielleicht war er unter den Sträflingen, die das Schiff gestürmt haben. Zur Crew gehörte er jedenfalls nicht. Die habe ich alle gekannt. Wer ist er?", fragte sie und zeigte auf das Bild, das Malika gerade mit dem Formular in ihrem Rucksack verstaute.

„Ein Sträfling, der uns vielleicht entkommen ist." Sie stand auf und gab Berte die Hand. „Ihre Kontonummer hab' ich. Die Entschädigung wird innerhalb einer Woche überwiesen." Dann verließ Frau Schäfer die Wohnung und das Haus.

Er betrat das Vorderhaus vom Hof aus in dem Moment, als Malika auf der Antonstraße stand und klopfte bei Berte an. Sie öffnete die Tür und zog ihn in die Wohnung.

„Komm rein."

„Was ist los?", fragte er leicht belustigt überrascht.

„Gerade eben war eine Frau Schäfer hier und hat mir ein Foto von dir vorgelegt. Ob ich dich auf dem Schiff gesehen hätte. Sie ist gerade raus."

Berte lief in die Küche zum Fenster. „Komm schnell, diese da." Als er über ihre Schulter schaute, stand Malika immer noch unschlüssig vor dem Haus. Etwas schien ihr nicht zu passen. Dann drehte sie um und kurz darauf ging die Klingel. Er verschwand im Arbeitszimmer und Berte öffnete die Tür.

„Entschuldigung, ich nochmal. Könnte ich vielleicht kurz ihre Toilette benutzen? Das wäre sehr freundlich."

„Aber natürlich. Hier links, bitte."

Malika betrat das Badezimmer und schloss hinter sich ab. Geräuschvoll öffnete sie den Klodeckel und begann den „Alibert" und den Wäscheschrank zu durchsuchen, konnte aber nichts von Belang entdecken. Es gab allerdings zwei elektrische Zahnbürsten und Ersatzbürsten. Ohne zu zögern, wechselte sie die Bürstenköpfe aus und steckte die gebrauchten getrennt und zu ihren Papiertaschentüchern. Dann spülte sie, wusch sich die Hände und kam zurück in den Flur, wo Berte gewartet hatte.

„Wohnen sie allein?", fragte Malika beiläufig und rieb sich die Hände.

„Nein, mit einer Freundin zusammen. Warum ..." Bertes Antwort klang ein wenig gereizt, was Malika nicht entging.

„Nur der Vollständigkeit halber, für meinen Bericht. Ich hatte das noch gar nicht erfragt. Wie ist der Name?"

„Jasmin Zeidler."

„Ist sie hier gemeldet?"

„Natürlich."

„Gut. Das war's."

Berte griff nach der Klinke und ließ Malika aus der Wohnung.

„Vielen Dank."

„Keine Ursache."

„Auf Wiedersehen Frau Boulin."

„Auf Wiedersehen Frau Schäfer."

Nachdenklich ging Malika zur U-Bahn am Leo. Sie hatte immerhin etwas zum Nachforschen, wenn auch die Hoffnung auf einen Treffer, der weiterhelfen würde, sehr gering war. Aber irgendetwas stimmte mit Frau Boulin nicht. Vielleicht war es nur die kritische Ablehnung offiziellen Stellen gegenüber, die in Berlin Tradition hatte, oder es steckte doch mehr dahinter. ‚Mal sehen, was die DNA-Proben bringen', fragte sie sich, ‚vielleicht findet sich ein wenig auswertbare Genetik.' Im Institut für Rechtsmedizin in der Charité würde man ihr weiterhelfen können.

Als Berte am Abend die neuen Bürstenköpfe bemerkte, dachte sie, dass Aaron sie ausgewechselt hätte, der allerdings den umgekehrten Fall annahm. Sie sprachen es nicht an. Es erschien zu unbedeutend angesichts der Aufregung, die Frau Schäfers Auftauchen hinterlassen hatte. Doch als sich Berte am nächsten Morgen bei Aaron bedanken wollte, wurde schnell zur Gewissheit, dass diese Frau vom Amt dahinterstecken musste. Malika Schäfer war gefährlich, wie sein Bericht über sie vermuten ließ. Die drei entschlossen sich nach kurzer Überlegung, Berlin sofort zu verlassen. Sie nahmen den Zug nach Bremerhaven um 11:13 h.

Zu dieser Zeit lagen Malika die Ergebnisse aus der Forensik vor. Die Freundin war ein Freund nach GA-OP und sollte eigentlich auf Südgeorgien sein. Malika und Noya klatschten sich erfreut über den Treffer ab. Sie waren vielleicht auf eine echte Spur gestoßen, mit der sie ihren Fehler würden ausbügeln können. Aber als sie kurz nach dem Erhalt des Berichts in der Antonstraße anklingelten, machte niemand auf. Die unmittelbare Durchsuchung der Wohnung ergab keinen Hinweis auf ihren Verbleib. Am Abend stand fest, dass die Vögel ausgeflogen waren. Auch wenn die Reaktion von Frau Boulin und ihrem Freund, der unter Jasmin Zeidler angemeldet war und vor einiger Zeit noch in der Charité gearbeitet hatte, Bände sprach, blieb ihnen außer dieser Erkenntnis nur die Enttäuschung, schlicht zu spät gewesen zu sein. Jetzt konnte nur die landesweite Videoüberwachung weiterhelfen. Irgendwohin mussten sie ja verschwunden sein.

Wie nah sie allerdings auch ihm bereits gekommen waren, ahnten sie zu diesem Zeitpunkt noch nicht.

Am gleichen Abend bestiegen die drei Freundinnen Kai, Jasmin und Berte ein Frachtschiff von Bremerhaven nach New York. Sie hatten sich direkt an den Captain des nächsten, auslaufenden Frachters gewandt, der ihnen gegen Barzahlung ohne Formalitäten die Passage gewährte. Fünf Tage später saßen die Drei im Central Park vor der Met auf einer Decke beim alljährlichen, freien Konzert des New York Philarmonic Orchestras. Sie hatten gleich nach ihrer Ankunft von dem Konzert gehört und tranken nun Sekt, aßen Kuchen und lauschten dem klassischen Themenpotpourri aus beliebten Symphonien der Meister. Die Stadt begrüßte sie mit einem Open Air Event. Glücklich stießen sie an. Aaron und auch er trugen unbesorgt wieder Männerkleidung. Der Big Apple hatte seine quirlige, internationale Unübersichtlichkeit nicht verloren. Sie fühlten sich sicher. Hier gab es noch jede Menge Männer, auch im Orchester und selbst am Dirigentenpult, wo ein Russe den Taktstock schwang.

Nicht weit von ihnen entfernt saßen zwei deutsche Touristinnen mit großen Sonnenbrillen und breitkrempigen Hüten auf einer Plane und ließen die drei auf der Decke nicht aus den Augen. Sie hatten sie im Hafen erwartet und wollten sie nun vor ihrer Festnahme einige Zeit observierten. Vielleicht konnten sie sie bei einer Kontaktaufnahme überraschen, die weitere Informationen liefern würde. Sie hatten vielleicht Helfer in New York. Der Central Park bot sich dafür an.

6

Auf dem Containerschiff waren sie die einzigen von möglichen zwölf Passagieren gewesen. Jeder von ihnen hatte deshalb eine eigene Kabine bekommen können. Die Besatzung, die auf dem 234 Meter langen Schiff aus nur 22 Männern bestand, bekamen sie kaum zu Gesicht. Die meisten schliefen oder hatten Schicht. Hin und wieder stießen sie auf zwei oder drei Seeleute in der Kantine, die aber nur grüßten und sie sonst links liegen ließen. Es wurde von ihnen so erwartet. Weibliche Passagiere waren tabu. Lediglich die beiden Kapitäne hatten sie nach einer stürmischen Nacht angesprochen, in der sie das Schiff nur mit Mühe auf Kurs hatten halten können. Selbst der chinesische Smutje, dem sie abends an der Essensausgabe begegneten, blieb stumm. Es hatte den Anschein, dass er es wirklich war.

In einem Gespräch unter vier Augen im Getöse der Schrauben am Heck des Ozeanriesen hatte ihn Aaron endlich über die Iceforce aufgeklärt. Er entschuldigte sein langes Schweigen mit der notwendigen Geheimhaltung und der späten Erlaubnis, ihn einzuweihen. Aber nun könne er ein Mitglied der Organisation werden, da die Überprüfung der Infos, die er über ihn weitergegeben hatte, seine Aufnahme rechtfertige. In New York werde er ihn zu gegebener Zeit mit anderen Mitgliedern der Iceforce bekannt machen. Aaron hatte sie bereits von Bremerhaven aus angekündigt. Berte musste aber leider aus allem herausgehalten werden. Die Regeln ließen nach wie vor nur Männer, oder solche, die es geworden waren, in der Organisation zu.

Sprachlos und anfänglich ein wenig verschnupft über Aarons späte Einweihung, hatte er am Heck gestanden und auf die Wirbel der Schrauben geschaut, die den tiefblauen Ozean aufschäumten und eine breite, weiße Spur hinter sich ließen. Da war eine Perspektive aufgetaucht, mit der er nicht mehr gerechnet hatte. Es gab die Aussicht auf ein Weiterleben in einer Gemeinschaft Gleichgesinnter. Er hatte den drohenden, atomaren Overkill und die Hölle von Südgeorgien überstanden und bekam nun eine dritte Chance. Er konnte unerwartet im Zuschauerraum des Welttheaters bleiben und dieses Mal sogar in einer Loge. Dafür war er Aaron unendlich dankbar und hatte es ihm schließlich auch mit einer langen, wortlosen Umarmung gezeigt.

Zu leben machte wieder Sinn, zumal die drei Flüchtenden davon ausgingen, ihre Verfolger abgeschüttelt zu haben, ein Irrtum, wie sich bald herausstellte. Zu viele Augenpaare hatten Aufzeichnungen unzähliger Kameras nach ihnen mit Gesichtserkennungsprogrammen durchsucht und sie schließlich in Bremerhaven beim Einschiffen entdeckt. Dass auch er auf diese Weise gefunden wurde, hatte bei den Ermittlerinnen des DEMI euphorischen Jubel ausgelöst. Seitdem waren sie unter ständiger Beobachtung geblieben, in New York sogar unter doppelter. Denn nicht nur das DEMI hatte sie im Visier, sondern auch die Iceforce, deren Beobachter bald die

Observierung und Verfolgung der drei Zielpersonen, mit denen nach einer Karenzzeit von zwei Tagen ein Treffen geplant war, auffiel.

Am dritten Tag in New York bekam Berte auf einem Einkaufsbummel, den sie allein unternahm, im Macy's von einem Unbekannten wortlos eine maschinengeschriebene Nachricht zugesteckt. Sie las:

„Liebe Berte, wie sich herausgestellt hat, wurden wir hier seit unserer Ankunft beobachtet. Für uns ist es daher allerhöchste Zeit, unterzutauchen, für dich aber am besten, wenn wir uns sofort trennen. Es geht leider nicht anders. Die Gefahr, wegen unerlaubten Entfernens aus dem Lager wieder auf Südgeorgien zu landen, ist uns zu groß. Dir muss und wird man die Hilfe nachsehen, die du uns aus Dankbarkeit für die Rettung auf dem Fluchtschiff gewährt hast, sollte man dich jemals dafür belangen wollen. Wir danken dir sehr für deine liebe Unterstützung und umarmen dich fest.

PS.: Hebe diesen Brief auf. Vielleicht kannst du ihn noch einmal gebrauchen."

Als Berte das Hotel Garni in Harlem betrat, wurde sie schon von Malika, Noya und einer weiteren Frau in der Lobby erwartet.

„So sieht man sich wieder, Frau Boulin", sagte Malika mit einem strengen Lächeln.

„Frau Schäfer ...", antwortete Berte entgeistert und gab allen drei Frauen die Hand. Malika verzichtete auf eine Vorstellung ihrer Begleitung.

„Wir müssen mit Ihnen reden. In ihrem Zimmer, bitte. Die Nr. 313, nicht wahr?" Malika zeigte auf den Fahrstuhl.

Wortlos fuhren sie in den 3. Stock. In 313 angekommen, platzierte Noya Berte mit einem forschen Fingerzeig im einzigen Sessel im Raum, während Malika sich auf das Bett und die andere Begleiterin sich an den Tisch vor den Spiegel setzte und ein Diktiergerät bereitlegte. Noya stellte sich vor die Tür. Das Verhör konnte beginnen. Eingeschüchtert und trotz der Warnung ein wenig überfordert, riss Berte sich zusammen, zeigte sich kooperativ und versuchte alle Fragen, die Malika stellte, überzeugend zu beantworten. Ihre Aussagen wurden von der Frau am Tisch aufgenommen. Sie gab Malika gleich das Abschiedsschreiben, berichtete, wo und wann sie es bekommen hatte und konnte glaubhaft vermitteln, davon überzeugt gewesen zu sein, dass ihre Begleiter in Südgeorgien als Sanitäter gearbeitet hatten und nur einer möglichen Rückbeorderung auf die Insel entkommen wollten. Sie erklärte auch, dass sie anfänglich zusammen gewohnt hätten, bis Hans' Wohnung im Hinterhaus freigeworden wäre. Dass sie gern Frauenkleider trugen, hielt sie für eine legitime Marotte, die viele Männer heutzutage hätten. Sie wären nur gute Freunde ohne intime Begegnungen gewesen und sie sei ihnen sehr zu Dank verpflichtet, sie vor den brutalen Zugriffen und Vergewaltigungen, die fast alle Frauen auf dem Unglücksschiff erleiden mussten, bewahrt zu haben. Deshalb hätte sie sie auch gedeckt und bei der ersten Befragung in Berlin verschwiegen. Wohin sie so plötzlich aufgebrochen seien, wüsste sie bei bestem Willen nicht. Heute Morgen beim Frühstück wäre von ihrer Abreise noch keine Rede gewesen. Schließlich hatten sie ja vorgehabt, hier zusammen Urlaub zu machen. Viel mehr könnte sie dazu nicht sagen.

Nach dem Verhör schickte Malika Berte ins Bad. Sie hielt sie für glaubwürdig und Noya pflichtete ihr bei. Aus ihrer Kollaboration mit einem zu Unrecht auf Südgeorgien vergessenen männlichen Einsatz eine größere, Wellen schlagende Sache zu machen, war nicht ratsam. Es warf ein schlechtes Bild auf die Verantwortlichen, zu denen auch Malika und Noya gehörten. Im Einvernehmen mit der Protokollantin, holten sie Berte wieder herein und ließen sie unter der Prämisse laufen, über die Vorgänge Stillschweigen zu bewahren. Ein Zuwiderhandeln hätte eine Bestrafung zur Folge. Berte unterschrieb das Protokoll und die Schweigeverpflichtung und bedankte sich sichtlich erleichtert bei allen drei Frauen für ihr Verständnis. Als sie gegangen waren, warf sie sich rücklings aufs Bett und starrte erschöpft an die Decke. Langsam erholte sie sich von dem Verhör, mit dem sie überraschend schnell und massiv in der vergangenen halben Stunde überfallen worden war. ‚Noch einmal davongekommen', sagte sie sich und war auch ein wenig stolz darauf, trotz aller Einschüchterung bei der Stange geblieben zu sein. Nach zehn nachdenklichen Minuten verließ sie das Hotel und ging zu der Jazzbar um die Ecke. Bei M-Base life und Bier trauerte sie den beiden Freunden nach. Sie waren ein gutes Gespann gewesen und sie wäre gern mit ihnen nach Mexico weitergereist, wo sie die restlichen Wochen ihres Urlaubs hatten verbringen wollen. Zwei Tage später saß sie im Flieger nach Cancun und gleich weiter im Bus zum Strand von Tulum. Bei der Besichtigung der Maya-Stätte lernte sie ihren Indianer Canneo kennen. Sie kehrte nicht nach Deutschland zurück, sondern arbeitete noch etliche Jahre mit ihm, einem waschechten Maya, wie er stets betonte, zwischen Merida, Chichen Itza und Tulum im Yucatántourismus. Die indigenen Mayamänner blieben trotz ihres stoischen Kriegerhabitus' unbehelligt, da sie sich dem traditionellen Matriarchat unterordneten. Es hatte in der Seele der Urbevölkerung des Kontinents unter der Betondecke des westlichen Raubtierkapitalismus und in den Reservaten überlebt und blühte neu auf. Nur mit dem männlichen Nachwuchs schien es nicht mehr so recht zu klappen und Heteroehen wurden mit den Jahren seltener.

Ihre beiden Freunde aber sah Berte nie wieder.

Kapitel 5

1

Die ehemaligen „Fifth Avenue Synagoge", 5 East 62nd Street, Manhatten, NYC glch mit dem gewölbten Baldachin vor dem Eingang und ihrer von etlichen, ovalen Fenstern durchbrochenen Fassade mehr einem Apartmenthaus aus den 1960ern, als einem jüdischen Gotteshaus. In ihr hatte sich die Iceforce im Jahr 2010 eingerichtet und war lange unbeachtet geblieben. Die jüdische Gemeinde, zu der die Mitglieder der Iceforce offiziell gehörten, bot ihr bis 2054 einen gewissen Schutz, da sie mit ihrem hohen Bevölkerungsanteil in der Stadt und der viertausend Jahre alten Geschichte immerwährender Anfeindung, Versklavung und Verfolgung der Juden trotz ihrer patriarchalischen Strukturen von der weiblichen Elite unbehelligt blieb. Auch mag dazu beigetragen haben, dass die Zugehörigkeit zum auserwählten Volk eine jüdische Mutter voraussetzt und sich dadurch ein matriarchalischer Grundgedanke in der Religion erhalten hatte. Doch war sie auch der Ursprung aller drei abrahamitischen Religionen, deren imperialer, männlicher Monotheismus sich durch Christentum und Islam der Welt mit entsetzlicher Brutalität bemächtigt und das Patriarchat über die Welt verbreitet hatte. Daran begannen sich einige Journalistinnen, denen das bärtige Männergehabe gerade der orthodoxen Juden unangenehm aufstieß, nun zu erinnern. Dieser Umstand, die schwindende Zahl männlicher Juden sowie die greisen, schwachen Rabbiner der Stadt führten dazu, dass 2054 dem Antrag auf Einrichtung einer kommunalen Begegnungsstätte in der Synagoge stattgegeben und der jüdischen Gemeinde eine Räumungsfrist von einem halben Jahr zugestanden wurde.

Zu dem Zeitpunkt lag er bereits 24 Jahre im bis dahin überwachten Kälteschlaf. Da ein Abtransport der Kryoapparatur nicht möglich war, entschlossen sich die Techniker, ihn einzumauern, einen Fluchtweg über die Kanalisation anzulegen und ihn für die nächsten 25 Jahre der Computersteuerung, die bis dahin tadellos funktioniert hatte, zu überlassen. All das war auch mit ihm für den Notfall so abgesprochen und sollte ihn nicht überraschen, wenn seine geglückte Wiederbelebung in völliger Isolation stattfinden würde.

Nach fünf Dekaden Kryoschlaf erwachte er im Kellergeschoss des „Fifth Avenue Recreation Centers" im Alter von 130 und hörte eine sanfte Männer-stimme.

„Heute - ist - der - 1. -7. - 2080. Sie - erwachen - planmäßig - aus - Ihrem - Kryostatus. Wenn - Sie - diese - Ansage - hören, - öffnen - Sie - die - Augen - und - bewegen - Sie - sich! ... Heute - ist - der - 1. -7. - 2080. Sie - erwachen - planmäßig - aus ...", langsam drang der Inhalt der schwebenden Worte zu ihm durch. Noch spürte er seinen Körper nicht, begann sich aber zu orientieren. ‚Kryostatus, mein Kryostatus ... ich erwache ... denke, also ... Augen auf ...' Vorsichtig versuchte er zu blinzeln und blickte in ein mildes Licht ohne Konturen. ‚ ... kein Focus ... bewegen.' Als erstes spürte er ein leichtes Ziehen im Rücken, dann begannen seine Hände und kurz darauf seine Füße zu kribbeln. Er schaffte es, seine Finger zu krümmen und wieder zu strecken und versuchte dann, seine Füße über die Fersen hin und her zu rollen. Seine Hüftgelenke meldeten sich. Langsam durchzog ein leichter Schmerz den gesamten Körper und das Bild vor seinen Augen bekam Konturen. Der Deckel der Schlafkapsel schwebte gut einen Meter über ihm.

„Reaktion - erkannt." Die Stimme sprach langsam und gab jedem Wort viel Raum. „Sie - werden - in - den - Sitz - gebracht. - Schwindel - ist - kalkuliert." Mit einem leisen, surrenden Geräusch senkte sich der Apparat und hob gleich-zeitig seinen Rücken an, bis er aufrecht saß. Der einsetzende Schwindel ließ ihn wanken. „In - die - Handflächen - schauen, - bis - die - Balancestörung - vergeht." Er drehte seine Hände und schaute auf die grauen, segmentierten Handschuhe des Funktionsanzugs, in dem sein Körper steckte, ein

Wunderwerk der Technik, mit dem alle Vorgänge im Kryoschlaf auf den gesamten Organismus übertragen und kommuniziert wurden. Die Temperaturregelung in den Schlafzyklen, die serologische Versorgung sowie ein Gelenkfunktionsprogramm, das über ein Bimetallgewebe im Anzug ein mäßiges Durchbewegen des gesamten Körpers ermöglichte, konservierten den Organismus in einem Zustand, der eine Wiederbelebung zur vollen Funktion ermöglichen sollte.

„Die - Artikulation - entwickelt - sich - langsam! - Wiederholen - Sie - folgende - Worte … Ich!" Er öffnete den Mund und spürte seine verklebte Kehle, durch die er nur ein schnarrendes Räuspern hervorbrachte. „Ich", wiederholte die sanfte Männerstimme und er versuchte es erneut. Mit dem zehnten Anlauf brachte er ein halbwegs verständlich „ich" zustande. „Gut, nun bitte: … Ich bin!", ermunterte ihn die Stimme.

Nach einer halben Stunde hatte er sich mit dem Satz „Ich bin da und hole mein Leben zurück" ein wenig Sprache erarbeitet. Langsam erinnerte er sich, wie anstrengend es werden würde, sich aus der technischen Verstrickung, mit der ihn der Anzug umschloss, herauszuarbeiten. Die nächsten vierzehn Tage allein mit einem immerhin deutsch sprechenden Computer, geprägt durch Sorge und auch Schmerz, mussten gemeistert werden. Erst dann würde er zur Erdoberfläche zurückkehren können. Aber die Neugier und Erwartung, was er dort vorfinden würde, sollten ihm die Kraft geben, durchzuhalten. Und er lebte. Nun musste er nur noch diesen Keller verlassen und dafür würde der Kampf sich lohnen.

„Hier beenden wir die erste Annäherung. Ruhen Sie sich aus", sagte der Computer leise und senkte langsam die Rückenlehne. Er schlief sofort ein.

Nach einer Woche waren die Wunden der Infusionsverbindungen, die seinen Körper übersät hatten, nahezu verheilt. Er konnte das Überlebenstrikot ablegen, vorsichtig aufstehen und begann sich selbständig zu ernähren. Die tiefgefrorenen Vorräte an Astronautenkost und Wasser waren genießbar geblieben. Eine Dusche fehlte und er musste sich mit gewässerten Feuchttüchern säubern. Langsam baute sich sein Bewegungsapparat wieder auf, bis er schließlich das Gefühl hatte, dass er besser zu funktionieren schien, als vor dem Einstieg in den Kryoschlaf. Dieser Effekt war schon vermutet worden, da die Zellversorgung unter Einsatz von Telomerase zur Anregung der Zellregeneration und damit zu Gewebeverjüngung führen sollte. Außerdem hatten Erkenntnisse aus der Krebsforschung ein Verfahren ermöglicht, das durch Gefäßinvasion in Bänder, Sehnen und Knorpel ihren Wiederaufbau extrem verbesserte. Normalerweise verödet die Blutversorgung dieser bradytrophen Strukturen beim ausgewachsenen Körper weitgehend, wodurch sie mit zunehmendem Alter einem rasanten Verfall unterliegen. Ihre Regeneration findet kaum noch statt. Es ist letztlich die Arthrose, die die Bewegung und damit die Gesunderhaltung des Organismus verhindert. Die heilende Wirkung der beiden Rekreationsverfahren war jedoch spürbar und er ‚fühlte sich körperlich von Tag zu Tag in jeglicher Hinsicht besser und besser.‘ Die Kellerkammer, ein schwach beleuchteter, niedriger Raum von 12 m² Größe, mit Pritsche, Chemieklo, Tisch und Stuhl, einer Anrichte sowie dem großen Kryoapparat, wurde für ihn nun zunehmend zum Gefängnis und er gierte danach, sie zu verlassen. Immer wieder studierte er die Anweisungen für seinen Ausstieg und den Weg durch die Kanalisation in den Central Park.

Da ihn niemand während seines Aufwachens erwartet hatte, war ihm schnell klar gewesen, dass seine Kryogruft, versiegelt und verborgen, dem Computer überlassen worden war. Er würde über den Zeitpunkt des Ausstiegs entscheiden. Bis dahin absolvierte er sein Körper- und Geisttraining gewissenhaft mit einer Therabandgymnastik, einem Rätselheft und vertiefte sich in „Die Brüder Karamasow". Er fragte sich, warum man ihm ausgerechnet dieses letzte Buch Dostojewskis auf dem Tisch gelassen hatte. Vielleicht waren es nur seine über tausend Seiten, oder jemand hatte angenommen, die komplexe, philosophische Schau auf das Schicksal dreier ungleicher Brüder aus einer vergangenen Welt würde ihn erden können. Vielleicht war man auch davon ausgegangen, dass er es schon mal gelesen hatte und er es deshalb leichter verstehen würde. Außerdem lag ein handgeschriebener Brief auf dem Tisch.

Wellcome, brother,   NYC, Autum, 2055
When you have left the cryochamber and made it to the surface you will find <u>probably!</u> a message in a box left of the Imagine-mosaic in the axis of the inscription, fifteen meters away in 30 centimeters depth. We assume that the Strawberry Fields will still exist in 25 years. We had to leave you to the technology, because the synagogue is no longer a place of refuge. The message will give you further informations.   Good luck.

In einem Rucksack fand er eine Handschaufel und ein Bandmaß zwischen den Frauenkleidern für seinen Ausstieg und der Central Park war nicht weit.

2

Als er sich 2030 mit 80 entschlossen hatte, das Kryowagnis einzugehen waren die Männer weiterhin auf dem kompletten Rückzug aus den Polepositions gewesen und hatten bald nicht mehr knapp 50, sondern nur noch gut 30% der Weltbevölkerung ausgemacht.

Diese anhaltende Dezimierung lag an dem mittlerweile global

vorherrschenden Mädchenwunsch der Mütter und den Möglichkeiten, ihm nachzuhelfen. Zudem schien sich lesbische Zuwendung rasant auszubreiten, da in ihr die trennenden Unterschiede der Heterosexualität entfielen und sie mehr Harmonie und Verständnis versprach.

Schon als junger Mann war ihm aufgefallen, dass Frauen den Geschlechtsakt viel basaler empfinden, als Männer und ihn dadurch auch gewissermaßen dominieren. Der Sexualrausch seiner Geschlechtspartnerinnen war meist hörbar und fühlbar tiefer und selbstverlorener gewesen, als sein eigener. T.H. van de Velde hatte sich in der Darstellung der Erregungskurven während der Vereinigung bei Mann und Frau auf diese Beobachtung bezogen, als er sie in seinem Buch ‚Die vollkommene Ehe', die Mutter aller Aufklärungsbücher, 1926 veröffentlichte. Lange von der katholischen Kirche indiziert und selbst im liberalen Schweden bis in die 1960er für pornografisch und nicht jugendfrei gehalten, hatte er das Werk schon mit zehn in der Kommode seines Vaters entdeckt und sehr interessiert studiert.

Auch die Tatsache, dass in der Regel Frauen den Sexualpartner aussuchen - wenn nicht von Familie, Gewalt und kulturellen Zwängen eingeengt - bewies ihm, dass sie das Feld der körperlichen Begegnung im Grunde beherrschen, egal ob in Ehe, Teilzeitpartnerschaft, unerzwungener Promiskuität oder sonstigem Kontext. Die Partnerwahl ist ein ewiges, weibliches Privileg und somit Teil der Evolution. Zudem würde die weibliche, im Ovulationszyklus schwankende sexuelle Bereitschaft die männliche, permanent vorhandene reglementieren. Mit der Erfindung „der unreinen Tage" ging dann der Mann der unliebsamen Auseinandersetzung aus dem Weg.

Als kultureller Ausdruck dieser weiblichen Dominanz, lag seit Urzeiten die Mystik der körperlichen Liebe in den Händen von Göttinnen und erst die restriktive Unterdrückung der Frauen in den monotheistischen, auf Männergottheiten basierenden Religionen, war der Versuch, sie ihnen zu entreißen und zu kontrollieren. Nun diente die Herrschaft über das ‚Weib' und die Ausblendung aller ihrer Ansprüche den Männern, neben der gesicherten Weitergabe ihres Erbes an den eigenen Nachwuchs, auch einer aggressiven, oft vergeblichen Potenzstärkung durch Verdrängen von Zweifel über den eigenen Sexualauftritt. Die entlarvende Praxis der weiblichen Genitalverstümmelung, deren Ursprung in afrikanischen, männerdominierten Kriegerkulturen, vielleicht sogar vor 2000 Jahren in Ägypten vermutet wird und sich über ganz Nordafrika ausbreitete, trieb dann das Ganze auf die Spitze. Dort, wo nichts mehr empfunden werden konnte, mussten sich die Männer auch keine Gedanken mehr über weibliche Lust, Unlust und Untreue machen. Übel nur, dass lange Frauen selbst die Töchter beschnitten. Kultureller Wahnsinn über alle Religion hinweg.

Das war ‚gottlob' überwunden und Äußerungen oder Aktionen, die den Ruch des Rückwegs in die Unterdrückung der Frau hatten, wurden radikal bekämpft und bestraft. ‚Wehret den Anfängen' war die allgemein akzeptierte und aktiv unterstützte Generallosung, mit der die Mitmenschen und besonders die Männer beobachtet wurden. Sie hatten verspielt.

Dass er sich 2030 zum Eintritt in den Kälteschlaf entschloss, lag nicht nur an dem für Männer weniger lebenswerten Zustand, in dem sich die Welt befand, sondern auch an seinem Alter. Sollte sich eine Wiederbelebung überhaupt lohnen, war seiner Meinung nach der Zeitpunkt gekommen, mit der Rückschau auf ein zufriedenstellend ereignisreiches Leben und der ihm verbliebenen Vitalität abzutauchen, um nach der erfolgreichen Auferstehung, noch einige Zeit das Greisendasein halbwegs bei Verstand erleben zu können. Oft hatte er in seinem Leben an eine finale Selbsttötung gedacht. Einen Verfall, der in kranker Bettlägerigkeit enden könnte, hätte er verhindern wollen. Deshalb musste er auch nicht viel Mut aufbringen, in die Kryokammer zu steigen. Sollte der Apparat versagen, wäre das dann eben sein Ende und der Suizid ergäbe sich von selbst. Er verabschiedete sich von Aaron, der kurz nach dem Kontakt zur Iceforce in New York nach Sydney gezogen war, mit einem letzten Besuch in Manly, wo er sich ein Häuschen gekauft hatte. Dass sie sich nicht wiedersehen würden stand fest. Für Aaron war ausgeschlossen, sich einfrieren zu lassen. Er wollte sein Leben ohne Unterbrechung zuende bringen. Zudem war das Risiko, nicht wieder aufzuwachen und so die letzte Lebenszeit zu verlieren, damals noch recht groß, was für ihn aber nicht entscheidend war. Er versprach sich einfach nichts von der künstlichen Verlängerung seines Lebens und sie verabschiedeten sich in tiefstem Einverständnis, im jeweils anderen einen besten Freund gehabt zu haben.

Nun war er mit Glück erwacht, wohlauf und fühlte sich sogar wundersam verjüngt. In zwei Tagen würde er die Bodenklappe anheben, in die Kanalisation hinabsteigen und sie im Central Park wieder verlassen. So war es geplant. Die Spannung stieg. Wie sah es da oben aus?

3

Der Ausstieg war um sechs Uhr des 15. Juli 2080 geplant. Er war leicht geschminkt, trug eine blonde Perücke mit halblangem, glattem Haar, ein hellblaues, knöchellanges Sommerkleid mit weiten, langen Ärmeln ohne Manschetten und für die Kanalisation hüfthohe Gummistiefel. Der Rucksack, gepackt mit Regencape, Sandalen, einem leichten Sommerschal, Unterwäsche, Necessaire, Handschaufel, Maßband sowie hoffentlich noch gültigen Dollarnoten und seinem Pass auf den Namen Kai Zöllner, war geschultert. Er schaute sich noch einmal um. Den Dostojewski hatte er geschafft. Dann hob er die Bodenklappe an und sah eine Aluminiumfaltleiter, die sich mit der Tunnelverkleidung absenkte und durch einen Scherenmechanismus in die Tiefe fuhr. Er griff sich die bereitgelegte Taschenlampe und leuchtete kurz in die Kanalisation. Der Wasserstand war überraschend hoch. Er raffte das Kleid, band es sich um die Taille und stieg im gedämpften Lichtschein der Kryokammer rückwärts die Leiter hinab. Unten angekommen, reichte ihm das Wasser bis an die Oberschenkel. Er schob die Leiter auf die Tunnelverkleidung zurück, die sich daraufhin mit einem Federmechanismus hob und in das Mauerwerk der Kanalisationsdecke wieder einfügte. Ihn umgab schwarze Stille. Keine Gefahr, sofort entdeckt zu werden. Nun musste er sich nach rechts wenden und dem Tunnel, die nahe Fifth Avenue unterquerend, weitere zweihundert Meter in den Central Park folgen, wo eine Ausstiegstreppe in einen kleinen Pavillon führte. Er hob die Taschenlampe und machte sich in ihrem Lichtkegel auf den Weg. Die Kanalisation ließ einen aufrechten Gang zu. Nach zehn anstrengenden Minuten, in denen er sich durch das hohe Wasser gekämpft hatte, erreichte er den Ausstieg. Eine schmale Wendeltreppe führte in den Pavillon. Oben angekommen, zog er die Stiefel aus und die Sandalen an, löste das Kleid, strich es glatt, ergriff den Öffnungshebel rechts neben der Tür und zögerte. Was würde ihn erwarten? Wie hatte sich die Welt verändert? War das ökologische Endzeitdesaster abgewendet worden? Gab es überhaupt noch Männer, oder waren sie bereits abgeschafft? Er atmete mehrmals tief durch, um sich zu beruhigen. Dann löschte er die Taschenlampe und drückte den Hebel nach unten. Die Tür öffnete sich und gab im blendenden Licht des Julimorgens den Blick auf eine verwilderte, in der Sommerdürre vertrocknete Parklandschaft frei, die schon lange kein Gärtner mehr bearbeitet hatte. Ein schmaler, gepflasterter Weg führte vom Pavillon durch braunes Gestrüpp und an hohen Bäumen vorbei in den Park. Er schob die Tür zurück in den Rahmen, bis sie einrastete und ging los. Nach wenigen

Metern stieß er auf einen breiten Weg, der laut Plan der Center Drive sein musste. Hinter ihm lag The Pond und nicht weit in nordöstlicher Richtung erstreckte sich das Areal der Victorian Gardens, einst der New Yorker liebster Familienfreizeitpark. In der Ferne sah er nur zwei Polizisten, die mit einem Parkbesucher sprachen, sonst aber keine Menschenseele, was trotz der frühen Morgenstunde für New York äußerst ungewöhnlich war. The City, that never sleeps, hatte offensichtlich die Nachtruhe entdeckt. Er wandte sich nach rechts, stieß nach 200 Metern auf die breite 65th Street Transverse Road, bog links ab und hatte nach weiteren 300 Metern den Westdrive erreicht. Dort kam ihm ein Fahrrad entgegen. Er stellte sich an den Wegrand, um es passieren zu lassen und erkannte eine Frau, die ohne ihn anzuschauen mit einem geknurrten ‚Morning' vorbeifuhr. Immer noch verwundert schaute er ihr hinterher. Was war aus dieser Stadt geworden? Nach einigen Metern hielt er sich an der Weggabelung links und erreichte bald den Terrace Drive, wo rechts ein schmalerer Weg zu den Strawberry Fields führte. Wenig später stieß er auf das unter Laub halb verborgene Bodenmosaik. Einst spielte hier leise John Lennons Best-off Tag und Nacht. Doch war die Musik verstummt und keine Menschenseele in der Nähe, was ihm natürlich zupass kam. Niemand würde seine Ausgrabung bemerken oder gar stören.

Er wusste, was zu tun war, um die Nachricht freizuschaufeln und hielt nach zehn Minuten das Plastikkästchen in der Hand. In ihm lag ein Brief, den er bei einer Tasse Kaffee lesen wollte. Er steckte ihn in eine der großen aufgenähten Taschen seines Kleides und vergrub das Kästchen wieder. Sollte es dort ein Eingeweihter ausgraben, war zumindest klar, dass er die Nachricht bekommen hatte. Er ging zurück zum Terrace Drive, überquerte die Central Park West am Dakota Building und lief die W 72th auf der Suche nach einem Café hinunter, auf der nun einige Autos und Fahrräder fuhren. Die Ecke war ihm noch vertraut, da er hier vor langer Zeit während seiner Besuche in NYC regelmäßig bei einer Bekannten gewohnt hatte. Mittlerweile war es kurz vor sieben und der Morgenverkehr hätte längst die Straßen Manhattans füllen müssen. Diese Stadt war gestorben, stellte er mit Entsetzen fest. An der Columbus ging er nach rechts. Ihm kam das Alice's Tea Cup in den Sinn, das gegen sieben öffnen sollte, wenn es denn noch existierte.

Als er in der W 73rd St davorstand, war es geschlossen. Er stieg die drei Stufen zum Halbsouterrain hinab und schaute mit seitlich die Augen abschirmenden Händen durch die Türscheibe. Der Gastraum war unaufgeräumt und schien längere Zeit nicht mehr benutzt worden zu sein. Als er sich umwandte, stand eine ältere Frau auf der Straße und schaute auf ihn hinab.

„Closed," sagte er. „Is there any coffee available in the City even now?"

„You want a coffee?", war die ein wenig mürrische Antwort.

„I'd love to!"

„Fine, I'm living near by. Follow me." Sie wandte sich ab und winkte mit einer Papiertüte, auf der die Mondgesichter zweier Donuts lächelten. Es musste einen Bäcker in der Nähe geben.

„Oh, don't go to any trouble." Die Einladung erschreckte ihn ein wenig.

„It's no trouble at all", sagte sie streng über die Schulter und setzte sich die 73rd hinunter in Bewegung.

„Well, then …" Er stieg die Treppe hoch und beeilte sich, zu ihr aufzuschließen.

„Where are you from? You don't sound American."

„Germany."

„Oh, German, ey?! What brought you here? Nobody visits the Apple anymore."

„Well, it's a long story."

„Here we are." Sie ging auf die Eingangstür eines Apartmenthauses zu, dass einen relativ unbewohnten Eindruck machte. Viele

Fenster des Gebäudes, das sicher aus den Anfängen des 20. Jahrhunderts stammte, waren blind vor Dreck.

„It's pretty run down, I know. Many residents left with the flood. The Big Apple turned into a rotten fruit. That's why. But you know."

„Sure." Was sollte er sagen? Eine Flut hatte diese Stadt ertränkt. Das hatte er nun mitbekommen. Wahrscheinlich der steigende Meeresspiegel. Dabei waren doch aufwendige Gegenmaßnahmen geplant gewesen. Aber offensichtlich nicht ausreichende.

Sie wohnte im 3. Stock. Der Fahrstuhl war außer Funktion. Als er hinter ihr den langen Flur der Wohnung betrat, wies sie im Vorbeigehen auf eine Tür zur Linken.

„Have a seat, please. I'll make the coffee."

„Thank you very much!"

Überrascht stellte er fest, dass das Wohnzimmer mit wertvollen Möbeln und Accessoires im Art Deco Stil amerikanischer Designer eingerichtet war. Er kannte sich ein wenig aus, da ihn die Moderne der 1920er bis 40er Jahre immer sehr angesprochen und er selbst einige Objekte aus der Zeit besessen hatte. Eine Wand des Raums nahm ein vollgestelltes Bücherregal in poliertem Messing mit Glasböden ein, das bis unter die Decke reichte. Interessiert näherte er sich ihm und überflog die Titel. Klassische und moderne Literatur, Sachbücher, meist über Archäologie und Kunst, insgesamt eine bunte Foliantensammlung, die seine Gastgeberin auf den ersten Blick als belesene Intellektuelle auswies. Er ließ sich in einen der beiden Norman Bel Geddes Sessel fallen, ausladende, längsgesteppte, graue Polstermöbel, die mit einem passenden Dreisitzer einen halbhohen William Lescazetisch, umstanden, Glasplatte auf Holzkreuz und Edelstahlfüßen. In den Ecken des Raumes standen Fackelstehlampen, Deckenfluter im polierten Messing auf runden, schwarzen Holzscheiben von Walter von Nessen, von denen er auch eine gehabt hatte. Sie würden am Abend den Raum mit der

Sitzgarnitur sowie zwei Sidebords, die er auch Lescaze zuschrieb, auf wundervolle Weise beleuchten. Wie zur Erklärung lag ein Foto-buch über Art Deco auf dem Tisch, das er nahm und interessiert durchblätterte. Alle Größen hatten ihr Kapitel.

„Well, here we are." Langsam balancierte sie das „Continental Coffee Making Service", ein mehrteiliges Set, von Nessen Design, mit polierten Chromoberflächen und schwarzen Bakelitknöpfen auf einem Tablett an den Tisch, setzte es vorsichtig ab und verteilte die Tassen.

„Walter von Nessen, right? I love Art Deco", sagte er mit leichter Wehmut in der Stimme.

„Yes, right, so you'r a connaisseur." Sie schenkte ein.

„Well, not really." Er wollte bescheiden wirken, aber sie hatte schon verstanden.

„Von Nessen, a German in America. He did a good job here." Sie setzte sich aufs Sofa.

„I think so. Moving to New York was the best he could do."

„Yes, certainly. There's milk and sugar." Sie deutete auf das Ta-blett. „Art Deco actually was the passion of my wife. She died a few years ago. But I couldn't leave this all behind and go somewhere, like many did. And moving the collection … ? No, it fits perfectly in here. So I stayed." Sie nickte gedankenverloren und nahm einen Schluck aus der Tasse. Er brauchte einen Moment, um zu verste-hen. Hier hatten zwei Frauen gelebt.

„I'm so sorry. It's not so easy loosing one's partner."

„It just happens, when you're old. So …", sich aufrichtend wech-selte sie das Thema, „What brought you to Alice's Tea Cup so early in the morning?"

„Well", nun nahm er seinen ersten Schluck, „it's quite a while, I had been here and I thought, Alice opens up at seven, but …"

„It's already closed maybe for ten years", unterbrach sie ihn. „But excuse my indiscreetness. I have to ask you straight away, because I'm pretty sure: you're a man, aren't you? ... See, I am." Verstummt schauten sie sich an, der eine verblüfft über die Frage, der andere freundlich abwartend. Dann stellten beide langsam ihre Tasse auf den Tisch, griffen ebenso langsam nach den Perücken und zogen sie sich vom Kopf. Mit grauem Mecki lächelten sie sich an, beugten sich vor, fassten ihre Hände, lehnten sich in die Polster und lachten herzlich, bis es ihnen gelang, sich zu beruhigen. Lächelnd wischten sie sich die Augen und atmeten erschöpft durch. Sein Gastgeber stand auf, stemmte die Fäuste in die Hüften, schaute zur Decke und dann auf ihn.

„I'll get the donuts."

„The bathroom ...?"

„Left of the entrance."

„Thank you." Auf der Toilette fiel ihm der Brief aus der Box ein. Er holte ihn aus der Kleidtasche, öffnete ihn und zog eine handgeschriebene Nachricht hervor.

„We are glad you made it. Now, don't trust anybody. Surveillers are all over. Even men are to be treated accordingly. Come to Virginia City, Montana.

Good luck."

4

Sein Glück, auf Kyle gestoßen zu sein, schien unfassbar und doch war es nicht selten in seinem Leben vorgekommen, dass ihn etwas getragen hatte, wenn er sich nur fallen ließ. Er war eine exzellente Hilfe für andere im Auffinden von verlegten Gegenständen, auch und gerade in fremden Wohnungen. In der festen Überzeugung, gut darin zu sein, wurde er immer schnell fündig. Er musste nur wissen, was und wie groß es war und wann es zum letzten Mal gesehen wurde. Dann folgte er einer Führung, die ihn bald auf das Gesuchte stoßen ließ. Dabei versetzte er sich in ein Gefühl „leeren Vertrauens", das andere als Aktivierung von Alpha-Wellen oder als Gebet beschreiben würden. Auch die „Positive Vorsatzbildung", das eigentliche Ziel des Autogenen Trainings, funktioniert so. Die erfolgreiche Bewältigung einer Aufgabe wird nach der sukzessiven Harmonisierung der Hirnschichten vom Neocortex bis in den Hirnstamm als bereits existent formuliert und das „Wunder" passiert. Weil sich Bedingungen hilfreich und scheinbar von allein arrangieren, stellt es sich ein, auch wenn es objektiv das Resultat richtiger Aktionen, Reaktionen und Einfälle ist. Aber der Glaube hilft, ja, versetzt bekanntlich Berge.

Er musste diesen gedankenverlorenen Zustand tiefen Selbstvertrauens nicht initiieren, sondern verfiel ganz automatisch in ihn, wenn er sich auf der Suche nach einem Ziel oder einer Problemlösung befand. Auf seinen häufigen Reisen war er so immer wieder an die in der jeweiligen Situation passenden Orte und Personen geraten. Deshalb hatte er seine Ausflüge in die Welt gern allein unternommen, ohne auf Begleiter und ihre Entscheidungen Rücksicht nehmen zu müssen. Dann war das Glück auf seiner Seite. Und auch dieses Mal hatte es ihn offensichtlich zur rechten Zeit an den richtigen Ort geführt, um auf Kyle vor Alice's Tea Cup zu stoßen.

Ihre Unterhaltung zog sich über den Morgen hin. Kyle war ein sehr angenehmer Gastgeber. Wortreich und interessant erzählte er von den Veränderungen, die die Welt im Allgemeinen und New York im Besonderen betrafen. So erfuhr er mit Entsetzen, dass Manhattan nach einem verheerenden Tsunami von bis dahin ungekanntem Ausmaß vor zehn Jahren, ausgelöst durch eine gewaltige Eruption im Mittelatlantischen Rücken südlich des Ponta do Pico auf den Azoren, um ein Drittel geschrumpft war. Der Süden der Insel war zum Teil auf lange Zeit unbewohnbar geworden. Die Großfinanz wanderte bald ab, als nicht ausgeschlossen werden konnte, dass es zu weiteren Tsunamis kommen würde und viele Menschen verließen die Stadt. Wer jetzt noch hier wohnte, tat es aus Gewohnheit oder Trotz. Und es gab billige Apartments. Selbst im „Dakota" zu wohnen, war im Vergleich zu früher erschwinglich, falls man etwas mieten konnte. Es gab aber immer noch arm und reich, und die besten Immobilien in New York gehörte „Altem Geld", also Erbinnen, die ungern teilten, wie Kyle sich ausdrückte.

Für Männer sah es nicht so gut aus, aber es gab sie noch. Frauen regierten die Welt, deren Bevölkerung auf unter fünf Milliarden gesunken war. Von allem gab es genug. Mit einer Infrastruktur, die einst für fast neun Milliarden Menschen ausgebaut worden war, konnten die meisten Probleme gelöst werden. Die Wegwerfgesellschaft aller Industrieländer hatte sich gewandelt. Konsum wurde nicht mehr durch Modehetze, Billigwaren und Sollbruchstellen bestimmt. Globalisierter Wirtschaftsausbau, ökologische Raison und Zusammenarbeit der Länder ohne nationale Egoismen, hatten die Welt erblühen lassen. Sie wurde von den Menschen gemeinsam genutzt und bewohnt.

„Unbelievable, that all this was prevented by war after war for so long", sagte Kyle und er gab ihm mit Nachdruck Recht.

„Exactly, unbelievable."

‚Das hatte also geklappt', dachte er, ‚und Männer waren nicht verschwunden. Aber die Frauen hatten sie verdrängt, vielleicht nach Virginia City in Montana, wie einst der weiße Mann die Indianer ins Reservat. Man wird sehen.' Wie zutreffend seine Vermutung war, konnte er aber zu dem Zeitpunkt noch nicht wissen.

Während ihres Gesprächs war er wieder und wieder versucht gewesen, seinen Aufenthalt während der letzten fünfzig Jahre preiszugeben. Und dennoch behielt er, der Nachricht aus der Box folgend, seine Geschichte für sich und gab auf Kyles Frage, woher er nun gekommen sei, schließlich vor, die letzten dreißig Jahre in

Nikolski auf der Aleuteninsel Umnak als Hausmann mit der einheimischen Dorfschullehrerin zusammengelebt zu haben. Vor zehn Jahren sei sie in Rente gegangen und kürzlich verstorben. Also habe er sich auf einem Containerschiff, das auf der Fahrt von Petropawlowsk nach Prince Rupert einmal im Monat in Nikolski ankerte, zurück in die Zivilisation getraut. So ganz geflunkert war das nicht. Er hatte bei einem Alaskatrip die Gelegenheit genutzt, diese ‚Insel im Nichts' anzufliegen, dort tatsächlich die Lehrerin der einklassigen Dorfschule kennengelernt und einen Monat mit ihr verbracht. Aber ob es überhaupt noch diese Schiffsverbindung gab und Nikolski noch bewohnt war, stand in den Sternen. Kyle schien ihm jedenfalls die Geschichte zu glauben und schüttelte den Kopf darüber, wie lange er das Leben in der Kälte und Einöde hatte aushalten können, fragte aber nicht nach.

Zum Lunch gingen sie in ein gut besuchtes Restaurant in der Columbus, Höhe 77ste, gegenüber dem Museum of Natural Historie. Er kannte es noch als „Shake Shack". Nun hieß es „Burger-Meister-in NYC" und wurde von drei deutschen Frauen geführt. Das Franchisingunternehmen hätte sich mittlerweile in vielen Städten Amerikas etabliert, erklärte Kyle und alle würden von drei deutschen Frauen gemanagt.

Das Publikum, meist Museumsangestellte, trug ausnahmslos Frauenkleidung, auch wenn er meinte, einige Männer auszumachen. Das war seit einigen Jahrzehnten so üblich, kommentierte Kyle seine Entdeckung. Sich womöglich einer spürbaren Stigmatisierung auszusetzen, die viele Frauen in der Öffentlichkeit betrieben, konnte dadurch meist verhindert werden. Es beruhigte sie. Aber rasieren war wichtig, den Bart epilieren besser.

Auf der Speisekarte standen unterschiedlichste Bratwürste mit Sauerkraut und Bratkartoffeln, Deutsches Beefsteak mit Setzei, Röstzwiebeln und Kartoffelbrei, Königsberger Klopse mit Kapern und Salzkartoffeln, sowie schlesische Rouladen mit Rotkohl und grünen Klößen. Er bestellte sich das Deutsche Beefsteak, Kyle frische Bratwurst und beide einen Halben original Löwenbräu im Steinkrug. Beim Gratisnachtisch, grüne oder rote Götterspeise mit Vanillesoße, bekam er von Kyle das Angebot, bei ihm zu übernachten. Dankbar nahm er an.

Nach dem Essen bestiegen sie zwei Citybikes, die es an allen Ecken zu leihen gab und fuhren bis zur Wasserkante, die das geschrumpfte Manhattan einschloss und in die Straßen vorgedrungen war. Auf einem hölzerner Boardwalk, zehn Meter über der 10th Avenue radelten sie den Hudson entlang bis Höhe Empire State. New Jersey hatte sich entfernt. Dann führte die Konstruktion um die Blocks auf die Huston, bis zu der das Wasser vorgedrungen war. In der Ferne reckte die Freiheitsstatue jedoch immer noch die Fackel in die Luft. Sie hatte dem Aufprall der Megawellen widerstehen können.

Der gesamte Süden bestand nun aus ummauerten Inseln, zwischen denen Kanäle in die Flüsse und die Bay führten und die mit Brücken verbunden waren. Alle anderen Überlegungen, vom „Big U" bis zu den „Blue Dunes", gewaltige Dammanlagen, hatten sich als uneffektiv erwiesen, da die meisten Stadtteile New Yorks sowieso dem Untergang geweiht gewesen waren. So blieb das privat finanzierte „Venice-Project" die einzige Rettungsmaßnahme, durch die die Skyline einigermaßen im Trockenen stand. Aber Manhattan versank auch von allein zwischen den Flüssen und der Bay, einige Millimeter im Jahr. Dem Untergang geweiht.

Über die Huston fuhren sie ostwärts bis zur 2nd Avenue, der sie bis zur 60sten folgten und dort den „Shorewalk" verließen. Wenig später radelten sie über den East Drive bis zum Central Park Zoo und setzten sich auf eine Bank am Sea lion pool. Während der langen Tour hatten sie kaum miteinander gesprochen. Beim Anblick der ertrunkenen Stadt waren beide verstummt.

„Yes", begann Kyle schließlich, „there was nothing to do. And you didn't hear about this?!"

„Well, when you're so far away from everything, you don't really care what's going on somewhere. We hardly followed the news. It was a close, friendly and simple community, enjoying peace and freedom and a ship, once a month."

„And your wife?"

„Mother, lover, friend, the old ideal."

„Lucky you."

„Yeah."

Dann wurden die Seelöwen gefüttert und sie schauten dem Spektakel schweigend zu, für das die beiden Tierpflegerinnen die alten Zirkusnummern mit ihnen eingeübt hatten - sich rollend bunte Bälle auf der spitzen Nase jonglieren, durch Reifen hechten, Fische aus der Luft schnappen und mit Flossen applaudieren, das ganze Programm.

Bevor sie die Räder wieder abstellten, wo sie sie geliehen hatten, es wurde in NYC von den Benutzern erwartet, kaufte Kyle eine Quiche Lorraine aus der Kühlung, ein frisches Baguette und Weißwein in einem Supermarkt.

Ihn interessierte natürlich besonders, wie mit dem historischen, kulturellen und wissenschaftlichen Vermächtnis der Männer umgegangen wurde und Kyle hatte Antworten.

‚Generell bestehe die Auffassung, dass auch Frauen zu allen Entdeckungen und Erfindungen, allen Kunstwerken und Kulturleistungen fähig gewesen wären', erklärte Kyle, während er die Quiche in die Röhre seines Kaiser Empire Herdes mit Abzugshaube schob, dessen Retro Style zu seiner Wohnung passte. ‚Aber von Männern über die Jahrhunderte behindert und missachtet und durch fortwährende Kriege zu Gebähr- und Versorgungssklaven für den Erhalt der Armeen degradiert, hätten sich nur wenige Frauen intellektuell und künstlerisch entfalten können. Allein das Zitat, der Krieg sei der Vater aller Dinge, zeige doch, wie falsch Männer diese Worte Heraklits verstanden hatten, um damit die Wichtigkeit des Kriegs als Motor für den Fortschritt und die Forschung zu legitimieren. Das sei lange Zeit eines der wichtigsten Argumente der Militaristen gewesen. Dabei hätte der Philosoph lediglich auf die Polarität des Lebens hinweisen wollen, die des Menschen Leben präge. Gegensätze wie Freude und Trauer, Liebe und Hass, Hunger und Fülle seien die Pole, die immer aufeinander treffen und im ‚Krieg‘ miteinander stünden. Aber das Eine wäre ohne das Andere nicht erfahrbar und wahre Erkenntnis würde erst durch ihren Widerstreit erreicht. Das hätte Heraklit gemeint.‘ Kyle hatte sich ein wenig in Rage geredet, wie er fand. Aber gut, er hatte ja auch Recht. ‚Jedenfalls gäbe es heute mit dieser Sicht auf die Kulturleistungen der Menschheit keine Schwierigkeiten mehr, sie zu schätzen und zu erwähnen, auch wenn sie hauptsächlich durch Männer, in der Regel aber von Frauen assistiert und versorgt, errungen worden wären. Selbst alte Filme würden wieder gezeigt, was er sehr schätze. Er hätte einige davon auf Zelluloid. Sein Hobby. Mit den Dramen und Komödien, den Opern und Musicals in den Theatern täte man sich allerdings schwer. ‚Romeo und Julia‘ fände sich mancherorts als hingebogene ‚Romea und Julia‘-Version in den Spielplänen der Häuser wieder. Männerrollen würden mit einem trotzigen Selbstverständnis von Frauen gespielt. Aber die Griechen, die Erfinder des Dramas, hätten das ja auch getan, nur dass damals alle Frauen Männer gewesen wären.‘

„Well, I don't know …“, schloss Kyle zweifelnd an.

Nach dem Essen überraschte Kyle ihn mit den Stummfilmen „The Last Command“ und „The Way of All Flesh“, für die Emil Jannings 1929 bei der ersten Verleihung den Oskar als „Bester Hauptdarsteller“ bekam. Er hatte sie aus seiner umfangreichen Sammlung gleich parat und wollte ihm damit wohl eine besondere Freude machen, immerhin ein Deutscher. Allerdings in der Schweiz geboren, mit einem US-amerikanischen Vater und einer deutschrussischen Mutter, stellte Kyle Jannings' deutsche Nationalität gleich wieder ein wenig infrage. Er war wohl doch mehr ein internationaler Künstler.

Er wählte „The Last Command" und zeigte sich seinem dem Kintopp zugetanen Gastgeber gegenüber sehr interessiert, auch wenn ihm diese oft gestisch und mimisch überzeichnenden, wortlosen Streifen nie so richtig gefallen hatten. In „Der Blaue Engel" aber, ein Tonfilm von 1930, spielt Jannings dann den an der Liebe zerbrochenen Professors Unrat. Er hatte ihn mit 15 erstmalig gesehen. Die am Anfang ihrer Karriere noch proppere Marlene Dietrich war sein Verhängnis. Mit „Ich bin von Kopf bis Fuß ...", hatte sie ihn so in ihren Bann gezogen, dass er sich als krähender Clown dem fahrenden Varieté anschloss. Als er sich in der Schlussszene des Films nachts in seine alte Schule schleicht, um über seinem Lehrerpult zusammenzubrechen, waren ihm, dem 15 jährigen Pubertierenden die Tränen gekommen. Ein an der Liebe Zerbrochener. Seine alten Wunden meldeten sich. Dieses Werk von Josef von Sternberg hätte er gern noch einmal gesehen.

Dann surrte der Projektor zu einer original Musikbegleitung von einem Schellackplattenspieler inmitten all des Art Dekos. Die Stimmigkeit des Arrangements machte großen Eindruck auf ihn.

Um 11 pm gingen sie ins Bett. Angetrunken ließ er sich mit großem Wohlbehagen in die weiche Matratze im Gästezimmer fallen und schlief gleich ein. New York hatte die Nachtruhe entdeckt. Gegen zwei musste er auf die Toilette und stand so leise wie möglich auf, um Kyle nicht zu wecken. Als er sich durch den dunklen Flur tastete, hörte er ihn leise im Wohnzimmer reden. Er wollte sich schon bemerkbar machen, als ihn jedoch das, was Kyle sagte, stutzig machte

„No, nothing, just a shortstory about living in Nikolski on the Aleutians. But it's uninhabited since 2042."

„ ..."

„I'm sure, he hasn't got a clue."

„..."

„Okay, tomorrow at 6 am. He will be sleeping. He drank a lot."

„..."

„I'll be up, to let you in ..."

Wieder einmal hatte er genug gehört. Leise tastete er sich zurück zum Gästezimmer und schaltete das Flurlicht an. Hüstelnd ging er am Wohnzimmer vorbei zur Toilette und gab vor, Kyle nicht zu bemerken. Auch der verhielt sich still.

Gegen sechs in der Früh standen die beiden Frauen und Kyle überrascht vor dem verlassenen Gästezimmer. Der Vogel war ausgeflogen.

5

Die ein wenig heruntergekommene Hera von E-tec-Car hatte er sich in New Jersey gebraucht gekauft. Das in Deutschland als Balkankarre bekannte Gefährt, war ein weltweit verkauftes, sehr erfolgreiches Produkt, das den seit Jahrhunderten verfeindeten Nationen auf der europäischen Halbinsel mit dem wirtschaftlichen Erfolg den Weg in eine neue Identität geebnet hatte. Es gab Produktionsstätten in Griechenland, Bulgarien und Albanien. Die serbisch-kroatische Divergenz wurde mit einem Werk in Bosnien umgangen. Auf den Standort Albanien einigten sich die Länder, da die Albaner lange weite Teile des Balkans bewohnt und beherrscht hatten und damit ebenfalls eine integrative Klammer im Nationengemisch darstellen konnten. Zwar brodelte der alte Hass auf die Nachbarn, selbst von vielen Frauen unterstützt, noch eine Weile, da aber gewaltsame Auseinandersetzungen konsequent und sehr hart bestraft wurden, schlich sich die Aggressivität in der Begegnung der Nationen langsam aus. Natürlich hatte die maskuline Ausdünnung wesentlich zum Gelingen der Befriedung beigetragen.

Die Hera zog und zog, war durch und durch ausgereift, verlässlich, leicht zu reparieren und mit dem formschönen, italienischen Design ganz ansehnlich. Sie hatte einen funktionierenden Autodrive, konnte aber auch per Hand gefahren werden. Mit einem Knopfdruck schoben sich die Sitze zu einer ebenen, komfortablen Liegefläche zusammen und verwandelten den Wagen in eine Schlafkabine mit sich verdunkelnden Scheiben. Ein Screen im Schiebedach bot in Rückenlage Medienunterhaltung, sowie einen Rundumblick auf die Umgebung. Ein Sicherheitsradar reagierte auf Annäherung über einen regelbaren Radius um das Auto herum mit starken Blitzen, die vornehmlich wilde Tiere, aber auch Neugierige oder Kriminelle verscheuchen sollten, ein Gadget, das von Wildcampern sehr geschätzt wurde. My car is my castle. Do not disturb. Fotos, die gleichzeitig gemacht wurden, unterstrichen diesen Anspruch.

Seine Ansicht, durch eine glückliche Fügung auf Kyle gestoßen zu sein, musste er revidieren. Offensichtlich war er einem Kontrolleur in die Hände gefallen, der nach verdächtigen Männern Ausschau hielt. Sein ein wenig desorientierter Auftritt vor „Alice's Tea Cup" zur frühen Morgenstunde hatte sicher zu der freundlichen Einladung seiner neuen Bekanntschaft geführt, um dem Mann in Frauenkleidung auf den Zahn zu fühlen. Nur leider war seine Aleutenstory aufgeflogen und hatte ihn verdächtig gemacht. Doch mit Glück im Unglück und durch seinen rücksichtsvollen, geräuschlosen Toilettengang, hatte er die wichtige Information erhalten, in eine Falle getappt zu sein. Sie wussten nicht, was er wusste und hielten seinen heimlichen Abgang vielleicht für eine Sicherheitsmaßnahme, die ihn jedoch nur noch verdächtiger machte. Virginia City war deshalb tabu. Wenn sie wirklich alles daransetzen würden, ihn zu finden, hätten sie mit den zahlreichen

Überwachungskameras keine Mühe, ihn aufzuspüren. Also wandte er sich nach Süden, um so weit wie möglich seinen Verfolgern zu entkommen. Er übernachtete vor Florence auf einem Parkplatz und die Hera begeisterte ihn. Man konnte sehr gut in ihr schlafen. Als er auf Key West vor dem „Southernmost point of continental USA" stand, ging es nicht viel weiter. Den Hinweis, dass Kuba nur 90 Meilen entfernt war, nahm er zum Anlass, sich für den nächsten Tag ein Ticket für die Fähre nach Havanna zu kaufen. Er verbrachte den Abend im „Sloppy Joe's", wo ein alter Mann einige Blues-nummern zur Gitarre sang und eine Frauenband mit einer volumi-nösen, farbigen Sängerin karibisches Flair verbreitete. Es stimmte ihn angenehm auf Kuba ein. Er übernachtete vorsichtshalber im „Eden House", das nur wenige Minuten vom Hafen entfernt lag. Im Auto zu schlafen und in eine Polizeikontrolle zu geraten, er-schien ihm zu gefährlich. Am nächsten Morgen um halb acht fuhr er seine Hera auf die Autofähre nach Havanna, die um acht den Anleger hinter sich ließ. Für einen Cuba libre war es noch zu früh, auch wenn ihm danach war, den Moment zu feiern. Er setzte sich in einen Liegestuhl am Heck und sah die Keys verschwinden. Die Fähre sollte laut Prospekt 40 Knoten machen, was ihn nach knapp zwei Stunden Havanna betreten lassen würde. Bald waren sie auf offener See, umgeben vom hellen Azur der durchsonnten Atmos-phäre und dem Tiefblau des bewegten Meeres, deren scharfe Tren-nung durch den gebogenen Horizont die Kugelgestalt der Erde verriet. Er schloss die Augen und lehnte sich zurück. Plötzlich kam ihm sein Geburtstag im Oktober in den Sinn. Dann würde er 81 plus 50 werden. Eine Möwe über ihm schrie. Er öffnete die Augen und beobachtete ihren schwankenden Segelflug, mit dem sie die Fähre begleitete. ‚Die will auch nach Kuba", dachte er, schloss wieder die Augen und schlief ein.

Das Schiffshorn weckte ihn. Sie liefen durch die nur wenige hundert Meter breite Zufahrt in Havannas Hafen ein, vorbei am

Castillo de San Carlo, das an Backbord auf steilem Felsen thronte. Er stemmte sich aus dem Liegestuhl und nahm den Fahrstuhl in den Frachtraum. Die Hera antwortete auf Knopfdruck mit kurzem Blinken. Er schlängelte sich zu ihr durch und setzte sich hinter das Lenkrad. Einen genauen Plan, wie es weitergehen sollte, hatte er nicht. In der Karibik untertauchen, das war alles. Kurze Zeit später machten sie an der Muelle Sierra Maestra fest, Havannas Altstadt zu Füßen.

Auf der kurzen Fahrt zum Gran Hotel Inglaterra, in dem er übernachten wollte, fiel ihm auf, dass der Zerfall der Inselmetropole gestoppt worden war und eine sehr geglückte Fassadenrenovierung des bunten Kolonialstils stattgefunden hatte. Die meisten Oldtimer in den Straßen waren Nachbauten einer ansässigen Firma und kutschierten als Taxi oder Leihwagen durch die Stadt vorbei an den zahlreichen Bars, die laut mit Salsa, Mambo, Merengue und Cha-cha-cha sichtbar erfolgreich zum Tanz einluden. Überall schritten und wanden sich weit ausladend, stolz lachende Menschen und warfen dabei wild die Arme in die Luft.

Als die ältere Dame an der Rezeption des „Inglaterra" mit Dollares bezahlte, staunten die beiden dunkelhäutigen, hübschen Mitarbeiterinnen hinter dem Tresen nicht schlecht. Sie lächelten verblüfft und nahmen sich die Noten gegenseitig aus der Hand. Sie waren noch gültig, aber sehr selten und wurden gern verschenkt. Diese sahen zudem noch fast unbenutzt aus. Jemandem mit ihnen eine Freude zu machen, war ein nostalgisches Überbleibsel aus Zeiten, wo die verbotenen Dollares einen Zugang zu Luxusgütern bedeutet hatten. In der Regel kaufte man mit ihnen nichts, sondern verschenkte sie weiter. Er bezahlte für drei Übernachtungen und bekam den Schlüssel.

Sein Zimmer lag im dritten Stock des neoklassizistischen Gebäudes aus dem Ende des 19. Jahrhunderts, das mit historischem Mobiliar einen prachtvollen und luxuriösen Eindruck machte. Das

Hotel adelte jeden Gast und hinterließ in ihm das Hochgefühl, etwas Besonderes zu sein. Vom Balkon seines mit antiken Möbeln ausgestatteten Zimmers blickte er auf den Parque Central und gratulierte sich zu seiner Wahl. Im Herzen Havannas fühlte er sich gut aufgehoben.

Bei seinem ersten Gang durch die Stadt wurde deutlich, dass auch in Havanna sich die Menschen in Kleidung und Aussehen auf einen weiblichen Phänotypus eingestellt hatten. Geschlechtsdimorphismus war out. Doch hier, wo das Leben im Kontrast zu New York noch quirlig pulsierte, empfand er das Fehlen männlicher Identität gar nicht so ungewöhnlich, im Gegenteil. Der meist freundliche, kommunikative Umgang der Karibikfrauen miteinander hatte schon immer lautstark die Straßen beherrscht.

Seinen ersten Mojito – unnötig dafür Hemmingways Bodeguita del Medio aufzusuchen - bestellte er sich zum Sonnenuntergang in einer kleinen Bar am Malecón. Die See, die meist windgepeitscht mit großen Wellen über die steinerne Brüstung der alten, kilometerlangen Uferpromenade Havannas nass auf das Pflaster schlug, war ungewöhnlich ruhig und die Rumba in der Bar schwang mit ihrem gemäßigten Tempo und dem klaren Rhythmus durch seine Seele. Freude stieg in ihm auf, stark und überraschend mit einer beglückenden Hormonmixtur, die sich seine Hypophyse wie aus dem Nichts entschlossen hatte, auszuschütten. Das war ihm im Leben immer wieder mal passiert, nicht oft, aber wenn, dann mit einem sich stets deutlich von einem Moment zum anderen verändernden Seelenzustand. Völlig entspannt sog er am Strohhalm und ließ den sauersüßen, kühlen Drink durch Mund und Kehle rinnen. Im Schluckreflex spitzte er die Lippen und blinzelte in die letzten Sonnenstrahlen des Tages, die durch die geöffnete Tür auf ihn fielen. Langsam verschwand der Feuerball hinter dem Horizont. Mit einem letzten großen Schluck sog er die zuckerreiche Neige durch das Eis und stellte das Glas auf den Tisch.

Sich im Stuhl zurücklehnend, streckte er die Beine unter den Tisch bis auf die Fersen und spielte mit dem Becherglas, indem er es in seiner kleinen Schwitzwasserlache langsam kreiseln ließ. Dann pflückte er ein Blättchen Minze vom Zweig im Drink und und biss ein wenig davon ab. Langsam entfaltete sich das Pfefferminzaroma, das ihn an seine Kindheit erinnerte. Die holländischen Bonbontaler von Wilhelmina waren die besten gewesen. In altreformierten Kirchen durften sie während des überlangen Gottesdienstes von den Gläubigen gelutscht werden. Den Katholiken dagegen war jegliche Nahrungsaufnahme in der Kirche streng verboten und die Teilnahme am Abendmahl nur nüchtern erlaubt. Dann haftete die Kommunionsoblate, von seelenreinen Nonnen gebacken, bis zum finalen Segen des Priesters am Gaumen der Gläubigen. Mühsam war es ihm jedoch immer gelungen, unter Einsatz sämtlicher Zungenmuskelkraft, das Klebegebäck vom Gaumendach zu lösen. Später wurde die Oblate durch Knäckebrot ersetzt. Er spückelte das Blattstückchen zurück ins Glas und schaute solange zum Tresen, bis er mit eindeutiger Geste nachbestellen konnte. Die Barfrau signalisierte ihr Verstehen, indem sie den Daumen hob und machte sich gelassen an die Zubereitung seines Drinks. Schon bei dem ersten hatte sie mit dem Havanna Club nicht gespart. Er mischte sich unter sein Glücksgefühl und begann es langsam zu erobern. ‚Lange hält es nicht an', sagte er sich. ‚Da kommt der Rum zupass.'

Nach drei Minuten stand sein Drink auf dem Tresen bereit. Die Barfrau nickte ihm zu. Er stand auf, schlenderte zum Tresen, murmelte ein „Salud", als er das Glas nahm und stellte sich in die Eingangstür, den Strohhalm im Mund. Auf dem Malecón herrschte entspannter Betrieb. Die neuen Oldtimer tuckerten gelassen im Gegenverkehr, E-Autos rollten geräuschlos dahin und untergehakte Flanierende schlenderten lachend und plaudernd langsam an den Frauen vorbei, die in der zunehmenden Dämmerung noch auf der breiten Ufermauer saßen oder lagen. Havannas Nachtleben stand bevor und frohe Erwartungen begannen die Straßen und Bars zu erobern.

Ein Pontiac-Cabrio näherte sich von links, bremste und hielt am Bürgersteig vor der Bar. Drei Frauen stiegen sich lachend unterhaltend aus und steuerten auf die Bar zu. Er machte ihnen Platz, als sie die Tür erreicht hatten und sich zwei an ihm vorbei in die Bar drängelten. Die Fahrerin war ein wenig zurückgeblieben und kam nun direkt auf ihn zu.

„You are arrested. Follow me to the car." Sie hatte einen kleinen Revolver auf ihn gerichtet. Gleichzeitig spürte er einen Pistolenlauf im Rücken. Entgeistert ließ er den Strohhalm von den Lippen ins Glas gleiten, als sie es ihm aus der Hand nahm und nach hinten weiterreichte.

„Go", hörte er eine strenge Stimme in seinem Rücken. Nach kurzem Zögern setzte er sich in Bewegung. Am Auto angelangt musste er warten, bis die Fahrerin und eine der Begleiterinnen auf der anderen Seite an den Wagentüren standen. Dann öffneten sie sie gleichzeitig. Er stieg umständlich in den Fond, sah die auf ihn gerichtete Waffe und bemerkte, dass sich das Verdeck über ihn zuschob. An der Frontscheibe rastete es hörbar in die Verriegelung ein. Die Fahrerin startete den Wagen und die Frau auf dem Beifahrersitz drehte sich um und spreizte eine Augenbinde vor seinem Kopf. Widerstandslos ließ er sie sich überstülpen und im Zurücklehnen spürte er die Kälte der Handschellen, die sich im Bruchteil einer Sekunde um seine Handgelenke geschlossen hatten und ihn zu einem wehrlosen Gefangenen machten.

„Hay una acusación?", fragte er nach einer kurzen Fahrstrecke.

„Temenos órdenes de arrestarlos", sagte die Frau neben ihm.

„Eso es todo."

„Oh." Mehr brachte er nicht heraus. Der Sturz aus der Glückseligkeit in diese strenge, blinde Gefangenschaft war so unvorhergesehen, so plötzlich passiert, dass sich sein Inneres weigerte, die Realität zu akzeptieren. Der Schock saß tief.

Wie, um alles in der Welt, hatten sie ihn so schnell aufgetan? War er doch von Kameras verfolgt worden oder hatte man ihm einen Tracker unter die Haut geschoben und seine Fahrt an der langen Leine verfolgt? Wo brachten sie ihn nun hin? Ihm fiel Südgeorgien ein. Mit einem Stöhnen ließ er seinen Kopf nach hinten fallen. ‚Vielleicht gab es das Lager immer noch. Fliehen‘, dachte er, ‚Flucht, sobald sich eine Möglichkeit ergibt!‘

„I have no clue, why. Maybe this is a case of mistaken identity, una confusión." Vorsichtig suchte er das Gespräch auf Englisch.

„No."

„Where do we go?"

„That's not your business."

„Well, so whose business is this?"

„Department of Inner Affairs."

„Gracias." Im selben Augenblick spürte er den Einstich einer Nadel an seinem Hals und wurde ohnmächtig.

Die Frau neben ihm nahm noch eine Blutprobe und scannte seine Iris. Dann schaltete die Fahrerin das Radio an und die Frauen begannen ein entspanntes Gespräch, das erst endete, als sie Santa Marta unter dem funkelnden Sternenhimmel der karibischen Nacht erreicht hatten. Die Frau, die neben ihm saß, weckte ihn mit lautem Rufen und leichten Schlägen ins Gesicht. Schlaftrunken quälte er sich mühsam mit der Augenbinde aus dem Rücksitz und ließ sich von zwei Frauen an den Oberarmen gefasst einen leicht ansteigenden Weg hochführen, bis sie ihn über eine Schwelle in einen Raum schoben. Dann wurden ihm die Handschellen abgenommen und eine Tür in seinem Rücken schloss sich mit einem schleifenden Geräusch. Er nahm die Augenbinde ab und fand sich in einem hellerleuchteten, fensterlosen, weißgetünchten Raum wieder, mit einem ebenso weißen Boden und einem weißlackierten Holzstuhl in der Ecke. Unschlüssig stand er eine Weile inmitten dieses 20 Kubikmeter großen weißen Kastens. Dann spürte er, wie die Droge die Kontrolle über sein Nervensystem wieder gewann und rutschte in einer Ecke des Raums in den Schneidersitz. Auf dem Stuhl einzuschlafen und sich beim Fallen die Knochen zu verrenken oder gar zu brechen, wollte er verhindern. Er schloss die Augen, spürte, wie ihn die chemische Ruhe ergriff, streckte die Beine und fiel wieder in Schlaf.

Im Traum sprach er mit einer sehr freundlichen Frau, deren Fragen er gern beantwortete, denn sie streichelte seine Hand und sein Gesicht, bis sie im Dunkel verschwand.

6

„Hier muss eine Verwechslung vorliegen."

Es war geradezu lächerlich. Wieder befand er sich einem Dreiertribunal gegenüber in einem Verhör. Er hätte seinem Schicksal mehr Variabilität zugetraut.

„Keinesfalls, Ihr genetischer Fingerabdruck ist eindeutig. Wo und wann haben Sie erstmals Kontakt zur „Society for Cryonics" geknüpft?", fragte ihn die Frau in der Mitte in akzentfreiem Deutsch. Sie erinnerte ihn an die freundliche Streichlerin aus seinem Traum, woraus er schloss, dass sie ihn wahrscheinlich unter Drogen ausgefragt hatten.

„Warum fragen Sie, wenn Sie doch schon alles über mich zu wissen? Oder habe ich Ihnen in der Narkose nicht alles erzählt?"

„Antworten Sie."

„2028 in Berlin."

„2030 haben Sie sich dann in New York von der ‚SforC' einfrieren lassen."

„Ja."

„Warum?"

„Um die Zukunft zu erleben."

„Wollten Sie sich nicht in Wahrheit Ihrer Strafe entziehen, zu der Sie nach Südgeorgien verbracht worden waren?"

„Welche Strafe? Und wofür? Ich hatte den offiziellen Auftrag, mich als Sanitäter nach resozialisierungsfähigen Männern unter den Gefangenen umzuschauen. Nach einem halben Jahr sollte ich abgelöst werden. Das allerdings passierte nicht."

„Davon steht aber nichts in Ihrer Akte."

„Ich war schon vor Südgeorgien offiziell eingesetzt, um …"

„Auch davon steht hier nichts. Es gibt aber ein Protokoll von einer Vernehmung aus dem Jahr 2025 mit einer Beurteilung Ihrer Persönlichkeit. Versteckt kooperationsunwillig, heißt es hier, versteht zu argumentieren, scheint Einwände gegen die weibliche Führung der Verwaltungen zu haben, einige frauenfeindliche Ereignisse in der Biografie, insgesamt nicht vertrauenswürdig."

„Was ist das für eine Akte? Völlig unvollständig, was man Ihnen da zugestellt hat. Ich erinnere mich an das Gespräch. Es ging um meine konstruktive Verwendung, für die ich wohl von Malika Schäfer, einer damaligen Aktivistin vorgeschlagen worden war. Wahrscheinlich hielt mich das Tribunal nicht für sonderlich sympathisch, was aber durchaus auf Gegenseitigkeit beruhte. Mein freiwilliges Erscheinen endete letztlich in einem Verhör."

„Nichts davon lässt sich hier belegen. Sie werden bis zur weiteren Klärung als entflohener Häftling eingestuft und behandelt. Ihnen droht eine Rückverlegung nach Südgeorgien."

„Ach, gibt es diese antarktische Hölle immer noch?"

„Aber natürlich. Es gibt auch noch immer Männer, die eine Gefahr für den Weltfrieden darstellen und nach männerdominiertem Militarismus streben. Sie lassen uns keine Wahl."

„Aber ich gehöre nicht zu denen. Vieles, was durch die weibliche Revolution erreicht wurde, unterstütze ich nachdrücklich."

„… und einiges dann offensichtlich nicht."

„Drehen Sie mir doch nicht das Wort im …"

„Beruhigen Sie sich. Sie bleiben erst mal auf Kuba. Aber ich kann Ihnen kein Apartment mit Meerblick versprechen", sagte sie mit einem schiefen Lächeln, klappte seine Akte zu und stand auf. „Sie hören von mir in Kürze." Ihre beiden stummen Begleiterinnen kamen um den Tisch herum auf ihn zu, griffen seine Oberarme und bedeuteten ihm mit leichtem Zug, aufzustehen. Willenlos ließ er sich abführen. Sie hatten ihn geschnappt und wahrscheinlich mithilfe einer Wahrheitsdroge genug erfahren, um ihn einzusperren. Woher sonst sollten sie von der Iceforce wissen. Zwecklos sich aufzuregen und sein Recht zu fordern. Immerhin blieb er auf Kuba, wo es nicht kalt, sondern heiß war und nur manchmal nach den Tropengüssen das Hemd unangenehm auf der Haut klebte.

Nach einem längeren Weg um die Ecken einiger Korridore, stellten ihn die Frauen vor eine Tür mit Versorgungsklappe und Spion. Während die eine sie entriegelte, drückte ihm die andere einen grünen Overall an die Brust.

„Atraer!", sagte sie schroff und schob ihn dann grob durch die Tür, die gleich hinter ihm geschlossen und verriegelt wurde.

Er betrat eine große Zelle mit spartanischem Haftmobiliar, Bett Kommode, Tisch und Stuhl unter einer vier Meter hohen bis unter die Dachschrägen reichenden Decke, wo sich ein Ventilator langsam drehte. Durch das drei Meter breite und hohe, vergitterte Fenster, das auf einen Innenhof mit einer alten Kokospalme ging, fiel die Morgendämmerung herein. Mehrere große, grüne Nüsse klammerten sich unter den Wedeln an den hohen, glatten Baum, der die eingeschossigen Gebäude des Atriums einige Meter überragte. Er vermutete, dass das Haus vor dem Umbau zum Gefängnis sicher eine zivile Nutzung gehabt hatte. Vielleicht befand er sich im ehemaligen Kinderzimmer mit viel Licht und Aussicht auf den

Innenhof, den nun er genießen konnte und in dem eine Palme stand, die mit ihm das Schicksal des Eingesperrtseins teilte.

‚Danke, Palme, danke. Ich warte geduldig auf den Moment, wenn deine Früchte fallen. Das wird mich ausreichend beschäftigen, den Zweifel und sollte diese Haft andauern, auch die Verzweiflung zu ertragen.‘ So blieb er eine ganze Weile stehen und beobachtete den einsamen Baum auf einem Rasen aus hartem Gras, das den Tropen gewachsen ist, ein poetisches Bild, das ihn an die schmucklose Stille in Edward Hoppers Ölgemälden erinnerte. Schließlich bezog er sein Bett, stieg in den Overall, packte seine Sachen in einen Wäschesack, den er in der Kommode fand und setzte sich auf den Stuhl vor dem Tisch am Fenster. Ihm fiel ein, nach einem Laptop zu fragen, um schreiben zu können. Nur nicht der Verzweiflung des zu Unrecht Gefangenen verfallen. Edmond Dantès ließ grüßen. Sich Geschichten ausdenken, einfach der Phantasie freien Lauf lassen, wie er es schon als junger Mann gern getan hatte. ‚Auch etwas zu lesen wäre eine mögliche Ablenkung‘, dachte er, ‚weniger voluminös, als die „Brüder Karamasow.‘

Er trug seine Bitte vor, als ihm drei Sandwiches und eine Tüte Milch durch die Klappe in der Tür durchgereicht wurden. Er bekam zwar keine Antwort und blieb bis auf eine weitere Mahlzeit unbeobachtet, doch brachte man ihm am nächsten Morgen mit dem Frühstück einen Ringblock, rautiert, mit der Spirale oben gebunden und einen Bleistift.

‚Auch gut‘, dachte er. Wenn Schreibzeug, dann war es ihm so am liebsten. Er überlegte, ob er ein Tagebuch beginnen sollte, merkte jedoch sofort, dass er dazu nicht in der Lage war. Sich zur nahen Vergangenheit und der deprimierenden Gegenwart zu äußern erschien ihm wenig sinnvoll, zumal er keine konkreten Zusammenhänge kannte. Er war eingesperrt, wurde schweigend versorgt und befand sich wahrscheinlich noch auf Kuba. Es gab nichts zu berichten, das seine Situation nicht nur beschrieb, sondern auch erklärte. Zögernd nahm er sich mit dem Sandwich den Schreibblock vor.

‚Du hast mal Gedichte geschrieben und kanntest lange etliche auswendig. Fang damit an. Erinnere dich.' Er begann mit einer Überschrift und einem neuen Vierzeiler auf dem Deckblatt, bevor er in der Rekonstruktion der vor Jahrzehnten verfassten Verse versank.

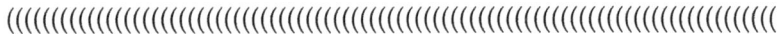

Gedichte sind getrocknete Tränen der Trauer und Freude auf Papier

Mit Schrift erobert man die Zeit,
macht sie auf Seiten sichtbar.
Für Menschen in der Einsamkeit,
wird sie dann unverzichtbar.

Nach vier Stunden hatte er sich an elf Gedichte, eine Kurzgeschichte und eine Novelle erinnert und sie aufgeschrieben.

Er lehnte sich zurück, legte den Bleistift auf den Tisch und begann nach längerer, stiller Betrachtung der im Wind schwankenden Palme, zu lesen. Der Wind war stärker geworden.

Als er bei der Novelle angekommen war, unterbrach er die Rezension.

‚Schön, Herr Kafka-Andersen, fein ausgedacht. Aber warum lenkst du dich ab, statt darüber nachzudenken, hier herauszukommen. Wer weiß, wieviel Zeit dir noch bleibt, bevor sie dich nach Südgeorgien zurückschicken. Wäre es nicht angebracht, an höherer oder höchster Stelle den ganzen Südgeorgienirrtum, ja -irrsinn, aufzuklären? Dazu solltest du etwas schreiben, eine Petition und keine Märchen. Vielleicht gibt es ja ganz oben noch Frauen, mit denen sich reden lässt und die nicht auf der Totalbeseitigung aller Männer bestanden.'

Über dem Innenhof kündigte sich der Hurrikan Xenia an, über dessen Herannahen die Bevölkerung seit zwei Tagen informiert war. Der Himmel verdunkelte sich mit grauen, schnell ziehenden Wolkenungetümen und die Palme warf schon ihre Wedel, als grüße sie den Sturm. In einer Stunde würde sein Auge die Nordküste streifen und über Santa Marta und Havanna herfallen. Er ziehe sehr schnell und würde in der Floridastraße kaum an Kraft verlieren, lautete die Meldung. Als ein Vierer oder Fünfer war er von jener Brutalität, die Menschenleben fordert. Kuba duckte sich. Nur er wusste nicht, was dort auf ihn zukam. Man hatte ihn über die Sturmgefahr nicht informiert. Er wusste nicht einmal, wo genau er war.

Als der Hurrikan mit voller Wucht sein Gefängnis traf, warf sich die Palme in schüttendem Regen zwischen den Mauern des Atriums wild hin und her, als jage sie ihre braunen, abgestorbenen Wedel nach, die vom brüllenden Sturm ausgerissen durch den Innenhof rasten. Regungslos starrte er nach draußen und wartete darauf, dass eines dieser harten, schweren Riesenblätter sein Fenster durchbohren würde. Das Dach seiner Zelle hob und senkte sich und schien sich bald dazu bewegen zu lassen, abzuheben und davonzufliegen. Jetzt warf er sich die Bettdecke über, zog die Matratze vom Bettgestell und kauerte sich hinter sie in eine Ecke des Raums. Kurz darauf zerbarst mit einem ohrenbetäubenden Einschlag die Fensterfront und der Hurrikan brach infernalisch pfeifend und rasend mit klatschendem Regen in die Zelle ein. Das Mobiliar polterte durch den Raum. Er umklammerte die sich wehrende Matratze, doch wurde sie ihm nach kurzem Kampf aus den Händen gerissen Er stemmte sich mit aller Kraft in die Ecke und entging nur knapp dem durch die Zelle springenden Bettgestell. Ein großes Teil des Dachs der gegenüberliegenden Baracke hatte über die Palme hinweg das Gitter vor seinem Fenster durchschlagen und ragte nun in den Raum. Es schirmte ihn zwar ein wenig vor dem prassendem Regen ab, näherte sich aber stetig vom Sturm gehoben und gesenkt und würde ihn nach wenigen Metern mit seinem scharfkantigen Wellblech zerstückeln. Dem Ende nah, duckte er sich, seinem Schicksal ergeben, eine lange Ewigkeit in die Ecke. Doch dann ließ der Sturm langsam nach und das Dachteil fiel in den Innenhof zurück. Er wartete noch eine Weile und entdeckte den Wäschesack mit seinen Sachen zwischen den Trümmern. Der Ringblock war aber verschwunden. Später sollte er von einer Wärterin, bis auf das Deckblatt gut erhalten, gefunden und zu den Akten gelegt werden.

Die Palme hatte den Sturm überstanden und winkte ihm ermattet zu. Schließlich stand er auf, zog den triefend nassen Beutel aus dem Müll und stieg vorsichtig über die Trümmer hinweg in den Innenhof. Eine Tür rechts in der Wand fehlte. Hastig lief er zu dem offenen Türrahmen und gelangte durch ihn hindurch in einen dunklen Flur, an dessen Ende er eine weitere Tür wahrnahm, die einen Spalt weit geöffnet war. Mit einiger Kraftanstrengung ließ sie sich aufschieben. Dann stand er im Freien. Hier und dort tauchten Menschen auf und er schlich sich durch den Regen, den Wind und die Trümmer der Stadt in seinem grünen Overall und mit dem tropfenden Wäschesack davon.

7

Er erreichte Havanna im kostenlosen Volksbus in der Dunkelheit. Die Elektrifizierung war zum Teil ausgefallen und die Straßenbeleuchtung auf ein Minimum reduziert. Ganze Stadtviertel hatten keinen Strom. Die Zerstörungen waren erheblich. Im Halbdunkel der Straßen herrschte das Chaos verwirrter Menschen auf der Suche nach Verwandten und Unterkunft und einem hupenden Verkehr, der fast vollständig zum Erliegen gekommen war. Dann stand er in seinen noch feuchten Frauenkleidern, die er sich nass hinter Santa Marta übergezogen hatte, vor dem nur schwach beleuchteten „Inglaterra". Die Front zum Park war vom Sturm verschont geblieben. Er hatte sich an der Nordseite ausgetobt, wo etliche Fenster herausgerissen waren.

Seine dritte Übernachtung stand noch offen. Sollten die Angestellten nicht ausdrücklich über ihn informiert worden sein, konnte er ohne Aufsehen zu erregen nach dem Zimmerschlüssel fragen. In der Eingangshalle herrschte viel Betrieb. Gäste, Angestellte und Handwerker liefen geschäftig im Halbdunkel aneinander vorbei. Das überforderte Mädchen an der Rezeption gab ihm mit verwirrtem Blick seinen Schlüssel. Die Fahrstühle waren ausgefallen. Er hastete die Treppen hinauf zu seinem Zimmer und stellte fest, als er es betrat, dass alles noch an seinem Platz lag. Sein Schlafanzug lud noch immer auf dem gemachten Bett zur Nachtruhe ein. Nach dreißig Minuten hatte er kalt geduscht, seinen Trolley gepackt, Geld und Papiere eingesteckt und das Hotel unbemerkt verlassen. Er fand die Hera in der Tiefgarage und entschloss sich, Richtung Süden zu fliehen. Nach Trinidad wollte er, wo die Novelle „Das kubanische Abenteuer", die er doch gerade noch aufgeschrieben hatte, spielte. Nach mühsamer, stockender Fahrt durch die Stadt fuhr er auf die A1, nahm nach 200 Kilometern den Circuito S und erreichte nach weiteren 100 Kilometern über Cienfuegos in den frühen Morgenstunden den Stadtrand von Trinidad. Dort bog er auf den Parkplatz des Cementerio Viejo ab, der direkt an der CS lag, hoffend, dass seine Nachtfahrt genug Abstand zwischen sich und seinem Gefängnis gebracht hatte und fiel bald nach der surrenden Neukombination der Autositze zu einem Bett in tiefen Schlaf.

Er wachte nach vier Stunden erschreckt aus einem Traum auf, in dem eine große, fleischige Uniformierte mit einem Gummiknüppel gegen die Hera schlug und in der anderen Hand mit seinem Schreibblock wedelte. „Te tenemos, idiota. Trinidad, eh?" Klar, er hatte in der Novelle über eine rätselhafte Begegnung in Trinidad geschrieben. Sollte jemand seinen Schreibblock in die Hand bekommen, den er unter den nassen Trümmern in der Zelle zu seinem großen Bedauern hatte zurücklassen müssen, und die Geschichte lesen, wäre die Stadt an der Südküste ein Hinweis, wo er sich aufhalten könnte. Der Traum war eine Warnung seines Unterbewusstseins gewesen. Aber er nahm an, dass sein Vorsprung ausreichte, um einer unmittelbaren Entdeckung zu entgehen.

Er setzte sich auf. Draußen leerte gerade eine Frau klappernd Gartenabfälle in einen Blechcontainer. Er wartete, bis die Frau wieder im Friedhof verschwunden war, kletterte dann aus dem Auto, setzte die Sitze auf Knopfdruck wieder in Fahrposition und fuhr langsam durch die erwachende Stadt. Perfekt rekonstruiert, wirkte sie auf ihn, wie die Kulisse für einen Film aus der Kolonialzeit. Unter den Arkaden eines Restaurants am Plaza Major, wurden gerade die Tische gedeckt. ‚Frühstück', dachte er mit Vorfreude, parkte zwei Straßenecken weiter in einer Haltebucht und lief zurück. Die Bedienung lächelte, als er die Dollares zeigte und brachte ihm kurze Zeit später das desayuno abundante mit frischem Brot, tausenderlei warmen und kalten Köstlichkeiten und hervorragendem Kaffee. Übermüdet, doch glücklich, aß er nach Herzenslust vom reichhaltigen Angebot auf seinem Tisch und beobachtete gelassen die Menschen, die den Hauptplatz mehr und mehr bevölkerten. Er blieb fast eine Stunde dort sitzen, machte sich dann noch im Waschraum frisch, bezahlte bei der lächelnden Kellnerin und fuhr über Casilda und die Carretera Ancón am Strand vorbei bis zum kleinen Hafen, der am Ende der Straße lag. Ein größerer Segelkatamaran mit einem Kabinenaufbau fiel ihm ins Auge. Am Mast wehte der Union Jack. Jemand arbeitete an der Takelage. Er stieg aus und schlenderte langsam näher, bis er auf dem Anleger vor dem Boot stand. Der Kat hieß „Annabel Lee" und war sicher ohne Bedenken nach dem Gedicht von Edgar Allen Poe benannt. Es gab tausende Boote mit dem Namen, auch wenn die Geliebte im nassen Grab der See ein tragisches Ende gefunden hatte. Ein wenig erinnerte ihn das Gedicht an die abrupte Trennung von seiner Kinderliebe. Nur war es damals nicht der Sturm aus bösen Wolken von einem eifersüchtigen Engel gesandt, sondern der Interzonenzug von Stralsund nach Osnabrück, der ihre Liebe zerriss. Aber auch für die „Titanic" fand er den Name falsch gewählt. Am Ende des Götterkampfes waren doch die Titanen ausgerechnet von Poseidon am Grunde des Tartaros für alle Zeiten weggeschlossen worden. Nomen est Omen. Der Glaube an die Unsinkbarkeit war die Hybris. Wie er noch über die gefährlichen Bootsnamen nachdachte, wurde er von hinten angesprochen.

„Excuse me, are you interested in a boattrip, un paseo en barco?" Erschrocken drehte er sich um. „Oh, sorry." Mit erhobenen Händen wich ein Mann mit weißer Kapitänsmütze leicht zurück, lächelte ihn an und zeigte dann auf die „Annabel Lee".

„No problem." Er fing sich. „I just didn't expect … a boattrip you say. Well, it's your catamaran?"

„Sure, I'm captain and owner."

„ … and English." Er schaute kurz zum Union Jack.

„Right, from Georgetown on the Caymans"

„I see, the Caymans." Er nickte. „Far away, aren't they."

„Some seamiles, yes."

„And you often come over?!"

„Well, once in a while. Depends on the bookings."

„And when do you sail back?" Mühsam unterdrückte er seine aufsteigende Erregung. ‚Bleib gelassen. Auf die Caymans, das wäre großartig.'

„Today, if you want", antwortete der Captain, selbst belustigt über sein schlagfertiges Angebot, ging er doch davon aus, dass dieser potentielle Kunde an einen Trip nahe Kuba dachte, vielleicht nach Cayo Largo oder auf die Isla de la Juventud.

„Okay, today. I have Dollars."

„Wow, that's a quick decision, Sir." Die Anrede hatte er schon lange nicht mehr gehört. „But, why not?"

„How long does the trip take?"

„Well, depends on the wind. Under the current coditions maybe a day. This cat can fly."

„Okay let's do it."

„In one hour we're ready to leave, if you want."

„I'll be here. Can I leave my suitcase with you?"

„Sure."

„Okay." Er ging zur Hera, gefolgt vom Captain, gab ihm seinen Trolley und die Hand, setzte sich ins Auto und verließ das Hafengelände. Die Kiste musste verschwinden.

Interessiert schaute der Captain dem alten, unrasierten Mann im weich fallenden Sommerkleid hinterher und ging dann zum Anleger, die kleine Crew von der baldigen Rückfahrt zu informieren.

Nach 30 Metern bog von der Hafenzufahrt links ein Schotterweg ab, der aber bald endete. Er fuhr die Hera rechts am Wegesrand unter einen Busch, zog die Kennzeichen aus der Halterung, sammelte alles zusammen, was ihm gehörte und steckte es mit den geknickten Schildern in eine große Papiertüte. Den Schlüssel ließ er stecken. So geriet die Hera vielleicht schnell unters Volk, sollte sie von einer Interessentin vor der Polizei entdeckt werden. Die Tüte entsorgte er in einem Müllcontainer am Ancón und bestellte sich auf der Terrasse des Beachclubs einen Mojito. Unter den Volleyball spielenden Frauen waren zwei Männer und er hatte nicht den Eindruck, dass sie sich bemühten, es zu verbergen. Die meisten waren ohnehin schwul mit weiblichem Habitus und blieben relativ unbehelligt, zumal sie bei der luftigen Unisexmode, die die körperlichen Unterschiede mehr oder weniger verwischte, kaum auffielen. Natürlich lag über der ganzen Szenerie auch die Lässigkeit und Toleranz der Karibik und nichts anderes hoffte er, auf den Caymans vorzufinden. In ihm breitete sich erneut ein Wohlgefühl aus, auch wenn ihn eine Stimme im Hinterkopf ermahnte, sich nicht zu sicher zu sein. Er leerte seinen Mojito, bezahlte in Dollars und schlenderte zum Hafen zurück. Als ihn der Kapitän sah, winkte er ihn heran. Es könne losgehen, sagte er. Kurze Zeit später hatten sie mit gutem Wind Kuba verlassen und zischten über das bewegte Meer mit Kurs Südsüdwest in den Nachmittag hinein und der Nacht entgegen. Die Mannschaft bestand aus vier jungen Frauen.

Er verbrachte die ersten Stunden der Überfahrt bei leiser Musik in einer Sonnenliege neben dem Mast und beobachtete die sportliche Crew, die sich um das Boot und hin und wieder auch um ihn kümmerten. Die Vier waren bewundernswert schnell und präzise bei der Handhabung der Takelage, je zwei auf dem Steuerbord- und Backbordrumpf. Er hatte den Eindruck, dass sie die Manöver des Captains schon kannten, bevor er sie aussprach und nur darauf warteten, sie auszuführen. Ihr Umgang miteinander war kameradschaftlich, stets freundlich und strahlte eine Harmonie aus, die ihn sofort von Herzen für sie einnahm. Wenn der Kurs stand und sie sich zu ihm setzten, rechts Teresa und Kyle, die US-Amerikanerinnen und links die English Beauty Rachel und das Ausssie Girl Lindel und sich und ihn unterhielten, war er eingehüllt in eine warme Decke sozialen Friedens, die ihn glücklich machte. Eine männliche Crew hätte das nicht so einfach hingekriegt, meinte er zu wissen, wo doch an Bord üblicher Weise ein rauer Ton herrschte, der Gehorsam forderte, aber auch zu Aggressivität beitragen konnte. In Krisen, wo starke Männer meist den Kopf verlieren, schalten ihn starke Frauen ein. Davon war er überzeugt.

Den ganzen Nachmittag blieb der Seegang angenehm bewegt und die Segel standen gut im Wind. Zum Sonnenuntergang machten sie die Musik lauter und stießen mit kalifornischem Chardonnay an. Dann ließ der Wind nach und kam bald zum Erliegen. Der Captain stellte auf Autopilot um, warf den E-Motor an, wünschte allen eine gute Nacht und verschwand in der Kajüte. Langsam zog das Boot über das schwarze, glatte Meer unter einem beeindruckenden Sternenhimmel dahin. Er blieb noch eine Weile zwischen den Frauen sitzen. Sie waren nicht nur zwei Teams auf dem Boot, sondern auch Paare im Leben, die sich leise unterhielten und in die Augen schauten. Ihm schenkten sie aufmerksam Wein nach, ließen ihn aber in Ruhe. Er war ihnen dankbar, nicht mit Fragen belästigt zu werden. Als er sich schließlich betrunken erhob, zeigte ihm Teresa sein Bett im rechten Rumpf und half ihm, die kurze Leiter in seine Schlafröhre hinabzusteigen. Mit einem Lächeln reichte sie ihm eine Ente nach. „Everybody has one. It may help you by night. You want the hatch remain open?"

„Yes, please."

„Okay. Have a good night."

„Good night, Teresa, and thank you, my dear."

„You're welcome."

Er zog sich im Sitzen umständlich bis auf die Boxershorts aus und legte sich mit einem wohligen Stöhnen unter das Laken. Durch die geöffnete Niedergangsluke sah er in die Sternen durchfunkelte Nacht. Bei sanftem Summen des Motors und plätschernder Nähe des Meeres schlief er ein.

Am Morgen weckten ihn dumpfe Schläge gegen den Rumpf des Kats. Über der Luke stand das straff gewölbte Segel vor einem weißblauen Himmel. Das Boot machte Fahrt und prallte hart gegen die Wellen. Er hatte durchgeschlafen und fühlte sich frisch und erholt. Mit ein wenig Mühe stieg er über die Leiter auf den Rumpf. Der Captain stand am Ruder und rief ihm laut ein frisches „Good morning, Sir" zu.

„Good morning", antwortete er mit noch belegter, tiefer Stimme.

„Five more hours to reach Georgetown. The wind is fantastic. We roll on high speed."

Die Mädel lagen im Bikini auf dem Tragdeck und sonnten sich.

„There is some tea in the cabin and a banana, if you want."

„That's great. Thank you." Er wankte zur Kabine am Captain vorbei, dem er kurz die Hand auf die Schulter legte. Tee und Banane. Es erinnerte ihn an einen längeren Aufenthalt in Goa, wo er einst ein Zimmer von privat gemietet hatte. Dort war ihm gleich die geniale Mischung von herbem Tee und und süßen Bananen aufgefallen, die jeden Morgen nach der kalten Dusche auf dem Tischchen in seinem Zimmer gestanden hatte. Auch nach einem Monat war ihm dieses frugale Angebot der bescheidenen Familie, die ihm das größte Zimmer ihres Häuschens überlassen hatten, nicht zu viel geworden.

‚Für ein Frühstück absolut ausreichend und eine perfekte Mischung, wenn man Tee und Bananen mag. Auf schwankenden Planken sowieso die beste Wahl', dachte er, ‚Buttern des Hörnchens oder Löffeln des Müslis entfällt', und füllte an einem festgeschraubten Samowar auf dem Kabinentischchen einen Becher mit Tee. Er stellte sich breitbeinig an Deck zum Captain, bemüht die Bewegungen des Boots auszugleichen. Schweigend schaute er über die tiefblaue, Wellen schlagende Weite der bewegten See, die nur hier und dort weiße, vom Wind getriebene Schaumkronen aufleuchten ließ.

„How are the Caymans?", begann er schließlich ein Gespräch mit dem Captain, der geduldig auf seine ersten Worte gewartet hatte.

„You will love it. It's just like the old days, in a way. High male population. And really a lot of millionaires and billionaires. Easy living amidst splendid supply. Too many boats though. Therefor I sail to Cuba for better business from time to time."

„Well, that sounds interesting. So, how's about female dominance"

„Somehow it seems, as if it didn't reach the islands. But all the ladys are well respected and of course there is no sign of female subordination. Look at my crew. Confident, happy girls."

„And the administration?"

„Elected, women and men, equally represented. God knows, how come. I don't care."

„Well, I'm happy, you asked me to get on board. That all sounds very good to me."

„You're welcome. Have you arranged any accomodation yet?"

„No, not a clue, where to live."

„Ask the girls, they have connections all over the islands. And they know the nice places."

„Good idea. I'll do that." Aber er war sich nicht sicher, ob er dem Vorschlag folgen würde. Sein Misstrauen gegen alles und jeden saß tief. Die Festnahme am Malecón hatte gezeigt, dass es kein Problem für seine Jägerinnen gewesen war, ihn zu finden. Deshalb war Spuren verwischen das Ziel, bis er etwas gefunden hatte, wo er ungestört leben und auch arbeiten konnte, denn die Dollars würden nicht mehr lange reichen. Erst, wenn er sich sicher sein konnte, erfolgreich untergetaucht zu sein, würde er Virginia City in Montana umsichtig ins Auge fassen. Kontakt zur Iceforce aufzunehmen und anzuknüpfen, wo er in seinem alten Leben aufgehört hatte, erschien ihm ein lohnendes Ziel zu sein.

Sie näherten sich über das Shore Water von Osten Grand Cayman. Südlich des Blue Tip Golf Course fuhren sie in einen Kanal ein, an dem mehrere Quays lagen. Am Calico Quay machten sie vor einer Villa fest, für die der Architekt beim White House in Washington Maß genommen haben musste. In Dimensionen halbiert, war es in der typischen Mixtur aus Neoklassizismus und Palladianismus erst in den 2060ern erbaut worden und gehörte einer reichen, alteingesessenen Familie. Bewohnt wurde es von gut betuchten Golf spielenden, Frauen wie Männer, die die Suiten für Wochen mieteten und hin und wieder auch den Captain, wie er erzählte und seinen Kat für Ausflüge aufs Meer buchten. Dass der soziale Status der Männer auf den Caymans konserviert erschien, lag auch an den Frauen der reichen Familien, die mit seinem Erhalt sehr einverstanden waren, meinte der Captain, konnten sie doch so ihr unbeschwertes Leben in Luxus und Ungebundenheit weiterführen. Ihre Männer waren zudem nie eine Bedrohung, sondern seit Generationen stets Garant für den Fortbestand ihrer Privilegien gewesen. Auch hatten sie sich mit ihren Zirkeln in der politischen Verwaltung der Inseln einen nicht unwesentlichen Einfluss verschafft, der darauf bedacht war, zumindest nach außen hin alles beim Alten zu lassen. Ihr Reichtum und Zusammenhalt waren die Basis ihres Erfolgs.

Sein Plan stand fest. Für ein paar Tage würde er sich ein Zimmer in der Lime Tree Villa am Accent Quay unweit ihrer Anlegestelle leisten können, um sich in Georgetown umzusehen. Er brauchte möglichst bald einen Job. Doch erschien es ihm ratsamer, auf Little Cayman oder Cayman Brac, die zwei kleinen, spärlicher besiedelten Insel im Osten, unterzutauchen und dort Arbeit zu finden. Je größer der Abstand zwischen seinen möglichen Verfolgern und ihm lag, desto besser.

Er verabschiedete sich von seinen fünf neuen Bekanntschaften mit einer festen Umarmung, nahm seinen Trolley und zuckelte über den Canal Point Drive zur Lime Tree Villa, wo die No. 9 für ihn reserviert worden war.

8

Mit einer Bevölkerungsdichte von knapp 1000 Einwohnern pro

Quadratkilometer wirkte Georgetown auf ihn mit den vielen Grünflächen zwischen den kaum mehr als zwei oder drei Stockwerken hohen Gebäuden wie eine Gartenstadt. Der Tourismus boomte. Dass hier immer noch ein wichtiger Finanzplatz lag, blieb den meisten Besuchern verborgen. Die Bankfilialen versteckten sich in den Nebenstraßen des Ortes. Auch wenn die Macht der Großfinanz durch das Verbot des Aktienhandels stark gelitten hatte, regelten sie immer noch den Wertefluss im weltweiten Warentransfer mit gutem Profit.

Die Atmosphäre in der Stadt war sehr entspannt. Ein wenig hatte er das Gefühl, sich in einem Open-air Museum zu bewegen, in dem das Sozialgefüge aus Zeiten des gemäßigten Patriarchats nachgestellt wurde und vielleicht sogar zum Tourismuskonzept der Inseln gehörte. Er hielt das für sehr wahrscheinlich, denn auch auf den Caymans war das neue Matriarchat natürlich längst umgesetzt. Aber das „Alte Geld" hatte seinen Einfluss nicht verloren. Es gehörte ja nun den reichen Damen der Oberschicht, die verstanden, clever ihre Pfründe zu verwalten.

Da Frauen und Männer wieder an der Kleidung zu erkennen waren, sah er sich veranlasst, seine Garderobe zu erneuern. Aber die Dollars rannen ihm durch die Finger. Trotzdem kaufte er sich ein Handy. Er wollte wieder aufnehmen können.

Als er vor der Montessori School of Cayman an der Churchstreet stand, kam ihm die Idee, mit einer Anstellung als Deutschlehrer seinen Lebensunterhalt zu verdienen. Vielleicht gab es einen Bedarf dafür.

Der Montessoripädagogik stand er allerdings kritisch gegenüber. Also unterließ er es, dort nachzufragen. Seine persönlichen Erfahrungen sprachen gegen das Konzept. Die Gartenlaubenidylle, die sich hinter dem Bild friedlich miteinander kooperierender Kinder aus dem Italien um 1900 versteckte, gab es schon lange nicht mehr und Schüler sollten, seiner Meinung nach, nicht mit den überholten Erkenntnissen einer Medizinerin der Kinderheilkunde, Schwerpunkt geistige Behinderung, beschult werden. Zudem hatte das Studium von ihr verfasster Schriften Ansichten aufgedeckt, die sie als Befürworterin der Rassengesetze von Mussolini und Hitler entlarvten. Die Kinder in ihrer schulischen Entwicklung unterstützenden Säulen der Montessoripädagogik waren seiner Meinung nach in jedem Fall zerbröckelt, wenn es sie denn je gegeben hatte.

Er informierte sich über die Schulen auf den drei Inseln und entdeckte auf Cayman Brac die Westend Primary School. Dort wollte er sich erkundigen und rief an.

„German?", war die erstaunte Nachfrage der Rektorin, „We're not offering German language yet. But, why not?! We could give it a go. It's maybe possible. Give me a call in three days." Am nächsten Tag flog er vom Owen Roberts zum Gerrard Smith Airport auf Cayman Brac, um Insel und die Schule in Augenschein zu nehmen. Vielleicht gefiel es ihm dort gar nicht und er konnte sich ein Treffen mit der Schulleitung ersparen. Doch er war sofort von der Ruhe und Einsamkeit auf den 40 km² mit seinen 3000 Bewohnern begeistert, die ihn an einige der ostfriesischen Inseln an einem heißen Sommertag erinnerte, und als er mit leuchtenden Augen dem Kollegium gegenübertrat, ließ seine positive Ausstrahlung sein hohes Alter vergessen. Freundlich und klar bei Verstand mit einer akzeptablen Honorarvorstellung, war der Entschluss schnell gefasst, es mit Herrn Kai Zöllner aus Germany zu versuchen. Die Rektorin vermittelte ihm ein möbliertes Holzhäuschen am Ende der Moon Lane, einen Kilometer von der Schule und nur wenige Schritte vom Meer entfernt. Zwei Zimmer, Küche, Bad und ein Fahrrad für den Schulweg. Welch' Glück! Er schmunzelte, als er sich in das Büffelledersofa fallen ließ. Nur unglaubliche zehn Tage waren vergangen, seit er in New York das Tageslicht erblickt hatte und sein Leben machte wieder Sinn.

Er begann in drei Lerngruppen von je zehn Schülerinnen seinen

Unterricht mit dem Kinderlied „Hänschen klein". Die simplen Aussagesätze des Texts und die lustige Melodie hielt er für einen guten Einstieg, der zudem die Form des chorischen Lernens aufnahm, ein vergessener, didaktischer Trick, um Unterrichtsinhalte im sozialen Kontext der Klasse zu vermitteln und zu festigen. Die Schülerinnen erlernten das Lied zunächst lautmalerisch, worauf er dann mit der Übersetzung und dem Satzbau anschloss. Die Kinder mochten ihn und seinen Sprach-Gesangsunterricht mit immer neuen Liedern, in dem sie nicht nur Deutsch lernten, sondern auch bald ein kleines Chorprogramm zusammen hatten, mit dem sie hier und dort auftreten konnten. Die Idee, den Sprachunterricht konsequent mit Gesang zu verbinden, war ihm gekommen, als er sich daran erinnerte, dass Aphasiker, die nach einem Schlaganfall ihre Spontansprache verloren haben, in der Lage sind, ein Lied fehlerfrei zu singen. Der Grund dafür scheint in der Tatsache zu liegen, dass beim Gesang zwei Hirnareale beteiligt sind, beim Sprechen aber nur eins in Aktion tritt. Er erwartete deshalb eine bessere Konzeption. Und sie stellte sich ein. Sein Unterricht mit Melodie und Reim versetzte die Mädchen erstaunlich schnell in die Lage, miteinander Deutsch zu sprechen und alle schienen nach anfänglichem Zögern mit ihm zufrieden zu sein, Kinder, Eltern und Kolleginnen. Ob es auch Jungen in der ausschließlich präpubertären Schülerschaft gab, war schwer zu entscheiden, da alle in guter englischer Tradition Schulkleidung trugen, die allerdings einheitlich aus Hemd und Shorts bestand. Er selber hatte keinen Schüler. Nach seiner Probezeit von einem Monat war er unbefristet eingestellt.

So verbrachte er die erste Zeit auf Cayman Brac in oberflächlicher Harmonie mit seinem sozialen Umfeld zwischen Schule und dem Häuschen am Strand. Er wurde akzeptiert. Freundschaften schloss er aber nicht.

„Samstag, der 24. August 2080. Bin seit einem Monat auf Cayman Brac", begann er seine erste Tonaufnahme auf dem neuen Gerät. „Habe einen Lehrerjob für Deutsch an der Westend Primary School - inklusive nettes Häuschen und Nachbarn am Strand. Bin natürlich ein Fremder und werde es trotz aller Herzlichkeit noch lange bleiben. Auch hier sind die meisten Menschen konservative Scheuklappenträger, die sich bekanntlich hinter ihren vorgefassten Meinungen und Überzeugungen verbarrikadieren. Das Leben ist und bleibt zu kompliziert, um sich eine freiflottierende Einstellung im sozialen Umfeld leisten zu können. Dass dabei immer auch Xenophobie, diese leidige Angst vor Fremdem, mitschwingt ist für mich nicht verwunderlich. Sie gehört meiner Überzeugung nach eben zur menschlichen, neurosozialen Grundausstattung, um Gefahr zu wittern und hat sich aus Urzeiten erhalten, auch wenn Homo im Laufe seiner Evolution vom Flucht- zum Raubtier geworden war. Also bin ich zufrieden und verlange keine soziale Eingebundenheit, um mein Fremdsein zu vergessen. Es ist offensichtlich, dass neu Hinzugezogene, ob Einwanderer, Flüchtlinge, Asylanten oder Gastarbeiter wie ich, die diesen Anspruch mitbringen, schon verloren haben. Auch wenn seit Ewigkeiten die allgemeine Erklärung der Menschenrechte der UN diesen legitimiert hatte, blieb und bleibt vollständige Integration doch in der Regel unerfüllte Illusion. Wie sehr ein Anderssein die Menschen spaltet, zeigt der ewige Konflikt zwischen Weißen und People of Color in den Americas. Auch nach Jahrhunderten ist er existent geblieben, wenngleich alle Menschen unter der Haut genetisch nahezu identisch sind und sich daher der Begriff Rasse als ungeeignet erwiesen hat. Natürlich war der Rassenbegriff der Nationalsozialisten auch Anlass zur Kritik an der Kategorisierung gewesen, diente er doch aufgrund pseudowissenschaftlicher Kriterien dazu, wertige von minderwertigen Menschen zu unterscheiden und eine rassische Hierarchie zu installieren. Dass aber diese Ideologie, trotz aller

Aufklärung, versteckt oder offen, immer noch zutage tritt, liegt sicher an der unreflektierten Angst vor dem Andersartigen, die eigentlich alle, nicht nur Kleingeister und Männer, wie Frauen beeinflusst. Sie verliert sich allerdings mit der Gewöhnung an den andersartigen Mitmenschen, wenn sie denn zugelassen wird. Ich, der Fremde, bleibe deshalb besser bescheiden und winke bei jedem Lob und fast jeder Einladung ab.

Kurz nach meinem Einzug brachten mir meine drei direkten Nachbarinnen, alle um die sechzig, drei Blumentöpfe mit unterschiedlich farbigen Geranien, die ich mir selbst nie gekauft hätte. Auf einer bunten, beigesteckten Ansichtskarte irgendeines Strandes stand ‚Welcome on ‚Sisters Islands', ein mich ein wenig nachdenklich stimmender Name für Cayman Brac und Little Island, die sie auf der Rückseite unterschrieben hatten. Rose, Blanche and Dorothy. Die Golden Girls ließen grüßen. Sie hießen wirklich so und hatten sich vielleicht deshalb gefunden. Die Episoden wurden tatsächlich immer noch gesendet, voll antiquierter und dennoch zeitloser Menschlichkeit, die sie auszeichnet. Ich stellte die Töpfe in ein Fenster, das sie von ihrem Haus aus sehen konnten und revangierte mich mit einer Moussaka. Sie behielten die Auflaufform, was eigentlich von mir so nicht gedacht war. Sie zurückzufordern, habe ich besser unterlassen. Schwupps, und du bist ein kleinlicher Geizhals. Aber wir grüßen uns immer herzlich, wenn wir uns begegnen.

Die Insel gefällt mir. Ich unternehme oft Ausflüge mit dem Fahrrad. Sie ist in kurzer Zeit gemütlich zu umfahren und hat nur hier und dort eine größere Ansammlung von Häusern, meist an der Nordküste, während der Süden dagegen menschenleer erscheint. Ich liege gern am Strand und gehe baden. Den Gedanken an Virginia City schiebe ich beiseite. Kommt Zeit, kommt Rat. Es geht mir hier gut und das werde ich erst einmal genießen. So lange wie möglich. Natürlich frage ich mich, ob nach mir gesucht wird. Immerhin bin ich vielleicht in den Augen der Obrigkeit ein zweifacher Ausbrecher, den es zu finden und dingfest zu machen gilt. Cayman Brac ist zwar weit von Kuba entfernt, jedoch dann klein genug, um den Deutschen Kai Zöllner aufzufinden, sollten sie etwas von meiner Überfahrt mitbekommen haben. Schließlich war es unmöglich, völlig unbeachtet in Casilda auf den Katamaran nach den Caymans zu steigen und davon zu segeln. Außerdem müsste ich ja nun auf einer offiziellen Gehaltsliste stehen. Aber vielleicht suchen sie auch gar nicht nach mir und geben sich damit zufrieden, mich im Sturm verloren zu haben. Wäre schön. - Im Supermarkt gegenüber meiner Schule begegnete ich mehrmals einem älteren Mann, der mich immer interessiert ansieht. ‚Ein Häscher? Werde ich doch verfolgt?', habe ich mich natürlich gefragt. Aber es passiert nichts. Vielleicht sucht er einen Freund oder zumindest eine Bekanntschaft. Er wirkt ja nicht unfreundlich. - Okay, soweit erstmal. Der Strand wartet." Er schaltete ab, nahm die Badetasche und verließ sein Häuschen.

Das Wetter war fantastisch. Als er bis zum Bauch im Wasser stand, überflutete ihn ein Glücksgefühl. Er drehte sich und schnitt mit gespreizten Armen und gestreckten Händen durch die warmen Wellen. Dann ließ er sich mit einem leisen Jauchzen rücklinks fallen und verschwand im Meer.

9

Im Radio lief eine Sendung über Evolution. Es ging um eine Untersuchung aller bisher gefundenen Schädel, die die Entwicklung des Homo sapiens repräsentierten. Bekannt war, dass die Form der weiblichen Schädel der Entwicklung der männlichen stets vorausgeeilt war. Die Reduktion des Gesichtsschädels bei gleichzeitiger Vergrößerung des Gehirnschädels war charakteristisch und wies den Weg zum modernen, wissenden Menschen. Neu war für ihn der Ansatz, dass diese Entwicklung wahrscheinlich durch weibliche Zuchtwahl ausgelöst wurde, die männliche Exemplare mit geringerem Testosteronspiegel für die Fortpflanzung bevorzugten, da sie besseren Schutz für die Gruppe gewährleisteten. „Survival of the friendlinest", statt „of the fittest", erklärte die Moderatorin in Anlehnung an Darwins Evolutionstheorie. Kooperativ den äußeren Feind, wie Höhlenbär oder Säbelzahntiger bekämpfen und strategisch ein Mammut erlegen, statt Testosteron getrieben, die eigenen Gene in nutzlosen Dominanzkämpfen zu vermehren, Nachkommen von Konkurrenten zu töten und dadurch den Schutz der Gemeinschaft zu vernachlässigen, waren die Auswahlkriterien. Revierkämpfe mit anderen Gruppen von Hominiden waren zudem sehr selten, da man sich kaum begegnete. Der Bedarf nach hirnlosen Haudraufs war nicht gegeben. Nach Schätzungen lebten weltweit gleichzeitig nicht mehr als 60000 Homo erectus und es läge auf der Hand, dass der Mensch durch die weibliche Bevorzugung der kooperativeren und klügeren „Männchen" zum Mensch wurde, betonte der Bericht. Es hatte eine Zuchtwahl stattgefunden, die Raum für die Entwicklung des Verstands auf Kosten rein körperlicher Stärke schaffte und die auf den Einfluss und die Bedeutung des frühmenschlichen Matriarchats hinweise, das hunderttausende von Jahren die Menschwerdung begleitet hatte. Selbst für das Aussterben der Neandertaler innerhalb von zehntausend Jahren nach dem Auftauchen der Verwandten aus Afrika, sind recht gesichert andere Ursachen, als kriegerische Auseinandersetzungen oder eingeschleppte Krankheiten verantwortlich gewesen. Inzucht, hoher Kalorienbedarf, geringere Reproduktionszahl und klimatische Veränderungen durch den Vulkanausbruch der phlegräischen Felder mögen Gründe gewesen sein. Die Menschenarten sind sich sporadisch begegnet, haben sich gelegentlich gepaart, wie die 2 bis 3 % Neandertalergene bei den Nachkommen der Gruppen von Homo sapiens belegen, die Afrika verlassen hatten, sind sich aber sonst wahrscheinlich aus dem Wege gegangen. Es gab kaum Anlass, sich zu bekriegen. Die Wälder waren riesig, fast unbewohnt und Höhlen gab es überall.

Die Wende zum kriegerischen Patriarchat kam dann vor zwölftausend Jahren im Neolithikum mit der landwirtschaftlichen Revolution, der zunehmenden Bevölkerungsdichte, der Ausweitung von Landbesitz als Überlebensstrategie von Clans und der sozialen, patriarchalen Hierarchisierung. Nun wurden wieder testosterongetriebene Männer mit kopfloser Kampfeslust favorisiert und Frauen, die solche Knaben gebaren. Aus ihnen rekrutierten sich bald durch Akkumulation von Reichtum und mit absolut unmoralischem und brutal durchgesetztem Allmachtsanspruch die zukünftigen Herrscher der frühen Hochkulturen von Sumer, Akkadien und Ägypten, deren Nachfolger rund um den Globus die Menschheit dann aus der Antike, durchs Mittelalter und der Neuzeit mit dem Absolutismus und dem verheerenden Kolonialismus ins Computerzeitalter führten. Aber diese Epochen seien nur Zwischenschritte zur modernen Gesellschaft gewesen, schloss der Bericht, die nun zum Wohle aller, auch dem der noch vorhandenen Männer, zum Matriarchat in seiner vollendeten Form zurückgefunden habe.

Er fand das Fazit ganz einleuchtend, konnte aber die Bedrohung, die im Nebensatz: ‚der noch vorhandenen Männer' mitschwang, nicht überhören. Sie prognostizierte ihr Ende.

‚In Poona men become women and women become men', war Bhagwans Statement in den 1980ern zum sozialen Zustand der Sekte gewesen. Aber im Gegensatz zu heute, traf diese Umkehr der Geschlechterrollen auf großes Einvernehmen bei allen Beteiligten. Er hatte noch vor Augen, mit welcher vordergründigen Demut männliche Ashrambewohner freiwillig die Besen und Küchenutensilien in die Hand nahmen, um sich dort im und mit dem weiblichen Schoß feuchtwarm verwöhnen zu lassen. Es war klar und sie gaben es auch zu, dass es ihnen im Kern nicht um spirituelle, sondern sexuelle Versenkung ging. Auf dem Gelände des Ashrams im Koregaon Park in Poona fielen ihm viele Privilegierte aus Wirt- und Wissenschaft auf, die dort Quartier fanden, um einen Monat Urlaub zu machen, und man sah ihnen die spitzbübische Freude an, den Chefsessel gewissermaßen mit dem Stuhl im Aufenthaltsraum der Putzfrauen zu tauschen. Easy life for easy sex. Bhagwan und seine weibliche Entourage wussten genau, was sie in ihrem „Ort der religiösen Bemühungen" mit Rollentausch für ausschließlich Westeners und auch Japaner anboten: ein Auszeit-Geschäft, das sich aber rasch ideologisierte, weil sich bekanntlich so die größten Profite machen ließen.

Bei dem nun aber zum Großteil schon stattgefundenen Rollentausch von Mann und Frau ging es jedoch um etwas anderes, da sich das einst verbindende, heterosexuelle Moment in konsequenter Auflösung befand. Männer waren ein Auslaufmodell und die meisten von ihnen hatten sich in dieses Los gefügt. Er aber konnte das nicht so einfach. Ihm fehlten fünfzig Jahre Vergangenheit und zwei Generationen Gewöhnung - von gestern, wie er war.

„Did you ever visit Virginia City?" Sie saßen an der Kaffeebar des Supermarkts und hatten sich gerade kennengelernt. Er hieß Peter. Überrascht schaute er seine neue Bekanntschaft an. Es war der ältere Herr, von dem er sich zwischen den Regalen bereits beobachtet gefühlt hatte. Um die siebzig, schätze er, braungebrannt, in Hawaiishirt, Shorts, Espandrillos und einen Strohhut, der klassischen „Kreissäge", auf dem Kopf.

„Virginia City in Montana?"

„Right."

„No. Why should I?"

„If you don't know, I would be on the wrong track."

Sie schauten sich schweigend an. Vor wenigen Minuten hatten

sie gleichzeitig die Kasse angesteuert und nach wenigen Sätzen, „Sorry, you're first" und „Yes, I always buy here", war er von dem Fremden, den er vorgelassen hatte, zu einem Kaffee eingeladen worden. Wie sich gleich herausstellte, wusste er, dass er an der Westend Primary Deutsch unterrichtete und in der Nähe wohnte. Das war nicht weiter verwunderlich, denn ein neuer Lehrer, eine Seltenheit unter all den Lehrerinnen, fiel in Cotton Tree Bay natürlich auf. Aber diese überfallartige Frage nach Virginia City, die er stellte, als sich die Kellnerin am anderen Ende der Bar um eine Kundin kümmerte, machte ihn für einen Moment sprachlos.

„Well, it depends", brachte er schließlich hervor, „maybe you're not."

„Okay. You know the Spot Bay Cemetery?"

Er nickte.

„I'll be there tomorrow at 4 pm. Now tell me about your special teaching method. Here, even the walls have ears, not only the waitresses."

„Okay", er nickte irritiert, riss sich aber zusammen und begann mit der Erklärung. „Well, to learn a language combined with the rehearsel of a song has the advantage, that …" Es gelang ihm, seine innere Aufregung niederzuringen, indem er sich auf eine adäquate Beantwortung der Frage konzentrierte, auch wenn er wusste, dass es nur ein Vorwand war, nicht weiter aufzufallen. Doch erlöste ihn sein neuer Bekannter, der sich noch nicht vorgestellt hatte, nach zwei Minuten, indem er auf die Armbanduhr schaute und mit einem „Oh" feststellte, dass er nun gehen müsse, aber gern das interessante Gespräch ein andermal fortsetzen würde.

„I take care of that." Er deutete auf den Kaffee, winkte der Kellnerin mit der Karte, bezahlte und legte ihm im Gehen die Hand auf die Schulter.

Immer noch ein wenig erregt von der überraschenden Begegnung, schaute er seiner Verabredung hinterher und spürte gleichzeitig eine aufkeimende Hoffnung, dass die Zukunft nun klarere Konturen bekommen würde und er auch von dem Richtigen gefunden worden war.

10

Er lag am Strand und hatte das Handy vor dem Mund. „29. August 2080. Zurück vom Friedhof. War ein überaus informatives Treffen. Verlasse in ein paar Tagen mit Peter die Insel Richtung Montana. Habe mich schweren Herzens entschieden, diesen bislang sehr angenehmen Rückzugsort zu verlassen. Ob er das allerdings noch lange bleiben würde, sei sehr fraglich, hatte Peter gemeint, denn ich wäre von der Behörde für Strafverfolgung sicher nicht vergessen. Ihre Hartnäckigkeit, Konsequenz und - er könne es nicht anders benennen - Brutalität in der Abwicklung ihrer Aufgaben seien gefürchtet. Sie konnte frei und ohne einen juristischen Rahmen einhalten zu müssen, gegen die in der Regel männlichen Straftäter vorgehen. Unter Einsatz der altbewährten Waffen der Frau, die gerade bei dieser Klientel immer noch gut verfingen, war in den vergangenen fünfzig Jahren eine globale Säuberung gelungen, die nach Südgeorgien oder gleich in die ewigen Jagdgründe geführt hatte. Verbrechen gegen die Menschlichkeit, aber auch illegaler Waffenbesitz, konnten immer tödlich ausgehen. Wer sich nicht permanent bedroht fühlen wollte, lebte besser als gemeinnütziger Mensch und erfreute sich an Frieden und Wohlstand auf Erden, die diese Zeitenwende nicht nur versprochen, sondern auch weitgehend verwirklicht hatte. Männer waren zwar nicht verschwunden, es gab sie noch, doch waren sie an den Rand einer Gesellschaft gedrängt worden, die sich hauptsächlich weiblich definierte. Sich ernsthaft auf Männer oder sogar mit ihnen einzulassen, hatte in einigen Kreisen einen leicht irritierenden bis perversen Beigeschmack, fand dort aber auch eine Nische, meinte Peter, ohne das Wort Prostitution zu erwähnen.

Von ihm erfuhr ich nun, dass er mich im Auftrag der Iceforce, die immer noch existiert am 1. Juli in New York erwartet hatte. Leider war er zum Zeitpunkt meines Ausstiegs im Central Park in eine Personenkontrolle geraten. Die frühe Stunde hatte ihn wohl verdächtig gemacht. Ein Tracker in meiner rechten Leiste, der mir noch während meines Kryostatus' eingepflanzt worden war, ermöglichte ihm jedoch meine Verfolgung. Vor Alice's Tea Cup in der 73sten musste er enttäuscht beobachten, wie eine ältere Frau mich ihm vor der Nase wegschnappte. Da ich auch nach mehreren Stunden ereignislosen Observierens in der Nähe des Hauses nicht wieder auftauchte, entschloss er sich gegen Mittag zu einer Lunchpause. Als er danach seinen Beobachtungsposten wieder bezog, sah er mich erst Stunden später mit der Frau das Haus betreten. Gegen 23 Uhr ging er für ein kurzes Nickerchen in seinem Apartment auf der Ostseite des Central Parks, um am frühen Morgen seinen Posten wieder zu beziehen. Da war ich aber schon in New Jersey beim Autohändler. Sein Verdacht, dass der Kontakt zur Strafverfolgung etwas mit meiner ersten Begegnung in New York zu tun gehabt haben musste, bestätigte ihm mein Bericht. Ich hatte das Pech, ausgerechnet an einen Kollaborateur der Behörde geraten zu sein, der auffällige Zeitgenossen überprüfte. Die Aleutenstory hatte mich dann verdächtig gemacht. Letztlich war ich für Peter stets zu schnell gewesen, denn von New York bis auf die Caymans hatte ich fast täglich meinen Aufenthaltsort gewechselt. Doch mit dem Tracker war er an mir drangeblieben. Als er mich dann schließlich auf Cayman Brac fand und in relativer Sicherheit sah, entschloss er sich, mir in der Idylle meiner neuen Existenz ein wenig Ruhe zu gönnen. Die soll nun aber enden. In ein paar Tagen beginnen die Ferien; ein guter Zeitpunkt, um unbemerkt abzutauchen und zu verschwinden. Bin in mir aber sehr zerrissen. Klar ist, dass die Insel nur ein Versteck auf Zeit gewesen war und ich Kontakt zur Iceforce aufnehmen würde. Doch fällt es mir nicht leicht, dieses relativ unbeschwerte Pendeln zwischen Schule und Strand für eine Zukunft aufzugeben, der ich vielleicht gar nicht mehr gewachsen bin." Er schaltete ab und verstaute das Handy in der Badetasche. Dann ging er ins Meer.

Ein paar Tage später packte er seine Sachen und flog mit Peter nach Calgary. Von dort wurden sie abgeholt und erreichten nach langer Fahrt Virginia City.

11

Er trug den hüftlangen Federkopfschmuck des weisen, alten Häuptlings, der seiner Sippe am Lagerfeuer vorsaß. „Scenes from North America's Past in Virginia City" war das Business, das die Iceforce seit vierzig Jahren in der alten Goldgräberstadt betrieb. Es konnte mit einer großen Zahl männlicher Akteure aufwarten. Indianer und Cowboys trieben sich authentisch kostümiert durch die Straßen und inszenierten hier und dort Schusswechsel und Schlägereien. Geschichtsunterricht in Sachen männlicher Brutalität aus Zeiten des Montana Gold Rushs. Die Bardamen und Siedlerinnen wurden von sorgsam geschminkten und ausstaffierten Transsexuellen oder Protagonistinnen nach GA-OP gespielt. Die Camouflage war perfekt. Vor Sonnenuntergang, wenn die Geschäfte schlossen und die drei Saloons ihr Bühnenprogramm beendet hatten, wurden die Touristinnen, ihre Kinder und ihre wenigen Begleiter in einer letzten Show aus dem mit hohen Palisaden umzäunten Örtchen vom Marshall, seinen Deputies sowie der gesamten Bevölkerung und einer kleinen Meute leise jodelnder Beagle-Basenji-Mischlinge, eine Züchtung, die nicht mehr bellen konnte und die tagsüber zwischen den Gebäuden herumstrolchte, durch das einzige Stadttor „vertrieben", ein grobes Spektakel, das von einigen „Fremden" erwartet und von anderen gemieden wurde. Es ließ jedenfalls eine gründliche Kontrolle der Stadt und der Besucherzahl zu. Sie wurde bei Eintritt und Verlassen des Museumsgeländes registriert und verglichen. Wer in Virginia City blieb, gehörte der Iceforce an und die eingeschworene Gemeinschaft der knapp dreihundert Einwohner hatte das Örtchen nach Torschluss für sich allein. Von der lokalen Verwaltung in Unionville gab es keine Einmischung in die Organisation der Museumsleitung. Da die Einkünfte über die perfekte Kontrolle der Touristen- und Lieferlisten überprüfbar waren und sich Steuern und Ausgaben nicht manipulieren ließen, schenkte man Virginia City wenig Aufmerksamkeit. Der Laden lief, konnte sich unabhängig von öffentlichen Geldern finanzieren und war eine skurrile, gern besuchte Attraktion, die zudem ein kritisches Auge auf die einst virile Vergangenheit Montanas warf. Die hohe Anzahl an Männern im Betrieb lag in der Natur der Sache und wurde allgemein akzeptiert. Aber die aufmerksamen Agentinnen des DEMI, die immer noch sehr einflussreich operierten, waren auf der Hut. Ihnen blieb Virginia City ein Dorn im Auge, da sie in allen „größeren, maskulinen Zusammenrottungen" per se eine Gefahr sahen. Sie verstanden sich als strenge Bewahrerinnen der neuen Ordnung und setzten alles daran, ihre Aufgabe, männliches Aufbegehren im Keim zu ersticken, konsequent zu erfüllen. Dass sie das bereits verpasst hatten, ahnten sie nicht. Es gab weltweit zwanzig Iceforce-Zentren, deren Kerngeschäft unter phänotypisch weiblicher Leitung immer noch die zyklische Kryonik war und die ein gemeinsames, vorsichtig formuliertes Ziel verfolgten: Gebt den Männern eine Chance.

Sie waren an einem Samstag in Virginia City angekommen. Am nächsten Abend hatte Peter ihn der Vollversammlung vorgestellt, die jedes Wochenende im Gemeindehaus als „Sundaydance" nach Torschluss stattfand. Montag war dann Ruhetag. Er wurde mit Applaus begrüßt. Nur wenige Pioniere hatten den „Winterschlaf" der Erprobungsphase I überlebt und erst durch die Gratulanten war ihm bewusst geworden, wieviel Glück er gehabt hatte. Die meisten Systeme waren, obwohl zyklisch überwacht, ausgefallen, oder mit tödlichen, kälteresistenten Keimen infiziert worden. Von den siebenundzwanzig Primärprobanden, zu denen auch er gehörte, hatten nur drei das Tageslicht wieder erblickt. Bei Gelegenheit würde er sie treffen können. Einer lebte in Paris, der andere in Tokio.

Er war bereits drei Monate in Virginia City, deren Besatzung bis auf die Showensembles eine gewisse Fluktuation aufwies. Die Wildweststadt galt als einer der Urlaubsorte der Iceforce und dort eingesetzt zu werden, erfreute sich großer Beliebtheit. Seine überwiegend sitzende Anwesenheit hatte jedoch längst begonnen, ihn zu langweilen. Er wurde als verdienter Pensionär behandelt, dem das Nichtstun gegönnt wurde. Aber er konnte es nicht genießen. Dagegen begann er über die Ziele der Iceforce kritisch nachzudenken. Ihm kamen erste Zweifel. Er meinte, in den Äußerungen einiger Mitglieder der Gemeinschaft Anzeichen vom Wunsch nach einer männlichen „Reconquista" erkennen zu können. Vor fünfzig Jahren war noch die Bewahrung des Y-Chromosoms mit Hilfe der Kryonik Triebfeder des Widerstands gegen das neue, sich totalitär gebärdende Matriarchat gewesen. Die Wissenschaftler der Iceforce hatten es für möglich gehalten, dass die Beseitigung der Geschlechterpole zu einer schleichenden Auslöschung der gesamten Menschheit führen könnte. Nach einem halben Jahrhundert war das aber nicht eingetreten. Weder waren die Männer verschwunden, noch hatte sich eine genetische Verarmung eingestellt, die die ganze Spezies zu degenerieren drohte. Für ihn, der von der nuklearen Selbstzerstörung der Menschheit im letzten Krieg überzeugt gewesen war und dem die geglückte Befriedung der gesamten Menschheit noch immer deutlich vor Augen stand, war die Gefährdung dieses Wegs in die paradiesische Zukunft auf Erden ein großer

Fehler. Er begann sich unwohl zu fühlen.

,Der Mensch bleibt Mensch', war sein Urteil, ,ein Wesen, dessen Verhalten zwischen selbstaufopfernder Empathie und tödlicher Brutalität oszillierte und dem starre Überzeugungen alle Möglichkeiten gaben, sein Verhalten zu rechtfertigen. Beide Geschlechter haben an ihren sozialen Polen militante Vertreter oder Vertreterinnen, die zur Durchsetzung ihrer Ziele mit ideologischem Sendungsbewusstsein versuchen, eine Alphaposition in ihrem Einflussbereich zu besetzen. Sie gilt es, in Schach zu halten. Aber der Dominanztrieb, andere mit Überredung, List oder Gewalt vor den eigenen Karren zu spannen, lässt sich nicht aus der Gesellschaft verbannen.'

So hatte er wenig Hoffnung, dass jede und jeder nach eigener Façon je würde glücklich werden können, denn der Kleinkrieg, als Ausdruck menschlichen Unwillens gegen mögliche Alltagskontrahenten würde bestehen bleiben. Da machte er sich keine Illusionen. Der Begriff ,Streitkultur', den er immer als Paradox begriffen hatte, verdeutlichte, wie ideell verklärt dieser krebstreibende Hickhack in den Köpfen vieler Menschen verankert war. Dabei spielte keine Rolle, ob Intelligenz oder Dummheit die Aggression erzeugte. Sie trat immer wieder auf und musste beständig durch Gesetz und Sanktion im Zaum gehalten werden. All dem hielt er aber entgegen, dass die weibliche Revolution den entscheidenden Schritt getan hatte, um den „großen, suizidalen" Krieg zwischen den Menschen und seiner Umwelt zu beenden und das Raumschiff Erde in eine äußerlich paradiesische Zukunft steuern zu können. Dieser Erfolg rechtfertigte alles und verdiente auch seine bedingungslose Unterstützung, die ihn von der Iceforce und ihrem veränderten Selbstverständnis zu trennen begann. Langsam rutschte er mit seinem Kopfschmuck und der Friedenspfeife zwischen die Stühle und merkte, dass er mehr und mehr darüber nachdachte, sich umzusetzen.

‚Werde zum Verräter', krähte der schwarze Vogel, der seinen Kopf umkreiste und er hatte die Ahnung, dass er ihm bald einen Nistplatz in seinem Hirn bieten würde. Schweigend beobachtete er das Theater, in dem er seine Statistenrolle spielte und spürte, wie ihm der Sinn für dieses Versteckspiel verlorenging. Sollte er sich einfach verdrücken, oder hatte er die Pflicht, einem unnützen, neuen Konflikt entgegenzutreten. Mehr als gefühlte achtzig, die er war, suchte er eine Entscheidung, bevor es zu spät sein würde. Nur die war ihm immer schwer gefallen. Lange hatte er dem Leben seinen Lauf gelassen und zugesehen, wohin es ihn trieb. Einen Plan auszuhecken, um sich einen persönlichen Vorteil durch geschicktes Auftreten und Manipulation anderer zu verschaffen, läge nicht in seiner Natur, hatte er immer von sich behauptet. Es war auch keine Mischung aus buddhistischem Gleichmut und Fatalismus, einem „Lass fahren dahin", mit dem er sich seinem Schicksal ergab. Er glaubte an die Existenz eines festen Schienennetzes, das an ein fixes Lebensende führen würden, auch wenn er einräumte, dass andere Entscheidungen auf angenehmeren Strecken sein Potential entfaltet und zu mehr Erfüllung geführt hätten. Vielleicht war er aber auch nur zu faul, zu feige oder nicht clever genug gewesen, um seinem Dasein einen in den Erfolg führenden Kurs zu geben. Er war eben nicht nach dem Abitur nach Berlin gegangen, sondern zum Bund, hatte eben nicht Archäologie sondern auf Lehramt studiert und auch nicht willensstark die sich bietende Möglichkeit ergriffen, Schauspieler zu werden, sondern sich in die Hölle des Studienseminars in Hildesheim begeben, war später wieder nicht, als er es sich hätte leisten können, für ein Orientierungsjahr nach Berlin gegangen, sondern in der Provinz Gymnasiallehrer mit einigen verleumderischen Dreckskollegen geworden, war immer nur illusorischer Liebe und nie der guten Partie gefolgt, hatte verpasst und verpasst - aber überlebt. Schwamm drüber. Doch bei der Entscheidung, die er nun meinte, treffen zu müssen, ging es nicht um ihn, sondern um die Iceforce und deren Geheimhaltung. Er konnte zwar nicht abschätzen, welchen Einfluss sie wirklich hatte. Aber schon ihre Existenz und mögliche Kooperationen mit ähnlichen Organisationen machten ihn sehr nachdenklich.

„How's about holliday for an Indian Chief?", fragte er Peter, mit dem er hin und wieder sprach. Jetzt standen sie an der Bar im Black-Bird-Saloon.

„Already? You're not here that long", war seine verblüffte Antwort.

„True, but nothing happens. My job in the Indian Quarter is all well and good and extremely boring. I'm kind of wrapped in cotton wool. What about the organization? What does it actually do? Where are we? The whole thing seems to be an end in itself."

„Well", Peter schaute ihn mit zusammengekniffenen Augen an. „My last concrete order was you. Southgeorgia still exists. So be glad."

„I'm really grateful to you for that. But have the original goals of the Iceforce not been achieved? Sometimes I have the faint inkling that this is not enough for some of us."

„I don't know, what you mean. But a vacation from Virginia City is certainly possible. Ask around the townhouse. Wonna a beer?" Er bestellte zwei, ohne auf die Antwort zu warten und brach so das Gespräch ab. Kritik war eben nicht Peters Sache.

Am nächsten Tag ging er in den Sanitätsbereich und ließ sich den Tracker entfernen. Er würde ihn permanent spüren, was mittlerweile sehr unangenehm wäre. Und das war nicht gelogen.

12

„Vielleicht bin ich Peter gegenüber zu deutlich geworden." Er saß auf seinem Bett und nahm auf. Sein Apartment war klein, wieder ein Wohnklo mit Kochnische. Durchs Fenster fiel der Blick auf Montanas sanfte Hügellandschaft, über die schon der braune Spätherbst kroch. „Komme gerade vom Townhouse. Mein Vorsprechen wurde frostig beantwortet. Urlaub wäre möglich, nur nicht jetzt. Noch liefe die Touristensaison. Aber in einem Monat sähe das anders aus. Wenn mir langweilig sei, könne ich auch in einigen Kampfszenen mitwirken. Ich zeigte mich unentschlossen. Auf meine Frage nach dem Status der Iceforce, von dem ich hier im Camp nichts mitbekam, antwortete mir mein Gesprächspartner mit einer Geheimhaltungsfloskel. Die Filialleitungen kooperierten miteinander. Absprachen und Aktionen unterlägen aber der Schweigepflicht der Involvierten und würden deshalb innerhalb der Organisation nicht öffentlich kommuniziert. Letztlich deutete er mir an, mit meiner Rolle als Rädchen im Getriebe zufrieden zu sein und den Schutz und das relativ freie Leben, das mir die Iceforce böte, zu genießen. Eine gewisse Dankbarkeit für mein Überleben und den einzigartigen Blick in die Zukunft, wäre vielleicht auch angebracht. Das Gespräch bekam schließlich für mich einen unerträglich belehrenden Ton, der mich veranlasste, es - vielleicht ein wenig zu abrupt - zu beenden. Mal wieder an die Grenzen der Obrigkeit gestoßen und wahrscheinlich auffällig geworden. Der Blick, den er mir zuwarf, als ich plötzlich aufstand, war mit erstauntem Zweifel unterlegt. ‚Was haben wir denn hier?', schien er sich zu fragen. Hatte ich mich nun verdächtig gemacht und war ich gerade vom unzufriedenen Quengler zum unzuverlässigen Querulanten avanciert? Was tun? … Am besten nichts. Rauche weiter deine Friedenspfeife, bis in einem Monat die Tore schließen. Wenn du mehr erfahren willst, musst du auf die Gelegenheit warten und vorbe--

reitet sein. Ansonsten hatte der Wichtigtuer vom Büro recht: genieße das dolce far niente, Du bist alt genug." Er beendete die Aufnahme und setzte sich in seinen Sessel. Morgen war Sonntag und er würde den Sundaydance nutzen, um sich zu betrinken. Das hatte er schon einige Zeit nicht mehr getan.

Das Gemeindehaus barst vor Frohsinn. Er stand an der Bar und trank seinen dritten Bourbon. Es hatte gerade der letzte Wechsel von Teilen der Crew vor dem Saisonende stattgefunden. Die Neuankömmlinge waren gutgelaunt und in Feierstimmung. Urlaub. Der Geräuschpegel war hoch. Ein Neuer drängelte sich neben ihm an die Bar, in den Fünfzigern, beleibte, gestauchte Figur, Igelschnitt und glattes Gesicht, eine Gerd Fröbe Kopie. Lautstark bestellte er mit passend deutschem Akzent ein Bier.

,Prima, ein Sachse', dachte er und sprach ihn durch den Lärm hindurch an.

„Herzlich willkommen in Viginia City. Schön, einen Landsmann zu treffen."

„Aha. Danke." Fröbes Reaktion war verwundert und weniger erfreut, als er erwartet hatte. Das Bier kam und er trank es an.

„Man trifft nicht viele Deutsche hier." Er entschloss sich, das Gespräch mit Nachdruck in Gang zu bringen. „Genau genommen bist du der erste, dem ich begegne. Also, wo kommst du her?"

„Buenos Aires", antwortetet Fröbe einsilbig und schaute ihn dabei über die Schulter kritisch in die Augen. „Und du?" Er war kaum zu verstehen.

,Holla, kein übertrieben zugänglicher Zeitgenosse, aber dranbleiben. Vielleicht weiß er was.' Er zwang sich zu einem lockeren Tonfall, als persifliere er eine Parfümwerbung und sagte mit einer ausholenden Handbewegung: „Bayern, Berlin, New York."

„Aha. Und der Big Apple? Soll ja ziemlich wurmstichig sein."

„Ja, hat eine gewisse Fäule."

„Wie lange warst du da?"

‚Gut, er fragt dich aus. New York zieht immer.' Er musste schmunzeln und sagte laut. „Eine lange Zeit."

„Wie lange?"

„So fünfzig ziemlich unterkühlte Jahre."

„Ach, ... bist du der eine von den drei." Erstaunt wandte er sich ihm zu und stützte sich mit einem Ellenbogen auf der Bar ab. „Hab schon von dir gehört."

„Genau. Einer von drei Eisbären." Er hielt das Whiskyglas in beiden Händen und schaute nachdenklich mit leichtem Kopfnicken hinein.

„Glück gehabt. Mittlerweile haben wir das Meiste im Griff", sächselte sein Gegenüber. Er wurde gesprächig und lauter. Der Überlebende war von Interesse. Lohnend, sich auf ihn einzulassen.

„So?" Nun schaute er ihn an, auch direkt in die Augen.

„Ja. Allerdings hat die männliche Nachfrage nie unsere Erwartungen erfüllt. Das Frauenregime verhindert den Erfolg. Wir haben hauptsächlich weibliche Kunden."

„Klar, die werden sich das nicht entgehen lassen." Er gab sich einen leicht sarkastischen Tonfall, von dem er annahm, dass er damit bei seinem Gegenüber ins Schwarze traf.

„Da gibt es ältere Damen, die sich den Jungbrunnen mit Blick in die Zukunft leisten können. Rejuvenize yourself, hört man sie getrieben flüstern, wenn sie kommen. Es kotzt mich an." Fröbe nahm einen langen Schluck.

„Tja, was willste machen?", sagte er lapidar und nippte am Whisky.

„Was willste machen? Hör mal, wir müssen aus dieser Ecke raus." Der Bierkrug krachte auf den Tresen.

Jetzt hatte er ihn. „Unmöglich."

„Unmöglich? Man merkt, dass du nicht auf dem Laufenden bist."

„Stimmt. Wie auch? Bin ja gerade mal vier Monate zurück. Hier fehlen mir bislang die Gesprächspartner. Kai." Er gab ihm die Hand.

„Linder."

‚Interessant', dachte er. Der Name war im Englischen wie sein Kai unisex.

„Nice to meet you, Linder. Du musst mir mehr erzählen. Aber hier ist es einfach zu laut. Wohne in der Geronimo 4 Apartment 21. Wenn du Lust und Zeit hast, morgen Abend um 9, beim Bier bei mir??"

„Okay, passt, hatte dahinten auch gerade jemand wiedererkannt. Geronimo 4 Nummer 21. Nice to meet you tomorrow Kai." Er griff sich sein Bier, hob es grüßend an und stieß sich mit einem Augenzwinkern vom Tresen ab.

‚Huch, coole Socke.' Zufrieden schaute er ihm hinterher.

13

„Tonaufnahmen zwingen mich zu Konzentration auf die Sprache. Ich betrete eine innere Bühne, die Qualität fordert, um der Reproduktion genügen zu können. Ein Tagebuch zu schreiben, kann dagegen durch den Faktor Zeit den Focus stärker auf den Inhalt und seine Formulierung legen und verhindert, sich besoffen zu reden. Aber beide Formen der Fixierung von Gedanken sollten besonders in der Rückschau auf das eigenen Leben wahrhaftig sein. Schönfärberei ist eine Gefahr, die in jedem Satz lauert, egal, ob gesprochen oder geschrieben, zumal das Gedächtnis ein löchriges Sieb ist, das oft aus den Resten der Erinnerungen nur ein Zerrbild der Vergangenheit basteln kann.

Wie ist es mir also mit den Frauen in meinem Leben ergangen und was fühle ich bei der Rückkehr des Matriarchats? Es fällt mir nicht leicht, gerade vor dem Hintergrund meiner Erfahrungen in den letzten Jahren, Stellung zu beziehen. Ich will es mal versuchen. Aber vorweg noch ein Gedanke, der mit kürzlich kam. Was mich immer erstaunt hatte, war die Tatsache, dass in patriarchalen Religionen der ersten Frau wie selbstverständlich die Rolle derjenigen gegeben wurde, die das Böse heraufbeschwor, Eva, bei den Juden und Pandora bei den Griechen, wo die Frau und Mutter doch eigentlich Frieden und Verständigung symbolisieren sollte. Aber auch Lilith der Sumerer und Kali der Hinduisten sind weibliche, mythologische Wesen mit erschreckenden Eigenschaften. Und was hatte die Wikinger dazu bewogen, in Freya einerseits die Göttin der Schönheit, Liebe, Sexualität und Ehe und andererseits des Zaubers, Krieges und Todes zu sehen? Woher kommt diese negative Sicht auf die Frau im Patriarchat? Ich frage mich, ob sie als Reflex auf das ursprüngliche Matriarchat in grauer Vorzeit gesehen werden kann, in dem Männer als geduldete, sich unterordnende Mitglieder der Gruppe nur Randfiguren waren und dieses Bild von der versorgenden, aber auch strafenden Urmutter, die über Wohl oder Wehe entscheidet, mit dem neu entstandenen Patriarchat in die männlich dominierten Religionen übernommen wurde. Im Mittelalter entstand dann mit der ritterlichen Verehrung der unerreichbaren Dame durch die Minnesänger eine positive Sicht auf die Frau als edles Traumbild, das im Kavalierverhalten des Knigge eine Fortsetzung fand. Aber unterlagen Männer nicht einer großen Selbsttäuschung, sich die Frauen als schwach, duldsam, dienend und weniger schlau vorzustellen, nur um sie sich unterordnen zu können und beherrschen Frauen in ihrer Gesamtheit dagegen nicht schon immer die Männer, die sich im extrem lieber gegenseitig töten, als auf sie zu verzichten? Homers Ilias beschreibt genau diese verbohrte Idiotie, mit der der Trojanische Krieg zehn Jahre lang wegen einer einzigen Frau blutig geführt wurde, ausgelöst durch das Urteil des Paris, der entscheiden musste, welche der Göttinnen

Hera, Athen und Aphrodite die Schönste sei, nur weil sich die zuerst gefragten Götter lieber bei der Beantwortung zurückgehalten hatten. Ein griechisches Drama über weibliche Eitelkeit und männliche Leidenschaft mit üblem Ausgang für den verführten Helden, das seit Jahrtausenden immer neue Protagonisten findet - und ein nicht unerheblicher Hinweis darauf, dass die Göttinnen im Olymp gefürchtet waren.

Aber so tragisch und tödlich war der Einfluss nicht, den Frauen auf mein Leben gehabt haben, auch wenn es Komplikationen gab. Meine Mutter und ältere Schwester mit eingerechnet, denke ich, dass er sich größtenteils im positiven Rahmen hielt. Mädchen und später Frauen waren mir nie wirklich fremd, meinte ich doch bald, in mir selbst eine feminine Seite entdeckt zu haben, die andere Männer nicht oder nur wenig zeigten. ‚Wie Jesus‘, erklärte ich spaßend, von dem einige Interpretationen existieren, die in ihm den ersten, historisch bedeutenden Mann sehen, der seine weibliche Seite entdeckte und entwickelte. Vielleicht war er sogar bisexuell, was aber auf mich nicht zutraf. Ich habe immer beteuert, dass ich selbst als Frau sicher eine Lesbe geworden wäre. Nur reichte diese Nähe zum weiblichen Geschlecht schon aus, mir eine Sonderrolle durch ein entspannteres Verhältnis zu den Frauen zuzuschreiben? Casanova sagt man ja nach, dass er ein gewiefter Frauenversteher war und erklärt sich damit seinen ungezügelten Zugang zu den Herzen der Frauen und mehr. Doch auch den Jungmännern im ausklingenden 20. Jahrhundert, zu denen ich ja zählte, spielte der Zeitgeist mit der freizügigen Emanzipationsbewegung der Frau und ohne Aidsbedrohung in die kosenden Hände. Bei vielen westlichen Männern war es ‚in‘, vom Machismo abzurücken und als Softie sanft lächelnd in allen Kneipen und Partyküchen herumzulungern und mit schnuckelnder Unterordnung sexuell erfolgreich zu sein. Sorry, du … Vor den Frauen im Mini, von gesellschaftlichen Zwängen durch Mode, Pille und Pop befreit, fiel er auf die Knie und wartete geduldig angesichts fester Oberschenkel, in die Arme genommen zu werden. Aber so war ich nicht. Diese vorgeschobene Weicheierei als Erfolgsrezept war mir zuwider und passte auch nicht zu meinem immer ein wenig exaltierten Auftreten. Schauen, wie ich ankam, was sich machen ließ und sich dann annähern, war lange meine Devise gewesen. Mehr Abstauber, als Stürmer. Denn der Erfolgreiche stellt sich erfolgversprechende Ziele, die er meistern kann, der Erfolglose unerreichbare, an denen er scheitern muss. Sich verlieben schließt leider den Misserfolg mit ein, da es unkontrolliert passiert und dann nicht mehr zu kontrollieren ist. Dann wird unerwiderte Liebe oft zur ‚Stillen Post', die von links kommt und nach rechts weitergegeben wird oder sie eskaliert durch Frustration zum stolpernden Ringelreigen, der narzisstisch gestört sogar zur blinden, gefährlichen Capoeira ausarten kann. Auch ich hatte mich mehrmals erfolglos verliebt und frage mich heute, was wirklich dahintersteckte. Aber genug davon. Ich schweife ab.

Der weibliche Einfluss auf mein Leben war immer sehr präsent gewesen, hatte mich ergriffen und auch wieder losgelassen, wenn auch manchmal erst nach längerer Zeit. Dem modernen Matriarchat sollte ich vielleicht deshalb gelassener gegenüberstehen können, als andere Männer, da sich bei mir positive, wie negativer Erfahrungen die Waage gehalten haben. Aber wenn ich überhaupt imstande bin, ein Fazit zu ziehen, mit dem ich den Frauen mein Vertrauen aussprechen kann, so ist es unvollständig, von Zweifeln bestimmt und wenig vorausschauend. Und doch nehme ich lieber Partei für die weibliche Revolution, als für eine Rückkehr in ein Patriarchat, in dem dümmliche Kriegsspiele mit der Wichtigkeit des Unerlässlichen betrieben wurden. Ich habe schreckliche Erinnerungen an die nach Rüstung schreienden Kriegsbefürworter gegen einen selbstgebastelten und hochstilisierten Feind, der natürlich dasselbe machte, dumme Jungen, die in ihren Ministerialsandkästen sich wichtig tuend mit Milliardengeldern und Menschenleben spielten. Alles meine Förmchen. In manchen Sandkästen spielten aber auch Frauen mit, Furien, die nach Tod und Teufel rochen." Er unterbrach seinen Redefluss, da er merkte, dass er sich wieder in der Entrüstung über die Blödheit des Krieges und seinen Befürwortern verlor. Dann fiel ihm Linder ein.

„Gert Fröbe war also hier gewesen. Bei ihm hatte ich bald das Gefühl, einem radikalen Frauenfeind gegenüber zu sitzen. Seine Schwarzweißzeichnung ließ da keine Zweifel. Wenn es um die Herabwürdigung anderer geht, ist grobe Kategorisierung das normale, unreflektierte Verhalten unserer Spezies. Linder war da keine Ausnahme. Schubladisieren schafft kurzzeitig Sicherheit, führt aber oft zu Gewalt, wenn die Kasterln voll sind. So wurde unser Gespräch bald zu Linders zornigem Monolog. Aber ich ließ ihn reden, denn er erzählte alles, was ich wissen musste.

Ich habe bei ihm nach meiner kurzen autobiographischen Rückschau einen Stein im Brett. Als einer, der es durch die Hölle Südgeorgiens und das kryonische Nadelöhr in die Zukunft geschafft hat, sieht er in mir einen natürlichen Verbündeten, einen erfahrenen Nostalgiker, dem die Übernahme durch die Frauen und die Verdrängung des Mannes nicht gefallen kann. Dass ich dem, was er mir offenbarte, vielleicht kritisch gegenüberstehe, kam ihm gar nicht in den Sinn. Ich hatte meine Physiognomie im Griff und unterstützte mit affirmativem Nicken seinen Redefluss, als spräche er mir aus der Seele. Und er war gut informiert und gab mir einen detaillierten Überblick über die Iceforce und ihre aktuelle Lage in der Gesellschaft, um den ich ihn gebeten hatte.

Das einstige, zahlenmäßige Gleichgewicht der Geschlechter gibt es nicht mehr. Hatte die Natur durch die Bildung gleich vieler X- und Y-Spermien noch dafür gesorgt, waren nun die kulturellen Einflüsse stark genug, die weltweite Präsens der Männer auf 25% zu senken. Künstliche Befruchtung, Abtreibungen und die Tatsache, dass sich mit Männern abzugeben, etwas Geschmackloses anhaftet, führten schnell zu dieser Dezimierung, die allerdings auch mit einer positiven Zuchtwahl einhergeht, wusste Linder zu berichten. Denn die Exemplare, die heute noch zur Reproduktion kommen, sind meist bewusste Ausnahmen, deren genetische, an das Y-Chromosom gekoppelte Anlagen noch überzeugen können. So ist es nicht verwunderlich, dass viele von ihnen an wissenschaftlichen Projekten arbeiten, zu denen als führendes Kryonikunternehmen auch die weltweit vernetzte Iceforce gehört. Besonders in ihr regt sich nun unter extremer Geheimhaltung der Widerstand. Ein Netzwerk, ‚The Global Resurgence Of All Men', kurz GROAM, das sich im Laufe der Jahre durch Wissenschaftler anderer Forschungseinrichtungen weit verzweigt hat, verfolgt das Ziel, gesellschaftlich neuralgische Positionen unter Kontrolle zu bekommen und so als geistige Elite eine männlich dominierte Führungsrolle in der Gesellschaft wiederzuerlangen. Ich war natürlich gleich an den Aufstand der Sekretärinnen erinnert, der ähnlich subversiv die Welt mit einem einzigen Schlag verändert hatte. Allerdings war sein Erfolg an die schnell einsetzende, weltweite Mithilfe aller Frauen gekoppelt, und es war nur anfänglich verwunderlich, dass sich der Umsturz gerade in den Ländern mit extremer Unterdrückung der Frauen durch männerdominierte Kultur und Religion nach anfänglichem Zögern besonders rasch und auch gewaltsam ereignete. Es war nicht immer nur Gift. Auf diesen Rückhalt kann sich das neue Männernetzwerk nicht stützen. Das Ziel der GROAM ist Macht für eine Elite und nicht die Rettung der Welt, ein durch und durch männliches Konzept. Aber vor Linder hielt ich mit meiner Meinung darüber hinterm Berg. Ich fragte ihn, ob Waffen im Spiel seien. Er verneinte das. Die gesamte Waffenproduktion vom Luftgewehr bis zur Rakete wäre verstaatlicht und global kontrolliert. Da irgendwie einzudringen, hätte sich bislang als unmöglich erwiesen. Auf die wenigen Männer da draußen, womit er die Nichtorganisierten meinte, sei wenig Verlass. Sie hätten ihre Nischen und seien damit zufrieden. Showbizz, Film, Kraft- und Kampfsportzirkus und ein wenig Prostitution gäben ihnen ein Auskommen. Ihr Schicksal rührt Linder aber wenig. Auch da beweist er sehr männliches Klassenbewusstsein. Am Ende unseres Gesprächs umarmten wir uns. Ich gab ihm das Gefühl, einen neuen, treuen Mitstreiter gefunden und informiert zu haben und war froh, als er ging. Das Gespräch hat mich ziemlich erledigt und mit der einfach auszusprechenden, aber unendlich schwer zu lösenden Frage zurückgelassen: Was soll ich tun?"

Er beendete die Aufnahme und schaute auf den Kalender. Noch 26 Tage, dann schloss Virginia City seine Pforten. Bis dahin sollte er entschieden haben, ob er diesen Widerstand der Männer aus Überzeugung unterstützen können würde. Und das hatte natürlich etwas mit der Beantwortung der Frage zu tun, ob die Menschheit, oder genauer gesagt, die Frau den Mann wirklich noch brauchte.

Damals, vor Kriegsbeginn, hatte er gern auf seinem Balkon gesessen und die Passanten auf der Straße beobachtet. Interessant waren für ihn anfänglich nur die unterschiedlichen Gangbilder gewesen. An ihnen konnte der Physiotherapeut den Gesundheitszustand des Bewegungsapparates erkennen, Rücken, Hüfte, Knie. Aber auch die Persönlichkeit schien sich zu offenbaren. Motorik verrät den Charakter. Selbstsicherheit, Stolz, Gelassenheit, Misstrauen und sogar Verschlagenheit werden sichtbar. Doch ungleich interessanter wurde für ihn bald das Verhalten der Paare. Seine Eindrücke von der unreflektierten Getriebenheit zur Paarbindung trotz offensichtlichen Unverträglichkeiten, enttäuschten Erwartungen und der Verteilung von Dominanz und Unterwerfung, ließen ihn bald nicht mehr los. Nur wenige Paare zeigten momentanes Einvernehmen und Glück, frische Liebe und Verlangen. Die meisten Menschen zog es in ein soziales Gefängnis, in dem sie dumpf ihre Reproduktion verrichteten und der Pflicht zum Erhalt ihrer Keimbahn nachkamen. Letztlich erliegen sie unglücklich dem Naturgesetz, die Unsterblichkeit ihrer Gene durch die Weitergabe an die Folgegeneration zu gewährleisten. Das Bild von „der Alten zuhause", die hinter der Tür mit dem Nudelholz in der Hand dem heimkehrenden Trunkenbold auflauert, maß der Frau in der westlichen Witzewelt schon immer Dominanz und Stärke zu und verdeutlichte stereotyp die Unverträglichkeit zwischen Eheleuten. Mann und Frau litten in der Regel untereinander, und die, bei denen es nicht so war, wussten nicht, wie überaus glücklich sie sich mit ihrer Partnerwahl schätzen konnten, in der sie den Respekt für einander hatten bewahren können. Denn wenn der fehlt , ist es aus.

Mit der Invitro-Fertilisation des rein weiblichen Genoms war nun aber ein Weg gefunden, die trennende, konfliktbeladene Andersartigkeit von Frau und Mann zu umgehen und sich dennoch fortzupflanzen. Ein Stück mehr Glück schien möglich. Für Homo sapiens hatte sich damit jedenfalls der Sinn der Heterosexualität, nämlich die Anpassungsmöglichkeiten der Spezies an veränderliche Umwelteinflüsse durch genetische Variabilität zu verbessern, erledigt. Darwin konnte mit der gynophilhomosexueller Reproduktion als Evolutionsfaktor ergänzt werden.

,Warum also', so dachte er, ,sollte man der Menschheit das Glück der künstlichen „Scheinzwittrigkeit" nicht gönnen und das Ausschleichen des männlichen Geschlechts nicht einfach unterstützen? Wichtig ist doch nur, dass dieses einzigartige Experiment Mensch sich weiterentwickeln und der ständigen Bedrohung durch Selbstauslöschung entgehen kann. Unzweifelhaft drängt es bei den Säugetieren die Männchen, ihren Nebenbuhler auszuschalten und Homo hat dieses Verhalten zur Perfektion gebracht. Also weg mit dem Y-Chromosom, diesem X-Chromosom, dem im Evolutionsprozess ein Stück abgebrochen war. Seine Zeit scheint vorbei zu sein.

Der Mensch kann den Pelzmantel der tierischen Herkunft ab-
werfen, der ihn nun nur noch an der Entwicklung seines vollen
Potentials behindern wird.'

Kapitel 6

1

Er war von seinem E-Bike abgestiegen und stand hoch über der Schlucht auf dem Waldpfad, der zur Hütte führte. Der Staudamm, hoch, glatt und stark, lehnte sich mühelos gegen den weiten, stillen See, der größer war, als der, an den er sich erinnerte. Seine Ufer waren in die Wälder vorgedrungen. Tote Baumstämme ragten zwischen gefallenen aus dem Wasser auf und umsäumten ihn, wie die Reste einer ertrunkenen, schwarzen Palisade. Sollte seine Hütte noch stehen, hätte er es nun ein wenig näher zum See, dachte er, bestieg das Rad und setzte seinen Weg fort.

Den anfänglichen Plan, sich in Linders Begleitung der Iceforce anzuschließen, hatte er kurz vor dem Saisonende in der Wildweststadt fallen gelassen. Es war nicht nur das fehlende Interesse an den zweifelhaften Plänen der GROAM, sondern sein innerer Widerstand, mit Linder, der ihm zutiefst unsympathisch war, auf Reisen zu gehen. Er hatte ihn bis zum Schluss in der Auffassung bestärkt, sich leidenschaftlich für die Ziele des Netzwerks einsetzen zu wollen und war deshalb von ihm in den vergangenen drei Wochen mit Informationen gespickt worden, die anderen, weniger vertrauenswürdigen Personen nicht zugänglich gewesen wären. Linder musste bei der Tiefe seines Wissens in der Organisationshierarchie relativ weit oben stehen. Warum er diesen Narren an ihm gefressen hatte und ihn mit so weit geöffneten Armen empfangen und eingeweiht hatte, blieb ihm aber ein Rätsel.

‚Vielleicht sieht er in dir eine Vaterfigur ohne Dominanzansprüche. Ich passe ihm einfach in den Kram‘, war seine schwache Erklärung. Aber es hatte in Wahrheit wenig mit ihm selbst zu tun. Linder ging es immer nur um Linder. Er rief gerne oft und vergnügt: ‚Kai ist dabei‘ und hinterließ dabei eindeutig den Eindruck, sich selbst eine große Freude zu machen. Als zutiefst misstrauischer Mensch, schien ihn die Überwindung dieser stets bohrenden

Veranlagung zu beflügeln. Auch er konnte Freundschaft schließen und bewies sich so selbst, eine sozial voll kompetente Persönlichkeit zu sein. Damit konnte er sein ohnehin positives Selbstbild auf wunderbare Weise komplementieren und aufpolieren. Er war dann immer gesprächiger geworden.

Sie flogen zusammen nach New York und verloren sich noch in der Ankunftshalle des Newark Airport. Als der verlassene Linder langsam begriff, das Kai nicht mehr dabei war und es für ihn allein nach Paris weitergehen würde, hatte die geschminkte Frau Zöllner längst das Behindertenklo verlassen und sich bei der Hansa of Europe ein Ticket nach München gekauft. Im Handgepäck der älteren Dame, eine kleine Reisetasche mit ein paar Kleidungsstücken und Necessaire, fand die Kontrolleurin die Biographie von Dr. Vandana Shiva, die zur Pflichtlektüre des Gemeinschaftskundeunterrichts in allen Schulen gehörte. Er hatte sie um die Jahrtausendwende das erste Mal in einem Filmbericht gesehen und war von ihrer belehrenden Art wenig angetan gewesen. Dieser unsympathische Eindruck einer beredten Besserwisserin verlor sich jedoch schnell, als ihm bewusst geworden war, wie Recht sie hatte, zunächst die zerstörerischen Auswirkungen der „Grünen Revolution" in Indien und später die globale Macht der Saatgutmonopole und ihre Folgen anzuprangern. Sie gehörte für ihn in die Reihe der großen Frauen der Weltgeschichte, die ihr Leben dem Kampf gegen übermächtige Gegner gewidmet und ihn trotz aller Verleumdung und verlogener Dementis ihrer Gegner nie aufgegeben hatte. In jedem Fall machte das Buch einen guten, wenn auch ein wenig antiqiuierten Eindruck auf die Kontrolleurin, von der er die Tasche sofort und mit einem freundlichen Schmunzeln zurückbekam. Von München nahm er den Zug nach Salzburg. Das Altstadthotel „Kasererbräu" in der Kaigasse unterhalb der Hohensalzburg war das Ziel.

Er checkte ein und blieb eine Woche. Nicht, dass ihm die Stadt, die sich zwischen Salzach und Burgberg zwängte, so sehr gefiel, dass er nicht von ihr lassen konnte. Er hatte sich von diesem Einge-packt-Sein zwischen Mozartfans und Mozartkugeln eine „sensori-sche Integration" in den Alltag der neuen Zeit erhofft, um eine Ent-scheidung über sein weiteres Vorgehen zu fällen. Aber es gelang ihm nicht, zumal der Unterschied zwischen Virginia City und Salzburg zu klein war, um hilfreich zu sein. Touristinnen mit ein paar eingesprenkelten Männern hier wie dort, mit aufgerissenen Augen und Mündern, die ihren Alltag mit aller Gewalt hinter sich lassen wollten und bald von ihrer Tour de Force ermüdet in den Warteschlangen standen. Warum sollte er für eine Welt, die ihm immer egaler wurde, wie er sich eingestehen musste, noch einmal in die Bresche springen und sich dabei die alten Beine brechen? Das große Ziel des Weltfriedens schien erreicht. Doch wurde es über-haupt noch geschätzt? ‚frau gewöhnt sich so schnell an das Gute' und taucht dann wieder in den kleinlichen, sozialen Hickhack ein. Der Mensch hatte das biblische Paradies gegen den Verstand einge-handelt und verloren und dabei war es geblieben. Denken, Planen, Irren, Korrigieren und Verzweifeln bestimmen das Leben. Deshalb verkündete Timothy Leary, LSD Papst und später Patenonkel von Winona Ryder und Uma Thurman um 1970 ‚Turn on, tune in, drop out'. Und er hatte sicher recht. Vielleicht muss der Mensch zumin-dest hin und wieder völlig den Verstand verlieren, um den Kurs zurück ins Paradies zu finden. Die Schamanen der Jahrtausende schienen jedenfalls davon überzeugt gewesen zu sein. Und auch die Masse, der es ohnehin schwer fällt, im Alltagskampf den Durchblick zu behalten, sucht die Auszeit vom Denken. Allerdings verzichtet sie instinktiv auf die harten, psychotropen Drogen, die oft in ein weitaus größeres Dilemma führen. Sich dagegen einen Suff zu gönnen, ist unproblematisch, da nach Fröhlichkeit und Ag-gression das Licht jeglicher Erkenntnis im Vollrausch erlischt und nach unruhigem Schlaf und Katerstimmung der Mensch, dieses und jenes Vorgefallene bedauernd, zurück ins alte Leben finden kann.

Schließlich hatte er sich in einem hautfreundlichen Outdooroutfit auf den Radweg gemacht, um an den Ausgangspunkt seiner Odyssee zurückzukehren.

Schon der erste Blick durch die Bäume auf das Areal, wo seine Hütte und der Schuppen standen, erstaunte ihn. Hinter den beiden alten, gut erhaltenen Gebäuden erhob sich am Waldrand ein breiter, dreistöckiger Wohnblock mit Loggien und einem angebauten, rundum verglaster Tagungssaal, Solarmodule auf beiden Dachflächen. Er hielt neben der alten Buche, die mächtig und gesund auf der kurz gehaltenen Wiese stand, stieg ab und lehnte das Rad gegen ihren Stamm. Langsam und verwundert näherte er sich der Hütte. Sie war bewohnt, zumindest deuteten die geöffneten Fensterläden darauf hin. Der Wohnblock dagegen schien schon länger unbelegt zu sein. Die Fenster waren verstaubt und die Terrassenstühle in einer Ecke der Loggien gestapelt. Vor der Treppe auf die Veranda blieb er stehen, unschlüssig, ob er sich bemerkbar machen sollte. Was erwartete ihn hinter der Tür? Es war doch mehr als wahrscheinlich, dass sein Auftauchen mit Problemen verbunden sein würde. Aber unverrichteter Dinge einfach kehrt zu machen, kam auch nicht in Frage, kaputt wie er war. Er stieg die Treppe hoch, stellte einen Fuß auf die Veranda und stützte sich mit beiden Händen auf dem Knie ab, eine Geste vorsichtiger Annäherung und Inbesitznahme. Das Holz knarrte unter der Belastung. Kurz darauf öffnete sich die Tür und eine ältere Frau in einem dunkelroten, ärmellosen Kleid und langen, weißen Locken trat auf die Schwelle. Langsam stellte er sich wieder auf beide Beine und richtete sich auf. Mit zunehmendem Erstaunen schauten sie sich schweigend an, bis er auf die Terrasse stieg und sie sich beide Hände gaben.

„Bärbel", flüsterte er.

„Du bist es wirklich", sagte sie freudig erstaunt und er nickte. Dann umarmten sie sich lange und stumm.

Sie saßen bis tief in die Nacht zusammen am Küchentisch und sprachen über ihr Leben nach dem verhängnisvollen Morgen auf Naxos. Einiges war beiden durch Malikas Berichte bekannt. Aber dennoch gab es Fragen und vieles zu ergänzen.

Bärbel war mit 75 für 20 Jahre in die Kryoeinheit gestiegen. Krebs. Malika hatte ihr den Platz besorgt und die Kosten übernommen. Seit sechzehn Jahren war sie nun gesund und verjüngt zurück. Die Therapie hatte sie vollkommen und nachhaltig geheilt. Bald war sie in die Hütte umgezogen, die von Malika mehr oder weniger privat benutzt wurde. Alle gingen davon aus, dass sie ihr gehörte. Das kleine Kongresszentrum hatte da schon einige Zeit gestanden. Es war gleichzeitig mit dem neuen Staudamm gebaut worden. Dann kam Malika mit 72 bei einem Flugzeugabsturz in der Karibik ums Leben, zwei Jahre, nachdem sie sich wiedergesehen hatten. Seitdem wohnte Bärbel meist hier oben, als Erbin sozusagen, auch wenn sie noch ein Apartment in München hatte.

Sein Bedauern über Malikas Tod nahm sie gefasst entgegen. Es sei anfänglich sehr schwer für sie gewesen. Aber mittlerweile hätte sie die Trauer überwunden und war gern hier oben, auch wenn der Ort mit den letzten Erinnerungen an Malika verbunden war.

Dann erzählte er, wie es ihm ergangen war, in Afrika und Südgeorgien und über die Vorkommnisse auf Kreta, in Berlin und New York. Bärbel war entsetzt. Malika hatte darüber geschwiegen. Ihr war auch schon eine gewisse Härte bei ihrer Tochter aufgefallen, die sich mit zunehmendem Alter noch zu verstärken schien. Sie hatte lange Malikas strenges Verhalten mit der hohen politischen Position entschuldigt, die sie besetzte und von der sie annahm, dass sie nur so auszufüllen sei. Aber die Verfolgung, die er hatte erleiden müssen, war damit nicht zu rechtfertigen und zeigte, dass sich ihre Persönlichkeit verändert hatte. Sie unterschied nicht mehr zwischen Recht und Unrecht. Sicher war sie ihm anfänglich ablehnend entgegengetreten, hatte er doch ihrer Mutter Schicksal damals in Griechenland scheinbar ungerührt hingenommen und sie der marokkanischen Sklaverei ausgeliefert. Dass sie aber seine Entschuldigung nicht gelten ließ, zeige schon ihre tiefe Ablehnung allen Männern gegenüber, der auch er zum Opfer gefallen sei. Es täte ihr unendlich leid und er spürte, wie ihr Bedauern über Malikas Verhalten zu einer Bedrohung für ihre zaghafte Annäherung wurde. Kaum, dass sie sich wiedergefunden hatten, schien sie sich durch die Schuld ihrer Tochter von ihm, ihrer verpassten Liebe, wieder zu entfernen. Sie schüttelte den Kopf, schaute in ihre Hände auf dem Tisch und verstummte. Jemandem etwas schulden zu müssen, kann unerträglich sein.

,Ausschwitz werden uns die Deutschen niemals verzeihen', hatten Zvi Rix gesagt und auf die scheinbare Paradoxie hingewiesen: Schuldgefühle zerstören Einsicht und Empathie.

,Jetzt wäre ein guter Zeitpunkt, mit der GROAM herauszurücken und sie um ihren Rat zu fragen', dachte er. ,Es würde Malikas Härte den Männern und auch mir gegenüber ein wenig relativieren.'

„Bärbel, es ist nicht deine Schuld", sagte er in die Stille hinein. „Malika war vielleicht zu hart zu mir und hatte schließlich keine Skrupel, ihre Mission durchzuführen. Aber dafür kannst du ja nichts." Plötzlich schoss ihm der Gedanke durch den Kopf, dass es dem DEMI vielleicht auch um diese Hütte und das Seminargebäude gegangen war und sie ihn deshalb von der Bildfläche hatten verschwinden lassen wollen, ein ganz banaler, egoistischer Grund. Aber er konnte ihn nicht äußern, schon gar nicht vor Bärbel, schob ihn beiseite und sagte stattdessen: „Mit dem, was ich weiß, lag sie keinesfalls falsch damit, misstrauisch zu bleiben. Es gibt dafür gute Gründe, gerade heute."

Sie schaute ihn an. ‚Gib dir bitte keine Mühe, es mir leicht zu machen', schien ihr Blick zu sagen.

„Nein, warte", versuchte er zu erklären. „Ich weiß nicht, wie ich's sagen soll. Ich habe da ein Problem, das ich lösen muss. Und du könntest mir dabei helfen. Mir sind da Informationen anvertraut worden, die ich mit jemandem teilen sollte. Ich brauche einen Rat und bin stattdessen hierher in die Einsamkeit geradelt. Vielleicht, um mich einer Entscheidung zu entziehen. Ich habe einfach nicht gewusst, an wen ich mich wenden sollte. Aber jetzt sehen wir uns hier so unerwartet wieder und ich glaube nicht an den Zufall. Vielleicht bist genau du die Person, mit der ich das Ganze besprechen kann. Die Crux ist nur, dass dich ins Vertrauen zu ziehen schon ein Teil der Entscheidung ist, die ich meine, treffen zu müssen."

„Wenn es um Vertraulichkeit geht, ich kann schweigen." Sie lehnte sich im Stuhl zurück und schaute ihn fragend an.

„Genau darum geht es: Alarm zu schlagen oder zu schweigen." Er stand auf und begann in der Küche herumzugehen. „Weißt du, ich will kein Verräter sein, komme mir aber so vor. Die ganze Sache reicht so weit zurück, schon in die Zeit vor meiner Eiszeit. Aber es hat sich inzwischen etwas getan, mit dem ich nicht mehr einverstanden bin."

Sie stand auf, stellte sich vor ihn und legte ihm die Hände auf die Schultern. „Weißt du, es ist schon spät. Schlaf eine Nacht darüber und morgen entscheidest du dich, ob du mir was sagen willst. Okay?"

„Okay." Sie umarmten sich und sie drückte ihm einen flüchtigen Kuss auf die Wange.

„Gute Nacht. Schlaf gut." Sie winkte und verließ die Küche.

„Gute Nacht", rief er ihr hinterher. „Ich geh noch einmal kurz vor die Tür."

„Okay", antwortete sie aus der Tiefe der Hütte. „Verlauf dich nicht."

Schmunzelt ging er auf die Terrasse.

In der Nacht kam sie zu ihm ins Bett und legte sich an seinen Rücken und als er erwachte und sich zu ihr umdrehen wollte, schob sie ihn sanft an der Schulter zurück auf die Seite. „Bleib so", hauchte sie.

„Okay", flüsterte er und bald schliefen beide aneinander ein.

Er war vor ihr aufgestanden, um Kaffee und ein paar Pancakes zu machen. Zusammen am Frühstückstisch, hatte er dann über das Netzwerk der GROAM berichtet. Zu seiner Verwunderung, war sie nicht sonderlich überrascht gewesen und hatte ihn kommentarlos weiterreden lassen. Auch jetzt, als er seine Zweifel äußerte, blieb sie stumm.

„Natürlich begrüße ich die großen Fortschritte, die die neue Zeit der Menschheit gebracht hat, den Wohlstand, den Weltfrieden und eine verlässliche Zukunft. Alles stand auf des Messers Schneide. Ich hatte schon fest mit der Selbstvernichtung der Menschheit gerechnet. Der Aufstand der Sekretärinnen war die Notbremse auf der Fahrt in den Abgrund. Das ist klar. Und der schnelle Erfolg dieser Revolution hatte auch gezeigt, dass die Mehrheit darauf gewartet hatte, dass sie gezogen würde. Nur mit der daraus resultierenden Klassifizierung des Mannes als offensichtlich minderwertigerer Teil der Menschheit kann ich mich schwerlich abfinden. Das ist doch Unterdrückung."

Sie nickte nur.

„Andererseits sehe ich aber bei der GROAM ein Wiedererstarken des alten, männlichen Machtstrebens. Besonders die militante Formulierung ihrer Ziele stößt mich ab. Da wird ein durchaus reales Konfliktpotential aufgebläht, das in einer Art Guerillakrieg enden kann und die Stellung der Männer allgemein nur noch verschlechtern wird. Und doch fühle ich eine gewisse Verpflichtung zur Solidarität. Vertrauen zu enttäuschen und Verrat zu begehen fällt mir schwer, zumal ja einiges wirklich nicht stimmt. Manche Frauen sind die schlimmeren Männer." Er lehnte sich zurück und schaute sie fragend an. „Was denkst du? Soll ich mich einmischen, oder alles einfach laufen lassen?"

Sie atmete tief durch. „Gut, mein Lieber. Danke, dass du mich ins Vertrauen gezogen hast. Jetzt willst du von mir einen Rat, ausgerechnet von mir, die doch über die Maßen in ihrem Leben von Männern gedemütigt wurde. Ich habe sie alle vor Augen und spüre in mir immer noch den Hass auf sie. Von Vergebung keine Spur. Aber ich glaube auch zu verstehen, was du mir sagen willst. Der Feind der Menschheit ist seine Natur. Beide Geschlechter zeigen ihre negative Seite, sobald Macht und Ideologie im Spiel sind. Männer erliegen vielleicht schneller der Gier, zu herrschen. Aber auch Frauen sind durchaus dazu in der Lage, rücksichtslos zweifelhafte Ziele zu verfolgen."

„Genau. Macht und Ideologie - die übelste Kombination." Er nickte.

„Also geht es dir letztlich doch darum, das Böse aus der Welt zu schaffen."

„Naja", er lachte verbittert, „eigentlich schon." ‚Sie hält dich für naiv und wahrscheinlich bist du es auch', dachte er.

„Und was glaubst du, geht das überhaupt?" Sie lehnte sich zurück.

„Ich weiß nicht. Wahrscheinlich nicht. Das Gute hat seinen unvermeidlichen Pol im Bösen. Das meinst du doch, oder? Mephistos Dialektik. Auch Goethe hatte keine Antwort. Selbst wenn man den Teufel vom Kopf auf die Füße stellt, bleibt alles gleich." Er hatte das verwirrende Zitat von ‚jener Kraft, die stets das Böse will und stets das Gute schafft' im Kopf, aber auch ‚was entsteht, ist wert, dass es zugrunde geht'. „Klar, alles bleibt Stückwerk", fuhr er fort. „Aber muss man nicht trotzdem versuchen, dieses Erdenleben weiter in Richtung Paradies zu lenken? Und schlägt die GROAM nicht die falsche Richtung ein?"

„So sieht es zumindest aus. Vielleicht ergibt sich das Gute nach langem Kampf mit Opfern und Ungerechtigkeiten, der doch wieder zu neuen Konflikten in der Zukunft führt. Der Mensch kann keine Ruhe geben. Er trägt den Teufel des Kampfs in seiner Seele."

„Und das Gute im Menschen ... ?"

„ ... kann schnell zum Schlechten werden, wenn es sich in einem Anführer zu einem Selbstbildnis verfestigt, das den Erwartungen seiner Gefolgschaft entspricht. Zu Lebzeiten auf einen Sockel gehoben, ist der bald zu hoch, um von ihm herabsteigen zu können. Ideologisch verbrämt, wird das angeblich richtige Handeln zur Großveranstaltung, deren Lohn Verehrung ist. Wer lässt sich das entgehen? Nur wenigen gelingt es dabei, bis zu ihrem Lebensende ein Wohltäter der Menschheit zu bleiben, auch wenn sie als solche einmal angefangen hatten. Faule Kompromisse bis zum Verrat alter Versprechen stellen sich ein."

Er nickte: „Vom Heiland zum Satan, ich weiß. Religion und Ideologie werden scheinbar zwangsläufig zum Werkzeug der Unterdrückung Andersdenkender. Aber der GROAM geht es ja gar nicht darum, gut zu sein, sondern um Gerechtigkeit und Existenzberechtigung, Ziele, für die schon immer blutig gestritten wurde."

„Nur braucht es dazu den physischen Kampf? Lässt sich diese Gesetzmäßigkeit nicht durchbrechen? Gibt es keine direkten Wege zu einer Einigung, auf die es nach Kampf und Zerstörung am Ende sowieso immer hinausläuft?"

„Gute Frage. Womöglich."

„Dann spielen wir die Möglichkeiten durch." Bärbel stand auf und räumte das Geschirr in die Spüle. Überrascht von der brüsken Unterbrechung des Gesprächs, schaute er sie an. War sie der Diskussion überdrüssig, die ihm selbst ein wenig verfahren vorkam, oder wollte sie einfach nur zur Sache kommen?

„Also gut, spielen wir die Möglichkeiten durch", sagte er einlenkend und zuckte mit den Schultern.

„Prima." Sie lächelte ihn an, kam näher und küsste ihn auf die Stirn. „Hast du Lust auf einen Spaziergang?"

„Gute Idee."

„Okay. Ich mach mich fertig." Dann verschwand sie Richtung Bad.

‚Was für eine tolle Lebenspartnerin wäre sie geworden', dachte er mit Wehmut, ‚so klug, stark und doch mitfühlend, wie sie trotz dieses gestohlenen Lebens selbst heute noch ist.'

Auf dem Weg zur Staumauer nahm Bärbel gleich zu Anfang ihres Gesprächs wahr, dass ihm das Schicksal der GROAM im Grunde ziemlich egal war. Die Möglichkeit, sie zu einer friedlichen Kooperation zu bewegen, schloss er zu ihrer Verwunderung gleich aus. Sie vermutete, dass er sich nach ihrem Gespräch in der Hütte entschieden hatte, zu handeln. So ging es schließlich nur noch darum, wie die konspirativen Ziele aufzudecken und dem Spuk ein Ende zu setzen sei. Sein Wunsch war, dass sie die verantwortlichen Stellen über die GROAM informieren sollte, ohne ihn zu erwähnen. Er hatte schlichtweg keine Lust, noch einmal in das Räderwerk der Bürokratie hineingezogen zu werden. Bärbel willigte nach längerem Zögern schließlich ein, die Sache in die Hand zu nehmen und Informationen über eine möglicherweise subversive Bewegung in einigen Männerorganisationen weiterzuleiten.

Bis vor einigen Jahren hatte es an der Hütte einen regelmäßigen Seminarbetrieb gegeben, durch den Bärbel einige Frauen aus der nahen Stadtverwaltung kannte. Mittlerweile wurde aber die umständliche Anreise vermieden, zumal es ein neues, besser eingerichtetes, wenn auch weniger idyllisch gelegenes Seminargebäude in der Stadt gab. Dennoch war Bärbel mit einigen Frauen durch wechselseitige Besuche in freundschaftlicher Verbindung geblieben. Dort anzuknüpfen war der Plan, den sie gleich morgen mit einem Besuch in der Stadt angehen wollte. Ob es ihr allerdings gelingen würde, ihn ganz herauszuhalten, konnte sie nicht mit Bestimmtheit sagen. Wenn sich die Frage nach der Herkunft der Informationen nicht mit dem Vertraulichkeitsversprechen abwiegeln lassen würde, hätte er vielleicht ein Problem.

,Irgendwie habe ich ein ungutes Gefühl dabei', dachte er, sagte aber laut: „Egal, vielleicht geht es nicht anders."

Am Abend nahm er den Schlüssel der Tagungsstätte vom Haken und stieg über die Wiese hoch, sie sich einmal anzuschauen. Er fand den Sicherungskasten neben der Eingangstür und schaltete die Stromversorgung ein. Die Zimmer waren geräumig, aber langweilig eingerichtet. Im Kellergeschoss gab es ein leeres Schwimmbecken, eine Sauna und einen Fitnessraum. Der Sitzungssaal war frei geräumt und Tische und Stühle an der Stirnseite gestapelt. Neben dem Durchgang zu einer großen Küche befand sich ein Regiepult. Er schaltete Rechner und Beamer ein, holte sich einen Stuhl, setzte sich vor die 4x3m Leinwand in die Mitte des Saals und knipste sich durch das Sendeangebot. Bei der Volleyballliga blieb er hängen. Die Frauen spielten exzellent. Einige waren unglaublich groß.

2

Als er aufwachte, schlief Bärbel noch. Sie hatten die Nacht wieder wie Bruder und Schwester verbracht. Da waren sie sich wortlos einig gewesen. Er hörte ihren regelmäßigen Atem und ein leises Glücksgefühl stieg in ihm auf. Die überraschende Aussicht, mit ihr auf der Hütte seinem Lebensende entgegenzugehen, wenn sie es denn auch wollte, erschien ihm die Erfüllung eines Schicksals, das es noch einmal gut mit ihm meinte. Aber noch hatte er den Gedanken ihr gegenüber nicht erwähnt. Das musste sich zwanglos ergeben. Wer wusste schon, ob sie sich nach dem überraschenden Wiedersehen weiterhin ver- und ertragen würden. Alte Menschen werden wunderlich, ob sie nun wollen oder nicht. Aber er war voller Hoffnung. Er gab ihnen mindestens zehn gemeinsame Jahre.

Gleich nach dem Frühstück brach er noch vor Bärbel mit einer alten Anglerausrüstung, die er im Schuppen gefunden hatte, zum Stausee auf, in dem ihm ein großer Reichtum an Kleinfischen aufgefallen war. Sicher würde es auch Raubfische wie Brassen, Zander oder Hechte geben. Nach einer Stunde gemütlichen Wanderns hatte er den Bach erreicht, der mit klingender, sauerstoffreicher Strömung den Stausee bewässerte. Dort gab es besonders viel Leben. Schon bald kämpfte er mit einem riesigen Wels, der sich in seinen Blinker verbissen hatte. Nicht in der Lage, die Wildheit des Fisches zu bändigen, entschloss er sich bald, trotz seiner angeheizten Jagdleidenschaft, ihn von der Leine zu lassen, indem er sie durchtrennte. Er war einfach zu groß, zu schwer und zu viel Fisch, um ihn zur Hütte zu schleppen und zu verzehren. Außerdem wäre dann auch die ganze Angelei beendet gewesen, mit der er doch eine längere, kontemplative Zeit am See verbringen wollte. Dennoch hatte er nach einer Stunde zwei große Zander und einen mittleren Hecht aus dem Wasser gezogen, erschlagen, gleich ausgenommen und sie zwischen den Eisaggregaten in seiner Kühltasche verstaut. Nicht besonders stolz auf die leichte Beute, ein Einkauf im Supermarkt wäre komplizierter gewesen, machte er sich auf den Rückweg zur Hütte.

Schon bevor er die Lichtung erreicht hatte, hörte er Gelächter und eine laute Unterhaltung energischer Frauenstimmen.

‚Aha, Damenbesuch‘, dachte er alarmiert. Unschlüssig, sich weiter anzunähern, blieb er auf dem Pfad und stellte sich hinter eine Kiefer. Hatte sie ihn erwähnt, und wenn nicht, wie würde sein plötzliches Erscheinen aufgenommen werden? Noch während er über eine passende Erklärung nachdachte, öffnete sich die Hüttentür und zwei Frauen mit Zigarette im Mund traten auf die Terrasse. Eine der beiden schnippte mit dem Feuerzeug, bis beide mit tiefen Zügen rauchten.

„So where is this fisherman Börbel was talking about? She knows him since the end of the last century." Sie sagte deutlich Börbel, statt Bärbel.

„Yeah, strange. But it was his hut, she said. So it's a kind of coming home from somewhere."

‚Los geht's,' sagte er sich, ‚eine gute Gelegenheit, mit einer gewissen Energie aufzutauchen und an den beiden Frauen vorbei die Gesellschaft in der Hütte zu überraschen.' Er trat auf die Wiese und ging mit raschen Schritten auf die Rauchenden zu, die ihn sofort entdeckten.

„Hi", rief er im Näherkommen. „Visitors. That's nice. Welcome."

Seine souveräne Freundlichkeit verblüffte die Frauen. Männer waren eigentlich nicht mehr so forsch im Auftreten. Aber es gab auch Ausnahmen.

„In for some fish?" Er hielt die Kühltasche hoch und stieg, ohne eine Antwort abzuwarten, über die Treppe auf die Terrasse, lehnte die Angel gegen seinen Oberkörper und gab den Frauen die Hand. „Nice, to meet you."

„Hi" und „Hallo." Beide schienen ein wenig belustigt, was er mit Erleichterung registrierte. Den alten Knacker spielend, senkte er den Kopf, schaute auf die Kühltasche, sagte sich selbst ermahnend: „I have to put this into the fridge. Excuse me", ließ sie stehen und betrat an ihnen vorbei die Hütte. Bärbel stand vor dem Tisch, an dem drei Frauen saßen und schaute ihm entgegen. Seine lautstarke Ankunft auf der Terrasse war nicht zu überhören gewesen.

„Schon zurück", rief sie freundlich „Hast du was gefangen?"

„Ja, zwei Zander und sogar einen Hecht." Er stellte die Angel neben der Tür an die Wand, öffnete die Kühltasche und zeigte Bärbel die Fische. Dann gab er den Frauen die Hand. „Willkommen in der Seehütte."

Auch sie wirkten ein wenig belustigt. ‚Vielleicht ist es die Art, wie man heute Männer generell behandelt', dachte er, ‚so eine Art weiblicher Chauvinismus. Aber vielleicht trifft das besonders auf diese Frauen zu.'

Hinter ihm betraten die Raucherinnen die Hütte.

„Well, es gibt Fish for dinner", sagte eine der beiden mit Akzent.

„And chips", ergänzte er.

„Kannst du auch kochen?", fragte ihn eine Frau am Tisch, dem Aussehen nach die älteste.

„Butter, Knoblauch, Chili in der Röhre, hätte ich gedacht, aber wenn jemand ein besseres Rez …"

„Nee, mach mal", unterbrach sie ihn. „Hört sich gut an. Aber später. Also, wir sind ein wenig verwundert, dich hier anzutreffen. Haben gerade erst von deiner Existenz gehört. Dir gehörte mal die Hütte, sagt Bärbel. Ich meine, wir kommen schon seit einer Ewigkeit hier hoch. Also, setz dich und erzähl mal."

Er wies mit der Kühltasche zum Kühlschrank und umrundete, ohne eine Antwort zu geben den Tisch, um seinen Fang zu verstauen. Der Kommandoton und ihn als Exbesitzer der Hütte zu bezeichnen ging ihm völlig gegen den Strich und er musste sich beherrschen, um seinem Unmut nicht mit einer patzigen Erwiderung Luft zu verschaffen. Als er die Kühlschranktür schloss, drehte er sich freundlich lächeln um. „So, jetzt. Aber vielleicht wollt ihr erst einmal auspacken?" Er zeigte auf die Rucksäcke, die noch dort standen, wo die fünf Gäste sie fallen gelassen hatten, „Und ich besorge noch ein paar Stühle."

„Kann man machen", sagte die Älteste. „ Und drei Stühle, bitte."

‚Sich nur nichts vergeben. Immer forsch vorweg, Frau Domina', schnaubte es in ihm.

„Was meint ihr, ich denke, wir ziehen ins Seminarhaus. Da hat jede ihr Zimmer. Okay?", fragte sie in die Runde, die mit einem mehrstimmigen „Okay" den Vorschlag annahmen. „Gut, dann treffen wir uns hier in einer halben Stunde und hören uns mal an, was du zu erzählen hast."

„Ziemlich strenge Frauen kennst du da", sagte er zu Bärbel, als sie allein waren.

„Stimmt. Sie gehören hauptsächlich zum DEMI, von dem ich schon immer das Gefühl hatte, dass sich seine Mitglieder als Elite verstehen. Ich hatte sie nicht erwartet. Normalerweise melden sie sich auch an. Jedenfalls ist das DEMI die richtige Anlaufstelle, um sich der Iceforce und Co. anzunehmen. Es ist genau sein Aufgabenfeld."

„Das DEMI, soso. Ja. dann passt das doch, oder?"

Bärbel nickte nachdenklich. „Klar. Die werden dir sehr interessiert zuhören."

„Das denke ich auch. Bin gespannt, was daraus wird … Okay, ich habe den großen Weißkohl im Schuppen gesehen. Kann ich den nehmen?"

„Klar."

„Gut, dann fang ich mit dem schon mal an. Der braucht lange."

Er begann mit Malika und ihrer ersten Begegnung auf der Hütte. Ohne etwas auszulassen, gab er eine Zusammenfassung aller Stationen seiner verzwickten Vergangenheit, die er mit Beginn der weiblichen Revolution durchlaufen hatte und mit der GROAM endete. Sie stellten keine Fragen, zeichneten aber gleich alles auf, als er sagte, worum es ging. Ihm war es ziemlich egal, hätte es aber begrüßt, um Erlaubnis gefragt zu werden.

„Nun bin ich vor drei Tagen hier eingetroffen und stoße auf

Bärbel, eine riesige Überraschung und Freude über ein Wiedersehen nach hundert Jahren. Und genauso wenig hatte ich erwartet, dass auf meinem Grundstück ein Seminargebäude stehen und die Hütte so gut erhalten sein würde. Eigentlich wollte ich hier allein sein und einiges überdenken. Die Begegnung mit der Iceforce hatten in mir Zweifel geweckt, die ich aber hier mit Bärbel besprechen konnte. Das war sehr hilfreich. Nun bin ich überzeugt, dass es richtig ist, gegen sie vorzugehen. Die Rückschau auf einen Jahrtausende währenden Kampf Mann gegen Mann oder besser Mensch gegen Mensch, der Homo sapiens an den Rand der Selbstzerstörung gebracht hatte, spricht für sich." Er machte eine kleine Pause, schloss aber gleich wieder an. „Gern würde ich allerdings im Hintergrund bleiben und nicht aktiv bei irgendwelchen Aktionen mitwirken. Vielleicht bin ich doch zu alt dafür." Er schwieg und lehnte sich auf seinem Stuhl zurück.

„Schön. Danke für deinen umfangreichen und offensichtlich ehrlichen Bericht." Wieder ergriff die Älteste das Wort. Sie war eindeutig die Autorität. „Deine Aussagen zu einem subversiven Plan von einigen Männergruppierungen leiten wir weiter. Bis eine Antwort eintrifft, werden wir hier zusammenbleiben. Ich kann mir allerdings vorstellen, dass deinem Wunsch, aus allem herausgehalten zu werden, vielleicht nicht entsprochen werden kann. Aber warten wir es ab … Gut. Wenn du willst, kannst du dich jetzt ans Kochen ranmachen. Brauchst du Hilfe?"

„Läuft schon. Bärbel, vielleicht kannst du mir weiter zur Hand gehen?"

„Klar."

„Dann brauche ich jetzt den Tisch. In einer Stunde können wir essen, vielleicht besser im Saal, wenn er ein wenig entstaubt wäre." Er schaute sich in der Runde um.

,Keine Reaktion. Von mir zum Putzen aufgefordert zu werden, gefällt ihnen wohl nicht', vermutete er.

„Okay", sagte die Älteste. „Keine schlechte Idee. Joy, you contact the DEMI und wir richten uns eine schöne Dinnertafel her. Gibt es Kerzen"?

„Jede Menge." Bärbel wies auf einen Hängeschrank.

„Prima. Auf in den Saal."

Als sie später im Kerzenschein bei Fisch, Backofenkartoffeln, Knoblauchdip und Jägerkohl zum Chardonnay saßen, war die Stimmung gut. Er antwortete noch einmal genauer auf Fragen zu Südgeorgien und seinen Erlebnissen in der Strafkolonie, bei denen es den Frauen eher um die Bestätigung ihres Männerbildes, als um seine offensichtlich sträflich ungerechte Behandlung ging. Danach ließen sie ihn in Ruhe und verloren sich in Einzelgesprächen. Er verabschiedete sich bald und ging zur Hütte zurück, unschlüssig, das Richtige getan zu haben und ob ihm eine spontane Abreise nicht den Frieden bringen würde, den er sich so sehr erhofft hatte. Aber er beließ es bei der Überlegung und legte sich schlafen.

Am Morgen wachte er allein auf. Bärbel hatte wohl die Nacht bei den Frauen verbracht. Über den Tag kümmerte er sich um die Reinigung der Solarpanelen auf der Hütte und dem Seminargebäude und vermied den Kontakt mit den Frauen. Am Abend kam die Antwort der DEMI-Leitung. Seine Mithilfe wurde erwartet. Wie diese aussehen würde, war auch schon detailliert geplant.

Natürlich führte der einfachste Weg zu Informationen über die Männerorganisationen über ihn, den sich die Leitung der neuen Opeation „Dissolution" nicht nehmen lassen wollte. Seine Einsprüche wurden wegdiskutiert. Wenn es ihm mit seiner Überzeugung, dass die Konspiration falsch sei, ernst wäre, müsse er nun das einmal Begonnene auch weiterführen. Bärbel hielt sich während der Diskussionen zurück. Er tat ihr leid, was er auch bemerkte. Aber sie ordnete ihr Mitgefühl dem höheren Ziel unter und beantwortete seine hilfesuchenden Blicke mit Bedauern und zuckenden Schultern.

Ihren Anweisungen konsequent folgend, bearbeiteten ihn die fünf Frauen solange, bis er seine Einwilligung zur Teilnahme an der Operation zusichern würde. Schließlich gab er nach und bekam seinen Auftrag schriftlich; ein Fünfpunkteplan:
- Kontaktaufnahme zu Linder,
- Einstieg bei der Iceforce,
- Informationen zur Konspiration sammeln,
- Anschluss zu beteiligten Organisationen finden,
- Initiieren eines Treffens möglichst aller am Komplott beteiligten Führungskräfte im Seminargebäude an der Hütte.

Er unterschrieb, mit allen ihm zur Verfügung stehenden Mitteln den Komplott aufzudecken und den Anweisungen der Leitung von „Dissolution", wie die Operation hieß, zu folgen. In spätestens einem halben Jahr sollten die Köpfe der Verschwörung gefasst und die Öffentlichkeit über die Pläne informiert werden. Gleichzeitig würden die Medien versuchen, den life kommentierten Zugriff auf die beteiligten Organisatoren auszustrahlen, teilte ihm die Älteste noch ergänzend mit.

‚Großes Kino, eine Show, für die ich den Locationmanager machen soll', kommentierte er für sich sarkastisch diesen Plan und bedauerte nun immer mehr, das Ganze angestoßen zu haben. Aber er nickte und sagte trocken: „Könnte klappen. Wann soll es losgehen?"

„Wir brauchen hier zwei Monate, um alles vorzubereiten. Aber du solltest möglichst bald in Paris auftauchen, um über diesen Linder das Treffen hier oben langfristig anzuschieben."

„Okay, kann natürlich nichts versprechen. Ein halbes Jahr erscheint mir sehr kurz zu sein, um alles umzusetzen. Ich kann das überhaupt nicht abschätzen. Aber gut, in einer Woche mach' ich mich auf den Weg. Einverstanden?"

„Eine ganze Woche? Ungern." Die Älteste wirkte ein wenig verärgert, lenkte jedoch nach kurzem Zögern ein. „Okay, dann geht's aber los."

„Klar, dann geht's los."

Mit Erleichterung sah er, wie die fünf Besucherinnen am nächsten Tag das Grundstück wieder verließen. Sie hatten jetzt einiges zu tun.

„Oha", sagte er zu Bärbel, als sie ihnen hinterherschauten.

„Tut mir leid. Jetzt bist du doch dabei. Deinen persönlicher Zugang zur Iceforce und die Örtlichkeiten hier konnten sie sich nicht entgehen lassen."

„Tja, meine eigene Schuld. Ich hätte ja auch den Mund halten können. Lass uns hier noch ein paar schöne Tage haben. Das wäre prima."

Sie nahm ihn in den Arm und streichelte seinen Nacken ohne etwas zu erwidern. So standen sie eine Weile auf der Wiese, bis er die Umarmung löste. Seine Hoffnung auf ein paar Jahre ungestörte Zweisamkeit mit Bärbel war dahin. Der Auftrag hatte sich zwischen sie geschoben und warf einen großen und schwarzen Schatten auf eine gemeinsame Zukunft, die er nun glaubte, ihr auch nicht mehr zumuten zu können. Warum sollte sie sich mit ihm belasten? Sie schuldete ihm nichts, ganz im Gegenteil.

„Möchtest du auch einen Rotwein?"

Sie nickte.

„Okay. Im Schuppen liegen noch eine paar gute Flaschen."

3

Linder erkannte ihn erst auf den zweiten Blick, als er an das Bistrotischchen vor dem „Les Deux Magots" im Quartier Saint-Germain-de-Prés herantrat.

„Ach nee, schau einer an. Da isser ja wieder." Er lehnte sich zurück und wies auf den Stuhl neben ihm. „Setz dich. Was machst du in Paris?"

„Offen gesagt, ich habe dich gesucht."

„Und offensichtlich gefunden."

„War gar nicht so schwer. Du hast das Magots mal erwähnt."

„Aha. Kann sein. Wo bist du denn damals abgeblieben?"

„Absolut spontaner Entschluss. Entschuldige. Merkte, dass ich erst einmal allein bleiben wollte. Nichts gegen dich, Linder, aber die Vorstellung, im deutschsprachigen Raum, quasi als Einheimischer, allein zu mir zu finden, war so verlockend, dass ich in letzter Minute einen Flieger nach Salzburg bestieg. Sofort wieder mit der Iceforce in Kontakt zu treten, war mir plötzlich unmöglich."

„Aha, na denn. Jeder, wie er will. Und, wie war's?"

„Weniger erhellend, als ich mit vorgestellt hatte. Bin dann hoch in die Berge, wo ich eine Hütte habe. Da komme ich jetzt her."

„Was für eine Hütte?"

„Von früher. Musste natürlich was dran machen, aber sie ist jetzt wieder gut in Schuss."

„Und dahin hast du dich die ganze Zeit verdrückt und an dieser Hütte rumgebastelt."

„Genau … und an einem Seminargebäude, das daneben steht, ein Schullandheim, auch noch absolut gut erhalten. Wird aber nicht mehr genutzt, wie es aussieht. Nee, war prima da oben, ausruhen, angeln, Gedanken sortieren. Aber jetzt bin ich zurück. War mir schließlich doch zu einsam."

„Und, wo wohnst du?"

„Kleines Hotel in Montparnasse, Rue Delambre, am Friedhof."

Die Kellnerin kam an den Tisch.

„Magst du Pernod?"

„Och, ja." Egal, ob Arak, Ouzo, Raki oder Pastis, hin und wieder konnte er einen Anisschnaps vertragen, auch wenn er nicht zu seinen Lieblingsgetränken zählte.

„Deux Pernod, s'il vous plait."

„Merci", sagte das Mädchen und verschwand.

Für einen kurzen Moment hatte er das Gefühl, dass alles so wie früher war. Er schaute sich um und das Gefühl löste sich auf. Es fehlten die Männer und die beiden Flics, die die Straße überquerten, waren selbstverständlich weiblich.

„Wie wurdest du im Hotel empfangen?", nahm Linder das Gespräch wieder auf. „Man kann da ja manchmal ..."

„Ach", unterbrach er ihn, „ich denke, nicht anders, als vor der Zeit, mürrische, gleichgültige Concierge mit Vorkasse für drei Tage."

„Teuer?"

„Geht so."

„Ich hab' n Gästezimmer. Also, wenn du willst ..."

„Nee, lass mal. Noch schaff' ich's."

„Okay, und wie lange bleibst du hier?"

„Kommt darauf an, ob ich 'ne bezahlte Tätigkeit finde."

Die Bestellung kam und sie mixten sich Wasser in den Pernod, bis das milchige Wunder der Emulsion die Gläser füllte.

Santé – santé. Der erste Schritt war getan. Punkt 1 seiner Aufgabenliste bekam einen Haken.

Zwei der deutschen Frauen vom DEMI, Vera und Sonja, waren ihm nach Paris gefolgt und in dasselbe Hotel gezogen. Sie lernten sich dann „zufällig" beim Frühstück kennen. Im nahen Cemetière de Montparnasse sollte der Informationsaustausch stattfinden. Da sich die meisten Besucher in der Nähe der Gräber berühmter Persönlichkeiten aufhielten, waren andere Ecken des Friedhofs menschenleer. Linders Vorschlag bei ihm einzuziehen, wurde zunächst von der Leitung kontrovers diskutiert, wenngleich klar war, dass die persönliche Nähe zu einem Mitglied der Verschwörung der Operation nützlich sein konnte. Einige der Frauen schienen ihm wohl nicht zu trauen. Nach zwei Wochen nahm er auf Anweisung „von oben" Linders Angebot jedoch an. Er richtete sich bei Linder ein wenig widerwillig ein und zahlte einen Teil der Miete. Verräter zu sein und gleichzeitig von der Gastfreundschaft eines der Betrogenen zu profitieren, ging ihm völlig gegen den Strich und es machte ihm die Sache auch nicht leichter, dass er Linder nicht mochte. Kurz darauf bekam er einen Job in der Kryoüberwachung bei der Iceforce Paris.

Als Zeitzeuge bat man ihn bald, auf Männerveranstaltungen von seinen Erlebnissen zu berichten. Linder brachte ihn schließlich auf die Idee, eine Zusammenfassung seiner Odyssee auf Englisch zu veröffentlichen, nachdem er immer öfter und sogar ins Ausland eingeladen wurde. „The Beginning and How I Survived" gab es bald als zweite Auflage, die sich wie die erste mit Linders Hilfe unter der Hand schnell verteilte. Er wurde bekannt, bewiesen doch seine Memoiren, wie übel selbst den Männern, die sich bemühten, einen Platz in der neuen Frauenwelt auszufüllen, mitgespielt wurde und es genügend Gründe gab, sich gegen den Sexozid zu wehren.

Mit zunehmender Bekanntheit, stieg auch das Vertrauen, das ihm entgegengebracht wurde. In wenigen Monaten war er von den meisten am Komplott beteiligten Organisationen eingeladen worden und hatte bald deren Chefs kennengelernt und ihre Personalien weitergegeben. Niemand traute ihm den Verrat zu, der ihn in schwere Gewissensnöte brachte. Aber ein Weg zurück war ausgeschlossen und er machte weiter, bis die ersten vier Teilziele seiner Mission erfüllt waren

Vera und Sonja zeigten verstohlen ihr Erstaunen über einen alten Mann, der noch zu etwas nütze war. Mit offensichtlichem Stolz auf ihre Leistung, gaben sie seine Informationen weiter. „Wir haben … wir konnten" und „uns war möglich …" war der Tenor ihrer Berichte an das DEMI, in denen er kaum Erwähnung fand. Dennoch bekam er sie zur Durchsicht, bevor sie weitergeleitet wurden, um zu überprüfen, ob er sich verständlich gemacht hatte, wie sie sich ausdrückten. Und seine Abscheu gegen die Frauen wuchs. Mehr als einmal hätte er sie gern gefragt, was sie sich eigentlich einbilden und für wie dumm sie ihn halten würden. Aber er biss sich jedes Mal auf die Zunge und beherrschte sich. In diesem emotionalen Dilemma, in das er sich doch selbst hineinmanövriert hatte, empfand er schließlich nur noch Verachtung, für sich, für die Männerorganisationen mit ihrer hoffnungslosen Selbstüberschätzung, das Ruder für ihr Geschlecht noch einmal herumreißen zu können und für diese Frauen, die mit ihrer ideologisierten Sicht auf eine männerfreie Welt die Menschheit weiterhin in Schafe und nun Wölfinnen aufteilen würde.

Eden, so sein Fazit, lag jenseits der menschlichen Natur.

Der fünfte Punkt der Agenda realisierte sich dann ohne sein Zutun. Linder brachte das Seminargebäude am See ins Gespräch, als sich die Organisationen nach einem Tagungsort für die erste Konferenz der GROAM umschauten. Die isolierte Lage des scheinbar vergessenen und doch geschichtsträchtigen Ortes, die Größe der Hauses, die nur eine exklusive Teilnahme der obersten Chefs zuließ und sein Besitzer, der in den Männern den Glauben an ein Überleben beflügelt hatte, gab rasch den Ausschlag dafür, sich dort zu treffen. Die Anreise der Seminarteilnehmer sollte über vier Tage gestreckt möglichst unauffällig in kleinen Gruppen über den Parkplatz mit anschließender Wanderung oder Schlauchbootfahrt zum Grundstück oder über den Staudamm erfolgen, der wieder über den alten Tunnel relativ unbemerkt zwischen den Wartungsintervallen zu erreichen war. Jeder Teilnehmer war aufgefordert, Verpflegung für eine Woche mitzubringen, um eine aufwendige und vor allem auffällige Vorbereitung zu umgehen, eine Zusammenkunft, die an ein internationales Ferienlager für Pfadfinder erinnerte. Der Tagungsbeginn wurde auf den ersten Montag im Oktober festgelegt, was den internationalen Teilnehmern sechs Wochen für Organisation und Anreise ließ. Das DEMI würde bis zu ihrem Eintreffen auf dem Gelände alle Vorbereitungen für den Empfang der Männer getroffen haben. Kameras, Mikrofone, eine Schließanlage für alle Besucherzimmer und eine starke Außenbeleuchtung um das Seminargebäude herum sollten die Feinde der Neuzeit erwarten, um ihre konspirative Freizeit mit der medial dokumentierten Festnahme zu beenden.

Als er einen Tag vor Ankunft der ersten Gäste mit Linder das Grundstück betrat, wirkte es, wie lange verlassen. Es gab keine Spuren, die die Vorbereitung der DEMI verrieten. Sie gingen durch das Seminargebäude, lüfteten die Zimmer sowie Decken und Kopfkissen auf den Loggien und setzten die Zentralheizung in Gang. Dass einige Zimmer sauberer waren, als die meisten, erklärte er Linder damit, dass er bei seinem letzten Aufenthalt die Reinigung zwar begonnen, es aber bei fünf Zimmern und dem Saal belassen hatte. Linder zog im dritten Stock ein, weil er gerne oben wohnen würde, wie er erklärte. So hatte er die Hütte für sich. Nach Lasagne zum Rotwein gingen sie ins Bett. Er rief Sonja an und unterrichtete sie von seiner und Linders Ankunft.

Am folgenden Nachmittag kamen die ersten acht von 27 Teilnehmern mit zwei Schlauchbooten und wurden von einem starken Regen auf dem See überrascht. Triefend nass und schimpfend erreichten sie die Hütte. Nach drei Tagen waren alle angereist. Das Wetter blieb schlecht. Immer wieder begann es zu regnen und starke Windböen jagten über den See und durch den Waldsaum bis zur Hütte. Die Stimmung war gedämpft. Als am nächsten Morgen der Kongress begann, waren die einleitenden Redebeiträge nicht nur bittere Anklagen gegen eine unterdrückende Frauenherrschaft, sondern unterschwellig auch vom Unmut geprägt, dass das Wetter ihnen einen Strich durch die Rechnung gemacht hatte. An Angelausflüge zum See oder einen Lagerfeuerabend unter einem klaren

Sternenzelt in den Bergen war nicht zu denken. Die Berichte über die Ausdehnung und Festigung des Kooperationsnetzes zwischen den einzelnen Organisationen, zeigte schnell, dass noch ein weiter Weg zu gehen war. Es fehlten der Einfluss auf zentrale Institutionen, eine wirkungsvolle Bewaffnung und die notwendigen Kombattanten, um ihre Forderung nach Gleichberechtigung zu einer breiten Massenbewegung werden zu lassen. Man beruhigte sich damit, dass die Frauen auch einhundert Jahre Vorbereitungszeit gebraucht hätten, um losschlagen zu können. Zudem hatte ihnen der Krieg in die Hände gespielt, ohne den sie nie so ungehindert zum Erfolg gekommen wären. Schließlich war es der feste Wille, nicht aufzugeben und als Elite die Sache der Männer weiterhin zu vertreten, mit dem sich die Kongressteilnehmer am Ende des ersten Tages zufrieden gaben. In lockerer Stimmung setzten sich die Männer schließlich mit Nudeln, Soßen aus dem Glas, Käse und viel Rotwein zum Nachtmahl zusammen, während sich alte Carusoaufnahmen mit dem Stimmengewirr an der Tafel mischten. Später stoppte Regen und Wind und einige Männer brachen mit ein paar Weinflaschen zum See auf. Er schloss sich ihnen an, schon um sicher zu gehen, dass sie zurück in die Betten finden würden.

Bei der simultanen Auswertung der Video- und Audioaufzeichnungen im Kontrollzentrum des DEMI kam der Verdacht auf, dass mit Kanonen auf Spatzen geschossen würde. Dennoch blieb es bei dem Befehl, den Zugriff um fünf in der Nacht zu starten. Wehret den Anfängen. Bärbel rief ihn um drei Uhr an.

„Verlass die Hütte. Ich bin mir nicht sicher, was sie mit dir vorhaben. Besser, du bist nicht dort, wenn die Aktion beginnt."

„Ach ..."

„Es tut mir leid. Ich weiß nicht, aber das DEMI überspannt den Bogen. Einige haben dein ‚The Beginning and how I survived' gelesen. Dass das Buch dir auch noch beim Zugang zu den Infos über die GROAM geholfen hatte, macht die ganze Sache auch nicht besser. Du tauchst jetzt erst einmal unter, später findet sich vielleicht eine Lösung. Der Weg an der Staumauer vorbei zur Stadt ist frei. Mit dem Rad bist du bald außer Reichweite."

„Danke, Bärbel. Okay, dann … was denkst du, sehen wir uns wieder? Ich hatte dir von Xlendi auf Gozo erzählt."

„Ich weiß nicht. Es ist alles sehr kompliziert. Also, ich denke, wenn ich nach einem Monat noch nicht aufgetaucht bin, komme ich so bald nicht mehr nach."

„Gut, dann weiß ich wenigstens Bescheid."

„Es tut mir leid. Aber du musst jetzt erstmal an dich, statt an uns denken. Und beeil dich. Sie sind sicher schon im Anmarsch. Also, tschüss, mein Lieber und viel Glück."

„Danke, Bärbel, tschüss."

Er bedauerte ein wenig, noch einmal nachgefragt zu haben. Aber ihr unerwarteter Anruf hatte jenen Funken Hoffnung aufglimmen lassen, mit dem sie endgültig erlischt. Natürlich würde sie nicht kommen.

Er zog sich an und machte sich auf den Weg, erleichtert, weg zu sein, wenn die grelle Außenbeleuchtung aufblitzen, eine Lautsprecherstimme die Schlafenden aus den Betten holen und sie auf Englisch davon in Kenntnis setzen würde, dass sie eingeschlossen seien und jeden Fluchtversuch in ihrem eigenen Interesse unterlassen sollten. Das schlechte Gewissen aber schleppte er mit davon.

Zwei Monate später hatte Südgeorgien die größte Neuaufnahme von Gefangenen seit langer Zeit. 287 wegen Konspiration Verurteilter zogen in die vielen, mittlerweile leerstehenden Baracken ein, die die Container ersetzt hatten. Es ging dort wesentlich zivilisierter zu, als noch vor 50 Jahren. Es gab Gewächshäuser, Kaninchen- und Hühnerställe. Mann konnte dort überleben, mehr aber nicht.

Zur gleichen Zeit stand er in der Nähe von Xlendi hart am Rand der Steilküste dort, wo in seinem 33. Lebensjahr ein Falkenangriff auf seinen Hinterkopf ihn um ein Haar 50 Meter in die Tiefe auf die wellenumtosten Felsen gestoßen hätte. Wahrscheinlich war er damals in die Nähe des Falkenhorsts geraten und deshalb attackiert worden.

Seine Hoffnung, auf Gozo einen angenehmen, englischsprachigen Rückzugsort im Mittelmeer zu finden, war einer zunehmenden Trostlosigkeit gewichen. Der Verrat nagte an seiner Seele. Bärbel hatte sich nicht mehr gemeldet und seit Wochen lag eine Vorladung von seinem zuständigen Einwohnermeldeamt auf dem Küchentisch, auf die er nicht reagiert hatte. Sicher steckte das DEMI dahinter und er hielt es durchaus für möglich, nach Südgeorgien zurückgeführt zu werden. Bald würden sie den Verräter und Mitwisser holen. So erwartete er nichts mehr von einer Zukunft, die nur noch depressive Einsamkeit und Inselhaft am Südpolarkreis bereitzuhalten schien. Es reichte. Genug erlebt - genug gelebt. Das war's.

Diese Stelle hoch über den wilden Wellen aufzusuchen, wenn die Zeit gekommen wäre, hatte er sich schon früher immer wieder vorgestellt. Nun stand er da.

‚Allein kommt der Mensch zur Welt und allein verlässt er sie. Nietzsche. Na denn.' Er rieb sich das Gesicht, stellte die Füße zusammen und sprang. Im Fallen rief er laut „Liebe", als ihn eine riesige. hoch aufschlagende Welle an der Steilküste schluckte und mitriss in die schäumende See.

Einen Tag später stieg Bärbel in Xlendi aus dem Taxi. Sie setzte sich auf die Terrasse des Restaurants am Ende der fjordähnlichen Bucht, in die die Sonne ihre letzten Strahlen warf. Jeden Abend wäre er da, hatte er gesagt, für ein Sunset beer und sie wollte ihn überraschen. Doch weder saß er an einem der Tische, noch tauchte er auf. Nach dem Sonnenuntergang wartete sie noch eine ganze

Weile, in der sie enttäuscht an ihrem Wein nippte.

‚Vielleicht hätte ich mich doch besser melden sollen. So ist aus der Überraschung auch nichts geworden', dachte sie, rief die Bedienung und bezahlte.

Als sie das Restaurant verließ, um sich ein Zimmer zu nehmen, fiel ihr Blick auf die Titelseite der „Times of Malta", die auf einem Tischchen am Eingang lag. Das Foto neben dem Aufmacher zeigte sein Gesicht. Überrascht nahm sie die Zeitung und las:

„Blessing in Disguise"

An old German tourist unfortunately fell off a cliff on Gozo last Sunday and was safed - first by a giant wave and second by a fisherwoman, calling him the luckiest catch of the day. She saw him falling.
Tomorrow he will be discharged from Gozo General Hospital – safe and sound! A true blessing in disguise.

Epilog

Bärbel Schäfers Ansprache vor der UWO bekam wieder viel Applaus. Seit sie ihre Kritik am DEMI erstmalig geäußert hatte, waren zwei Jahre vergangen. Ihre politische Karriere hatte sich dann mit erstaunlicher Geschwindigkeit entwickelt. Viele Männer auf der Erde atmeten auf und trugen bald wieder Hosen, hatten sie aber nie mehr so an, wie früher.

Und er? Er stand vor der Hütte, wenn er etwas aufnahm, denn er hatte doch noch einiges anzufügen und wartete auf sie. Und manchmal kam sie auch vorbei.

Nachtrag

Nach seiner Flucht aus dem Gefängnis in Santa Marta, fand die Aufseherin Maria del Carmen Jiménez seinen triefend nassen Ringblock unter dem Schutt der vom Sturm verwüsteten Zelle. Sie ließ ihn in der Sonne trocknen und übergab ihn der Dolmetscherin, die ihn zunächst zu den Akten legte. Als sich aber sein spurloses Verschwinden nicht aufklären ließ, begann sie seine Aufzeichnungen durchzublättern.

Es waren 11 Gedichte, eine Kurzgeschichte und eine längere Novelle über ein Kubanisches Abenteuer. Sie überschlug die Gedichte und die Kurzgeschichte und begann mit der Novelle. Vielleicht würde sie einen Hinweis enthalten.

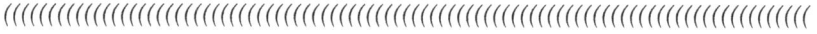

Poesie
Wenn ich ehrlich, was mich bewegt, beschreibe,
helfen mir die gereimten Verse,
Vergangenes besser zu versteh'n.
Auch geben sie Hoffnung.
Auf eine vage, friedliche Weise
binde ich mich an das, was ich weiß,
und bewege mich schwungvoll im Kreise.

-

Abschied

Im Jugendbusch ein Apfel fault.
Es war mit ihr, wie mit dem Bier.
Auch ess' ich heute Gänseschmalz
und gröle: „Gott erhalt's."
Ich habe mich mir selbst vergrault,
erkenne mich kaum mehr.
Noch grünt ein Zweig im Jugendbusch,
noch rieche ich die Fäule.
Ich träume schon vom Immergrün
und weiß, es wurde nie geseh'n.
Ich fürchte den Geburtstagstusch
und bin doch sehr in Eile.

Vorbei

Es ist nichts verlässlich. All das, was man will,
ist gleich schon anders, als eben.
Was selige Harmonie war, wird schrill
und grässlich das einst schöne Leben ...
... mit fließendem Rauschen in glücklichem Schweben
durch laue, dich tragende Weiten,
gestreichelt, geliebt von Händen, die heben
und sicher ins Licht dich geleiten.
Dann trifft ein dumpfer Schlag deinen Kopf,
Du schmeckst das Blut in der Nase.
Du schaust auf die nackten Füße, du Tropf,
und weinst eine blutige Blase ...
... betäubt vom Rauschen im glücklosen Schweben
durch kalte dich packende Wolken,
ein Nichts, denn du hast alles gegeben,
die glückliche Kuh ist gemolken.

Stumme Suche

Da liegt er nun in seinem Bette,
in das er sich hineinquartiert
und denkt an Helga und Annette
und wie die Beiden sich geziert.
Erst gibt er zu mit einem Runzeln,
dass er sich auch recht blöd benahm.
Dann dankt er Gott mit falschem Schmunzeln,
dass er der Frauen Korb bekam.
Die Drei, die sind nicht zu beneiden,
denn selten Menschen in sich ruh'n.
Die Meisten still und einsam leiden,
anstatt das Maul grad' aufzutun.
Sie suchen stumm zurückgezogen
in Träumen fern ihr Lebensglück
und sind oft von sich selbst betrogen,
durch Weichen vor dem Augenblick.

-

Bis Bald, Liebste

Acht Jahr' und drei Tage heute
denk ich des Morgens an Dich.
Und wie das „Warum" ich auch deute –
mein Herz sich in Deins fest verschlich.
Zwar steh ich wankend da im Winde
auf meinem Vierzig-Jahr-alt-Berg
und arbeite am Mann im Kinde
und sinne auf ein Lebenswerk.
Doch wenn ich dieses Jahr verreise,
wieder allein und ohne Dich,
die Morgenstundgedankenkreise
um Dich sind ewiglich.

Optimismus
Nur keine Trauer! Er wusch seine Hände,
so schnell war alles erstorben.
Dann sprang er mitten hinein ins Gelände
und hatte sich Zukunft erworben.
Er tanzte und sprang, die Arme erhoben
und lachte, den Kopf weit im Nacken.
Das Alte war fast schon beiseite geschoben,
es ritt fern die letzten Attacken.
Ein kleiner Stein, er knickte um,
ein Schmerz durchzuckt die Wade.
Er wurde vorsichtig und stumm
und hielt sein Bein gerade.
Das ist der Menschen Phantasie,
das Bess're ist das Neue.
Doch dann, in trister Therapie,
erweist sich ihre Reue.

Universal Teacher
Ich habe mich in den Schatten begeben, dabei will ich leben,
ich versuche es nebenbei,
gebe Kindern, die erdulden, was Eltern schulden,
mit Lehrermogelei.
Und will doch verreisen, erfahren, versinken,
im Leben in fernen Ländern ertrinken
nur sein, wer ich bin, genau, wie ich bin.
So macht das Leben doch eigentlich Sinn.
Doch ich üb' im DS-Kurs den Géstus
und preise hoch das Kulturplus,
kläre auf über Sex, Drogen und Génus,
ich mach', was ich muss - bis zu den großen Ferien.
Da will ich nach Algerien.

Labyrinth

Dass viele Wege geh'n, sagt auch, wer keine kennt.
Dass viele Winde weh'n, erzählt mir Lale Andersen.
Ich sehne mich nach jedem Hauch,
atme lange, so tief ich kann
und kraftlos fall' ich auf den Bauch,
weil mir die Sinne schwinden.
Gott bewahre, schlimme Zeiten, den Sensenmann man hört,
sein Knochenpferd beklemmend reiten, wo alles Frieden schwört.
Ich sagte eben, wenn ich will,
entschwinden mir die Sinne.
Ich will weit weg und warte doch,
dass alle Zeit verrinne.

Wieder Allein

Immerhin, ich habe gefühlt -
das Schaudern durch deinen Atem.
Es ist nun alles abgekühlt,
ich könnte hier liegenbleiben.
Ich habe mich immer weitergezogen,
weg von einem Sehnen zum andern.
Ich habe und wurde sorgsam betrogen.
Das war nicht richtig so.
Unglück, glücklos, so wenig Freude,
suchen nach sorglosem Lachen.
Vorteil, Nachteil, Urteil – nichts,
brüten in schmerzhaftem Wachen.
Ich schlage mir alles aus dem Kopf.
Ich lebe einfach drauf zu.
Ich entzieh' mich dem Dreck am eigenen Schopf
und spiel' Blinde Kuh.

Bekenntnis

Und manchmal gebe ich dem recht,
der sagt ich sei schlecht.
Ich fühle in mir so viel Bosheit.
Ich nutze, wo ich nur kann, Menschen aus
und schmeiße sie schließlich hinaus.
Ich fühle in mir so viel Grobheit.
Und manchmal werde ich selbst getroffen,
so mitten im Hoffen.
Ich sehne mich nach Liebe.
Ich würde dann wirklich alles geben,
um weiterzuleben
mit der, die bei mir bliebe.
Geht so also mein Leben weiter,
mal grausam mal heiter?
Ich will das endlich ändern!
Doch reitet es sich so leicht auf Papier,
man schmückt nur das Gewohnheitstier,
mit blauen Frühlingsbändern.

Wilder Westen

Ein Kerl, stark wie ein Baum -
doch hielt er den Kopf gesenkt,
obwohl der Hals sich streckte
und auf dem Rücken, brav verschränkt,
die Hände er versteckte.
Er hielt die Füße spitz geschlossen
und war ganz still, wie grad' erschossen.
Er schwankte schwer im Märzenwind,
weil Tote nicht viel leichter sind,
am Seil, hoch am Baum.

Auf seinem Mustang, schwarzweiß gefleckt,
am Horizont im Wind,
hat ein Cheyenne den Gehängten entdeckt
und freut sich, wie ein Kind.
Dass diese Männer ohne Manieren,
nicht sie, sondern sich selbst massakrieren,
auf ihren Landräuber-Ranchen,
findet er gut und es macht ihm Mut
für den Krieg mit den Comanchen.

Töten und getötet werden
aus Rache, Stolz und Gier,
dafür sind Männer hier auf Erden,
denn das ist ihr Plaisir.

((

Der Hochseilakt

Ich habe mich lange festgehalten, da oben unter der Zirkuskuppel, in die wir beide rasant über die lange, schwingende Strickleiter geklettert waren. Ich habe dem Netz vertraut, das wir da unten vorbehaltlos über der Manege aufgespannt hatten, stabil und beständig, wie mir schien. Ich war bereit für den Hochseilakt mit Dir, dem die Zuschauer applaudierten. Ein schönes Paar. Doch dann endete das Kunststück und das lange Abstiegsseil fiel wie von Geisterhand gelöst in die Tiefe. Ich fasste danach und ließ mich tiefer gleiten und je tiefer ich kam, umso weniger würde ein Wiederaufstieg möglich sein. Ich sah ein, dass mir dazu die Kraft und der Wille gefehlt hätten. Also ließ ich mich schneller und schneller hinabgleiten und löste schließlich den schmerzhaften Griff. Ich fiel und der Fall war hoffnungsvoll und beängstigend zugleich. Ich landete im Netz und schwach, wie es war, zerriss es unter mir. Zu fassen bekam ich ein dünnes, hartes Drahtseil und sah, dass es das Netz zusammengehalten hatte, die Manege gar nicht mehr so weit unter mir. Und Du, Du turntest immer noch herum, mal hier mal dort, mal unten mal oben, als wäre ich noch dabei. Doch selbst zusammen am Drahtseil hätten wir nicht die Hände frei gehabt, uns zu umarmen. Der ganze Zirkus war vorbei.

((

Das kubanische Abenteuer

*Windböen jagten eine schwarze, leere Mülltüte über den Ancon.
‚Wie zwei miteinander kämpfende Krähen', dachte der junge Reisende,
27, hübsch und gut gebaut, ein Lockenschopf mit halblangem, braunem
Haar. Bald würde der Strand sich leeren.*

*Ältere Menschen, Touristen zumeist, lagen aufgestützt oder standen
im Schatten hoher, sich wiegender Palmen und schauten auf die
Brandung. Er saß über der Szenerie auf einer Strandterrasse und beobachtete die Bewegungen des Meeres, der Menschen und das Winken der
Handtücher, die hier und dort ausgeschlagen wurden. Maricia, eine
bildhübsche, schwarzlockige Kubanerin, um die dreißig, las ihm mit ihrem
entzückenden Englisch aus der Hand und massierte sie dabei. Er wusste
um seine Buddhalinie und was sie bedeutete. Jetzt nahm ihre Stimme an
Farbe zu. Ein gespielter Vorwurf auf Spanisch. Dann lachte sie, legte ihm
die Hand zurück in den Schoß, war nun ganz nah und küsste ihn leise
atmend hinter dem linken Ohr.*

„Dorsocaudalamente ...", *flüsterte sie. Er verstand nicht, was sie
damit meinte, sein Spanisch war nicht gut genug, drehte ihr den Mund zu
und sie küssten sich mit weichen Lippen. Er mochte ein paar Jahre ältere
Frauen. Sie hatten so viel mehr zu geben.*

*„Al infierno contigo, carino." Leise singend zog sie sich von ihm
zurück, stand auf und wandte sich zum Gehen. Sie hatte seinen Blick bemerkt. Er war in Gedanken bei jener anderen Frau in Alemania, von der
sie wusste, ohne ihn gefragt zu haben.*

*Schwach rief er ihr hinterher: „Maricia." Doch sie drehte sich nur
winkend um und machte ein paar Schritte rückwärts.*

,Asta luego', formten ihre Lippen. Dann verschwand sie hinter zwei baumlangen, schwedischen Paaren, die die Terrasse kreuzten.

Er lehnte sich zurück und dachte an seine Lehrfahrt um Kap Horn und an des Captains Tochter, die er nicht vergessen konnte.

„Entschuldigen Sie, junger Mann, haben Sie Feuer?" Neben ihm stand leicht vorgebeugt ein älterer Mann, im Anzug ein wenig zu vornehm gekleidet für den Nachmittag und das Strandcafé.

„Ja, gerne." ,Ein Deutscher', dachte er, nahm das Feuerzeug vom Tisch und versuchte mehrmals vergeblich, die Zigarette anzuzünden. „Machen Sie es besser selbst. Es ist zu windig."

„Danke", sagte der, nahm das Feuerzeug und stellte sich gegen den Wind. „Mmh, ja." Die Zigarette brannte, „Dankeschön. Vielen Dank. Darf ich mich einen Augenblick setzen?"

„Bitte", antwortete er höflich, auch wenn er eigentlich an keiner Konversation interessiert war.

Der Mann nahm Platz und gab ihm das Feuerzeug zurück. „Sie kommen gerade von See?! Eine Lehrfahrt, nehme ich an. Sie haben Ihre Lehrfahrt beendet."

„Ja! Woher wissen Sie …?" Erstaunt und nun interessiert schaute er den alten Mann genauer an. Er schätzte ihn auf um die siebzig.

„Sehen Sie, ich bin Hellseher, Magier, Illusionist. Adrian Magussow."

„Angenehm." Sie gaben sich die Hand. Er war so verblüfft, dass er vergaß, sich vorzustellen. „Hellseher, ha, ich glaube Ihnen aufs Wort. Jedenfalls bei mir haben Sie richtig gesehen."

„Wissen Sie, Sie sind mir sofort aufgefallen, als Sie mit der jungen Dame vorhin auf die Terrasse kamen."

„Ach, wieso?"

„Ihre Aura …"

„Wie bitte, meine Aura?"

„Ja, es ist immer die Aura des Mediums, die den Hellseher ausmacht. In ihr entstehen die Bilder, die ich sehe. Bei manchen Menschen brauche ich sehr viel Zeit, um sie gewissermaßen zu entwickeln. Es ist, als seien

sie zu verdichtet, zu kompakt an die Person gebunden, als fehle die Bereitschaft zur Preisgabe. Bei Ihnen jedoch - und ich hoffe, es verletzt Sie nicht - konnte ich auf Anhieb sehr intime Bilder sehen. Sie haben eine sehr aufgelockerte, verströmende Aura." Herr Magussow drückte die kaum gerauchte Zigarette in den Aschenbecher und legte ihm die Hand auf den Unterarm. „Wissen Sie, Ihre Medialität ist orakelfähig."

„Entschuldigen Sie, jetzt muss ich lachen", er lehnte sich belustigt zurück, „Sagen Sie, brauchen Sie mich für eine Zirkusnummer? Das hört sich ja fast nach einem Angebot an. Aber ich glaube, ich muss Sie enttäuschen. Ich habe nicht die Absicht ..."

„Aber nein", unterbrach ihn beruhigend sein Gegenüber, „wie ich sehe, wird es soweit nicht kommen."

„Oho, war das schon ein Blick in die Zukunft? Sehr interessant, Herr Magussow, ich muss zugeben, dass Sie mich neugierig gemacht haben. Also gut, lassen Sie sich nicht stoppen."

„Ja, mein Herr, sicher, aber nicht hier und jetzt. Kommen Sie heute Abend gegen acht ins ‚El Galeon' in Casilda. Wir essen zusammen. Und kommen Sie allein, wenn möglich. Sagen Sie niemandem, wohin Sie gehen. Es wäre schön, wenn wir ungestört blieben." Herr Magussow stand auf und sie gaben sich die Hand.

„Ja gut, ich denke, ich komme."

„Sehr gut, bis später." Er schaute dem Magier hinterher. Er bewegte sich schaukelnd, fast tänzerisch, als er über die Treppe zum Strand die Terrasse verließ.

‚Adrian Magussow, sicher ein Künstlername', dachte er. ‚So heißt doch keiner, wenn er nicht Hellseher ist.'

Maricia lag mit hinter dem Kopf verschränkten Armen auf dem Bett, als er ihr Zimmer betrat und lächelte ihm entgegen. Sie trug einen bunten, indischen Sarong, den ein Knoten über der Brust zusammen hielt und bewegte sich nicht. Ihm war schon vorher aufgefallen, dass sie sich völlig entspannen konnte. Er mochte das sehr an ihr und kniete sich neben sie.

„Olà, Maricia, mi belleza hermosisima."
„Olà Bolf, mi lobocito fuerte." Ihre Stimme war ruhig und tief. Er küsste sie und schnüffelte sich dann aufgeregt an ihrem Hals hinunter bis zu ihrem Busen. Mit einem Hundeknurren verbiss er sich in dem Knoten des Sarongs und löste ihn unter Zerren und Kopfschütteln mit den Zähnen. Belustigt beobachtete Maricia seine wilden Bemühungen. Dann wühlte er seinen Kopf schnaubend und leise jaulend zwischen Tuch und Körper.

„Bolf, basta", rief sie laut lachend, als er ihr geräuschvoll in den Bauchnabel blies und ließ ihn doch gern gewähren.

Eine Fliege stieß gegen die Fensterscheibe. Fern spielte die Salsa und über Kuba lag der Frieden sozialistischer Bescheidenheit und guter Bildung.

Herr Magussow war noch nicht da, als er das Restaurant betrat. Das „El Galeon" war bereits gut besucht. Er setzte sich an die Bar und bestellte einen Caipirinha. Maricia hatte er nichts gesagt und fühlte sich schlecht, einen alten Mann ihr vorgezogen zu haben. Der Nachmittag war sehr schön gewesen und hätte einen gemeinsamen Abend verdient gehabt. Aber er war trotzdem ohne Verabredung gegangen.

Herr Magussow entdeckte ihn gleich an der Bar und kam zu ihm herüber.

„Gut, dass Sie sich noch nicht gesetzt haben. Ich hätte da nämlich einen anderen Vorschlag. Ich wohne auf einer kleinen Hacienda in den Bergen. Meine Haushälterin ist ein Kochwunder und bereitet gerade das Essen zu. Wenn es Ihnen also nichts ausmacht, würde ich Sie gerne zu mir nachhause einladen… man hat auch nachts einen herrlichen Ausblick von dort oben. Es ist ein wunderbarer Flecken Erde."

„Tja … gut", antwortete er ein wenig kraftlos einen leichten Unwillen unterdrückend und blies die Lippen auf, „Warum nicht?!" Er bezahlte und sie verließen das Restaurant.

Herr Magussow bog nach zwanzig Minuten auf der 152, die von

Trinidad durch den Parque Guanayara führt, rechts auf einen Schotterweg ab, der, wie ein Schild verriet, zur Hacienda „Cassandra" führte. Sie lag auf einem Hügel und versteckte ihre weißen Mauern hinter blühendem Oleander und alten, knorrige Lorbeerbäumen in üppiger Vegetation. Der Name verwirrte ihn ein wenig. Schließlich hatte diese trojanische Hellseherin ein tragisches Ende gefunden. Beim Verlassen des Autos erwähnte er seine Verwunderung über den Namen. Aber Herr Magussow lächelte ihn nur an und meinte, dass es der Name einer mythologischen Heldin seines Berufsstandes sei. Ein Haus nach ihr zu benennen, sei das Wenigste, was man zu ihrem Gedenken tun könne.

Eine ältere Angestellte in schwarzem Kleid mit weißer Schürze öffnete ihnen noch bevor sie die Tür erreicht hatten und bat sie freundlich herein. Die Einrichtung stand im völligen Gegensatz zum Äußeren des im spanischen Kolonialstil erbauten Hauses. Der Flur, wie auch der Salon, in die sie die Frau führte, waren nur mit wenigen, futuristisch anmutenden Möbeln ausgestattet, die aus alten Science-Fiction-Filmen zu stammen schienen, geschwungener, bunter Materialluxus mit glänzenden Kunststoffoberflächen und rätselhaften Armaturen, die an verborgene Zusatzfunktionen denken ließen. Die Mitte des Salons dominierte ein großer Tisch, der ein symmetrisches Trapez darstellte und an dessen kurzer Seite ein Stuhl drei anderen an der langen gegenüberstand. Dahinter nahm ein vier Meter breites, aber nur 50 Zentimeter hohes, metallenes Gitter, über das ein Schwarm goldener Vögel hinwegflog, fast das gesamte untere Drittel der Wand ein. Kaum hatten sie den Raum betreten, öffnete sich seitlich eine Tür und drei Frauen mit venezianischer Halbmaske und in langen, weißen, ärmellosen Kleidern, die bis zu den nackten Füßen herunterreichten, traten ein und setzten sich wortlos auf die drei Stühle am Tisch. Sie glichen sich zum Verwechseln und nur ihre Münder unterschieden sich ein wenig unter dem grellen, roten Lippenstift.

„Oh, wir sind nicht allein?"

„Nein, ich habe mir erlaubt, Sie vor dem Essen mit diesen drei Mitarbeiterinnen zu konfrontieren ... darf ich vorstellen? Möglicherweise

Ihre Gegenwart, Vergangenheit und Zukunft. Sie wollten doch etwas über ihre Zukunft erfahren. Aber nehmen Sie doch Platz." Herr Magussow wies auf den freien Stuhl am Tisch und setze sich dann hinter ihm in einen Sessel in eine Ecke des Salons.

Zögernd ging er zum Tisch. „Guten Abend, die Damen", sagte er und zog vorsichtig den Stuhl ein wenig ab, bevor er sich setzte. Die Frauen nickten ihm schweigend zu. Der Hellseher begann gleich mit einer Erklärung, die seine Aufmerksamkeit forderte und sein leichtes Unbehagen über die Konfrontation mit den Frauen und darüber, dass ihm Herr Magussow veritabel im Nacken saß, vertrieb..

„Schauen Sie, ich arbeite schon seit langem an einem Experiment, in dem es um die Wechselwirkungen von sich begegnenden Auren geht: Ebenso, wie Sie, sind diese Damen von ungewöhnlicher Medialität. Sie erinnern sich, was ich über Ihre verströmende Aura gesagt habe. Begegnungen von Auren kennen wir als Sympathie und Antipathie, Vertrauen und Verständnis, als jegliches zwischenmenschliches Gefühl. Liebe auf den ersten Blick ist eine Reaktion auf viel Übereinstimmung von Vergangenheit und Gegenwart, oft ein Garant für lebenslanges Partnerglück. Doch kann auch das Gegenteil eintreten. Zwar ist die Harmonie zunächst groß, da aber Vergangenheit und Gegenwart mit ihren Schwächen die Zukunft mitbestimmen, kann eine solche Verbindung auch zu einem kalten, schmerzhaften Weg ins Unglück werden. Die Idee ist nun, dass über die Berührung der Auren, mit der immer eine leichte gegenseitige Diffusion verbunden ist, ein Erleben der Ereignisse im Unbewussten initiiert wird. Ihre Aufgabe wird zunächst sein, herauszufinden, mit Hilfe welcher der drei Damen der Blick in ihre Vergangenheit, Gegenwart und Zukunft am deutlichsten werden kann. Es ist sehr wahrscheinlich, dass dort, wo Ihnen Fremdes und Unverständliches, also am wenigsten Vertrautes, begegnet sich die beste Wahl für den Blick in die Zukunft verbirgt. Entsprechend wird sich hinter der größten Empathie Ihre Vergangenheit verbergen. Ihre sichere Auswahl stellt eine Optimierung des Experiments dar. Sie werden die Damen beobachten, ihnen nahe sein

und sie berühren. Sie sollen nicht sprechen und zwischen Beobachten und Fühlen genau unterscheiden. Sehr aufschlussreich wird Ihr Geruchssinn sein. Ihm kann man in der Regel besonders gut vertrauen. Durch Ihre Aura erfahren Sie Ihre Zukunft und Ihr Unbewusstes nimmt das Wissen um sie auf. In einem abschließenden Trancezustand, ähnlich einer Hypnose, wird Ihr Unterbewusstsein zur Äußerung gebracht. Sie werden sprechen und wir machen davon eine Tonaufzeichnung. Es kann vorkommen, dass die Wörter unverständlich sind. Wenn Sie aber schließlich das Gesagte hören, werden Ihnen die Bilder in der Realität erscheinen. Das ist die Theorie." Der Hellseher schwieg.

„Soweit habe ich das verstanden", er wandte sich auf seinem Stuhl dem Magier zu, *„habe allerdings noch Fragen."*

„Gerne beantworte ich sie, aber vorher möchte ich Sie noch um ihre Erlaubnis bitten, Ihre Reaktionen protokollieren sowie Aufnahmen von dem Experiment machen zu dürfen. Es wäre für meine Arbeit sehr wichtig" Er stand auf, kam zum Tisch und legte ihm eine handgeschriebene Erklärung vor, deren Inhalt er beim Überfliegen meinte, zustimmen zu können. Er nahm den Kuli, den Herr Magnussow ihm hinhielt und unterschrieb.

„Danke, nun konzentrieren Sie sich bitte auf die drei Damen. Je früher sie sich den Medien nähern, desto besser für das Experiment. Schauen Sie sich am besten nicht mehr nach mir um. Nun zu Ihren Fragen."

„Okay." Folgsam setzte er sich wieder gerade vor den Tisch. *„Also, wenn sich, wie Sie sagen, die Zukunft aus Vergangenheit und Gegenwart ableitet, warum wähle ich nicht die mir Vertrauteste von den drei Damen, und wie kommen die Medien an meine Zukunft heran?"*

„Ihre zweite Frage ist zugleich auch die Frage nach der Grundidee des Experiments. Was passiert bei der Aurenberührung? Nun, die Aura des Menschen ist von ihm fort gerichtet, er strahlt sie gleichsam ab. In ihr sind alle Informationen über das Individuum enthalten und dazu gehören auch seine Vergangenheit, Gegenwart und Zukunft. In dem Zusammenhang ist Ihnen sicher die Auffassung namhafter Wissenschaftler bekannt,

dass unsere lineare Zeitvorstellung nicht zutreffend sein muss. Vor dem Hintergrund der Unendlichkeit des Universums sei Zeit nicht durch chronologische Abfolge beschränkt, sondern Vergangenheit, Gegenwart und Zukunft existierten gleichzeitig auf parallelen Zeitschalen nebeneinander. Deren Grenzen aber können von einem Medium durch die Erhöhung ihrer Durchlässigkeit übersprungen werden und Ereignisse erkennbar machen. Dabei hat die Interaktion der Auren einen entscheidenden Einfluss, womit ich zu Ihrer ersten Frage komme. Wenn sich Auren begegnen, ist es, als würde der Mensch vor einen Spiegel treten. Die Auren werden reflektiert. Der Spiegel ist umso klarer, je weniger gemeinsame Wellenlängen die Auren haben, da dann die geringste Gefahr der Interferenzbildung besteht."

Während Magussows Vortrag saßen ihm die Maskierten still und teilnahmslos gegenüber und hatten trotzdem, wie er fand, eine unterschiedliche Ausstrahlung. Unmaskiert hätten die Frauen seine Sensibilität sicher negativ beeinflusst, da Gesichter sehr viel Aufmerksamkeit fordern. Mehr und mehr meinte er, das Experiment zu verstehen und mehr und mehr begann er, sich auf diesen spannenden Abend einzulassen.

„Wenn das allerdings so uneingeschränkt gelte", fuhr Herr Magussow fort, „wäre die Zukunft tatsächlich völlig determiniert und Veränderung nicht möglich. Das allerdings bezweifele ich. Deshalb halte ich ein starres Zeitschalenmodell für zu rigide. Ich glaube vielmehr, dass die Zeitschalen miteinander kommunizieren und sich gegenseitig bedingen, ja, dass auch die Zukunft auf Gegenwart und Vergangenheit einwirkt. Sie werden denken, dass dahinter der Wunsch steht, die Gegenwart in der Zukunft zu korrigieren. Sicher, aber ich halten es auch tatsächlich für machbar, wenn – und das ist die Schwierigkeit – ein ‚Leibloswerden' in der Zukunft entsteht. Doch wir sprechen hier zunächst nur vom Blick in die Zukunft und wollen uns darauf konzentrieren. Zur Idee vom Astralleib und seine Funktion bei außerkörperlichen Erfahrungen komme ich vielleicht später. Ich lasse Sie jetzt allein. Meine Anwesenheit würde während dieser Phase des Experiments nur ablenken. Ich glaube, Sie haben alles verstanden, ja, *ich bin mir sicher. Treffen Sie die richtige Wahl. Dies soll eigentlich kein Liebesabenteuer sein. Aber Sie haben die ganze Nacht Zeit.“ Er wandte sich um und wollte offensichtlich den Salon verlassen.*

„Oh.“, verblüfft schaute er ihm nach, „Sie bringen mich heute nicht mehr zurück?“ fragte er erstaunt.

Herr Magussow erstarrte und wandte sich ihm langsam wieder zu. „Wenn Sie es unbedingt wünschen, selbstverständlich.“ Er schaute ihn an und schwieg.

„Nicht unbedingt, aber ich will auch nicht zur Last fallen, sollte ich mich für das Experiment doch nicht eignen“, sagte er ein wenig verlegen.

„Das wäre kein Problem. Also, wie entscheiden Sie sich?“

„Dann bleibe ich … gern“, sagte er und log ein wenig, hatte er doch das Gefühl, in eine gewisse Zwangslage geraten zu sein.

Aber der Magier lächelte, was ihn ein wenig beruhigte, hob die rechte Hand und verließ wortlos den Salon.

Als er sich wieder den Frauen zuwandte, lehnten sich diese entspannt zurück und nahmen die Masken ab.

„Puh, ist das heiß unter den Dingern“, sagte die in der Mitte Sitzende.

„Glauben Sie dem Alten kein Wort. Er ist der Besitzer hier und Sie sind wirklich nicht der erste bei diesem Experiment.“

„Er ist verwirrt, der Alte, aber zahlt gut.“

„Schauen Sie nicht so enttäuscht, wir können trotzdem noch viel Spaß haben.“

„Wo bleibt das Essen?“

In die plötzliche Turbulenz öffnete sich die Tür zum Flur und die Angestellte, die sie empfangen hatte, schob einen mit Speisen beladenen Rolltisch in den Salon und stellte ihn an die Wand. „Bedienen Sie sich“, sagte sie mit einem fröhlichen Gesichtsausdruck und verließ gleich darauf den Raum.

Sprachlos und entgeistert sah er den Frauen zu, die nun aufstanden und sich über das Buffet hermachten, überrumpelt von der völligen Veränderung der Situation und der krassen Desillusion, die er fühlte. Der ganze geheimnisvolle Nimbus war durch die alltägliche Schwatzhaftigkeit von den nun demaskierten Frauen zerstoben. Unsicher wollte er schon aufstehen und sich ihnen nähern, als er Hände auf seinen Schultern spürte. Erschrocken wirbelte er herum. Herr Magussow schaute ihn freundlich mitfühlend an.

„Entschuldigen Sie diesen Aufruhr. Er ist Teil des Experiments. In der Verwirrung sind die Gefühle des Menschen am stärksten ausgeprägt, der Organismus schaltet fast ausschließlich auf intuitive Wahrnehmung um, da die Ratio ausgefallen ist. Die Damen werden sie jetzt in die Mitte nehmen, die Masken aber von nun an wieder tragen. Mich sehen Sie wirklich erst morgen früh wieder. Ich werde Sie wecken." Damit verließ er erneut den Salon.

Erschlagen von den flirrenden Szenenwechseln in den wenigen gerade verstrichenen Minuten, schaute er dem Magier hinterher. Er spürte ein Zucken am Hals, das er nicht kontrollieren konnte. Nun kamen die drei Frauen auf ihn zu und er stand auf. Sie trugen wieder die Halbmasken. Eine von ihnen stellte seinen Stuhl an den Tisch, während die anderen beiden ihn ein wenig in den freien Raum führten. Dann umstanden ihn alle drei und fassten sich bei den Händen. Langsam begannen sie ihn mit pulsierender Annäherung zu umkreisen und gaben dabei einen leisen O-Laut von sich, dem O aus dem Wort „komm", dem O des Erstaunens, Bedauerns, aber auch des Lockens ähnlich. Er wurde ruhiger, entspannte sich und schloss die Augen. Die rhythmischen Bewegungen der Frauen hüllten ihn in Wellen von Wärme, denen er sich bald völlig hingab. Er fühlte sich geborgen und nahezu geliebt. So ging es eine ganze Weile, bis er eine plötzliche Leere um sich herum empfand. Er öffnete die Augen und sah, dass die Frauen sich zurückgezogen hatten und einige Meter von ihm entfernt hintereinander standen. Nun kam die erste auf ihn zu, umschritt ihn zweimal, wobei sie mit beiden Händen über seinen Oberkörper strich und ging zurück, während die zweite sich näherte und ihn ebenfalls be-rührend umkreiste. Wieder schloss er die Augen und spürte bald, dass sich die Reihenfolge der kurzen Begegnungen änderte und die individuelle

Ausstrahlung der Frauen ihm immer deutlicher wurde. Er fühlte mal Wärme und Dichte, mal Kühle und Luftigkeit und hatte Mühe, zu entscheiden, was ihm angenehmer war.

Er erinnerte sich, dass Herr Magussow ihm aufgetragen hatte, diejenige mit der geringsten Nähe auszuwählen, da Interferenzbildung in der Aurendurchdringung die Entwicklung der Zukunftsbilder erschweren, wenn nicht gar verunmöglichen würde. Nach einigen Minuten, in denen er sich in den Berührungen der Frauen verlor, nahm er an, dass er sich nun bald für eine der Drei entscheiden müsste, merkte aber gleichzeitig, dass er immer unsicherer wurde, eine Wahl zu treffen. Er öffnete die Augen, hob sich ergebend die Arme und verschränkte sie hinter dem Kopf. Sofort kamen alle drei Frauen auf ihn zu und drückten sich von vorn mit ihrer ganzer Körperlänge an ihn, so dass er sich genötigt sah, sie in die Arme zu nehmen. So standen sie eine Weile regungslos, bis die Frau in der Mitte den Kopf von seiner Brust hob und flüsterte: „Du kannst dich noch nicht für eine von uns entscheiden. Es ist gut, wenn es dauert. Wir gehen nun und kommen in einer halben Stunde wieder. Iss etwas und ruhe dich aus.“

Als die Frauen den Salon durch die Tür, durch die sie ihn betreten hatten, verließen, schob sich das Gitter von der Wand in den Raum und brachte einen großen, grün gepolsterten Diwan mit, auf dem mehrere magentafarbene Kissen lagen. Seinem kleinen Schrecken folgte sofort der Wunsch, sich auf der bequemen Liegefläche auszustrecken. Er holte sich vom Buffet ein paar Löffel von den Salaten und einige Stücke Käse und setzte sich mit dem Teller auf den Diwan. Während er aß, schüttelte er immer wieder den Kopf und fragte sich, wo er da hineingeraten war. ‚Gut, es ist ein Abenteuer, etwas zum Erzählen. Es gibt ein Rätsel, einen Magier, Frauen und ein Buffet, aber auch ein gewisses Unbehagen, an einem Experiment teilzunehmen, für das ich mich als Proband nie beworben hätte. Vom Magier wie ein Kaninchen aus dem Hut gezauberte und auf den Seziertisch gesetzt, weiß ich nicht genau, worauf dies alles hinauslaufen wird. Zudem werde ich müde. Es wird schon spät sein.‘ Er schaute auf seinen Armreif am linken Handgelenk. ‚Keine Uhr. Aber es macht nicht automatisch glücklich, wenn keine Stunde schlägt.' Er stand auf und brachte den Teller zum Buffet. Den Käse hatte er kaum angerührt. Er goss sich ein wenig Rotwein in ein Glas und leerte es in einem Zug. Dann ging er zum Diwan und ließ sich bäuchlings auf ihn fallen. Er griff sich ein Kissen und war kurze Zeit später darauf eingeschlafen.

Er wachte auf, als die maskierten Frauen den Diwan bestiegen und rollte sich auf den Rücken.

„Wie lange habe ich geschlafen?", fragte er in den Raum.

„Eine volle Stunde", sagte eine der Frauen, die sich nun um seinen Kopf knieten und begannen, ihn abwechselnd auf den Mund zu küssen. Überrascht ließ er es geschehen und versuchte schließlich, sich auf die Unterschiede der Küsse zu konzentrieren. Bei einer der Drei fühlte er wieder die Kühle und die Distanz. Und wenn er sich auch den Küssen der anderen beiden noch gerne eine Weile hingegeben hätte, so dachte er doch an seinen Auftrag und griff schließlich den Kopf der ihm fremd gebliebenen.

„Du", sagte er und versuchte, ihr in die Augen zu schauen, die hinter der Maske aus dem Dunkel blitzten. Kurz darauf waren sie allein. „Kannst du die Maske abnehmen?"

„Willst du mit mir schlafen?" fragte sie.

„Nein", sagte er zu seiner eigenen Verwunderung.

„Gut, dann darf ich." Sie nahm die Maske ab und schaute ihm unverblümt in die Augen. Verblüfft richtete er sich auf, denn sie war von außergewöhnlicher Schönheit.

‚Oh, da warst du zu voreilig', dachte er und sagte laut: „Du bist wunderschön."

„Danke." Ihr Lächeln wirkte auf ihn ein wenig gezwungen.

„Und wie geht es nun weiter?"

„Ich werde dich jetzt allein lassen. Morgen sehen wir uns wieder. Gern aber käme eine andere von uns zu dir, wenn du möchtest."

„Das wäre schön und sei es nur für einen kleinen Spaziergang durch *die Nacht."*

*„Wie du willst. Ich verabschiede mich jetzt", sagte sie ein wenig unter-
kühlt, wie er fand, rollte sich vom Diwan und verließ den Salon.*

*Kurz darauf ging die Tür zum Entree auf. „Wir können gleich gehen",
sagte die Frau, die im Rahmen lehnte und nun keine Maske, sondern eine
weiße Strickjacke und schwarze Espandrillos trug.*

*„Prima." Er robbte sich vom Diwan und ging ihr entgegen. Auch sie
war atemberaubend schön, wenn auch ein wenig älter, als seine
„Auserwählte" und auch, als er selbst. Aber das passte ja gut. Mit großer
Zufriedenheit über die Wendung seiner Lage folgte er ihr aus dem Haus in
den Garten, wo sie seinen rechten Arm nahm und ihn auf einen leicht
ansteigenden Weg führte.*

*„Da oben ist ein schöner Platz, um in die Sterne zu schauen. Nur ein
paar Schritte."*

*Ihre vertraut wirkende Nähe erweckte in ihm den Wunsch, ihr Haar zu
küssen, aber er wagte es nicht. War sie im Haus noch Teil eines Experiments gewesen, so galten für ihn nun die Regeln des Anstands. Bald
kamen sie auf eine kleine, baumlose Anhöhe mit einer Bank neben einem
mannshohen Felsenbrocken, der aus der Erde wuchs. Sie setzten sich und
lehnten sich zurück. Vorsichtig legte er ihr den rechten Arm um die
Schultern. Die Sternen durchfunkelte, schwarze Unendlichkeit entspannte
ihn vollends. Dann wandte sie sich ihm zu, nahm seine linke Hand mit
beiden Händen und schaute ihn traurig an.*

„Was ist?", fragte er sie erstaunt.

„Ach."

„Was ist denn?"

„Weißt du, wir … wir sind hier Gefangene", sagte sie leise.

*„Gefangen? Moment", flüsterte er, „meinst du gefangen im Sinne von
unfrei?"*

*„Gewissermaßen. Magussow ist mein Vater. Er war einmal sehr be-
rühmt, füllte große Häuser. Doch seit mehreren Jahren verfolgt er diese
Idee, über Aurencluster Zukunfsvorhersagen zu machen und hat uns,*

seine drei Töchter …"

„Ach, ihr seid Geschwister?" unterbrach er sie laut und erstaunt.

„Ja, ich bin die Älteste. Er hat uns zum Teil seiner Forschung gemacht. Anfänglich war es sehr interessant, die unterschiedlichen Männer und auch Frauen, die verschiedenen Lebensläufe, die Vielzahl der Begegnungen. Aber nun beginnt es uns zu langweilen, ja, sogar zu stören. Dass du meine Schwester als diejenige herausgepickt hast, die am wenigsten Ausstrahlung für dich hatte, hängt damit zusammen. Sie ist diejenige von uns, die die Situation kaum noch erträgt."

„Ach so", entfuhr es ihm, überrumpelt von der überraschender Erkenntnis. „Klar, das macht Sinn. Es hatte gar nichts mit mir persönlich zu tun … Aber, sag mal, warum geht ihr nicht einfach? Von hier kommt ihr doch zu Fuß nach Trinidad."

„Ohne uns ist er verloren. Hier oben lebt er von seinen Rücklagen, um sich den Wunsch zu erfüllen, ein Hellseher ohne Tricks zu sein."

„Aber er hat mir auf den Kopf zugesagt, was ich in der letzten Zeit gemacht habe. Er wusste von meiner Lehrfahrt um Kap Horn, die ich erst kürzlich …"

„Er informiert sich vorher genau und geschickt. Als er an dich herantrat, waren ihm etliche Details aus deinem Leben bekannt. Ein guter Hellseher hat zudem Menschenkenntnis, kann nonverbale Kommunikation und Gesten lesen und kennt alle Kniffe der Gesprächsführung, um den Delinquenten alle Fragen selbst beantworten zu lassen. Und er gehörte zu den besten auf dem Gebiet. Jetzt sucht er nach der Wahrheit ohne mogeln und Schauspielerei und wir können ihn damit nicht allein lassen. Wir sind Gefangene unserer familiären Bande."

„Was ist mit eurer Mutter?"

„Sie hat dir heute Abend aufgemacht und das Essen gebracht. Auch sie spielt eine Rolle, ihre eigene Rolle. Aber ich kann darüber nicht reden. Unmöglich."

„Meine Herren, was für eine verquaste Geschichte. Glaube kaum, dass ich nachdem, was du mir gerade erzählt hast, noch ernsthaft an diesem

Experiment teilnehmen kann."

„Warte. Ob dieses Experiment Unsinn ist, steht natürlich überhaupt nicht fest."

„Ach", wieder überrumpelte ihn eine unerwartete Information, „dann hältst du es also auch für möglich, Auren gewissermaßen für Blicke in die Zukunft zu nutzen? Darum geht es doch, oder?"

„Gewissermaßen. Aber lass uns nun zurückgehen, es ist schon spät."

„Gut."

Sie standen auf und schlenderten schweigend langsam Arm in Arm den Hügel hinab zur Hacienda, die schwach erleuchtet unter ihnen lag. Als sie vor der Tür standen, wandte sie sich ihm zu und nahm seinen Kopf in beide Hände. „Du bist ein anständiger Kerl und ich mag dich. Wenn du möchtest, bleibe ich die Nacht bei dir."

„Das wäre wunderbar", sagte er mit leichtem Jubel in der Stimme.

„Gut." Sanft zog sie seinen Kopf zu sich und küsste ihn leicht. Dann betraten sie die Hacienda. Sie war still, wie ausgestorben.

Am Morgen wurde er von Herrn Magussow geweckt. Mühsam richtete er sich auf. Die Frau war bereits gegangen. „Guten Morgen, mein junger Freund. Wir brechen das Experiment ab. Ich danke Ihnen für Ihre Mitarbeit. Sie erschien mir anfänglich vielversprechend, doch nach dieser Nacht kann ich nicht mehr ernsthaft auf sie zählen. Das Auto wartet." Er gab ihm die Hand und verließ das Zimmer. Kopfschüttelnd ließ er sich auf den grünen, weichgepolsterten Diwan zurück fallen. Was war falsch gelaufen? War hier Sex verboten? Er hatte keinen Moment gehabt, einen Laut von sich zu geben.

Im Flur stand eine Tasse heißer Kaffee auf dem Sideboard. Er nahm zwei, drei Schluck und verließ das Haus. Als er sich im Auto auf die Rückbank fallen ließ, erkannte er die Hausangestellte hinter dem Steuer, von der er nun wusste, dass es Magussows Gattin war. Schweigend fuhr sie ihn nach Casilda und hielt in der Nähe seines Hotels. Als er ausgestiegen war und sich bei ihr verabschieden wollte, nickte sie nur, ohne ihn anzuschauen. Er warf die Fondtür zu und sie fuhr davon.

Maricia traf er am Nachmittag am Ancon. Sie wirkte distanziert. Er setzte sich wortlos neben sie in den Sand.

„You've been on the hacienda Cassandra, right?", fragte sie schließlich.

„Right, but how come you know … ?"

„Gossip. Nothing is hidden here. - Is it still about three masked women and their aura?"

„Yes, exactly. How do you know?" Er war erstaunt.

„I also worked there for a few months."

„Oh, you worked there? As a medium?"

„Sure, in a way. Why not? But I never stayed there over night. Someone else, who was deeper initiated, did the job."

„I understand. Then all the talking of family relationship was just a lie?"

"Yes, of course. He only makes sure that the girls look alike." Ihm dämmerte, dass selbst die Frau, die für die Nacht bei ihm geblieben war, gelogen hatte. Alles war gespielt gewesen. Warum?

„So, what was the reason?"

„Everything is recorded", klärte ihn Maricia weiter auf. „There are cameras all over the place. His movies are supposed to be experimental, a semidocumentary representation of his crude theories. Esoteric dirty stuff, some claim, but no one gets to see them. I think he's afraid of being torn."

„He puts a lot of amphasis on making all that fuss about clearvoyance."

„Right, to get his clients into the mood for convincing action, I suppose."

„Well, then I was not only a guinea pig, but also an amateur actor?" Er lachte sarkastisch und schaute ein wenig beschämt in seine Handflächen.

„Exactly. And be lucky to be back. Some of the adventurers like you had vanished into thin air. And now, Bolf", sagte sie und stand auf, „I'll vanish too. Have a good time. Adios."

„Maricia, just like that?"

„Yes, being with you would remind me of the hacienda, and I can't stand the memory. I was trapped there myself. Adios." Verblüfft schaute er ihr hinterher.

Bis zu seiner Abreise hielt sich Maricia von ihm fern. Sie wollte offensichtlich nichts mehr mit ihm zu tun haben und bald sah er sie mit einem neuen Verehrer am Ancón und in den „places to go" von Casilda und Trinidad. Natürlich respektierte er ihre Entscheidung, wenn auch mit der Trauer des Verlassenen. Aber früher oder später hätten sie sich sowieso getrennt.

Zurück in Deutschland, des Käptens Tochter hatte nun einen Anderen, las er nach einem Monat in der Presse, dass Magussow, mit deutschem Namen Anselm Magrer und seine Haushälterin, die, wie nun herauskam, seine Schwester war, unter Mordverdacht festgenommen worden seien. Er machte keine Aussagen, während sie zu Protokoll gab, dass er in der letzten Zeit aufgrund einer Herzinsuffizienz immer schwächer geworden sei und sich deshalb den Verleumdungen, denen sie immer ausgesetzt gewesen waren, nicht mehr hätte erwehren können. Über das Verschwinden mehrerer junger Männer, die ihr Bruder zur Hacienda „Cassandra" mitgenommen haben soll, zeigte sie sich völlig ahnungslos und überrascht. Kurzzeitig dachte er daran, sich den kubanischen Behörden als Zeuge anzubieten, schließlich war er heil aus dem Ganzen herausgekommen, unterließ es aber. Magussow tat ihm irgendwie leid, wenngleich er sich schon vorstellen konnte, dass dort nicht alles mit rechten Dingen zugegangen war und das Verschwinden der Probanden kriminelle Ursachen gehabt haben könnte. Über Filme, von denen Maricia gesprochen hatte, gab es keine Notiz. Entweder hatte es sie nie gegeben, oder sie waren vernichtet worden. Vielleicht wurden in der Hacienda wirklich Snuff-Streifen mit realen Tötungen gedreht. Auch dieses Gerücht ging um. Besonders der Schwester traute er einiges zu. Er erinnerte sich an ihren Unwillen und ihre offene Ablehnung ihm gegenüber, als sie ihn aus den Bergen in die Stadt zurückfuhr. Es hatte ihr vielleicht nicht in den Kram gepasst, ihn laufen zu lassen.

‚Die wusste über alles Bescheid', war sein Resumee. ‚Vielleicht war sie eine pathologische Mörderin und hatte die Gelegenheiten, ihre Mordlust auszuleben nur konsequent genutzt. Aber Magussow hat dich freigelassen. Vielleicht sah er in dir tatsächlich ein Medium mit einer besonderen Aura, das weiterleben sollte oder durfte. Oder hatte ihn vielleicht die Bekanntschaft mit Maricia gerettet? Schließlich wusste sie ja von dem, was auf der Hacienda vor sich ging und hätte sich im Falle seines Verschwindens an die Polizei gewandt. Wie auch immer, Glück gehabt.'

Zu einem Prozess kam es nicht, da der Magier in der Untersuchungshaft an einem Herzinfarkt verstarb und seiner Schwester nichts nachgewiesen werden konnte. Sie kehrte auf die Hacienda zurück und betrieb sie eine Weile als Pension für Parkbesucher, von denen, wie man munkelte, auch einige von ihren Wanderungen nicht zurückgekommen waren. Dann tauchten zwei Männer auf, die sich als entfernte Verwandte der Geschwister Magrer ausgegeben haben sollen. Kurz darauf verstarb die Alte. Sie hatte sich bei einem Sturz im Haus das Genick gebrochen. Natürlich wurden die Verwandten verdächtigt, die aber nach dem ersten Verhör verschwanden. Da man im Haus keinerlei Wertgegenstände fand, nahm man an, dass sich die beiden bedient hatten. Kurz darauf brannte die Hacienda durch Blitzschlag nieder und die Bank auf dem Hügel neben der „Cassandra" zerfiel.

‚Man sollte in Trinidad nach ihm suchen', dachte die Dolmetscherin. ‚ Da scheint er sich auszukennen', und machte sich eine Notiz. Als sie tags darauf nach Havanna versetzt wurde, da das Gefängnis aufgrund erheblicher Sturmschäden für umfassende Renovierungsarbeiten schloss, geriet sein Schreibblock und die Notiz in Vergessenheit.

Glück im Unglück. Er konnte sich darauf verlassen.